Martin Kleen: SuperHertha

LEDA

Martin Kleen, geboren 1965 in Erlangen und in Franken aufgewachsen. Studium der Medizin ebenfalls in Erlangen, danach fünf Jahre medizinische Grundlagenforschung und Habilitation in München. Anschließend vier Jahre Tätigkeit als Anästhesist und dabei Sammlung von Stoff für viele noch zu schreibende Romane. Berufsbegleitendes Managementstudium. Von 2002 bis 2004 Innovationsmanager in der medizintechnischen Industrie. Seit 2005 erneut Anästhesist in einer Münchener Klinik.

Sein erster Kriminalroman „Anästhesie" (Leda 2004) begeisterte Leser und Kritiker gleichermaßen und liegt bereits in der 2. Auflage vor. Außerdem erschien bei Leda der Medizinthriller „Zehn Stunden".

Martin Kleen:
SuperHertha
ISBN 10: 3-934927-72-6
ISBN 13: 978-3-934927-72-8

Leda-Verlag, Kolonistenweg 24, D-26789 Leer
info@leda-verlag.de
www.leda-verlag.de
Lektorat: Maeve Carels
Titelillustration: Carsten Tiemeßen
Druck und Gesamtherstellung: Aalexx Druck GmbH, Großburgwedel

MARTIN KLEEN

SUPERHERTHA

THRILLERSATIRE

LEDA

Anmerkung des Autors

Das neunundfünfzigste Element des Periodensystems, Praseodym, findet technisch praktisch keine Verwendung. Praseodym und seine Verbindungen sind toxikologisch kaum untersucht, die Auswirkungen auf den menschlichen Organismus sind unbekannt. Von der Einnahme raten Ärzte vorsichtshalber ab.

1. Kapitel

Hertha Heldrich stand auf dem Zedernholzboden ihres Balkons und hielt die Augen geschlossen. Die gefrästen Rillen der Bohlen stimulierten ihre Fußsohlen, die Wärme des Holzes ließ die Haut kribbeln. Die Abendsonne leuchtete durch die Lider und wärmte ihr Gesicht. Aus der offenen Glastür drang die Erkennungsmelodie der Radionachrichten.

Sie öffnete die Augen und genoss die Aussicht auf die abschüssige Rasenfläche, die in gestaffelten Beeten und Baumreihen auslief, so dass man meinen konnte, ihr Einfamilienhaus sei das einzige auf dem Landshuter Hofberg. Unter den ganzen Reichen im Rentenalter waren sie und Elmar mit ihren Achtunddreißig Fremdkörper.

Die Stimme des amerikanischen Präsidenten quäkte im Radio. Krieg gegen Terroristen und gegen die halbe Welt.

Etwas Großes, Schweres schlug neben ihr von außen gegen das Geländer. Ein Gewirr brauner und grüner Farbflecken überschlug sich. Hertha riss den Mund auf, brachte keinen Ton heraus. Ein Mensch!, fuhr es ihr durch den Kopf. Sie sprang zurück und hob schützend die Arme vor das Gesicht. Aus dem Knäuel löste sich eine Hand. Das Große, Schwere war tatsächlich ein Mensch. Ein Mensch, der sich um das Balkongeländer gewickelt hatte. Das braungrüne Gewirr löste sich in Rock und Blazer eines wollenen Kostüms auf. Hertha stand mit erhobenen Händen und offenem Mund da und rührte sich nicht. Der Geruch von Lavendelseife traf ihre Nase. Langsam glitt der Oberkörper der alten Dame, die aus dem Nichts auf Herthas Geländer gelandet war, hinab. Die Beine, die eben noch außen über dem Geländer gehangen hatten, wurden jetzt nach innen gezogen. Die alte Frau machte eine Rolle und kam unter Gepolter und Stöhnen auf dem Rücken zu liegen.

Sie blies die Backen auf und sagte: „Wie ungeschickt."

***

Zur gleichen Zeit, als Hertha auf dem Balkon die Abendsonne genoss, zog Berenike Wedes den Griff ihres schwarzen Pilotenkoffers aus, ließ ihn über die Türschwelle ihres Hauses im Wirtsanger 23 nach draußen rollen und stellte ihn aufrecht auf die Fußmatte. Sie sah sich um. Ihr Magen produzierte einen Schwall Säure, als sie daran dachte, dass jeden Augenblick die Abgesandte des Rats der D.A.M.E.N. vor ihr stehen konnte, um sie in die Gemeinschaft aufzunehmen. Heute war es so weit. Irgendwann heute. Schon den ganzen Tag wartete sie auf diese Begegnung. Fünf Jahre hatte sie sich darauf vorbereitet. Endlich wurde sie zur Dame. Sie betastete den Blazer des Nadelstreifenanzugs. Geldbörse da, Schlüssel da, das Etui mit den Visitenkarten – alles da. Sie zog die Tür hinter sich zu. „Die Cue-Cards“, murmelte sie und suchte in den Hosentaschen. Sie wollte eine würdige Dame sein, wollte alles wissen und können.

„Kein Auto ... Parkplatzsuche länger als Fußweg ... Sie wird mich finden ... Gertraud Fuchs hat gesagt, man wird mich finden.“ Der Klang der eigenen Stimme beruhigte Berenike. Sie plante den Fußweg in die Stadt: den schmalen Weg zwischen den Grundstücken nach unten. Rechts abbiegen, unten am Nachbargrundstück vorbei ... Sie fand den Packen Karteikarten, und las auf der obersten Karte „D.A.M.E.N. – Dauerhaftigkeit, Analyse, Macht.“ Sie stolperte über eine Treppenstufe zum Gehweg und bog in den Pfad zwischen den Grundstücken ein. Sie warf noch einen Blick auf die Karte. „Macht, Endlosigkeit, Natürlichkeit.“ Berenike las sich die zweite Karte vor. „Praseodym. Entdeckt 1885 von Carl Auer von Welsbach. Massezahl 141. Ordnungszahl neunundfünfzig. Schmelzpunkt des Metalls 931 Grad. Dichte sechs Komma vier sieben fünf Gramm pro Kubikzentimeter. Praseodym ist ein weiches Metall aus der Gruppe der Lanthanoide. Korrosionsbeständiger als Europium oder Neodym, bildet aber eine grüne Oxidschicht aus, die an Luft abblättert.“ Sie schnalzte. „Sie kann mich fragen, was sie will. Ich weiß alles“, murmelte sie. „Wann kommt sie denn endlich?“

Gertraud hatte ihr geraten, den Tag der Initiation wie alle anderen zu verbringen, und das bedeutete Arbeit für Berenike Wedes. Den Tag über war sie in München gewesen und hatte den

Finanzvorstand und den Personalchef einer Rückversicherung in *Management von kreativen Konfliktressourcen* beraten. Ihre Spezialität. Die Chefs liebten das Seminar, seitdem sie es in *Kraft aus Ärger* umbenannt hatte. Vor einer Stunde war sie nach Hause gekommen, wo sie auch ihr Büro hatte, und hatte Post geöffnet, nach Priorität sortiert und ihren beiden Sekretärinnen auf die Schreibtische gelegt. Zwei Faxe hatte sie nur überflogen und dann auf die Eingangskörbe der Schreibkräfte verteilt. Der nächste Termin stand um achtzehn Uhr an und sie hatte sich für eine Dusche und gegen das Abrufen von E-Mails entschieden. Perfektes Auftreten bei jedem Kundenbesuch, zu jeder Zeit. E-Mails in den frühen Morgenstunden – automatisch versandt. Die richtige Sprache. Das waren einige der Berechtigungen für ihre Rechnungen, die ihr manchmal noch selbst Schwindel verursachten. Je mehr Geld sie verlangte, desto mehr Aufträge bekam sie.

Termine in Landshut waren ihr so lieb, wie sie selten waren. Sie hasste Wartezeiten auf Flughäfen und die Untätigkeit im Auto. Der Auftrag heute war am Dreifaltigkeitsplatz – nur zehn Fußwegminuten von ihrem Haus und Büro entfernt. Ein Glücksfall. Nettoarbeitszeit gleich Zeit beim Kunden. Das ergab eine Stundenrendite von vierhundertneunzig Euro. Ein Zahnarzt wollte ein Gesamtkonzept. Von Patientenempfang und Ablauforganisation bis zum zeitoptimierten Mahnwesen. Und eine Strategie, Patienten zu Wahlleistungen zu überreden. Sie nahm sich vor, eine besonders gepfefferte Rechnung zu stellen. Sie hatte ihren Zahnarzt in Verdacht, die Hälfte der Positionen seiner Rechnungen erfunden zu haben.

***

Hertha stand auf dem Balkon und kniff die Augenlider zusammen. Da ist niemand, dachte sie. Ich bin überreizt. Es war wohl ein wenig zu viel in letzter Zeit. All die Einladungen mit den anderen Partnern aus der Kanzlei, die Ballabende. Repräsentieren. Es hat mich mehr mitgenommen, als ich mir eingestehen will. Da ist niemand. Da kann niemand sein.

Sie öffnete die Augen, sah, wie sich die Alte aufrappelte, und schloss sie wieder. Hertha ballte die Hände neben ihren Schläfen zu Fäusten, holte tief Luft und begann zu kreischen. Sie kniff die Lider zusammen, schüttelte Kopf und Fäuste und kreischte. Ihre schwarzen Haare tanzten.

***

Ein Kreischen ließ Berenike anhalten und aufsehen. Eine Frau schrie, als ob ihr jemand ein Bein abschneiden wollte. Die Schreie kamen aus Richtung des Nachbargrundstücks. Das musste die Heldrich sein. „Die Zicke hat wohl eine Maus in ihrem Garten entdeckt", murmelte Berenike, steckte die oberste Karte des kleinen Stapels in ihrer Hand nach unten und prägte sich wohl zum hundertsten Mal die Gründungsdaten des Rats der D.A.M.E.N. ein. „Organisation gegründet 1913 von der Landshuter Ärztin Doktor Marita von Glochwitz, die ..."

„Das ist mein Balkon", sagte jemand leise, aber Berenike verstand jedes Wort. Es war die Stimme der Heldrich. Vielleicht sollte man ihr doch helfen, dachte Berenike. Sie sah auf die Uhr. Zehn Minuten vor sechs – der Zahnarzt erwartete sie um achtzehn Uhr. Pünktlichkeit war Pflicht in ihrem Beruf. Berenike ging noch einen Schritt.

***

Als Hertha beim Kreischen die Luft ausging, öffnete sie die Augen, atmete tief ein und wollte weiterschreien, als sie wahrnahm, dass vor ihr eine kleine Frau stand. Sie trug ein braunes Wollkostüm und eine lindgrüne, hochgeschlossene Bluse. Über der linken Ellenbeuge hing der Henkel einer grünen Lederhandtasche. Die alte Frau öffnete den Messingverschluss und holte ohne Suchen ein schwarzes Bakelitdöschen heraus, dessen Deckel sie abnahm und in die Tasche fallen ließ.

„Das ist mein Balkon", sagte Hertha und ließ die Arme sinken. Etwas Intelligenteres fiel ihr im Moment nicht ein.

„Mach schön den Schnabel auf, Berenike", sagte die Frau langsam mit einer tiefen Stimme, die Hertha unter anderen Umständen als angenehm empfunden hätte. „Praseodym macht dich zur Dame", murmelte sie, als ob sie eine Zauberformel aufsagte. Die Frau hatte den Arm ausgestreckt und ihre Rechte zur Faust geballt, direkt vor Herthas Gesicht.

***

„Mach schön den Schnabel auf, Berenike“, sagte eine zweite Stimme. Die Stimme einer alten Frau. „Praseodym macht dich zur Dame.“

Berenike erstarrte und wandte sich um. Sie stand vor einer grünen Pflanzenwand. Das Grundstück der Heldrichs war mit Zypressen, Wacholder und Kiefern eingerahmt. Die Stimmen konnten nicht weiter als ein paar Meter entfernt sein. Warum sprach jemand die Heldrich mit Berenike an? Warum, um Himmels willen, erwähnte da jemand Praseodym? Berenike ließ den Pilotenkoffer los, er taumelte auf seinen Rollen den Gehsteig hinab. „Halt“, rief Berenike. „Falsch. Ich bin Berenike.“ Sie wühlte sich durch Zypressenzweige und Wacholderäste. Nadeln verfingen sich in ihren Haaren, schoben ihre Brille von der Nase, stachen im Gehörgang. „Ich! Halt!“, rief sie. Zypressennadeln klebten auf der Zunge. „Halt.“ Ein Wacholderzweig im Hals dämpfte ihren Schrei.

***

„Das ist mein Balkon … Ich heiße nicht …“ In diesem Moment steckte die Alte einen Finger ihrer Rechten tief in Herthas Rachen und bewegte ihn darin, als wollte sie mit dem Zäpfchen Fangen spielen. Hertha schnellte zurück. Sie würgte, etwas Bitteres war so tief in ihrem Schlund, dass sie es nicht ausspucken konnte. Plötzlich war Stille um sie. Kein Vogelgezwitscher, auch kein Radio – als ob es nie existiert hätte. Ihr Magen verkrampfte sich, sie taumelte zurück, suchte Halt am Geländer und krümmte sich vornüber. Sie hatte den Mund weit geöffnet, etwas Grünes lief heraus. „Grün“, würgte sie hervor. „Was ist das?“ Sie röchelte, sammelte Speichel, wollte das Bittere im Rachen loswerden. In ihrem Bauch hatte sich ein Brocken Granit gebildet. Ihr Magen, ihre Eingeweide, alles in ihrem Leib schien sich zu einem Klumpen zusammengeballt zu haben. Sie spuckte das Grüne aus, das sich vor ihren Füßen in den Rillen der Zedernholzbohlen verlief.

„Was haben Sie getan?!" Hertha konnte nicht verhindern, dass sie schluckte. „Was war das?"

Sie richtete sich auf. Der Balkon war leer. Einbildung. Überreizt, dachte sie, dann fiel ihr Blick auf die alte Frau, die wieder über dem Geländer hing. Diesmal baumelten die Füße nicht außen, sondern über dem Bohlenboden des Balkons, und der Oberkörper hing draußen, über dem Holzboden, der vier Meter unter ihr den Boden bedeckte. Sie konnte da nicht hängen. Sie musste fallen. Die Frau zappelte nicht, sie bewegte sich nicht einmal. Hertha schloss einen Moment lang die Augen. Sobald ich sie wieder aufmache, ist das alles vorbei, befahl sie sich. Das ist verrückt. Unsinn. Schluss damit. Sie öffnete die Augen und die Frau war immer noch da. Aber es war noch schlimmer. Die Alte hing gar nicht über dem Geländer, sie schwebte ein paar Zentimeter darüber. Hertha fühlte sich leicht. Droge, dachte sie. Eine Droge. Habe ich Pilze gegessen? Wann habe ich das letzte Mal etwas getrunken? Sie sah an sich herunter. Der grüne Fleck auf den Holzbohlen bewegte sich langsam auf ihre Füße zu. Hertha kreischte. Sie wollte nach hinten springen. Es gelang ihr nicht. Ihre Füße traten ins Leere. Nicht der Fleck bewegte sich. Hertha bewegte sich langsam darauf zu. Sie schwebte. Hertha begann mit den Armen zu rudern und mit den Füßen zu strampeln. In Zeitlupe drehte sich ihr gestreckter Körper mit den wild gewordenen Extremitäten um die Hüfte nach hinten, bis sie kopfüber Zentimeter über dem Holzboden hing. Trotz allem gab ihr der Riesenknoten im Bauch ein Gefühl massiger Schwere. Stille umgab sie. Kein Vogelzwitschern, kein Insektensummen. Ein Traum, dachte sie, ein Traum.

***

Berenike wühlte sich tiefer in den Dschungel aus Bäumen und Büschen vor sich, aber kam zu keinem Ende. Alles was sie sah, waren braune, schwarze, grüne Flecken, Streifen. Zweige kratzten im Gesicht und verfingen sich in ihrer Frisur. Es war kein Entkommen aus dieser Hölle abzusehen. Die Spitzen des Jägerzauns stachen ihr in den Leib. Sie stand vornübergebeugt und ruderte mit den Armen in einem unendlichen Pflanzengewirr.

***

„Ganz ruhig", sagte Hertha zu sich. „Nur die Ruhe. Gleich ist alles vorbei. Das Mittagessen, die Pilze, Pilze, ja – Pilze! In den chinesischen Pilzen war ein Halluzinogen. Gleich ist alles vorbei. Festhalten. Nur festhalten." Bei diesen Worten schwebte der Buchenholzbalken des Geländers vor ihrem Gesicht vorbei und sie griff mit beiden Armen danach wie nach einem Rettungsring. Sie zog sich mit aller Kraft an das Geländer. Damit gab sie ihrem kopfüber hängenden Körper so viel Schwung, dass sie sich um den Griff als Achse nach außen drehte. Im nächsten Augenblick hing sie parallel zum Erdboden in vier Metern Höhe in der Luft. Sie sah nach unten, schrie auf und strampelte, schwamm, zuckte und wand sich, um zurückzugelangen. Alles half nichts. Sie drehte sich weiter, hielt sich am Geländer fest und trat in die Luft. Sie kam der Balkonbrüstung immer näher. Ihr rechter Fuß stieß gegen die Kante des Holzbodens, sie konnte ihren Griff nicht halten und wurde nach hinten und oben katapultiert. „Hilfe!" Nach Halt rudernd flog sie mit dem Rücken voraus in die Luft. Immer wieder stieß irgendetwas sie in den Rücken, an den Hinterkopf, knallte gegen Arme und Beine. Die Frau tief unter ihr rührte sich keinen Millimeter. Herthas Flug verlangsamte sich, die Stöße gegen ihren Körper wurden schwächer, aber schmerzten dennoch. Sie drehte den Kopf nach links, etwas Winziges traf sie am Kinn und schleuderte ihren Kopf nach oben. Zwanzig Zentimeter über ihr verharrte eine Amsel mit ausgebreiteten Flügeln und offenem Schnabel in der Luft. „Aua. Scheiße. Aufhören. Schluss. Ich kann nicht, ich will nicht, was ist das alles!" Sie hatte die letzte Silbe nicht ganz ausgesprochen, als sich plötzlich der Granitklotz in ihrem Leib auflöste. Eine Fliege verirrte sich in ihrem Gehörgang. Die Amsel schlug mit den Schwingen, der Luftzug traf Hertha im Gesicht. Ein Klecks Vogeldreck löste sich vom Hinterleib des Tiers und fiel auf Herthas Gesicht.

Hertha flog nicht mehr, sie fiel. Ihr Magen wurde leicht, der Inhalt stieß oben an.

„Zu Hilfe!", brüllte jemand von unten.

Hertha hatte aufgehört zu strampeln. Das war Wirklichkeit. Hertha träumte nicht, sie stürzte. Zwanzig Meter über den Bäumen ihres Gartens, Vogelscheiße im Gesicht, eine Fliege im Ohr, und jemand schrie ausgerechnet zu ihr um Hilfe.

Die Luft rauschte in ihren Ohren, sie drehte sich in der Luft kopfüber. Auch die Alte am Balkon unter ihr schwebte nicht mehr, sie stürzte. Ihre Oberschenkel rutschten eben über das Geländer. Sie suchte Halt mit den Armen, ihr Griff rutschte ab. Sie hatte den Kopf nach oben gedreht, starrte Hertha an und brüllte. „Berenike, Himmel noch mal!"

„Nein." Hertha verkrampfte sich. „Nein. Nur ein Traum, nur ein Traum." Sie presste die Lider aufeinander. Flieg, im Traum kannst du fliegen, dachte sie. Flieg. Hertha zog die Arme und Beine zum Körper, biss die Kiefer aufeinander, spannte jeden Muskel im Leib an, und dann schrie sie. Schrie, wie sie noch nie geschrien hatte. Etwas in ihrem Leib ballte sich zusammen. Ein Wackerstein bildete sich in ihrem Bauch und der Sturz hörte auf.

Sekundenlang verharrte sie in Embryohaltung in der Luft. Völlige Ruhe umgab sie. Sie bewegte sich nicht. Endlich wagte sie die Augen zu öffnen. Sie hob den Blick, streckte den Hals, sah nach oben. Die Amsel war ein paar Meter über ihr erstarrt. Sie sah nach links und stieß mit der Wange hart gegen etwas Kleines. Der Stoß schob nicht das Kleine zur Seite, sondern Hertha wurde sanft zur Seite geschoben. Es war eine Fliege. Eine Stubenfliege war vor Herthas Gesicht erstarrt. Langsam hob Hertha die Hand, streckte den Finger aus, wollte das Insekt zur Seite schieben. Es gelang nicht. Hertha bewegte sich, die Fliege blieb, wo sie war. Hertha beugte den Finger, legte den Fingernagel an die Kante des Flügels. Sie konnte durch feine Äderchen ihr Haus sehen. Hertha drückte vorsichtig. Keinen Mikrometer gab der Flügel nach, nur Hertha bewegte sich.

Sie entspannte die Beine, stand in der Luft wie auf festem Boden. Sie sah nach unten. Die Alte war die Hälfte der Strecke zur Holzplattform hinabgefallen. Ihren Kopf hielt sie steif überstreckt. Der Mund war zum stummen Schrei aufgerissen. „Nur nichts denken", flüsterte Hertha. „Langsam zu Boden. Aufwachen. Vorsichtig aufwachen."

Sie streckte die Arme aus und wollte nach unten auf die Holzplattform. Unendlich langsam drehte sie sich in die richtige Richtung. Es gefiel ihr nicht, dass ihr Kopf zum Boden wies, aber sie ließ es geschehen und bewegte sich bedächtig. Endlich lag sie wie zum Hechtsprung mit ausgestreckten Armen und Beinen schräg in der Luft. Genau auf den Platz zielend, auf den die Alte zuzustürzen schien. „Ich komme unten an und wache auf", sagte Hertha und ein Lächeln breitete sich auf ihrem Gesicht aus.

Herthas Flug wurde zügiger, ein oder zwei Zentimeter pro Sekunde, schätzte sie. Sie wurde schneller. Einmal riskierte sie, eine Hand nach links zu bewegen. Was sie nicht gewagt hatte zu denken, geschah: Ihr Flug beschrieb eine gemächliche Linkskurve. Sie brachte sich mit einem Wink der Rechten wieder auf die Bahn und nahm Spannung aus ihrer Haltung. Sofort wurde sie langsamer und hielt mitten in der Luft an. Drei oder vier Meter trennten sie jetzt von der alten Frau, die sie anzustarren schien. Bedächtig streckte Hertha sich, schob die Linke nach außen und nahm wieder Fahrt auf.

Ihre Fingerspitzen berührten den Boden. Ihr sachter Schwung drückte die Hände einige Zentimeter in den feuchten Humus, bis sie wie ein Speer über dem Rasen zum Halt kam. Der Riesenkloß in ihrem Magen schien erst nach ein, zwei Sekunden zu einem Halt zu kommen. Eine Weile verharrte sie so, in der Hoffnung, jetzt endlich aufzuwachen und dem Unsinn ein Ende zu machen. Dann, ohne dass sie etwas dafür tat, senkten sich ihre Beine, ihr Leib. Endlich wieder Boden unter mir, dachte sie, bis sie merkte, dass sie nur die Grasspitzen berührte, sie aber nicht einzudrücken vermochte. Sie sah nach oben, die Alte starrte in die Luft und bewegte keinen Muskel. Hertha zog die Beine unter den Körper, schwebte in eine Haltung, die man für einen Stand halten konnte, und streckte sich nach der Frau aus. Auf Zehenspitzen erreichte sie eben ihren Kopf, berührte sie und zog die Hand zurück, als hätte sie sich verbrannt. Die Haare waren wie Drahtseile. Hertha konnte sie keinen Millimeter bewegen. Sie wollte einen Schritt zurück machen, aber die Füße fanden keinen Halt, sie schwebte einen halben Meter über dem Boden.

„Jetzt ist aber Schluss", rief sie. „Runter. Aus. Ende. Das ist nicht mehr lustig. Traumende." Sie streckte die Arme aus, warf die Fäuste nach unten und wollte nichts so sehr, wie dem Spuk ein Ende zu bereiten.

Der Brocken im Bauch löste sich so plötzlich auf, wie er gekommen war. Herthas Magen wurde leicht wie in der Achterbahn, sie fiel den halben Meter und kam federnd auf dem Rasen zu stehen.

„Jetzt lass mich …" Der Körper der alten Frau knallte auf die Bretter, wurde ein paar Zentimeter zurückgeworfen und kam zur Ruhe.

Hertha rührte sich nicht. Die Alte musste tot sein. Ein paar Sekunden geschah nichts.

***

Berenike kämpfte sich durch das Astgewirr. Jemand schrie um Hilfe und dann gab es einen lauten Schlag, als ob etwas sehr Schweres herabgefallen war. Jemand sagte etwas, aber Berenike achtete nicht auf die Worte. Sie wühlte sich durch die Pflanzen, riss sich den Blazer an den Spitzen der Zaunlatten ein. Berenike suchte mit den Füßen Halt in den Zwischenräumen des Zauns. Einer der Pumps fiel auf den Gehsteig. Sie fand Widerstand am Zaun, stieß sich ab. Zweige rissen ihre Bluse auf. Die Brille ging verloren. Die Frisur hing irgendwo fest. Sie riss den Kopf zur Seite und hinterließ ein Büschel Haare. Berenike hing horizontal in den Bäumen und kämpfte sich vorwärts. „Halt. Nein." Licht. Licht drang durch die Äste. Fast hatte sie es geschafft. Sie musste es verhindern. „Ich bin es", rief Berenike. „Ich bin die Dame! Ich will das Praseodym."

***

„Na, da hast du aber noch etliches zu lernen, Kindchen", kam es aus der Alten, während sie sich keuchend zur Seite wälzte. „Warum hast du denn nicht geholfen, Berenike, Schätzchen?" Die Frau wuchtete schwer atmend den wogenden Oberkörper auf das breite Becken, brachte endlich erst eines, dann beide Beine unter sich, bis sie vor Hertha stand und schwankte. Sie sah an sich hinunter, knipste die Öffnung ihrer Tasche zu, die an ihrem Arm hing, als wäre nichts geschehen, und klopfte sich unsichtbaren Dreck vom Kostüm. „Ich hätte mich doch zu Tode stürzen können“, sagte die Frau mit Liebreiz in der Stimme. Sie beugte sich etwas vor, und flüsterte, die hohle Hand schalldämpfend an die Seite ihres Mundes gelegt: „Ich wollte ja rasch weiter, weißt du, Kindchen, aber dann war mir so eigenartig.“ Sie winkte ab und richtete sich auf. „Als hätte ich nie die Kräfte gehabt. Alles wie verschwunden.“ Sie sah nach oben. „Na, und dann bin ich hinuntergefallen. Das ist mir aber schon peinlich.“ Die Alte griff Herthas Hand mit der Rechten und legte ihre Linke darauf. „Nichts den anderen erzählen, gelt?“

Hertha schüttelte den Kopf. „Nichts den anderen ...“ Sie zog die Hand zurück und verbarg sie hinter dem Rücken. „Wer sind Sie?“

Die Alte schob plötzlich den Kopf nach vorne und sah Hertha aufmerksam an. Sie öffnete ihre Tasche, zog ein Spitzentaschentuch heraus und hielt es Hertha vor das Gesicht.

Hertha trat einen Schritt zurück. „Warum nennen Sie mich Berenike?“

Die Alte trat vor und wischte über Herthas Wange. Das Tuch war aus Seide. „Wenn dich die anderen Damen sehen ... Was sollen die denn denken, Kindchen.“ Sie sah den Vogeldreck auf dem Taschentuch an, runzelte die Stirn und spitzte die Lippen, bevor sie den Stoff zusammenfaltete und in die Handtasche zurücklegte. „Wir treffen uns bald wieder, Kindchen.“

Im nächsten Augenblick war die Alte verschwunden.

Von jenseits der Hecke rief jemand. Hertha achtete nicht darauf. Sie streckte den Arm nach der Stelle aus, wo im Moment zuvor die Frau gestanden hatte. Erst langsam, dann mutiger wedelte sie mit der Hand durch die Luft. „Nur ein Traum“, sagte sie. Sie stampfte auf den Boden, bückte sich und versuchte, mit den Fingern zwischen Fußsohle und Gras zu gelangen.

„Halt! Nein!“, brüllte jemand.

Hertha ignorierte es.

„Ich bin es“, rief die Stimme. „Ich bin die Dame! Ich will das Praseodym!“

Hertha blendete diesen Nachhall ihres Traumes aus. Sie stand fest auf dem Gras. Sie schwebte nicht. Sie richtete sich auf, sprang ein paar Zentimeter hoch, prallte zurück auf die Rasenfläche und lachte. „Schweben. Unsinn. Alles fest. Alles auf dem Boden."

Sie wollte ins Haus, um sich für den Abend zurecht zu machen. Nach zwei Schritten blieb sie stehen und schaute hoch zum Balkon. Sie fasste sich an den Rücken. Nichts tat weh. Sie beklopfte Beine und Arme. Keine Schmerzen. Sie schüttelte den Kopf. Wie bin ich hier heruntergekommen?, dachte sie. Komischer Traum. Es war wohl alles ein bisschen viel. Wird schon wieder.

Trotz der lauen Luft fröstelte sie und umfasste sich mit beiden Armen. Langsam ging sie mit gesenktem Kopf weiter über das Gras. Sie achtete auf jeden Schritt. „Ich werde alles unter Kontrolle behalten. Ich werde mich zusammennehmen. Ich werde nicht träumen." Sie blickte rasch um sich. „Wenn ich doch träume? Einfach ignorieren. Alles unter Kontrolle. Einfach ignorieren." Hertha ging die letzten Stufen der Treppe neben dem Bach hinauf. Vom Garten kamen Rufe herauf. Sie ging schneller.

Hertha stand kopfschüttelnd vor ihrer Haustür. War es nicht unmöglich, vom Balkon herunterzufallen und sich nicht zu verletzen? Noch einmal fuhr sie mit den Händen über Brustkorb, Bauch und Hüften. Nichts schmerzte. Aber wie war sie hier herausgekommen? Sie hätte durch die ganze Wohnung gehen, die Haustür öffnen und den Weg am japanischen Bach vorbei nehmen müssen. Die Terrassentür des Fitnessraums war verschlossen. Dort war sie nicht hinausgegangen. Es gab keine andere Möglichkeit, sie musste hier aus der Tür gekommen sein, aber es fand sich keine Spur davon in ihrem Gedächtnis.

Schweben, fliegen, alles Traumsymbole, dachte sie und ging den Plattenweg von der Haustür zur Straße auf und ab. Das bedeutet, ich will ausbrechen. Mein Unterbewusstsein sagt, es wird mir zu viel. Die Verantwortung, die Bindung, Elmars Karriere. Ich will frei sein.

Sie legte die Hände ineinander. „Aber nein", sagte sie und blieb stehen. „Das will ich alles nicht. Es geht mir gut." Sie ging weiter. „Es geht mir gut, es geht mir gut, es geht mir gut. Ich will nicht weg hier, ich will nicht schweben. Ich liebe Elmar. Ich liebe mein Leben und ich habe Hunger."

Sie lächelte über ihre Worte. Sie hatte nicht an Hunger gedacht, sie hatte nichts davon sagen wollen. Es kam einfach aus ihr heraus. Kontrolle, dachte sie. Sie konzentrierte sich – jedenfalls versuchte sie es, aber sie konnte sich auf nichts als auf ihren Hunger konzentrieren. Hertha konnte nichts anderes mehr denken. Sie hatte den größten Hunger, den sie jemals gespürt hatte. Heißhunger. Sie sah sich Berge von Fleisch essen, schlimmer noch, sie wollte Butter essen. Sie verzehrte sich nach einem Pfund Butter. Nussig und frisch und kühl direkt aus dem Kühlschrank.

„Um Himmels willen", sagte sie. „Was ist denn los mit mir?"

Sie sah sich um, ob sie jemand hören konnte. Sie wusste nicht einmal, ob sie Butter im Haus hatten. Sie achtete stets auf Fett und den Kaloriengehalt ihrer Ernährung.

Sie ging zurück zum Hauseingang und rüttelte an der Haustür. Verschlossen. Natürlich. Sie schlug mit der Faust dagegen. Sie musste essen. Das war kein normaler Hunger. Sie glaubte, sie würde die nächsten Minuten nicht überleben, wenn sie nicht bald ihre Zähne in ein cremiges Stück Butter versenken konnte. Schon wieder dieser Gedanke … Sie legte eine Hand flach auf den Bauch und drückte einwärts, um sich abzulenken. Sie spürte und hörte ein gewaltiges Magenknurren.

„Essen. Ich will hier rein. Hunger", stöhnte sie, während ihr Blick über die Fassade glitt, um eine Möglichkeit zu finden, ins Haus zu gelangen. Es gab keinen Ersatzschlüssel in einem Versteck, kein angelehntes Fenster. Aber sie hatte die Balkontür angelehnt. Wie konnte sie auf den Balkon kommen? Sie drehte sich um. Es gab eine Leiter in der Garage – und die war verschlossen.

Hertha fühlte sich bedroht vom Hunger. Er nagte, raubte ihr Kraft. Sie würde sterben, wenn sie nicht jetzt etwas zu essen bekam. Ihre Angst ließ sie nicht stillstehen, sie trippelte auf der Stelle. „Beeren. Obst. Kräuter", sagte sie zu sich. Jetzt hielt sie ihren Leib mit beiden Händen und drückte, so fest sie konnte. Sie rannte um das Haus, sprang über den Bach zur Hecke, lief auf und ab, blieb stehen und drehte sich im Kreis. „In diesem verfluchten Garten gibt es aber keine Beeren", sagte sie. „Scheißjapanischen Kies kann man nicht essen." Sie suchte die Beete nach Beerensträuchern ab und fand nichts. Sie hob den Blick, suchte in größeren Kreisen und stürzte endlich auf einen Wacholderbusch zu. Sie suchte Beeren, riss etwas von den Zweigen, stopfte sich eine Handvoll der Beute aus Zweigen und dunklen Beeren in den Mund und spuckte es sofort wieder aus. Ätzende Säfte breiteten sich auf der Zunge und im Schlund aus. Hertha spuckte und keuchte. „Hunger."

„Was ist denn mit dir?" Elmar stand zwischen Hausecke und japanischem Bach und starrte sie an. Aus der Aktentasche in seiner Linken ragten ein Aktenordner und das Ende einer Krawatte. Sein Jackett hing über dem Arm, sein weißer Kragen war geöffnet.

Hertha wirbelte herum. „Mach auf, mach auf, mach auf", rief sie und rannte auf ihn zu.

„Was ist denn los?" Elmar trat zur Seite, als Hertha an ihm vorbeistürmte.

„Ich brauche was zu essen und die Tür ist versperrt. Mach endlich auf." Sie rannte zurück zu ihm, riss Elmar den Hausschlüssel aus der Hand und stürzte wieder zur Tür. Essen, dachte sie, essen. Sie ließ die Schlüssel zweimal fallen, während sie versuchte, den richtigen zu finden. Endlich schwang die Holztür auf. Hertha ließ den Schlüssel stecken und war mit ein paar Schritten in der Küche. Die Edelstahltür des Kühlschranks schlug gegen die Wand. Ein Magnet samt Notizzettel fiel auf den Boden. Im Radio hielt Präsident Bush eine Rede vor Soldaten, die auf Kommando jubelten. Hertha griff sich ein Paket Butter, riss die Alufolie auf und biss ein Stück ab. Der Geschmack des Fettes, das Gefühl von Creme im Mund, die Aussicht auf Nahrung ließen sie stöhnen. „Herrlich", sagte sie durch Butterschmelz. Ihr Blick fiel auf eine halbe Tafel Vollmilchschokolade in einem Türfach. Mit der Linken griff sie ein freies Stück der Tafel und schüttelte, bis die Verpackung auf den Terrakottaboden fiel. Butter und Schokolade verschmolzen in ihrem Mund zu einer Creme der Götter.

***

Endlich hatte Berenike es geschafft. Ihr Kopf ragte zwischen den Zweigen einer Zypresse und einer Thuja hervor. Ohne Brille konnte sie nur verschwommen wahrnehmen, was in dem Garten war. Sie konnte niemanden sehen. „Hallo?“, rief sie. Sie befreite sich aus dem Dickicht und fiel kopfüber auf eine Buchsbaumhecke. „Hallo?“ Sie schlug hinter sich auf einen Zweig ein, der sich in ihrem Gürtel verfangen hatte. „Ist da jemand?“ Niemand antwortete. Berenike erhob sich und blickte sich um. Niemand war im Garten. „Hallo.“ Sie stampfte mit dem Fuß auf, um gleich darauf mit vor Schmerz verzerrtem Gesicht auf dem linken Bein zu hüpfen. Der rechte Schuh lag draußen auf dem Gehweg und sie war mit dem nackten Fuß auf einen Stein der Beeteinfassung getreten. Sie humpelte durch die geharkte Erde des Blumenbeets, stieg über die Hecke und hinkte über den Rasen. Das linke Bein war mit dem Absatz des verbliebenen Schuhs fünf Zentimeter höher als das rechte. Sie ballte die Fäuste und kniff die Augen zusammen, um besser sehen zu können. „Hallo.“ Sie schlug sich mit den Fäusten an die Oberschenkel. „Verdammt.“

Ich muss wissen, was das hier war, dachte sie. Sie sah auf die Uhr. Ein Kratzer zog sich von den Fingerknöcheln bis über das Handgelenk und setzte sich in einem tiefen Riss im Krokoarmband ihrer Patek Philippe Gondolo fort. „Scheiße. Sechs Uhr.“ Sie strich eine Haarsträhne aus dem Gesicht, sah an sich herunter. Der Saum ihres Blazers war über zwanzig Zentimeter eingerissen, überall klebte Erde am Stoff ihres Anzugs. Sie wischte über die Flecken und rieb sie noch tiefer in den Stoff. Ein Schuh und die Brille fehlten, ihre Frisur musste eine Katastrophe sein. – Der Koffer! Sie fuhr herum. Der Koffer mit allen Unterlagen der Kunden stand draußen. Jenseits der Pflanzenwand.

„Nein“, sagte sie und schüttelte den Kopf wie in Zeitlupe. „Nein.“ Sie legte beide Hände flach auf den Scheitel und ging in die Knie.

Nach einigen Sekunden stemmte sie sich hoch, zog den Blazer gerade, strich sich die Haare aus der Stirn und ordnete den Kragen ihrer Bluse. „Okay, okay. Alles halb so wild.“ Sie drehte sich einmal um die eigene Achse und suchte einen Ausgang aus dem

Garten. „Ich rufe den Zahnarzt an, dass ich später komme. Alles unter Kontrolle. Ich finde den Koffer." Sie hinkte zwei Schritte, dann stieß sie voller Wut den linken Schuh von sich. Er landete auf der Holzplattform vor dem Haus. „Ich rufe Gertraud an und frage sie, was los ist. Es ist ein Irrtum. Ich bin nicht verantwortlich." Sie trat gegen die Blüte einer Rose, die Blütenblätter verteilten sich auf der Buchsbaumhecke. „Ich muss mich nicht darum kümmern. Jemand hat einen Fehler gemacht. Alles wird in Ordnung kommen." Sie stapfte durch Beete und Rabatten und ließ keine Möglichkeit aus, auf Blumen und Pflanzen zu trampeln. „Der Rat wird das in Ordnung bringen. Keine Panik, Berenike. Cool bleiben." Sie blieb stehen und rieb mit beiden Handflächen ihre Schläfen.

Gertraud hatte sie nie angerufen. Sie war immer bei Berenike zu Hause aufgetaucht. In den letzten fünf Jahren hatte Berenike nie versucht, sie zu erreichen. Sie kannte keine Adresse, wusste keine Telefonnummer, nichts.

Sie ging weiter bergauf, um aus diesem verfluchten Garten hinauszukommen. Sie sah an dem Haus der Heldrichs empor. „Ich werde ein Auge auf sie haben", sagte Berenike.

***

„Was ist denn los mit dir, Hertha?" Elmars Tonfall hatte sich von erstaunt zu ärgerlich gewandelt.

Hertha sah kurz über die Schulter zu ihm, versuchte ein fettverschmiertes Lächeln, biss in die Butter und schob den Rest der Schokolade in den Mund. Der Hunger quälte sie weiter. Während sie wieder von der Butter abbiss, schob sie die Käseglocke vom Brett, nahm ein Viertelpfundstück Emmentaler in die Linke und biss auch davon ab.

Elmar stand jetzt neben ihr. Er hielt die Aktentasche und sein Jackett im Arm und folgte mit dem Blick Herthas Bewegungen. „Bist du krank? Was hast du denn? Warum warst du ohne Schlüssel draußen?"

Hertha schob ihn mit dem Arm etwas zur Seite und legte den Emmentaler zurück auf das Kühlschrankgitter, um sich einen gebratenen Hähnchenschenkel zu greifen. Hertha schmatzte und grunzte, kaute und schluckte und suchte dabei ständig den Kühlschrankinhalt nach Essbarem ab. Ein Rad Leberwurst mit Pelle, der Rest des Emmentalers, ein Paket Margarine stopfte Hertha, begleitet von Elmars Staunen, in sich hinein, bevor sie mit ihrem Mann sprechen konnte. „Hab so Hunger", war alles, was sie zwischen einem Schluck Vollmilch und dem zweiten Hühnerbein herausbrachte.

Elmar ließ seine Tasche fallen und zog Hertha am Arm, mit dem sie versuchte, das Hühnerbein zum Mund zu führen. „Hertha. Was ist denn? Hör doch endlich auf, Sachen in dich reinzustopfen." Ein stummer Kampf um das Huhn entbrannte. „Schluss jetzt", rief Elmar. „Ich will, dass du mir antwortest. Was – ist – los?"

Hertha ließ den Arm sinken, Elmar lockerte seinen Griff, worauf Hertha das Hühnerbein zum Mund brachte und ihre Zähne in das Fleisch senkte. Sieg.

Elmar schüttelte den Kopf. „Das", er deutete auf das Huhn, „sollte unser Abendessen sein."

Hertha biss ein Ei auf, sog den Inhalt aus, warf die Schale in die Spüle, nahm ein zweites und drittes und stand dann vor dem offenen Kühlschrank, in dem sie nichts Interessantes mehr entdecken konnte. Der Magen schmerzte, der Hosenbund spannte, aber der Hunger brannte unverändert. Sie drehte sich um, nahm eine Flasche Olivenöl vom Buchenholzbrett auf der Anrichte und schraubte den Deckel auf.

Elmar stöhnte. „Hertha, das ist widerlich." Er versuchte, ihr die Flasche wegzunehmen.

Sie wehrte ihn mit der freien Hand ab und drehte sich zur Seite. „Ich kauf noch was ein." Hertha nahm einen Schluck vom Olivenöl und spürte dem Gefühl in ihrem Bauch nach. „Was zum Abendessen", sagte sie am Flaschenhals vorbei. Der halbe Liter Olivenöl stillte Herthas schlimmsten Hunger vorerst. Sie knallte die leere Flasche auf die Anrichte, lehnte sich dagegen und rülpste laut. Elmar schreckte mit weit aufgerissenen Augen zurück.

Hertha atmete schwer. Ihr Hunger war Vergangenheit, zurück blieben Magenschmerzen und Scham.

Elmar sah abwechselnd Hertha, die Ölflasche und den Kühlschrank neben sich an. Sein Mund klappte bisweilen auf und wieder zu.

Hertha hielt sich den Bauch. „Ich weiß auch nicht, Elmar. Ich hatte so einen komischen Traum … War es ein Traum? Jedenfalls habe ich plötzlich wie verrückt Hunger bekommen. Also, als ich aufgewacht bin, hatte ich Hunger … Bin ich überhaupt aufgewacht? Also ich weiß auch nicht, aber so ein Hunger, du glaubst es nicht.“ Hertha sah an sich hinunter. Es musste Einbildung sein, aber sie glaubte unter ihren Händen den Umfang ihres Bauches schwinden zu fühlen. Auch fühlte sie sich nicht mehr so satt wie zuvor. Sie schob sich von der Anrichte weg, spähte an Elmar vorbei in den Kühlschrank und suchte.

Elmar warf die Kühlschranktür vor Herthas Nase zu. „Jetzt reicht es, Hertha. Ich will eine Erklärung. Und zwar sofort.“

Hertha langte an ihm vorbei nach dem Türgriff und zog. Er stemmte sich dagegen. „Lass mich“, sagte sie durch die Zähne.

„Kommt nicht in Frage. Nicht bevor du mir erklärst, was hier los ist.“

Hertha stemmte sich mit den Fersen in den Boden und zog, Elmar lehnte sich gegen den Edelstahl und hielt sich mit beiden Händen an der Tür fest. Sie kämpften ohne ein Wort, die Kühlschranktür öffnete und schloss sich.

Plötzlich ließ Hertha los, rannte aus der Küche, an der Garderobe vorbei, durch die Haustür hinaus und zum Garagenvorplatz, wo Elmars Volvo-Kombi stand. Noch bevor sie den Wagen erreicht hatte, machte sie kehrt, achtete nicht auf die Kieselsteine, die sich in die Fußsohlen gruben, und stürzte zurück zur Haustür. Elmar wich gerade noch rechtzeitig aus, als Hertha zum Telefontischchen rannte, ihre Handtasche an sich riss und wieder hinausfegte. In der Tür kam sie zu einem Halt, indem sie sich am Rahmen festhielt. Sie bemühte sich, ein Lächeln auf ihr Gesicht zu zaubern. „Ich geh uns was zu essen holen, ja?“

Elmar starrte nur Herthas Füße an. Er bückte sich, griff ein Paar der Schuhe, die in Reihe hinter der Tür standen, und hielt es Hertha hin.

„Danke“, versuchte sie zu flöten, nahm die Pumps und rannte zum Auto.

Hertha gab zu viel Gas, als sie vom Grundstück zurücksetzte. Das Autoradio war auf einen Nachrichtensender eingestellt, der Neuigkeiten in die Welt brüllte. Aus dem Augenwinkel nahm sie die Nachbarin wahr, die sich vor dem Wagen mit einem Sprung in die Rabatte gerettet hatte. Die Unternehmensberaterin, die Wedes, dachte Hertha.

Sie stoppte, um den Vorwärtsgang einzulegen, fuhr aber nicht los. Sie drehte sich um und vergewisserte sich dessen, was sie gesehen hatte: Die Wedes stand barfuß, voller Schmutz und mit zerrissener Jacke auf dem Gehsteig und starrte Hertha an. Ihrer Duttfrisur waren mehr dunkle, glatte Haare entkommen, als noch an ihrem Platz lagen.

Vogelscheuche, dachte Hertha, gab Gas und fuhr den Wirtsanger in Richtung Schloss Adelmann entlang. Sie bog in die Weinzierlstraße und sofort danach wieder links ab. Sie drehte beim Fahren den Kopf hin und her, um die Quelle des Quietschens um sich herum zu suchen, bis sie feststellte, dass es die Reifen ihres Wagens waren.

„Halt endlich den Mund", rief sie, als im Radio Präsident Bush zitiert wurde, und knipste das Gerät aus. Sie schoss die Graben-Straße hinunter, wich einem Bus über den Gehsteig aus, achtete nicht auf die Einbahnstraße und raste durch das Burghauser Tor die Alte Bergstraße hinunter, bis sie auf den Dreifaltigkeitsplatz einbog und auf den Parkplatz kurvte. Ein Hupkonzert begleitete sie. Der Wagen rollte in eine Parklücke hinein. Sie stieg aus und wollte losrennen.

Hertha zögerte. Was ist da los?, dachte sie. Jemand steckt mir was in den Mund, ich fange an Unsinn zu träumen und danach fresse ich wie ein Rudel Wölfe. Sie zwang sich, stehen zu bleiben und die Pumps überzustreifen. „Die Munchies", rief sie und richtete sich auf. Sie sah sich um und bemerkte eine Frau im Dirndl, die Hertha erst in die Augen sah, dann verlegen zur Seite blickte und in einem Schaufenster angelegentlich die angeklebten Zeitungsblätter betrachtete.

Nach ihrem ersten Joint im Studium hatte Hertha die Munchies gehabt. Unstillbarer Hunger. Die Alte hatte ihr also irgendeine Droge in den Mund gesteckt. „Aber warum?", murmelte sie, während sie die Tür des Volvos versperrte. „Warum verpasst mir eine Oma im Kostüm mit Handtasche aus dem letzten Jahrhundert eine Dosis Droge und verschwindet wieder?" Ihre Gedanken schweiften ab zu dem Würstchenstand unter den Arkaden in der Altstadt. Unter den Bögen, wie man in Landshut sagte. Sie beschleunigte ihre Schritte.

Eben passierte sie den Vorplatz vor der Martinskirche und freute sich auf ein halbes Dutzend Bratwürste, als sie verstand. „Erpressung", sagte sie und blieb stehen. „Die Alte verpasst mir Drogen, schwärzt uns bei der Polizei an, irgendwie gibt es einen Drogentest und Elmar ist seinen Job wieder los." Der Martinsturm meldete mit seinen Glocken träge sechs Uhr. Hertha ging weiter, aber sie bremste ihre Schritte. „Diese Bande." Sie achtete auf ihren Gang. Nichts anmerken lassen. „Die eifersüchtigen Kollegen. Die Jüngeren. Natürlich." Niemand durfte merken, dass sie unter Drogeneinfluss war. Alles kontrollieren, dachte sie. Ein paar Würstchen und ein Abendessen für Elmar kaufen, dann ab ins Bett, morgen ist der Rausch vergessen. Niemand darf etwas merken. Aus den Augenwinkeln versuchte Hertha zu erkennen, ob die Leute sie anstarrten. Ob sie sich auffällig benahm?

Der Geruch des offenen Bratwurststands wurde intensiver. Hertha zwang sich, nicht zu rennen. Endlich. Niemand stand an. Der Verkäufer sah Hertha an, wischte sich die Rechte an seiner Schürze ab, dann kratzte er sich den Oberschenkel, der in einer Jeans mit ungleich abgeschnittenen Beinen steckte. Die Schürze sah aus, als ob nicht mal die fettige Hand dieses Mannes sie noch nennenswert hätte beschmutzen können.

„Sechs. Ohne Semmel." Sie kramte in ihrer Tasche nach dem Geldbeutel.

„Sechs Stück, drei Paar", sagte der Mann und wandte sich seinem Grill zu, wo er einige der in Reihe bratenden Würstchen mit einer Zange wendete.

„Sechs Paar", sagte Hertha in ihre Tasche.

Der Mann kratzte sich am Kopf und untersuchte einige der helleren Würste auf der rechten Seite des Grills.

***

Zur gleichen Zeit ging Ruth Mersbach die *Altstadt* hinunter, die Hauptstraße der Landshuter Altstadt. An beiden Armen hing eine Einkaufstüte. Ruth schwitzte. Sie hatte die Mundwinkel hinabgezogen und murmelte vor sich hin, seitdem sie den Supermarkt am Dreifaltigkeitsplatz verlassen hatte. „Unwürdig“, grummelte sie. „Ehrwürdige Prosedetin der D.A.M.E.N. und schleppt Einkaufstüten durch die Gegend. Unwürdig.“ Sie hätte schweben können, wenn das Unbeweglichkeitsdogma sie dann nicht gezwungen hätte, ihre Einkäufe zurückzulassen. Außerdem hasste sie es, nach einer gewidmeten Transformation fressen zu müssen wie ein Schwein.

Hinter ihr kreischte eine Frau, ein Mann rief etwas Unverständliches. Ruth blieb stehen und sah sich um, wie es einige Dutzend Leute aus dem Einkaufsgewühl um sie herum ebenfalls taten. Auch ihr Blick wanderte nach oben, wohin einige mit ausgestrecktem Arm zeigten. Eine Frau stand in einem Giebelfenster eines der gotischen Häuser. Sie hatte die Hände an die Außenseite des Fensterrahmens gelegt, ohne sich festzuhalten, und kippte in Zeitlupe nach vorne. Nur Bruchteile einer Sekunde konnte es noch dauern, dann würde sie das Gleichgewicht verlieren und zehn Meter hinunter auf das Kopfsteinpflaster stürzen.

Ruth spannte den Körper an, das Gefühl des Granitblocks im Magen kam sofort. Der Lärm um sie herum verstummte, die Leute erstarrten. Sie ließ die Einkaufstüten los. Sie blieben, wo sie waren, schwebten zwanzig Zentimeter über dem Boden. Ruth verlor den Kontakt zum Boden, streckte den Arm aus und schwebte in einer Linkskurve über die Straße, hinüber zum Giebel des Hauses, wo die Frau im Zwanziggradwinkel auf dem Fensterbrett stand.

Ein Schlag gegen die Stirn ließ Ruth den Kopf einziehen. Unwillkürlich legte sie die linke Handfläche auf die schmerzende Stelle, wo sie eine Fliege, ein fallender Tropfen Vogeldreck oder sonst etwas getroffen hatte. Ihr Flug verlor die Richtung, sie taumelte, drehte sich um die eigene Achse und kippte vornüber. „Diese ekelhaften …“, rief sie und verstummte im gleichen Augenblick, als sie merkte, dass sie den erstarrten Köpfen der Gaffer zu nahe kam. Ihr linker Knöchel stieß gegen die Fingerspitze eines zeigenden Mannes. Sie stöhnte auf, aber sie bekam ihren Flug unter Kontrolle und schwebte mit halber Geschwindigkeit weiter, wobei sie sich ständig nach Hindernissen in der Luft umsah und einem Vogel und zwei Bienen auswich. Es war so entwürdigend. Ruth presste die Kiefer aufeinander.

„Nutzlos", murmelte sie, während sie einige Zentimeter vor der Frau leicht auf und ab schwingend zum Halten kam. „Nutzlos, es hat ja doch keinen Sinn." Sie streckte die Hand aus und berührte die blonden Haare der jungen Frau, die einer Marmorstatue gleich im Fenster erstarrt war. Ohne sich dessen bewusst zu werden, strich sie über ihr eigenes, graues Haar, das zu einem Dutt gebunden war. „Die Menschen ermorden ihre Nachbarn, sich selbst, bringen die Welt immer näher an den Abgrund, und was kann ich tun?" Sie drehte sich schwebend zur Seite, stieß sich die Hand an einer Falte in der Bluse der Frau und machte sich auf den Weg zurück auf die Straße. Sie steuerte um einen Schwarm Mücken herum, umkurvte die Hochsteckfrisur einer alten Frau und drehte sich in einen aufrechten Sinkflug zwischen ihre beiden Einkaufstüten, die zwanzig Zentimeter über dem Boden auf sie warteten. Einen Fingerbreit über dem Boden schwebend griff sie in die Trageschlaufen und entspannte sich, während sie ausatmete. Sie schloss die Lippen und Lider. Der Steinbrocken in ihrem Magen schien sich noch einige Male auf und ab zu bewegen, dann löste er sich auf.

Die Sohlen ihrer Schuhe schlugen auf den Boden. Das Kreischen der Frauen, die Rufe der Männer, das Vogelzwitschern ertönten wieder, die Taschen zogen an ihren Armen. Ein Mann, der hinter ihr gegangen war, stieß gegen sie und begann sich zu entschuldigen, doch brach mitten im Satz ab.

Ruth blieb noch einige Sekunden stehen, nachdem das Geräusch des Aufpralls verklungen war. Für einen Moment verstummte die Menge, dann schrien die Menschen lauter als zuvor. Alles strömte zu der Stelle, wo die junge Frau auf dem Gehweg liegen musste. Ruth atmete tief ein, hielt die Luft an und presste die Lippen aufeinander. Menschen drängten sich an ihr vorbei, stießen sie, achteten nicht auf sie und riefen sich gegenseitig ihre Vermutungen über das Geschehene zu.

Endlich überwand Ruth ihre Erstarrung. Der Hunger kommt gleich, dachte sie. Wie üblich kommt der Hunger. Nichts kann ich tun, nichts. Alles geht seinen Gang. Alles ist eine große Lüge. Die Welt stirbt und wir können nichts tun. Nichts.

In ihren Tüten war kaum etwas, was unzubereitet gegessen ein Vergnügen gewesen wäre. Rechts, wo sie eine Metzgerei unter den Bögen kannte, nahm sie Bratwurstgeruch wahr und folgte dem Hungergefühl, dem zu widerstehen Ruth vor sechzig Jahren aufgegeben hatte. Als sie die offene Wurstbraterei erreicht hatte, stellte sie die Taschen neben sich auf den Steinplattenboden und wartete, bis der Verkäufer sich von seinem Grill zu ihr umdrehte. Ihr Magen knurrte. Ruth sah sich aus den Augenwinkeln nach Umstehenden um, denen das Geräusch auffallen konnte. Neben ihr stand eine Frau in Jeans und T-Shirt, die in der Linken ein Papiertablett mit einem Stapel Würsten balancierte und mit der Rechten die zweite Wurst innerhalb weniger Sekunden in den Mund stopfte.

„Ein Dutzend", sagte Ruth und riss sich los vom Anblick der jungen Frau, die nur auf ihre Mahlzeit achtete.

Der Blick des Verkäufers sprang von der jungen zu der alten Frau, seine Mimik wechselte zwischen Freude, Staunen und Unglauben. Er schob den Kopf nach vorne, zog die Augenbrauen hoch und sagte zögernd: „Ein Dutzend Paar Würstchen?"

„Sehe ich so verfressen aus?", herrschte Ruth den Mann an und sah die Esserin von der Seite an, die sich die nächste Wurst in den Mund schob.

Der Verkäufer hob die Hände. „Entschuldigen's schon", sagte er in niederbayerischem Dialekt. „Sechs Paar also." Er drehte sich zu seinem Grill um, wendete eine Wurst und sah Ruth über die Schulter an. „Sagen's, was ist'n da los? Die Leut' schreien und laufen alle da rüber. Is' was passiert?"

Ruth antworte nicht.

Die Frau neben ihr rülpste laut. Ihre Hand schnellte zum Mund, sie sah sich um. „Entschuldigung", murmelte sie und ging unter den Bögen in Richtung St. Martin davon, während sie ständig nach rechts und links blickte.

„Machen Sie doch ein Dutzend Paar draus", sagte Ruth zum

Rücken des Würstchenbraters. „Und lassen Sie die Semmeln weg." Es ist ekelhaft, dachte Ruth. Die ständige Fresserei ist widerlich. Wenn es wenigstens etwas nützen würde!

***

Hertha ging unter den Bögen und sah jeden an, der ihr entgegenkam. Wurde sie angestarrt? Fiel sie auf? Schwankte sie? Konnte man erkennen, dass ihr jemand eine Droge verabreicht hatte? Der Martinsturm meldete die Viertelstunde. Sie wischte sich mit dem Handrücken über Mund und Kinn und verschmierte Bratwurstsaft und Butterreste über ihr Gesicht.

Die Alte würde sich wieder an Elmar und sie wenden, das war klar. Eine Erpressung machte nur Sinn, wenn man eine Forderung stellte. Hertha knetete ihre Finger vor dem Bauch. Eine Erpressung war sinnlos, wenn es keinen Grund mehr dafür gab. Sie lächelte. Für eine Erpressung brauchte die Alte etwas Beschämendes. Sie musste nachweisen können, dass Hertha Drogen genommen hatte. Wie konnte man Drogen nachweisen?

„Haare, Urinprobe, Speichel", zählte Hertha an ihren Fingern ab, um sofort die Hände hinter dem Rücken zu falten. Keine Selbstgespräche, dachte sie. Nicht auffallen, befahl sie sich. Sie griff sich in die Haare. Nicht zum Friseur, dachte sie. Niemand darf Haare von dir in die Finger kriegen. Nur noch auf die eigene Toilette. Wie lange konnte man Drogen nachweisen? In ein paar Wochen musste sie sich selbst die Haare kurz schneiden und den Abfall verbrennen. Sie ballte die Fäuste hinter dem Rücken. Wenn ich nur die Alte in die Finger kriege, dachte sie. Der werde ich ihren Plan austreiben. Die wird Augen machen, wenn sie merkt, dass ich sie durchschaut habe.

Sie blieb stehen. Ein Mann stieß von hinten gegen ihre Schulter, verneigte sich und zog den Hut im Vorbeigehen.

Sie hatte vergessen einzukaufen. Für Elmar musste sie normal erscheinen. Ihren Ausrutscher von heute Abend würde sie nicht erklären können, aber er würde ihn vergessen. Elmar durfte nichts erfahren, dann konnte er sich in der Kanzlei auch nicht auffällig benehmen. Sein Job war ihrer beider Existenz. Darauf kam es jetzt an. Hertha musste für beide denken und handeln.

Sie machte auf dem Absatz kehrt. Die Metzgerei war einige Häuser in Richtung Isar. Rindersteaks, dachte sie. Elmar mochte Steaks. Hatte sie noch Kartoffeln zu Hause? Sie würde Pommes frites machen, frisch zubereitet, die Kartoffeln selbst schneiden und frittieren. Elmar liebte …

„Na, Kindchen, hast du dich beruhigt?“ Die alte Frau stand vor Hertha und lächelte sie an. „Ach schau nur, Berenike, du hast dich ja vollgekleckert.“ Die Alte knipste ihre Handtasche auf, holte ein frisches Spitzentaschentuch heraus, schüttelte die Falten aus und wischte auf Herthas T-Shirt herum.

Hertha packte die Frau am Handgelenk, sah sich nach allen Seiten um und zog sie mit sich. Die Alte stolperte die Stufen aus den Bögen auf den Gehweg hinter Hertha her und ließ sich ohne Widerstand in die Steckengasse mitnehmen. Dabei plapperte sie Sachen wie „… das erste Mal …“, „Das gibt sich wieder“ und „Das ging uns allen so“.

Hertha schob die Frau an die Wand des Grasberger Hauses, ohne ihr Handgelenk loszulassen. Während sie sich immer wieder umsah, zischte sie: „Jetzt halten Sie den Mund und hören mir zu.“ Komisch, dachte Hertha, sie wehrt sich nicht. Sie tippte mit dem Zeigefinger der freien Hand vor das Brustbein der Alten. „Erstens: Ich heiße nicht Berenike, wann geht das endlich in Ihren Schädel rein?“ Sie schüttelte den Arm der Alten. „Zweitens: Ich habe Sie längst durchschaut. Sie glauben wohl, sie haben mich reingelegt? Pah. Wir gehen jetzt sofort zur Polizei.“

Die Alte befreite ihr Handgelenk mühelos aus Herthas Griff und verstaute ihr Tuch in der Tasche. „Ja, natürlich, Kindchen.“ Zwischen ihren Augen vertieften sich die Falten. „Nicht Berenike, sagst du? Mhh.“ Sie sah nach rechts und links und schob dann den Kopf nach vorne. „Ursel heiße ich. Ursel Gumprecht. Erinnerst du dich jetzt, Kindchen?“ Sie lächelte. Die Falten zwischen den Brauen wurden flacher. „Der Rat der D.A.M.E.N. schickt mich.“

Keine Reaktion von Hertha.

„Der Rat“, betonte Ursel. Sie wartete. „Die Damen.“ Kurze Pause. „Na, das erste Mal ist immer eigenartig.“ Sie kratzte sich an der Schläfe und zog die Mundwinkel hinab. „Ich hab wohl vergessen, wie das wirklich war." Ihr Lächeln erschien wieder. „Ist ja auch schon eine Weile her, nicht?"

„Der Rat?" Hertha trat einen Schritt zurück. „Die Damen? Warum will der – Rat – uns erpressen? Warum geben Sie mir Drogen? Wer oder was ist denn dieser Rat?"

„Drogen? Erpressen?" Ursels Sorgenfalten erschienen wieder. „Da wird eine neue Dame fünf Jahre lang ausgebildet und dann vergisst sie durch das Praseodym alles sofort wieder …! Sogar den eigenen Namen! Also, bei mir war das nicht so schlimm. So viel weiß ich doch noch." Sie beugte sich vor, strich Hertha mit dem Handrücken über die Wange und lächelte. „Kopf hoch, das wird schon wieder. Mach dir nicht allzu viele Sorgen." Sie wandte sich ab und ging die Gasse hinunter.

Hertha sprang ihr hinterher, packte sie an der Schulter und drehte Ursel zu sich um. „Praso…dings … – also doch eine Droge! Ich hab's ja gewusst. Glauben Sie bloß nicht, dass Sie das noch einmal mit mir machen können. Bleiben Sie mir vom Leib, okay?"

Ursel zog die Augenbrauen hoch. „Praseodym? Noch mal? Selbstverständlich nicht. Praseodym bekommt man nur einmal im Leben." Sie hob einen Zeigefinger. „Nur die Ausgewähltesten, nur nach langer Prüfung und nur nach langer Vorbereitung und Ausbildung." Jetzt klang eine Spur Ärger in der Stimme der Alten. Sie ließ die Hand sinken. „Na, es wird dir schon wieder einfallen. Und nun lass mich gehen, ja? Ich muss dringend etwas essen." Sie rieb sich die Magengegend.

Hertha ließ die Hand von Ursels Schulter gleiten. Ursel fing sie auf und tätschelte Herthas Handrücken mit der Linken.

„Nur einmal?", sagte Hertha. „Was wollen Sie denn von uns? Was wollen Sie von meinem Mann? Geld?"

Ursel ließ Herthas Hand fallen. „Mann?" Ihre Tonlage war einem Kreischen nahe. „Kindchen, du bist – verheiratet? Das ist ja furchtbar!"

„Äh, nein", sagte Hertha.

Ihre Worte blieben ohne Wirkung auf Ursel. „Das hat es ja noch nie gegeben!" Ursel ging zwei Schritte rückwärts. Sie schüttelte den Kopf.

„Wann hört das Prasodings wieder auf zu wirken?“ Hertha ging Ursel einen Schritt hinterher.

Ursel drehte sich um und lief die Gasse hinunter, wobei sie ständig Hertha mal über die eine, mal über die andere Schulter ansah. „Aufhören?“ Ursel lachte. „Aufhören? Das hört nicht auf.“

„Laufen Sie nicht weg“, rief Hertha und rannte ihr nach.

Ursel lief, so schnell es ihre kurzen Beine und die Absätze erlaubten. Immer wieder drehte sie sich um, wobei sie jedes Mal die Richtung verlor und so in einem weiten Slalom die Steckengasse hinunterlief, bis sie in die Neustadt einbog, wo Hertha sie aus den Augen verlor.

„Die Alte ist einfach verrückt“, sagte Hertha außer Atem und blieb stehen. „Verrückt. Der Rat. Die Damen. Praso-sonstwas wirkt für immer. Alles Unsinn. Die spinnt einfach.“ Hertha strich sich das T-Shirt glatt, wischte über die Jeans und atmete tief durch. „Jedenfalls bin ich sie los.“ Sie legte beide Hände auf die Magengegend. Kein Hunger mehr, dachte sie und ging langsam in Richtung Altstadt. „Alles ist wieder gut“, murmelte sie. „Nichts anmerken lassen. Abendessen kaufen. Alles kommt wieder in Ordnung. Die bin ich los. Ja.“

Sie kaufte das beste Rinderfilet, das der Metzger ihr zu bieten hatte, dazu luftgetrockneten Schinken und italienische Salami für das Frühstück. Sie sah der Verkäuferin beim Verpacken der Waren zu und jubelte innerlich, als ihr übel wurde, nachdem sie daran gedacht hatte, etwas davon zu essen. „Es wirkt also doch nicht ewig“, sagte sie zu sich und winkte der Verkäuferin, die sie fragend ansah, mit einem Lächeln ab. Natürlich, schalt sie sich stumm. Natürlich hört es auf zu wirken. Die Alte spinnt, vergiss sie einfach.

Sie bedankte sich für die Papiertüte, die ihr die Verkäuferin über den Tresen reichte. Hertha ließ das Mädchen einen Euro Wechselgeld behalten und ging pfeifend aus dem Laden. Im Supermarkt am Dreifaltigkeitsplatz würde sie junge Kartoffeln und Curryketchup holen. Sie würde Elmar ein Abendessen nach seinem Geschmack servieren. Sie fühlte sich wach. Keine Anzeichen eines Rausches. Morgen früh würde alles vergessen sein.

In ein paar Wochen dachte niemand mehr an diesen Abend. Wenn Elmar auf einer Erklärung bestand, würde sie einen Nervenzusammenbruch behaupten. Es war alles zu viel gewesen. Dann war noch die Freude über seinen Erfolg in der Kanzlei dazugekommen, und da hatte sie eben die Kontrolle verloren. Das würde er glauben.

Sie trat aus dem Schatten der Arkaden hervor und hatte den Fuß des Martinsturms vor sich. Der steht hier seit mehr als fünfhundert Jahren und wird noch mal so lange hier stehen bleiben, dachte sie. Ein Turm für die Ewigkeit. Sie ließ im Vorbeigehen die Fingerspitzen über die Fugen gleiten. Eingelassene Gedenktafeln in altdeutscher Schrift mit Totenköpfen zogen an ihr vorbei. Sie stellte sich die Menschen vor, an die diese Tafeln erinnerten. Menschen, die an Gott und die Obrigkeit glaubten. Die nie aus Landshut herausgekommen waren. Für die es einen Himmel und eine Hölle gab. In einer Zeit, da die schlimmste Droge der Alkohol war. Sie wollte wie diese Menschen sein. Sie wollte in Ruhe mit Elmar den Erfolg genießen und sich um nichts Schwierigeres als um Haus und Garten kümmern müssen.

Als Hertha die breite Treppe am Vordereingang von St. Martin hinter sich gelassen hatte, war sie sich sicher, dass alles in Ordnung kommen würde. Sie schlenderte am Börsencafé vorbei und dachte darüber nach, sich eine Viertelstunde dort hineinzusetzen und einen Cappuccino zu trinken. Sie entschied sich dagegen. Elmar war es zuzutrauen, dass er die Polizei nach seiner Frau suchen ließ, wenn sie lange genug wegblieb. Ihr Auftritt vorhin musste genug Anlass für ihn sein, jede Art von Verhängnis zu erwarten. Hertha sah auf die Uhr. Zwanzig vor sieben. Vierzig Minuten schienen ihr genug Zeit für eine Überreaktion ihres Mannes. Sie ging wieder schneller. Ein paar Kartoffeln wollte sie noch im Supermarkt an der Ecke kaufen, bevor sie nach Hause fuhr.

Aus dem Augenwinkel nahm sie eine Bewegung wahr. Ein Kind rannte über die Straße, auf seine Mutter zu, die auf der anderen Seite der Straße stand und es rief. In der Mitte der Straße blieb das Kind stehen und bückte sich. Ein Schuhband war aufgegangen. Aber da war ein Lieferwagen, der auf das Kind zufuhr. Eben war er noch nicht zu sehen gewesen, plötzlich war er aufgetaucht.

Hertha war losgerannt, bevor sie sich dafür entschieden hatte. Fünf, sechs Meter trennten sie von dem Mädchen. Das Mädchen nestelte am Schuh. Der Lastwagen war noch drei Wagenlängen entfernt. „Vorsicht", brüllte Hertha. Der fährt viel zu schnell, der schafft es nicht zu bremsen, dachte sie. Ihr Blick huschte vom Kind zum Fahrer. Der Mann hatte sich über den Beifahrersitz gebeugt und schien etwas aus dem Handschuhfach zu holen. Er sieht das Kind nicht, dachte sie, er ist viel zu schnell. „Achtung!" Sie hob den Arm, um dem Fahrer zu winken. Zwei Meter zum Kind. Der Wagen war direkt vor ihnen. Das Mädchen sah sich nicht um, es schaute nur auf seine Schnürsenkel. Hertha sprang und packte das Kind im Flug um die Schulter, riss es um, sie rollten weiter, stießen zusammen gegen die Bordsteinkante. Das Kind schrie, die Mutter brüllte den Namen des Kindes.

Hertha öffnete die Augen. Der Wagen war verschwunden. Das Kind lag auf Herthas Bauch und zappelte in ihren Armen, die Mutter stand neben ihnen und zog am Arm des Mädchens. „Elisa, steh auf", kreischte sie. „Lassen Sie meine Tochter los. Loslassen, habe ich gesagt. Loslassen!"

In diesem Moment raste ein Lastwagen der Art, wie ihn Hertha vor zehn Sekunden gesehen hatte, an den beiden vorbei und bog mit quietschenden Reifen in die Spiegelgasse ab.

Endlich brachte sich Hertha dazu, ihren Griff um das Mädchen zu lösen. Die Papiertüte mit Fleisch riss unter dem Zerren der Mutter an ihrer Tochter. „Der Laster", sagte Hertha und schob sich hoch, so dass sie im Rinnstein saß. Sie sah die Mutter an. „Der Laster. Wieso ist der erst später gekommen …" Hertha zeigte hinter sich auf die Straße. „Beinahe …" Sie sah sich um, blickte die Straße hinauf und hinunter. Es war kein Verkehr zu sehen. Menschen blieben stehen, bildeten einen lockeren Halbkreis um die Mutter, das Kind und Hertha. „Fast überfahren …" Hertha stand mühsam auf. Ihre Hose war an der Seite eingerissen, eine Schürfwunde an der Hüfte leuchtete rot. Sie drehte ihren Arm und besah sich ihren Ellbogen. Straßenstaub und Blut mischten sich und liefen den Unterarm hinab.

„Welcher Laster?", rief die Frau und umklammerte ihr Kind vor sich. „Der ist doch viel später gekommen. Sie haben mein Kind von hinten angesprungen und gegen den Bordstein …" Sie schob das Mädchen von sich, drehte sie um und strich ihr über Kopf, Schultern und Arme. „Hast du dir was getan, Kindchen?"

Hertha erschrak bei dem Wort Kindchen und sah den Halbkreis der Gaffer an, die sich immer dichter drängten. Der Gehweg bot nicht mehr genug Raum, einige Menschen suchten hinter Hertha auf der Straße Plätze.

Hertha trat auf den Gehsteig und unterdrückte einen Schmerzensschrei. Ihr linkes Fußgelenk war verletzt.

Die Mutter strich einige Male über die Haare ihrer Tochter, drehte sie wieder mit dem Rücken zu sich und presste die Arme um ihre Schultern. „Innere Verletzungen … wer weiß, ob sie nicht innere Verletzungen hat. Wir gehen zum Arzt. Wir zeigen Sie an." Die Frau sah sich in der Runde um und erntete Kopfnicken.

„Aber – aber sie wäre doch beinahe überfahren worden." Hertha deutete hinter sich auf die Straße. „Da war doch der Laster. Der Fahrer hat sie nicht gesehen und ist auf sie zugerast. Ich …"

„Nichts war da", rief die Mutter. „Die Straße war frei." Sie erhielt die Zustimmung der Menge.

„Aber der Laster ist doch viel zu schnell gefahren", sagte Hertha und zeigte noch immer hinter sich auf die Straße.

„Quatsch", rief die Frau. „Da haben Sie schon längst hier gelegen, als der vorbeigefahren ist." Sie blickte in die Runde. „Sie wollen sich produzieren, das ist es. Sie wollen sich hier aufspielen. Lebensretterin und so. Was wollen Sie denn von mir? Lassen Sie uns in Ruhe. Wir wollen nichts mit Ihnen zu tun haben." Die Menge murmelte Beifall. Einzelne begannen zu lachen und zeigten auf Hertha.

„Ist der Kleinen was passiert?", fragte sie, streckte die Hand aus und trat einen Schritt auf die beiden zu.

Die Mutter wich nach hinten aus, aber sie stieß gegen die Mauer der Gaffer, die ihre Plätze nicht aufgeben wollten. „Fassen Sie sie nicht an." Ihre Stimme verriet Angst. „Wenn Sie sie noch einmal anfassen, zeige ich Sie an."

„Aber ist ihr denn etwas passiert?"

Das Wohlwollen der Menge schwankte einen Moment in Richtung Hertha. Rufe wie „Alles in Ordnung" und „Sieht doch gesund aus" drangen aus dem Lärm hervor.

Hertha sah in die Runde. Einige lachten, andere schüttelten die Köpfe. Ein alter Mann mit grünem Filzhut schüttelte die Faust in Richtung Hertha. Herthas Blick blieb an der Frau neben dem Alten hängen. Ihre Nachbarin. Die Wedes. Die Wedes, die noch vor ein paar Minuten barfuß, zerlumpt und verdreckt vor ihrem Haus im Wirtsanger gestanden und Hertha angefunkelt hatte. Jetzt trug sie ein dunkelbraunes Kostüm mit zweireihiger Jacke, passende Pumps und war perfekt frisiert. Die Wedes sah Hertha an. Sie zog ihre Augenbrauen zusammen, dann drehte sie auf dem Absatz um und verschwand hinter der Mauer der Schaulustigen.

Hat die Wedes etwas mit der Alten zu tun?, fragte sich Hertha. Es konnte kein Zufall sein, dass sie ihrer Nachbarin zweimal in einer Stunde begegnet war. Hertha traf sie sonst höchstens einmal im Monat. Was war los?

Hertha trat vom Gehsteig auf die Straße und humpelte näher an den Ring der Gaffer. Was war geschehen? Hatte die Droge der Alten ihr Zeitempfinden verändert? Warum hatte sie geglaubt, dass der Lastwagen viel näher war als in Wirklichkeit? Erst als sie schon längst am Boden gelegen hatten, war der Wagen vorbeigerast. Bei diesem Tempo musste er über hundert Meter entfernt gewesen sein, als sie das Mädchen gepackt hatte.

Sie drängte sich durch die Zuschauer, bahnte sich einen Weg, indem sie die kiloschwere Tüte voll Fleisch vor sich hin und her schwang, und stieß sich dabei den aufgerissenen Ellenbogen an jemandem. Ein Mann rief ihr Beschimpfungen hinterher wegen des Blutes, das ihr Arm auf seinem Hemd hinterlassen hatte. Das Zetern der Mutter übertönte die unzufriedenen Rufe der Menge. Hertha drehte sich nicht mehr um und ging zu ihrem Auto.

Die Droge wirkt noch, dachte sie. Ich muss aufpassen. War der Lastwagen eine Halluzination? Einen Moment erfasste sie

Panik, als sie an die Worte der Alten dachte: *Aufhören?*, hatte die Alte gerufen und gelacht. *Das hört nicht auf.*

Ich muss mich zusammennehmen, dachte sie. Kontrolle, Kontrolle, Kontrolle. Morgen früh wird es weg sein. Keine Droge wirkt ewig. Und ich muss auf die Wedes Acht geben. Irgendwas hat die mit der Sache zu tun.

***

Eineinhalb Stunden später schob Elmar den Stuhl vom Buchenholzesstisch zurück und faltete die Hände über dem Bauch. „Steaks mit Pommes frites – ich liebe es.“ Er lächelte Hertha an.

Hertha sah auf die Uhr. Kurz vor acht. Elmar würde die Nachrichten sehen wollen, bevor sie den Burgunder öffneten, den er vor zehn Jahren gekauft hatte, als er in die Kanzlei eingestiegen war, und der seitdem darauf wartete, getrunken zu werden. Die Nachrichten würden Elmar von seinen Fragen abhalten. Hertha hatte ihre Nervenzusammenbruchsgeschichte während des Essens wiederholt und ausgeschmückt, aber Elmar schien immer noch nicht zufrieden zu sein. Sie hatte ihre Verletzungen mit einem Sturz beim Einkaufen erklärt, was Elmar mit einem Kopfschütteln beantwortet hatte.

Hertha stand auf und versuchte, Humpeln und Stöhnen zu vermeiden. Ihr Ellbogen und die Schürfwunde auf der Hüfte pochten, ihr Knöchel war angeschwollen. Sie stellte die Schüsseln ineinander, schob die übrigen Pommes frites und einen Rest vom Filet von ihrem auf Elmars Teller und schraubte die Ketchupflasche zu. Zum Glück war ihr Heißhunger vom Nachmittag verschwunden. Sie fragte sich, ob er wiederkommen konnte. Elmar schien genau beobachtet zu haben, wie viel sie aß. „Die Nachrichten“, sagte Hertha und lächelte trotz Schmerzen. Ihr Lächeln war echt. Seitdem sie vor der Menge um die hysterische Mutter geflohen war, war nichts Außergewöhnliches geschehen und Hertha war sich sicher, dass dies so bleiben würde. Sie würde dafür sorgen. Sie hatte sich im Griff. Die Droge hatte aufgehört zu wirken und noch einmal würde sie sich nicht hereinlegen lassen.

Elmar sah auf die Uhr, schien ein paar Augenblicke nachzudenken, dann stand er auf. „Ich helfe dir", sagte er.

„Lass doch", sagte sie zu schnell und fügte ruhiger hinzu: „Ich komm schon zurecht. Ruh du dich aus, du hast es dir verdient."

Er nahm Schüsseln und Teller und ging mit Hertha in die Küche. „Bis du sicher, dass du in Ordnung bist?" Er stellte das Geschirr in die Spüle, drehte sich um und lehnte sich an die Küchenarbeitsplatte. „Wenn es da ein Problem gibt, bei dem ich dir helfen … ich meine …"

Hertha beherrschte sich. „Aber das weiß ich doch, Elmar. Ich verheimliche nichts." Hertha kam sich mies vor. „Das war eben ein wenig anstrengend alles. Ich hab monatelang die Gastgeberin gespielt. Manchmal habe ich das Gefühl gehabt, von deinen Partnern regelrecht begutachtet zu werden. Na ja, das war mehr Stress, als ich gedacht hatte." Sie versuchte ein Lächeln. „Aber sieh es so: Besser, das entlädt sich einmal heftig, als dass ich es in mich hineinfresse."

Beim letzten Wort zuckten Elmars Lippen.

Sie stellte die Ketchupflasche in den Kühlschrank, klappte die Tür zu und lehnte sich an. Die Kälte des Edelstahls drang durch ihre Bluse. Sie drehte sich, um ihre Schürfwunden an Ellenbogen und Hüfte zu kühlen.

Elmar verschränkte die Arme vor der Brust. „Bist du wirklich sicher, dass du in Ordnung bist?"

Hertha lächelte und nickte. „Geh deine Nachrichten anschauen, Schatz. Ich räum hier auf."

Er überlegte, nickte dann, sah auf die Uhr und ging ins Wohnzimmer.

Hertha nahm ein blaues Gelkissen aus dem Gefrierschrank und drückte den Beutel auf die Hüfte, während sie durch die Küche humpelte.

Sie füllte eben Pulver in die Spülmaschine, als der Türgong ertönte. Hertha richtete sich auf und sah auf die Uhr. Aus dem Wohnzimmer drang die Stimme der Nachrichtensprecherin. Sie zitierte aus der Rede des amerikanischen Präsidenten. Hertha wurde schwindelig, sie glaubte eine Sekunde lang, Doppelbilder zu haben. Sie fühlte sich bedroht. Was war das? Hertha schüttelte den Kopf. Sie hatte das Gefühl, dieser Typ verfolgte sie heute.

So plötzlich wie es gekommen war, verschwand das Gefühl wieder.

Elmar schien die Glocke nicht gehört zu haben. Hertha spähte aus dem Küchenfenster, konnte aber niemanden sehen. Sie hatte keine Verabredungen heute Abend. Ein Kollege, schoss es ihr durch den Kopf. Einer der Partner wollte Elmar vielleicht noch einmal privat gratulieren oder mit ihm anstoßen. Hertha sah an sich hinunter. Sie trug eine saubere Jeans und eine weiße, langärmelige Bluse frisch aus dem Kleiderschrank. Die Wunden waren verbunden und unter der Kleidung verborgen. Es gab ungeschriebene Regeln in Elmars Kanzlei und manche davon galten auch für die Ehefrauen der Partner.

Sie ging zur Haustür und blieb stehen. Sie strich sich die Haare zurück, während sie die Augen schloss und alle mimischen Muskeln entspannte. Dann setzte sie ein Lächeln auf, drückte die Klinke und wählte die Worte für einen herzlichen Empfang.

Kaum war die schwere Holztür halb geöffnet, wollte Hertha sie wieder zuwerfen. Draußen stand die Alte.

Ursel Gumprecht trat einen Schritt vor, die Tür stieß gegen ihren halbhohen, breiten Schuh. Sie lächelte nicht mehr.

„Gehen Sie, gehen Sie", zischte Hertha und drückte gegen die Tür. „Lassen Sie mich in Ruhe, ich hole die Polizei. Was wollen Sie?"

„Du heißt nicht Berenike." Die Alte sah Hertha in die Augen und strich dabei mit der Rechten über den Bauch ihrer Handtasche, die in der linken Ellenbeuge hing. „Nicht Berenike Wedes und dies ist der Wirtsanger einundzwanzig und nicht dreiundzwanzig." Ursel Gumprecht streichelte ihre Tasche. Sie hob den Kopf und betrachtete die Ziffern aus Schmiedeeisen über der Tür.

„Einundzwanzig", flüsterte Hertha, sah über die Schulter nach Elmar und wandte sich wieder der Alten zu. „Hertha Heldrich, nicht Berenike Wedes." Sie deutete aus der Türöffnung nach links. „Da drüben. Gehen Sie, gehen Sie. Sie haben die Falsche erwischt. Machen Sie, was Sie wollen, aber lassen Sie mich in Ruhe." Sie lehnte sich mit der Schulter gegen die Tür, aber Ursel Gumprecht nahm ihren Fuß nicht von der Schwelle.

„Jetzt hilft es nichts mehr, Kindchen. Du bist jetzt eine Dame. Besser, ich erklär dir alles."

Hertha verdrehte die Augen. „Schluss jetzt mit dem Geschwätz. Ob ich eine Dame bin oder nicht, hängt nicht von Ihnen ab, und jetzt lassen Sie mich endlich in Ruhe. Ich brauche keine Erklärungen."

„Hertha, Schatz, was ist denn? Wer ist denn da?" Elmar kam den Flur entlang.

Hertha öffnete die Tür weiter und rang sich ein Lächeln ab. „Ach Elmar, das ist Frau Gumprecht. Vom ... Sozialverein. Wir wollten noch was wegen der Aktion für das Kinderheim besprechen." Hertha stellte sich seitlich zwischen Elmar und Ursel Gumprecht. „Frau Gumprecht, ich glaube, Sie haben meinen Mann Elmar noch nicht kennen gelernt."

„Dein Mann also." Sie sah Elmar ernst an. „Sie sind also mit Hertha verheiratet."

Elmar konnte ein Lächeln nicht unterdrücken. „Ja – haben Sie etwas dagegen?"

Ursel Gumprecht nahm den Fuß aus der Tür und legte die Hände ineinander. Die Ledertasche legte sich über ihre breiten Hüften. „Oh, ich persönlich nicht." Sie sah kurz zu Boden, dann wieder zu Elmar. „Es – macht die Dinge schwieriger. Aber gut." Ursel Gumprecht legte die Linke auf Herthas Unterarm. „Hertha, Kindchen, ich muss mit dir allein sprechen. Sie erlauben, Herr Heldrich ...?"

Elmar lächelte. „Natürlich. Das Kinderheim ist sicher eine wichtige Angelegenheit. Ich will dem nicht im Wege stehen."

„Bin gleich wieder bei dir, Schatz." Hertha tastete nach dem Hausschlüssel auf dem Tischchen und zog die Tür hinter sich zu, während Ursel Gumprecht sie nach draußen zog.

„Nenn mich Ursel. Wir haben eine Menge zu besprechen, wo sind wir ungestört?" Sie ging um die Hausecke und zog Hertha hinter sich her.

„Keine Vertraulichkeiten." Hertha sprach leise, aber scharf. „Wir haben nichts zu besprechen. Sie lassen mich jetzt los, gehen weg und kommen nicht wieder. Haben wir uns verstanden?" Sie riss sich los und wedelte in Richtung des Nachbarhauses. „Gehen Sie zu Berenike Wedes oder wohin Sie wollen, aber gehen Sie."

Ursels Hände schnellten vor, packten Hertha am Kragen der Bluse und zogen sie zu sich hinab. „Du bist jetzt eine von den Damen. D – A – M – E – N", buchstabierte die Alte und schüttelte Hertha. „Es gibt kein Zurück. Das musst du verstehen. Kein Zurück. Finde dich damit ab."

„Unsinn", begann Hertha, aber Ursel winkte ab.

„Du hast das Praseodym bekommen. Du hast deine erste gewidmete Transformation erlebt." Sie fasste sich an die Stirn. „Seit vierundsechzig Jahren die erste neue Dame und ich gebe der Falschen das Praseodym. Es ist furchtbar. Der Rat darf es nie erfahren. Hörst du, Hertha? Der Rat darf es nie erfahren. Du musst mir helfen."

„Ich soll Ihnen helfen? Jetzt ist aber Schluss. Ich …"

Ursel achtete nicht auf Herthas Worte. „Du bist geflogen. Es ist unwiderruflich. Du bist eine der Damen." Ursel hob den Zeigefinger und buchstabierte: „D-A-M-E-N steht für Dauerhaftigkeit, Analyse, Macht, Endlosigkeit und Natürlichkeit. Wir …" Ursel richtete sich auf, breitete die Hände aus und sprach sehr leise. „Wir retten die Welt. Ständig. Seit 1913."

„Unsinn, Unsinn, hören Sie auf mit dem Unsinn. Ich will nichts mehr hören. Ich bin nicht geflogen, ich bin keine D-A-M oder was auch immer."

„Es ist kein Unsinn und du weißt es genau." Ursel deutete erst auf den Boden, dann in die Luft. „Du kannst es wieder tun, jetzt, hier. Versuch es."

„Sie haben mir eine Droge gegeben – dieses Praseodym, und ich habe mir eingebildet zu fliegen." Hertha war sich ihrer Sache nicht sicher.

Ursel nahm Hertha bei den Schultern, zog sie zu sich hinab und sah ihr in die Augen. Hertha war keine zwanzig Zentimeter von diesem zerfurchten, freundlichen, aber ernsten Gesicht entfernt. „Hertha, Kindchen, du machst es, indem du die Fäuste ballst und alle Muskeln in deinem Körper anspannst. Und du musst es wollen. Fertig?" Ursel ließ Hertha los und trat einen Schritt zurück. „Sei vorsichtig, um dich herum bleibt die Zeit stehen. Alles andere ist wie eingefroren. Das Unbeweglichkeitsdogma. Nur eine andere Dame kann in deine Zeit eindringen. Und das nur, wenn sie sich in deiner Nähe transformiert. In deiner Zeit kannst du nur dich selbst bewegen, hörst du? Das Unbeweglichkeitsdogma – denk daran. Transformiere dich. Tu es."

Hertha rührte sich nicht.

„Tu es", sagte Ursel langsam.

„Ich tue, was Sie sagen, nichts wird passieren und dann gehen Sie endgültig, klar?" Hertha ballte die Fäuste. „Sehen Sie, nichts passiert." Sie spannte die Beinmuskeln, die Bauchmuskeln, die Arme an. „Sehen Sie, nichts geschieht – also gehen ..." Herthas Mund blieb offen stehen. Da war das Gefühl des Felsbrockens in der Magengegend wieder. Die Vögel waren verstummt, nichts war zu hören. Ursel wurde kleiner, alles um sie herum wurde kleiner – nein – Hertha bewegte sich nach oben. Sie schwebte.

„Ist das wahr?" Hertha bewegte ihre Hand. Jede Bewegung ihres Körpers geschah gegen einen Widerstand, als ob sie damit einen Kreisel aus dem Gleichgewicht brachte. Hertha war jetzt einige Meter über dem Giebel ihres Hauses. Aufrecht stehend stieg sie langsam höher. Sie streckte den Arm aus, sofort veränderte sich ihre Flugbahn. Sie spannte den Arm an und nahm Geschwindigkeit auf. Sie zeigte nach oben, ihr Körper schnellte in steiler Flugbahn in die angegebene Richtung.

„Wow", rief Hertha und lachte. „Wahnsinn. Ich fliege, ich fliege." Sie drehte die ausgestreckte Hand, ihr Körper gehorchte und sie flog eine Pirouette nach der anderen. Sie wich Vögeln und Insekten aus, jauchzte, genoss die Fliehkraft der Kurven und erlebte den Rausch der Geschwindigkeit, die sie nur mit dem Wink einer Hand kontrollierte. Sie arbeitete sich in die Höhe, wagte immer neue Manöver.

„Ursel, wie höre ich damit auf?", rief sie nach unten, während sie in Baumwipfelhöhe über ihr Grundstück raste. „Ursel!"

Es kam keine Antwort.

Hertha ließ ihren Arm locker, unmittelbar war sie langsamer. Lässig deutete sie mit entspannten Fingern bald nach rechts, bald nach links, oben und unten. Schließlich kam sie hinter Ursel zehn Zentimeter über dem Boden zu einem wiegenden Halt.

Ursel stand und rührte sich nicht. Hertha streckte ihren Arm nach ihr aus, bewegte sich in Zeitlupe auf sie zu und berührte ihre Schulter.

„Wie Stein", entfuhr es Hertha. Ursels Kostüm fühlte sich an wie Marmor. Ihre Haare waren wie eingefroren, jedes einzelne unbeweglich wie eine Stahltrosse. „Ursel?" Eine andere Dame konnte in ihre Zeit eindringen, wenn sie sich in ihrer Nähe transformierte, hatte Ursel gesagt. „Na bitte, jetzt wäre es Zeit dafür", sagte Hertha und tippte Ursel auf die Schulter. „Ursel. He, Ursel."

Sie reagierte nicht. Hertha schwebte einige Zentimeter über dem Boden. Was jetzt?, dachte sie. Sie wedelte mit den Armen, als ob sie in der Luft schwamm, aber ihr Abstand zum Boden veränderte sich nicht. „Mist", rief sie. „Ursel!"

Vollkommene Stille umgab sie.

„Okay, okay", sagte sie und atmete tief aus. „Nur die Ruhe, es muss ja irgendwann aufhören." Während sie sprach, berührte sie den Boden, die Vögel zwitscherten wieder und Ursel drehte sich um. Der Brocken in Herthas Bauch schwang noch einige Sekunden nach, dann löste er sich so plötzlich auf, wie er gekommen war.

„Der Hunger wird bald kommen." Ursel nahm Herthas Hand und zog sie weiter. Sie gingen die Treppe neben dem japanischen Bach hinunter in den Garten. „Gib ihm nach, hörst du? Niemals darfst du es aufschieben. Du musst essen. Es ist sehr gefährlich, wenn du nicht isst nach der gewidmeten Transformation." Ursel zog die Augenbrauen in die Höhe. „Es gibt so viel zu wissen. Es gibt so viele Gefahren." Ursel strich Hertha ein paar Mal über den Oberarm. „Meine Güte, du weißt gar nichts. Fünf Jahre hat Gertraud Fuchs Berenike ausgebildet. Sie weiß alles. Du hältst die Zeit an, verstehst du? Raum und Zeit sind aufgehoben für dich – deshalb scheint es dir, dass du fliegen kannst. Nur eine andere Dame kann in die angehaltene Zeit eindringen."

„In meine Zeit eindringen? Wie soll das gehen?", fragte Hertha.

Ursel senkte den Kopf und ging um Hertha herum. Sie sprach ohne aufzusehen, während sie abwechselnd den Zeigefinger ans

Kinn oder in die Luft hielt. „Wenn der Hunger kommt, dann iss, Kindchen. Fett, Öl. Fett ist gut. So viel Energie wie möglich, so schnell wie möglich."

„Ich weiß." Hertha legte die Handballen an die Schläfen und schüttelte den Kopf. Das war alles Wahnsinn. „Nein. Ich weiß nicht. Ich will es nicht wissen. Um Himmels willen."

„Nichts weißt du." Ursel legte beide Handflächen auf die Wangen.

„Ja. Ich meine: nein. Ursel ... ich verstehe das nicht." Hertha schüttelte den Kopf.

„Ich habe mir alles überlegt. Nur Gertraud kennt Berenike. Du bist ab jetzt Berenike für den Rat. Morgen ist Ratssitzung. Ich werde Gertraud fernhalten. Du musst nur hingehen, nichts sagen. Sag um Himmels willen vor allem nicht, dass du verheiratet bist. Aber hör genau zu. Wirst du das tun?"

„Sag mir, wie das geht, in meine Zeit eindringen, dann sag ich dir, ob ich es tun werde."

Ursel seufzte, strich sich mit beiden Händen über das Haar und bewegte den Kopf hin und her. „Kindchen, es ist unmöglich, dir alles zu erklären. Nicht so schnell. Du brauchst Zeit." Sie umfasste Herthas Schultern. „Wirst du morgen zum Rat gehen und tun, was ich dir sage?"

Hertha schob Ursels Hände zur Seite und verschränkte die Arme vor der Brust. Sie schüttelte den Kopf. „Erst, wenn du mir ein paar Dinge erklärst. Also, wie kann ich in die Zeit einer anderen Dame eindringen und wie geht es andersherum?"

„Du? In die Zeit einer Dame eindringen?" Ursel lachte. „Nie." Sie schüttelte den Kopf. „Wie kann eine Dame in deine Zeit eindringen? Wenn ich das selbst so genau verstehen würde." Ursel ließ den Blick die Gasse hinauf und hinab fliegen. „Es gelingt nicht immer und nicht jede Dame kann es." Sie hob die Schultern. „Die Begabungen sind unterschiedlich. Manche fliegen schneller als andere, manche haben die Zukunftssicht. Die habe ich nicht, aber ..." Sie hob den Zeigefinger. „Aber ich kann mich transformieren und einer Dame in ihre Zeit folgen." Ursel knetete ihr Doppelkinn. „Auch Ruth kann es." Sie zog die Augenbrauen nach oben. „Es scheint etwas mit der Zeit der anderen Dame zu tun zu haben. Ich kann sie bremsen, meine beschleunigen. Ich …" Sie winkte ab. „Hör auf zu fragen, Kindchen. Diese Kräfte wirst du nie haben. Du bist nicht auserwählt, ein Unfall. Zukunftssicht, die Zeit einer anderen Dame, das ist nichts für dich, du …"

„Ich habe einen Lastwagen gesehen, der ein Kind überfährt", sagte Hertha. „Ich habe das Kind von der Straße geholt und dann war der Lastwagen plötzlich doch nicht da. Aber nach ein paar Sekunden, da kam er. Wenn das Praseodym keine Droge ist, was war das? Hat das was mit diesen …", Hertha hob die Hände in Schulterhöhe, „… Kräften zu tun?"

Ursels Tasche fiel auf das Gras. „Zukunftssicht – Eindeutig. Du hast die Zukunftssicht erleben können? Noch bevor du jemals Unterricht hattest? Das ist unerhört." Ursel hob die Tasche auf, ging einen Schritt nach rechts, einen nach links und kratzte sich am Kinn. „Die Zukunftssicht kommt spät, wenn sie kommt. Bei den meisten Damen nie. Sie ist nicht abhängig von der Transformation, sie kommt und geht, wann sie will. Selten. Sehr selten." Sie sah auf. „Unerhört. Das hat es noch nie gegeben. Der Rat muss es wissen. Du hast ungewöhnliche Kräfte, Kindchen. Vielleicht sollte alles so sein." Sie spielte mit dem Messingverschluss ihrer Handtasche.

„Zukunftssicht? Ich will das alles nicht." Hertha fasste Ursel an beiden Handgelenken. „Hörst du, Ursel? Ich will nicht. Mach mich wieder normal. Du musst mich wieder normal machen. Gib Berenike das Praseodym. Ich will es nicht. Ich kann es nicht. Ich will mein altes Leben zurück."

Ursel schüttelte den Kopf. „Es gibt kein Zurück. Es tut mir leid, Hertha. Es geht nicht."

Hertha zerrte an Ursel Armen. „Es muss gehen. Bitte."

„Du hast ein neues, ein sehr langes Leben vor dir." Ursel sah Hertha ernst an. „Du wirst länger leben, als du es dir vorstellen kannst."

Hertha hielt Ursels Hände umklammert und rührte sich nicht. „Länger? Länger als Elmar, länger als meine Familie, meine Freunde?"

„Viel länger."

Hertha sprach sehr leise. „Wie alt bist du?“
„Hundertfünfzig Jahre.“
Sie ließ Ursels Hände fallen und drehte sich um. „Du hast mich unsterblich gemacht? Mein Mann wird vor mir sterben, wer weiß, was noch alles kommt.“ Sie unterdrückte Tränen. „Und du hast – einen Fehler gemacht? Einfach so einen Fehler gemacht? Oh, entschuldigen Sie, ich habe eben Ihre Pläne für den Rest des Lebens umgeworfen. Tut mir leid. Ich hoffe, es stört nicht allzu sehr.“ Sie wandte sich mit einem Ruck Ursel zu. „Das kann nicht dein Ernst sein. Mach es rückgängig. Es muss einen Weg geben.“
Ursel hob die Hände. „Ich bin die Botin des Rates seit fünfzig Jahren. Ich bin zuständig für die Verabreichung des Praseodyms. Ich muss es wissen. Es gibt keine Möglichkeit. Es gibt kein Zurück.“
Hertha lachte. „Du hast gesagt, ich bin die erste neue Dame seit vierundsechzig Jahren. Und du machst es seit fünfzig Jahren.“ Sie verschränkte die Arme vor der Brust und nickte übertrieben. „Du hast eine Menge Erfahrung. Du hast das schon – lass mich zählen – einmal gemacht. Wow, eine Menge Erfahrung.“
„Es ist eine große Aufgabe, Hertha. Wir retten die Welt. Wir retten die Welt vor der Zerstörung durch die Männer.“
Hertha schlug sich vor die Stirn. „Oh nein. Ich glaub es nicht. Die Retter der Welt.“ Sie schüttelte den Kopf. „Ich bin im falschen Film.“
„Bitte hilf mir. Der Rat darf es nicht erfahren. Sie würden mich bestrafen.“ Ursel rieb sich die Hände. „Es ist doch sowieso nicht mehr zu ändern. Du kannst also ebenso gut für Berenike einspringen.“
„Aber Berenike wird es merken.“ Hertha deutete auf das Nachbarhaus hinter den Bäumen. „Sie wird sich bei diesem Rat beschweren.“
Ursel schüttelte den Kopf. „Sie kennt nur die Ausbilderin Gertraud Fuchs. Ist ein wenig schusselig. Ich werde sie ablenken. Wenn dich der Rat kennen gelernt hat, wird er dich annehmen. Berenike hat fünf Jahre gewartet, sie wird noch länger warten

können. Irgendwann wird sie vergessen."

„Länger warten? Sagen wir … sechzig Jahre?" Hertha winkte ab. Dann stützte sie das Kinn auf die Handfläche. „Fliegen, die Welt retten." Sie lächelte. „Das klingt alles ziemlich abgefahren."

„Abgefahren?" Ursel sah Hertha mit großen Augen an.

„Ich mach es."

Ursels Gesicht entspannte sich.

Hertha hob die Hand. „Auf Zeit. Du findest raus, wie du mich wieder normal machen kannst und so lange spiele ich die Berenike. Abgemacht?"

Ursel schüttelte den Kopf. „Ich weiß wirklich nicht, wie ich das fertigbringen soll." Sie nahm Herthas Rechte zwischen ihre Hände. „Übermorgen ist die Ratsversammlung. Sei um vier Uhr nachmittags im Burghof." Ursel schien sich zu verkrampfen. „Ich bin auch da. Denk dran, du bist Berenike."

Sobald Ursel das letzte Wort ausgesprochen hatte, war sie verschwunden. Hertha drehte sich im Kreis, schaute nach oben. Ursel war nicht da.

„Hertha?" Elmars Stimme kam von oben.

Hertha legte eine Hand auf den Bauch. Der Hunger kam. Sie musste essen.

„Ich komme", rief Hertha und ging die Treppe neben dem Haus nach oben.

2. Kapitel

Ursel entspannte sich noch im Flug einen halben Meter über dem Boden, fiel auf den Kies und nutzte den Schwung, um weiter zum Treppenaufgang ins Innere der Burg zu laufen. Es war der Tag der Ratssitzung. Der Kies knirschte unter ihren Schritten. Sie achtete nicht auf die Menschen um sich.

„Mama, warum ist die Frau da jetzt vom Himmel gefallen?“, rief ein Kind, das an der Hand seiner Mutter am Fuß des Aufgangs stand. Die Mutter schüttelte den Arm ihrer Tochter, sah kurz zu Ursel und hieß das Mädchen schweigen. Das Kind streckte die Hand aus und zeigte auf Ursel. „Doch Mama, die alte Frau da ist einfach vom Himmel gefallen.“ Die Mutter lächelte Ursel an, beugte sich zu der Kleinen hinab und zischte dem Kind etwas ins Ohr.

Keine der Ratsfrauen war zu sehen. Gertraud kam immer früh, aber dass sie Viertel vor vier schon an ihrem Platz war, bezweifelte Ursel. Sie stürmte die Treppe hinauf. Ihre Schritte hallten auf den schief abgelaufenen Steinstufen, von denen sie jede zweite übersprang. Sie bog links ab, stürmte einen Gang entlang und durch die Verbindungstüren einer Flucht von Zimmern. Sie keuchte. Endlich hatte sie das richtige Zimmer erreicht. Ein schwarzer Kachelofen bedeckte einen großen Teil der Wand. Rechts neben dem Ofen war eine schmale Tür, durch die Dienstboten früher in die Gänge zwischen den Räumen gelangt waren. Die Öfen waren von außen, unsichtbar für die Herren, beschickt worden.

Ursel blieb stehen und sah sich um. Von weit her klang das Rufen eines Kindes, Schritte kamen näher, aber niemand war zu sehen. Ursel zog die Tür auf, schlüpfte durch die Öffnung ins Dunkel und tastete sich voran. Fünfzehn Schritte nach links, dann kam die Abzweigung. Acht Schritte. Sie zog den Kopf ein, tastete nach oben und spürte das Metall des Ofenrohrs, das in halber Höhe durch den Gang verlief. Fünf Schritte, dann spürte sie den Holzgriff der Tür. Sie hatte sich schon über tausend Mal diesen Gang hinuntergearbeitet zum Sitzungsraum des Rates der D.A.M.E.N.

Sie drückte die Klappe auf, Staub und Spinnweben in dem finsteren Gang wurden für einen Moment beleuchtet. Gertraud muss schon da sein, dachte Ursel und schob sich in die fensterlose Kammer. Sie richtete sich auf.

Gertraud saß auf ihrem üblichen Stuhl und schien zu schlafen. Auf dem runden Tisch stand eine Gaslampe.

„Gertraud?" Ursel stellte sich einen Stuhl zurecht, der etwas höher als die anderen acht war. Sie setzte sich neben die schlafende Frau und stieß sie in die Seite. „Gertraud, wach auf." Ursel knipste ihre Handtasche auf, zog eine braune Glasflasche mit Silberdistelöl heraus und trank in großen Schlucken. Sie hatte keine Zeit gehabt, hatte fliegen müssen.

Gertraud schnarchte und schmatzte. Dann öffnete sie ein Auge, hob den Kopf und sagte: „Lass mich in Ruhe, Ursel."

Ursel knallte die Ölflasche auf den Holztisch. Die kahlen Wände aus gekalkten Steinen echoten. „Gertraud, du hast einen Auftrag. Du musst weg. Sofort. Ruth hat mich angerufen. Du musst losfliegen und in Ingolstadt den Direktor einer Raffinerie überzeugen, die Sicherheitsbestimmungen für ein Gaslager überprüfen zu lassen. Ruth hat …" Ursel stieß Gertraud an. „Gertraud, bleib wach. Du musst los. Sofort." Sie zerrte an Gertrauds Jacke.

Gertraud hob den Kopf, schob sich im Stuhl nach oben und sah Ursel an. „*Was* willst du? Warum lügst du mir was vor, Ursel?"

Ursel schüttelte den Kopf. „Du musst los. Schnell, bevor Ruth kommt. Sie will, dass du das übernimmst." Ursel stand auf und lief zur Tür. Die anderen Frauen mussten bald da sein. Gertraud musste verschwinden, bevor sie kamen.

Gertraud ließ sich wieder nach unten rutschen, verschränkte die Arme und ließ das Kinn auf die Brust sinken. „Lass mich schlafen, Ursel. Hast du Berenike transformiert?"

„Natürlich, natürlich. Jetzt geh. Du musst gehen, bevor Ruth kommt."

„Selbstverständlich willst du das. Sonst merke ich ja, was du für einen Unsinn erzählst." Sie seufzte. „Und jetzt lass mich schlafen."

„Was redest du, Ruth hat mich angerufen und …"

Gertraud hob die Hand. „Ruth ruft nie jemanden an. Und dich schon gar nicht. Weiß sie überhaupt, wie ein Telefon funktioniert? Ich habe seit vierzig Jahren keinen Auftrag gehabt und das wird so bleiben." Sie faltete die Hände auf dem Bauch, schmatzte und schloss die Augen. „Gib Ruhe, Ursel."

„Oh nein, oh nein! Gertraud, bitte, komm mit. Wir müssen los."

Gertraud rührte sich nicht. Schritte waren zu hören. Sie kamen näher. Die Frauen waren auf dem Weg durch den Gang.

Weg hier, dachte Ursel, Ruth darf mich nicht sehen, was mache ich? Sie wird mich bestrafen. Ursel riss die Tür auf, schob sich in die Dunkelheit und zog die Klappe hinter sich zu. Sie tastete sich nach rechts, in einen Teil des Ganges, den sie nie zuvor betreten hatte. Nach einigen Schritten kauerte sie sich in der Dunkelheit auf den Boden. Die Schritte waren direkt vor ihr. Ursel schloss die Augen. Sie hörte, wie die Tür geöffnet wurde, zwei Frauen redeten miteinander. Ursel öffnete ein Auge, Licht kam aus der Tür, ein Schatten nach dem anderen löste sich aus dem Dunkel des Ganges und verschwand im Sitzungsraum. Ursel zählte fünf Schatten. Die Tür wurde zugeklappt. Ursel blieb, wo sie war. Sie lauschte in die Dunkelheit, nichts war zu hören. Sie stand langsam auf, schlich ein paar Schritte vorwärts. Was konnte sie tun? Gertraud würde Hertha nicht erkennen. Alles würde offenbar werden. Wie würde Ruth sie bestrafen? Sie hatte die falsche Frau transformiert. Das musste ein unerhörtes Verbrechen sein. Ursel traute sich noch einen Schritt vorwärts.

Die Tür wurde aufgerissen, Licht blendete Ursel. „Du solltest jetzt besser gehen, Ursel", sagte Gertrauds Stimme in die Dunkelheit. Ursel sprang zurück. Die Tür wurde zugeschlagen und Ursel rannte durch das Dunkel. Am Ofenrohr stieß sie sich den Kopf. Sie fiel flach auf den Rücken, rappelte sich auf, rannte weiter und erreichte endlich den Ausgang. Sie sprang aus der Tür in das Ofenzimmer und prallte gegen Ruth.

Ursel erstarrte.

Ruth richtete sich auf, strich eine Falte aus ihrem karierten

Blazer und hob eine Augenbraue. „Wird Berenike kommen?“

Ursel starrte Ruth an.

Ruth räusperte sich. „Nun, ist auch egal. Wo willst du hin? Die Ratssitzung beginnt. Du sollst berichten.“

„Ja. Komme gleich“, stotterte Ursel und trat zur Seite, um Ruth hindurchzulassen.

***

Hertha war die absurd kurze Strecke zur Burg Trausnitz mit dem Volvo gefahren und die letzten Meter zu Fuß gelaufen. Sie stand in der Mitte des Kiesplatzes, umgeben von den Mauern, Galerien und Fenstern der Landshuter Burg. Ein Junge rief nach seinem Bruder. Sie rannten jauchzend und kreischend rund um den Platz, während ihre Mutter sie vergeblich zu sich rief.

Hertha drehte sich langsam im Kreis und betrachtete die geschlossenen Fenster ringsum über sich. War in einem dieser Räume ein Versammlungszimmer dieses eigenartigen Rats? Wie konnten die Frauen sich verbergen? Es musste doch jemand bemerken, dass sich eine Gruppe alter Damen im Geheimen traf. Oder besprachen sie sich offen? Gab es wirklich noch mehr verrückte Alte wie Ursel? Sie sah an sich herunter. Ob sie besser ein Kostüm statt dieser Jeans angezogen hätte? Sie zupfte am Ausschnitt der Bluse. Vielleicht war es doch zu gewagt.

Hertha hatte sich nicht getraut, hierher zu fliegen. Sie hatte es sich heute und gestern verboten, und die Sache kam ihr wieder lächerlich vor. Aber als Ursel sie vor dem Haus aufgefordert hatte zu fliegen und Hertha plötzlich wirklich schwebte, hatte es sich nicht wie ein Traum, nicht wie ein Drogenrausch angefühlt. Es war so real wie ein Spaziergang, eine Unterhaltung gewesen. Diese Erinnerung ließ sich nicht leugnen und Hertha hätte nicht hier im Schlosshof gestanden, wenn sie eine Möglichkeit gesehen hätte, dieses Erlebnis wegzudiskutieren.

Hertha blieb stehen. Sie hörte das Trippeln der Absätze von Damenschuhen. Die Schritte kamen näher. Plötzlich spuckte die Treppe eine alte Frau in braunem Kostüm mit grüner Ledertasche aus. Die Frau rutschte auf dem Kies aus, fing sich und rannte auf Hertha zu.

„Ursel", rief Hertha und trat ein paar Schritte vor.

Ursel riss die Augen auf. Ihr Mund stand offen, sie versuchte zu bremsen und Hertha auszuweichen. Sie glitt aus und landete in Herthas Armen. „Hertha, ich muss weg. Ich – habe einen dringenden Auftrag bekommen. Geh alleine rein. Die Damen warten auf dich." Sie versuchte, sich aus Herthas Griff zu befreien.

„Wo muss ich denn hin, Ursel? Warum haust du denn jetzt ab? Du musst mir helfen. Was werden die fragen? Was muss ich wissen? Hilf mir, Ursel."

Ursel sah an Hertha vorbei zum Tor aus dem Innenhof. „Ich kann nicht, ich …"

Hertha packte Ursel am Arm. „Du hast mich hierher zitiert. Du wolltest, dass ich Berenike spiele vor dem Rat. Wenn du jetzt einfach verschwindest, gehe ich nach Hause." Sie ließ Ursel los. „Vielleicht sollte ich das sowieso machen." Hertha ging einen Schritt zurück und deutete eine Körperdrehung an.

Ursels Augen flackerten zwischen dem Treppenaufgang und dem Torbogen, der aus dem Burghof hinausführte, hin und her. „Ich bringe dich hin. Ich kann nicht dabei sein. Es tut mir leid." Dann packte sie Hertha am Ärmel, drehte sich um und zog sie hinter sich her zum Treppenaufgang. „Ich zeige dir den Weg."

Hertha ließ sich ziehen. Ursel stapfte die Treppe hinauf und ging durch die Kette der Räume voller antiker Möbel und Wandteppiche. Sie achtete nicht auf die Besucher. Endlich blieb sie stehen. Eine Reisegruppe ließ sich die Ornamente des Kachelofens erklären.

„Hier?", sagte Hertha.

Ursel zischte und brachte Hertha zum Schweigen.

Schließlich waren keine Besucher mehr in dem Raum. Ursel trat neben den Ofen, zog an einem Griff, der im Muster der Bemalung verborgen geblieben war, und öffnete eine winzige Tür, die ins Dunkel führte.

„Ursel, das ist verrückt. Ich gehe da nicht rein."

Ursel antwortete nicht und zog Hertha hinter sich her. Die Tür fiel zu, vollkommenes Dunkel umgab Hertha. Ursel ging viel zu schnell voraus und zog Hertha hinter sich her. Plötzlich zog sie Hertha nach rechts.

„Das ist ein Labyrinth, wie finde ich hier wieder raus? Ursel, sag was!“

„Kopf einziehen“, murmelte Ursel.

Hertha sah einen Lichtblitz, als ihre Stirn gegen das Metall prallte. „Scheiße!“ Sie bückte sich und presste die freie Handfläche auf die Stirn. Ursels Zug an Herthas Hand ließ nach, Hertha ging noch zwei Schritte und stieß mit dem Kopf in Ursels Rücken. „Es reicht mir. Wo bringst du mich hin? Ursel, ich will nicht mehr. Ursel, hörst du?“

Ursel ließ ihre Hand los. Hertha hörte ihre Schritte hinter sich leiser werden. „Ursel?“ Keine Antwort. „Ursel?“ Es war nichts zu hören. Hertha tastete rechts und links neben sich. Sie zuckte zurück, etwas Spitzes stak aus der Bretterwand und hatte ihr die Handfläche aufgeritzt. Sie stand gebückt in einem Gang von höchstens einem Meter Breite. Sie sah nur Dunkelheit, ihre Hände fühlten sich an, als wären sie von Staub bedeckt. Ihre Stirn pochte. Sie wagte nicht, sich aufzurichten. Sie fürchtete Spinnweben und weitere Hindernisse.

„Natürlich. Das war klar. Jetzt steckst du schön in der Scheiße.“ Hertha wagte einen Schritt zurück. „Wer weiß, was jetzt kommt. Die Alte hat dich in die Falle gelockt. Ich hätte mich nie darauf einlassen sollen.“ Licht schien von hinten an Hertha vorbei. Hertha fuhr herum. Sie war geblendet und stolperte zwei Schritte zurück. „Ich wehre mich“, rief sie. „Kommen Sie mir nicht zu nahe. Fassen Sie mich nicht an. Ich klage Ihnen ein Vermögen ab. Ich …“

„Berenike, nun komm erst mal rein.“ Die Stimme einer alten Frau, langsam und gleichgültig.

Hertha blieb stehen. „Wer ist da?“

„Ich bin Ruth Mersbach“, sagte die Frau und zog ihren Kopf aus der Türöffnung zurück.

Hertha blieb stehen. Die Öffnung in der rechten Wand ließ Licht in den Gang eindringen, der so staubig war, wie Hertha befürchtet hatte. Sie hörte, wie ein Stuhl über einen Bretterboden geschoben wurde, und ein Zischen, das sie sich nicht erklären konnte. Sie machte einen Schritt vorwärts. Sie sah Stühle, auf denen Frauen saßen. Sie konnte den Boden eines Raumes erkennen, der sich hinter der Tür öffnete – Holzbohlen mit breiten Zwischenräumen. Nur das Zischen war zu hören. Niemand sprach. Hertha ging noch einen Schritt weiter. Sie erschrak, als sie plötzlich ein Röcheln hörte. Sie widerstand einem Fluchtimpuls. Das Röcheln war Schnarchen. Hertha schüttelte den Kopf und ging noch einen Schritt. Ein Rascheln ertönte, wie von einer Zeitung, die gefaltet wurde.

Nach zehn Sekunden des Zögerns steckte Hertha den Kopf durch die Türöffnung.

„Wie lange sollen wir denn noch warten?“ Die Frau, die sich Ruth Mersbach genannt hatte, sprach langsam. „Komm jetzt hier rein und mach die Türe zu.“

Hertha wusste, dass es ein Fehler war, aber sie setzte erst den einen, dann den anderen Fuß durch die Tür und stand in einem Raum, der von einem runden Tisch mit Stühlen darum fast ausgefüllt war. Sie sah sich um. Kahle Wände aus getünchten Steinen, keine Fenster. Das Zischen kam von einer Gaslampe, die als einzige Lichtquelle in der Mitte des Tisches stand. „Grüß Gott“, sagte Hertha zögernd und sah die Frauen in der Runde an.

Die Lehne des Stuhls gegenüber war zehn Zentimeter höher als die der anderen. Darin saß eine große, massige Frau mit zurückgekämmten grauen Haaren. Zwischen unendlich vielen Runzeln blickten dunkle Augen Hertha ins Gesicht.

Herthas Blick wanderte um den Tisch. Rechts neben Ruth Mersbach saß eine Frau zusammengesunken in ihrem Stuhl und schnarchte ab und zu. Eine kleine, hagere Frau saß zur Linken Ruths und konzentrierte sich auf den Rhythmus ihrer Nagelfeile, von der ein schabendes Geräusch zu hören war. Gegenüber der Schläferin kämpfte eine Frau mit ihrer Zeitung und stieß dabei ihrer Nachbarin zur Rechten an den Ellenbogen, so dass deren Zeigefinger noch tiefer im Nasenloch verschwand. Es schien die Gestoßene nicht zu stören.

„Berenike Wedes“, sagte Ruth Mersbach, und Hertha fand sie zunehmend unsympathisch. „Berenike Wedes, du bist zur Dame gemacht worden nach einer langen Zeit der Vorbereitung. Du hast viel Zeit verbracht mit …“

„Das ist nicht Berenike Wedes.“ Die Schlafende neben Ruth

hatte den Kopf gehoben, den Satz ohne hörbare Regung gesagt und ließ nun wieder das Kinn auf die Brust sinken.

„Du hast viel Zeit verbracht mit dem Studium …“, wiederholte Ruth Mersbach, sah erst die Schlafende und dann Hertha an. „Nicht Berenike Wedes?“ Sie hob den Kopf, streckte das Kinn vor und schloss die Augen für eine Sekunde. „Aber sie ist transformiert. Ich kann es spüren.“

Hertha hob die Hände. „Ich denke, Ursel hat sich getäuscht.“ Sie war froh, dass sie nicht Berenike Wedes spielen musste.

Die Zeitungsleserin blätterte um und sagte ohne aufzusehen: „Dann hat sie das Praseodym gegen den Ratsbeschluss und gegen das Gesetz der Damen erhalten. Sie muss sterben. So ist das Gesetz.“

„Ich war nicht vorgesehen, aber ich werde eine gute Dame …“

Die Frau mit der Nagelfeile schnitt Hertha das Wort ab. „Unsinn, Freya. Welches Gesetz? Was redest du für einen Stuss? Aber sie ist nicht Berenike. Sie ist nicht ausgebildet. Die Kräfte der Damen können schlimme Folgen haben, wenn sie von nicht Ausgebildeten angewendet werden.“ Sie feilte weiter. „Sie sollte gewarnt werden.“

„Wieso warnen? Sie ist selber schuld“, sagte die mit der Zeitung, während sie den Blick über eine neue Seite schweifen ließ. „Es sollte so ein Gesetz geben“, maulte sie.

Ruth Mersbach stützte das Kinn in die Handfläche und gähnte lange.

„Ich will eine gute Dame sein“, sagte Hertha und blickte in die Runde. „Ich habe das Zeug dazu. Ich bin stark. Bei mir entwickeln sich die Kräfte stärker und schneller als gewöhnlich – hat Ursel gesagt.“

„Wer sagt, dass das gut ist?“ Ruth kratzte sich mit dem Zeigefinger an der Wange und betrachtete dann ihren Fingernagel.

Die Frau, die eben noch geschnarcht hatte, sprach, ohne den Kopf zu heben. „Es ist wider unseren Beschluss geschehen. Dieser hier darf die gewidmete Transformation nicht gestattet werden. Man muss es ihr entreißen. Das Praseodym muss entfernt werden. Sie muss wieder eine gewöhnliche Frau werden. Sie muss …“

„Das geht nicht. Andere Vorschläge?“ Ruth Mersbach stützte das Kinn wieder in die Hand.

„Sie muss sich des Praseodyms wieder entäußern. Es darf nicht widernatürlich eine zur Dame gemacht werden“, sagte die Frau und lag immer noch wie schlafend auf ihrem Stuhl.

„Es geht nicht! Verstehe es doch, Gertraud. Man kann es nicht rückgängig machen.“ Ruth schlug mit der Faust auf den Tisch. „Meine Güte, so halt doch endlich den Mund und schlaf weiter.“ Leiser fügte sie hinzu: „Nicht ohne – Nebenwirkungen.“

Eine Frau, die mit dem Rücken zu Hertha saß, schob den Stuhl zurück; Hertha wich einen Schritt nach hinten aus und stand mit dem Rücken an der Wand.

„Also, töten wir sie?“, sagte die Zeitungsleserin und blätterte um. „Das Gesetz können wir doch beschließen. Wer ist dafür?“ Sie hob die Hand.

„Ich werde eine gute Dame sein“, rief Hertha und schob sich an der Steinwand entlang in Richtung Ausgang. „Ich spüre die Kraft in mir wachsen. Ich kann helfen, die Ziele des Rates zu erreichen!“

„Halt den Mund“, blaffte Ruth, nicht an Hertha gewandt, sondern in Richtung der Zeitung. Sie kratzte etwas unter ihrem Fingernagel heraus und schnippte es fort. „Was soll das bringen, sie zu töten?“ Sie lehnte sich zurück. „Und natürlich will das wieder keiner von euch machen. Wenn es mal was Schwieriges gibt, dann seid ihr alle immer plötzlich weg.“

Die Zeitungsleserin hob ihre Lektüre vor das Gesicht.

„Hat jemand etwas zu essen dabei?“, fragte die Frau im Stuhl direkt vor Hertha. Niemand beachtete sie.

Ruth verschränkte die Arme vor der Brust. „Also, dann stimmen wir ab. Angesichts der bösen Lage, in der der Rat und die Welt sich befinden, können wir kein unausgebildetes Mitglied aufnehmen. Was tun wir? Vorschläge, bitte.“

„Welche böse Lage?“, sagte die Frau vor Hertha.

„Umbringen“, kam die Stimme hinter der Zeitung hervor.

Ein paar der Frauen nickten und murmelten Zustimmung.

Hertha rutschte an der Wand entlang bis zur Ecke. Die Tür war nur einen Schritt entfernt. Sie streckte die Hand aus, zog am Holzknauf und wollte die Klappe öffnen – im selben Augenblick tauchte Ruth wie aus dem Nichts auf und stand vor Hertha. „Lass das, Mädchen." Ein winziger Windhauch traf Hertha und Ruth saß im gleichen Augenblick wieder in ihrem Stuhl.

„Schöne Vorstellung", sagte die Frau hinter der Zeitung. „Angeberin."

Ruth warf einen Seitenblick auf die Zeitungsleserin und trommelte einen Rhythmus auf den Tisch. „Mein Vorschlag: Wir verbieten dieser Unglücklichen die Anwendung der gewidmeten Transformation und verpflichten sie zu Stillschweigen." Sie sah sich in der Runde um. „Wer ist dafür?"

Die Frau, die sich die Nägel machte, hob die Hand und sah sich um. Niemand sonst meldete sich. Sie ließ ihren Arm sinken.

„Wer ist für umbringen?", sagte die Frau hinter der Zeitung.

Die meisten der Frauen, die nicht schliefen, meldeten sich.

Die Zeitungsleserin streckte den Kopf hinter den Blättern hervor und sagte leise: „Um welche Lage geht es denn, Ruth?"

Hertha spannte die Fäuste, die Armmuskeln, die Beine an. Raus hier, dachte sie. Ich muss hier rausfliegen. Das sind alles Verrückte.

„Also, dann ist mein Vorschlag angenommen", sagte Ruth.

„Immer das Gleiche!" Die Frau mit der Zeitung sprang auf, warf ihre Lektüre auf den Tisch und stemmte die Fäuste in die Hüften.

Ruth warf einen Blick auf Hertha. „Mädchen, lass das, du kannst dich hier nicht transformieren. Hier nicht. Das ist mir vorbehalten." Sie wedelte mit der Hand in Richtung der Zeitungsleserin. „Also, dann ist das Urteil … – äh, Mädchen, wie heißt du?"

Hertha lockerte die Muskeln, ließ aber die Hand auf dem Knauf der Tür. „Hertha. Hertha Heldrich."

„Also dann." Ruth klang gelangweilt. „Das Urteil. Hertha, du wirst dich nicht transformieren. Niemals in deinem Leben."

Die Zeitungsleserin schnaubte.

„Und du wirst kein Wort darüber verlieren. Nicht über uns, nicht über diese Sitzung, nicht über das Praseodym."

„Pah, sie wird sich nicht daran halten", rief die Zeitungsleserin.

Ruth stand auf. „Die Sitzung ist dann vorbei." Sie boxte Gertraud in die Schulter. „Aufwachen, du faules Stück." Ruth ging auf Hertha zu und wedelte mit der Hand. „Du kannst jetzt gehen, Mädchen. Komm nicht auf die Idee, gegen das Urteil zu verstoßen. Ich merke das."

Hertha riss die Tür auf und war schon in der Dunkelheit des Flurs, als sie bemerkte, dass niemand sie aufhalten wollte. Ruth stand hinter ihr im Sitzungsraum und sagte: „Mach schon, Mädchen. Es ist stickig hier. Und ich muss unbedingt etwas essen."

Hertha drängte sich an die Wand des Gangs und wartete, bis Ruth sich durch die Türöffnung gezwängt hatte und in Richtung Kaminzimmer ging. Hertha folgte ihr in der Dunkelheit. „Warum?", sagte sie. In diesem Augenblick stieß ihre Stirn gegen das Ofenrohr. „Scheiße", murmelte sie und ging vornübergebeugt weiter, während sie sich die schmerzende Stelle mit beiden Händen hielt.

„Warum was?", fragte Ruth und blieb stehen. Hertha stieß mit dem Kopf gegen Ruths Hüfte. Ruth ging weiter.

„Warum ich die Transformation nicht anwenden darf. Und von welcher ominösen schlimmen Situation habt ihr geredet?"

Ruth stand einige Sekunden im Dunkeln, ohne zu sprechen. Dann öffnete sie die Tür zum Kaminzimmer mit einem Ruck. Hertha kniff die Augen zusammen, folgte Ruths Winken und stieg durch die Öffnung in die Helligkeit und frische Luft. Ruth drückte die Klappe zu, klopfte sich den karierten Rock und den Blazer ab und durchquerte den Raum in Richtung Ausgang. Hertha sah ihr einen Moment nach. Eine große, alte Frau mit breiten Hüften und mageren Beinen. Auf altmodischen, breiten Lederschuhen stöckelte sie über den Bohlenboden. Die Vorsitzende einer Organisation von … Was waren diese Frauen? Hertha schüttelte den Kopf und lief Ruth nach.

„Warum?", sagte Hertha, als sie neben Ruth durch die Zimmer der Burg ging. „Wer sind die Damen?"

Ruth ging langsamer, sah Hertha kurz an und beschleunigte ihre Schritte wieder. „Hast du dir das gut überlegt?"

„Wie bitte? Überlegt?" Hertha fasste Ruth am Arm. „Ich habe

mir das nicht überlegt. Ich habe friedlich auf meinem Balkon gestanden und plötzlich ist eine …"

Ruth unterbrach sie mit einer Handbewegung. „Die gewidmete Transformation ist nicht nur eine Gabe." Ruth ging weiter, sah vor sich auf den Boden und sprach dabei. „Sie ist auch eine schwere Bürde. Praseodym lässt dich nicht mehr altern. Seit bald hundert Jahren müssen wir die Welt vor dem Verderben bewahren."

„Nicht altern?" Hertha blieb stehen, zog vergebens an Ruths Ärmel, fiel zurück und lief, um Schritt zu halten. „Es ist wahr? Ursel hat keinen Unsinn erzählt? Sie wollen mir sagen, ich bleibe so alt, wie ich jetzt bin? Auf immer? Aber ihr könnt mich doch nicht einfach zu einem Monster machen. Was ist mit meinem Mann, meiner Familie?"

„Eine schwere Bürde", sagte Ruth. „Eine drückende Last. Hundert Jahre haben mich …" Ruth ging langsamer, schien sich einen Wandgobelin anzusehen und sprach dann weiter. „Nach hundert Jahren haben wir erkennen müssen, dass wir nichts erreicht haben."

Hertha wedelte mit den Händen vor ihrem Gesicht. „Nichts erreicht. Einfach so. Na Klasse. Ihr habt nichts erreicht und müsst mich in euren Schlamassel hineinziehen. Es hat mich, verdammt noch mal, niemand gefragt, ob ich das will."

Ruth blieb stehen, drehte sich zu Hertha um und hob die Hand. „Das Urteil. Denk an das Urteil. Keine Transformation. Kein Wort." Ein glucksendes Geräusch füllte die Stille nach Ruths Ermahnung. Sie legte beide Hände auf die Magengegend. „Diese widerliche Fresserei."

Als Ruth das letzte Wort ausgesprochen hatte, verschwand sie ohne ein Geräusch von einer Sekunde auf die andere.

Hertha gab sich nicht die Mühe, sich nach ihr umzusehen. Sie stemmte die Fäuste in die Hüften. Also kann ich fliegen und so etwas wie die Zeit anhalten, dachte sie und schüttelte den Kopf. Ich will verdammt sein, wenn ich das nicht ab und zu mal mache. Sie streckte sich und ging weiter. Ja, natürlich würde sie es tun!

Und sie würde nicht eine verknöcherte Alte wie diese Ruth

Mersbach oder Ursel werden. Ich will Spaß haben, dachte sie.
„Superwoman, ha!“, rief sie und kümmerte sich nicht um die Besucher, die ihr nachsahen, während sie durch die Räume der Burg zum Ausgang hüpfte.

***

Berenike Wedes atmete lange aus, zog die Seiten des dunkelblauen Blazers glatt und riss ihre Haustür auf. Sie hatte alle Termine für heute Nachmittag abgesagt und war schon dreimal zu den Heldrichs hinübergegangen, um zu klingeln. Niemand hatte geöffnet. Sie musste herausfinden, was mit der Nachbarin in ihrem Garten geschehen war. Was war in der Altstadt passiert, als die Heldrich sich mit einem Kind im Rinnstein gewälzt hatte? Es kann, es darf nicht sein, dachte Berenike. Der Gedanke, dass sich die Botin des Rates geirrt haben könnte, war zu abseitig.

Sie ging nach draußen. Die Nachmittagssonne traf sie, in dem Wollkostüm würde sie nach wenigen Minuten zu schwitzen beginnen. Sie fühlte nach dem Schüsselbund in der Handtasche, ließ die Tür ins Schloss fallen und warf Blicke die Straße hinauf und hinunter und zu den Fenstern der anderen Häuser. Ob eins der Weiber sie von hinter der Küchengardine auszuspähen versuchte? Während sie in Sekundenabständen über die Schulter sah, drehte sie den Schlüssel zweimal um. Der Gedanke, dass daumendicke Stahlriegel in den Türrahmen ausfuhren, machte sie zufrieden.

Von irgendwo drang ein Motorgeräusch. Berenike ging ein paar Schritte, bemühte sich zu schlendern, lief aber doch mehr, als dass sie ging. Sie passierte die Auffahrt vor dem Haus der Heldrichs. Der Motor wurde direkt neben Berenike leiser. Sie drehte den Kopf – und blickte ihrer Nachbarin ins lachende Gesicht. Die Heldrich saß am Steuer des Volvo Kombis, ließ das Fenster herunterfahren und winkte aus dem Wagen. „Hallo, Frau Wedes.“

Berenike rührte sich nicht und starrte die Frau im Auto an. Warum lachte die so unverschämt? Sie musste Bescheid wissen. Scham und Unterlegenheit wollten die Regie übernehmen, aber

Berenike widerstand dem Impuls, nach Hause zu laufen. Sie versuchte ein Lächeln und ließ die zurückwinkende Hand in halber Höhe wieder herabfallen. „Hallo, Frau …“

Die Heldrich stütze den Ellenbogen auf die Gummikanten, zwischen denen die Seitenscheibe verschwunden war, und grinste Berenike an. Was ist denn los?, dachte Berenike. Was will die von mir?

Die Heldrich streckte die offene Hand heraus und machte eine Geste zur Seite. „Das ist ja auch eine gute Gelegenheit, sich mal kennen zu lernen. Aber lassen Sie mich doch erst mal von der Straße runterkommen, Frau Wedes.“

Berenike bemerkte, wo sie stand, sprang zur Seite und ging rückwärts auf die Haustür der Heldrichs zu. „Oh. Ja. Entschuldigung“, murmelte sie und ärgerte sich gleich darauf. Sie hatte alles geplant, hatte jedes Wort, jede Reaktion der Heldrich vorausgedacht und sich verschiedene Richtungen des Gesprächs zurechtgelegt. Dies war nicht im Plan vorgekommen.

Die Tür des dunklen Volvo sprang auf, die Heldrich stieg aus und warf die Tür hinter sich zu. „Na, Frau Wedes, ist ja schön, dass wir uns mal kennen lernen.“ Sie griff Berenikes Hand.

Berenike erschrak über den Händedruck. Sie wollte zurück zu ihrem Plan. Die Heldrich trug eine Jeans und flache Pumps. Eine weiße Bluse mit zu tiefem Ausschnitt. Wo konnte sie gewesen sein in diesem Aufzug? Berenike beruhigte sich, dass es sicher nichts mit den D.A.M.E.N. zu tun haben konnte. Niemand konnte wagen, so dem Rat oder nur einer Dame entgegenzutreten. Aber sie hatte sich doch nicht eingebildet, was sie vor zwei Tagen gehört hatte? Sie wiegte den Kopf. Gesehen hatte sie nichts.

„Ja, schön, dass wir uns sehen.“ Berenike hat ihre Fassung zurückgewonnen. „So ein Zufall. Ausgerechnet jetzt wollte ich mal bei Ihnen vorbeischauen. Da wir doch Nachbarinnen sind.“ Sie bemerkte, dass sie immer noch die Hand der Heldrich schüttelte, ließ sie los und legte die Handflächen ineinander.

„Ja.“ Hertha Heldrich rieb die Hände und sah die Straße hinauf und hinunter. „Ja, wollen Sie nicht …“ Sie zeigte auf ihre Haustür. „Wollen Sie nicht einfach reinkommen und eine Tasse Kaffee mit mir trinken?“

„Sehr nett. Danke. Gerne. Einen Kaffee. Ja." Berenike ging einen Schritt auf die Haustür zu. Es lief wieder nach Plan. Zu den Heldrichs ins Haus gelangen, sich bei der Gelegenheit umsehen. Es musste doch herauszufinden sein, was da gestern geschehen war. Berenike ging hinter der Hausherrin in den Flur. Sie wunderte sich über das Vertrauen der Heldrich. Die hatte ihre Handtasche und den Schlüsselbund auf den Glastisch hinter der Haustür gelegt, hatte die Tür offen gelassen und war in der Küche verschwunden.

„Trinken Sie Espresso oder Cappuccino?", hallte es aus der Küche.

Berenike beugte sich über die Tasche aus weichem Leder. Der Reißverschluss war offen. Hatte sie Cue-Cards? Einen Hinweis auf die Damen? „Espresso", rief Berenike. Ein letzter Blick in den Ledersack bestätigte ihre Enttäuschung. Nur ein Durcheinander von Telefon, Lippenstift, Schminkdöschen und anderen Belanglosigkeiten.

Geschirr und Besteck klapperten in der Küche. „Na, kommen Sie doch rein", hörte sie die Heldrich rufen. „Machen Sie eben noch die Tür zu?" Eine Kaffeemühle prasselte.

Berenike gab dem Türblatt einen Stoß und ging über das Parkett im halbdunklen Flur, dessen Mobiliar aus Telefontisch und einer Garderobe aus gebürstetem Edelstahl bestand. Die Tür fiel mit einem satten Ton ins Schloss. Der Flur ist viel zu breit, dachte Berenike. Platzverschwendung. Ineffizient.

Auch die Küche war zu groß und der freie Platz in der Mitte zwischen Buchenholzschränken und Edelstahlgasherd war nicht mal durch einen Essplatz genutzt.

„Schön haben Sie es", sagte Berenike, während sie die Küche taxierte. Zwei, drei Monate mit Aufträgen von morgens bis nachts mochten in dem Zwanzig-Quadratmeter-Raum stecken. Eine Fehlinvestition, dachte sie. Das konnte sich nur für ein Restaurant rechnen.

Die Heldrich zog den Kaffeemehlhalter fest und hängte sich an den Hebel der Espressomaschine. Zwei dickwandige Tässchen füllten sich mit Espresso. Kaffeeduft durchzog die Luft.

Ob die Heldrich je in ihrem Leben genug gearbeitet hatte, um sich auch nur diese Maschine kaufen zu können? Berenike setzte wie geplant ein Lächeln auf und nahm die dampfende Espressotasse entgegen.

„Warum wollten Sie denn zu mir?" Hertha Heldrich lehnte sich an die Arbeitsplatte und rührte Zucker in den Kaffee.

Berenike verbrannte sich am Kaffee und hustete, um es zu verbergen. „Nur besuchen", kam es zwischen dem Husten hervor. „Vorstellen. Ich wollte mich vorstellen. Nachbarinnen. Wir sind doch Nachbarinnen."

„Na ja, es ist mir so einiges passiert in den letzten beiden Tagen." Hertha Heldrich lachte und schüttelte den Kopf. „So einiges, das kann man wohl sagen." Sie stellte die Espressotasse ab. „Vorgestern standen Sie da hinter meinem Auto wie frisch aus einem Krieg und jetzt kommen Sie mich einfach mal so besuchen?" Sie hob beide Hände. „Sorry, aber da stimmt was nicht."

Einiges passiert, dachte Berenike. Also ist es wahr. Was kann ich ihr sagen? Was weiß sie? Sie muss mir helfen. Aber was kann sie tun? „Ach, vorgestern." Sie lächelte. „Gartenarbeit. Nur ein bisschen Gartenarbeit. Aber ich dachte eben, es wäre mal Zeit ..."

„Gartenarbeit im Fünfhunderteuro-Hosenanzug." Das Lächeln verschwand von Hertha Heldrichs Gesicht. „Na gut, na gut." Sie winkte ab. „Es geht mich ja nichts an. Also, was wollen Sie? Letzte Chance."

Berenike trat einen Schritt vor und stellte die Espressotasse neben Hertha Heldrich auf die Arbeitsplatte. „Ich habe Besuch erwartet, vorgestern."

„Was geht mich das an?" Die Heldrich öffnete den Kühlschrank und nahm einen Joghurtbecher heraus.

„Ich habe keinen Besuch bekommen, aber ich glaube, Sie haben Besuch gehabt." Berenike sah der Heldrich zu, wie sie den Aludeckel abzog.

„Glauben Sie?" Die Heldrich hob die Schultern und zog eine Besteckschublade neben sich auf, ohne den Blick von Berenike zu nehmen.

„Ich denke, Sie haben den falschen Besuch bekommen. Hören Sie, mich hat die Botin gesucht, mich." Berenike tippte sich den Zeigefinger vor die Brust. „Ich sollte die Dame werden, nicht Sie." Sie beugte sich vor und blickte der Heldrich in die Augen. Sie konnte nicht erkennen, was ihr Gegenüber dachte. Deutlicher konnte sie nicht werden. Was wusste diese Frau?

Hertha Heldrich steckte einen Löffel mit Joghurt in den Mund. „Weiß nicht, wovon Sie reden." Sie nahm noch einen Löffel. „Ich hab noch viel zu tun", sagte sie mit vollem Mund. „Besuchen Sie mich doch morgen wieder. Oder nächste Woche." Sie stellte den Joghurtbecher neben sich auf die Arbeitsplatte und ging an Berenike vorbei.

Berenike drehte sich nach ihr um. „Was hat die Botin mit Ihnen getan?" Sie sprach laut. „Ich muss es wissen", rief sie.

Die Heldrich stand vor der Küchentür auf dem Flur und deutete auf die Haustür. „Ich hab wirklich viel zu tun. Ich freue mich auf Ihren Besuch nächste Woche. Dann können wir ..."

„Hat sie Ihnen etwas gegeben?" Berenike griff die Hand der Hausherrin. „Zu essen gegeben? Sagen Sie schon. Ich muss es wissen. Ich muss." Berenike schüttelte Hertha Heldrichs Hand.

Hertha ging zur Tür und zog Berenike mit sich. „Ich habe Ihnen doch gesagt, ich weiß nicht, wovon Sie reden." Die Tür schwang auf und Berenike stand im nächsten Augenblick auf dem Schuhabtreter. „Sie müssen mich nicht unbedingt noch einmal besuchen kommen, vielen Dank."

„Also hat sie. Sie hat das Praseo..." Berenike schlug die Hand vor den Mund. „Die Botin hat Sie – transformiert." Berenike ließ den Kopf sinken. „Hat sie?" Die Tür schlug ins Schloss. Ein, zwei Male klapperte das massive Türblatt. Berenike hob die Faust und hieb an die Tür. „Aufmachen. Ich muss es wissen." Sie drückte den Zeigefinger auf den Klingelknopf und ließ ihn dort. Sie hörte den Elektromagneten des Türgongs summen. „Machen Sie auf." Sie hämmerte mit beiden Händen gegen das Holz. „Man muss es rückgängig machen. Sie müssen. Es ist ungerecht. Ungerecht."

Sie trommelte schwächer gegen die Tür und hörte schließlich ganz auf. So kommt sie nicht davon, dachte Berenike. Ich muss es wissen. Wenn ich doch nur wüsste, wie ich Gertraud Fuchs erreichen kann. Sie muss dem Rat Bescheid sagen. „Es muss doch etwas getan werden." Sie trat mit dem Fuß gegen die Tür.

„Es muss." Der Nagel des großen Zehs meldete, dass er soeben vom Bett gelöst worden war. Berenike verzog das Gesicht. „Verflucht." Sie humpelte den kurzen Steinplattenweg zur Auffahrt der Heldrichs.

Ein weiterer dunkler Volvo bog eben mit knirschenden Reifen ein. Der Fahrer ließ die Scheibe herunter, lächelte Berenike an und sagte: „Guten Abend. Wollten Sie zu uns? Ist meine Frau nicht zu Hause?" Sein Blick sprang zum parkenden Wagen vor ihm. „Haben Sie schon geklingelt?"

Berenike humpelte weiter. „Abend. Zu ihren Fragen: Ja, wollte ich; doch, ist sie; ja, habe ich, verdammt noch mal."

Das Lächeln verschwand ohne Übergang aus Elmar Heldrichs Gesicht. Der Fensterheber surrte.

Berenike hinkte zu ihrem Haus und suchte nach dem Schlüssel in ihrer Tasche. Der Zeh pochte wie wahnsinnig. Sie glaubte, Blut im Schuh zu spüren.

Ich werde Dame, dachte Berenike und ballte die Fäuste. Diese Hausfrauenzicke kommt zurück in ihrer geleckte Buchenholz-Edelstahl-Scheiß-Küche, wo sie hingehört. Ich werde zur Dame. Ich werde Verantwortung übernehmen. Ich werde der zeigen, wo sie hingehört. Sie zog die Seiten des dunkelblauen Blazers glatt und steckte den Haustürschlüssel ins Schloss.

***

Hertha stand hinter ihrer Haustür, hörte die Wedes gegen die Tür trommeln und schreien. Der Türgong summte, die Wedes hielt den Klingelknopf gedrückt. Also die sollte eine Dame werden, dachte Hertha.

„Es muss", brüllte sie draußen.

„Es kann nicht rückgängig gemacht werden", murmelte Hertha. „Es ist, wie es ist." Sie nahm sich vor, die Wedes auf Abstand zu halten. Sollte doch der Rat, Ursel oder wer auch immer das mit dieser Furie aushandeln. Hertha hatte keinen Anteil an dem Irrtum.

„Fliegen", sagte sie, während sie in die Küche ging. Sie streckte die Arme zur Seite aus und spielte einen kurvenden Jet. „Wahnsinn." Was konnte sie alles schaffen mit diesen Kräften! Sie konnte durch die Welt fliegen, Unfälle im letzten Augenblick erkennen und verhindern. Verbrechen verhindern, Verbrecher, die in ihrer Zeit gefangen waren, jagen und der Polizei übergeben. Sie wäre eine Heldin. „Robina Hood“, sagte sie, tat mit ausgestreckten Armen, als ob sie durch ihre Küche flog, lachte und hüpfte wie ein Kind.

Draußen wurde eine Autotür zugeschlagen. Sie sah auf die Funkuhr im Edelstahlrahmen über der Küchentür. Das musste Elmar sein. Sie wollte ihm so gerne alles erzählen. Ihre Pläne besprechen, ihm um den Hals fallen, das Wunder bestaunen. Sie drehte sich noch einmal um sich selbst. „Wunder.“ Sie ließ die Arme sinken. „Ein Wunder, ja. Er würde mich garantiert für verrückt halten.“ Ich muss Ursel fragen, dachte sie. Damen sind nicht verheiratet, hat sie gesagt. Was darf Elmar wissen?

Sie lehnte sich gegen die Arbeitsplatte und verschränkte die Arme. Das Urteil war ihr egal. Sie würde sich nicht beugen. Erst wurde sie gegen ihren Willen transformiert und dann wollte man ihr das Fliegen verbieten! „Kommt nicht in Frage.“

Ein Schlüssel wurde von außen in das Türschloss geschoben.

Was ist mit dem Altern?, dachte sie. Werde ich nicht mehr älter, während Elmar langsam grau wird? Sie schüttelte den Kopf. Das Problem stellte sich frühestens in zehn Jahren.

„Hallo, Schatz“, rief Elmar im Hausflur. „War die Nachbarin gerade bei dir?“ Er lachte. „Die hatte vielleicht eine finstere Laune. Ich sage dir, die hat geschaut, als würde sie mich gleich mit einem Fausthieb niederstrecken wollen.“ Ein Schlüsselbund wurde auf das Glastischchen im Flur geworfen. „Meine Güte, was für ein Gruselweib.“ Seine Schuhe klapperten auf dem Parkett, als er sie auszog. „Schatz? Bist du da?“

Hertha spannte die Fäuste an, die Arme, die Beine, alle Muskeln im Körper. Plötzlich spürte sie den Felsklotz in der Magengegend. „Es ist wahr“, kreischte sie. „Es ist wahr, ich fliege.“ Sie sah auf den Boden, wo ihre Füße einige Zentimeter über den Terrakottafliesen schwebten. „Himmel. Nein. Ja, ja.“ Sie streckte den Arm vorsichtig aus, ihr Körper kippte gestreckt nach vorne und sie bewegte sich auf den Kühlschrank zu. Hertha schwebte im Fünfundvierziggradwinkel zum Boden, im Schneckentempo. Sie spreizte den Zeigefinger der ausgestreckten Rechten nach links. Ihr Körper gehorchte sofort, sie kurvte nach links zur Tür. „Das darf doch gar nicht wahr sein. Unglaublich. Ich glaube, ich ...“ Sie stieß sich den Kopf am Türrahmen. „Mist.“ Die enge Kurve nach der Küchentür in den Flur gelang, als sie das Handgelenk nach links knickte.

Elmar stand versteinert vor der Garderobe. Sein rechter Schuh hing in der Luft, wo ihn Elmars Fuß gerade abgeschüttelt hatte. Hertha schwebte in Zeitlupe an ihm vorbei und berührte sein Haar. Wie ein Helm aus Stahl an seinem Kopf. Sie stutzte, als sie merkte, dass eine Strähne trotzdem einen Millimeter weit ihrer Berührung folgte.

Mit der Linken hielt er sich an der offenen Tür fest. „Danke, dass du mir die Tür aufhältst.“ Sie lachte. „Komme gleich wieder, Liebling. Ich mach einen kleinen Rundflug.“

Als ihr Oberkörper über der Fußmatte schwebte, versteifte sie den rechten Arm mit aller Kraft und streckte die Finger aus. Sie schrie auf – ihr Körper streckte sich, sie wurde nach vorne gerissen, mit ungeheurer Wucht schleuderte irgendetwas sie in die Luft. Der Baum, die Straße, die Häuser unter ihr wurden in Trickfilmgeschwindigkeit winzig. „Ir-re“, brüllte sie und gab ihrer Hand für eine Sekunde einen winzigen Knick nach links. Sofort riss die Kraft sie in diese Richtung. Hertha beschrieb eine Kurve – noch eine Bewegung, die Kurve wurde enger. Die Fliehkraft riss an ihrer Seite, sie spürte ein Vibrieren in ihrem Körper. „Das ist das Größte“, schrie sie. „Es ist überirdisch. Ich fliege.“ Sie lachte, brüllte, schrie und kreischte. In einer hundert Meter durchmessenden, rasenden Spirale tobte sie durch die Luft, bis sie plötzlich die Kraft aus dem Arm nahm und im selben Moment mit Macht gebremst wurde. Nach Sekunden war ihre wahnwitzige Geschwindigkeit fast auf Null. Ihr Körper richtete sich wie von selbst auf – sie schwebte. Ein Blick nach unten verursachte ihr Übelkeit. Sie konnte die Krümmung der Erde erkennen. Der Himmel über ihr war von einem wunderbaren, tief dunklen Blau. Es war kalt. Sie atmete zu schnell. Unter ihr sah sie nicht den Hofberg, nicht Landshut, sie sah nicht einmal Deutschland. Sie sah die Erde.

Die Atemnot kam plötzlich. Sie atmete, so schnell sie konnte. Die Luft reichte nicht. Luft! Sie zog die Luft ein, die zäh wie Honig erschien, presste sie aus, mit Kräften, die sie nicht gekannt hatte. Weg. Runter, dachte sie. Bloß runter. Sie bückte sich, streckte den Arm aus, kippte vornüber. Sofort packte sie die Kraft. Sie wurde nach unten gerissen. Blitze tauchten vor ihren Augen auf. Im Kopf rauschte das Blut. Die Beschleunigung nahm ihr die Kraft zum Atmen. Sie brauchte Luft. Ersticken ... Sie musste ersticken, wenn sie nicht sofort Luft ... Sie öffnete den Mund wie ein Karpfen, sog das Gas ein, das kaum Sauerstoff enthielt. Die Furcht zu ersticken war der Gewissheit gewichen. Ihre letzte Kraft legte sie in den Arm. Ausstrecken, dachte sie. Runter. Ich will runter. Luft. Sie raste senkrecht durch eine Wolke nach unten. Etwas riss an ihr, schlug ihr ins Gesicht, schrammte durch die Haare und gegen die Schultern. Schwarz. Alles war plötzlich schwarz um sie herum. Sie sah nichts mehr. Wach bleiben, war das Letzte, was sie dachte, dann verlor sie das Bewusstsein.

Ein Rauschen wie von einem Hochgeschwindigkeitszug weckte sie. Sie öffnete den Mund und atmete. Sie atmete, wie sie noch nie geatmet hatte. Luft, klare, schöne Luft strömte durch ihre Kehle und kühlte ihre brennenden Lungen. Das Rauschen im Kopf war ein anderes geworden. Ein friedliches Rauschen. Sie atmete ein und aus, ein und aus und lächelte. Ich atme. Ich lebe, dachte sie. Sie öffnete die Augen. „Und ich sehe", sagte sie, aber hörte nichts von ihren Worten. Sie rief: „Und ich sehe." Nichts war zu vernehmen. Das ungeheure Rauschen verschluckte alles. Hertha sah an sich herab. Sie lag auf dem Rücken, Beine und Arme waren entspannt und hingen – nach oben. Hertha schüttelte den Kopf. Sofort veränderte sich das Rauschen. Sie fror. Die Kälte drang durch jede Pore in sie ein. Dann fiel ihr auf, dass ihre Bluse flatterte. Das Geräusch erinnerte sie an ein falsch angestelltes Segel. Die Jeans klapperte in Wellen die Beine auf und ab.

Endlich begriff sie. Hertha drehte den Kopf und sah nach unten. Häuser, Straßen, Bäume rasten auf sie zu. Hertha fiel vom Himmel. Sie strampelte, ruderte mit den Armen, drehte sich in der Luft. Der Luftstrom packte den ausgestreckten Arm, warf sie herum, sie taumelte durch die Luft, drehte sich um eine schräge Achse. Wo war unten? Wo oben? Ein Haus raste durch ihr Blickfeld und wurde im Bruchteil einer Sekunde größer. Sie sah nur dieses Haus. Riesig türmte es sich vor ihr auf. Es konnte keine fünfzig Meter entfernt sein. „Nein", brüllte sie, streckte Arme und Beine aus, verkrampfte sich und presste die Augenlider aufeinander. „Ich will nicht sterben", schrie sie.

Das Rauschen war verschwunden. Sie hielt die Augen geschlossen. War das der Tod? Alles war ruhig. Totenstille. Nichts tat weh. Kein Laut war zu hören. Sie versuchte, einen Finger zu bewegen. Es schien zu funktionieren. War sie im Jenseits? Schwebte sie drei Meter über ihrem zerschmetterten Körper, wie das Gestorbene zu tun pflegen? Wo hatte sie das gelesen? Sie wagte nicht, die Augen zu öffnen. „Hallo", sagte Hertha vorsichtig. Sie kannte die gesellschaftlichen Regeln im Jenseits noch nicht. „Ist da jemand?"

„Ja", sagte eine weiche, freundliche Stimme, die einen brummenden Unterton hatte.

Angenehm, dachte Hertha. Sind alle im Jenseits so freundlich? Ich muss im Himmel sein. Sie lächelte. Hertha hatte bisher nur den Finger bewegt. Sie verharrte mit geschlossenen Augen. „Kann ich mich bewegen?"

„Mh", sagte die Stimme. „Ich sehe keinen Grund, warum das nicht möglich sein sollte."

„Bin ich tot?"

„Nein, aber es hat nicht viel gefehlt. Dumme Göre. Es wäre wirklich besser gewesen, du hättest auf Ruth gehört." Die Stimme wurde ungeduldig. „Meine Güte. Fliegt da wie eine Wahnsinnige durch die Gegend – Kindchen, du musst noch viel lernen."

Hertha öffnete die Augen. Zwei Meter unter ihr lag der Giebel eines Daches mit Biberdachziegeln. Sie schwebte mit ausgestreckten Gliedmaßen. Neben ihr hing Ursel in der Luft, ihr linker Arm war angewinkelt und trug ihre grüne Tasche. Hertha richtete sich mit ein paar Finger- und Handbewegungen auf und sah sich um. Sie kam sich entsetzlich dumm vor und gleichzeitig erleichtert. „Ich bin nicht tot", sagte sie und lachte.

„Natürlich nicht. Aber näher dran warst du wohl noch nie in deinem Leben." Ursel hob die Hände. „So dumm. So dumm." Sie schüttelte den Kopf.

„Hast du mich gerettet?" Hertha schwebte auf Ursel zu und streckte die Hand aus. „Danke, Ursel. Danke. Wie kann ich das nur wieder gut machen? Danke."

„Unsinn. Wie hätte ich dich retten sollen?" Sie legte den Kopf schräg. „Außerdem wäre ich ein Problem los, wenn du ..."

„Nicht gerettet?"

„Du hast dich transformiert, als du gestürzt bist." Ursel hob die Schultern. „Hast dich verkrampft vor lauter Angst." Sie zuckte ein paar Mal mit den Händen und schwebte im Kreis um Hertha. „Dein Flug in die Stratosphäre – „ Ursel schwebte von links durch Herthas Gesichtsfeld, gestikulierte und verschwand rechts. „Wie hast du diese Kräfte abrufen können? Das war ... das war wie eine Erschütterung. Ich habe das gespürt – wie ein leises Zittern durch Raum und Zeit. Vielleicht haben es noch andere gespürt." Sie sah sich um. „Aber vielleicht bin ich auch die Einzige." Sie schüttelte den Kopf. „Unglaublich. Aber warum bist du dann runtergefallen wie ein Stein? Was ist denn da oben passiert?" Ursel kam von links wieder in Herthas Blickfeld.

Hertha zeigte mit dem Zeigefinger ein wenig nach rechts und folgte Ursel in ihrer Drehung. „Ich wollte immer höher. Weiter unten sind Insekten, Vögel. Oben dann nicht mehr. Ich wollte höher, höher. Aber dann habe ich da oben keine Luft mehr bekommen. Ich habe noch versucht, runterzufliegen, dann muss ich ohnmächtig geworden sein." Hertha brachte sich mit einem Wink der Hand in Ursels Richtung. „Ich bin wieder aufgewacht, als ich gefallen bin. Ich habe erstmal nichts mehr gewusst, bin nur gefallen und habe mich gefreut, dass ich wieder Luft bekomme."

Ursel beschleunigte ihre Kreisbahn. „Wie lange hast du gebraucht bis da oben?"

„Weiß nicht." Hertha zuckte die Schultern. „Ein paar Sekunden. Dreißig? Vielleicht eine Minute?"

„Unglaublich." Ursel schüttelte den Kopf, brach aus ihrer Kreisbahn aus und flog über die Dächer.

Hertha folgte ihr. „Warum bis du vorgestern einfach abgehauen?“ Sie holte auf. „Hast Angst gehabt, weil du die Falsche transformiert hast, stimmt’s?“ Ursel wurde schneller. Hertha folgte. „Stimmt doch, oder?“ Die Dächer Landshuts jagten unter ihnen vorbei.

„Du darfst die Superkräfte nicht anwenden. Das ist das Urteil“, rief Ursel. „Flieg nach Hause, bleib da und halt dich an die Regeln.“ Ursel streckte den Arm und raste davon.

Hertha war mit einem Wink der Hand sofort gleichauf mit ihr. Sie setzte sich in die Luft vor die alte Frau, streckte beide Arme hinter sich aus und flog rückwärts vor Ursel. Der Turm von St. Wolfgang huschte vorbei.

„Rückwärts“, keifte Ursel und brach in einer engen Rechtskurve aus. „Ich habe noch nie eine rückwärts fliegen sehen. Kindchen, was ist bloß mit dir los?“

Hertha brauchte nicht mehr als einen ausgestreckten Zeigefinger, um in Sekunden neben Ursel zu schweben. Unter ihnen fegte Altdorf vorbei. „Du hättest meine Nachbarin zur Dame machen sollen und hast dich im Haus geirrt.“ Hertha lachte auf. Arth und dann Furth blitzten für Bruchteile einer Sekunde tief unten auf. „Die weise Dame. Hat sich im Balkon geirrt. So einfach ist das. So beschissen einfach.“ Hertha schrie Ursel ein Lachen entgegen. „Ha. Haha.“

Ursel streckte sich aus, machte den Arm und die Finger lang. Sie zitterte offenbar vor Anstrengung. Die Landschaft unter ihnen wechselte im Sekundentakt. „Wie kannst du so schnell fliegen? Was ist das mit dir?“, brüllte sie.

Hertha drehte sich im Flug auf den Rücken, machte Salti um Ursel und flog mal über, mal unter ihr. Ursel verzerrte das Gesicht und versuchte immer wieder auszubrechen. Alle paar Sekunden stieß ein unbeweglich in der Luft stehendes Insekt gegen Ursel und ließ sie Geschwindigkeit verlieren. Herthas Flug wurde von den Hindernissen kaum gebremst.

Schließlich wurde Ursel langsamer. Über einem Autobahndreieck blieb sie aufrecht in der Luft stehen, während Hertha sie umkreiste. Ursel atmete schwer und stützte die Fäuste in die Hüften. „So, und was jetzt, du altkluge Göre?“ Unter ihnen verharrten die Wagen auf den drei Spuren der A9 und den beiden der A93.

„Du hast mir diese Sache eingebrockt, meine liebe Ursel“, rief Hertha und richtete den ausgestreckten Zeigefinger auf sie. Den Vorwärtsimpuls glich sie durch den linken Arm aus, den sie nach hinten ausgestreckt hielt. Die entgegengesetzten Kräfte rüttelten an Hertha. „Und du wirst das in Ordnung bringen. Ich will, dass du den Rat von seinem Beschluss abbringst.“ Hertha deutete mit dem kleinen Finger nach unten und brachte sich in einen Kopfstand. Sie rotierte um ihre Längsachse, sah die Hopfengärten der Hallertau um sich kreisen. Jede Sekunde glitt Ursel einmal durch ihr Gesichtsfeld. „Ich finde es gar nicht so übel. Hey, ich kann mich dran gewöhnen. Die Fliegerei ist stark.“

Ursel hob den Zeigefinger. „Dafür ist die gewidmete Transformation nicht gedacht. Wir sind zum Schutz der Welt auserwählt und haben eine Aufgabe zu erfüllen. Du darfst deine Gabe nicht wie unnützen Tand verschleudern.“

„Ja, ja“, unterbrach Hertha sie. „Ist ja klar. Gerne. Schutz der Welt, Aufgabe, alles akzeptiert. Aber ein bisschen Spaß dabei haben kann ja nicht verboten sein.“ Sie stellte sich aufrecht in die Luft, einen halben Meter höher als Ursel. „Und du wirst den Rat überzeugen, mich mitmachen zu lassen. Ich habe ein Recht darauf. Du bist verantwortlich, du hast …“

Ursel streckte den Arm aus und flog in die Richtung, aus der sie gekommen waren.

Hertha folgte ihr ohne Schwierigkeiten. „Was soll das? Ich kann anscheinend schneller fliegen als du. Also, warum haust du ab? Ich lasse mich nicht …“

„Halt den Mund, Kindchen. Du hast schon viel zu viel geredet. Ich werde vor den Rat treten.“

„Na also, warum hast du das nicht gleich gesagt? Wir hätten uns doch das alles sparen können.“

Ursel sah Hertha von der Seite an. Ihre Mimik verriet keinen ihrer Gedanken. Sie flogen langsam nebeneinander her. Hopfengärten glitten unter ihnen vorbei. Ursel wich einem erstarrten Vogel aus. Sie hob den Arm. „Weiter oben ist weniger Ungeziefer.“ Unter ihnen glitzerten die Dächer Furths. Hunderte Solardächer glänzten wie Tümpel in der Abendsonne. Nach ein paar Sekunden zog Altdorf unter ihnen vorbei. Ursel änderte die Richtung um ein paar Grade und schien direkt auf den Martinsturm zuzufliegen. Hertha folgte ihr in hundert Meter Abstand.

Über Landshuts Altstadt, wenige Meter vor dem Turm des Backsteindoms, richtete Ursel sich auf, bremste in der Luft stehend ab und wandte sich zu Hertha um. Sie verschränkte die Arme vor der Brust und öffnete den Mund, scheinbar, um zu Hertha zu sprechen. Hertha streckte den Arm aus, beschleunigte in Millisekunden auf Jetgeschwindigkeit, raste auf Ursel zu und bog unmittelbar vor der Alten in einen Rückwärtslooping ab.

„Das ist geil“, rief sie, während sie wie ein Blitz senkrecht zur Erde stürzte, bevor sie einlenkte und zwei Sekunden später keuchend vor Ursel in der Luft stand. „Wahnsinn.“ Hertha hob die Arme. „Wahn-sinn. Ja, ich will Dame sein. Ich will, ich will! Ist das alles wahr? Ich kann es nicht glauben. Träume ich?“ Sie drehte eine Pirouette in der Luft und hängte noch einen gestreckten Salto auf der Stelle daran.

Ursel schüttelte den Kopf. „Du alberne, eitle, dumme Gans. Wenn es möglich wäre, würde ich dir das Praseodym eigenhändig aus dem Leib reißen. Du benimmst dich unwürdig. Schmachvoll für die Damen. Aber dennoch, ich werde zum Rat gehen und ihn bitten, dich auszubilden. Du hast ganz ungewöhnliche Kräfte. Du kannst schneller fliegen als jede Dame, die ich kenne. Du hast Zeichen der Zukunftssicht gezeigt.“ Sie griff sich an die Stirn. „Unglaublich. Und das zwei Tage nach der ersten gewidmeten Transformation. Ganz ungewöhnlich. Ganz und gar außergewöhnlich. Es dauert Jahre, manchmal Jahrzehnte, bis eine Frau zur Dame wird. Das Praseodym ist erst der Anfang. Die Kräfte müssen reifen. Sie müssen wachsen. Aber bei dir … Sehr befremdlich. Der Rat muss dich ausbilden. Du wirst eine ganz besondere Dame werden. Du wirst unseren Zielen nützen können. Vielleicht mehr als jede andere.“

Hertha flog vor Ursel im Kreis und jubelte. „Eine Dame, eine Dame. Danke, Ursel, das werde ich dir nicht vergessen.“

„Wenn du endlich mit diesen lächerlichen Kunststücken aufhören würdest“, rief Ursel. „Und ich tue das nicht für dich, Kindchen. Ich tue es für die Damen. Für unsere Ziele.“

Hertha achtete nicht auf Ursel. Sie hatte sich vor Freude wieder und wieder in der Luft gedreht und die Altstadt mit den Fußgängern, Bussen und Radfahrern an sich vorbeirasen lassen. Plötzlich war ihr bewusst geworden, was ihr da unten eigenartig vorgekommen war.

Sie stürzte die fünfzig Meter hinunter bis kurz über der Fahrbahn und kam vor einem grünen Fiat Seicento zum Halt. Der Mann hinter dem Steuer hatte sich nach hinten umgedreht, wo eine weiß und gelb gestreifte Einkaufstüte umgestürzt war und ihren Inhalt über Sitzbank und Fußraum verteilte. Ein Ei war zerbrochen, das Eigelb verharrte über der Kante des Sitzes. Joghurt war aus einem eingedrückten Aluminiumdeckel über das Polster gelaufen. Auf dem Beifahrersitz stand ein Kindersitz, darin schrie ein Säugling mit aufgerissenem Mund stumm und bewegungslos.

Hertha schwebte um den Wagen. Der Fahrer kam vom Dreifaltigkeitsplatz und wollte offensichtlich vor der Absperrung der Altstadt nach rechts in die Spiegelgasse abbiegen. Aber er ist schon viel zu weit gefahren, dachte Hertha. Wie schnell fährt er? Sie kreiste um den Wagen, schwebte über das Dach, sah durch die Windschutzscheibe. „Das Kind ist nicht angeschnallt“, murmelte sie. „Männer!“

„Was tust du?“, brummte Ursel, die sich von oben herab zu Hertha treiben ließ.

„Der Mann hier fährt genau auf die Absperrung zu. Er hat sich umgedreht, seine Einkaufstüte fällt eben um und er sieht nicht, wohin er fährt.“ Hertha glitt von oben zum Seitenfenster und zwängte den Kopf durch einen Spalt in die Fahrgastzelle. „Der Tacho … der fährt über fünfzig!“ Hertha zog den Kopf aus dem Auto. „Au.“ Sie hielt sich das Ohr, dessen Haut sie am Rand der Scheibe eingerissen hatte. „Ursel, der Typ rast mit fünfzig auf diese Absperrung zu und das Kind ist nicht angeschnallt.“ Sie deutete durch das Fenster auf den schreienden Säugling. „Sobald wir wieder in der normalen Zeit sind, knallt der dagegen und der Kleine fliegt gegen die Scheibe. Ursel, wir müssen was tun." Hertha flog eine Runde um den Wagen und um Ursel, die einen halben Meter über dem Dach schwebte und ihre Fingernägel studierte.

„Komm, Hertha. Lass uns zu dir nach Hause fliegen und etwas essen. Sobald wir aus der Transformation sind, werden wir großen Hunger bekommen. Wir sind schon viel zu lange transformiert." Ursel drehte sich um sich selbst und verfolgte Herthas Flug um den Fiat.

„Was sagst du denn da?" Hertha griff sich an den Kopf. „Fünfzig Sachen. Das ist verflucht schnell. Das Kleine knallt doch gegen die Windschutzscheibe. Wir müssen was tun." Sie rüttelte an der Tür, aber alles war wie versteinert.

Ursel hob und senkte sich im Sekundentakt um einige Zentimeter. „Lass es sein. Es hat keinen Sinn. Du musst dich daran gewöhnen, dass du nicht alles und jeden retten kannst."

„Mensch, das Baby wird dabei sterben." Sie rüttelte an der Tür wie an einem Tausend-Tonnen-Felsblock. „Fünfzig Sachen, das überlebt es nicht. Es ist nicht angeschnallt. Ursel, so hilf doch." Sie schlug mit den Fäusten gegen die Scheibe, hinter der das Baby stumm den Mund offen hielt und die geballten Fäuste und Ärmchen von sich streckte.

„Lass uns gehen, Hertha. Ich weiß, wie du dich fühlst. Ich habe zehn Jahre gebraucht, um mich daran zu gewöhnen."

„Daran gewöhnen?" Hertha machte einen Satz, schwebte vor Ursel über dem Auto und schrie sie an. „Daran gewöhnen? Was ist mit eurer Aufgabe? Die Welt retten. Was für eine Scheiße. Wenn wir noch nicht mal ein Kind retten können, das vor unseren Augen in den Tod gefahren wird!"

„Nicht du fährst dieses Kind in den Tod." Ursel hob die Stimme nicht. Sie sah Hertha in die Augen und betonte jedes Wort. „Der Vater, der sein Kind nicht festgeschnallt hat, und der sich um seinen Einkauf kümmert, anstatt zu sehen, wo er hinfährt." Sie deutete unter sich. „Das ist es. Das ist das Problem. Du bist nicht für alles verantwortlich. Was willst du denn tun? Was sollen wir denn tun? Das Unbeweglichkeitsdogma gilt. Du kannst die Tür nicht öffnen. Das Kind ist da drin."

Hertha ließ sich zur Fahrerseite des Wagens fallen und drückte den Kopf durch den Spalt. „Ich muss da rein", rief sie. „Hilf mir, verdammt." Sie wand sich, riss ihr Ohr noch mehr auf und versuchte, eine Schulter durch die Scheibe zu zwängen. „Schieb. Drück mich da rein. Ich stemme mich gegen das Kind und die Scheibe. Ich bremse den Aufprall. So hilf doch, Ursel." Sie nahm die Schulter zurück, steckte den Arm zuerst rein und hielt sich am eingefrorenen Haar des Fahrers fest, um sich hineinzuziehen.

Ursels Gesicht tauchte auf der anderen Seite des Wagens auf. Hertha hörte ihre Stimme wie durch einen Vorhang. „Lass das, Hertha. Es hat keinen Sinn. Schicksal. Du kannst nichts tun."

Hertha gab nach einigen Minuten auf. Sie rieb sich auch noch die Haut der anderen Ohrmuschel auf, als sie den Kopf zurückzog. „Du versuchst es ja nicht einmal", rief sie. „Und was ist jetzt mit eurem Pathos? Welt retten. Alles Unsinn." Sie setzte sich auf das Autodach, betupfte mit beiden Handflächen ihre Ohren, suchte und fand das Blut auf den Händen. „Wie macht ihr es denn? Wie könnt ihr etwas verändern? Wie soll das gehen – die Welt retten, wenn man nichts tun kann?"

Ursel setzte sich neben sie, stellte die Handtasche auf die Oberschenkel und legte die Hände auf die undurchsichtigen, hautfarbenen Feinstrumpfhosen. „Die Transformation ist eine Möglichkeit, herauszufinden, was zu tun ist. Getan werden muss es als normale Frau."

Hertha drückte die rechte Hand auf die schmerzende Ohrmuschel. „So soll die Welt zu retten sein?"

„Du hast dir diese romantische Geschichte ausgedacht. Ich habe dir nicht gesagt, dass wir herumfliegen wie diese Figuren in Strampelanzügen in den Bilderbüchern. Heben Züge in die Gleise und stellen umstürzende Wolkenkratzer wieder hin." Ursel schnaubte. „Männerphantasien."

„Und woher wisst ihr, wo ein Problem auftaucht? Ihr könnt doch nicht um die ganze Welt fliegen und nach Doktor Evil und Mister Goldfinger Ausschau halten, um die Weltunterwerfungspläne zu durchkreuzen."

„Wenn du wüsstest, wie oft die Welt in Landshut gerettet wird!"

„In Landshut?"

„Eines der Mysterien der von Glochwitz." Ursel zog sich eine Falte ihres Rockes zurecht. „Aber nicht nur hier. Wir Damen reisen immer wieder in der ganzen Welt umher. Kleine Sachen, Hertha. Nur Kleinigkeiten. Die Autoschlüssel eines Börsenmaklers in New York verstecken. Einem General im richtigen Moment eine Tasse Kaffee über die Uniform schütten." Sie strich sich eine graue Strähne aus der Stirn. „Solche Dinge sind es, die die Welt retten." Ursel hob die Stimme. „Wir stürzen keine Regierungen, hindern nicht Atomraketen am Start, lassen keine Kriegsschiffe untergehen. Nein." Ursel streckte die Hand aus und ließ sie wenige Millimeter auf und ab wippen. „Kleinigkeiten können den Lauf der Dinge verändern."

„Kleinigkeiten?" Hertha rieb sich die Stirn. „Woher weiß man, was man tun muss? Welche Kleinigkeiten?"

Ursel schwebte von ihrem Platz und blieb vor Hertha in der Luft sitzen. „Du hast es selbst erlebt. Das Kind, der Lastwagen." Sie deutete mit dem Kopf nach rechts. „Gleich hier. Die Zukunftssicht."

„In die Zukunft sehen?"

„Damen wie Ruth haben sie. Manche schaffen es nie. Es dauert immer Jahrzehnte. Die Dame mit der zuverlässigsten Zukunftssicht sollte Prosedetin sein. Wer weiß …" Ursel streckte die Hand aus, fasste Hertha unter dem Kinn und hob ihren Kopf. „Du hast sie Stunden nach der ersten Transformation erlebt." Sie schwebte einige Zentimeter näher. „Das ist unerhört. Hier geschieht etwas Großes. Vielleicht war mein Fehler Vorsehung. Vielleicht bist du eine Art …" Ursel ließ Herthas Kinn los, flog ein wenig rückwärts und blieb in der Luft stehen. Sie bewegte sich langsam einige Zentimeter auf und ab.

Hertha hob den Kopf und sah sich um. Einige Meter entfernt war ein Mann im Laufen erstarrt. Er hielt ein Mobiltelefon ans Ohr gedrückt. Sein rechtes Bein war gestreckt nach vorn gerichtet, es sah aus, als müsse er umkippen. Hertha schoss zu ihm hinüber, stellte sich neben ihn auf den Gehsteig und umfasste sein Telefon. „Ursel, ich gehe jetzt zurück in die normale Zeit", rief sie, entspannte alle Muskeln und atmete tief aus.

Wie ein angehaltener Film raste die Zeit weiter. „Habe ich gemacht", sagte der Mann zu seiner Hand. Hertha hatte sein Mobiltelefon an sich gerissen. Reifen quietschten, ein Knall, Glas splitterte.

Hertha sah nicht hin. Sie drückte mit zitterndem Daumen dreimal auf die Taste mit dem roten Telefonhörer und schüttelte das glänzende Ding in ihrer Hand. „Mach schon, mach schon, Mistding", sagte sie. Aus dem Augenwinkel sah Hertha den Besitzer des Telefons noch zwei Schritte gehen, stehen bleiben und sich seine Hand besehen. Hertha tippte eins eins zwei und wartete. Sie drückte das Gerät ans Ohr und hob den Kopf. Drei Meter weiter sah der Mann abwechselnd auf seine Hand und in die Runde der Menschen um sich. Fast alle waren stehen geblieben und blickten in Richtung des Fiats.

Hertha unterbrach die Meldung des Polizisten am anderen Ende der Leitung. „Verkehrsunfall in der Altstadt. Landshut. Beginn Fußgängerzone. Ecke Spiegelgasse. Ein verletzter Säugling. Wir brauchen einen Kindernotarzt. Mein Name ist Hertha Heldrich. Ich bin an der Unfallstelle." Der Mann hatte Hertha entdeckt und lief auf sie zu. Hertha ignorierte die Fragen des Disponenten in der Dienststelle und drückte dem Mann sein Telefon in die ausgestreckte Hand. „Anruf für Sie", sagte sie und rannte zum Fiat, um den sich eine Menschentraube bildete.

„Hey, das ist mein ...", rief der Mann hinter Hertha her.

Sie drehte sich im Laufen um. „Ja, das ist Ihr Telefon. Nun gehen Sie schon ran. Die haben noch eine Menge Fragen." Sie schob einen dicken Mann in kurzen Hosen zur Seite, der mit seinem Pudel an der Leine im Weg stand. Der Fiatfahrer hatte das Steuer noch herumreißen können und war seitlich gegen die Absperrplanke geprallt. Das Kind lag auf seinem Schoß, hatte die Augen aufgerissen und alle viere von sich gestreckt. Hertha zerrte die Wagentür auf. „Hören Sie mich?", rief sie und packte seine Schulter. Die Rücksitzbank war ein Durcheinander von geborstenen Eiern, auslaufender Milch und geplatzten Tomaten. Das Kind fing an zu brüllen. Das Radio spielte zu laut. Die Nachrichten begannen.

Wer schreit, der atmet, dachte Hertha und schüttelte den

Mann. „Sie“, rief sie. „Was ist mit Ihnen?“ Der Mann hob den Kopf, sah Hertha mit offenem Mund an und legte den Arm um sein Kind. „Oh Gott“, sagte er. „Oh Gott. Es war nicht angeschnallt.“ Er fuhr zitternd über die Arme und Beine des Babys. „Was ist? Was ist denn nur. Was hast du?“ Er tastete hektisch über den Kopf des Säuglings und sah Hertha an.

Der US-Präsident wurde vom Nachrichtensprecher zitiert. Hertha fühlte plötzlich Angst. Angst um ihr Leben. Ohne nachzudenken hieb sie auf den Knopf des Autoradios und brachte es zum Verstummen. Im gleichen Augenblick verschwand die Angst.

„Können Sie aussteigen?“, sagte Hertha. „Tut Ihnen was weh? Es ist vielleicht besser, wenn sie rauskommen.“

Der Mann nickte. „Weiß nicht“, haspelte er. Er zog ein paar Mal am Türgriff. Nichts rührte sich. „Was ist mit Leon? Was ist … Warum schreit er? Er war nicht angeschnallt. Er war nicht angeschnallt.“ Er schüttelte den Kopf, versuchte vom Sitz nach rechts zu rutschen, aber der Gurt hinderte ihn.

Jemand fasste Hertha von hinten an der Schulter. „Lassen Sie mich mal, ich bin Arzt.“ Hertha drehte sich um. Ein blonder Mann mit rundem Gesicht und weißem Polohemd stand vor ihr. Er hatte eine rote Tasche in der Hand. „Hab den Knall in der Praxis gehört.“ Er schob Hertha aus dem Weg, stellte seine Tasche auf das Kopfsteinpflaster und beugte sich in den Wagen. Hertha ging einen Schritt zurück und beobachtete, wie der Arzt auf den Fahrer einsprach und dabei das Kind betastete.

„Ich glaube, du hast begriffen, was ich sagen wollte.“ Ursel stand plötzlich neben Hertha.

Hertha drehte sich um und schob sich durch die Menschenmenge. „Ich denke, ihr habt da eine schwierige Aufgabe übernommen.“ Ein Polizeiwagen fuhr mit blinkendem Blaulicht ohne Martinshorn entgegen der Einbahnstraße aus der Spiegelgasse und blieb vor der Menschentraube stehen. „Alle Damen sind freiwillig Mitglied in diesem Klub?“

„Sag nicht Klub, Hertha. Es gibt eine Ehrwürdige Prosedetin – das ist Ruth und sie ist es, seit Marita von Glochwitz am Typhus gestorben ist.“

„An Typhus?“ Herthas Magen begann so laut zu knurren, dass

sie sich zunächst nach dem Geräusch umsah, ehe sie merkte, was es war.

„Erster Weltkrieg. Sie hat in einem Lazarett geholfen und sich angesteckt."

Hertha blieb stehen. „Hast du Geld? Ich sterbe vor Hunger. Lass uns ein halbes Schwein kaufen oder so was."

Ursel zeigte Hertha ihre Tasche, nickte und beide kehrten um, machten einen Bogen um die Menschentraube und strebten auf die Arkaden der Altstadt zu.

„Erster Weltkrieg. Die Nazis. Zweiter Weltkrieg." Hertha griff Ursel am Arm. „Du meine Güte, warum habt ihr das nicht verhindert?"

Ursel sah zu Boden. „Die Prosedetin sitzt dem Rat vor. Mitglieder des Rates sind die meisten Damen. Aber nicht alle. Du und ich, wir sind im Moment die Einzigen, die nicht im Rat sind."

„Ich? Ich weiß nicht, ob diese Präsidentin mich dabei haben will."

„Prosedetin. Und sie kann es gar nicht verhindern."

„Die Nazis. Die Shoah, was habt ihr dagegen getan?" Hertha hatte Ursels Arm nicht losgelassen und rüttelte an ihrer Jacke.

Ursel blieb stehen. Zukunftssicht. Die Transformation." Hertha sprach lauter. „Damit habt ihr nicht helfen können? Ich glaube das nicht."

Ursel senkte den Blick. „Wir sind Damen, keine Übermenschen. Es gab Angst. Es gab Gleichgültigkeit. Und es gab Begeisterung."

Hertha ließ Ursel los. „Zu welcher Kategorie hast du gehört, Ursel?"

Ursel nestelte an ihrer Tasche. Erst nach einigen Sekunden antwortete sie. „Es gab eine Zeit, da war ich begeistert."

Hertha ging langsam weiter. Ursel lief schweigend neben ihr.

Sie fanden die Wurstbraterei unter den Bögen ohne wartende Kunden. Der Inhaber wischte mit den Händen über die braunrot verschmierte, ehedem weiße Schürze und sah die beiden Frauen an. „Was darf's denn sein, die Damen?" Dann erkannte er Hertha. „Ach, Sie!" Er lächelte. „Meine beste Kundin vorgestern." Er wies mit einer offenen Hand auf seinen Grill hinter sich. „Zu Ihren Diensten, Gnädigste." Sein Lächeln wurde zum Grinsen.

„Ein Dutzend Bratwürste. Keine Semmel", sagte Hertha, ohne die Höflichkeit zu erwidern.

Die Augen des Mannes glänzten. Er richtete einen Zeigefinger abwechselnd auf Ursel und Hertha. „Ein Dutzend? Jeder sechs?"

„Ich auch ein Dutzend", sagte Ursel. „Und einen Klecks Senf, bitte." Es gab ein metallisches Geräusch, als sie ihre Handtasche öffnete. Ein feineres Klicken folgte, vom Verschluss ihres Portemonnaies.

Der Mann deutete eine Verbeugung an. „Einen Klecks Senf. Aber natürlich. Selbstverständlich." Kopfschüttelnd drehte er sich zu der brutzelnden Reihe Bratwürste um und prüfte mit einer langen Zange, welche fertig waren.

„Also, du machst das mit dem Rat und ich halte mich ein bisschen zurück mit …" Hertha sah erst den Wurstbrater, dann wieder Ursel an. „Mit meinen Übungen."

Ursel nickte und legte einen Geldschein auf die Papiertischdecke des Klapptischs vor ihnen.

***

Hertha stand in ihrer Küche inmitten des Frühstücksgeschirrs und den Resten eines riesigen Abendessens von gestern. Elmar hatte nach Herthas vierter Portion aufgehört zu fragen. Sie hob eine Tasse Espresso zum Mund. Sie schätzte, sie würde eine Stunde brauchen, um aufzuräumen und dann … Die Lust zu fliegen, durch die Gegend zu rasen, war übermächtig. Ursel hatte nicht gesagt, wann sie vor den Rat treten würde, um Herthas Sache vorzubringen. Es schien Hertha klüger, bis dahin auf Ausflüge zu verzichten, die Ruth aufmerksam machten. Sie musste Herthas Flug von gestern Abend bemerkt haben. Ursel hatte keinen Zweifel daran gelassen.

Der Türgong unterbrach ihre Gedanken. Die Uhr zeigte kurz vor zehn. Der Postbote kam später. Sie erwartete keinen Besuch. Als sie die Tür einen Spalt weit geöffnet hatte, tat ihr leid, dass sie die Klingel nicht ignoriert hatte. Berenike Wedes stand auf der Fußmatte. Herthas Höflichkeit hielt sie davon ab, die Tür zuzuschlagen.

„Was wissen Sie vom – Rat?“ Berenike hatte einen Pilotenkoffer mit Rädern und Ausziehgriff neben sich abgestellt und hielt die Arme auf dem Rücken verschränkt.

Zum Teufel mit der Höflichkeit, dachte Hertha und warf die Tür zu. Sie blieb im Halbdunkel stehen und lauschte. Ob sich die Nachbarin abspeisen lassen würde?

Ein Pochen beantwortete die Frage. Hertha wollte die Hand auf die Klinke legen und ließ sie wieder sinken. Sie wandte sich dem Sicherungskasten hinter der Tür zu. Sie glaubte, sie müsste das Plastiktürchen öffnen, aber sie konnte keinen Grund dafür erkennen. Wie unter Zwang nahm sie eine neue Sicherung aus einer Pappschachtel und legte die rechte Hand auf die Eindrehfassung der Sicherung für Waschmaschine und Trockner. Sie betrachtete die neue Sicherung und schüttelte den Kopf. „Was mache ich da?“, murmelte sie. Sie spürte einen feinen Impuls in der Rechten. Die Sicherung war in diesem Moment durchgebrannt. „Das wird unheimlich“, sagte sie. „Die Zukunftssicht. Das ist es also. Ich muss mich nicht transformieren und kann trotzdem in die Zukunft sehen. Wie weit? Kann ich das kontrollieren?“ Sie legte die neue Sicherung zurück, nahm sich vor, nach den Maschinen im Keller zu sehen und klappte den Kasten zu. Sie nahm Berenikes Stimme und das Pochen an der Tür wieder wahr.

Hertha ging in die Küche. „Eine Minute, ganz langsam, das wird nicht schaden“, sagte sie leise. Sie öffnete das Küchenfenster weit und Berenikes Stimme wurde deutlicher.

„Ich verlange, dass Sie aufmachen. Ich habe ein Recht darauf. Ich werde Sie nicht …“

Hertha spannte alle Muskeln an. Die Transformation gelang ihr nunmehr ohne Anstrengung. Berenike war abrupt verstummt. Die Vögel sangen nicht mehr. Es war kein Rauschen der Blätter, kein entfernter Verkehrslärm mehr zu hören. Hertha ließ den Zeigefinger einige Millimeter im Grundgelenk wippen, schon setzte sie sich still in Bewegung und glitt durchs Fenster. Sie stieß mit dem Kopf gegen die Blätter der Birke vor dem Haus und wich nach unten aus. Zentimeter um Zentimeter segelte sie um den Stamm, um Büsche und Schilfrohr, das in einem Bottich wuchs.

Berenike war mit erhobener Faust erstarrt. Die Fingerknöchel berührten die Tür. Berenikes Mund war geöffnet, die Augenlider hatten im Wimpernschlag angehalten.

Hertha zuckte mit dem Zeigefinger und brachte sich neben Berenike Wedes. Die Damen nutzen die Transformation, um Übersicht zu gewinnen, und später handeln sie danach, dachte Hertha. Ich kann es ja mal ausprobieren. Sie ließ sich absinken und untersuchte den Pilotenkoffer.Wollen doch mal sehen, was ich herausfinden kann." Der Deckel war unversperrt, die untere Lasche lag auf der anderen, die den Griff trug. Hertha zog, konnte aber nichts bewegen. Sie griff mit beiden Händen zu und konzentrierte sich darauf, rückwärts zu fliegen. Sie spürte den Zug an den Armen.

„Es geht also auch mit Gedanken." Sie brachte noch mehr Kraft auf. „Ohne Fingergezappel. Wow. Ob das jede kann? Ich muss Ursel fragen", stöhnte sie, dann schwebte sie wieder kraftlos. „Nicht zu viel machen, sonst wecke ich die Alten aus ihrem Vormittagsnickerchen." Sie zog die Mundwinkel hinab und sah nach zu Berenike auf. „Du wirst mich nicht in Ruhe lassen, was?" Sie glitt horizontal liegend nach oben, wollte die erstarrte Frau anbrüllen, aber besann sich und winkte ab. „Au", rief sie. Ihre Hand war gegen etwas Festes gestoßen – eine Wespe, die fünf Zentimeter neben Berenikes Wange in der Luft hing. Ihr Hinterleib war in Flugrichtung gebogen und Hertha glaubte, die Spitze des Stachels hervorragen zu sehen.

„Na, das muss auch nicht sein." Sie tippte vorsichtig den Zeigefinger gegen das Insekt. Es fühlte sich kalt und steinhart an. Hertha drückte etwas fester. Es wird sich nicht ändern lassen, dachte sie. Das Schicksal will wohl, dass meine liebe Nachbarin von diesem Tierchen Besuch bekommt. „Na gut." Sie tippte die Wespe noch einmal an und wandte sich ab, um in die Küche zurückzufliegen.

Das Tier ist zurückgefedert, dachte sie und drehte sich wieder um. Ohne Zweifel, die Wespe hatte sich einen Millimeter in der Luft bewegt. Konnte es wirklich sein? Sie legte die geballte Faust an die Seite des Insekts und schob.

„Das gibt's doch nicht!" Die Wespe federte tatsächlich ein wenig.

Hertha legte sich waagerecht in die Luft, streckte den Arm aus und spannte die Muskeln an. Ein Zittern ging durch ihren Körper, als die Kraft sie fortreißen wollte, das Hindernis sie jedoch festhielt. Einige Sekunden schob sie stumm, mehr als ein Federn war nicht zu spüren. Sie verkrampfte Schultern, Arm und Hand, so stark sie konnte. Das Zittern ihres Körpers wurde zu einem Flattern, sie stöhnte, dann brüllte sie vor Anspannung.

Die Wespe bewegte sich. Erst einen Millimeter, dann einen Zentimeter, je weiter sie schob, desto leichter fühlte es sich an. Herthas Faust hatte sich an Berenikes Gesicht vorbeigeschoben. Hertha nahm Kraft aus dem Arm, der Widerstand war kaum noch zu spüren. Hertha war jetzt einen Meter mit dem Tier vor der Faust geflogen. Das Dogma der Unbeweglichkeit, dachte Hertha. Gilt es nicht für mich? Sie ließ sich senkrecht in der Luft hängen und betrachtete ihre Faust. Es war keine Wunde zu sehen, sie hatte nicht einen Kratzer abbekommen. Die Wespe verharrte in ihrer Position. Hertha legte die Zeigefingerspitze gegen den kleinen, schwarzgelben Körper und drückte. „Wahnsinn." Sie konnte die Wespe fast ohne Anstrengung schieben.

Mit einem mehr gedachten denn ausgeführten Zucken des Fingers schwebte sie eine Kurve zu Berenike und berührte ihr Haar. Es fühlte sich an wie Kupferdraht. Hertha konnte es verbiegen. „Lust auf eine neue Frisur, Frau Nachbarin?", sagte Hertha und verdrehte zwei Strähnen ineinander.

Ihr Blick fiel auf den Koffer neben Berenike. Sie streckte die Hand aus. Der Deckel ließ sich jetzt zur Seite klappen. Alles schien wie in Honig eingebettet. Hertha zog einen Leitzordner aus dem Koffer. „Zahnarzt Doktor Niedermeyer", las sie auf dem Rückenschild. Der Ordner schien sich gegen jede Lageänderung zu wehren wie ein drehender Kreisel. Hertha wendete die Mappe in der Hand und genoss den zähen Widerstand. Sie ließ den Ordner los, der unbeweglich in der Luft verharrte. Hertha ließ sich kopfstehend über den Koffer hängen und durchsuchte den Inhalt.

„Hertha, ich habe dir doch gesagt ..." Ursels Stimme brach so plötzlich ab wie Hertha den Stapel Karteikarten losließ, den sie in einem Seitenfach gefunden hatte.

Hertha legte eine Hand an den Hals, kippte in der Luft auf die Füße und drehte sich zu Ursel um. „Hast du mich erschreckt. Kannst du dich nicht ankündigen? Meine Güte."

Ursel starrte Hertha, den Ordner und die Karteikarten an. „Hast du die ..." Sie deutete auf die schwebenden Gegenstände. „Mach das noch mal." Sie wedelte mit der Rechten.

Hertha lachte. „Das? Ach ja. Stark was?" Sie drehte die Karteikarten zweimal hin und her. „Ist so, als ob du einen Kreisel bewegst." Hertha sah zu Ursel auf. „Sag mal, warum hast du mir das nicht gesagt? Wie geht das? Das mit dem Dogma ist nur für die Neuen, oder?"

Ursel schwebte mit ausgestreckter Hand auf den Stapel zu, der einen halben Meter über dem Koffer verharrte. Sie tippte eine Ecke an und zog ihre Hand zurück, als habe sie sich verbrannt. „Das Dogma", sagte sie und fasste die Karten mit beiden Händen. „Du kannst nicht." Sie rüttelte ohne Effekt an den Karten. „Zeig mir das noch mal", sagte sie und sah Hertha an.

„Ich wollte die Wespe da wegschieben." Hertha zeigte auf das Insekt hinter Berenike. „Ging erst nicht, aber dann war es plötzlich ganz einfach." Sie tippte die Ecke des Kartenstapels an. Er drehte sich in der Luft. „Ist nicht anstrengend."

Ursel hob beide Hände. „Lass das, Hertha. Das kann nicht gut sein. Das Dogma ... Das kann doch gar nicht sein. Meine Güte." Sie schwebte zum Aktenordner, stellte sich mit beiden Füßen darauf und federte in den Knien. „Fest. Hart wie Fels. Kannst du das auch bewegen?"

Hertha zog den Ordner unter Ursels Füßen weg.

Ursel sackte zwanzig Zentimeter durch. „Unglaublich." Sie schwebte zwei Meter rückwärts. „Was bist du? Wer bist du? Ich muss deine Transformation gespürt haben. Ich weiß nicht, was es war ... plötzlich musste ich mich transfomieren. Es ging wie von selbst." Ursel bewegte sich noch einen Meter von Hertha weg. „Aber du warst mindestens einen Kilometer weg von mir. Wie konnte ich ... ?"

„Was soll das? Bin ich eine Art Monster oder was?" Hertha

flog auf Ursel zu.

Ursel wich zurück. „Das ist unnatürlich. Das hat es noch nie gegeben. Der Rat … der Rat muss es erfahren."

„Unnatürlich?" Hertha zeigte auf Ursels Füße. „Ist es natürlich, dass du hier in der Gegend rumschwebst?" Sie folgte Ursel, die sich immer weiter rückwärts bewegte und aufstieg. „Bloß, weil ich Gegenstände bewegen kann, soll ich unnatürlich sein? Und die Zukunftssicht habe ich schon wieder gehabt."

Ursel streckte den Arm aus.

Hertha steigerte sich zu einem Brüllen. „Erzähl das auch deinem Rat!"

Ursel raste davon.

Hertha blieb auf der Stelle schweben und sah ihr nach. Ursels Körper wurde zum Punkt und verschwand hinter einer Baumkrone.

Hertha schwebte einen Halbkreis und flog zu Berenike und dem eingefrorenen Ordner und den Karten. Sie nahm die Karten in die Hand, wendete sie hin und her und hob die Schultern. „Komisch." Sie schob den Stapel zurück in den Koffer. „Wenn das wirklich so ungewöhnlich ist, was macht das dann aus mir?" Sie streckte sich nach dem Aktenordner. „Bin ich eine Art Auserwählte?" Sie schürzte die Lippen.

„In zwei Tagen ist Sitzung", rief Ursels Stimme. Hertha erschrak und wandte sich um. Ursel raste in einer langen Kurve fünfzig Meter über dem Wirtsanger und schrie hinunter. „Warte um fünf im Burghof auf mich. Ich berichte dem Rat." Ursels rasender Körper wurde zur Kontur vor der Abendsonne, dann zu einem Punkt, der vor dem roten Flimmern plötzlich scharf rechts abbog und hinter einer Baumlinie verschwand.

Hertha schob den Aktenordner in den Pilotenkoffer. Ein paar der Frauen im Rat sind ziemlich rabiat, dachte Hertha. Es ist besser, ich stelle mich gut mit denen. Wenn die auf dumme Gedanken kommen, kann das unangenehm werden. Sie klappte die Kofferdeckel zu, stieß sich vom Boden ab und flog zum Küchenfenster. Sie schloss das Fenster, stellte sich auf den Boden, entspannte sich und atmete lange aus.

Berenikes Rufen und Klopfen übertönte Hertha mit ihrem

Küchenradio. Sie räumte die Spülmaschine ein und erinnerte sich an die Sicherung für Waschmaschine und Trockner. Später würde sie in den Keller gehen, um nachzusehen.

3. Kapitel

Um halb sechs Uhr abends stand Ursel im Kaminzimmer der Burg und sah sich um. Keine Touristen mehr. Manchmal war es schwierig, im Strom der Besucher eine Lücke zu finden, in der man durch die Wandverkleidung schlüpfen konnte.

Ob Hertha sogar Türen öffnen kann, wenn sie transformiert ist?, fragte sie sich. Es war obszön, was diese Frau einige Tage nach der ersten Transformation vermochte. Es wäre am besten, diese Hertha verschwände. Alles wäre so einfach gewesen, hätte sie Berenike das Praseodym gegeben. Sie wischte sich über die Stirn. Musste sie ausgerechnet Hertha erwischen? Ursel ließ noch einmal den Blick die Zimmerflucht auf und ab blitzen, dann huschte sie durch die schmale Öffnung hinter die Bretterwände in die Dunkelheit.

Es war nie angenehm, hier hinein zu müssen. Der Rat gab ihr Aufgaben, für die sich die Ratsmitglieder zu fein waren, oder sie musste sich rechtfertigen, wenn eine der feinen Damen wieder einmal einen Sündenbock haben wollte. Freya wollte immer gleich jemanden schwer bestrafen, am liebsten hinrichten. Die war die Verrückteste. Über hundertfünfzig Jahre lebte sie jetzt und hatte sicher eine Million Zeitungsseiten gelesen und sich jedes Mal darüber geärgert. Ursel senkte den Kopf, um nicht gegen das Ofenrohr zu stoßen, und tastete sich weiter. Sie hob die Hand von der Bretterwand, als sie den Nagel erwartete, der hier herausstand, seit sie denken konnte.

Hundert Mal war sie in Gedanken durchgegangen, was sie in

ein paar Minuten dem Rat vortragen würde. Immer war sie zu dem gleichen Schluss gekommen: Wenn der Ärger über die Verwechslung verflogen war, mussten die Damen erkennen, dass eine gute Vorsehung es so hatte werden lassen. In zehn oder zwanzig Jahren musste Hertha sich zu einer Macht entwickelt haben, die es alleine mit der ganzen Welt aufnehmen konnte.

Ursel zögerte. Ein Gedanke kam ihr, der ihr Angst machte. Was würde diese Macht mit Hertha machen? Würde Hertha ihre Kräfte missbrauchen? Allein der Bruch des Unbeweglichkeitsdogmas änderte alle Grundregeln der Damen. Sollte sie Herthas Entwicklung vielleicht doch lieber verschweigen?

Sie blieb stehen, richtete sich auf, nahm die Schultern zurück und achtete auf ihren Atem. Durch einen Spalt in der Tür kam ein schwacher Lichtschein. Ursel blies die Backen auf, drückte die Tür auf und stieg durch die Öffnung.

Der Raum war düster und stickig. Die Gaslampe zischte und einige Damen unterhielten sich halblaut.

Während Ursel sich umdrehte, um die Klappe zum Gang zu schließen, hörte sie das Rascheln einer Zeitung, die zusammengelegt wurde. Das kann nicht gut sein, dachte sie. Die Aufmerksamkeit von Freya will man nicht haben. Sie drehte sich um. Freyas ausgestreckter Arm und Zeigefinger begrüßten sie.

„Das ist die Schuldige“, plärrte Freya. „Sie ist schuld an dem Schrecklichen. Sie muss bestraft werden. Ich fordere …“

„Den Tod der Ursel“, unterbrach Ruth. Sie saß auf ihrem breiten Stuhl, hatte den Ellenbogen auf die rechte Armlehne gestützt und die Beine ausgestreckt. Sie funkelte Freya an. „Halt doch deinen dummen Mund und versteck dich hinter deiner Zeitung.“

Freya sprang auf und beugte sich vor. „Ich verbitte mir das! Jedes Mitglied hat das Recht, im Rat der Damen zu sprechen!“

Ruth schloss kurz die Lider und wendete sich Ursel zu. „Freya hat schon so oft deinen Tod gefordert … Ich hoffe, es stört dich nicht allzu sehr, meine Liebe.“ Mit einem Winken unterbrach Ruth Freya, die zu einem Protestgeschrei ansetzte. „Also, Ursel, warum hast du Rederecht vor dem Rat verlangt?“

Ursel strich sich über den Rock, sah auf den Boden und nahm

dann die Schultern zurück, als sie sprach. „Ihr wisst, dass mir bei der ersten Transformation der jungen Dame ein Fehler unterlaufen ist."

Freya verhöhnte Ursel mit Gelächter, ein paar Damen nickten. Ruth hatte das Kinn auf die Hand gestützt und sah Ursel an.

„Ich sage, dieser Fehler kehrt sich im Moment um zu einem großen Vorteil für die Damen."

„Was für eine jämmerliche Verteidigung, Ursel", rief Freya und schob ihre Zeitung von sich zur Mitte des Tischs.

Ruth brachte sie mit einem Zucken ihrer Stützhand zum Schweigen. „Was für ein Vorteil sollte das sein?"

Ursel holte tief Luft. „Hertha Heldrich, die Frau, die für Berenike zur Dame wurde, hat das Unbeweglichkeitsdogma aufgehoben. Ich habe es gesehen. Hertha bewegt Dinge in der Transformation."

Gelächter überdeckte ihre letzten Worte. Freya kreischte. Gertraud, die neben Ruth geschlafen hatte, hob den Kopf, schüttelte ihn und schlief wieder ein.

Ruth verharrte mit aufgestütztem Kopf und blickte Ursel in die Augen. „Warum sagst du das, Ursel? Du weißt, es ist nicht möglich." Ihre tiefe Stimme brachte die anderen Damen zum Schweigen.

Ursel hob die Hände. „Es ist, wie ich gesagt habe. Hertha bewegt Dinge. Sie fliegt schneller und höher, als ich es je gekonnt habe. Sie hat einen Koffer in der Transformation geöffnet. Sie hat einen Ordner bewegt. Es ist wahr. Hertha ist eine besondere Dame. Sie ist ausersehen. Sie kann alles ändern. Alles, was wir wissen. Alles, was wir können. Nichts wird mehr bleiben, wie es war." Die Damen mussten verstehen, welches Glück in der Entdeckung Herthas lag, welche Möglichkeiten sich für die Aufgabe der Damen boten.

Ruth schloss die Augen. Niemand sprach. Schließlich lehnte sich Ruth zurück. Sie brachte beide Ellbogen auf die Stuhllehnen und legte die Kuppen ihrer gespreizten Finger aneinander. „Der Rat der Damen hat bis heute die Welt beschützt. Der Rat der Damen hat bis heute verhindert, dass die Zerstörungswut der Männer die Erde dem Untergang preisgibt."

Freya beugte sich vor und sah Ruth an.

Warum betont Ruth, dass der Rat das bis heute getan hat?, dachte Ursel.

„Unsere Gründerin von Glochwitz", sagte Ruth, „hat uns erklärt: *Die Möglichkeiten der Technik eilen den Möglichkeiten des Geistes und der Moral voraus. Also beschützt die Welt vor den Zerstörungen, die unbedachte Anwendung der Wissenschaft und Technik mit sich bringen.*"

Freya hob den Zeigefinger, sah Ursel bedeutungsvoll an und wandte sich dann wieder Ruth zu.

„*Bis* ..." Ruth richtete sich in ihrem Stuhl auf. „... *bis die Menschen Gelegenheit hatten, Moral und Verantwortungsbewusstsein zu entwickeln.*"

Ursel sah in die Runde der Damen. Alle hingen an Ruths Lippen.

Ruth verharrte einige Sekunden. Sie schien direkt durch Ursel hindurchzusehen. „Die Menschen – die Männer hatten genug Gelegenheit. Die Aufgabe ist beendet. Der Rat darf nicht mehr eingreifen. Die Welt wird ..." Ruth schloss die Augen und sprach langsam. „... wird untergehen."

Ursel hielt sich an der Lehne des Stuhls vor ihr fest. „Aber – hast du nicht gehört? Die Transformation Herthas verändert alles. Sie ändert die Regeln. Das gibt den Damen die Möglichkeit ..."

„Moral und Verantwortungsbewusstsein sind zu einem kümmerlichen Rest verdorrt." Das letzte Wort hatte Ruth hinausgeschleudert wie einen Dolch. „Alles wird beurteilt nach dem Nutzen, den es bringt, dem Geld, das damit zu verdienen ist." Ekel schwang in ihrer Stimme. „Was sollte es noch für einen Grund geben, die gewidmete Transformation zum Wohle dieser ..." Sie schnaubte. „... Männer einzusetzen? Verschwendung!"

„Aber Hertha kann dem Rat neue Kräfte bringen. Ungeahnte Kräfte. Neue Macht. Neue ..."

Gertraud neben Ruth schreckte auf.

Ruth fegte mit der flachen Hand durch die Luft. „Schluss jetzt mit dem Geschwätz! Wie oft stand die Welt vor der Zerstörung! Wie oft haben wir die Menschen vor dem Untergang bewahrt!"

„Ach ja?“, sagte Gertraud und hob die Augenbrauen.

Ruth funkelte sie an. „Ihr werdet sehen, die Männer werden die Erde zu einem öden, leeren Planeten machen, sobald wir aufhören, immer und immer wieder ihre Fehler zu entdecken und auszugleichen.“

Ursel lehnte sich über den Stuhl. Der Geruch von Rosenwasser stieg von der Dame vor ihr auf. „Aber das ist ... Das geht doch nicht. Ruth. Warum? Ich verstehe es nicht. Wir haben die Chance, mit Hertha alles von neuem zu beginnen. Alles kann besser werden.“

„Das Urteil über Hertha Heldrich ist unwiderruflich!“ Ruth schlug mit der flachen Hand auf den Tisch. „Du warst Zeuge, wie sie gegen das Urteil gehandelt hat, wie sie sich gegen unseren Willen transformiert hat.“ Sie richtete die ausgestreckte Hand auf Ursel. „Du hast es nicht verhindert. Dir wird das Rederecht vor dem Rat entzogen.“

„Verurteilt muss sie werden“, kreischte Freya und sprang auf die Füße.

Ursel senkte den Kopf und schloss die Augen. „Was wird geschehen?“, sagte sie leise.

„Frag doch deine Hertha“, höhnte eine aus der Runde. „Die hat doch die Zukunftssicht.“ Gertraud lachte und schüttelte den Kopf. Freya hob den Arm und holte tief Luft, wie um etwas zu rufen. Ruth streckte den Arm nach ihr aus und sah sie so furchterregend an, dass sie sich im nächsten Augenblick hinsetzte und schwieg.

Ruth wandte sich an Ursel. „Dein Rederecht vor dem Rat ist verwirkt.“

Während Ruth dies sagte, sah Ursel plötzlich die Umgebung nur noch unscharf. Die Stimmen der Damen drangen gedämpft zu ihr hindurch. Einige Sekunden schien es ihr, als sei ihr ganzer Körper von einer Art Wattenebel umhüllt. Sie schien nicht im Ratszimmer zu sein. Sie glaubte, sie schwebte. Sie sah Ruth übergroß mit ausgebreiteten Armen neben Hertha in der Luft stehen.

Unvermittelt fand sich Ursel wieder an ihrem Platz hinter einem Stuhl der Ratsrunde. Ruth blickte Ursel mit vorgestrecktem Kopf in die Augen. Sie schien etwas fragen zu wollen, sagte jedoch nichts. Nach einiger Zeit wies sie mit der Rechten zu der Klappe in der Wand. „Geh jetzt, Ursel."

Ursel machte zwei Schritte und wandte sich dann noch einmal zu Ruth. „Wir haben kein Recht, die Welt untergehen zu lassen. Wir haben die Aufgabe auferlegt bekommen, wir müssen sie erfüllen. Wir haben nicht die Wahl. Es ist nicht an uns zu entscheiden."

„Schweig", donnerte Ruth und wies auf den Ausgang. „Vor dem Rat darf nur sprechen, wem der Rat das Wort erteilt. Geh."

Ursel sah noch einmal in die Runde der Damen. Fast alle blickten sie finster an. Sie drückte die Klappe auf, bückte sich und stieg in die Dunkelheit. Ohne nachzudenken fand sie den so oft beschrittenen Weg zum Kaminzimmer. Hinter der Wandklappe blieb sie stehen und rieb sich die Stirn. Was ist da drin geschehen?, fragte sie sich. Was für eine Art Vision war das? Was habe ich gesehen? Sie lauschte ein paar Sekunden in die Dunkelheit, drückte dann gegen die Holzklappe und stieg mit zusammengekniffenen Augen in die Helligkeit des Kaminzimmers.

***

Hertha stand in der Ecke des Kaminzimmers in der Landshuter Burg und beobachtete seit einer Viertelstunde die Klapptür rechts neben dem Kamin. Ursel hatte sie für fünf Uhr in den Burghof bestellt und war nicht aufgetaucht. Nach dreißig Minuten war Hertha hier hinaufgegangen. Jetzt war es Viertel nach sechs und Hertha begann zu zweifeln, dass sie Ursel heute noch treffen würde.

Sie hörte ein Geräusch und richtete sich auf. Jemand musste in dem Gang hinter der Klappe sein. Hertha sah nach rechts und links, als die Klappe aufging. In diesem Moment war niemand im Zimmer. Sie zwang sich, noch einen Augenblick stehen zu bleiben. Ein Arm wurde von hinter der Klappe in den Raum geschoben. Eine Handtasche hing an dem Arm. Hertha erkannte Ursel und lief auf sie zu. „Was war los? Erzähl. Was hat der Rat gesagt?"

Ursel stockte in der Wandöffnung, sah sich um und beeilte sich, in den Raum zu kommen. Sie drückte die Klappe zu, strich sich das Kostüm glatt und eilte in das nächste Zimmer.

„Hey. Was ist?“ Hertha lief ihr nach. „Bleib doch mal stehen, Ursel.“

Eine Gruppe Japaner drängte in das Kaminzimmer und versperrte den Ausgang. Hertha stellte sich auf Zehenspitzen. „Ursel, warte“, rief sie über die Gruppe hinweg. Ein Japaner verneigte sich vor ihr und versuchte, Herthas Ausruf nachzusprechen. Hertha deutete eine Verbeugung an, was einen Großteil der Gruppe zu Ebensolchem veranlasste. Mit einem angestrengten Lächeln drängte sich Hertha durch die Tür und rannte die Zimmerflucht hinunter.

Als sie in die steinerne Treppe zum Ausgang in den Hof einbog, sah sie Ursel die letzten Stufen hinunterstöckeln. „Ursel! Warte!“ Hertha rannte die Steinstufen hinunter, glitt in der Kurve von der Treppe in den Hof auf den Kieselsteinen aus und klammerte sich an der grünen Damenhandtasche fest. „Ursel! Was ist passiert? Ist es schlecht ausgegangen?“

„Schlecht. Ja“, sagte Ursel, klappte ihre Handtasche auf, kramte darin herum, ließ sie wieder zuschnappen und sah sich im Burghof um.

„Nun sag schon!“ Hertha packte die Alte an beiden Armen und rüttelte. „Was haben sie gesagt?“

„Es ist ihnen egal.“ Ursel sah zur Seite.

„Egal?“ Hertha folgte Ursels Blick zu einem Kind, das sein Eis fallen gelassen hatte und zu weinen begann. Warum egal?, dachte Hertha. Erst verurteilt mich diese Ruth und macht ein großes Brimborium und dann soll es egal sein? „Was heißt egal? Was meinst du?“

„Deine Kräfte. Das Unbeweglichkeitsdogma, deine Zukunftssicht. Sie haben gar nicht reagiert.“

„Ach?“ Hertha ließ Ursel los und steckte die Hände in die Taschen. „Na, ist ja prima. Dann kann ich ja ungehemmt tun, was ich will.“ Hertha lachte, auch wenn ihr nicht danach war.

„Hertha, wenn du die Zukunftssicht hast, wie ist das dann?“ Ursel hielt sich ihre Tasche vor die Brust.

„Wie das ist?“

„Was fühlst du? Wie siehst du das?“ Sie wedelte mit der Rechten vor ihrem Gesicht herum. „Siehst du das einfach? Ist das eine Art Vision?“

Hertha hob die Schultern. „Weiß nicht. Das kommt einfach so. Ich verstehe es ja auch nicht. Du hast das noch nie gehabt?“

„Nie“, sagte Ursel und sah zur Seite. „Oder vielleicht doch ...“

„Es ist mehr so, dass ich einfach weiß, was passieren wird. Ich sehe gar nichts. Ich weiß es einfach.“ Sie zuckte mit den Achseln. „War ja noch nicht so oft.“

„Ach so“, murmelte Ursel. Sie sah einen Augenblick auf den Boden und beschrieb einen Halbkreis mit ihrem breiten Lederschuh. „Als Ruth gesprochen hat, da war das plötzlich so eigenartig. Ich habe sie gesehen, als ob sie irgendwo geschwebt ist und du warst neben ihr und ich habe gewusst, dass sie etwas Schreckliches vorhat.“ Sie schüttelte den Kopf. „Aber es war, als ob ich gar nicht da gewesen wäre. Ich weiß nicht.“

„Ruth hat etwas Schreckliches vor?“ Für Hertha machte Ursels Bericht keinen Sinn.

Ursel atmete tief ein und aus. „Ruth will die Welt untergehen lassen.“

Hertha lachte. „Na ja, dann hoffe ich, dass deine Zukunftssicht noch ein bisschen unreif ist.“

Ursel wandte sich ab.

„Entschuldigung“, beeilte sich Hertha zu sagen und legte ihr die Hand auf die Schulter. „Tut mir leid. Aber das Ganze ist doch ... Na ja, wenn du noch nie die Zukunftssicht hattest und dann auf einmal ... Du weißt schon.“

„Das war nicht die Zukunftssicht. Sie hat es gesagt. Es ist ein Beschluss des Rats. Die Damen greifen nicht mehr ein. Sie lassen die Männer die Welt zerstören.“

„Na hör mal.“ Hertha unterdrückte ein Grinsen. „Das wird ja wohl nicht so von heute auf morgen ...“ Sie ließ ihre Rechte in der Luft kreisen. „Die Männer? Ich meine, das klingt ja, als ob die Männer ständig versuchen, alles kaputt zu machen und der Rat der Damen muss ständig die Welt retten.“

„Genau“, sagte Ursel und nickte.

Hertha zog die Augenbrauen zusammen und legte den Kopf schräg. „Aber warum steht dann alles noch?“ Sie breitete die

Arme aus und blickte in die Runde. „Ist doch alles noch in schönster Ordnung. Nichts kaputt."

„Weil der Rat der Damen seit über hundert Jahren aufpasst."

Hertha hob die Arme und zuckte mit den Schultern. „Na, dann brauchen wir doch nur zu warten, bis was Schreckliches passiert, und dann transformieren wir uns und fliegen hin und bringen's in Ordnung."

Ursel schüttelte den Kopf. „So einfach nicht. Dann ist es zu spät." Sie machte eine ausholende Armbewegung. „Das waren immer kleine Dinge, die der Rat gemacht hat. Mit der Zukunftssicht."

„Kleine Dinge?", echote Hertha.

„Sie haben einen Mann fünf Minuten aufgehalten, damit er zu spät kommt. Ein Auto nicht anspringen lassen. Verstehst du? Lauter so kleine Dinge." Sie winkte ab. „Die Männer haben das nie kapiert, aber wir haben das gesteuert. Alles gesteuert."

„Du auch?" Hertha stemmte die Hände in die Taschen ihrer Jeans.

„Nicht direkt", sagte Ursel und sah zu Boden. „Ich war ja nie Mitglied des Rats." Sie blickte auf und verschränkte die Arme. „Aber ich habe geholfen. Ich war immer die Botin und Gehilfin des Rats."

Hertha streckte den Arm nach Ursel aus und wandte sich langsam um. Mit gesenktem Kopf ging sie über den Kies zum Ausgang des Burghofs. Ursel folgte ihr. Nach einigen Sekunden sagte Hertha zu ihren blauen Pumps: „Wir übernehmen das jetzt."

„Wir?" Ursel blieb stehen und sah Hertha mit offenem Mund an.

Hertha sah sie über die Schulter an, senkte den Kopf wieder und ging weiter. „Wir. Wir können viel mehr. Das Unbeweglichkeitsdogma gilt nicht mehr. Die Zukunftssicht wird stärker."

„Ohne Rat? Ohne …" Ursel zögerte. „… Genehmigung?"

Hertha lachte. „Ich brauche keine Genehmigung. Schon gar nicht vom Rat. Ich pfeife auf das Urteil. Ich scheiße auf den Rat."

„Hertha!" Ursel schien ernsthaft entrüstet.

Die kühle Luft im Torbogen umfing sie. Eine Gruppe Franzosen kam ihnen entgegen. Sie lachten über etwas, das ihr Führer sagte.

„Also? Machst du mit, Ursel?"

Das Knirschen im Kies neben ihr verstummte.

Hertha wusste, dass sie es auch alleine tun würde. Ursel konnte nützlich sein, aber Hertha glaubte nicht, dass sie auf die Alte angewiesen war.

Hertha trat aus dem Torbogen. Das Hofstallgebäude links wurde von einer warmen Abendsonne angeschienen. Schwalben jagten hoch oben nach Insekten. Hertha atmete tief durch, zog die Hände aus den Taschen und hob die Arme. Sie drehte sich einmal um sich selbst und konnte einen Jubelschrei kaum unterdrücken.

Ursel kam Schritt für Schritt auf Hertha zu. „Und wenn der Rat das merkt?"

Hertha blickte einer Haken fliegenden Schwalbe hinterher. „Was kann es Schöneres geben, als besondere Kräfte für den besten aller Zwecke einzusetzen? Es ist mir egal, ob der Rat es merkt."

Ursels Augen weiteten sich. „Sie werden es nicht zulassen."

„Sie werden keine Wahl haben." Hertha wandte sich zum Gehen. „Was wollen sie denn tun? Mich fesseln?"

Ursel holte auf und ging neben Hertha. „Ich weiß nicht. Der Rat fühlt sich über dem Gesetz. Wenn sie sich im Recht glauben, gehen sie sehr weit." Sie zog an Herthas Bluse. „Hertha, die können gefährlich werden."

Hertha ging weiter. „Sie wollen die Welt untergehen lassen. Das nenne ich gefährlich." Sie folgten dem Kiesweg, der sich an einer Schießschartenmauer der Burg entlangzog. Junge Birken und Gräser wuchsen aus Mauerritzen.

„Und wie willst du anfangen?" Ursel hatte Mühe, Herthas Schritten zu folgen.

Hertha stieß mit der Fußspitze gegen einen Stein. „Anfangen …" Sie streifte einen Schuh ab und ließ ihn am großen Zeh baumeln, um einen Kiesel herausfallen zu lassen. Sie stützte sich mit ausgestrecktem Arm gegen einen Ziegelstein. Etwas Mörtel bröselte aus der Fuge. „Ich muss nach Hause. Elmar wird bald da sein. Heute Abend isst er mit Kunden in München. Er wird sich Sorgen machen, wenn ich nicht da bin." Sie schlüpfte in den Schuh. „Komm heute gegen acht zu mir, einverstanden?"

„Wozu denn?"

Hertha spannte die Muskeln der Beine an. Es gelang ihr sofort, sich zu transformieren. Sie verlor den Bodenkontakt, schwebte ohne Kraft an der Mauer nach oben und ließ Ursel unter sich. Sie wich einer Schwalbe aus, streckte den Arm in Richtung Burg aus und wurde fortgerissen.

Sie verkrampfte den rechten Arm, beschleunigte und reckte den Zeigefinger nach links. Sie umkreiste die Burg in einer riesigen Linkskurve. Die Fliehkraft zerrte am rechten Arm und Bein. Sie reckte sich weiter und weiter, der Flug wurde immer rasanter, die Burg drehte sich im Sekundentakt unter ihr. St. Martin raste unter ihr hinweg, dann wieder die Burg Trausnitz, in der nächsten Runde war es St. Jodok, die Isar, die Burg.

„Wer soll mir gefährlich werden", brüllte sie, riss den Arm in die Höhe und raste geradewegs nach oben. Nach einer Sekunde nahm sie alle Kraft aus dem Arm, kippte nach hinten und schwebte nach einem gestreckten Salto auf dem Rücken liegend mit ausgestreckten Armen und Beinen. Über ihr verharrten Wolken. Kein Geräusch störte ihre Ruhe. „Vollkommener Friede", hauchte sie. „Die Welt hat ein Recht auf Frieden." Sie ließ sich nach links kippen, streckte lässig den Arm aus und schwebte im Fünfundvierziggradwinkel nach unten in Richtung Wirtsanger.

***

Elmar Heldrich warf die Fahrertür seines Volvo zu. Er öffnete die hintere Tür, nahm sein dunkles Merinosakko vom Haken und die überquellende Aktentasche von der Rücksitzbank. Im Weggehen drückte er den Schließknopf auf dem Autoschlüssel und suchte den Hausschlüssel aus der klappernden Menge am Ring. Er sah auf die Uhr. Für ein Mittagessen hatte er heute keine Zeit gehabt, und sein Frühstück bestand für gewöhnlich aus einer oder zwei Tassen Espresso. Heißhungrig wie ein Wolf konnte er unmöglich zum Kundenessen heute Abend nach München fahren. Er musste seine Sinne auf den Mandanten, nicht auf Pasta und Rotwein richten. Elmar dachte an den riesigen Geschenkkorb eines anderen Mandanten, dessen Inhalt er gestern in den Kühlschrank geräumt hatte. Französische Gänseleberpastete, eine ungarische Salami, Südtiroler Schinken. Der Inhaber eines Delikatessengeschäftes in der Rosengasse war von der Dönerbude nebenan verklagt worden. Wettbewerbsrecht für Anfänger.

Er schloss die Tür auf, ließ die Slipper von den Füßen fallen und stellte die Aktentasche auf den Boden. „Liebling, hallo. Ich bin's." Er warf den Schlüsselbund auf das Tischchen neben der Garderobe und hängte das Sakko auf. „Bist du da?", rief er und ging in die Küche. Leberpastete auf einer Laugensemmel – das schien ihm im Moment der Gipfel aller Genüsse.

Hertha schloss eben die Kühlschranktür und wischte sich mit dem Handrücken über den Mund. „Hallo", sagte sie, nachdem sie etwas hinuntergeschluckt hatte. „Na, wie geht's? Ist alles in Ordnung? Wann musst du los?" Sie rieb sich die Hände und blickte in der Küche umher.

Elmar war in der Tür stehen geblieben und versuchte den Blick seiner Frau auf sich zu ziehen. Sie schien ihm auszuweichen. „Ja, geht gut", sagte er. „Mordshunger. Will noch was essen, bevor ich losfahre." Er sah auf seine Armbanduhr. „Eine Viertelstunde."

Herthas Augen weiteten sich, plötzlich verharrte ihr Blick auf ihm. „Ich dachte, du isst mit dem Mandanten. Ich glaube, wir haben nichts Richtiges. Gehen wir doch schnell wohin, ja?"

Elmar sah auf die Uhr. Am liebsten hätte er den Termin abgesagt. Ich müsste mehr für sie da sein, dachte er. Es hat sie so mitgenommen. Wir schaffen es nicht, wirklich darüber zu reden. Er fasste sie behutsam an der Schulter und ging an ihr vorbei zum Kühlschrank. „Liebes, ich muss in einer Viertelstunde los. Die Zeit reicht uns nicht mehr. Ich würde gerne …"

Hertha sprang in seinen Weg. „Geht schnell. Fast Food. Auf dem Weg zur Autobahn. In der Weixerau ist ein MacDonalds. Wir fahren schnell hin. Mit zwei Autos. Du fährst dann weiter. Ja? Das geht am schnellsten. Lass uns fahren." Sie legte beide Hände auf seine Schultern und schob ihn in Richtung Ausgang.

Sie rülpste plötzlich, und Elmar roch Salami. Er verzog den Mund. „Mackie? Widerlich. Bloß nicht“, sagte er und arbeitete sich gegen Herthas Widerstand zum Kühlschrank vor. „Ich will doch nur, dass mein Magen nicht so laut knurrt, dass der Mandant der Unterhaltung nicht folgen kann. Ich will mich ja nicht gleich vergiften.“ Er legte den Kopf schräg und spielte angestrengtes Nachdenken. „Aber wer weiß, vielleicht wird es ja bald Landshuter Bürgerpflicht, dort zu essen. Bürgermeisterwahl.“ Er lachte. Obwohl Hertha an seinem Arm hing, erreichte er den übergroßen, geschwungenen Stahlgriff der Kühlschranktür und öffnete.

„Ich hole uns was“, sagte Hertha. „Was magst du? Die Geschäfte haben ja noch offen.“

Der Kühlschrank enthielt ein Glas mit einem Rest eingelegter Gurken, die leere Butterdose, und in der Tür stand eine halb volle Mineralwasserflasche neben einem Glas süßem Senf. Elmar hielt den Türgriff umklammert.

„Es musste dringend aufgeräumt werden.“ Hertha ging in den Flur. „Haltbarkeitsdatum.“ Es klang, als ob sie ihre Schuhe zurechtstellte. „Ich hab das ganze abgelaufene Zeug rausgeworfen.“

„Lass nur, ich fahre nachher irgendwo vorbei“, sagte Elmar leise, den Blick auf den Dillzweig im Gurkenwasser gerichtet. Wo war der Schinken? Die Leberpastete?

„Also, was willst du?“, flötete Herthas Stimme hinter ihm.

„Wo ist das Zeug hin?“ Elmar ließ die Kühlschranktür zufallen und drehte sich um. Er betrachtete Hertha, als ob er an ihr einen Zipfel Salami oder ein Stück Schinken suchte. Er wies mit dem Daumen über die Schulter. „Das war doch alles noch frisch.“ Er hatte ihren Fressanfall vor fünf Tagen nicht vergessen. Sein Blick prüfte die Figur seiner Frau. Hertha trug eine eng anliegende Bluse und war schlank, wie sie es immer gewesen war.

Hertha versuchte ein Lächeln. „Weißt du, ich wollte da mal richtig Platz machen für …“ Sie öffnete den Mund, holte Luft und drehte vor ihrem Gesicht zwei Runden mit den Fingern. „Umstellung“, sagte sie rasch. „Ernährungsumstellung. Wir sollten unsere Ernährung umstellen. Ich hab da ein Buch gelesen.“ Sie zögerte. „Blutgruppen“, polterte sie. „Welche Blutgruppe hast du?“ Sie kramte in ihrer Tasche. „Ich habe da doch irgendwo meinen Blutspenderausweis“, sagte sie und schien in ihren schwarzen Ledersack von Tasche hineinkriechen zu wollen. „Ich glaube, ich habe A. Ja, richtig. A. Und du?“ Sie hob den Kopf. „Hast du das gewusst? Es gibt eine richtige Ernährung für jede Blutgruppe.“ Sie lachte. „Vielleicht haben wir ja die gleiche. Dann wäre das viel einfacher.“

„Für welche Blutgruppe ist MacDonalds?“, sagte Elmar und lehnte sich an die Edelstahltür. Ein Magnet mit einem Notizzettel fiel herab und klapperte auf den Terrakottafliesen. „Hast du das alles …“ Er wollte die Rechte zum Mund führen, aber schaffte es nur bis in Brusthöhe. „Gegessen?“

Hertha versenkte sich wieder in ihre Tasche. „Den Blutspenderausweis habe ich ganz bestimmt da irgendwo.“

„Es tut mir leid, Hertha.“

Sie hob den Kopf. „Tut dir leid? Was tut dir leid?“

Er breitete die Arme aus und ließ sie dann auf die Oberschenkel fallen. „Ich habe nur an die Arbeit gedacht. Immer nur an die Arbeit.“ Er ging drei Schritte auf Hertha zu, blieb mitten in der Küche stehen. „Ich hab gedacht, wir sind uns einig. Ich schufte wie ein Blöder und wir genießen später das Leben.“ Er schüttelte den Kopf. „Ich meine, wir haben das doch besprochen. Ich dachte, wenn ich zehn Jahre so ranklotze, können wir uns auf Mallorca oder in der Camargue oder in Apulien ein Haus kaufen und nur noch leben.“ Er trat noch einen Schritt näher. Er hätte nur die Hände ausstrecken müssen, um Hertha in den Arm zu nehmen. „Das wolltest du doch auch. Ich dachte, das größte Problem, was wir jetzt noch haben, ist auszusuchen, wo wir unser Haus im Süden haben wollen.“ Er bemerkte, dass seine Stimme weinerlich klang, nahm die Schultern zurück und straffte seinen Körper. „Und jetzt das.“

„Was?“ Hertha ließ die Hände sinken. Ihr Gesicht war ein großes Fragezeichen.

„Bulimie“, sagte er und war froh, dass er es ausgesprochen hatte. „Hör mal, wir stehen das gemeinsam durch.“ Er legte seine Hände auf ihre Schultern. „Wir können doch alles schaffen, wenn wir zusammenhalten. Wir suchen dir einen Therapeuten hier in Landshut. Oder in Regensburg. Das kriegen wir hin."

Herthas Gesichtsausdruck wechselte von fragend über erstaunt zu belustigt. „Aber …" Sie lachte. „Aber ich hab doch keine Bulimie."

Einer der Partner der Kanzlei war Alkoholiker gewesen. Seinem Ausscheiden hatte Elmar das Angebot der Partnerschaft zu verdanken. Elmar wusste, wie sich ein Süchtiger benahm. Bulimie war eine Sucht. Ess- und Brechsucht. Es schien ihm ironisch, dass er jetzt mit einer Sucht zu kämpfen hatte. War das die Vergeltung des Schicksals? Er versuchte zusammenzukramen, was er über Alkoholiker gelernt hatte. Ob es für Bulimie auch passte? Er wusste, dass er in Gefahr war, in eine Art Mit-Abhängigkeit zu geraten. Der Ehepartner des Süchtigen spielte eine große Rolle. Sie sollten eine Art Familien- oder Paartherapie anfangen. Meine Güte, dachte er, wie soll ich die Zeit dafür zusammenbringen? Vielleicht samstags?

Er seufzte, ließ Hertha los und ging zum Abfalleimer. Er trat auf den Fußhebel, die beiden Hälften des Deckels drehten sich zur Seite. In der Mülltüte lagen Plastikverpackungen, Klarsichtfolie, Pappschachteln. „Nichts zu sehen von dem Zeug, das du weggeworfen haben willst." Er ließ die Deckel zufallen und drehte sich zu ihr um. „Komm schon, was soll das? Du hast das nicht alles weggeworfen. Du hast es gegessen."

Hertha sah zwischen Elmar, Kühlschrank und Fußboden hin und her. „Nein." Sie hob die Schultern und ließ sie wieder sinken. „Ja. Doch. Hab ich." Sie sah Elmar ins Gesicht und stemmte die Fäuste in die Hüften. „Ich hab's gegessen. Na und?"

„Und dann gehst du und kotzt alles wieder aus und so geht das weiter. Das ist doch keine Lösung."

Hertha lachte. „Gegessen hab ich das Zeug, aber ich behalte es schön bei mir." Sie hielt sich die Magengegend.

„Hör mal, ich weiß, das war alles ein bisschen viel für dich." Er schob die Hände in die Taschen. „Aber das war es, verdammt noch mal, für mich auch. Shit happens, aber jetzt werden wir das gemeinsam angehen und das Problem lösen." Er zog eine Hand aus der Tasche und unterstrich seine Worte mit Handkantenschlägen. „Es ist, verflucht noch mal, keine Lösung, einfach so zu tun, als ob alles gut wäre." Er sah auf die Uhr.

Hertha bewegte beschwichtigend die Hände auf und ab. „Nur die Ruhe, Elmar. Käse, Bulimie ... Ich hab ein bisschen mehr Hunger als normal. Aber zur Brechsucht gehört schließlich brechen, oder?" Sie wartete auf die Antwort. „Na, also. Kein Kotzen, keine Bulimie. Und ich habe nicht ..."

„Du kannst doch nicht den Kühlschrank leer fressen und so tun, als wenn das nur der kleine Hunger zwischendurch wäre! Verarsch mich nicht, Hertha. Du machst eine Therapie. Und wenn ich dich dahin schleifen muss."

„Ich kann essen, was ich will." Hertha blieb Elmar an Lautstärke nichts schuldig. „Und wenn ich mir hier jeden Tag einen Ochsen brate und vertilge." Sie tippte sich auf den Bauch. „Solange das da drin bleibt, habe ich keine Bulimie, auch wenn es dem Herrn nicht in den Kram passt." Sie steigerte sich zu einem Brüllen. „Und deine Therapie kannst du alleine machen. Wegen Verfolgungswahn. Scheiße!" Sie wandte sich ab.

Elmar holte Luft, um zurückzubrüllen. „Ich lass nicht zu ..." Er verschluckte den Rest und atmete ein paarmal durch, um sich zu beruhigen. Zumindest war die Sucht benannt worden. Es war ausgesprochen. Er wusste, dass das ein wichtiger Schritt bei Alkoholikern war. Ein Anfang war gemacht. Darauf konnte man aufbauen. „Hör mal, ich muss jetzt wirklich los. Lass uns drüber sprechen, wenn ich zurückkomme. Bist du dann noch wach?" Er ging zur Küchentür, wo Hertha mit dem Rücken zu ihm stand. Es schien ihm, dass sie weinte. „Oder morgen. Ich gehe einfach eine Stunde später ins Büro. Wir machen uns Frühstück. Ich hole Semmeln." Im selben Moment ärgerte er sich, dass er über Essen gesprochen hatte. Dann dachte er, dass man die Sucht nicht alles bestimmen lassen durfte. Essen, über Essen reden, das alles musste sein.

Sie drehte sich um und lachte ihn an. „Ich denke, ich werde nicht mehr wach sein. Aber Frühstück klingt gut." Sie hielt sich den Magen. „Bringst du mir einen Ochsen mit?"

War ihr Grinsen Provokation? Verdrängung? „Das ist nicht lustig, Hertha." Er sah auf die Uhr. „Ich muss los. Wir reden morgen, ja?"

„Wir reden morgen", sagte Hertha und trat beiseite.

Elmar setzte noch ein paarmal zum Reden an, während er sich das Sakko überwarf, die Krawatte band, die Schuhe anzog und nach matten Stellen absuchte. Es fiel ihm nichts Vernünftiges ein. So sagte er nur „Ciao, bis morgen" und zog langsam die Tür hinter sich zu.

Herthas Anwesenheit war immer so selbstverständlich gewesen … Elmar drückte die Fernbedienung der Zentralverriegelung in seiner Hosentasche. Alles war immer so einfach gewesen. Und jetzt sollte sie krank sein? Bulimie. Ausgerechnet Bulimie. Er öffnete die Autotür und ließ sich auf den Fahrersitz fallen. Was, wenn ihre Krankheit nur der Anfang war? Der Anfang des Protests gegen ihr Leben? Und sein eigenes Leben … In Gedanken sah er sie in der Kanzlei auftauchen und ihm eine Szene machen. Ausgerechnet jetzt, wo im Beruf die Dinge zum Besten standen. Das Geld, die Unabhängigkeit, der Einfluss – alles war in Reichweite. Er brauchte nur den Arm auszustrecken und sich zu nehmen, was ihm zustand. Wenn Hertha ihm nicht in den Arm fiel und um Aufmerksamkeit bettelte.

Er biss die Zähne zusammen, drehte den Schlüssel im Zündschloss und ließ den Motor aufheulen.

Vor allen Dingen musste es geheim bleiben. Er warf den Rückwärtsgang ein und stieß auf die Straße zurück. Die Therapie am besten in München, dachte er. Größer, anonymer. Das Getriebe schabte, er ließ die Kupplung zu schnell kommen, das Auto machte einen Satz, fing sich, er drückte das Gaspedal durch und jagte den Wirtsanger hinauf. Mehr Aufmerksamkeit will sie, dachte er, während er zu schnell in die Adelmannstraße einbog. Er würgte den Motor ab, als er nach links in Richtung Alte Bergstraße fuhr. Soll sie haben, dachte er und trat auf Kupplungs- und Gaspedal, während er den Zündschlüssel beinahe abbrach.

***

Um zehn Minuten vor acht klingelte es. Hertha hatte Schinken, Salami und andere Einkäufe im Kühlschrank verstaut und klappte die Tür zu. Auf der Arbeitsplatte standen zwei Plastiktüten, die sie noch auszupacken hatte. Sie stellte sich auf Zehenspitzen vor die hohen Fenster zur Straße und versuchte herauszufinden, wer vor der Haustür stand. Sie hatte keine Lust auf eine Auseinandersetzung mit dieser Wedes. Hertha sah niemanden.

Die Haustür hatte keinen Spion. Sie öffnete einen Spalt.

„Also, ich weiß nicht, ob das gut ist, Hertha." Ursel zupfte an ihrem Taschentuch herum und stopfte es schließlich in die lindgrüne Ledertasche. „Wir sollten den Rat überzeugen. Ohne Rat ... Ich weiß nicht."

Hertha ging zurück in die Küche. Dieses Gerede über den Rat ging ihr auf die Nerven. Sie griff in eine der Plastiktüten, wendete einen Barren Palmfett hin und her und schüttelte den Kopf. Wie konnte sie mit Lust in so was reingebissen haben?

„Wirklich, Hertha. Das geht so nicht. Der Rat wird dich bestrafen. Mich bestrafen. Wir können nicht ohne den Rat ..."

„Der Rat hat seine Arbeit eingestellt", sagte Hertha und warf das Kilo Fett auf ein Kühlschrankgitter. „Also auch die Bestrafungen, oder? Die sollen sich raushalten. Was hat dein blöder Rat noch für ein Recht, sich um uns zu kümmern?" Sie angelte drei Päckchen Butter aus der Tüte und stapelte sie in ein Fach der Kühlschranktür. „Kann doch denen egal sein, die sind doch fertig mit der Welt, hast du gesagt."

„Es wird Ruth nicht egal sein, wenn du nicht tust, was sie sagt." Ursel stand in der Küchentür und nestelte am Verschluss ihrer Handtasche. „Auch wenn sie die Welt untergehen lässt."

Hertha ließ ein Paket Toastbrot auf die Arbeitsplatte fallen und drehte sich um. „Jetzt reicht mir dein Gerede vom Weltuntergang aber." Sie fuchtelte mit beiden Händen vor sich in der Luft herum. „Weltuntergang, Weltuntergang. Das ist doch alles Käse. Die Männer zerstören die Welt. Schwachsinn. Diese Ruth hat euch alle eingewickelt. Größenwahn nennt man das. Das ist es. Du wirst schon sehen. Nichts passiert. Soll diese Ruth doch die Hände in den Schoß legen. Die Welt wird besser dran sein ohne ihre Hilfe."

Ursel ließ die Arme sinken. Ihre Tasche rutschte vom Ellenbogen herab und sie fing den Henkel mit der Linken ein, ohne hinzusehen. „Kindchen, du bist seit fünf Tagen transformiert. Du hast Ruth vor drei Tagen kennen gelernt." Sie stellte die Handtasche auf die Arbeitsplatte neben sich und verschränkte die Arme. „Und jetzt spielst du dich auf, als ob du alles über den Rat, die Welt, die Männer wüsstest." Die rechte Hand ruhte in der linken Ellenbeuge, die Finger zuckten in Herthas Richtung. „Wie alt bist du?"

„Achtunddreißig." Hertha zögerte. „Neununddreißig geworden im Mai. Aber ich bin verheiratet. Und was weißt du über die Männer?" Sie warf das Toastbrot in den Kasten.

„Ich hab einen schönen runden Geburtstag dieses Jahr. Einhundertfünfzig."

Hertha winkte ab. „Das hast du schon mal erzählt. Wer sagt mir denn, dass das stimmt?"

Ursel lächelte. „Ich hab dir die Hundertfünfzig vorgeflunkert, um dich zu beeindrucken, und die Transformation, die hast du dir nur eingebildet. Natürlich."

Hertha legte eine Papiertüte mit Wurstaufschnitt und Schinken in den Kühlschrank und warf die Tür zu. „Na gut, dann bist du eben hundertfünfzig Jahre alt. Meinetwegen." Sie lehnte sich gegen den Edelstahl der Tür und verschränkte die Arme. „Ich hab euer dämliches Unbeweglichkeitsdogma gebrochen." Sie schnippte mit den Fingern. „Einfach so. Und ich kann dich nach fünf Tagen beim Fliegen überholen. Einfach so." Sie schnippte. „Und ich nehme mir das Recht, diesen dümmlichen Rat zu ignorieren." Sie schnippte ein drittes Mal. „Einfach so." Sie deutete auf den tragbaren Fernsehapparat in der Ecke neben Ursel. „Machst du den mal an?"

„Wen?"

„Den Fernseher", sagte Hertha, knüllte eine Plastiktüte zu einem Klumpen und kramte in der anderen nach Lebensmitteln für die Kühlung.

„Wie?"

„Na, drück den Knopf vorne dran." Hertha beobachtete, wie die alte Dame auf dem Senderwahlknopf herumdrückte. „Der Kleine, mit dem roten Punkt drauf. Rechts unten!", sagte sie, seufzte und drehte die Einkaufstüte kopfüber. Obst, eine Flasche Olivenöl und ein Bund Karotten fielen heraus.

Der Fernseher quäkte die Erkennungsmelodie der Tagesschau und Ursel sprang mit einem kleinen Überraschungsruf einen

Schritt zurück. „So was", sagte sie mit einem Kopfschütteln. „Ich kann mich nicht an diese Dinger gewöhnen."

„Ich kann sie mir nicht abgewöhnen." Hertha warf die zweite Plastiktüte in den Müll. „Neununddreißig und hundertfünfzig. Da muss ja auch ein Unterschied sein." Hertha schüttelte den Bund Möhren über der Spüle und sah über die Schulter. Eine Aufzeichnung von Gerhard Schröder wurde gezeigt. Der Bundeskanzler ging über einen Übergang ins Kanzleramt und hatte sein Jackett am Finger über die Schulter gehängt. Hertha ließ die Karotten fallen. Sie sah das Fernsehbild des Kanzlers und gleichzeitig, ohne dass sich etwas überlagerte, sah sie, mehr spürte sie es, wie Schröder hinter einem Strauß von Mikrophonen stand und über den Auszahlungstermin des Arbeitslosengelds redete. Sie kniff die Augen zu und zwinkerte. „Was ist denn das?"

Ursel sah abwechselnd Hertha und den Apparat an.

Hertha sah kein Doppelbild mehr. Nach einem Schnitt stand Gerhard Schröder hinter Mikrophonen und sprach über das Arbeitslosengeld.

Hertha drehte sich mit einem Ruck um. „Ich muss es schon mal gesehen haben." Sie riss die Kühlschranktür auf, warf die Karotten in ein Schubfach ganz unten und ging seitwärts mit dem Rücken zum Fernsehbild zu ihren Einkäufen. „Ist ja auch nicht so schwer vorherzusehen, was er wieder sagt", murmelte sie. „Ist ja immer das Gleiche." Die Stimme der Ansagerin moderierte den nächsten Beitrag an. Hertha stützte sich auf die Arbeitsplatte, sah zu Boden und wusste jedes Wort im Voraus. „Das darf doch nicht wahr sein", stöhnte sie und hielt sich die Ohren zu. „,... hat Präsident Bush in seiner Rede zur Nation gestern Abend eine neue Phase im Kampf gegen den Terrorismus angekündigt", sagte sie, ohne es zu wollen.

Zwei Sekunden später wiederholte die Sprecherin Herthas Satz.

„Beeindruckend", sagte Ursel in Herthas Rücken.

„Das macht mir Angst, Ursel. Wie kann ich das ausschalten? Mensch, ich habe das Gefühl, ich bin verrückt." Hertha lehnte mit gestreckten Armen an der Arbeitsplatte und versteckte den Kopf zwischen den hochgezogenen Schultern. Sie zitterte. „There is no place to hide for the terrorists. We will hunt them down, punish them and bring justice to those brave men and women who lost their lives while courageously fighting in the heroic battle between good and evil“, brach es aus ihr heraus. Das war nicht ihr Wortschatz. Eine kurze Stille, dann wiederholte George Walker Bush Wort für Wort, was Hertha gesagt hatte.

„Was hat er gesagt?“, sagte Ursel, noch bevor der Übersetzer begonnen hatte zu sprechen.

Hertha antwortete nicht. Sie winkte hinter dem Rücken zu Ursel und dem Fernseher. „Schalt aus. Bitte. Mach ihn aus. Ich ertrag das nicht.“ Woher waren diese Worte gekommen? Es waren nicht ihre Gedanken, nicht ihre Worte. Etwas musste in sie eingedrungen sein. Jemand übernahm ihren Geist. Sie wollte den Fernseher nicht in ihrer Nähe haben, ihn am liebsten zerstören.

„Nein, warte. Hertha, das ist die Zukunftssicht. Du musst es zulassen. Womöglich kannst du sehen, was passiert. Sehen, was die Welt bedroht.“

Hertha fuhr herum. Sie wagte nicht, näher zu kommen und das Gerät auszuschalten. Sie wedelte mit der Rechten. „Aus, aus. Mach es weg!“

Ursel rührte sich nicht.

„Oh Gott!“ Hertha schlug die Hände vor das Gesicht. „Ich sehe ihn. Ich sehe Bush. Er … Oh nein. Er drückt …“ Sie öffnete die Augen, sah das Fernsehbild des amerikanischen Präsidenten, aber nahm seine Worte nicht wahr. „Es ist ein Knopf. Ein roter Knopf. Er drückt ihn.“ Die Bilder, die sie sah, waren klarer, deutlicher, wirklicher als ihre Küche, als Ursel, als sie selbst. Es gab keinen Zweifel. „Das darf nicht wahr sein. Was ist das? Martha’s Vineyard“, brach es aus ihr heraus. „Massachusetts. Boston.“ Ihr Geist flog vom Atlantik über die Küste, quer über Boston nach Norden. Sie schüttelte sich. „Was passiert mit mir? Wer spricht mit meinem Mund? Wer denkt meine Gedanken? Oh, Himmel …“

Ursel sah Hertha in die Augen.

Hertha erwiderte ihren Blick. Diese alten, ruhigen Augen gaben ihr Halt. „Ursel, hilf mir. Das ist schrecklich. Ich hab das Gefühl, ich verliere die Kontrolle über meine Gedanken. Ich ertrag das nicht.“ Sie rang die Hände. „Ursel ... bitte.“

„Ein roter Knopf?“ Ursel ließ den Blick nicht von Hertha. „Boston? In Amerika? Was genau hast du gesehen?“

In Herthas Bewusstsein wirbelten die Bilder durcheinander. Die Angst wurde unerträglich. Was geschah? Welcher rote Knopf? Waffen. Hertha sah eine startende Rakete. Was war Zukunft? Was war Erinnerung? Was war Einbildung? Aber diese Bilder ... Das waren keine Traumbilder, das waren nicht einmal Bilder; es fühlte sich an, als wäre alles vor ihren Augen passiert. „Ich weiß es nicht. Ursel, ich weiß es nicht. Alles ist durcheinander.“ Das Bild traf sie wie eine Peitsche. Sie krümmte sich wie unter Schlägen, riss die Hände hoch und schrie erstickt auf. Die Hand des Präsidenten drückte auf einen Knopf. Zerstörung. Millionenfaches Leid und Sterben. Zusammengekrümmt stolperte sie quer durch die Küche zu dem Fernseher und riss das Kabel aus der Steckdose. Das Nachrichtengeplapper verstummte. Hertha richtete sich langsam auf. „Ich muss da rüber. Ursel, ich muss da rüber.“ Sie straffte ihren Körper.

„Hertha, nein“, rief Ursel. „Was machst du? Transformiere dich nicht ... Hertha!“ Ursel spannte ihren Körper an. „Ich komme mit. Warte.“

Hertha schwebte zum Küchenfenster. Ursel hatte sich ebenfalls transfomiert, aber Hertha achtete nicht auf sie und öffnete die Fenstergriffe. Es war leichter, als sie erwartet hatte. Sie wusste nicht, in welcher Zukunft Bush einen roten Knopf drücken würde. Ursel rief etwas, Hertha hörte nicht darauf. Sie wusste, dass es geschehen würde. In fünf Minuten? In fünf Jahren? Sie musste ihn daran hindern. Sie musste dorthin. Sie hatte eine graue Stadt gesehen. Am Meer. Boston. Sie war nie dort gewesen. Sie erkannte keines der Bilder, das sie gesehen hatte. Aber sie wusste, dass es Boston war. Woher?

Sie streckte den Arm gerade nach oben, wurde davongerissen, drehte eine Schraube im Steigflug und suchte die untergehende Sonne. Westen, dachte sie. Nach Westen. Sie riss den Arm herum, legte alle Kraft in die Streckung ihres Körpers und raste davon. Ursel war nicht zu sehen. Nach wenigen Sekunden tauchten unter ihr die Türme des Freisinger Doms auf und verschwanden sofort wieder unter und hinter ihr. Nach kurzer Zeit rauschte sie am Kontrollturm des Münchener Flughafens vorbei, sah zur Seite und schaffte es eben noch, einem erstarrten Flugzeug kurz nach dem Start auszuweichen. Sie lag in der Luft wie eine Linie, zog ihren Arm, ihre Hand, ihre Finger in die Länge. Sie presste die Beine aneinander, streckte die Füße und konzentrierte sich auf die streckenden Muskeln ihrer Arme und Beine und ihres Rückens. Der leere Raum um sie schien zu zittern, der Horizont flimmerte vor ihren Augen wie Luft über Asphalt im Sommer. Die Landschaft verschwamm zu hell- und dunkelgrünen Schlieren, unterbrochen von grauen und blauen Streifen, die bald schräg durchs Blickfeld huschten, bald als Querlinien auftauchten und sofort wieder verschwanden. Hertha keuchte. Sie sah geradewegs auf den Boden, versuchte den Hals so lang wie möglich zu machen und die Höhe zu halten. Insekten stießen gegen Arme und Kopf, glitten schwerfällig an ihr hinunter und hinterließen auf ihrem Körper das Gefühl von in der Luft gespannten Seilen. Boston, dachte sie, Boston.

Hertha zitterte. Sie wusste nicht, wie lange sie geflogen war. Alle paar Sekunden – oder waren es Minuten? – sah sie auf, suchte die untergehende Sonne und korrigierte ihre Flugrichtung mit einem Zucken des Zeigefingers. Sie hatte keine Ahnung, wo sie war. Die grünen Schlieren unter ihr gewannen Form und Kontur. Einige Sekunden lang waren Häuser, Straßen, Plätze und Industrie zu erkennen. Dann wurden graue Linien zu Straßen, blaue zu Flüssen, Bächen und Kanälen. Die Muskeln ihrer Beine und Arme brannten, sie vermochte sich nicht mehr zu strecken. Ein Wald schwebte in Zeitlupe unter ihr vorbei. Ein Stöhnen begleitete ihren Versuch, sich noch einmal zu dehnen. Der Wald ruckte, die Baumkronen verwischten und verschwanden unter ihr. Es konnten nur Sekunden gewesen sein – ihr erschien es wie eine Ewigkeit – dann gab sie auf.

„Ausruhen“, sagte sie sich. „Nur ein wenig ausruhen.“ Sie hing in der Luft und atmete schwer. Ihre Beine sanken herab, sie stand in der Luft. Sie sah sich um. Felderflecken umgaben kleine Dörfer. Graue, gelbe, grüne Rechtecke, auf denen vereinzelt Traktoren standen, eingefrorene Staubwolken hinter sich aufwirbelnd. Auf den gewundenen Straßen kaum Verkehr. Sie hob den Arm. Ihre Schulter antwortete mit einem brennenden Schmerz. Langsam stieg sie. Vierhundert, fünfhundert Meter Höhe, schätzte sie. Immer noch keine Stadt, keine markante Silhouette, an der sie sich orientieren könnte. Sie würde in eines der Dörfer fliegen, herausfinden, wo sie war und weiterfliegen, sobald ihre schmerzenden Muskeln es zuließen.

Sie ließ die Arme sinken, schüttelte sie aus und wies dann mit der Hand in Richtung Boden. Sofort kam die Landschaft näher, die Traktoren wurden größer ... Eine Art unhörbares Dröhnen riss sie aus ihrer Betrachtung. Ein Schatten hatte sie für einen Augenblick getroffen. Felder, Häuser und Bäume schienen sich kurz zu dehnen, zusammenzuziehen, wie in öliger Luft hängende Fahnen zu flattern. Sie sah sich um, konnte aber nichts erkennen. Sie drehte sich um sich selbst und senkte sich langsam dem Erdboden zu. Aus dem Augenwinkel nahm sie eine Bewegung wahr und fuhr herum. „Ursel", rief sie.

„Du dumme Gans", brüllte Ursel und kam aus großer Höhe schräg auf Hertha zugeflogen. „Was glaubst du, tust du hier?" Sie bewegte die Rechte vor der Stirn, als wischte sie Nebel zur Seite. „Du kannst doch nicht nach Boston fliegen. Ich hab schon gedacht, ich finde in ein paar Tagen deine verhungerte Leiche irgendwo im Ärmelkanal." Ursel schwebte neben Hertha. „Wo willst du denn die Energie hernehmen?" Ursel tippte sich an die Schläfe. „Kannst du überhaupt nicht nachdenken?"

Hertha ließ sich weiter sinken. „Ich hätte schon was gefunden." Sie kippte nach vorne und flog schneller schräg nach unten auf ein Ortsschild zu, dass sie entdeckt hatte. „Und ich brauche kein Kindermädchen", schrie sie, ohne sich nach Ursel umzusehen.

„Wadonville en Woëvre", las Hertha von dem weißen, niedrigen Schild. „Wow, sind wir schon in Frankreich?"

„Schon in Frankreich", äffte Ursel nach. „Sei froh, dass du keine bessere Kondition hast, du unvernünftige Göre." Ursel landete auf der anderen Seite des Zementpfostens, der das Ortsschild trug. „Du wärst irgendwo im Nordatlantik zum Fischfutter geworden." Ursel packte Herthas Schulter und schüttelte sie. „Natürlich brauchst du ein Kindermädchen. Solange du dich so unsinnig aufführst, jedenfalls.“

***

Die Glocken des Martinsturms kündigten mit zwei Schlägen die halbe Stunde an. Bald neun Uhr. Ruth Mersbach stand vor ihrem Haus in der Ländgasse in Landshut und wollte eben in den kühlen dunklen Flur treten, als sie von einem wohlbekannten Gefühl zurückgehalten wurde. Es war irgendetwas zwischen Geruch, Körpergefühl und Erinnerung, das sie überfiel. Die Zukunftssicht kündigte sich so an. Sie stellte sich auf den Gehsteig vor ihre Haustür und hob das Gesicht schräg nach oben, als schnüffelte ein Wolf einer entfernten Beute hinterher.

Die Zukunftssicht kam nicht oft. Sie war wertvoll. Ein Schatz, den es zu hüten galt. Eifersüchtig bewacht. Oft genug vorgetäuscht. Instrument ihrer Macht als Prosedetin des Rates.

Sie drehte sich langsam einmal um sich selbst. Als sie der gelb gestrichenen Fassade ihres Hauses zugewandt stand, war das Gefühl am deutlichsten. Sie schloss die Augen, sog die Luft durch die Nase. Ein entfernter Geruch der Isar hinter der Häuserreihe störte ihre Empfindung für eine Sekunde, dann war es deutlich. Zwei Damen. Transformiert. Eine flog, die andere folgte. Wer waren sie? Ruth hob den Kopf weiter. Schnüffelte, fühlte, spürte. Sie traute ihrer Empfindung nicht. Es war eine Täuschung. Die Vorauseilende … So schnell konnte sich keine Dame bewegen. So ungestüm raste nichts Lebendiges.

Ruth versuchte sich zu entspannen. Die Zukunftssicht ließ sich nicht erzwingen. Es folgte eine zweite Dame. Wer war sie? Ruth ließ die Empfindung kommen, fiel innerlich in eine schwarze Leere der Aufnahmebereitschaft. Sie breitete ihre Arme aus. Komm, dachte sie. Komm, übernimm mich. Macht, wirke in mir.

Ursel. Es war Ursel. Sie flog einem Phantom hinterher. Wer raste vorneweg? Weit vorneweg. Viel schneller, als Ursel es je können würde. Ruth vermochte es nicht zu ergründen. Plötzlich wurde der Blitz vor Ursel langsamer, stockte. Hielt an. Es war dieses Kind. Ruths Magen verkrampfte sich. Diese Hertha

Heldrich. Ruth unterdrückte den Impuls, in die Transformation dieses Görs einzudringen. Sie war zu weit weg. Niemand konnte so fliegen. Niemand durfte so fliegen können. Schon gar nicht eine Frau, die zu Unrecht zur Dame gemacht worden war. Eine, der sie verboten hatte, die Transformation zu benutzen. Niemand durfte das erfahren.

Sie konzentrierte sich auf die Entspannung, breitete von neuem die Arme ein wenig aus und war bereit, die Zukunftssicht zu empfangen.

Westen, sie fliegen nach Westen. Sie haben angehalten. Hertha ist erschöpft. Retten. Den Untergang verhindern.

Ruth hatte begriffen. Sie lächelte. Hertha hatte beschlossen, die Welt vor dem Untergang zu bewahren. Ursel musste von der letzten Sitzung des Rats berichtet haben. Wie lächerlich, dachte Ruth. Sie bildeten sich ein, Ruths Pläne verhindern zu können. Was sie so weit westlich wohl wollten? Es ist nicht nötig, dorthin zu fliegen, dachte Ruth. Sie begreift nichts, sie kann nichts ändern.

***

„Weißt du, wo wir sind?“, sagte Hertha und sah sich um. „Ganz schön weit geflogen. Hätte ich nicht gedacht.“

Ursel verdrehte die Augen und stöhnte. „Da hinten ist Metz.“ Sie winkte in die Richtung, aus der sie gekommen waren. „Du hast es bis über das Elsass geschafft. Wie aufregend“, sagte sie und spielte Respekt. „Fünfhundert Kilometer nach Frankreich. Glänzende Leistung. Und was ist mit den viertausendfünfhundert anderen Kilometern?“

„Wie hast du mich überhaupt gefunden?“ Hertha drehte sich langsam um sich selbst und betrachtete die Umgebung. Wadonville war nicht mehr als ein paar Häuser zwischen Feldern. Das Land war flach, so weit Hertha sehen konnte. „Ob man hier was zu essen bekommt? Ich muss weiter.“

„Rede ich mit einem Stein?“ Ursel schwebte um Hertha herum und verdeckte ihr die Sicht. „Du kommst nicht lebendig über den Atlantik. Das musst du intelligenter anfangen.“ Hertha wandte sich um, aber Ursel folgte schwebend ihrem Blick. „Was willst du in Boston tun? Woher weißt du so genau, dass du etwas ausrichten kannst? Woher bist du so sicher, was es mit diesem roten Knopf auf sich hat?“

„Ich habe es gespürt.“ Hertha schämte sich, dass sie nicht daran gedacht hatte, wie lang die Strecke war. „Irgendwelche Schiffe, was weiß ich. Inseln. Ich hätte schon was zu essen gefunden.“

„Du brauchst nicht nur irgendwas zu essen, du brauchst Verpflegung wie ein Blauwal. Hast du Geld dabei? Kannst du Französisch? Hier kann keiner Deutsch, oder man will es nicht können.“

Hertha betastete ihre Taschen. „Das Geld liegt zu Hause im Flur. Französisch? Was willst du? Einkaufen gehen, wo wir schon mal da sind?“

Ursel flog schon in Richtung der ersten Häuser. „Komm schon, ich gebe dir was aus.“

Der Inhaber von Goussés Epicerie hatte nie in seinem Leben so gute Geschäfte in so kurzer Zeit gemacht. Seine Reserviertheit gegenüber einer aus dem Nichts aufgetauchten alten Boche mit hundertfünfunddreißig Jahre altem Schulfranzösisch war bald dem händereibenden Glück des Geschäftsmannes gewichen.

Sie saßen weit außerhalb des Dorfes an einem Feldweg unter einem Kruzifix auf einer Bank. „Und das fällt dir noch nicht mal schwer?“, schmatzte Ursel und deutete auf die Essensschätze, die sie zwischen sich aufgestapelt hatten. „Du kannst das einfach tragen, wenn du transformiert bist? Wie fühlt sich das an? Ist es schwer?“

„Das Komische ist …“, sagte Hertha und schluckte den Rest einer Scheibe Wildschweinpastete hinunter. „Das Komische ist, es wird immer leichter. Weißt du noch, Berenike Wedes’ Ordner? Der Kofferdeckel und der Ordner, die haben sich angefühlt wie schnell drehende Räder, die man bewegen will. Wie Kreisel oder so. Verstehst du?“ Sie öffnete das Pergamentpapier um einen Camembert und brach sich die Hälfte ab. Er hatte die richtige Reife. „Jetzt fühlt es sich ganz normal an, das Zeug.“ Sie ließ die Hand über den Einkäufen schweben. „Ich meine, so als ob ich das Zeug einfach trage. Nur dass es nicht runterfällt, wenn ich es loslasse.“ Hertha biss vom Käse ab. „Eigentlich ganz praktisch.“

Ursel löffelte mit dem Zeigefinger Gervais-Frischkäse aus einer Packung. „Ich verstehe nicht, dass Ruth nicht kapieren will, was mit dir ist."

„Kapierst du es denn?", sagte Hertha durch den Camembert. „Du hast doch gesagt, die Kräfte entwickeln sich. Wo soll das denn enden? Ich bin seit fünf Tagen transformiert." Sie schüttelte den Kopf. „Fünf Tage."

Ursel lehnte sich an die Rückenlehne der Bank und sah an den beiden Zypressen hinauf, die das Kruzifix und sein blattgoldenes Dach einrahmten. „Das kann kein Zufall sein. Du musst so was wie ein Messias sein." Sie blickte Hertha an. „Eine Messia der Damen."

Hertha verschluckte sich am Käse. „Jetzt hör aber auf", hustete sie. „So ein Quatsch." Sie sprang auf. „Komm, wir fliegen zurück. Ich muss nach Boston. Wenn's nicht anders geht, mit dem Flugzeug."

Ursel schob sich eine Hand voll entkernter Oliven in den Mund und griff sich eine Ziegenkäserolle. „Und das Essen?"

Hertha winkte ungeduldig, stellte sich breitbeinig vor die Bank und bereitete sich auf die Transformation vor.

„Roter Knopf", sagte Ursel durch einen Mund voll Oliven und Käse und sah Hertha von unten herauf an. „Du meinst, der Präsident wirft Bomben auf die Welt mit so einem – roten Knopf?"

„Er startet Atomraketen mit so einem roten Knopf, ja. Ich habe die Raketen starten sehen." Sie ballte die Fäuste. „Ursel, es ist die Wahrheit. Komm, wir müssen zurück. Wir brauchen Flugtickets nach Boston."

Ursel lehnte sich zurück. „Jetzt? Sieh mal auf die Uhr, Kindchen. Wo willst du Tickets kaufen um die Zeit?"

„Am Flughafen, was weiß ich. Komm jetzt."

„Boston ist groß. Wie willst du den Präsidenten finden?" Ursel kramte in dem Papier-, Plastik- und Folienhaufen auf der Bank nach etwas Essbarem.

„Ich spüre, wo er ist."

Ursel sah Hertha von der Seite an. „Wenn ich die Linie zwischen München und Metz verlängere … Ich bezweifle, dass am Ende der Strecke Boston liegen würde."

„Wenn du fertig gefressen hast, kannst du ja nachkommen."

„Wie redest du denn mit …", hörte Hertha, als sie ihre Muskeln anspannte, dann umfing sie die Stille der Transformation und sie sah Ursel, Kruzifix, die Bank und die Zypressen unter sich rasch kleiner werden. Sie wandte sich dem dunklen Horizont im Osten zu und streckte die Hand aus.

***

Hertha saß in ihrer Küche auf der Arbeitsplatte und biss in den Barren Palmin, den sie vor zwei Stunden ekelhaft gefunden hatte. Sie leckte sich die Lippen und erwischte eine schmelzende Flocke Fett. Licht fiel nur aus dem Flur in die Küche. Hertha wollte nicht riskieren, dass ein Nachbar sie bei diesem Abendbrot beobachtete. Sie hatte den Fernseher wieder angeschlossen und die Tagesthemen gesehen, erleichtert, dass Bush kein Thema war. Wie würde die Sprecherin den Abschuss von Atomwaffen bekannt geben? Würden sie es überhaupt sagen? Hertha hatte keine Zukunftssicht mehr gehabt. Gab es einen Trick wie das Verkrampfen der Muskeln für die Transformation? Konnte man sich auf das, was man sah, verlassen?

Der Ticketschalter im Münchener Flughafen war verwaist gewesen und die müde Angestellte am Abflugschalter hatte sie angesehen, als ob sie von einem anderen Planeten kämen. Ein Ticket nach Boston …?

Morgen früh um acht Uhr wollten Ursel und Hertha sich treffen, um die Tickets zu besorgen.

Hertha faltete die Aluminiumfolie über den Rest des Palmfetts und legte es in den Kühlschrank. Die kalte Luft aus dem Kühlfach streifte ihre nackten Füße. Sie fröstelte. Was würde sie Elmar sagen? Ein Flug nach Boston, tun, was zu tun war und wieder zurück, das würde nicht mehr als achtundvierzig Stunden dauern. Sie könnte vorgeben, einen Tag zu ihrer Mutter zu fahren. Einen Ausflug mit einer Freundin zu machen, eine kurze Bildungsreise. Oder die Wahrheit sagen ? Die Wahrheit müsste die ganze Wahrheit sein. Unmöglich, Elmar alles zu erklären. Er konnte es nicht verstehen. Sie warf die Kühlschranktür des Kühlschranks zu, ging in den Flur, löschte das Licht und ging im

Dunklen nach oben. Sie ließ das Licht aus und warf ihre Kleider auf die Holztruhe am Fußende.

Natürlich wollten die Damen nur ledige Frauen. Wie konnte solch ein Doppelleben gelingen? Sie war gezwungen, Elmar für den Rest seines Lebens zu belügen. Wenn Ursel die Wahrheit sagte, so würde Hertha als äußerlich junge Frau ihren Mann überleben. Wie sollte sie das jemals erklären? Hertha verschob die Lösung dieses Problems auf zwanzig Jahre in der Zukunft.

Sie ging im Dunkeln hinüber ins Bad, warf sich kühles Wasser ins Gesicht und strich sich mit den nassen Händen über Brust und Schultern. Die Straßenlaterne warf ein wenig Licht durch die Milchglasscheibe.

Ihr Lebensplan schien ihr ein Kartenhaus zu sein, über das seit fünf Tagen unentwegt eine Dampfwalze fuhr. Sie legte sich ein Frotteehandtuch um den Hals und bedeckte sich das Gesicht damit. Sie musste den Menschen, den sie liebte, mit dem sie ihr Leben verbringen wollte, belügen. Nicht nur einmal – auf immer. Wegen eines dummen Fehlers einer schusseligen alten Frau.

Hertha lächelte. Sie war nicht wütend auf Ursel. Es war nicht ihre Schuld. Ein Schicksal, eine Vorsehung hatte Ursel geleitet. Das Unbeweglichkeitsdogma war gefallen, Herthas Kräfte wuchsen über alle Maßen, das alles konnte kein Zufall sein. Hertha warf das Handtuch über den Halter und ging ins Bett. Nach Sekunden bemerkte sie, dass sie in Dämmerschlaf gefallen war. Ihre Glieder schienen nach Schlaf zu schreien. Sie ließ sich fallen. Ein Ausflug mit dem Sozialverein, entschied sie. Elmar hatte etwas übrig für den Verein.

***

„Zwei Personen nach Boston?“, sagte die Angestellte im blauen Kostüm mit gelbem Halstuch. „Sie beide?“

Hertha bejahte, legte ihren Pass auf den Tresen des Ticketschalters am Münchener Flughafen und sah auf die Uhr. Ursel zog ihren Pass aus der Handtasche und legte ihn auf den Tresen neben den Herthas. Die Angestellte griff nach den Dokumenten.

Plötzlich riss Hertha ihren Arm hoch und ließ die Hand klatschend auf Ursels Pass fallen. „Dein Geburtsdatum“, zischte sie aus dem Mundwinkel zu Ursel. „Mensch, dein Geburtsdatum, die lassen uns doch nie rein mit dem Datum. Scheiße."

„Entschuldigung." Die Frau hinter dem Schalter zog leicht an Ursels Pass. „Darf ich?

Hertha achtete nicht auf die Angestellte. „Was machen wir?"

Ursel strich sich eine Strähne ihres grauen Haars aus der Stirn, nahm die Schultern zurück und lächelte. „Wieso? Fünfzig Jahre. Ein Küken geradezu, nicht?", sagte sie zu Hertha. Sie schob Herthas Hand beiseite, lächelte die Angestellte an und schob ihr den Pass ein paar Zentimeter entgegen, während sie Hertha zuflüsterte: „Die Behörde hat die hundert Jahre abgezogen. Die dachten, es wäre ein Druckfehler."

Hertha wischte sich mit beiden Händen über das Gesicht und atmete lange aus.

„Wann möchten Sie fliegen?" Ein paar Tastenanschläge begleiteten die Frage der blonden Frau, dann hob sie den Blick und ließ die Finger über der Tastatur schweben.

„Sofort", sagte Hertha und blickte sich um. Die Ziffern der schwarzen Anzeigetafel ratterten. Sie fand Boston in der Liste der Flugziele.

Die Blonde sah von Hertha zu Ursel und zurück. „Jetzt", sagte sie und räusperte sich. Dann fand sie ihr Lächeln wieder, nahm die Pässe an sich und gab etwas in den Computer ein. „Selbstverständlich. Zweimal Boston und zurück." In kurzen Abständen brachen Tasten-Stakkati aus ihren Fingern. „Wann wollen Sie zurückfliegen?"

„Am selben Tag", sagte Hertha sofort und trommelte mit den Fingerspitzen auf den hölzernen Tresen.

Die Frau legte die Hände in den Schoß und schüttelte den Kopf. „Dann müssen Sie mit einem anderen Carrier fliegen. Lufthansa erst wieder am nächsten Tag. Sie kommen um sechzehn Uhr fünfzehn Ortszeit an. Am selben Tag geht nur das gleiche Flugzeug nach zwei Stunden Aufenthalt um achtzehn Uhr fünf. Also, wann wollen Sie …"

„Den nehmen wir", fiel ihr Hertha ins Wort. „Zwei Stunden müssen genügen."

Die Angestellte brauchte eine Sekunde länger als zuvor, um

sich zu fassen, dann lächelte sie wieder und gab Daten in den Rechner ein. „Das ist dann also zweimal LH vier vier zwei Frankfurt Boston Logan und zurück LH vier vier drei Boston Frankfurt. Business Class.“ Sie lächelte Hertha und Ursel an. „Wie möchten Sie bezahlen?“

„Business Class?“

Die Frau zog die Augenbrauen hoch. „So kurzfristig geht nur Business. Wie möchten sie bezahlen?“

„Kreditkarte. Wie viel?“

„Viertausendvierhundertzweiundneunzig pro Person“, sagte die Blonde, tippte etwas und streckte ihre Hand nach Herthas Kreditkarte aus. „Plus einhundertacht vierunddreißig Steuern. Pro Person.“

Hertha zögerte. Sie verbot sich den Gedanken an Elmars Fragen. Die Kreditkartenabrechnung würde die Flugdaten preisgeben. Sie konnte den Brief abfangen, aber was half das schon? Er würde es natürlich erfahren. Der Ausflug des Sozialvereins wäre eben nach Boston gegangen. Er würde es nicht mehr ändern können. Die Welt retten. Einen Atomkrieg verhindern. Nichts davon würde sie sagen können.

Ursel benutzte nur Bargeld. Sie hatte versprochen, den Betrag zurückzuzahlen, sobald sie zurück in Deutschland waren und sie zu ihrer Bank gehen konnte. Neuntausendzweihundert Euro las Hertha auf dem Beleg. Ihre goldene Karte hatte kein Limit. Elmar würde sie ihr sicher bald unter einem Vorwand wegnehmen wollen. Hatte sie zu früh aufgegeben, als sie gestern Abend losgeflogen war? Sie hätte sich einen Karton voll Öl oder Fett mitnehmen können. Sie zwang sich zu einem Lächeln, das sicher ebenso eingefroren wirkte wie das ihres Gegenübers, und unterschrieb. Es gab kein Zurück. Sie musste nach Boston. War es zu spät? Sie blickte sich um. Wie würde es in Deutschland nach einem Atomkrieg aussehen?

Am Abflugschalter, bei der Sicherheitskontrolle und am Ausgang zum Flugzeug hatten sie erstaunte Blicke begleitet. Die Frage „Kein Gepäck?“ hatten die beiden Frauen schließlich nur noch mit einem Lächeln beantwortet.

Ursel saß auf dem viel zu großen Sessel in der elften Reihe des

Airbus. Die grüne Lederhandtasche hatte sie auf ihre eng beieinander stehenden Beine gestellt. Sie lehnte sich nicht an. Sie redete kaum. Der glatzköpfige Flugbegleiter mit dem Kinnbart hatte Zuneigung zu seiner merkwürdigen alten Kundin gefasst und bot Ursel ständig Getränke, Naschereien und Lesestoff an.

Hertha nahm die Gelegenheiten wahr, trank zu viel Kaffee und ließ sich ständig etwas zu essen servieren. „Hast du Flugangst?", fragte sie schließlich und glaubte, Ursels Antwort im Voraus zu kennen.

„Dass eine Dame fliegen kann, ist merkwürdig genug", zischte sie aus dem Mundwinkel ohne sich zur Seite zu drehen, „aber dass so ein Maschinenkoloss abheben kann, das ist ein Wunder." Sie drehte ihren Kopf halb zu Hertha und sprach noch leiser. „Und wenn das alles nicht wahr ist?" Sie streckte die Finger beider Hände aus und umfasste dann wieder den Henkel ihrer Tasche. „Wenn wir umsonst fliegen?"

Hertha lehnte sich zu Ursel hinüber und sprach in ihr Ohr, wobei sie sich Mühe geben musste, leise zu bleiben. „Glaubst du an die Zukunftssicht oder nicht? Hab ich die Rede des Präsidenten im Voraus gekannt? Habe ich gewusst, was der Kanzler sagen würde? Was die Ansagerin von sich gibt?" Hertha wusste, sie hatte nicht geträumt. Die Bilder, die sie gesehen hatte, waren realer als die Wirklichkeit gewesen. Bush hatte seine Hand auf diesen Knopf gelegt und gedrückt.

Sechs Stunden später setzte das riesige Fluggerät wie in Zeitlupe auf. Ursel entspannte sich, als die Geschwindigkeit des rollenden Jets auf ein überschaubares Maß gesunken war.

Zehn Minuten später kamen die Anzugträger der ersten Klasse von vorne und verschwanden aus dem Flugzeug in den ausfahrbaren Gang zum Flughafengebäude. Ursel und Hertha waren die ersten Passagiere der Business Class, die folgten. Hertha hielt ihren Pass mit dem ausgefüllten grünen Einwanderungs- und weißem Zollformular in Händen und sah nach Ursel, die Mühe hatte, mit Hertha Schritt zu halten.

Der massige Hispano hinter dem Schalter der Einwanderungsbehörde begrüßte Hertha knapp, nahm ihren Pass, zog ihn durch einen Schlitz in seiner Tastatur sagte: „What's your profession?"

Hertha verstand nicht sofort und fragte nach.

„What's your profession?" Ohne aufzusehen fügte der Mann mit starkem Akzent hinzu: „Was ist ihr Beruf?"

Hertha sah kurz zur Seite, wo Ursel mit ihrem Pass vor der Brust am vorderen Ende einer langen Schlange wartete. „Hausfrau."

Der Mann tippte etwas in die Tastatur, sah auf den Bildschirm und blätterte durch Herthas Pass. „Wie lange bleiben Sie in den Vereinigten Staaten?", sagte er auf Englisch und gab sich Mühe, verständlich zu sprechen.

„Oh, wir fliegen heute Nachmittag wieder zurück nach Deutschland." Hertha sah auf die Uhr. Sie wusste nicht, wie viel Zeit ihr blieb. Wie viel Zeit auch diesem Gorilla vor ihr und der ganzen Welt blieb. Sie überlegte, ob sie sich transformieren sollte, entschied sich dagegen, als sie an die Rückreise dachte.

„Wir?", betonte der Mann und tippte. „Heute Nachmittag?"

Hertha antwortete mit einem Nicken. Der Beamte sah sie zwischen Tastenanschlägen und Formulararbeit einige Male kurz an und deutete dann auf eine Nische im Gang zwischen den Schaltern, durch den die Reisenden für die Kontrolle zu gehen hatten. „Please wait", sagte er, telefonierte und winkte dann Ursel zu sich. Warten, dachte Hertha. Wenn er wüsste. Sie verschränkte die Arme vor der Brust und schnippte ab und an mit den Fingern.

Ursel stand vor dem Schalter und hatte die Fingerspitzen auf den Tresen gelegt. Daneben stand mit aufgerichtetem Halbkreishenkel ihre Tasche. Der massige Beamte im dunklen Hemd mit dicken Aufnähern auf den Ärmeln überragte sie im Sitzen um einige Zentimeter. Hertha verstand nicht, was sie sprachen. Nach einigen Sätzen ruckte sein Kinn in Herthas Richtung. Er sagte etwas und Ursel drehte sich kurz zu Hertha um. Sie wandte sich dem Mann zu und nickte.

Wie Hertha vermutet hatte, gesellte Ursel sich nach einigen Minuten zu ihr in die Wartenische. „Warum sollen wir warten?", sagte Ursel und trippelte auf der Stelle. „Sollen wir uns transformieren? Weißt du denn überhaupt, wo wir hin müssen?"

„Ich finde es schon." Sie war sich weder gestern sicher gewesen, noch war sie es heute. „Wir müssen das abwarten. Wenn wir hier plötzlich verschwinden, lassen die uns in zwei Stunden nicht mehr so einfach zurückfliegen."

„Aber die Zeit wird knapp." Ursel zupfte den Kragen ihrer weißen Bluse zurecht.

„Weiß ich", stöhnte Hertha. Sie sah eine hinkende, stämmige Frau und einen älteren Farbigen auf sich zukommen. Beide waren in die blaue Unform der Transportation Security Agency gekleidet. Der Hispano hinter dem Tresen machte eine knappe Handbewegung in Richtung Hertha und Ursel und hielt der hinkenden Frau die Reisepässe hin.

Fünfzehn Minuten später saßen Ursel und Hertha hinter einem Tisch mit billig imitierter Holzoberfläche auf zwei braunen Plastikstühlen. Die Frau stand neben der Tür und notierte etwas auf einem Klemmbrett, der Schwarze saß ihnen gegenüber und führte die Befragung. Hertha hatte schon zweimal erklärt, dass sie nur so zum Spaß nach Boston fliegen wollten und Ursel fragte ständig, was sie gesagt hatte und was der Beamte fragte. Die Frau notierte jedes Wort, auch die Wiederholungen.

„Die Zeit wird knapp", sagte Ursel und drehte ihre Tasche um neunzig Grad auf der Tischplatte.

„Ich weiß", sagte Hertha. „Wir können ..."

„Knapp für was?", sagte die Frau an der Tür in fast akzentfreiem Deutsch. „Wozu? Was wollten Sie in Boston tun?"

Ursel schien nicht überrascht zu sein. „Anschauen", sagte sie. „Boston ist doch eine schöne Stadt, wir wollten es mal sehen. Sehen und wieder zurückfliegen."

Die Frau an der Tür lächelte. „Eine schöne Stadt. Ach so." Sie beugte sich vor und sprach in schärferem Ton. „In zwei Stunden wollen Sie Boston sehen? In der Zeit kommen Sie nicht mal vom Flughafen runter." Sie tippte sich an die Stirn. „Ich bin vor zweiundzwanzig Jahren wegen eines Mannes hierher gekommen. Und selbst in diesem Zustand verminderter Zurechnungsfähigkeit habe ich nicht geglaubt, dass der Logan Airport schön ist. Also erzählen Sie mir keine Märchen."

Hertha hob die Schultern und ließ die Handflächen auf den

Tisch klatschen. „Wir können nur die Wahrheit sagen."

Wie auf Kommando stand der Schwarze auf. Die Frau hinkte einen Schritt in den Raum hinein und breitete die Arme aus. „Sie können die Schönheit dieses Zimmers genießen und wir garantieren Ihnen, dass Sie Ihren Rückflug nicht verpassen. Das ist doch Service, nicht wahr?"

Hertha sprang auf. „Das können Sie doch nicht tun. Das dürfen Sie nicht. Das ist Freiheitsberaubung."

Auf ein Zeichen der Frau gab der farbige Beamte Hertha ein Formblatt. „Das füllen Sie bitte aus, Frau Heldrich." Die Frau spielte Höflichkeit. „Wir nehmen die Beschwerden unserer Kunden sehr ernst. Üblicherweise benötigt man eine Stunde, um es auszufüllen. Wir werden dafür sorgen, dass Sie ungestört bleiben." Die Frau winkte ihrem Kollegen und lächelte in den Raum hinein, während sie die Tür hinter ihnen zuzog.

Ursel sprang auf. „Die Zeit läuft uns davon. Hertha, was tun wir?"

„Wir hindern den Präsidenten daran, eine Dummheit zu machen." Hertha stand auf und versteifte Arme und Beine. „Eine Stunde ungestört, das gibt uns Vorsprung. Los, transformier dich." Hertha fühlte den Felsklumpen in ihren Eingeweiden entstehen und spürte, wie die Fußsohlen von der Last ihres Körpers befreit wurden.

Im gleichen Augenblick schwebte Ursel neben ihr. „Einen Ordner bewegen ist eine Sache, aber Türen öffnen – ich weiß nicht." Sie schüttelte den Kopf.

„Das Ganze hat uns eine Stunde gekostet. Wir haben nicht viel Zeit." Hertha drehte den Türknauf. „Geht doch. Los, komm." Sie öffnete die Tür einen Spalt und schwebte auf den Flur. Die Deutsche stand fünf Meter weiter auf dem Flur, sah ihren Kollegen an und verharrte in einer wütenden Geste in Richtung der Tür, aus der sich eben Ursel schob.

„Hättest ruhig ein bisschen weiter aufmachen können", ächzte Ursel. „Nicht jeder ist so schlank wie du."

„Entschuldigung." Hertha bewegte ihren Finger ein wenig, um den Flur entlangzuschweben. „Hier lang. Wir müssen transformiert bleiben, damit die Zeit nicht vergeht. Hoffentlich finden wir den Burschen schnell." Sie drängten sich an einem Paar mit Kindern und Gepäckwagen vorbei, das wie eingefroren in der Schiebetür verharrte, die aus der Ankunftshalle nach draußen führte. „Wenn Bush wirklich hier in Boston ist, ist das eine Erklärung dafür, dass die so empfindlich sind."

„Wenn er wirklich hier ist? Ich dachte, du bist dir sicher." Ursel kreiste um Hertha, die unter dem Vordach schwebend hängen geblieben war. Es war heiß und die Luft war feucht. Ursel ächzte, als sie mit der Schulter gegen ein Insekt stieß.

„Sicher bin ich sicher." Es schien nicht wärmer zu werden, als sie den Schatten des Vordachs verließ. Sie hatte keine Ahnung, wo Bush sich aufhielt. Sie schloss die Augen und hoffte, ein Bild zu empfangen, ein Gefühl der Bedrohung aufzunehmen. Sie flog einen großen Kreis um den stillen Flughafen. Am Horizont türmte sich die Silhouette Bostons.

Ursel flog über Hertha. Ihr machten die Insekten zu schaffen, die weiter unten die Luft bevölkerten. „Also?", hörte Hertha Ursel rufen. Hertha antwortete nicht. Sie beschleunigte und vergrößerte den Radius des Kreises. Das Meer, Inseln, Landwirtschaft, Fabriken, Häuser und Straßen wechselten sich ab. Die Insel, wie hieß sie noch? Gestern war Hertha der Name geläufig gewesen wie ihr eigener und jetzt fiel er ihr nicht ein.

Hertha sah, wie Ursel weit über ihr in das Zentrum des Kreises flog, den Hertha beschrieb. Hertha winkte und bog nach links ab in Richtung dessen, was sie für das Zentrum von Boston hielt. Ein Dutzend Wolkenkratzer mit abgeschrägten Dächern, Glas blitzend in der Sonne. Hertha flog tiefer. Sie nahm nichts wahr, was ihr ungewöhnlich erschien. Sie bog nach rechts ab. Der Hafen kam in Sicht. Nebeneinander lagen ein hölzernes Kriegsschiff und ein stählernes aus dem zweiten Weltkrieg. Sie spürte nichts.

Nach einer Weile flog Ursel näher heran. „Wir werden nicht ewig suchen können."

„Ich bin mir sicher, Ursel. Ich muss es nur finden. Aber ich weiß nicht wie." Sie flogen geradeaus über das Zentrum hinweg parallel zur Küste nach Norden. „Was muss ich denn tun, um die Zukunftssicht zu haben?"

„Ich weiß es nicht." Ursel kam noch näher. „Hör mal, dieser ominöse rote Knopf. Warum sollte der denn in Boston sein? Das müsste sich doch in Washington abspielen."

„Der Präsident hat diese Sachen immer dabei. Der hat seine eigene Truppe, die ihm alles hinterherschleppt."

Hertha sah hinunter. Die Stadt hatte aufgehört, Wald wechselte sich mit Industriegebieten ab. Sie gab Ursel ein Zeichen und wendete. In der Kurve drückte sie den ausgestreckten Arm nach unten und flog im Fünfundvierziggradwinkel auf einen Parkplatz zu.

„Was ist denn? Hier soll Bush sein?", rief Ursel, die überrascht zurückgeblieben war. „Hast du was?"

„Ja, Hunger habe ich." Hertha flog in einer Rechtskurve auf die Glastüren des Supermarktes am Rande des Parkplatzes zu.

„Wir haben keine Zeit", rief Ursel. „Jetzt essen? Wir müssen den Präsidenten finden."

„Solange wir transformiert sind, haben wir alle Zeit, die wir uns nehmen. Aber wie lange können wir transformiert bleiben, ohne etwas zu essen?" Hertha war vor den Schwingtüren gelandet. Ein Mann im Unterhemd, das seinen Bauch kaum bedeckte, hatte seine Hand ausgestreckt, um nach dem Türgriff zu fassen. „Ich lade dich ein." Sie drückte die Tür auf und ließ Ursel hinein. Sie grinste. Der Dicke würde ins Leere greifen.

Ursel flog in Kopfhöhe einem Regal entlang. „Haben die kein vernünftiges Brot? Essen die nur Toast?"

„Was meinst du, wie schön knusprig das ist, wenn du es transformiert isst."

Ursel antwortete nicht.

Hertha ließ Ursel aussuchen und trug ein Dutzend Packungen Wurst und Käse zusammen. Sie fanden ein Brot, das immerhin durch seine Farbe an zu Hause erinnerte und Ursel bestand darauf, dass Hertha eine Plastikflasche Senf mitnahm.

„Hast du Dollar?", fragte Ursel, als sie über die Reihe der Kassen flogen, die von unbeweglichen Kunden und verharrenden Kassiererinnen bevölkert waren.

„Wir retten ihnen ganz umsonst das Leben. Das muss es ihnen wert sein. Komm", sagte Hertha und flog am Dicken vorbei, der unverändert die Hand nach dem unerreichbaren Türgriff ausstreckte.

„Könntest ja wenigstens Geld dafür hinlegen“, maulte Ursel.

An der Seite des Supermarktes fanden sie eine Bushaltestelle mit einer Wartebank. Sie ließen sich nieder und Hertha ordnete die Einkäufe. „Ich mach uns Brote, wir gehen in normale Zeit, essen das Zeug schnell und transformieren uns wieder. So müsste es am schnellsten gehen.“ Hertha riss Folienpackungen auf und legte Brotscheiben zurecht. Sie drückte Senfspuren in die Luft und fing die schwebenden gelben Würste mit den Broten ein. „Käse und Wurst auf ein Brot?“, fragte sie Ursel und folgte ihrem Blick, da sie nicht antwortete.

„Warum tragen die Jungs Mützen bei der Hitze?“, sagte Ursel und deutete auf zwei Fünfzehn- oder Sechzehnjährige, die mit tief hängenden Jeans und ungebundenen Turnschuhen mit den Händen in den Hosentaschen an der Haltestelle herumstanden.

Hertha legte von jeder Sorte Wurst und Käse je eine Scheibe auf die Sandwiches und drückte die zweite Scheibe Brot obenauf. „Mahlzeit“, sagte sie und nahm zwei Brote in die Hand. Sie folgte Ursels Beispiel, die sich ausatmend entspannte und in die normale Zeit wechselte. Eine eben noch schwebende Wurstpackung fiel fünf Zentimeter auf die Bank zurück, die Senfflasche fiel um.

Ursel schob sich ein Sandwich in den Mund. Ein Bus dröhnte vorbei. Einer der Jungen wandte sich von der Straße ab, staunte, als er Hertha und Ursel sah, und stieß seinen Kumpan in die Seite.

„Einen schönen Tag“, sagte er auf Englisch, lächelte und steckte sich eine Zigarette in den Mund. „Feuer?“

Hertha schüttelte den Kopf und stopfte ein halbes Käse-Wurst-Sandwich in den Mund.

„Was will er?“, fragte Ursel und Brotkrümel fielen ihr aus dem Mund.

„Feuer“, sagte Hertha. „Und Streit, nehme ich an.“

Das Lächeln verlor sich auf dem Gesicht des Jungen. Er sah über die Schulter zu dem anderen, dann hielt er plötzlich eine Automatikpistole in der Hand. „Your money, Ladies.“

Hertha verkrampfte sich. Sie spürte, wie sie einen Zentimeter von der Holzbank abhob. Das Brot in ihrem Mund veränderte leicht die Konsistenz, ließ sich aber noch kauen, wie Hertha zufrieden feststellte. Sie nahm dem Jungen die Zigarette aus dem Mund und schob sie in den Lauf der Pistole. Sie suchte den Mechanismus, um das Magazin aus dem Griff zu entfernen.

„Meine Güte, habe ich mich erschrocken“, sagte Ursel, die in sitzender Position ein Stück über der Bank schwebte.

Hertha zog das Magazin aus dem Griff der Waffe, und pfiff tonlos. „Der Junge hat es aber faustdick. Volles Magazin.“ Sie zog den Schlitten der Pistole zurück und fingerte die Patrone heraus. Sie schwebte zur Bank, nahm sich noch ein Brot und klemmte es zwischen die Zähne. Ihr Blick fiel auf die Senfflasche. „Gute Idee“, sagte sie, nahm sie, glitt zurück zu dem Bewaffneten, der mit offenem Mund vornüber gebeugt eingefroren stand. Sie drückte eine Hand voll Senf in das Schloss der Waffe, ebenso viel in seinen Mund und in die Ohren, schob den Schlitten zurück und setzte sich neben Ursel.

„Wir sollten machen, dass wir weiterkommen“, sagte Ursel. „Hast du jetzt eine Idee, wohin?“

Hertha wog das Pistolenmagazin und die einzelne Patrone in der Hand. „Wohin damit?“ Ihr Blick fiel auf den Supermarkteingang. „Komme gleich“, rief sie, während sie hinüberschwebte. Irgendwo in dem Markt musste es eine Toilette geben, wo das Magazin versenkt werden konnte. Sie schwebte an dem Dicken in der Tür vorbei und verwarf den Impuls, ihm das Magazin in die Hand zu drücken.

Über der Kasse traf es sie. Diesmal war es fast schon vertraut. Die Wirklichkeit blieb sichtbar. Daneben legte sich ein klares Bild dessen, was sein würde. Hertha ließ den ausgestreckten Arm sinken und verharrte über dem Plastikschild der Kasse Nummer elf. Bush war im Zentrum der Vision. Er beugte sich vornüber und drückte etwas. Der rote Knopf. Was um ihn herum war, konnte sie nicht erkennen. Hinter ihm sah sie Ursel. Und sich selbst. Hertha schloss die Augen, das Bild verschwand. Sofort riss sie die Lider wieder auf, das Bild erschien wieder. Es gab keinen Zweifel, sie sah sich selbst hinter dem Präsidenten stehen.

Ein Zucken des Fingers hatte sie tiefer gebracht, sie schwebte wenige Zentimeter über dem Lebensmittelhaufen, den eine aufgeschwemmte Frau in Shorts und ärmelloser Bluse auf dem Förderband aufschichtete.

Das Bild wurde intensiver. – Die Zeitung! Die Frau hatte eine *USA Today* auf eine Tiefkühlpackung gepressten Hackfleischs gelegt. Auf dem Titelblatt prangte das lachende Abbild des Präsidenten, wie er einen Armeehubschrauber verließ.

„Man braucht ein Bild?", murmelte Hertha und nahm die Zeitung.

Wie eine Explosion nahm die Vision den Platz der Wirklichkeit ein. Herthas Hand zitterte, die Bewegung übertrug sich auf Arm, Schulter, schließlich den ganzen Körper. Das Bild wurde heller und heller, wurde zum Lichtblitz. Keuchend streckte sie den Arm aus, warf die Zeitung an ihren Platz und zeigte zitternd mit der Linken nach oben.

Sie presste sich an die Zimmerdecke, war drei Meter entfernt von der Zeitung und noch immer ging eine schreckliche Kraft von dem Papier aus. Lampen und Kabel schrammten über ihren Rücken, während sie sich von der Kraft ziehen ließ, um von der Zeitung weg zu kommen. Sie drückte ein herabhängendes Schild flach, brach eine Überwachungskamera aus ihrer Halterung, und endlich verblasste der Eindruck.

Nicht mehr viel Zeit, dachte sie, nicht mehr viel Zeit. Wir müssen los. Schaudernd erreichte sie den Ausgang, schob dem Dicken das Pistolenmagazin zwischen die Finger und steckte ihm die Patrone in die Hosentasche.

„Ursel", brüllte sie auf dem Weg über den Parkplatz. „Ursel, wir müssen. Nicht mehr viel Zeit."

Ursel schreckte auf und stob von ihrem Sitzplatz auf Hertha zu. „Weißt du wohin? Hattest du Zukunftssicht?"

„Es sind nur noch Minuten", rief Hertha außer Atem. „Dort." Sie wies mit dem Arm quer über den Parklatz zurück in Richtung Boston. Die Kraft riss sie in die Richtung.

Ursel hatte Mühe zu folgen. „Was ist? Was hast du gesehen?"

Hertha streckte den Ellenbogen durch, unter ihr verschwammen die Flachbauten zu grauweißen Schatten. Jede Sekunde ihres Fluges ließ das Gefühl stärker werden. Sie waren fast da.

Mit einem Ruck brachte sie ihre Arme an die Körperseite. Ihr Flug endete abrupt. Ein grünbrauner Streifen jagte zur Linken an ihr vorbei, dann verlangsamte auch Ursel und flog in einer riesigen Kurve auf Hertha zu. Sie standen in der Luft über einem eingezäunten Areal. Rund um das Flachdach des Gebäudes sahen sie Männer mit Gewehren im Anschlag liegen wie schwarze Stundenlinien auf einem quadratischen Ziffernblatt. Ein gepanzertes Kettenfahrzeug stand an jeder Ecke der Umzäunung. Eine Kette Limousinen war vor der dunkel verglasten Gebäudefront geparkt.

„Bloß nicht aus der Transformation gehen“, sagte Hertha atemlos, als Ursel langsam heranschwebte. Beider Blicke waren auf die Szenerie unter ihnen geheftet. „Wenn die uns sehen, schießen die erst und fragen wird auch danach niemand.“ Hertha nickte zu den Scharfschützen.

„Da drin? Was ist das für ein Gebäude?“

„Militär. Was weiß ich. Da drin geschieht es. Kein Zweifel.“ Hertha ließ sich mit einem Fingerzucken tiefer sinken.

Ursel folgte ihr. „Warum macht er das?“

„Wer? Bush?“ Hertha sank direkt vor dem Gewehrlauf eines Soldaten an der Gebäudefront hinab. Der Mann trug einen schwarzen Helm mit verspiegeltem Visier und starrte mit verkniffenen Lippen durch sein Zielfernrohr durch Hertha hindurch. Sie hatte Lust, die Magazine aller Gewehre in die Kanalisation zu werfen. Leider hatte sie den Senf an der Bushaltestelle zurückgelassen.

Dicht am Glas der Fassade glitten sie hinab. Nichts war durch die Tönung der Scheiben zu sehen. Sie landeten auf der Kiesoberfläche eines Vordaches. Auch hier lag ein Schütze. „Warum fängt man einen Krieg an? Haben die Männer dafür je einen Grund gebraucht?“ Hertha klopfte auf das schwarze Plastik des Helms und glitt vom Dach zum Eingang. Zwei Männer in hellen Anzügen und schwarzen Sonnenbrillen in den weißen Gesichtern standen rechts und links der Tür. Hertha schob beide Hände unter das Jackett des einen und fühlte ein Pistolenholster unter jedem Arm. Der Mann trug eine schusssichere Weste unter dem Hemd.

„Was wäre geschehen, wenn du nicht aufgetaucht wärst?“ Ursel schwebte direkt über Hertha. „Ruth hat uns in den ganzen Jahrzehnten nie etwas außerhalb regeln lassen. Ich mag gar nicht daran denken. Wenn du nicht gekommen wärst …!“

„Nie außerhalb?“ Hertha glitt zum Eingang und zog an der Glastür. „Du meinst, alle Bedrohung der Welt geschah immer irgendwo in der Gegend von Landshut?“ Hertha sah zu Ursel hinauf. Die alte Dame im Wollkostüm und undurchsichtigen, hautfarbenen Strumpfhosen schwebte sanft auf und ab schwingend. Mit beiden Händen hielt sie ihre lindgrüne Lederhandtasche dicht vor der Brust. „Du kannst mir nicht erzählen, dass ihr den Käse hundert Jahre lang geglaubt habt. Ruth hat euch doch verarscht.“ Hertha zog die Tür auf und glitt hindurch.

„Es sind noch keine hundert Jahre“, sagte Ursel. „Ruth hatte immer eine gute …“

Hertha unterbrach sie mit einer Handbewegung. Hinter einer weiteren Glastür war ein Raum voller Menschen zu sehen. Hertha drückte die Tür auf und flog hinein. Auf einer Tribüne stand Präsident Bush umgeben von Menschen. Es mussten Bewacher sein. Was taten all die Menschen? Hertha raste hinüber. Sie hörte nicht auf Ursel, die etwas rief. Da war das Bild. Das war die Szene, die Hertha gesehen hatte. Das Gefühl von Dejà vu quälte Hertha. Bush hatte die Hand halb erhoben. Dort stand ein Tisch. Darauf ein rotes Plastikkästchen. Ursel rief etwas, das Hertha nicht verstand. Sie erreichte die Tribüne, hielt sich im Flug am Arm des Präsidenten fest und drehte den ganzen Mann ein paar Grad nach rechts. Herthas Beine schwangen herum. Sie hielt sich am grauen Stoff des Anzugs des Präsidenten fest. Geschafft. Es war geschafft.

Sie schwebte jetzt aufrecht zwischen Bush und einer Frau im dunklen Kostüm und all die Anspannung fiel plötzlich von ihr ab. Ursel rief etwas. Sie hob den Kopf, atmete aus, entspannte sich.

Im selben Augenblick bereute sie es.

Stimmengewirr, Blitzlichter blendeten sie. Präsident Bush sagte etwas. Er senkte den Arm, verfehlte den roten Knopf, der vor ihm stand. Blitzlichter. Woher kamen diese Lichter? Wo Ursel eben noch in der Luft gehangen hatte, war jetzt nichts. Erschrockene Rufe. Arme hoben sich, deuteten auf den Präsidenten. Ursel tauchte plötzlich neben Hertha auf. „Komm schon, transformier dich. Wie lange soll ich denn noch warten?", zischte sie. Hertha verkrampfte sich, so schnell sie es vermochte. Alles um sie herum erstarrte sofort wieder.

„Hertha." Ursel flog einen Kreis um die Menschengruppe auf der Tribüne, tippte sich mit beiden Zeigefingern an die Schläfen und brüllte. „Hertha, das ist eine Einweihung."

„Was?"

Ursel hob den Arm und deutete auf das Transparent, das über der Bühne gespannt war. „Pharmatec welcomes President Bush", las sie in gebrochenem Englisch. Sie deutete rechts an der Bühne vorbei auf eine Glaswand. „Eine neue Fabrik. Die weihen eine neue Fabrik ein und der Präsident startet die Anlage."

Hinter der Glaswand, die das Foyer begrenzte, erkannte man Menschen in weißen Kapuzenanzügen, die an chromblitzenden Apparaturen standen. Neben Hertha stand der Präsident vornübergebeugt. Seine Handfläche berührte den Holztisch, auf dem zehn Zentimeter daneben ein graues Kästchen stand. Ein Kabel führte von dem Kasten weg und verschwand unter den vorn am Tisch angehefteten Girlanden. Ein roter, runder Knopf prangte obenauf. „Start" war in weißen Lettern darauf gedruckt.

Vor der Bühne standen Dutzende Fotographen und pressten sich Kameras an die Augen. Ein Mann stand neben einer Fernsehkamera und hielt sich ein Mikrophon vor den offen stehenden Mund. Seine Augen waren halb geschlossen.

„Scheiße", hauchte Hertha und schwebte einen Meter nach oben. „Lass uns abhauen."

Ursel drehte sich um und flog durch die offen gebliebenen Glastüren ins Freie.

***

„Es tut mir leid", sagte Hertha zum vierten Mal. Sie schwebten mit mäßiger Geschwindigkeit auf die Silhouetten der sonnenblitzenden Wolkenkratzer zu.

„Wir hätten nur eine Minute nachdenken müssen", sagte Ursel, ohne Hertha anzusehen. Ihre Handtasche baumelte an der entspannt ausgestreckten Hand. „Nur eine Minute."

„Ja", sagte Hertha lang gezogen, „ich weiß. Was soll ich denn machen. Ich kann es auch nicht rückgängig machen." Sie seufzte. „Wenn ich daran denke, wie ich die neuntausend Euro erklären soll. Mist, Mist, Mist."

„Ruth wird toben. Die bekommt das bestimmt raus. Sie hat immer alles erfahren." Ursel zuckte mit den Schultern. „Frag mich nicht, wie. Sie wusste es. Immer."

Hertha sah unter sich ein Autobahnkreuz vorbeiziehen. „Ich muss einfach die Erbschaft angreifen und das Geld rechtzeitig aufs Konto schaffen. Den Kontoauszug lass ich verschwinden."

„Das wird sie sich nicht gefallen lassen. So was hat noch keine gewagt." Ursel schüttelte den Kopf. „Noch keine."

***

Eine Stunde später standen sie zwischen Duty-Free-Tüten auf einem Treppenabsatz im Flughafengebäude. Neben ihnen wartete die hinkende Deutsche mit verschränkten Armen. Ihr Funkgerät quakte Unverständliches. Nur Ursel schenkte dem Schreihals am Gürtel der Beamtin Beachtung und zeigte darauf, wenn es losging. Die Hinkende ignorierte Ursels auffordernde Blicke.

Die Tür des beweglichen Tunnels zum Flugzeug gab ein Summen von sich und wurde aufgestoßen. Ein Mann in Arbeitskleidung des Flughafens, der seinen gelben Gehörschutz um den Hals baumeln ließ, nickte der Beamtin zu.

„Guten Flug", sagte die Frau und streckte Hertha und Ursel die Hand mit den Bordkarten und ihren Pässen hin. Die Frau stützte die Hände auf ihr Pistolenholster und die Tasche mit den Handschellen am Gürtel und nickte knapp in den Gang zum Flugzeug hinein.

„War schön mit Ihnen", sagte Hertha. „Boston ist wirklich eine reizende Stadt." Sie lächelte die Beamtin an. Ursel schob Hertha zum Ausgang.

4. Kapitel

„Aber Tatsache bleibt doch, dass Ruth die Welt untergehen lassen will."

„Aber das heißt doch nicht, dass es morgen geschieht." Ursel stellte ihre Tasche auf Herthas Küchenarbeitsplatte. „Hertha, wir sind Damen. Da spielen zwanzig Jahre keine Rolle."

„Als ich vor dem Rat erscheinen sollte, hat auch ständig eine was von ‚schlimmer Situation' gefaselt. Und sie hat was von ‚jetzt' gesagt." Hertha schwang sich auf die Arbeitsplatte und lehnte sich mit den Schultern gegen einen der Buchenholzoberschränke. „Also muss es wohl doch in absehbarer Zeit sein. Ich sage dir, wir müssen was tun."

Ursels Stimme gewann Schärfe. „Ach ja? Ein bisschen Fernsehen, ja?" Sie nickte nach links, wo der Fernseher mit der Bildröhre gegen die Wand in einer Ecke verstaut war. „Zeitung lesen, was?"

„Na toll. Ich tue wenigstens was. Hämisch lachen ist das Einzige, was du beizutragen hast, Dame." Hertha verschränkte die Arme.

Ursel wendete sich ab. Nach einigen Sekunden sagte sie in Richtung Fernseher. „Was hat dein Mann zu der Flugkartenrechnung gesagt?"

„Die Abrechnung der Kreditkarte kommt erst in drei Wochen. Er ist sowieso zu beschäftigt mit seiner Kanzlei." Sie sah auf die Uhr und seufzte. „Jetzt geht er schon samstags hin." Hertha tat so, als ob sie aus dem Fenster sah, amüsierte sich aber über Ursels Bemühungen, mit dem Hinterteil auf die Küchenplatte zu gelangen.

Von einem Augenblick auf den anderen saß Ursel oben und wippte mit überkreuzten Beinen.

Hertha konnte ein Lächeln nicht unterdrücken. „Mit Transformation kann es ja jeder." Sie lehnte sich nach links, wo die Landshuter Zeitung lag. „Hast du gesehen?" Sie schlug Seite drei auf, faltete das Titelblatt nach hinten und schob das Blatt über die Platte zu Ursel hinüber.

„Trinkt der Präsident wieder?“, las sie halblaut. Ursel sah auf. „So ein Unglück.“ Sie hob sich die Zeitung vor das Gesicht. „Oh Schreck. Wenn man es weiß, erkennt man dich. Das gibt Ärger.“ Ursels blasses Gesicht erschien am oberen Rand der Zeitung.

„Na, mit sehr viel Phantasie vielleicht.“ Hertha lachte laut. „Da haut der Bursche daneben, weil ich ihn am Ärmel ziehe und dann heißt es, er säuft wieder. Eigentlich müsste man Mitleid haben.“

„... schien der Präsident völlig verwirrt zu sein“, las Ursel vor. „Ein Sicherheitsbeamter musste dem taumelnden Staatsoberhaupt helfen, die Tribüne zu verlassen.“ Sie sah auf. „Ach du mein Schreck.“

Hertha prustete vor Lachen. „Was der wohl denkt?“ Sie lehnte sich zum Radio hinüber und knipste es an. „Vielleicht ziehen sie ihn ja im Rundfunk auch durch den Kakao.“

Die Radiostation meldete sich mit der Anmoderation der Nachrichten. „Guten Morgen, liebe Hörer, es ist Samstag, neunzehnter Juni, neun Uhr. Die Nachrichten auf Radio Trausnitz.“ Beide Frauen schwiegen.

Die Nachrichten gingen ohne Hinweis auf den Präsidenten der Vereinigten Staaten zu Ende. „Na ja, wir haben Weltgeschichte geschrieben“, sagte Hertha grinsend. „Wenigstens die Zeitung hat es gebracht. Und ich hab mein Foto drin.“ Sie spielte Enttäuschung. „Auch wenn es keiner erkennen kann. Wenn es niemand weiß, ist es halb so schön.“

„Also, ich gehe dann mal. Ich muss noch einkaufen“, sagte Ursel ohne Begeisterung.

„... Literaturinterview aus dem Röckelturm ...“, tönte es aus dem Gerät.

Ursel ließ sich von der Arbeitsplatte gleiten, während sie ihren Rock mit beiden Händen am Hochrutschen hinderte. Ihre Absätze knallten auf die Terrakottafliesen.

„Bei uns heute zu Gast der – darf ich so sagen?“ Die Interviewerin lachte albern. „– Lokalautor Gunter Forchheimer.“ Forchheimer meckerte aus dem Radiolautsprecher wie ein Ziegenbock.

Ursel strich sich den Rock glatt und hängte ihre Handtasche in die rechte Ellenbeuge. „Kommst du mal bei mir vorbei?" Ursel fingerte an ihrem wollenen Blazer. „Wir könnten einen Tee trinken."

Hertha hörte nicht auf sie. Sie klebte an der Stimme des Autors Forchheimer. Die Stimme löste etwas in ihr aus. Sie fühlte mehr, sah mehr, als dass sie hörte. „Wart mal", sagte sie und winkte Ursel heran.

„Was ist?" Ursel klapperte auf ihren Absätzen zwei Schritte heran.

Hertha wedelte mit der Hand um Ruhe. „Dieser Forchheimer. Er schreibt ein Buch."

„Das pflegen Autoren zu tun." Ursel lachte. „Ich hab in hundertfünfzig Jahren nicht geschafft, meinen Heine fertig zu lesen. Neumodisches Zeug wie den Thomas Mann habe ich noch nicht mal angefangen. Aber ich komm schon noch dazu. Habe ja genug Zeit."

„Nein. Hör doch zu. Dieser Forchheimer ..." Sie konzentrierte sich auf die Bilder, die Forchheimers Stimme in ihr hervorriefen. Sie atmete tief durch, schloss die Augen. Ruhig bleiben, dachte sie, während sie den Kopf senkte und gleichzeitig hörte und sah.

„Was hast du ...", begann Ursel. Eine Handbewegung von Hertha ließ sie verstummen.

„Forchheimer ist es", sagte Hertha nach einigen Sekunden. „Er wird ein Buch schreiben", brach es aus ihr hervor. „Ein erfolgreiches Buch." Sie sprach aus, was sie beobachtete. „Eine Philosophie. Sie wird die Menschen verändern. Die Welt verändern. Alles wird sich um ihn drehen. Die Menschen werden alles andere vergessen. Ein Guru. Nur noch er." Hertha konnte ihre Furcht vor der Zukunft nicht beherrschen. Ihre Hände zitterten. Ihre Worte kamen durch das Zittern ihres Leibes im Stakkato. „Nichts wird mehr sein, wie es war."

„Die Gamserln schwarz und braun", sang Hubert von Goisern im Radio. Das Interview war beendet.

Hertha öffnete die Augen und hob den Kopf. „Der Forchheimer ist die Bedrohung." Sie sprang von der Arbeitsplatte. Die

Kühle der Fliesen an ihren nackten Fußsohlen gab ihr ein Gefühl der Wirklichkeit. „Wir müssen was tun."

Ursel streckte beide Hände gegen Hertha aus. „Nicht schon wieder. Amerika war dir zu aufwändig, jetzt versuchst du es mit Landshut?" Sie schüttelte den Kopf. „Mach das alleine. Lass mich damit in Ruhe."

„Ich muss dahin. Ich muss rausfinden, was dieser Forchheimer vorhat."

„Hertha, das geht schief. Du hast die Zukunftssicht nicht unter Kontrolle. Wer weiß, was du gesehen hast? Und wo willst du denn hin? Wo ist dieser Forchheimer?"

„Das Radio. Wo sind die? War das live? Nein … – Ich suche im Netz", rief Hertha und rannte aus der Küche zur Treppe. Sie stieß die Tür zum Arbeitszimmer im ersten Stock auf, fegte den Bürostuhl zur Seite und drückte auf den Startknopf des Computers. „Forchheimer, Forchheimer. Werde schon rausfinden, wo der zu finden ist. Der hockt sicher zu Hause vor dem Radio und hört sich selbst ganz verzückt zu." Sie stand vornübergebeugt vor dem Tisch und ließ den Mauszeiger auf dem Bildschirm hin und her springen, bis endlich die beiden Symbole erschienen mit ihrem und Elmars Namen daneben. Sie hackte dreimal hintereinander mit dem Zeigefinger auf den Knopf der Maus. „Mach schon, mach schon …"

„Forchheimer Gunter, Furth, am Rathaus vierzehn. Rufnummer neunundneunzig dreiundzwanzig …"

Hertha fuhr herum und ließ die Maus fallen. Ursel stand mit aufgeschlagenem Telefonbuch in der Tür des Arbeitszimmers. „Hast du ihn? Zeig mal." Hertha riss Ursel das Buch aus der Hand. „Am Rathaus vierzehn. Furth. Das sind nur ein paar Kilometer. Kommst du mit?" Sie warf das Telefonbuch auf den Schreibtisch.

„Und was willst du tun? Ihm das Schreiben verbieten? Was hast du denn eigentlich gesehen? Wie soll denn das gehen? Wie kann denn ein Buch die Welt bedrohen?"

„Hör mal, ich kann jetzt besser damit umgehen. Ich kann die Zukunftssicht kontrollieren. Ich hab es gesehen." Hertha hieb parallele Handkantenschläge gegen ein imaginäres Ziel. „Der

Forchheimer wird ein Buch schreiben. Dieses Buch wird riesigen Schaden anrichten. Ich weiß nicht genau, wie, aber es ist gefährlich. Die Menschen werden nichts mehr lieben, nichts mehr tun, außer ihn zu verehren."

„Du weißt nicht genau, wie. Na wunderbar. Du hast auch nicht genau gewusst, wie Bush die Welt in die Luft jagt. Und wir sind um die halbe Welt geflogen, nur um das herauszufinden." Ursel winkte ab. „Entschuldige, aber du hast mich nicht überzeugt."

„Boston und Furth sind nicht ganz vergleichbar, meine Liebe", höhnte Hertha. „Ich flieg jetzt da hin und sehe mich um." Sie richtete sich auf, versteifte Arme und Beine. „Kommst du mit?"

Ursel richtete den Zeigefinger auf Herthas Kopf. „Ich komme nur mit, um zu verhindern, dass du Aberwitz anrichtest." Sie nahm die Schultern zurück, streckte die Arme aus und drückte die Knie durch.

Hertha spürte, wie sie den Boden unter den Füßen verlor.

„Ein Provinzautor stürzt die Welt mit einem Buch ins Unglück. Unsinn." Ursel schwebte langsam in Richtung Zimmerdecke. „Das wird doch sowie kein Mensch lesen." Sie deutete auf das Fenster. „Los, mach schon auf. Ich flieg mit dir dahin, um zu sehen, wie du dich blamierst. Und dann sollten wir uns um Ruth kümmern. Immerhin hat sie es gesagt, dass die Welt untergehen wird." Sie legte sich flach in die Luft, bereit loszufliegen. „Also, dann los zum Hertha-Bloßstell-Fest."

Hertha verkniff sich einen Kommentar. Sie hatte gesehen, was Forchheimers Buch anrichten würde. Aber hatte sie nicht auch die Bilder des Präsidenten falsch gedeutet? Und was hatte Forchheimers Buch mit Ruth zu tun?

Sie öffnete das Fenster. Hertha flog voraus. Die Luft war nur im Schatten noch kühl und feucht von der Nacht. Die Sonne ließ die Insekten erwachen. Hertha flog höher, um Ursel die Tiere aus der Flugbahn zu halten. Sie wurde langsamer, wollte Ursel neben sich haben. Ursel blieb zurück, egal, welche Geschwindigkeit Hertha wählte. Stumm flogen sie im Geleitzug. Hertha machte einen Umweg und flog eine Schleife um die Burg

Trausnitz und um den Martinsturm.

Hertha streckte den Arm etwas weiter. Sie ließ die Isar hinter sich, überquerte St. Wolfgang, flog quer über Altdorf und Ganslberg. Die Autobahnbrücke über dem Tal der Pfettrach trug einige Wagen, die lautlos verharrten.

Hertha senkte den Arm, sah sich kurz nach Ursel um und glitt auf den Wasserturm oberhalb Furths zu. Ursel schloss auf. Immer wieder musste sie Insekten und Vögeln ausweichen. Hertha schob die Störenfriede mit Armen und Schultern beiseite, ohne ihre Flugbahn zu ändern. Zwanzig Meter über dem Boden bewegten sie sich langsam auf den Kirchturm zu.

„Am Rathaus ist das neue Dorfzentrum, nicht?“ Hertha zeigte auf das offene Karree verbundener Häuser im italienischen Stil vor der Kirche. Sie spreizte den kleinen Finger der linken Hand ab und beschrieb eine Kurve knapp über den Ziegeldächern. Auf dem Dorfplatz waren zwei Kinder mit ihren Fahrrädern in gefährlicher Schräglage erstarrt. Das Wasser der beiden Edelstahlbrunnen glitzerte wie eingefroren.

Hertha sank hinab, umkreiste den oberen der beiden Brunnen. Der stilisierte Erwachsene trug ein Solarmodul hoch auf seinen ausgestreckten Metallarmen, die stählerne Kindfigur reckte sich danach. Hertha ließ ihre Hand durch den unbeweglichen Wasserstrahl gleiten. Sie konnte einen Schrei der Überraschung nicht unterdrücken. Ihre Hand hatte eine Scheibe Wasser beiseite geschoben, die sich anfühlte wie zu fest gewordener Pudding. Eine Lücke klaffte in der aufsteigenden Fontäne. Hertha zog die Hand zurück und streifte die anhaftenden Reste Wasser wie eine Gummihaut ab.

„Am Rathaus vierzehn“, rief Ursel von einem der Hauseingänge. „Hier ist sein Namensschild. Gunter Forchheimer.“

„Mal sehen, ob wir Glück haben.“ Hertha flog auf die Eingangstür zu. Sie gab nach. Das Treppenhaus war dunkel und kühl. „Welcher Stock? Steht das draußen?“, rief Hertha zu Ursel hinunter, die zurückgeblieben war.

„Zweiter“, kam es von draußen.

An Forchheimers Wohnungstür wurde Herthas Flug gestoppt. „Natürlich zu“, sagte sie und versuchte sich die Lage der Wohnung im Gebäude vorzustellen. „Wir müssen es durch ein Fenster versuchen“, rief sie und flog zwischen den Treppen geradewegs nach unten.

Hertha traf Ursel an der Rückseite des Gebäudes vor dem Balkon schwebend.

„Das müsste es sein“, sagte Ursel und rutschte über das Stahlrohrgeländer.

Die Frauen hingen nebeneinander an Balkontür und Fenster und hielten beide Hände neben das Gesicht, um besser in den Raum hinter den Scheiben sehen zu können. Ein Mann in weißem Hemd und grauem Pullunder saß mit dem Rücken zu ihnen über den Tisch gebeugt. Die fast raumlange Tischplatte war mit beschriebenem Briefpapier, Zeitungsausschnitten und Prospekten bedeckt, eine verchromte Thermoskanne und eine Steinguttasse standen teils auf den Papieren.

Hertha schob die angelehnte Balkontür auf. „Das muss er sein. Er schreibt. Wie kann man bei diesem Wetter einen Pullunder tragen?“

Sie flog in den Raum. Beide Seitenwände waren mit Bücherregalen bis unter die Decke bedeckt. Es roch sauer nach Schweiß. Bücher standen aufrecht oder lagen, waren in zwei Reihen hintereinander gestellt und bogen die Regalbretter durch. Auf dem Parkettboden lagen keine Teppiche. Außer den Regalen gab es nur den langen Buchenholztisch mit einem einzigen Stuhl, auf dem der Mann über seinen tragbaren Computer gebeugt saß. Eine Tweedjacke hing über der Stuhllehne. Neben dem Rechner lag ein Kassettenspieler, von dem ein Kabel zu einem Kopfhörer über den Ohren des Mannes führte. Dunkle Strähnen dünnen Haars fielen über seine Stirn. Tiefschwarze Bartstoppeln saßen wie Fliegendreck auf der blassen Haut seines runden, glänzenden Gesichts.

Hertha zog einen bedruckten Papierbogen unter der Kaffeetasse hervor. Sie hob unabsichtlich den Becher etwas an, er verharrte auf dem Rand balancierend. „Hier. Gunter Forchheimer.“ Es war das erste Blatt eines Manuskriptes. Neben Name und Adresse des Autors trug es den Titel des Buchs: *Eine Neue Welt*.

Das Blatt in ihrer Hand löste sofort Visionen aus, Eindrücke einer kalten und grausamen Gesellschaft. Alles Leben war auf den Guru Gunter Forchheimer ausgerichtet.

Hertha ließ den Bogen los und schwebte zur Tür. Die Bilder verblassten.

„Also haben wir Gunter Forchheimer gefunden." Ursel lehnte auf halber Raumhöhe mit verschränkten Armen an einem der Regale. „Und er schreibt ein Buch, das *Eine Neue Welt* heißt. Was willst du tun? Ihm sagen, ‚Das ist alles ganz böse, was du tust, lass das sein?'"

Hertha fuhr herum. „Du verstehst nicht. Du willst es nicht verstehen." Sie schoss über die Länge des Tischs, blieb waagerecht darüber in der Luft liegen und wies mit ausgestrecktem Zeigefinger direkt auf Forchheimers Nase. „Der Typ ist gefährlich." Sie deutete auf das Blatt, das sie losgelassen hatte und das nun zwischen Ursel und dem Mann in der Luft schwebte. „Ich weiß es eben. Wie soll ich das erklären? Zukunftssicht. Das müsstest du doch verstehen. Dieses Buch wird die Mitmenschlichkeit, die Nächstenliebe sterben lassen. Er wird sich als Guru aufspielen, als Messias. Nur er wird wichtig sein. Was wir dagegen tun können, müssen wir tun." Sie ließ sich neben Forchheimer auf den Boden herab, zog ihm den Kopfhörer von den Ohren und ließ ihn schweben. Sie griff mit dem rechten Arm unter die Kniekehlen des Mannes, packte ihn mit der Linken am Hemdkragen und zerrte ihn sitzend in die Luft. Er stieß gegen den Tisch, dessen Beine fünf Zentimeter in der Luft schwebend verharrten. Den Stuhl hatte Hertha durch das Ziehen an Forchheimer nach hinten gekippt, er blieb im Achtziggradwinkel knapp über dem Boden hängen.

„Bist du verrückt?" Ursel schwebte heran und stellte sich ohne Effekt auf die Knie des Mannes, den Hertha weiter in Richtung Balkontür bewegte. „Du willst ihn doch nicht etwa …"

„Doch, ich werde ihn mitnehmen. Ich muss ihn daran hindern, dieses Buch zu schreiben."

„Indem du ihn mitnimmst? Kannst du nicht mit ihm reden? Ihn überzeugen?" Ursel balancierte auf Forchheimers Knien, während Hertha ihn durch den Raum schubste. „Wohin willst du ihn denn bringen?", brüllte sie. „Hertha, hör endlich auf!"

Sie begann, auf seinen Knien zu hüpfen, um ihn mit ihrer Körperkraft auf den Boden hinabzudrücken. Vergeblich.

„Zu dir bringe ich ihn“, sagte Hertha schwer atmend, während sie den Autor durch die Balkontür schob.

Ursel stieß mit dem Kopf gegen die Oberkante des Türrahmens und fiel mit einem gestreckten Salto nach hinten. Hertha schwebte quer über den Parkplatz hinter dem Haus. Sie ließ sich schräg unter den sitzenden Mann fallen und stemmte ihn höher, damit sie ein höheres, weißes Haus überqueren konnte. Auf der windschiefen und verrosteten Fernsehantenne des Hauses saß eine Amsel und ließ Erstarrtes unter sich.

„Du wirst ihn nicht zu mir bringen“, rief Ursel, die rasch näher kam. „Du kannst ihn nicht zu mir … Hertha, hör mir zu!“

„Zu mir geht nicht“, sagte Hertha und flog in Richtung Autobahn. „Was glaubst du, sagt Elmar, wenn er diesen Typen findet?“

Ursel brachte sich vor das Gespann und versuchte es anzuhalten. „Was glaubst du, was ich sage? Schluss jetzt!“

Hertha schob den Mann und Ursel durch die Luft. „Das hier ist kein Spaß, Ursel …“

„Das sehe ich auch so“, unterbrach sie.

„Dieser Mann wird mit diesem Buch die letzten Reste Liebe auf dieser Erde ausrotten“, sagte Hertha. „Ich werde alles – alles tun, um ihn aufzuhalten.“

Herthas Last wurde leichter. Ursel ließ sich von ihr schieben, anstatt in entgegengesetzter Richtung fliegen zu wollen. „Stures Weib. Was soll ich denn mit dem anfangen?“

„Erst mal festsetzen. Dann kann er nicht mehr weiterschreiben. Irgendwie müssen wir ihm das Projekt austreiben. Weiß auch nicht wie. Könntest du mal da weg? Der ist alleine schwer genug.“

Ursel ließ sich zur Seite gleiten und flog neben Hertha. „Festsetzen … Bist du närrisch? Willst du ihn in mein Badezimmer einsperren? Fesseln?“

Hertha schürzte die Lippen und wiegte den Kopf. „Ja“, sagte sie gedehnt, „irgend so etwas.“

Nach einigen Minuten Flug und fruchtloser Diskussion kamen sie in der Landshuter Neustadt an. Sie ließen sich auf die Straße zwischen den gotisch-barocken Häusern sinken. Hertha schob den sitzenden Forchheimer, dessen Finger in Schreibhaltung erstarrt waren, vor sich her, Ursel umkreiste, immer noch zeternd, das Gespann.

Neben dem Kriegerdenkmal ließ Hertha den Autor in der Luft schweben und wischte sich den Schweiß von der Stirn. „Den Schlüssel", sagte sie, hielt die Rechte ausgestreckt und blickte nach schräg oben, wo über der Burg Trausnitz eine bayerische Fahne eingefroren verharrte.

„Sehr geistreich", sagte Ursel und deutete auf die Handtasche an ihrer Ellenbeuge. Sie schob ihr Kinn in Richtung Forchheimer. „Den schaffst du mir noch heute aus den Augen."

Hertha ließ den Verschluss von Ursels Handtasche aufschnappen und kramte einen Bund mit einigen altmodischen Bartschlüsseln heraus.

„Sieh mal, wer mich da besuchen kommt." Ursel deutete auf die Haustür aus geschnitztem dunklem Holz. Davor stand Berenike Wedes und drückte einen Klingelknopf.

„Oh nein", keuchte Hertha. „Woher weiß die, wo du wohnst? – Egal. Die ignorieren wir. Los jetzt. Rein mit ihm."

***

Einige Minuten später standen Hertha und Ursel in Ursels Küche. „Okay?", sagte Hertha. Beide Frauen ließen Arme, Schultern und Köpfe sinken und atmeten aus.

„Was? Hey? Hilfe?", kam es aus dem angrenzenden Wohnzimmer. Hertha erkannte Forchheimers Stimme aus dem Radio wieder. Die Türklingel untermalte sein Rufen rhythmisch.

„Wo ist dein Kühlschrank?" Hertha sah sich um. Es gab einen abgenutzten Holztisch mit zwei Stühlen und eine mit Bauernmalerei geschmückte Anrichte. Auf einem schmalen Tisch entlang der jenseitigen Wand standen zwei emaillierte Schüsseln, die als Spülbecken dienten. Schwarze Flecken abgesprungenen Emails bedeckten die Ränder. Ein gusseiserner Holzofen auf ziselierten Füßen nahm die entfernte Ecke des Raumes ein.

Ursel öffnete eine bemalte Schranktür und nahm eine armlange Salami heraus. Aus einer Schublade holte sie ein Fleischermesser. „Manche Damen haben einen. Aber ich brauche so etwas nicht." Mit einem Schwung des Messers teilte sie die Wurst in zwei Hälften.

„Hallo. Wer ist da? Machen Sie mich los. Hallo!"

Durch die offene Tür sah Hertha, wie der gefesselte Forchheimer auf seinem Stuhl hin und her wackelte und sich mal über die rechte, mal über die linke Schulter nach ihnen umzusehen versuchte.

Ursel biss ein obszön großes Stück Salami ab. Mit der Wurst in der Hand deutete sie auf Forchheimers Rücken. „Nun, dann versuch mal, ihm das zu erklären."

Hertha schnitt ihre Hälfte der Salami in zwei Teile, schob Ursel zur Seite und ging in deren spärlich möbliertes Wohnzimmer.

Forchheimer folgte Herthas Bewegung mit Blicken. „Machen Sie mich los", schrie er und zerrte an seinen Fesseln. „Machen Sie mich sofort los!"

Hertha stand vor ihm und biss von ihrer Wurst ab.

„Wenn Sie mich nicht sofort losbinden, zeige ich Sie an."

Hertha schüttelte den Kopf.

Forchheimer schloss die Augen, riss den Mund auf und begann zu brüllen. Seine Halsvenen pulsierten, sein Gesicht wurde dunkelrot.

Hertha schob das abgerundete Ende der Wurst in Forchheimers Mund und stützte sich mit der flachen Hand gegen die Schnittfläche. „Erst mal beruhigen."

„Das missglückt", brachte Ursel zwischen Kaugeräuschen heraus.

Forchheimers Schreien wurde zu einem kehligen Grunzen. Hertha folgte seinem Kopfschütteln mit der aufgestützten Hand. „Könnte diese Kuh nicht mal aufhören zu klingeln?", sagte sie mit einem Blick zur Wohnungstür. Hertha hob den Zeigefinger. „Ruhig sein", sagte sie zu Forchheimer, „dann ziehe ich den Stöpsel. Okay?" Der Mann warf den Kopf in den Nacken, nach rechts und links, brüllte und stöhnte. Hertha hielt ihre Hand auf die Wurst gedrückt.

Nach einigen Sekunden beendete er den Kampf, öffnete die Augen und sah Hertha an. Sein Gesicht war schweißbedeckt.

„Genug gehabt? Ich ziehe raus."

Sofort begann er zu schreien. „Sie Wahnsinnige! Losbinden! Sofort losbin…“

Den Rest erstickte wieder die Salami.

„Siehst du?“, sagte Ursel, zuckte die Schultern und kaute weiter.

„Es geht um Ihr Buch“, sagte Hertha so freundlich es ihr möglich war und lockerte den Druck auf die Wurst im Mund. Forchheimers Augen fixierten Hertha, während sein Widerstand zaghafter wurde. „Wir wollen nur reden.“ Sie zog die Salami einen Zentimeter heraus. „Na?“

Forchheimer stöhnte nur.

Hertha zog die Wurst heraus und besah sich die Speichelspuren. „Schade drum. Hast du noch was anderes, Ursel?“ Sie biss in die saubere Hälfte in ihrer Linken.

„Selber schuld“, sagte Ursel.

„Was – was wollen Sie?“ Forchheimer atmete schwer.

„Ihr Buch. Sie schreiben ein ideologisches Buch.“ Hertha trat näher an Forchheimer heran. Keine dreißig Zentimeter trennten sie. „Beschreiben Sie mir diese Philosophie in drei Sätzen.“

„Drei Sätze. Das geht nicht.“ Sein Blick raste im Raum umher. „Wie bin ich denn hierher gekommen?“

„Na, wir haben die Zeit angehalten und Sie hergeschleppt. Ganz einfach.“

Ursel ließ ihre Wurst fallen. „Bist du von allen guten Geistern … Du kannst doch nicht … Vor ihm.“ Sie deutete zitternd auf den Rücken des Mannes.

Hertha stemmte die Hände in die Gesäßtaschen ihrer Jeans. „Er muss es wissen. Wie soll er uns denn sonst jemals glauben? Wir müssen ihn gewinnen. Ihn überzeugen. Wissen, Vorstellungen, Philosophie kann man nicht verbieten. Man muss ihn überzeugen.“

„Aber alle Regeln des Rates … Ein Jahrhundert … Du bringst doch alles aus der natürlichen Ordnung.“ Ursel war blass.

„Ruth hat die Regeln gebrochen. Sie gelten nicht mehr.“ Hertha verschränkte die Arme.

„Ruth?“ Forchheimers musste den Kopf in den Nacken legen, um zu Hertha aufzublicken. Alle paar Sekunden versuchte er, über eine seiner Schultern Ursel anzusehen. „Frau Mersbach?"

Ursel und Hertha sahen Forchheimer wortlos an. Woher kannte dieser Mann Ruth Mersbach?

Eine erneute Salve Klingeltöne unterbrach Herthas Nachdenken. „Sie müssen die Arbeit an diesem Buch abbrechen", sagte sie. „Alles Material vernichten."

„Ich lebe davon. Ich verdiene mein Geld damit. Sie können mir doch nicht das Schreiben verbieten. Was fällt Ihnen ein!"

„Wer bezahlt Sie? Für das Buch?" Hertha sah kurz zu Ursel, die immer blasser wurde. „Ruth Mersbach? Hat sie bezahlt?"

Forchheimer schüttelte den Kopf.

Hertha spannte die Muskeln an. Der Wechsel in die Transformation fiel ihr mittlerweile leicht wie ein Wimpernschlag. Nur so würde sie ihn überzeugen können. Er musste es erfahren. Sie drückte Forchheimer samt dem Holzstuhl nach hinten, legte ihn auf den Boden und wechselte wieder in normale Zeit.

Forchheimer schüttelte den Kopf noch einmal, dann sah er zu Hertha auf. „Oh Gott. Was geht hier vor? Was tun Sie mit mir?"

„Hertha, nicht", kreischte Ursel. Die Türklingel wimmerte.

Hertha transformierte sich, stellte den Stuhl und Forchheimer aufrecht und schob ihn in die Ecke des Zimmers neben ein verstaubtes Kanapee mit rotem Samtbezug. Sie entspannte sich und glitt zurück.

„Bitte nicht", weinte Forchheimer. Sein Blick irrte im Raum umher. „Ich halte das nicht aus. Was geschieht hier?"

Die Klingel wurde heiser.

Hertha brauchte nur noch kurz die Luft anzuhalten und die Fäuste zu ballen, um alles zum Erstarren zu bringen. Sie schob den eingefrorenen Mann auf seinem Stuhl in die entgegengesetzte Ecke des Wohnzimmers, drehte ihn mit dem Gesicht gegen die Wand und verwandelte sich zurück.

Es war nur ein Stöhnen von ihm zu hören.

„Das darfst du nicht", heulte Ursel von ihrer Seite des Raumes. Die Klingel stimmte in ihre Klage ein.

Hertha entließ Forchheimer auf dem Tisch in die Normalzeit, dann liegend unter dem Tisch, danach von Hertha gestützt mit zwei Stuhlbeinen auf dem Fensterbrett balancierend und schließlich fünf Zentimeter über dem Parkettboden. Krachend fiel er herab. Hertha beugte sich von hinten über seine Schulter. „Also, wer bezahlt Sie?“, sagte sie in sein Ohr.

„Ruth. Ruth Mersbach. Sie bezahlt mich, Sie diktiert mir, was ich schreibe. Jedes Wort. Ich kann nichts dafür. Ich bin es nicht. Glauben Sie mir.“ Tränen liefen ihm über die Wangen.

„Weichei“, höhnte Hertha, wandte sich um und ging zu Ursel hinüber, die auf dem roten Kanapee zusammengesunken war.

„Die Transformation ist offenbart. Der Rat ist entdeckt. Wie soll das enden?“ Ursel hatte die Hände im Schoß zusammengelegt. Die Salami lag halb verspeist auf ihrem wollenen Rock. Ihre Schultern hingen herab. Ihre faltigen Handrücken, die lose Haut ihrer Wangen, ihre grauen Haare – sie schien plötzlich unendlich alt zu sein.

Hertha setzte sich zu ihr. Ursels Körper wurde wie eine Feder von der Polsterung emporgehoben. Hertha legte den Arm um die alten Schultern. „Offenbart ist, was Ruth getan hat“, sagte sie sanft. „Du siehst also, ich musste das tun.“

Jemand hämmerte gegen die Wohnungstür. „Hallo! Ich habe Sie gehört. Öffnen Sie! Ich muss mit Ihnen sprechen.“

„Berenike“, stöhnte Hertha und stand auf. Sie sah flüchtig hinüber zu dem gefesselten Mann in der Ecke, dessen Schultern sich mit stummen Schluchzern hoben und senkten. Was sollte man mit dem anfangen? Er wusste zu viel, um ihn einfach frei herumlaufen zu lassen.

Die ideologische Idee zu dem verheerenden Buch kam von Ruth. Mindestens zwei Leute kannten also die Philosophie, die so schreckliche Folgen haben würde. Wie konnte man die Verbreitung verhindern? Hertha fuhr sich mit beiden Händen durch die Haare. Das war zu viel auf einmal. Sie alleine konnte es nicht schaffen. Sie brauchte Hilfe.

***

Gunter Forchheimer saß gefesselt auf einem Stuhl in einer altmodischen Wohnung und begriff nicht, wie er dort hingekommen war. Hatte ihn die Frau betäubt? Er hatte an seinem neuen Buch geschrieben und im nächsten Moment saß er in dieser

Wohnung und war gefesselt. Die letzten zehn Minuten waren der reinste Horrorfilm gewesen. Ständig hatte er sich von einem Augenblick zum nächsten woanders im Zimmer wiedergefunden. Himmel, dachte er, lass mich aufwachen. Das ist alles ein Traum. Ein Traum. „Ein Traum", schrie er.

„Kein Traum", sagte die Alte, als ob sie gleich zu weinen anfangen wollte. Die Jüngere war aufgestanden. Anscheinend wollte sie zur Tür.

Wo war er hineingeraten? Ruth Mersbach hatte immer von irgendwelchen übernatürlichen Kräften gefaselt, die dem Buch, das sie ihm diktierte, den Erfolg sichern würden. Er hatte sie den Schwachsinn erzählen lassen. Ihm war es egal gewesen. Sie zahlte gut und noch dazu wollte sie ihm das komplette Autorenhonorar überlassen. Verrückt. Und jetzt kamen zwei noch Verrücktere und entführten ihn. Aber wie hatten sie es geschafft, ihn so zu verwirren, dass er die Orientierung in Zeit und Raum verlor?

Er drehte seinen Kopf nach rechts. Er war nur einen Meter von der Alten entfernt. Sie schien nicht einverstanden mit dem, was die andere tat. Die Junge war nicht zu sehen.

„Sie", zischte Forchheimer. „Machen Sie mich los. Ich sage für Sie aus bei der Polizei. Schieben wir die Schuld auf die Wahnsinnige."

Die Alte hatte die Hände im Schoß gefaltet.

„Losmachen", flüsterte er.

„Frau Heldrich", rief eine neue Stimme von draußen. „Was tun Sie hier?"

„Hilfe", brüllte Forchheimer. „Hier. Hier bin ich. Ich werde …" Weiter kam er nicht. Aus dem Nichts war die junge Verrückte vor ihm aufgetaucht und hatte ihm die Salami wieder in den Rachen gestopft. Er schüttelte den Kopf, zerrte an den Fesseln, versuchte die Beine loszumachen. Nichts half.

„Verdammt", kreischte die neue Stimme, jetzt direkt neben ihm. Forchheimer suchte mit den Augen. Die Verrückte mit der Salami hielt ihm den Kopf fest, aber die neue Frau musste ihm doch helfen. Es konnten ja nicht alle verrückt sein.

„Ich wusste es. Sie transformiert sich.", rief die Neue. „Sie …

Sie vertrottelte ..." Die Stimme zögerte. „Greisin. Sie haben die Falsche zur Dame gemacht. Die Falsche. Die Falsche!"

„Achten Sie nicht auf die. Die beruhigt sich schon." Die Verrückte beugte sich zu Forchheimer hinunter. Nur Zentimeter war ihr Gesicht von seinem entfernt. „Also, es wird Zeit, dass wir ernsthaft reden." Ihr Gesicht kam noch näher. Gunter neigte den Kopf nach rechts. „Ich heiße Hertha Heldrich. Schauen Sie, ich gebe meinen Namen preis. Das ist doch ein Beweis, dass ich Ihnen nichts tun will. Wir mussten Sie fesseln. Ihre Aufregung war vorauszusehen. Wenn ich Ihnen die Wurst aus dem Mund nehme und Sie sich ruhig verhalten, dann mache ich die Fesseln los. Dann reden wir über alles. Einverstanden?"

Fliehen. Sobald er los war, musste er weg. In welchem Stock waren sie? Konnte er aus dem Fenster springen? Ein Fensterflügel stand offen, zwei Meter von ihm entfernt. Das müsste zu schaffen sein. Oder aus der Tür. Die Tür war womöglich nicht verschlossen. Die Verrückte hatte die Neue reingelassen. Durch die Tür. Er würde langsam aufstehen, sich umdrehen und langsam gehen. Bis es eine merkte, wäre er schon halb draußen.

Er nickte. Die Wurst wurde herausgezogen.

„Ja, ist gut." Die Ruhe in seiner Stimme erstaunte ihn. „Bin vernünftig. Ja. Unter Erwachsenen. Ja. Ist klar." Er zwang sich zu einem Lächeln. „War ja ein guter Scherz. Ja." Er lachte. „Ja, wirklich. Gut. Schon verstanden."

Die Stimme der Neuen überschlug sich. „Diese Ziege transformiert sich, diese ungebildete, schwachsinnige – Hausfrau!"

„Es war kein Scherz, Herr Forchheimer. Das ist sehr ernst. Das verstehen Sie gleich."

Die Leine, mit der er gefesselt war, lockerte sich.

„Sehr ernst, ja." Er gab seinem Gesicht das Kommando, das Lächeln einzustellen. Die Schnur um seine Handgelenke fiel herab. Die Bänder um seinen Brustkorb wurden losgemacht. Noch zehn Sekunden.

„Sie missbrauchen die Macht", schrie die Neue. Eine schlanke, dunkelhaarige Frau im Nadelstreifenkostüm. Alle sind sie verrückt, dachte er. Ich muss raus.

„Er schreibt ein Buch. Ein Buch, das ihm Ruth Mersbach diktiert." Die Stimme der Heldrich verriet eine kurze Anstrengung. Die letzte Schlinge um seine Beine fiel herab.

Langsam aufstehen, dachte er und gehorchte sich. Er ignorierte den Schmerz, der in sein Rückgrat gefahren war. Lächeln. Vorsicht, nicht zu viel. Alles normal. Langsam umdrehen. Alles wird gut. Ganz vorsichtig, ganz langsam hinaus gehen. Er lächelte die Dunkelhaarige an. Hertha Heldrichs Gesicht sah er sich ein paar Sekunden an. Er würde sie wiedererkennen müssen. Während einer Gegenüberstellung bei der Polizei.

„Von vorne." Die Heldrich atmete lange aus. Dann erklärte sie der Neuen: „Ruth Mersbach will die Arbeit des Rats einstellen. Sie will die Welt nicht mehr retten."

„Aber ..." Die Neue schnaufte wie ein Walross.

Die Heldrich unterbrach sie. „Fragen am Schluss, Berenike."

Berenike, dachte Forchheimer. Seltener Name. Die Polizei würde sie leicht finden können.

Ein Blick genügte ihm, um sich zurechtzufinden. Natürliche, flüssige Bewegungen, befahl er sich. Er war immer noch zwei Meter von der Tür des Raumes entfernt.

„Also, Ruth stellt die Arbeit des Rats ein. Und nicht genug damit. Die Welt soll untergehen, sie will das Vernichtungswerk der Männer noch beschleunigen. Und dieser Mann ist ihr Ausführungsorgan."

Sie ist völlig durchgedreht, dachte Forchheimer. Er fühlte seine Ohren glühen. Sie zeigt auf mich, dachte er. Alle sehen mich an. Ein Meter fehlte ihm zur Tür. Schon konnte er im Halbdunkel des Flurs den Ausgang erkennen. Und jetzt war er in den Flur getreten, niemand konnte ihn noch aufhalten. Er streckte die Hand nach der Klinke der Wohnungstür aus. Noch zwei Sekunden und er war draußen.

„Wohin wollen Sie, Herr Forchheimer? Wir wollten uns doch unterhalten."

„Aber ..." Mehr brachte er nicht heraus. Im nächsten Moment stand er nicht mehr vor der Wohnungstür, sondern vor Heldrich und Berenike in der entgegengesetzten Ecke des Raumes. Er ließ den ausgestreckten Arm sinken. „Aber, wie bin ich hierher ... Wie haben Sie ... Ich meine, was?"

„Sie haben ... Das Unbeweglichkeitsdogma. Das darf nicht wahr ...“, japste Berenike.

„Nicht weiter schwierig“, sagte die Heldrich, die Hände in den Taschen ihrer Jeans.

„Nicht weiter schwierig?“ Berenike wieherte ein keuchendes Lachen. „Sie haben den ganzen Mann in der Transformation bewegt. Das Unbeweglichkeitsdogma gilt also nicht? Es war alles gar nicht wahr?“

„Es ist wahr“, meldete sich die Alte von ihrem Sofa.

Forchheimers Kopf fuhr herum. Das Mütterchen saß zusammengesunken auf dem Kanapee und blickte in ihren Schoß. „Das Unbeweglichkeitsdogma, es gilt. Nur für Hertha nicht.“ Sie hob den Kopf und bewegte ihn langsam von einer zur anderen Seite. Ihre Stimme wurde lauter. „Für Frau Hertha Heldrich gelten keine Regeln. Keine.“ Sie ließ ihren Kopf wieder sinken. „Ruth will die Welt untergehen lassen? Unmöglich“, murmelte sie und verstummte.

„Sie haben mich in *was* bewegt?“ Niemand achtete auf seine Worte.

„Herr Forchheimer hier schreibt für Ruth ein Buch“, sagte die Heldrich. „In diesem Buch wird eine Philosophie ausgebreitet, welche die Welt, wie wir sie kennen, zerstören wird. Es wird keine Beziehung zwischen den Menschen geben. Nur einen Guru.“ Sie streckte ihren Arm in seine Richtung. „Forchheimer. Er wird dann auf Ruths Befehl mit dieser Welt machen können, was er will.“ Sie schnippte mit den Fingern.

„Was für ein Unsinn.“ Forchheimers Worte bewirkten nichts.

„Und woher wollen Sie das wissen?“ Die Berenike sah abwechselnd Forchheimer und Heldrich an. Ihr Atem hatte sich beruhigt.

„Zukunftssicht“, sagte Heldrich.

Berenike pfiff tonlos. „So schnell schon entwickelt. Erstaunlich.“ Sie sah auf den Boden.

Die Alte auf ihrem Sofa lachte meckernd.

„Ich kann ja jetzt gehen, wenn Sie nichts mehr mit mir zu besprechen haben“, sagte er und ging einen Schritt zurück. Zukunftssicht, dachte er. Total bescheuert.

„Und Sie beide haben beschlossen, das zu verhindern“, sagte Berenike und nickte zur Alten und zu Heldrich. „Ich will mitmachen. – Nein, ich *werde* mitmachen.“ Sie stampfte mit dem Fuß auf. „Ich verlange es. Ich habe ein Recht darauf.“

„Tja, auf Wiedersehen dann.“ Forchheimer hob die Hand, setzte einen Fuß nach hinten und drehte sich militärisch auf den Sohlen.

„Ja, ich glaube, Sie sollten mit uns zusammenarbeiten.“ Die Stimme der Heldrich klang ernst. Lauter und singend setzte sie hinzu: „Forchheimer, hey. Bleiben Sie doch noch.“

Die ist nicht nur verrückt, die ist richtig krank, dachte er und ging langsam weiter.

„Arme ausstrecken“, befahl die Heldrich.

„Oh natürlich, ja, selbstverständlich.“ Er hielt beide Arme ausgestreckt von sich. Er wollte die Heldrich nicht reizen. Mit schlurfenden Schrittchen versuchte er, sich in Richtung Ausgang zu stehlen. Plötzlich hing der Stuhl, an dem er gefesselt gewesen war, an seinen Armen. Beide Hände waren durch die Streben der Lehne gesteckt, mit der Leine waren seine Handgelenke jenseits der Holzstäbe aneinander gefesselt. Seine Arme sanken herab, er starrte auf das Seil, mit dem er gebunden war. Die Stuhlbeine knallten auf das Parkett. „Wie haben Sie das jetzt gemacht?“

„Aus Ihrer Sicht ist es so, dass ich die Zeit anhalte. Ich bewege mich in einer anderen Zeit. Alles um mich rum ist erstarrt. Extrem langsam.“

Eine Sekunde dachte Forchheimer darüber nach, was die Heldrich gesagt hatte. Dann lachte er. „Nein.“ Wie immer sie es auch gemacht hatte, sie war ihm voraus mit ihrem Trick. Sie wollte ihn nicht aus der Wohnung lassen. Sollte sie ihren Willen haben. Er durfte sie nicht provozieren. „Ja. Ich meine, ja.“ Er hob den Stuhl ein paar Zentimeter vom Boden. „Könnten Sie mir den wieder abnehmen?“

„Später.“ Sie wandte sich zu Berenike. „Wir sollten einander helfen. Sie wissen viel über den Rat? Über Ruth Mersbach?“ Sie zeigte mit einem Rucken des Kopfes in Richtung Kanapee. „Ursel hat erzählt, Sie sind jahrelang ausgebildet worden. Was können Sie?“

Forchheimer stellte den Stuhl vor sich und versuchte erfolglos, sich auf die Lehne zu stützen. Sein Rücken begann zu schmerzen. Seine Fesselung zwang ihn zu einer ständigen Verbeugung.

Berenike sah auf den Boden und schob mit dem Fuß einen Staubfussel hin und her. „Fünf Jahre, ja. Können. Na ja. Nicht direkt. Ich habe die Theorie gelernt. Gertraud Fuchs hat mir immer gesagt, die Kräfte kommen von ganz alleine, ich bräuchte nicht zu üben, nichts Praktisches zu lernen." Sie richtete sich mit einem Ruck auf und verschränkte die Arme. „Nun, wenigstens ich habe mich an die Regeln gehalten."

Hertha Heldrich schien ein Lachen zu unterdrücken. Sie sah abwechselnd zu der Alten und der Dunkelhaarigen. „Fünf Jahre? Sie haben sich fünf Jahre hinhalten lassen? Und die ganze Zeit ist Ihnen nicht der Verdacht gekommen, dass das alles Unsinn sein könnte?"

„Unsinn?!", keuchte die Alte.

„Nein, wieso?" Berenike wedelte mit der Rechten in Richtung Forchheimer. „Gertraud Fuchs hat mich mit ein paar ähnlichen Vorführungen überzeugt. Nicht so eindrucksvoll wie Ihre, aber ..."

„Losbinden, bitte." Forchheimer bemerkte selbst den ängstlichen Ton seiner Stimme.

„Also, Herr Forchheimer, diese ganze Aktion hier war nötig, um Sie zu überzeugen. Bitte nehmen Sie mir das nicht übel."

Die Heldrich stand jetzt dicht vor ihm. Ihr Gesicht war völlig ernst. Konnte man Wahnsinn nicht in den Augen flackern sehen? Er hatte das in seinen Büchern immer so beschrieben. Er nahm sich vor, darüber nachzudenken, zu schreiben. Schreiben, dachte er, ein Buch schreiben. Über diese Geschichte musste ein Buch geschrieben werden. Egal wie verrückt, die Leute würden sich darum reißen. Ein Bestseller. „Ich mache mit", brach es aus ihm heraus. Im selben Augenblick fürchtete er, dass ihm die üblen Konsequenzen im Moment entgingen. Er schüttelte den Stuhl mit den Armen. „Könnten Sie mich nicht losmachen?" Die Heldrich nickte nur kurz in Richtung seiner Hände. Forchheimer bemerkte, dass er nicht mehr gebunden war und richtete sich unter Stöhnen auf, während er sich mit beiden Händen im Kreuz stützte.

„Also, ich will da eine Win-Win-Situation herstellen", sagte Berenike gestikulierend.

„Win was?", meldete sich die Alte auf dem Sofa.

„Ich will gerne helfen", sagte Berenike zu Hertha, „aber Sie sind an meiner Stelle zur Dame gemacht worden und ich will mein Recht. Ich habe mich fünf Jahre vorbereitet, ich muss unbedingt zur Dame gemacht werden."

Heldrich deutete auf die Alte. „Ursel hat mir das Praseodym gegeben. Ich habe keine Ahnung, wo sie es her hatte."

Forchheimer und die beiden Frauen wandten sich zum Sofa, wo etwas Bewegung in die Alte kam. Ursel, Hertha und Berenike, dachte Forchheimer und machte sich im Geist Notizen. Die drei kämpfen gegen Ruth Mersbach, die die Welt nicht mehr retten will. Durchgeknallt? Ja. Profitabel? Hoffentlich. Wenn das kein guter Stoff für einen Roman war ... Natürlich würde er mitmachen. Und dabei einen Haufen Geld verdienen. Das Geld von Ruth Mersbach musste er deswegen nicht ausschlagen.

„Ruth hält das Praseodym unter Verschluss." Ursel hob den Kopf ein wenig. „Sie hat mir eine Messerspitze voll für dich gegeben, Hertha. So ein grüngelbes Pulver." Sie schüttelte den Kopf, dann ließ sie ihn wieder sinken. „Alles offenbart, alles offenbart. Schrecklich. Das ist das Ende der Damen."

„Das ist erst der Anfang!" Hertha lachte und rieb sich die Hände.

Forchheimer nickte lächelnd. Das war der Anfang. Der Anfang einer wunderbaren Beziehung. Der Anfang eines guten Geschäftes.

***

Hertha sah Gunter Forchheimer an. Schweißperlen standen auf seiner Stirn. Das Schwarz der Bartstoppeln betonte das Weiß seines Gesichts. Der Mann lächelte und nickte. Ob sie ihn überzeugt hatte?

„Sie wollen Ruth Mersbach an ihrem Plan hindern." Er richtete sich auf, breitete die Arme aus und sah von Hertha zu Berenike und zurück. „Das geht nur mit mir. Sie brauchen mich. Ich werde Ihnen helfen. Mir vertraut die Mersbach."

„Das bezweifle ich", sagte Hertha.

Forchheimer schien nicht gehört zu haben. „Ich schreibe zum Schein weiter, aber ich verändere alles. Ich entstelle es."

Hertha konzentrierte sich. Konnte sie die Zukunftssicht abrufen? Bildfetzen streiften ihr Bewusstsein und verblassten sofort wieder. Es gelang ihr nicht, ein Gefühl für diesen Mann zu bekommen. Ob es Ruth gelang, ihn zu durchschauen, wenn er zu ihr ging? „Seien Sie vorsichtig. Sie müssen sich verschließen. Ruth Mersbach kann Sie mit der Zukunftssicht durchschauen. Machen Sie sich leer, denken Sie nichts, seien Sie nicht Sie selbst, wenn Sie bei Ihr sind."

Forchheimers Lächeln fror ein. „Also, ich muss dann gehen. Ich will Ruth treffen."

„Wie und wo treffen Sie Ruth Mersbach?"

„Sie hat mich getroffen. In der Altstadt. Immer in der Altstadt. Mitten auf der Straße." Forchheimer nickte und bemühte sich offensichtlich um ein aufrichtiges Gesicht.

Was geht in dem Mann vor?, dachte Hertha. Wenn ich ihn nur durchschauen könnte!

„Wenn ich sie sehen wollte, bin ich nach Landshut gefahren. Sie ist immer irgendwann aufgetaucht." Er hob die Schultern. „Hören Sie zu, gute Frau. Ich will keinen Ärger. Wenn das mit dem Buch wirklich irgendeine Sauerei ist, dann schreibe ich das Buch nicht. Ist doch klar. Sie können sich auf mich verlassen. So ein Schriftsteller hat doch auch seine Ehre."

„Also, Sie wiegen die Mersbach in Sicherheit und tun nichts weiter?" Hertha konnte sich darauf keinen Reim machen.

„Aber ich will mitspielen bei Ihnen." Er wand sich. „Vielleicht kann man aus Ihrer Geschichte ja noch eine Story machen. Verstehen Sie? Einen Roman."

Ursel heulte auf ihrem Sofa. „Ein Buch. Ein Buch über die Damen. Alle können es lesen. Um Himmels willen."

Hertha hob die Schultern. Die Geschichte würde ohnehin niemand glauben. Da konnte er schreiben, was er wollte. Immerhin würde sie ihn so unter Beobachtung haben. „Gut. Ich melde mich bei Ihnen." Sie hob einen Zeigefinger. „Vorsicht vor Ruths Zukunftssicht."

Forchheimer ging rückwärts auf den Ausgang zu. „Ist klar. Ich pass auf. Bis bald.“ Er deutete mit ausgestrecktem Arm auf Hertha. „Ich will genau wissen, was abläuft. Die ganze Geschichte, abgemacht?“ Er stieß mit dem Rücken an der Rahmen der Zimmertür.

Hertha hob die Hand. „Abgemacht.“

Die Tür klappte hinter ihm zu, man hörte Schritte die Holzstiege hinunterpoltern.

„Zuerst brauchen wir einen Plan.“ Berenike zog einen Mont-Blanc-Kugelschreiber und ein Ledermäppchen mit Notizblock aus der Innentasche ihres Blazers. „Priorität eins, alle Teilnehmer müssen vorbereitet werden.“ Sie notierte. „Ich muss transformiert werden.“ Sie unterstrich etwas auf dem Zettel. „Priorität zwei. Herausfinden, wie der Kompetitor vorgeht. Priorität drei …“

Hertha ging zum Kanapee, setzte sich neben Ursel und legte den Arm um sie. Die Schultern der alten Dame hoben und senkten sich mit jedem Schluchzen. „Ursel“, sagte Hertha leise, „das ließ sich nicht verhindern. Schau, Ruth hat den Forchheimer eingeweiht. Wenn sie nicht beschlossen hätte, alles zu zerstören, wäre nichts von alldem geschehen.“

Berenike räusperte sich. „Priorität drei …“

„Neunzig Jahre lang habe ich diese Regeln befolgt.“ Ursel lehnte sich gegen Hertha. „Es ist nur … Man gewöhnt sich daran. Und dann …“ Ursel deutete eine wegwerfende Handbewegung an. „Und dann, an einem Tag alles weg. Nichts ist mehr, wie es war.“ Sie weinte.

„Die Pläne des Konkurrenten durchkreuzen. Wenn wir also diesen Plan …“

Hertha sah Berenike an und winkte heftig ab. Sie zog Ursel noch näher an sich und legte auch den anderen Arm um sie. Berenike begann, im Raum auf und ab zu gehen.

Nach einigen Minuten Schweigen machte sich Ursel los, holte ihr Spitzentaschentuch aus der Handtasche und schnäuzte sich. „Geht schon wieder. Das kam nur ein bisschen plötzlich.“ Sie versuchte ein Lächeln.

Berenike hielt vor dem Fenster an, machte sich eine Notiz

und hob dann den Kopf, während sie das Ende ihres Kugelschreibers zwischen die Lippen klemmte.

Hertha nahm Ursels Linke, drückte die alte, faltige Hand und lächelte. „Ich glaube, für heute ist genug geschehen. Kommen Sie, Berenike. Wir gehen. Heute können wir nichts mehr tun."

„Ich bin ganz anderer Meinung", sagte Berenike und hob ihren Stift. „Zunächst müssen wir uns in den Besitz des Praseodyms bringen. Voraussetzungen schaffen, verstehen Sie?"

Hertha schob Berenike vor sich her aus dem Raum. „Bis bald, Ursel. Ich besuch dich morgen, ja? Wenn du dich einsam fühlst, komm einfach vorbei."

Forchheimer wird sich melden, dachte Hertha. Und sie wusste, wo sie ihn finden konnte. Es gab keinen Grund zur Eile. Bücher wurden nicht an einem Tag geschrieben.

Hertha schob Berenike auf den Flur und zog die Tür leise hinter sich zu.

„Ich hab einen Stufenplan." Berenike blätterte ein paar Seiten ihres Notizblocks zurück und deutete mit ihrem Kugelschreiber darauf. „Wir haben eine Hierarchie von Problemen und ich habe den Plan daran angepasst."

„Ja, prima, Berenike. Habe jetzt aber leider keine Zeit. Arbeiten Sie das doch mal aus und dann schau ich es mir an." Sie lächelte Berenike an, während sie die Muskeln anspannte und sich transformierte.

5. Kapitel

„Ein Kilo von den Neuen“, sagte Ruth Mersbach und zeigte auf die Kiste mit den Kartoffeln. Ihr Blick strich über die plappernde Menge auf dem breiten, rot gepflasterten Gehsteig entlang der Altstadt. Sie fühlte, dass es etwas zu sehen gab, sie konnte noch nicht spüren, was es war. Sie sah hinauf zur Uhr des Martinsturms. Manchmal half die Konzentration auf Gleichmut der Zukunftssicht. Was gab es Gleichmütigeres als diesen alten Turm, der seit Jahrhunderten seinen Dienst versah. Der herabsah auf diese Ameisen, die nichts unversucht ließen, alle Regeln umzukehren, alles zu verdrehen, Inneres nach außen, Unterstes zuoberst. Ruth atmete tief durch die Nase.

„Eins neunundachtzig“, sagte die Marktfrau und streckte die Hand aus.

Ruth schloss die Augen. Da war es. Der Mann würde gleich hier sein. Der schwammige, schwitzende Mann, der für ein wenig Geld aufschrieb, was sie ihm diktierte. Ihr Kopf ruckte nach rechts. Von dort würde er die Straße herunterkommen. Sie sog die Luft ein, es flimmerte vor den geschlossenen Augen. Da war er. Er würde anders sein als sonst, unsicher, unruhig. Sie konnte nicht spüren, was ihn verändert hatte. Er kam zu früh. Vereinbart waren zwei Wochen. Warum wollte er sie heute schon sehen? Was war geschehen?

„Eins neunundachtzig. Geht's gut?“, sagte die Marktfrau. „Was haben's denn?“

Ruth öffnete die Augen, sah die ausgestreckte Hand. „Ja ja.“ Sie nahm die Plastiktüte mit Kartoffeln und gab der Frau eine Münze in die schmutzige Hand.

„Sie haben so komisch geschaut. Ich hab' schon gedacht, Sie kippen mir hier vorm Stand um. Bevor's bezahlt haben.“

Ruth bemühte sich nicht um Freundlichkeit. Irgendwo in ihrem Rücken war der Mann. Sie ging ein paar Schritte, blieb dann stehen und konzentrierte sich auf ihn. Was hatte ihn verändert? Ruth atmete ein. Sie glaubte, ihn zu riechen. Er suchte sie. Er wollte sie noch heute sehen. Er hatte Neuigkeiten. Geld … Sie fühlte die Gier nach Geld. Sie hatte ihm mehr versprochen, als er erwarten konnte. Mehr konnte sie nicht zusagen, ohne sein Misstrauen zu erwecken.

„Frau Mersbach", rief Gunter Forchheimer.

Ruth fälschte ein Lächeln und drehte sich um. „Ja, so ein Zufall. Ich grüße Sie, Herr Forchheimer. Wie geht es Ihnen? Und vor allem, wie geht es unserem Projekt? Haben Sie schon aufgeschrieben, was ich Ihnen gegeben habe?" Sie nahm die Tüte mit den Kartoffeln in die Linke und streckte die Rechte zum Gruß aus. Seine feuchte und warme Hand griff zu. Eine Flut von Bildern überrannte sie. Angst. Da war viel Angst gewesen. Der Mann stank vor Angst. Ihr Blick flatterte über sein Gesicht. Die Furcht war noch in seine Züge geschrieben. Sie spürte eine Begegnung. Eine Frau. Eine Frau hatte ihm Angst gemacht. Eine Dame.

Er lockerte seinen Griff um ihre Hand, wollte loslassen. Sie hielt ihn umklammert. Eine Dame hatte sich ihm offenbart. Mühsam unterdrückte Ruth einen erstaunten Ausruf. Forchheimer hatte die Transformation erkannt. Auf Ruths Lippen formte sich unhörbar die Frage: Wer?

Forchheimer wollte seine Hand zurückziehen. Ihre Hände zuckten in einem stummen Kampf. Dann ließ sie los. Es war nicht schwer zu erraten. Es konnte nur die Heldrich sein. Die Neue ohne Respekt, ohne Wissen um die Tradition und die Wichtigkeit der Regeln. Wie entsetzlich dumm war Ursel gewesen! Diese Hertha Heldrich wird mich nicht aufhalten, dachte Ruth und wischte ihre Handfläche am Ärmel ihrer Strickjacke ab.

Seine Blicke folgten den Bewegungen ihrer Rechten. Sie gab sich keine Mühe, sie zu verbergen. Der Geruch seiner Angst klebte an ihrer Hand. Ruth fand ihr Lächeln wieder, hob den Blick und sah ihn an. „Also, was macht unser Projekt, Herr Forchheimer?"

Er brauchte einen Moment, bis er seine Fassung wiedergefunden hatte. „Oh, hervorragend. Bin mitten in der Arbeit. Läuft sehr gut." Er nickte heftig.

„Wunderbar." Ruth musste sich das Lächeln nicht abringen. Er würde ihr alles sagen. Die Ungeduld, seinen Vorteil zu suchen, trieb ihn an.

„Frau Mersbach, ich habe sehr wertvolle Neuigkeiten für Sie."

Er trippelte auf der Stelle wie ein Schuljunge, der auf die Toilette musste. Ruth senkte ihren Blick voll Absicht auf seine Füße und ließ eine Spur Spott auf ihren Lippen zu. „Ach?"

Er bemerkte ihren Blick und unterdrückte seine Bewegungen. „Ja, da gibt es jemanden, der ist erpicht darauf, Sie – ich meine uns daran zu hindern, dieses Buch zu schreiben."

Sie befriedigte seine Erwartung, indem sie mit weit geöffneten Augen und offenem Mund Staunen markierte. Hatte die Heldrich also wirklich ihren Plan erkannt. Sie war stark, die Neue. Der Fehler, den ich begangen habe, steht vor mir, dachte sie. Ein Rundfunksender wäre ein besserer Geheimnisträger …

Ein neuer Plan musste gefunden werden. Und diesen Wicht konnte man vielleicht noch zur Verwirrung des Gegners benutzen. „Ja, gibt es so was?" Sie hob die freie Hand ans Kinn. Wen meinen Sie denn? Wer will denn so was?"

Forchheimer wurde ruhiger. „Die haben mich regelrecht erpresst, Frau Mersbach. Ganz schlimm. Ganz übel haben die mich behandelt."

„Aber das ist ja schrecklich, Herr Forchheimer. Warum will man denn dieses Buch verhindern?"

Sie brauchte einen Plan, der ohne die Hilfe eines anderen auskam. Die Heldrich würde es sonst wieder entdecken können. Einen Moment dachte sie daran, einfach nichts zu tun. Die Männer ließen nichts unversucht, alles zu zerstören, in ein paar Jahrzehnten wäre es ohnehin so weit. Sie verwarf den Gedanken. Es war zu entwürdigend, sich von der Dummheit der Männer in den Abgrund treiben zu lassen.

Forchheimer tappte wieder auf der Stelle. „Dass es so etwas in Deutschland gibt! Man wird als Autor bedroht und unterdrückt. Es ist richtig gefährlich."

Sie würde ihm das Geld versprechen, das er fordern würde. Womöglich würde sie es ihm auch geben. Es kam nicht darauf an. Er würde die Heldrich beschäftigt halten. Und er konnte Ruth über Hertha Heldrichs Tun auf dem Laufenden halten.

„Also, dass die Arbeitsbedingungen so schwierig sein würden, das habe ich natürlich nicht gewusst, als ich zugesagt habe."

Forchheimer hatte Ruth alles mitgeteilt, was sie wissen wollte. Es gab viel zu tun in den nächsten Tagen. Der Mann wurde lästig. „Das habe ich natürlich nicht geahnt. Da müssen wir was machen. Natürlich kann Geld nicht ihre persönliche Sicherheit garantieren oder gar ersetzen, aber nehmen Sie es doch als Zeichen meiner Besorgnis und meiner Anteilnahme, wenn wir ihr Honorar um ein Drittel erhöhen." Sie hätte verdoppeln, verdreifachen sagen können, fürchtete aber, er könnte misstrauisch werden, wenn sie zu großzügig wurde.

Er wand sich. Ein breites Lächeln brach sich Bahn auf seinem Gesicht. „Ach, Frau Mersbach, das wäre ja nicht nötig gewesen. Das ist natürlich eine große Hilfe. Meine persönliche Sicherheit kann es natürlich nicht ... Da haben Sie vollkommen recht. Aber das ist schon eine große Erleichterung. Vielen Dank, Frau Mersbach. Ich mache mich sofort wieder an die Arbeit."

„Ich lasse Ihnen demnächst ein neues Band mit Diktat zukommen." Sie hob den Zeigefinger. Eine lächerliche Geste, fand sie. Für einen lächerlichen Mann. „Natürlich kein Wort an die - Erpresser." Sie blickte in das vor Schweiß glänzende Gesicht. Er würde alles sagen. Jedes Wort. Und das war auch die Rolle, die Ruth ihm ab jetzt zudachte. Sie hielt den Kopf schräg und sah ihn von unten an. Wer würde einem alten Mütterchen wie mir eine Lüge zutrauen?, dachte sie. Ein Lächeln fiel ihr leicht. Eine Frage musste sie ihm noch stellen, damit sie glaubwürdig blieb. „Wer hat Ihnen denn so übel mitgespielt?" Sie verbannte das Lächeln und legte den Ausdruck großer Sorge in ihr Gesicht.

Er erzählte, was sie ohnehin wusste. Ruth verabschiedete sich so schnell, wie es die Höflichkeit erlaubte. Sie hatte eine Idee für ihren Plan.

***

Hertha öffnete die Haustür, um Ursel einzulassen. „Gut, dass du kommst. Berenike und Gunter Forchheimer müssen auch gleich da sein." Sie trat beiseite und deutete mit einem Arm zur Treppe. „Am besten gehen wir nach oben ins Dachzimmer."

„Der Mann?" Ursels Kiefer öffnete und schloss sich wie bei einem Fisch auf dem Trockenen. Sie trat zurück ins Freie. „Was soll denn der? Du weißt doch schon alles von ihm."

Hertha lehnte sich vornüber, erwischte mit ausgestrecktem Arm Ursels Tasche und zog sie wieder über die Schwelle. „Ursel, lass den Unsinn. Eben weil ich ihm nicht traue, will ich ihn dabei haben. Wie willst du denn sonst herausfinden, was sie macht? Ich mag ihn auch nicht, aber er ist der Einzige, der Zugang zu Ruth hat." Hertha warf die Tür ins Schloss. „Komm rauf." Sie nahm je zwei Stufen auf einmal in den zweiten Stock.

Das Dachzimmer war ein leerer Raum mit weißen, bis zum Parkettboden schrägen Wänden. Das nördliche Giebelfenster gab den Blick auf die Burg frei, im Süden verdeckte eine Baumreihe die Sicht. Durch eine westliche Gaube wärmte die Abendsonne die Luft. Hertha öffnete alle vier Fenster. Die Wärme des Parketts kribbelte unter ihren nackten Fußsohlen. Die Luft kam in Bewegung.

„Hör zu, ich glaube nicht, dass Ruth sich so einfach austricksen lässt." Hertha hob die Schultern. „Wer weiß, vielleicht sieht sie Forchheimer an, was wir mit ihm gesprochen haben. Jedenfalls müssen wir sie irgendwie kontrollieren."

Ursel stand mit der Handtasche vor der Brust in der Mitte des Zimmers und sah sich um. „Sie könnte hier sein. Transformiert. Durch die Fenster kann sie kommen und …"

Der Türgong unterbrach sie. Hertha sprang die Treppen hinunter. „Dann mach die Fenster zu", rief sie nach oben, hielt sich am Geländerpfosten fest und ließ sich vom Schwung des eigenen Körpers in einem Halbkreis über den ersten Treppenabsatz katapultieren.

Forchheimer stand vor der Tür und war eben dabei, die Front des Hauses und den Vorgarten zu inspizieren. „Schön haben Sie es hier."

Hertha deutete mit der Linken in den Flur. „Hallo, Herr Forchheimer. Die Treppe rauf, bis es nicht mehr weiter geht."

Er trug das gleiche Hemd, den gleichen grauen Pullunder und die Tweedjacke. „Sehr schön", wiederholte er noch zweimal, bis er es auf die Treppe geschafft hatte.

Hertha ließ die Tür zufallen, vermisste aber den schnappenden Ton des Schlosses.

„Guten Abend, Frau Heldrich. Bin ich zu spät? Fünf nach sechs." Berenikes Stimme. Hertha zog am Türgriff. Berenike Wedes trug ein dunkelgrünes Kostüm und eine weiße Bluse mit Stehkragen. Der Pilotenkoffer auf Rädern polterte über die Treppenstufe und die Türschwelle in den Flur. „Also, wir müssen das Ganze systematisch angehen. Unsere Optionen durchgehen, Assets und Belastungen, Aktiva und Passiva. Ich habe das alles ausgearbeitet."

„Oben. Machen wir oben. Kommen Sie erst mal rein." Hertha sprang die Treppe hinauf. Sie hörte Forchheimer eben über die letzten Stufen poltern.

Ursel stand vor der nördlichen Giebelwand und hatte die Handtasche vor die Brust gehoben. Alle Fenster waren geschlossen. Forchheimer hatte sich in der Mitte des Raumes postiert und keuchte. Hertha ließ die Tür offen. „Haben Sie Ruth getroffen?"

Forchheimer steckte die Hände in die Taschen der schwarzen Jeans, die tief unter seinem Bauch auf den Hüften hing, und lächelte. „Habe ich." Er sah sich um. „Warm hier. Können wir nicht die Fenster aufmachen?"

„Nein", meldete sich Ursel bestimmt.

Berenike schwang ihren Koffer durch die Tür. „Was sind unsere Optionen? Das ist der Ausgangspunkt meiner Überlegungen." Sie war kaum außer Atem. Sie klappte die Deckel des Aktenkoffers auf und zog einen tragbaren Computer heraus.

„Ich denke, das ist sehr gut gelaufen", sagte Forchheimer an Hertha gewandt. „Frau Mersbach hat überhaupt nichts gemerkt. Ich habe selbstverständlich so getan, als ob ich alles weiter wie bisher schreiben werde." Er hob die Hände. „Natürlich schreibe ich kein Wort mehr." Er breitete die Arme aus und deutete auf Ursel, Hertha und Berenike. „Aber Ihre Geschichte, meine Damen, Ihre Geschichte ist ein lohnendes Thema." Er zog einen Stift und einen Spiralblock aus der Innentasche seines Jacketts.

Berenike balancierte ihren Rechner auf einem Unterarm. „Das Interessante und Außergewöhnliche an unserer Situation ist ja, dass wir nur wenige Möglichkeiten zu handeln haben. Aus diesem Grund habe ich mich entschlossen, hier einmal entgegen jeder Regel von hinten anzufangen." Sie klappte den Deckel des Laptops auf und drückte einen Knopf, worauf ein feines Rauschen ertönte. „Ungewöhnliche Situation, ungewöhnliche Lösungen, sage ich immer." Sie lachte und blickte in die Runde.

Ursel stand mit versteinertem Gesicht vor dem Fenster und sah den Mann an.

„Gut, Herr Forchheimer", sagte Hertha. „Danke. Ich glaube, Sie sollten Ruth in dem Glauben lassen, dass Sie weiterschreiben."

„Ruth Mersbach glaubt nichts, sie weiß alles", sagte Ursel im Ton einer düsteren Prophezeiung.

Hertha sah sie kurz an. „Aber die Frage ist, wie bekommen wir sie unter Kontrolle? Wenn sie mitkriegt, dass Herr Forchheimer nicht weiterschreibt ..."

„Niemals", sagte Forchheimer überzeugt und schüttelte den Kopf. „Sie merkt nichts."

Ursel lachte ihn aus.

„Letztlich sind es nur zwei Optionen", sagte Berenike und drehte sich um, so dass alle ihren Bildschirm sehen konnten. Sie deutete auf ein Balkendiagramm. „Wir können dieses Buch verändern oder verhindern. Wie stehen die Chancen, dass ..."

„Sie müssen sie auf jeden Fall in Sicherheit wiegen, Forchheimer. Treffen Sie sie wie bisher, nehmen Sie ihre Diktate entgegen, aber schreiben Sie nicht." Ich werde ihn kontrollieren müssen, dachte Hertha.

„Sie verfügt über die Zukunftssicht nach Belieben, Hertha." Ursel deutete mit einer Kopfbewegung auf Forchheimer. „Den da durchschaut sie in zwei Sekunden."

„Den da", ahmte Forchheimer Ursels Bemerkung nach. „Bleiben wir doch auf dem Boden konventioneller Umgangsformen, einverstanden?"

Ursel wandte sich ab.

Die Chance, dass Ursel recht hatte, war groß. Ruth konnte womöglich durch den Mann die Pläne der Gruppe erkennen und über Mitteilungen an ihn verändern. Hertha schürzte die Lippen. „Hat jemand bessere Ideen? Alles ist willkommen." Hertha verschränkte die Arme, stützte das Kinn in die rechte

Hand und begann, längs durch das Dachzimmer gehen. Sie sah Ursel an, drehte um, begegnete Berenike mit Computer, Forchheimer, der anderen Wand. Umdrehen. Der Mann, die Beraterin, Ursel, umdrehen. Von vorne.

„Also, verändern oder verhindern, wie ich schon sagte." Berenike folgte Hertha mit der Ausrichtung des Bildschirms.

Forchheimer muss Bescheid wissen, dachte Hertha. Er musste um die Gefährlichkeit der Ruth'schen Philosophie wissen. Ruth hatte ihm alles diktiert. Wissen verselbstständigte sich. Einmal in der Welt, war es nicht zu kontrollieren. Hertha musste verhindern, dass es in die falschen Hände gelangte. Die falschen Hände waren Ruths Hände. Wie stand es um Forchheimers Hände? Sie sah an ihm herab, während sie vorbeiging. Pratzen, verbesserte sie sich. Er musste mit einem besseren Projekt beschäftigt werden. Hertha kehrte vor Ursel um, blieb vor Forchheimer stehen.

„Wie stehen die Chancen, dass wir es verhindern können?" Berenike drängte ihren Arm mit Rechner zwischen Hertha und Forchheimer. „Was ist der Nutzen des verhinderten Buches? Das steht hier auf der x- und der y-Achse. Chancen und Risiken des veränderten Buches sind hier im gleichen Graphen."

„Sie wollen jetzt ein Buch über uns schreiben?" Hertha deutete eine umfassende Geste mit beiden Armen an. „Ein Buch über dieses Projekt? Einen Roman?"

Forchheimers Miene hellte sich auf. „Richtig. Das könnte was ganz Großes werden. Das habe ich im Gefühl. Meine Erfahrung als Autor …"

Berenike schlug den Bildschirm ihres Computers zu. „Ich bin nicht bereit, die Rechte an dieser Geschichte ohne Kompensation abzugeben."

„Moment mal." Forchheimer stellte sich vor Berenike, streckte den Rücken durch und nahm die Schultern zurück. „Bei belletristischen Werken haben die zugrunde liegenden Personen keinen Anspruch auf …"

„Sie aber schreiben einen Bericht, bei dem ich sehr wohl Ansprüche habe", keifte Berenike. „Zwanzig Prozent des Autorenhonorars." Forchheimers Hohngelächter schien Berenike nicht zu verunsichern. „Zehn Prozent der Einnahmen aus der Rechteverwertung."

„Sie wissen ja gar nicht, was ich schreiben werde. Nun warten Sie es mal ab."

Hertha wandte sich an Ursel. „Kann Ruth es einfach abrufen?"

Ursel nickte. „Dieser Forchheimer braucht nur vor ihr zu stehen und sie weiß Bescheid."

„Dann weiß sie jetzt schon alles, was er weiß?"

Ursel nickte. „Wahrscheinlich."

Der Streit um Prozente wurde lautstark.

„Dann wird sie das Buch alleine weiterschreiben." Hertha knetete ihre Unterlippe.

Ursel schüttelte den Kopf. „Das hätte sie von vorneherein machen können. Es muss einen Grund haben, dass sie ihn benutzt hat. Ohne ihn wird sie den Plan fallen lassen." Ursel winkte ab. „Vor allem weiß sie, dass du – dass wir es verhindern wollen. Sie wird sich etwas anderes ausdenken."

Hertha deutete mit ihrem Kinn in Richtung der beiden Diskutanten. „Was machen wir dann mit den beiden? Sie nutzen uns nicht wirklich."

„Wenn wir sie bei uns behalten, ihnen Aufgaben geben, sie wichtig sein lassen, stören sie nicht." Ursel hob die Schultern. „Wer weiß, vielleicht nützen sie sogar." Sie zog die Mundwinkel hinab. „Die Frau, wenigstens."

Die Tür wurde aufgestoßen, sie schlug gegen die Wand, prallte zurück und stieß an Elmars Fuß. Berenike und Forchheimer verstummten. „Elmar", rief Hertha. „Ich dachte, du ..."

***

Elmar atmete schwer. Die Treppe hatte ihn außer Atem gebracht. Also hatte er wirklich Stimmen gehört. Fremde. Was wollten die in seinem Haus? Er stemmte die Hände in die Hüften, versuchte, so groß wie möglich zu wirken und seiner Stimme nichts von seiner Unsicherheit zu geben. „Was soll das hier? Hertha."

„Vielleicht geht ihr besser. Ursel, Berenike, Herr Forchheimer." Sie deutete auf die Tür zum Treppenhaus.

Ein bleicher, schwammiger Mann ging an Elmar vorüber und

vermied seinen Blick. Was konnte Hertha von so einem wollen? Und was wollten die anderen Frauen hier? Die Wedes drängte sich an ihm vorbei. Sie hielt einen Laptop in der Hand. Was hatte Hertha ausgerechnet mit der Nachbarin zu besprechen, wovon er nichts wusste? Elmar sah starr an der Wedes vorbei. Als sie ihn grüßte, rang er sich ein winziges Nicken ab. Dann kam eine seltsame Alte. War das nicht die, die neulich vor der Tür gestanden hatte? Sozialverein, hatte Hertha gesagt. Aber sie hatte sich ziemlich seltsam benommen und jetzt kam Elmar das Ganze wie eine fadenscheinige Ausrede vor.

Hertha wollte den Leuten folgen. Er trat in ihren Weg, warf die Tür hinter sich ins Schloss. „Die finden alleine raus. Und du sagst es mir. Jetzt. Auf der Stelle. Alles." Er zitterte, fühlte den Schweiß unter dem Hemd an seinem Rücken herunterlaufen. Auf dem Absatz drehte er sich um und verschränkte die Arme. „Die Fressanfälle, dein seltsames Benehmen", sagte er zur Tür. Er senkte den Kopf, stützte die Stirn auf den Handballen und schüttelte den Kopf. „Was? Was ist los, verdammt?"

„Elmar, das waren Freunde. Mich haben Freunde besucht. Seit wann ist das nicht mehr erlaubt?"

„Freunde?", rief Elmar. „Freunde? Du lädst Freunde ein und bringst sie hier rauf? In ein leeres Zimmer, wo ihr euch dann die Beine in den Bauch steht? Erzähl mir keine Scheiße." Elmar wischte sich den versprühten Speichel vom Kinn. „Verdammt, was soll ich denn denken? Erklär mir das. Erklär mir das, bitte." Er schlug sich zählend die rechte Faust mit ausgestrecktem Zeigefinger in die Fläche der Linken. „Du hast Fressanfälle." Er schlug mit zwei ausgestreckten Fingern. „Du benimmst dich wie eine völlig Verrückte." Er schlug ein drittes Mal. „Und außerdem hat mich heute die verdammte Kreditkartenfirma angerufen, ob es mit rechten Dingen zugeht, dass mit deiner Karte zwei Tickets nach Boston mit Rückflug am selben Tag bezahlt werden. Kannst du mir das erklären?" Er hob die Rechte, zwei Finger ausgestreckt. „Zwei. Rückflug am selben Tag." Er brüllte. „Was soll ich denn denken? Kannst du mir das mal sagen?"

„Elmar, das kann ich dir nicht sagen." Ihre Stimme war ernst und ruhig.

„Und dann steht hier so ein Arschloch rum und traut sich nicht, mich anzuschauen. Was zum Teufel, soll ich denken, ha?" Er ließ die Arme herabfallen. „Bis du etwa mit dem in Boston gewesen?" Er zögerte. „Warum denn der? So ein Schwamm?" Er zeigte mit dem ausgestreckten Daumen über seine Schulter.

„Ich will dich nicht anlügen. Also kann ich es dir nicht sagen."

„Warum warst du in Boston?"

Sie schüttelte den Kopf und sah ihn aufmerksam an.

„Mit wem warst du in Boston?"

„Mit Ursel Gumprecht. Die Frau, die dort am Fensterbrett gelehnt hat." Sie deutete auf das Giebelfenster nach Norden.

„Für den Sozialverein." Er nickte pathetisch. Hertha schien nicht zu begreifen. Er lachte sie aus. „Deine eigenen Ausreden solltest du dir schon merken." Er zögerte. Warum flog Hertha mit dieser Oma nach Boston? Das ergab keinen Sinn. „Warst du auf einem Kongress für Geriatrie oder was? Du bist am selben Tag zurückgeflogen, Hertha. Am selben Tag. Sag was." Er flehte jetzt. „Erklär mir das. Bitte."

Hertha trat zwei Schritte zurück. Ihr Kopf stieß gegen die Schräge. Sie lehnte ihn an, stand leicht schräg und sah zur Decke und den Leuchten an Stahlkabeln hoch. „Hör mal, Elmar. Ich belüge dich nicht. Versprochen. Aber ich kann dir nicht die Wahrheit erzählen." Sie stemmte die Fäuste in die Jeanstaschen und drückte die Schultern nach oben. „Ich bin nicht sicher, ob ich es dir irgendwann erklären kann. Wenn ja, dann tue ich es. Auch ohne, dass du fragst. Versprochen. Sobald es geht."

„Das gilt für dein Benehmen, für deine Fressanfälle, für diese Versammlung?"

Hertha nickte. Ihr angelehnter Körper bewegte sich im Rhythmus ihres Kopfes.

„Und was kommt noch?" Elmar drehte sich um, riss die Tür auf, ging eine Stufe hinunter und blieb stehen. Ohne sich umzudrehen sagte er: „Hertha, das wird uns unsere Beziehung kosten." Er wartete ein paar Sekunden auf eine Antwort, dann ging er die Treppe hinunter.

***

Am nächsten Vormittag ging Hertha die Ländgasse hinab. Gegenüber der Rückseite der Residenz, hatte Ursel gesagt. Ziemlich ungenau, dachte Hertha und musterte die Reihe Klingelschilder. Nichts. Ruths Initialen sollten auf einem der Schilder sein. Nichts davon zu entdecken.

Was würde sie tun, wenn Ruth auftauchte? Ruhe, befahl sie sich. Niemand konnte etwas dagegen haben, wenn sie einen Einkaufsbummel im alten Teil der Stadt unternahm.

Hertha ging an einem Fahrradladen und einem Erotikmarkt vorbei. Einkaufsbummel.

Da war eine Art Passage, der Eingang zu einer Weinstube. Sie zögerte kurz, dann ging sie hinein. Dunkel und kühl empfing sie die abgestandene Luft. Sie beugte unwillkürlich den Kopf wegen der niedrigen Decke, obwohl ausreichend Platz nach oben war.

Blöde Idee, dachte sie. Ruth beschatten ... Was sollte dabei schon herauskommen?

Sie wollte sich gerade wieder umdrehen, da bemerkte sie zwei flache Stufen, die zu einer Tür führten. Letzter Versuch, dachte sie und trat näher.

RM, las sie. Eindeutig. Ausgerechnet hier, dachte sie und sah sich um. Die Luft war feucht, es roch nach Putzmittel. Das konnte den Gestank nach Urin und Erbrochenem kaum verbergen. Immerhin hat sich jemand darum gekümmert, sagte sie sich. Was jetzt? Sie drückte gegen die Tür. Verschlossen. Natürlich.

Sie spannte die Muskeln an, verlor den Kontakt zum Boden und fühlte sich sicherer. Was sollte vormittags um elf in der Ländgasse schon geschehen? Hertha schwebte weg von der Straße durch den dunklen Gang. Ein winziger Lichthof gab den Blick auf ein Quadrat blauen Himmels frei.

Sie stieg einige Meter empor. Taubendreck bedeckte die Fensterbretter. Eines war mit einer Spirale Stacheldraht bewehrt und frei von Vogelkot. Hertha orientierte sich, während sie emporschwebte. Dritter Stock, hatte Ursel gesagt. Kurz unter der Regenrinne blieb sie in der Luft hängen und schaute sich um. Die Sonne beschien die obersten Meter der Fassade. Es kann hier nur einige Stunden Sonnenlicht am Tag geben, dachte Hertha. Sie wählte auf gut Glück ein Fenster aus und legte das Gesicht zwischen die Hände an die Fensterscheibe. Sie sah einen Raum mit Holzdielenboden, in dessen Mitte ein mächtiger Sessel stand, dem ein Fußschemel beigeordnet war. Die Wände waren mit Bücherregalen aus dunklem Holz bedeckt. Bücher überall. Quer über die Reihen der Bände waren weitere Titel gelegt. Was keinen Platz in den Bücherborden gefunden hatte, lag in Stapeln auf dem Boden. Es gab keinen Tisch außer einer winzigen Ablage an der Seite des Lehnstuhls.

Das Fensterbrett war nicht von Taubendreck bedeckt, obwohl es keine Spieße, Drähte oder andere Abwehr aufwies. Das könnte sie sein, dachte sie. Aber wie hineinkommen?

Hertha stieg noch zwei Meter in die Höhe. Der heiße Sommervormittag blendete sie, über den Dachziegeln flimmerte die Luft. Es gab keine Dachfenster. Sie ließ sich wieder sinken und leicht nach rechts treiben, um vor das zweite Fenster zu gelangen. Ihre Füße traten kurz auf das Fensterbrett. Sie ließ sich abgleiten und sank weiter, bis die Scheibe in ihr Blickfeld kam.

Mit einem Aufschrei prallte sie zurück. Ruth Mersbach stand erstarrt hinter dem Fenster, eine Hand an dem Vorhang, den sie wohl eben zur Seite geschoben hatte, die andere Hand am Fenstergriff.

Herthas Herz beruhigte sich nur langsam. Zehn Meter über Grund schwebte sie in der Mitte des Lichthofs und kämpfte gegen den Drang, in die Höhe zu schießen und sehr weit weg zu fliegen. Was sollte sie hier? Was konnte sie schon herausfinden? Ruth beschatten – was für eine idiotische Idee.

Immerhin war es ihre eigene Idee gewesen. Sie ließ sich schräg nach oben schnellen, landete auf den heißen Dachziegeln und entspannte sich. Eine Taube flatterte empor. Verkehrslärm drang aus der Ferne heran. Direkt unter ihr wurde ein Fenster geöffnet. Ruth, dachte Hertha. Sie zählte die Sekunden. Bei dreißig transformierte sie sich. Kopf voraus ließ sie sich vom Dach gleiten. Das Fenster war geöffnet. Ruth war nicht zu sehen.

Hertha vollendete die Kurve, mit der sie vom Dach gekommen war, und glitt mit dem Kopf zuerst in eine Küche. Nach der Einrichtung hätte sie Ursel gehören können.

Ruth war nicht mehr im Raum.

„Die Mädels scheinen altmodisch zu sein“, murmelte Hertha. Auch hier kein Kühlschrank, keine Einbauschränke, ein schmaler Hartholztisch anstatt einer Arbeitsplatte. Emailschüsseln als Waschbecken. „Muss wohl Vorteile haben, eine alte Küche.“ Sie schwebte durch den Raum. Zwei Türen. Eine stand offen. Hertha öffnete die andere, flog hindurch und fand sich in der Bibliothek. Ruth war nicht hier. Auf dem Tischchen neben dem Sessel stand eine Tasse Tee, über der eine Schwade Wasserdampf unbeweglich verharrte. Auf einem versilberten Tablett standen ein Kännchen mit Milch und eine Schale mit Zuckerwürfeln, daneben ein braunes Steingutdöschen mit Deckel, auf dem im Relief die drei Helme Landshuts modelliert waren. Neben dem Tee lag ein geschlossenes Buch, aus dessen Seiten ein Lesezeichen ragte. Hertha kam näher. „Thomas Morus, Utopia“, las sie auf dem ledernen Buchrücken.

Sie wandte sich den Bücherregalen zu, ließ einen Zeigefinger an einem Regalbrett entlanggleiten und las sich die Titel vor. „Francis Bacon, Jean Bodin, Giordano Bruno, René Decartes, Balthasar Gracián.“ Hertha zog das Buch heraus. In Stoff gebunden, nicht sehr dick. „Handorakel und Kunst der Weltklugheit“ war in schwarzen Lettern auf den Deckel geprägt. Sie lächelte. Sie schob das Buch zurück. Zwei Bände Thomas Hobbes, ein paar Bücher von David Hume und ein ganzes Regal voll mit Kant. „Alphabetisch sortiert“, murmelte Hertha. „Man hat wohl viel Zeit zum Lesen als Dame.“

„Haben sie recht, die Männer?“

Hertha fuhr herum, stieß gegen den Pfosten eines Bücherregals und blieb mit dem Rücken gegen die Bücher gepresst in halber Höhe hängen. Ruth schwebte in der Tür. Grauhaarig, groß, massig.

„Haben sie recht, die Männer? Was denkst du?“ Ruth kam näher. Sie blickte ernst auf die Bände in den Regalen. „Die Weltliteratur ist von Männern geschrieben worden. Ist dir das aufgefallen?“ Sie hielt vor dem Regal der Philosophen an. Ruth war nur einen halben Meter von Hertha entfernt. Sie fuhr mit den Fingerspitzen über die Buchrücken, dann sagte sie rasch und als ob sie etwas erstaunte: „Du kannst tatsächlich die Dinge bewegen? Das Unbeweglichkeitsdogma gilt nicht für dich?"

Hertha nickte. Sie schob sich Zentimeter für Zentimeter zur Seite. Die Nähe dieser Frau ließ sie frösteln.

„Zeig es." Ruth deutete auf ein Buch. „Nimm Spinozas Ethik heraus. Den letzten Band."

Hertha zögerte.

Ruth nickte und tippte ein Buch mit dem Zeigefinger an. „Ethica ordine geometrico demonstrata." Ruth sah Hertha unverwandt an. „Ethik, nach der geometrischen Methode dargestellt. Definitionen, Axiome, Lehrsätze, Beweise und Folgerungen. Hat er recht gehabt?"

Hertha nahm das Buch heraus, ließ es in der Luft hängen und schwebte einen halben Meter zurück.

Ruth redete, während sie ihre Hand über den Einband gleiten ließ und einige Male mit einem ausgestreckten Finger dagegen stupste, als sei es zu heiß, um es anzufassen. „Er verfluchte die Engstirnigen, die sogar ihrem Gott Vorschriften machen." Sie sah Hertha an, dann konzentrierte sie sich wieder auf das schwebende Buch. „Spinoza hat alle Vorgänge der Seele aus dem Selbsterhaltungstrieb erklärt. Hat er recht gehabt? Hat der Mensch einen Selbsterhaltungstrieb?" Ruth hob die Hand, als ob sie sich selbst Einhalt gebot. „Oh, ich müsste sagen, hat der Mann einen Selbsterhaltungstrieb? Meine Hypothese ist, sie haben keinen. Haben nicht die Männer alle Verbrechen dieser Welt verschuldet? Den Holocaust, Kriege, Drogen, Zerstörung der Umwelt?" Sie ging einmal um das Buch herum, betrachtete es von oben und unten und sagte, ohne Hertha anzusehen: „Selbsterhaltung ist das Streben nach wahrer Erkenntnis und die führt zur Tugend und Ethik. Tugend und Ethik sind die Erkenntnis Gottes. Und der fehlende Selbsterhaltungstrieb? Was folgt daraus? Denk selbst." Abrupt drehte sie sich zu Hertha, die bis zum Fenster zurückgewichen war. „Hat er recht gehabt?"

„Sie dürfen das nicht tun. Sie haben nicht das Recht, die Entscheidung für alle Menschen zu treffen."

Ruth legte den Kopf schräg. „Habe ich das Recht?" Sie hob den Zeigefinger und kam einen Schritt näher. „Eine sophistische Frage, meine Liebe. Ich brauche kein Recht. Ich tue es als Teil der allgegenwärtigen Gottheit.“ Sie deutete hinter sich auf das erstarrte Buch. „Ich, Spinoza, dieses Buch, du. Wir alle sind Teil der Gottheit. All unser Tun ist Ausdruck Gottes.“ Sie ging zum Tisch neben ihren Sessel und zeigte auf das braune Döschen.

Für sie gilt das Unbeweglichkeitsdogma, das ist mein Vorteil, dachte Hertha. Sie sah sich um und öffnete den Fensterriegel.

„Das hier ist für dich.“ Ruth ließ ihre Fingerkuppe über das Relief der drei Helme im Deckel kreisen.

„Haben Sie gewusst, dass ich komme?“

Ruth richtete sich auf und lächelte. „Musst du atmen, um zu leben? Strebst du nach Glück? Es gibt so viel zu wissen über die Macht. Über das Praseodym. So viel, was du nicht ahnst.“

Hertha streckte ihren Rücken und schwebte einen Meter auf Ruth zu. „Das Unbeweglichkeitsdogma … Warum gilt es für Sie? Warum nicht für mich?“

Ruth tippte ihren Finger hart auf den Deckel der Dose. Ihre Lippe zitterte, während sie sprach. „Eine Verwerfung der Macht. Ein Irrtum. Verschwendete Transformation. Es hätte nie dazu kommen sollen.“

„Aber es ist so gekommen.“ Hertha kam noch einen Meter näher. „Ich fliege schneller, ich bewege Dinge, ich habe die Zukunftssicht. Das alles macht mich überlegen. Ich verbiete Ihnen, ihre Kräfte einzusetzen, um die Welt zu zerstören. Ich …“

„Du verbietest …“ Ruth lachte laut. Im nächsten Augenblick war das Lachen aus ihrem Gesicht verschwunden. „Nimm. Nimm das und geh. Komm nicht wieder.“

Hertha warf einen Blick auf das Döschen. „Was ist das?“ Sie konzentrierte sich auf Ruths Gesicht. Vielleicht konnte ihr die Zukunftssicht helfen.

Mit einem Zucken ihrer Hand war Ruth zu Hertha geschwebt und ergriff ihre Schultern. Ruths Gesicht war nur eine Handbreit von Herthas entfernt. Braune Augen, die Falten durch die Nähe ins Riesenhafte vergrößert. Grobe Poren, dichter, grauer Flaum auf der Oberlippe. Hertha versuchte vergeblich, sich zu befreien. „Was soll das …“

Es war, als kämen die Bilder aus Ruth und strömten über ihre Hände und Herthas Schultern in Herthas Bewusstsein. Ruth stand einem Titanen gleich über einer zerstörten Welt mit Szenen sich wälzender, einander quälender Leiber. Der Himmel dräute dunkelrot, die Erde schien zu brennen, ohne dass die Flammen etwas verzehrten. Hertha spürte undeutlich, wie etwas an ihren Schultern rüttelte. „Nein“, rief sie. Ruths Riesengesicht wandelte sich zu dem von Hertha. Ruths Körper verschob sich, änderte sich, wurde zu Herthas Körper. Plötzlich verschwand die Röte aus dem Himmel, Pflanzen wuchsen rasend schnell vom Spross zum erwachsenen Baum. Ruth saß in weißem Gewand auf einem Stein auf einer Lichtung im entstehenden Wald und um sie scharten sich Raubtiere, Schafe, nackte Kinder, Vögel und Insekten. Alle schienen ihr zu lauschen.

Hertha stolperte zurück. Die Bilder verschwanden. Ruth stand vor ihr mit ausgestreckten Armen und sah Hertha mit offenem Mund an. „Deine Zukunftssicht“, höhnte Ruth. „Was deine Zukunftssicht wert ist, hast du gerade gesehen. Willst du dich darauf verlassen? Ist das ethisch?“ Ruth schwebte zu ihrem Sessel und sank in sitzender Haltung langsam hinab.

Raus hier, dachte Hertha und streckte den Arm aus. Sie wurde zum Fenster katapultiert, krachte dagegen, riss es auf und stieß sich auf dem hastigen Weg ins Freie Schulter, Ellenbogen und Hüfte am Fensterrahmen. Im Lichthof drehte sie sich und sah zurück in Ruths Wohnung. Die Alte saß auf ihrem Sessel und lächelte. Ihr Zeigefinger deutete auf das Döschen neben ihr.

„Hol es dir“, las Hertha von Ruths Lippen.

Sie streckte den Arm in die Höhe und flog mit geschlossenen Augen ein paar hundert Meter in die Höhe. Meine Güte, dachte Hertha, worauf habe ich mich da eingelassen. Sie entspannte die Arme und lag mit dem Rücken zur Erde waagerecht in der Luft. Die Sonne brannte, aber die Luft war kühl.

Eine Viertelstunde später saß Hertha auf Ursels Kanapee, riss die rote Plastikhaut einer enormen Fleischwurst zehn Zentimeter weit ab und biss hinein. „Ruth ist völlig durchgeknallt“, sagte sie mit vollem Mund. „Hat von Philosophie gefaselt. Spinoza. Die baut sich eine philosophische Verbrämung für ihren Plan.“ Sie biss ein riesiges Stück von der Wurst. „Hast du ihre Bibliothek gesehen?“ Hertha schluckte. „Und sie kann die Zukunftssicht verändern. Hat mich angefasst und mir Bilder rübergespielt. Gruselkino. Scheiße." Sie zog ihr Mobiltelefon aus der Tasche ihrer Jeans und hielt es kauend Ursel hin, die vor dem Sofa stand. „Ruf Berenike an. Jetzt gilt es. Wir müssen uns etwas ausdenken. Ich glaube, Ruth macht Ernst. Die ist zu allem fähig." Ein Stückchen Wurst fiel ihr beim Sprechen aus dem Mund.

Ursel wendete das zusammengeklappte, silbern glänzende Telefon in der Hand. „Anrufen", sagte sie und sah abwechselnd das Telefon und Hertha an.

Hertha klemmte die Wurst zwischen die Zähne, nahm das Telefon, klappte es auf und tippte die Nummer ein.

„Den Mann ruf ich aber nicht auch noch an", sagte Ursel und betrachtete das Telefon von allen Seiten, bevor sie es sich mit einer Handbreit Abstand neben das Ohr hielt.

„Der nutzt uns sowieso nichts mehr", sagte Hertha. „Aber ich schätze, Ruth kann durch ihn alles über uns rausfinden. Wir müssen verhindern, dass sie ihn in die Finger kriegt. Ich glaube, die kann ihm alle Erinnerungen aussaugen, wenn sie ihn nur anfasst."

„Hallo", brüllte Ursel. „Berenike Wedes? Ja. Kommen Sie. Hertha will, dass Sie zu mir kommen. Eine Besprechung. Ja. Gleich. Zu mir in die Wohnung."

Hertha kaute und lachte Ursel aus, die das Telefon mit beiden Händen ehrfürchtig zusammenklappte und zurückgab.

Zwanzig Minuten darauf stand Berenike mit Forchheimer vor der Tür. „Was soll er denn hier?", war Ursels erster Kommentar. Forchheimer überhörte es.

„Er gehört zum Team. Natürlich muss er dabei sein." Berenike kam herein und nickte Hertha zu.

Hertha fühlte sich nach der Wurst und einer halben Flasche Öl satt werden. Sie lehnte sich zurück und bemerkte, dass Ursel nicht ein einziges Buch in ihrem Wohnzimmer aufbewahrte. Immerhin unterschied sie das von Ruth.

„Ich war heute bei Ruth", begann Hertha und unterbrach sich, als sie Forchheimer hinter Ursel eintreten sah. Je weniger er wusste, umso besser war es für alle.

Forchheimer zog seinen Spiralblock aus dem immer gleichen Tweedjackett und begann zu schreiben.

Berenike war heute ohne Computer gekommen, aber nicht ohne Konzept. „Wenn ich in irgendeiner Weise helfen soll, so muss ich transformiert werden."

Forchheimer kritzelte auf seinen Block. Sein Kugelschreiber schien ihm bisweilen den Dienst zu versagen.

„Abgesehen davon", fuhr Berenike fort, „dass vor genau elf Tagen Ursel Gumprecht der Falschen Praseodym gegeben hat …"

„Das bezweifle ich", unterbrach Ursel.

Forchheimer machte einen Kussmund, legte den Kopf schräg und schrieb angestrengt. Hertha überlegte, ob Forchheimers Buch eine Komödie oder absurdes Theater werden würde.

Berenike hob die Stimme und sprach schneller. „Abgesehen davon verlange ich meine Transformation, denn wir können uns nicht leisten, meine jahrelange Ausbildung ungenützt zu lassen." Sie hob den Zeigefinger. „Es ist ein Gebot der Fairness und ein Gebot der Vernunft."

„Na, von mir aus", sagte Hertha, während Ursel die Arme verschränkte und den Kopf schüttelte.

Berenikes Gesicht verriet Erstaunen.

Hertha deutete auf Ursel. „Ich habe kein Praseodym. Hast du noch was, Ursel?"

Ursel war atemlos vor Erregung. „Wir können doch nicht einfach losgehen und irgendwelche Leute transformieren. Ruth Mersbach …" Sie zögerte. „Der Rat, nur der Rat kann das beschließen. Es gibt Regeln. Nur wenn eine Dame stirbt, wird sie ersetzt."

Hertha stand auf. „Die Regeln, die Regeln! Das haben wir doch schon besprochen. Hast du Praseodym oder nicht?"

Ursel hob die Hände und schüttelte den Kopf. „Nicht ein Krümelchen."

„Aber ich habe ein Recht." Berenike stampfte mit dem Fuß auf.

Forchheimer schrieb.

Hertha stampfte wie Berenike und äffte sie nach: „Habe ein Recht. Na toll. Ihr Recht können Sie vergessen, wenn Ruth ihren Willen bekommt."

„Eben um das zu verhindern, muss ich transformiert werden."

„Aber wir haben kein Praseodym." Hertha deutete auf Ursel. „Sie haben es ja gehört."

Berenike zögerte. „Dann besorgen wir es. Praseodym ist auch nur eine normale Chemikalie. Ein seltenes Metall. Hexagonale Kristallstruktur, Massezahl hunderteinundvierzig, Ordnungszahl neunundfünfzig. Muss doch im Chemikalienhandel aufzutreiben sein." Sie drehte sich zu Ursel. „Sie haben es schon in der Hand gehabt. Welche Farbe hat es? Wie riecht es? Wie fühlt es sich an?"

Hertha sah Forchheimer kritzeln. Im nächsten Moment hatte sie das Blatt seines Blockes abgerissen, zerknüllt und in die Tasche gesteckt. „Wir wollen ja nicht, dass in einem Jahr alle nur noch durch die Gegend fliegen, Herr Forchheimer."

Der Mann murmelte etwas von Wahrheit unterdrücken, Pressefreiheit und Recht auf Information. Keine der Frauen achtete darauf.

„Es ist verdammt bitter, so viel weiß ich", sagte Hertha.

„Grün, ein Pulver." Ursel zögerte und sah Forchheimer an, während sie sprach.

Hertha riss noch ein Blatt von seinem Block und stopfte es in ihre Hosentasche. „Wenn ich ein Wort davon lese, haben Sie Ärger mit mir."

„Dann ist es nicht das metallische Praseodym", rief Berenike und streckte eine Hand nach Hertha aus. „Oxid. Irgendein Oxid oder Oxalat oder Carbonat, oder …"

„Klasse. Dann wissen wir ja jetzt haargenau, was wir suchen müssen." Irgendwo könnten Tonnen dieses Praseodyms lagern, dachte Hertha. Das Wissen um die Wirkung könnte sich mit Forchheimers Hilfe verbreiten. Sicher würde sich ein Weg finden, die Transformation als Waffe einzusetzen. Sie zog die Schultern hoch. Sie musste diese Sache unter Kontrolle halten. Weder Berenike noch Forchheimer durften zu viel wissen. „Ich kümmere mich drum." Hertha sah in die Runde. Niemand sonst schien sich um diese Aufgabe zu reißen.

6. Kapitel

Hertha warf die Tür ihres Volvo zu und sah noch einmal auf die Hausnummer. „Zweiunddreißig“, sagte sie. „Eindeutig.“ Es musste ein Irrtum sein. Dieses Einfamilienhaus aus den Fünfzigern konnte nicht die Chemikalienhandlung sein. Sie hatte sich offensichtlich beim Abschreiben aus den Gelben Seiten vertan. „Nun, klingeln kann man ja mal“, sagte sie und verzichtete darauf, das Auto abzusperren. Sie ging durch das Tor im Jägerzaun durch einen Vorgarten, in dem nur die Gartenzwerge zur Gemütlichkeit fehlten, dann drei Betonstufen hinauf und trat unter einen offenen Windfang aus gewellten Faserplastikplatten. Gelbes Licht. Auf einem Messingschild stand: Oswald Chemische Spezialitäten. „Na gut“, sagte sie, sah sich noch einmal in der Idylle um und drückte gegen die Tür. Sie gab nach. Eine elektrische Klingel kündigte ihr Kommen an.

Sie fand sich in einer Art Verkaufsraum. Der Boden mit Steinfliesen belegt, die Wände behängt mit einigen Versionen des Periodensystems der Elemente, Werbeplakaten chemischer Fabriken und einem Bildkalender. Eine Ansicht der Nordseite der Burg Trausnitz. Darunter die Wochentage und Daten für den Monat Juli. Den Raum halbierte ein hölzerner Tresen, der an seiner Vorderseite ebenfalls Plakate aufwies. Der Kundenteil war mit einer Sitzgruppe geschmückt, die aus dem Baujahr des Hauses zu stammen schien. Auf dem niedrigen Tisch stand eine Vase mit einem dünnen Blumenstrauß. Wahrscheinlich aus dem Vorgarten.

„Wie kann ich ihnen helfen?“ Ein Mann kam aus einem Nebenraum. Seine Haare waren mit Pomade glatt nach hinten gekämmt, der weiße Kittel bis auf den obersten Knopf geschlossen. Das gestickte Namensschild verriet seinen Namen: K Punkt Oswald.

Er hat das Alter seines Hauses, dachte Hertha. Und ist ebenso farblos. „Grüß Gott. Heldrich mein Name. Ich möchte Praseodym kaufen.“

Oswald legte die Hände weit auseinander flach auf seinen Tresen und beugte sich eine Winzigkeit vor. „Praseodym. Darf ich fragen, von welchem Unternehmen Sie kommen? Praseodym wird zum Färben von Glas verwendet, für die Glühbirnenherstellung.“ Er legte eine Hand an seine Wange und fügte leiser hinzu: „Wir haben sogar an Dornier geliefert.“ Er deutete mit einem abgewinkelten Finger über den Tresen und auf dessen Vorderseite. Hertha bemerkte ein Plakat, das ein Verkehrsflugzeug in Kurvenlage zeigte.

„Privat“, sagte Hertha nach einigem Zögern.

Oswald richtete sich auf und legte die Hände wieder flach auf den Tresen. Diesmal dicht beieinander. „Wir verkaufen an sich nur an Firmen und Institutionen.“

„Oh, wir sind eine Institution. Beschäftigt mit – mit der Verbreitung chemischen Wissens unter der Jugend. Chemie für die Jugend. CFJ. Eingetragener Verein. Schon gehört?“ Gut erfunden, lobte sie sich.

Oswald schien nicht zu wissen, was er von dem Verein halten sollte. „Um was handelt es sich denn genau? Praseodymoxalat? Praseodymcyanid? Oxid? Um welche Menge geht es denn? Wie viel brauchen Sie?“ Er wandte sich um und deutete auf die Regale und Schubladen hinter sich. „Sehen Sie, wir sind kein Supermarkt. Hier lagern ein paar Proben, das ist alles. Wir sind mehr Makler als Händler. Wenn Sie Praseodymoxalat kaufen wollen, besorgen wir es Ihnen. Zum besten Weltmarktpreis, der verfügbar ist. Wir behalten einen minimalen Anteil an der Bruttosumme.“ Er neigte den Kopf wie ein Butler. „Minimal.“ Er zog einen Ordner mit Prospekten und Listen unter dem Tresen hervor. „Also, was soll es denn sein? Oxalat, Carbonat, Cyanat?“ Er fuhr mit dem Finger über eine gedruckte Liste.

Hertha zog Forchheimers zerknitterten Zettel aus der Tasche. Er war keine Hilfe. „Kann ich eine Probe sehen? Ich muss es mir ansehen.“

Oswald schlug den Ordner zu. „Sie müssen doch wissen, was Sie wollen.“

„Zeigen Sie es mir.“

Oswald schob den Ordner unter den Tresen. „Also, hören Sie, Praseodym ist giftig. Und gefährlich. Unterstützt Verbrennung wie Sauerstoff. Sie brauchen eine Umgangsgenehmigung vom Landratsamt. Haben Sie die?“

„Selbstverständlich haben wir die.“ Sie winkte ab. „Hundert Gramm werden wir schon brauchen.“

Oswald lachte zuvorkommend. Nach einer wohl bemessenen Zeit sagte er: „Netter Scherz.“

Hertha lachte mit. „Ja. Natürlich. Hundert Gramm in jeder Filiale pro Versuchstag.“

„Hören Sie mal zu, gute Frau.“ Er glättete seinen Kittel. „Wenn ich Ihnen da was verkaufe, mit dem Sie nachher die halbe Stadt umbringen … Verstehen Sie, ich kann Ärger bekommen. Sie brauchen diese Umgangsgenehmigung. Wenn Sie mir die bringen, bekommen Sie, was Sie wollen.“

Hertha überhörte ihn. „Grün.“ Sie hob die Hand und rieb Daumen und Zeigefinger aneinander. „So ein grünes Pulver.“

Interesse zeigte sich auf seinem Gesicht. „Dann ist es eine dreiwertige Verbindung.“ Er kratzte sich am Kinn. „Praseodym tritt drei- und vierwertig auf, wobei die dreiwertige Oxidationsstufe die häufigere ist. Praseodym-drei-Verbindungen sind gelbgrün. Praseodym-vier-Verbindungen sind farblos.“

Hertha nickte bei jedem zweiten Wort und hing an seinen Lippen. Sie verwarf den Gedanken, erotische Signale auszusenden. Oswald schien nicht der Typ dafür.

„Was gibt es denn für dreiwertige Praseodymverbindungen?“ Hertha fragte sich, wie giftig die falsche Verbindung für Berenike sein würde.

Oswald sah an die Decke, schloss die Augenlider zur Hälfte. „Praseodymoxalat, Praseodymcarbonat.“ Er nickte bei jeder Verbindung ein wenig. „Dann sind da noch die Halogenide. Praseodymfluorid, Praseodymchlorid, Bromid, Iodid.“

Herthas Zuversicht, die richtige Verbindung zu finden, schwand.

„Es gibt auch diverse Verbindungen mit Chalkogenen. Ein Oxid, Schwefel, Tellur. Na, und natürlich andere binäre Verbindungen wie Praseodymnitrat.“

Hertha holte Luft, um zu sprechen.

Oswald hob den Finger. „Außerdem bildet es mehrere Fluorkomplexe.“ Er zögerte, dann wischte er mit der flachen Hand über den Tresen, als ob dort Krümel lägen. „Aber Sie bekommen nichts, bis Sie mir die Umgangsgenehmigung gebracht haben."

Hertha streckte die Ellenbogen und drückte die Knie durch. Oswald vor ihr erstarrte mitten in der Wischbewegung. Hertha schwebte über den Tresen. „Blödkopf", sagte sie. „Umgangsgenehmigung. Das werden wir ja sehen." Sie flog die Regale entlang. Fünf parallele Reihen standen im rechten Winkel zum Tresen. In offenen Schubkästen waren wie Karteikarten handbeschriftete Plastikbeutel einsortiert. Im Regalgang hinter Oswald waren A wie Ammoniumchlorid bis C wie Caesiumtartrat. Hertha schwebte an der Decke über die Regale. Pb wie Plumbum, Blei, Polonium, Praseodym. Sie zog zwei Tüten heraus. Es gab nur diese. Oxalat und Carbonat. Beide waren ein grünes Pulver. „So einfach ist das. Warum denn nicht gleich?" Sie ordnete die Beutel wieder ein. „Hast Glück, dass ich es nicht einfach mitnehme", rief sie über die Schulter. Sie würde nur ihre ungefähre Position wiederfinden müssen.

Oswalds Blick war auf den Tresen gerichtet. Ein Blick unter den Tresen ließ sie anhalten. Ein belegtes Baguette in Klarsichtfolie. Sie nahm es heraus. Schinken, Käse, Tomaten und Salat. Sie schnalzte mit der Zunge. Sie riss die Folie ab, ließ sie über Oswalds Kopf in der Luft verharren und biss in das Brot. Während der Transformation schmeckte alles etwas fad, aber dafür war die Semmel knuspriger als gewöhnlich.

Über ein angebissenes Brot würde Oswald sich mehr wundern als über ein fehlendes, entschuldigte sie sich vor sich selbst und schob den letzten Bissen in den Mund.

Beinahe hätte sie die Folie über seinem Kopf vergessen. Als sie das Plastik in die Hosentasche gestopft hatte, atmete sie lange aus und entspannte sich. Oswald begann wieder zu wischen. Sie kaute die letzten Reste Schinken, Tomate und Weißbrot. Der Geschmack wurde stärker. Oswald hielt mitten in der Bewegung inne und starte auf Herthas Mund.

„Also, ich will hundert Gramm Praseodym-drei-Oxalat."

Oswalds Blick zuckte kurz in die Richtung, wo er unter dem Tresen sein Brot vermuten musste.

„Mindestverkaufsmenge hundert Kilogramm." Er tippte mit

ausgestrecktem Zeigefinger auf das Holz. „Umgangsgenehmigung. Sie brauchen diese Umgangsgenehmigung. Wie oft soll ich es noch sagen?"

„Doppelter Preis", sagte Hertha und sah wenig Aussicht auf Erfolg.

„Selbstverständlich nicht." Er klang beleidigt.

Das kann gespielt sein, dachte Hertha. „Dreifacher Preis."

Oswald antwortete nicht, nahm einen perfekt aufeinander liegenden Stapel Prospekte und klopfte sie quer und längs auf den Tisch, um den Stoß auszurichten.

„Vierfacher Preis."

Oswald schnaubte.

„Hören Sie, ich brauche es dringend."

Er ließ die Kataloge fallen. „So?" Er beugte sich vor. Die Adern auf seiner Stirn traten hervor. „Wofür denn, wenn ich fragen darf?"

„Chemie für die Jugend. CFJ. Eingetragener Verein." Sie wunderte sich, dass sie den Name wiederholen konnte.

„Praseodymoxalat? Für Kinder?" Sein Kopf ruckte in Richtung des P-Regals. „Das Zeug ist gefährlich. Giftig. Das ist doch nichts für Kinder. Es gibt keine Kinderexperimente mit Praseodym." Er deutete auf die Tür. „Wir haben Mittagspause. Wenn ich bitten darf, gute Frau." Er ging zur rechten Seite des Raumes, wo der Tresen eine Lücke zur Wand aufwies, und kam auf Herthas Seite.

„Wie giftig ist es denn genau?" Hertha stützte den Ellbogen auf den Tresen.

„Da gibt es wenig Erfahrung. Na ja, eigentlich keine Erfahrung."

Sie richtete sich auf. „Na, dann geh ich jetzt mal besser."

Oswald ging ihr voraus zur Tür. Er zog einen Schlüsselbund aus der Kitteltasche. „Bringen Sie die Genehmigung, dann bekommen Sie ihr Praseodym. Von mir aus auch hundert Gramm." Er steckte einen Schlüssel von innen in das Türschloss und legte die Hand auf den Griff. „Vierfacher Preis, haben Sie gesagt?"

„Natürlich", sagte Hertha und spannte die Muskeln an. Der Brocken in den Eingeweiden bildete sich sofort. „Raffgier tut nicht gut“, sagte Hertha zum erstarrten Oswald, flog zum Regal und nahm das Carbonat- und Oxalattütchen. Sie suchte und fand einen leeren Plastikbeutel unter dem Tresen.

Die drei Beutel in der linken Hand vor dem Körper verborgen, ging sie die Stufen in den Vorgarten. Sie winkte Oswald zu. „Also, ich komme dann morgen mit der Umgangsgenehmigung. Die ist irgendwo in den Unterlagen.“

Oswald lächelte gequält. „Ja. Ist gut. Bis morgen dann. Er schüttelte den Kopf und schloss die Tür. Hertha hörte, wie der Schlüssel im Schloss umgedreht wurde.

Im Volvo hielt sie die beiden Chemikalien hoch. Die Beutel schaukelten. Beide Pulver waren nicht zu unterscheiden. „Man muss Opfer bringen, Berenike“, sagte sie. „Du willst es ja unbedingt.“ Sie schüttelte die Hälfte beider Pulver in das leere Tütchen, verschloss es und mischte es, indem sie die Tüte durch die Luft wirbeln ließ. Oxalat und Carbonat warf sie ins Handschuhfach, das Gemisch auf den Beifahrersitz.

***

Hertha drehte mit der linken Hand am Lenkrad, während sie den Volvo im falschen Gang die alte Bergstraße hoch quälte. Mit der Rechten klappte sie ihr Telefon zusammen und warf es zu dem Plastikbeutel auf den Beifahrersitz. Sie hatte Berenike erreicht und sie für die nächste Stunde zu sich nach Hause bestellt. Hertha zählte darauf, dass ihr geheimnisvolles Gerede Berenike ausreichend neugierig gemacht hatte, um in den nächsten fünf Minuten vor der Türe zu stehen. Sie brauste durch das Burghauser Tor, den Graben hinauf und nahm die Hundertachtziggradkurve in den Wirtsanger viel zu schnell. Sie kuppelte aus, nahm den Gang heraus und ließ den Volvo zu ihrem Haus rollen.

Während der Wagen auf die Garageneinfahrt rollte, dachte sie an Elmar. Seine Misstrauen war berechtigt. Aber die Wahrheit? Konnte sie ihm die anvertrauen? Sie drehte den Zündschlüssel um und zog die Handbremse an. Gunter hatte sie die Wahrheit zugemutet, während sich Elmar mit Ausflüchten zufrieden geben musste. Hertha konnte sich nicht vorstellen, wie sie Elmar nach diesen elf Tagen alles erklären sollte. Sie öffnete die Tür, löste das Gurtschloss und nahm Telefon und Plastiktütchen vom Beifahrersitz. Sie warf die Autotür zu und beschloss, nichts zu sagen. In den nächsten Tagen musste die Entscheidung gegen Ruth fallen. Dann wäre alles vorbei, sie konnte ihr altes Leben wieder leben. Der Gedanke, sich dann nie wieder transformieren zu wollen, erschien ihr anziehend.

Sie drehte vor der Haustür um, schob den Schlüsselbund in die Hosentasche und ging ums Haus, an dem japanischen Bach entlang in den Garten hinunter. Wie sehr hatte sie es geliebt, täglich mehrfach diesen Weg zu gehen. Tief atmete sie ein, der Geruch des Wacholderbusches an der Grenze zum Nachbargrundstück stach in die Nase. Im nächsten Augenblick war es eine Rose, die ihren Duft verbreitete. Sie schloss die Augen und genoss das Plätschern des Wassers, wie es über den winzigen Wasserfall floss. Sie setzte sich auf den rötlichen Sandstein, den Elmar aus Franken hatte anliefern lassen. Ein Andenken an seinen Geburtsort.

Was würde sie tun, wenn Berenike auftauchte? Sie knetete das Pulver in der Tüte. Das richtige Praseodym würde schon dabei sein. Der andere Anteil würde nicht so giftig sein. Sie öffnete den Beutel und roch. Eine Sekunde lang hatte sie den Impuls, das Pulver in den Bach zu schütten. War es nicht besser für Berenike, keine Dame zu werden? Sie drückte den Verschluss der Tüte zusammen. Es war Berenikes Entscheidung. Sie hatte sich jahrelang vorbereitet, sie wusste, was sie tat.

„Das hätten Sie nicht tun dürfen." Gunters Stimme riss Hertha aus ihren Gedanken. „Dieser Moment ist entscheidend für die ganze Geschichte. Der Plot meines Romans wird tiefgreifend verändert. Sie hätten uns nicht ausschließen dürfen. Gut, dass Frau Wedes uns dazugeholt hat."

Hertha bedauerte die Natursteinplatten, die unter Gunters schweren Schritten zu leiden hatten. „Was tun Sie denn hier?" Hertha blieb sitzen. Oben an der Hausecke war Ursel mit verschränkten Armen stehen geblieben.

Berenike tauchte hinter Gunter auf. „Dies ist wirklich ein historischer Augenblick. Ich glaube, ich habe ein Recht darauf, dass alles festgehalten wird."

„Wissen Sie, dass Sie mir gehörig auf den Geist gehen mit Ihrem Recht auf dies und Recht auf das?" Hertha streckte ihr den Beutel entgegen.

Berenike schob Gunter zur Seite und griff sich die Tüte. Gunter trat mit einem Fuß in den Bach und verschob die Steine, die den Wasserfall bildeten.

„Passen Sie doch auf, Sie Trampel", rief Hertha und sprang auf. Der wunderbar glatte Algenbewuchs, den Hertha entstehen sehen hatte, schwamm abgekratzt den Bach hinunter. Hertha zog an seinem Arm. „Raus da, Sie Ungeheuer!"

Berenike stand bewegungslos mit offenem Mund und hielt das Praseodym mit beiden Händen vor sich. Langsam drehte sie sich zu Ursel um. „Wie nehme ich es?", hauchte sie. „Wie viel? Muss man es – zubereiten?"

Gunter war endlich aus dem Bach getreten. Hertha stand mit gespreizten Beinen über dem Bett, beugte sich hinunter und versuchte mit beiden Händen im kalten Wasser die Steine zurechtzurücken. „Das bekomme ich nie wieder hin", stöhnte sie. Das Wasser strömte über Herthas Hände. Die Finger waren taub von der Kälte. Sie drehte einen Stein in der Hand und versuchte, ihn in eine Lücke zu passen.

„Wie viel, Frau Heldrich?" Berenike beugte sich zu Hertha. „Wie viel haben Sie genommen?"

Hertha drückte den Stein in sein Bett. Es war nicht wie früher. Sie schüttelte die Hände ab und richtete sich auf. „Wie viel? Keine Ahnung. Nicht viel. Eine Fingerspitze? Einen Teelöffel?" Sie sah zu Ursel hinüber, die an der Hausecke stand und finster zu ihnen hinunterblickte. „Ursel, wie viel?"

„Woher hast du das?", sagte Ursel anklagend.

Berenike drückte das Päckchen mit beiden Händen an die Brust. Gunter klappte seinen Spiralblock auf. Hertha hatte Lust, ihm ein Blatt nach dem anderen wegzunehmen.

„Gekauft. Völlig legal. Chemikalienhandel."

„Und woher weißt du, dass es das Richtige ist?"

„Ein grünes Pulver. So viele verschiedene Praseodymverbindungen, die ein grünes Pulver sind, gibt es auch wieder nicht." Sie deutete auf Berenikes Brust. „Das da ist das Richtige."

„Ich wäre da vorsichtig", sagte Ursel und trat eine Stufe tiefer.

„Vorsichtig?", wiederholte Berenike. Gunter kritzelte.

„Nehmen Sie es einfach. Es ist das Richtige." Hertha streckte die Hand nach dem Beutel aus.

Berenike drehte sich erst weg, dann sah sie die Tüte einen Augenblick an und gab sie Hertha. „Woher weiß ich, dass es das Richtige ist?"

„Weil ich es Ihnen sage." Hertha wurde ungeduldig. Sie brauchte Hilfe, wenn sie Ruth von ihrem Plan abhalten wollte. Alleine, das hatte sie begriffen, würde sie es nicht mit ihr aufnehmen können. Hertha öffnete den Beutel, feuchtete ihren Finger im Mund an und steckte ihn in das Pulver. Sie hob den Zeigefinger, der mit einem leicht glänzenden, feinen Puder bedeckt war. Sie drehte ihn vor ihrem Gesicht hin und her, dann streckte sie die Hand nach Berenike aus und erinnerte sich der Worte, die Ursel gemurmelt hatte. „Praseodym macht dich zur Dame", sagte sie und trat einen Schritt näher an Berenike. Die Rechte mit dem Beutel ließ sie sinken.

„Nicht so schnell", sagte Berenike und wich zurück. „Was passiert mit mir, wenn es das falsche Praseodym ist?"

„Es ist das Richtige. Ich sag es doch." Hertha spürte ein winziges Zupfen an der rechten Hand. Gunter, dachte sie, das wird dir nicht gelingen.

Sie spannte die Muskeln an und verlor im selben Moment den Kontakt zu den Steinplatten unter ihren Füßen. Sie drehte sich zu Gunter um, der sich vornübergebeugt hatte und gerade dabei gewesen war, seinen Zeigefinger zurückzuziehen, der von grünsilbrig glänzendem Puder bedeckt war. „Willst also auch eine Dame werden, Idiot." Hertha lachte. „Na, warte ab."

Hertha drehte Runden durch die Gärten der Nachbarn, bis sie in der Weinzierlstraße fand, was sie suchte. Eine Amsel saß auf der Fernsehantenne des Fachhochschulprofessors, der immer so nett grüßte. Zehn Zentimeter hinter ihren erhobenen Schwanzfedern glänzte ein erstarrter Tropfen Vogeldreck. Hertha nahm ihn in die Hand und flog zurück. Sie wusch das Praseodym von Gunters Finger und beschmierte ihn mit dem Kot der Amsel. Schließlich bemühte sie sich, die gleiche Haltung zu finden, in der sie vor der Transformation gewesen war. Zur Sicherheit drückte sie den Verschluss des Plastikbeutels zu.

Sie entspannte sich und beobachtete Gunter aus den Augenwinkeln. Er drehte sich zur Seite und schob den Zeigefinger in den Mund. Einige Sekunden lutschte er, dann schob er seine Hand in die Tasche und wandte sich mit einem Lächeln den Frauen zu.

„Alles aufschreiben", sagte Hertha. „Gunter, nicht vergessen, ja?"

„Oh ja", sagte er und hob Stift und Block höher als notwendig.

„Also?" Hertha ging mit ausgestreckter Hand eine Stufe zu Berenike hinauf. Die wich zurück.

„Ich wäre vorsichtig", sagte Ursel.

„Vorsicht bringt uns nicht weiter. Hier geht es um die Rettung der Welt." Hertha bemühte sich um einen dramatischen Tonfall.

Berenikes Lippen öffneten sich einen Spalt. Ihr Kopf legte sich in den Nacken, um Herthas nahendem Finger auszuweichen. Jetzt, dachte Hertha und stieß zu. Ihr Zeigefinger rutschte an den Zähnen vorbei in die Tiefe des Rachens. Sie bewegte den Finger, wie es Ursel getan hatte.

Hertha sah zur Seite und sah, wie Gunter mit den Händen Schwung holte und einige Zentimeter in die Luft sprang. Der Ton des Aufpralls seiner Füße ließ Hertha um ihre Porphyrplatten fürchten. Sie zog den Finger zurück.

***

Berenike würgte. Der bittere Geschmack, Hertha Heldrichs rührender Zeigefinger im Hals, das war zu viel. Panik drohte sie zu überwältigen. Gift, dachte sie. Gift. Sie wollte sich übergeben, den Mund spülen, alles loswerden … Dann spürte sie, dass sich in ihrem Leib etwas Schweres bildete. Sie glaubte, sie verlöre den Boden unter den Füßen. Sie wollte schreien, brachte nur ein gehauchtes „Nein" zustande. Hertha Heldrichs Fingernagel kratzte über Berenikes Zunge. Ein blutiger Geschmack blieb zurück. Sie streckte beide Arme aus und balancierte in der Luft wie auf einem Schwebebalken. Die Heldrich stand erstarrt einen halben Meter unter ihr und hatte den Mund zum Sprechen geöffnet.

Ihren linken Zeigefinger hielt sie ausgestreckt dort, wo Berenikes Mund eben noch gewesen war. Die Fingerspitze war mit einem feucht glänzenden, grünen Film bedeckt. Wie ein Heißluftballon schwebte Berenike in die Höhe. Die Fenster des ersten Stockes glitten an ihr vorbei, die Wipfel der Bäume. „Ich …“ Sie holte Luft. „… fliege.“ Sie hob einen Arm. „Ich bin eine Dame.“ Andacht lag in ihrer Stimme. Die Kraft zog sie nach oben und rechts. Sie flog eine Kurve zum Dach ihres eigenen Hauses. Nach oben, dachte sie, nach oben. Ihren Arm über dem Kopf gebeugt, schaffte sie es, geradewegs in den Himmel zu fliegen. Ein Blitz – einen Bruchteil einer Sekunde sah sie nur Weiß. Etwas hatte sie am Kopf getroffen. Ein Stöhnen entwich ihr. Sie lag waagerecht in der Luft und presste beide Hände auf die Stelle, wo sie gegen eine eingefrorene Schwalbe gestoßen war.

Die Nachmittagssonne brannte und blendete Berenike. Sie drehte sich nach Norden, zum Hofgarten. Flach in der Luft liegend streckte sie den Arm geradewegs nach vorn und flog eine Rechtskurve. Sie winkelte den Arm an, ihr Flug richtete sich aus. Ein paar Meter vor ihr hingen drei Spatzen in der Luft. Sie ging tiefer, wich aus. Hatte ein Vogel den Flügel bewegt? Sie flatterten. Berenike hörte das Zwitschern. Es blieb ihr keine Zeit zu schreien. Der Brocken in ihrem Magen schien ein letztes Mal wie eine Kirchenglocke zu schwingen und verschwand. Berenike fiel. Sie verkrampfte die Fäuste, streckte die Arme und Beine von sich. Die Bäume rasten auf sie zu. Ein Hausdach blitzte auf und verschwand. Gras. Gras war das Letzte, was sie sah.

Sie öffnete die Augen. „Gras.“ Sie brüllte. „Gras.“ Ihr Brüllen, das Keuchen, ihr Zittern nahmen ihre Sinne ein. Nach zwei Atemzügen bemerkte sie es: Sie fiel nicht mehr. Sie hing zwanzig Zentimeter über einem geschorenen Rasen. Ihr Blickfeld war angefüllt von grünen Streifen. Die Arme und Beine wie ein X ausgestreckt, schwebte sie über dem Boden und brüllte „Gras!“

Mit aller Vorsicht nahm sie die Hände zur Seite und nach unten und zog die Beine an. Die Knie berührten die Grashalme. Sie stand auf allen Vieren und hielt sich an Grasbüscheln fest. Nach einigen Sekunden bekam sie ihren Atem unter Kontrolle. Mit einer Hand ließ sie die Pflanzen los, ließ die Handfläche über den Boden gleiten und suchte neuen Halt einen halben Meter weiter vorne. Dann zog sie die andere Hand nach. Ihre Knie verloren den Kontakt, ihr Hinterteil hob sich in die Luft. Ihr Atem ging schwerer. „Nein“, rief sie, dann rissen die Grashalme.

Mit einem gestreckten Salto wurde sie in die Höhe katapultiert. Weiß, blau, grün wischten Wand, Himmel und Rasen durch ihr Blickfeld. Sie ruderte mit den Armen. Jede Bewegung drehte sie in eine andere Richtung, sie taumelte, stieg höher, stieß gegen Insekten, schrie und weinte. Höher, noch höher.

Endlich schaffte sie es, ihren Steigflug zu beenden. Feuchte Kälte drang durch ihre Kleidung. Sie zitterte. Arme und Beine ausgestreckt, lag sie auf dem Rücken und betrachtete röchelnd den Himmel. Keine Bewegung, befahl sie sich. Langsam umdrehen. Sie wollte in einer weiten Spirale auf den Boden zurückkehren. Nur nicht die Kontrolle verlieren, dachte sie. Es konnte nicht so schwer sein. Sie würde es schon lernen. Sie drehte sich nach links. Unendlich langsam bewegte sich eine Wolke aus ihrem Gesichtsfeld. Nicht zu schnell werden, dachte sie. Kontrolle bewahren. Sie schloss die Augen.

Nach einer halben Minute hatte sie das Gefühl, mit dem Gesicht zum Boden in der Luft zu schweben. Sie öffnete die Augen und sah nach unten. Panik ließ sie ins Leere greifen. Die Kraft reagierte sofort. Berenike raste senkrecht nach unten. Ein Schrei der Verzweiflung löste sich. Tief unter sich sah sie Landshut größer werden. Sie hob den Arm, wurde herumgerissen, drehte sich irrwitzig schnell um sich selbst, stieg, sank, flog eine wilde Linkskurve, bis sich plötzlich der Brocken in ihrem Leib mit einem sanften Schwingen verabschiedete.

Berenike versteckte den Kopf zwischen den Armen, zog die Beine an und raste in Embryohaltung wie eine Kanonenkugel auf die Erde zu.

Eine Sekunde später meldete sich die Kraft wieder. Berenikes Flug wurde von einer jagenden Truppe Schwalben aufgehalten. Sie lag auf drei erstarrten Vögeln, japste nach Luft und heulte. Sie nahm ihren Mut zusammen und drehte den Kopf nach links. Zwanzig Meter, schätzte sie. Sie erkannte Steinplatten, die einen Weg durch einen Vorgarten bildeten, und wünschte sich, darauf zu liegen, ihre Oberfläche zu küssen, sich festzuhalten. Der Jägerzaun des Gartens war an Balken festgeschraubt, die in den Boden einbetoniert waren. Welches Glück musste es sein, sich daran festklammern zu können. Kontakt. Mutter Erde. Bodenständigkeit. Über dieses Wort und solche Menschen hatte sie gespottet. Wie arrogant war sie gewesen. Sie schwor ihrer Hybris auf ewig ab. Nur unten sein. Das war alles, was sie in ihrem Leben noch wollte. Dort unten sein.

Sie schob den rechten Arm nach vorne. Die Flügel der Schwalben rieben an ihrem Bauch, den Beinen. Sie zog den Unterarm eine Winzigkeit zurück. Ihre Füße rutschten über die Leiber der Schwalben. Haus und Garten glitten unter ihr weg. Sie drehte den Arm aus der Schulter etwas nach außen und kippte die Fingerspitzen nach unten. Sie beschrieb einen Kreis, der den Hofgarten mit Burg und Landshuts halbe Altstadt einschloss. Mit jeder Runde geriet sie einige Meter tiefer. Sie wagte nicht, die Haltung von Arm oder Hand zu verändern. Nach drei Runden glaubte sie, einen Sturz überleben zu können. Mit dem Ende des nächsten Kreises wollte sie die Finger in Richtung ihres Hauses strecken. Der Boden kam näher, ihre Beine streiften die Wipfel der Zypressen in Heldrichs Garten. Heldrich, Forchheimer und Gumprecht standen fast so, wie sie die drei verlassen hatte.

„Jetzt muss es sein“, keuchte sie und entschloss sich, ihren Arm ein paar Grad nach unten zu kippen.

Der Aufprall raubte ihr den Atem. Gras geriet in Mund und Nase, ihre Hose zerriss, sie verlor einen Schuh. Sobald sie unten war, vergrub sie die Hände in den Humus unter dem Rasen. Nie wieder wollte sie die Erde verlassen. Sie genoss den Geschmack der Grashalme und des Schmutzes in ihrem Mund. Sie schmiegte ihre Wange auf die Pflanzen, rieb das Gesicht über den Boden. „Endlich.“

Die Heldrich hat alles falsch gemacht, was man falsch machen kann, dachte Berenike. Sicher gab es ein Ritual, das so einen Unfall verhinderte. Hätte Ursel ihr das Praseodym gegeben, hätte sie nicht diesen Albtraum durchlebt.

„Hat ja geklappt“, sagte die Stimme der Heldrich.

Berenike drehte den Kopf nach rechts. Gras und Erde berührten ihre linke Wange. Hertha Heldrichs Beine ragten einen halben Meter neben ihr auf. Berenike wollte jeden Teil ihres eigenen Körpers auf dem Boden halten. „Bin ich wieder … Ist die Transformation vorbei?"

Eine Hand kam in Berenikes Sichtfeld. „Kommen Sie, stehen Sie auf. Ich helfe Ihnen."

Berenikes Finger gruben sich tiefer in das Gras. Die Hand wurde zurückgezogen.

Schließlich hörte sie Hertha sagen: „Die Transformation ist vorbei. Sie könnten jetzt wirklich aufhören, meinen Rasen umzugraben."

Berenike schmiegte sich an die Kühle und Feuchtigkeit, die vom Boden aufstieg. Mutter Erde, dachte sie. „War das erste Mal bei Ihnen auch …" Sie räusperte sich. „Hat Ursel Ihnen gesagt, wie man diese Kraft unter Kontrolle hält? Als Sie transformiert wurden, meine ich."

„Nein", sagte die Heldrich. „Was war denn los? Gab es Probleme?" Ihre Hand tauchte wieder in Berenikes Gesichtsfeld auf. „Es ist Zeit für das Du, denke ich. Jetzt, wo du eine Dame bist. Einverstanden?"

Berenike nickte stumm. Grasbüschel streiften ihre Haut.

„Und jetzt steh auf. Wir haben eine Menge zu tun."

„Wo ist denn Gunter?" Ursels Gumprechts Stimme kam von der anderen Seite.

Berenike wendete den Kopf. Die Gumprecht beugte sich zu ihr herunter. Ihr Gesicht kam näher. Sie schien Berenike zu mustern.

„War es also das richtige Praseodym." Ursel Gumprecht streckte eine Hand aus. „Dann sagen wir wohl besser auch du zueinander." Ihre Hand verharrte ausgestreckt eine Sekunde, dann legte sie sich auf Berenikes Schulter und tätschelte sie. Ihr Gesicht verschwand dabei aus Berenikes Sichtfeld. Berenike sah nur ihre Knöchel aus flachen, braunen Halbschuhen ragen. Eingepackt in hautfarbene Strumpfhosen.

„Warum steht sie denn nicht auf?", fragte Ursel.

„Bin nicht sicher", sagte die Heldrich. „Sagt auch nicht wirklich viel."

„Geht mir gut", sagte Berenike zu Ursels Knöcheln. „Muss mich nur eben mal ausruhen."

„Auf meinem Rasen?", fragte die Heldrich.

„Würde wirklich gern wissen, wo dieser Forchheimer steckt", hörte Berenike Ursel Gumprecht.

Irgendwo wurde eine Autotür zugeschlagen.

„Keine Ahnung." Hertha Heldrich beugte sich wieder zu ihr herunter. „Berenike, könntest du jetzt bitte aufstehen? Wir haben eine Menge zu tun. Ich glaube, wir müssen jetzt wirklich rausfinden, was Ruth vorhat." Dann verschwand sie wieder aus Berenikes Gesichtsfeld, ihre Stimme klang jetzt von weiter oben. „Wir sind jetzt zu dritt. Dreimal Transformation. Damit müsste Ruth doch in den Griff zu kriegen sein. Wenn Gunter weg ist, umso besser. Ein Problem weniger."

„Oder eines mehr. Weißt du denn, was der vorhat?"

Zwei Sekunden Schweigen. „Berenike, wenn du jetzt nicht aufstehst, pflanze ich eine Buchsbaumhecke um dich herum. Hörst du?" Hertha stampfte auf.

„Ich nehme an, du willst mir auch diese Versammlung nicht erklären." Die Stimme eines Mannes erschreckte Berenike. Sie grub ihre Finger noch tiefer in den Humus, als er sagte: „Was ist denn mit der da?"

„Elmar." Herthas Stimme entfernte sich. „Warum bist du denn schon da? Ich hab dich erst abends erwartet."

„Lass mich vorbei." Der Mann schien ärgerlich. „Ich will vorbei. Lass mich." Es klang, als ob Hertha und der Mann kämpften. „Was soll das? Sie, stehen Sie auf. Was machen Sie auf meinem Rasen? Verlassen Sie mein Grundstück. Und Sie auch."

Berenike drehte den Kopf nach rechts. Ein paar schwarze Lackschuhe erschienen in ihrem Blickfeld.

„Du hast verdammt recht." Herthas Schuhe erschienen neben den schwarzen. Beide standen sich gegenüber. „Ich werde dir das nicht erklären und ich wäre dir dankbar, wenn du uns jetzt in Ruhe lässt."

„Schon verstanden. Du hast es ja überdeutlich gesagt. Ich soll mich nicht einmischen. Frau Heldrich kann das alles alleine regeln." Fast schrie der Mann. „Aber ich lass mich nicht so einfach aus deinem Leben drängen. Ich will wissen, was hier läuft. Ich habe ein Recht darauf."

„Okay. Gut. Du willst es ja nicht anders. Das hier ist ein uraltes Initiationsritual. Wir machen Berenike hier zu einer Dame mit Superkräften. Wie es Ursel hier und ich auch schon sind. Und jetzt fliegen wir drei los und retten die Welt. Das ist die Kurzfassung. Zufrieden?"

„Hertha!", rief Ursel.

Zwei Sekunden schwieg der Mann. „Natürlich. Dann ist ja alles geklärt. Hättest du ja gleich sagen können." Seine Stimme troff vor Liebenswürdigkeit. „Und die da habt ihr eingepflanzt. In meinem Garten." Er wechselte wieder zu Angriffslust. „Und nächstes Frühjahr trägt sie Früchte. Und die pflückt ihr und damit rettet ihr die Welt." Von einem Wort zum anderen zitterte seine Stimme vor Wut. „Verarschen kann ich mich auch selber." Die Schuhe gingen einen Schritt zur Seite, dann drehten sie sich noch einmal zurück. „Und sag deiner Freundin, sie soll meinen Rasen nicht umgraben. Wenn du wieder normal geworden bist, sag Bescheid. Bis dahin ziehe ich in die Kanzlei. Du weißt, wie du mich erreichen kannst." Berenike hörte Schritte den Weg heraufstampfen.

„Na super. Noch mal herzlichen Dank, Ursel." Hertha schien dem Weinen nahe. „Verwechselt mich mit dieser Träne … Mein Leben wollte gerade gut werden. Verstehst du? Es war alles so einfach und richtig. Und dann kommst du und steckst mir deinen Finger mit Praseodym in den Mund."

„Träne?", sagte Berenike und verdrehte ihren Hals bei dem Versuch, an Herthas Beinen hinaufzusehen.

„Ja, Träne, verdammt. Und wenn du nicht bald aufstehst, dann wächst du hier noch an." Hertha trat gegen Berenikes Hüfte.

„Das ist dein Schicksal." Ursel sprach sehr langsam. „Das war keine Verwechslung, das war Vorsehung."

Eine Autotür wurde zugeschlagen, der Motor angelassen. Der Motor heulte auf und Reifen quietschten.

„Vorsehung. Dass ich nicht lache!" Herthas Stimme überschlug sich. „Jetzt steh endlich auf, du blöde Kuh!"

Berenike zog die Füße an, schob die Beine ein Stück unter den

Körper und stemmte sich auf alle Viere. Ihren Griff um die Wurzeln des Grases lockerte sie nicht. „Vorsehung? Ich habe fünf Jahre lang …"

„Fünf Jahre Ausbildung. Wir wissen es. Ist ja gut. Jetzt steh auf, damit wir endlich an die Arbeit können."

Berenike brachte die Füße unter den Körper. Jetzt kauerte sie zwischen Ursel und Hertha auf dem Rasen. Vorsichtig löste sie den Griff ihrer Rechten, zog die Finger aus der Erde. Sie ertrug den Verlust an Halt und zwang sich, die Linke herauszuziehen. Sie vergewisserte sich, dass ihre Füße guten Kontakt zum Boden hatten, dann richtete sie sich auf. „Wo fangen wir an?"

Beide Frauen starrten sie an. Berenike strich sich eine Haarsträhne aus der Stirn. Ein Bröckchen Humus bröselte von ihren Fingern. Sie blickte an sich hinunter. Gras- und Erdflecken, die Strumpfhosen waren zerrissen, die Bluse fleckig und ein Knopf hing an einem dreieckigen Stück Stoff umgeklappt herab.

„Bei der Kleidung", stellte Hertha fest.

„Wir sollten herausfinden, wo Gunter ist", sagte Ursel und legte den Zeigefinger ans Kinn. „Mir ist nicht wohl dabei, dass er jetzt plötzlich weg ist. Da stimmt was nicht."

„Das kann Berenike übernehmen", sagte Hertha.

Berenike wischte ihre Hände aneinander ab und betrachtete die schwarzen Ränder unter den Fingernägeln. „Gunter suchen, ja", sagte sie mechanisch. Mit einem Finger hob sie den dreieckigen Stofffetzen mit dem Knopf an seinen Platz. Der Knopf fiel herunter, sobald sie den Finger wieder wegnahm. Sie hob den Kopf und sah die beiden Damen an. „Gibt es … Ich meine, wie habt ihr …" Sie stotterte. „Wie macht man das richtig?" Sie zeigte nach oben.

„Fliegen?" Hertha zuckte mit den Schultern. „Hand ausstrecken, los geht's. Wieso? Hast du Probleme gehabt?"

„Nein. Keine Probleme. Nur … das Steuern fiel mir ein bisschen schwer." Berenike blickte nach oben. „Die Vögel."

„Dagegen gestoßen?" Herthas Stimme verriet Vergnügen.

Ursel sah Hertha wütend an. „Du musst darauf achten, wo die Insekten fliegen, Berenike. Tiefer, höher. Die Vögel folgen ihnen."

Berenike hielt die Ränder eines Risses in ihrer Hose zusammen. Sie sah auf den Boden. „Und wenn die Kraft aussetzt? Ich meine, wenn man weit oben ist."

„Dann flieg eben tiefer", sagte Hertha. „Dann fällst du nicht so weit." Sie lachte. „Jetzt los. Berenike, du schaust nach, was der Gunter treibt. Er kann noch nicht weit sein. Er ist zu Fuß. Vielleicht findest du ihn irgendwo in der Nähe von Ruths Wohnung. – Und geh bloß nicht in die Wohnung. Mit der ist nicht zu spaßen."

Berenike strich sich die Haare aus dem Gesicht und ging im Seemannsgang ein paar Schritte den Weg hinauf. „Bis später dann." Sie winkte.

Nach einer Sekunde des Nachdenkens wandte sie sich oben an der Straße nach links zu ihrem Haus. Ein Bissen zu essen und neue Kleidung, so viel Zeit musste sein. Sie hatte Gunter mit ihrem Wagen abgeholt, er konnte nur gelaufen sein. Sie würde ihn leicht einholen. Im Flug. Ihr Magen drehte sich um. Der Gedanke, sich nie wieder transformieren zu wollen, bohrte sich durch ihr Bewusstsein. Sie verbot sich den Wunsch. Es musste sein. Sie würde die Kontrolle behalten. Sie würde trainieren, mit der Transformation umzugehen. Die Kräfte wuchsen mit der Zeit, das hatte sie gelernt. Sie nahm die Schultern zurück. Sie alterte jetzt nicht mehr. Sie hatte viel Zeit.

Zu Hause machte sie sich nicht die Mühe, zu duschen, warf sich eine neue Bluse über, zog eine Hose an und öffnete die Haustür wieder. Essen, dachte sie plötzlich. Es zog sie zurück, in die Küche. Sie wollte – Butter. Ihr Appetit machte ihr Angst. Sie war ein Leben lang mit Butter sparsam umgegangen. Und jetzt hatte sie der Drang gepackt, ein halbes Pfund in sich hineinzustopfen.

Mit zitternden Händen nahm sie das in Aluminiumfolie verpackte Paket in die Hand und warf die Kühlschranktür zu. Butter. Sie schüttelte den Kopf. Dann schloss sie die Augen und biss hinein. Den ersten Bissen kaute sie langsam, genoss die Kälte und Cremigkeit. Der Geschmack frischer Butter auf dem Brot – verstärkt ums Hundert- oder Tausendfache. Sie biss gieriger, verschlang ein Stück nach dem anderen, stopfte das Fett in sich hinein, stöhnte vor Lust und Erregung. Butter. Butter.

Nach fünf Minuten war der Spuk vorbei. Sie fühlte sich warm

und zufrieden. Die Aussicht zu fliegen machte ihr kaum noch Angst. Sie würde Gunter finden, ihn beschatten, herausfinden, was er tat. Hertha und Ursel würden zufrieden sein. Sie würden staunen, wie schnell sie alles über ihn herausgefunden hatte. Berenike zog die Tür hinter sich zu, stand vor der Haustür und breitete die Arme aus. Dame, dachte sie. Macht, Leben, Glück. Sie wollte beweisen, dass sie würdig war. Sie war die Richtige. Man hatte sie nicht ohne Grund ausgewählt und ausgebildet. Sie schloss die Augen, ballte die Fäuste, verkrampfte Beine und Arme. Das Gewicht im Magen bildete sich nach zwei Anläufen.

Berenike spürte, wie sie den Kontakt zum Boden verlor und öffnete die Augen. „Unglaublich!“ Sie lag schräg in der Luft vor ihrem Vorgarten und sah sich um. Stille. Kein Vogel zwitscherte, kein Wind war zu spüren. Bäume, Pflanzen, Insekten – alles war erstarrt wie auf einem Foto. Irgendwo auf dem Weg in die Stadt musste Gunter sein. Erstarrt, eingefroren, unfähig ihrer Verfolgung zu entgehen. Berenike lächelte. Natürlich würde sie ihn entdecken. Dann würde sie die Zeit weiterlaufen lassen, ihn verfolgen und sich bei Bedarf wieder transformieren. Er hatte keine Chance, ihr zu entgehen. Sie berührte noch einmal den Boden, als der Brocken im Bauch Schwäche zeigte, dann war sie wieder transformiert. Völlig normal, dachte sie.

Sie schob den Arm gerade nach vorne und flog eine Rechtskurve. Sofort beugte sie den Ellenbogen, korrigierte die Richtung. Wird schon, dachte sie. Entwickelt sich. Nur die Ruhe. Ein Vogel war beim Tiefflug über die Straße erstarrt. Berenike zeigte mit einem Finger nach unten, um ihm auszuweichen. Einen Meter über dem Asphalt zischte sie vorbei. Plötzlich sah sie aus dem Augenwinkel eine Bewegung. Der Vogel bewegte sich. Rauschen der Luft, Vogellaute, entfernter Verkehrslärm. Zu spät hatte sie die Hände nach unten ausgestreckt. Sie knallte auf den Boden und rutschte auf dem Bauch den Asphalt entlang. Bevor sie den Schmerz spürte, war alles vorbei. Sie schwebte einige Zentimeter über dem Pflaster, alles war still. Der Brocken in ihren Eingeweiden schien zu schwingen. Die Knie begannen zu pochen. Sie fasste sich ans Kinn. Einige Steinchen klebten im Blut einer Schürfwunde.

„Okay. Nur die Ruhe“, befahl sie sich. „Schön konzentrieren.“

Sie flog einen halben Meter hoch und folgte den Straßen. Sie sagte sich, dass sie nur so Gunter finden konnte. Er konnte ja schließlich nicht über Dächer fliegen. Am Ende des Wirtsangers bog sie halbrechts in die Weinzierlstraße, in den Brühfeldweg und dann links in den „Graben“. Im Burghauser Tor stand ein blauer Audi. Berenike hob die Hand und folgte der Kontur des Wagens. Von einer Sekunde auf die andere schien die Masse in den Eingeweiden leichter zu sein. Sie knallte mit dem Gesicht auf das Glasdach des Autos, krallte sich fest, wurde mitgerissen. Der Fahrer blickte sie mit riesigen Augen an. „Nein“, schrie Berenike, als sie sah, dass er auf das Bremspedal trat. Im selben Moment hörte sie quietschende Reifen, das Blech unter ihr blieb zurück, Berenike flog rudernd über die Kühlerhaube. Sie schloss die Augen, verschränkte die Arme vor dem Gesicht – nichts geschah.

Sie spürte nichts. Noch einmal ging sie alle Gliedmaßen durch. Nichts schmerzte. Der Brocken im Bauch pendelte langsam. Sie öffnete die Augen, ließ die Arme sinken. Sie schwebte einen halben Meter über dem Boden, hinter ihr stand der Audi. Der Fahrer hatte den Kopf nach oben gestreckt. Die Front des Wagens tauchte tief in die Federung.

„Konzentration“, sagte Berenike. „Es ist nur die Konzentration.“ Sie würde nicht laufen, nahm sie sich vor. Wenn Hertha gelernt hatte, mit diesen Kräften umzugehen, so würde sie es auch können.

Berenike glaubte, dass die Abstände zwischen den Aussetzern größer geworden waren, als sie es bis auf den Dreifaltigkeitsplatz geschafft hatte. Gunter hatte sie nicht gesehen und je weiter sie sich vom Wirtsanger entfernt hatte, desto mehr hatte sie daran gezweifelt, ob sie die richtige Strategie bei der Suche benutzte.

Berenike hing jetzt fast aufrecht in der Luft, während sie schwebte. Wenn sie die Beine etwas nach vorne ausrichtete, schien das zwar ihren Flug zu bremsen, aber sie landete so nicht mehr flach auf dem Bauch, wenn sich der Brocken in ihren Eingeweiden wieder für einen Augenblick verabschiedete. Sie hätte mittlerweile gelernt, in welchem Winkel sie den Arm zu halten hatte, um geradeaus zu fliegen, wenn sich die Richtung des Dralls nicht alle paar Minuten umgekehrt hätte.

Berenike bemerkte den erstarrten Fußgänger zu spät. Der Mann war dabei gewesen, einige Meter vor einem Kleinlaster über den Platz zu rennen. Sie taumelte, griff ins Leere, als sie sich an der Schulter des Mannes festzuhalten versuchte, und brachte sich so in eine Serie gestreckter Salti mit doppelter Schraube.

Mit einem Schlag gegen ihre Füße wurde Berenike gebremst. Ihr Oberkörper wurde gegen einen Mann geschleudert. Sie klammerte sich um seinen Brustkorb und blieb keuchend hängen. „Transformiert bleiben", zischte sie. Dies war der falsche Augenblick, in die normale Zeit zurückzukehren. Zuerst ließ sie nur eine Hand los, dann langsam auch die zweite. Sie achtete auf jede Bewegung. Eben wollte sie den Arm strecken, um weiterzuschweben, da bemerkte sie, dass der Mann, den sie umklammert hatte, Forchheimer war. Er stand erstarrt auf dem Kopfsteinpflaster in der Mitte der Fußgängerzone. Berenike drehte einen Kreis über ihm. Ihm gegenüber stand Ruth Mersbach. Sie schien sich umzudrehen und weggehen zu wollen. Die erstarrten Falten ihres karierten Rocks waren vom Schwung der Drehung nach außen getragen worden. Forchheimer hatte den Mund geöffnet und blickte auf den Notizblock in seiner Hand. Berenike hielt sich an seinen Schultern fest und schwebte waagerecht über seinem Kopf. „Wedes transformiert. Praseodym aus Chemikalienhandlung. Plan gegen Mersbach", las sie sich vor.

Forchheimer trieb ein doppeltes Spiel. Berenike schlug sich an die Stirn. Ausgerechnet sie hatte Forchheimer zu ihrem Treffen heute abgeholt. Sie musste ihren Fehler wieder gutmachen. Sie besah sich die Mersbach. Es schien die Alte nicht zu interessieren, was Forchheimer zu sagen hatte. Oder hatte sie erfahren, was sie brauchte, und war schon wieder unterwegs? Berenike beschloss, die beiden in Normalzeit zu belauschen.

In der Richtung, die Ruth einzuschlagen schien, stand eine Reisegruppe und folgte mit den Blicken dem Deuten einer Führerin. Berenike wollte sich zwischen den Touristen verstecken. Ruth musste dort vorbeikommen. Wenn Gunter hinter Ruth herlief, würde er womöglich etwas sagen, was Berenike verstehen konnte.

Berenike flog zum Gehsteig, zog sich am Arm der Reiseführerin hinunter und stellte sich zwischen einen alten Mann in beigem Windblouson und eine Frau mit Hut und Trachtenbluse.

Nach einigen Anläufen und Entspannungsübungen mit geschlossenen Augen schaffte sie es, in die normale Zeit zurückzukehren.

„Wenn Sie dann bitte den Erker dort ansehen wollen", rief die Führerin und drehte ihren Arm nach links. Berenike duckte sich und suchte Ruth zwischen den Leuten. Der Mann im Blouson starrte sie an.

„Hallo", sagte Berenike mit einem kurzen Lachen. Forchheimer tänzelte um Ruth herum und sprach mal von rechts, mal von links auf sie ein. Berenike konnte kein Wort verstehen. Endlich waren die beiden an der Reisegruppe vorbeigegangen. „Auf Wiedersehen", flüsterte Berenike dem Mann zu und lächelte, während sie auf Zehenspitzen hinter Ruth und Gunter hersprang.

Nach ein paar Schritten war Berenike bis auf vier Meter an Ruth und ihren Begleiter herangekommen. Der Lärm, den die vielen Menschen um sie herum machten, verschluckte jedes Wort der beiden. Plötzlich fuhr Ruth herum. Berenike bremste nicht rechtzeitig und stand mit dem nächsten Schritt direkt vor ihr.

„Transformiert. Ach was." Ruth lächelte.

Gunters Kinnlade war heruntergeklappt. Er ließ die Hand mit dem Block sinken, bevor er ihn eilig in die Hosentasche stopfte. Dabei riss ein Zettel ab, der vom Wind weggetragen wurde. Forchheimer sah erst Ruth, dann Berenike an und rannte hinter dem Fetzen Papier her.

„Hast du es doch geschafft." Ruths Hohn durchwirkte jede Silbe. „Mächtige Dame. Respekt. Was kannst du schon? Bist du auch so schnell wie Hertha?" Sie kam einen Schritt näher. „Zukunftssicht gar?" Sie fasste Berenike an und schloss kurz die Augen. „Nein." Ruth schnaufte. „Du bist schwach. Ich kann dich kaum spüren." Sie warf den Kopf zurück und lachte. Dann verstummte sie einen Moment, bis eine Frau mit ihrem quengelnden Kind vorbeigelaufen war. „Und? Was willst du von mir? Hat dich Hertha Heldrich geschickt?“ Ruth lächelte. „Traut sie sich nicht mehr zu mir?“

Im nächsten Augenblick war Ruth Mersbach verschwunden. Berenike blickte umher. Gunter sprang zehn Meter entfernt im Zickzack seinem Zettel hinterher. Das Kind hatte sich mit den Absätzen gegen eine Steinfuge gestemmt und schrie. Berenikes Augen und die der Mutter trafen sich. Die Frau wurde rot und zischte ihrem Kind etwas zu.

Berenike suchte Ruth in der Menge, fand sie nicht, aber dann glaubte sie, Ruth wäre überall zur gleichen Zeit. In einem Augenblick tauchte sie hinter dem Kind auf und schien sich über die Not der Frau zu amüsieren. Sofort war sie wieder verschwunden, um in der gleichen Sekunde nur ein paar Zentimeter vor Berenike zu stehen. Die sprang mit einem Aufschrei einen Schritt zurück. Es war mehr ein Flackern eines Bildes von Ruth, als die alte Dame selbst. In immer schnellerer Folge tauchte Ruth auf und löste sich sofort wieder auf, als ob sie gar nicht da gewesen wäre. „Komm doch, Berenike“, schien es von weither zu hallen. „Komm doch.“ Ruth saß im Schneidersitz auf dem Dach eines vorbeifahrenden Busses, hockte auf den Schultern eines Radfahrers, turnte an einem Laternenpfosten und saß auf einem Rinnstein. All das ohne Übergang, beinahe gleichzeitig, wie ein schlecht geschnittener Film. Berenikes Blick zuckte umher, sie griff sich an die Schläfen, wollte schreien, brachte keinen Ton heraus. Und dann wieder Ruths Stimme: „Komm doch. So komm doch endlich.“

Endlich begriff Berenike, verkrampfte Hände, Arme, Beine und hielt den Atem an. Die Transformation gelang ihr sofort. Im gleichen Moment bereute sie es.

„Habe schon gedacht, du kommst nie, du eingebildete Göre“, rief Ruth, die wie ein dunkler Blitz aus großer Höhe auf Berenike zugeschossen kam.

Der Aufprall nahm Berenike den Atem. Sie kreiselte aufrecht in der Luft, bis sie gegen eine Hausfassade prallte. Ruth kurvte in einem riesigen C über der Altstadt und kam näher. Ihr Gesicht war von einem Grinsen angefüllt, wurde immer größer, dann tauchte sie ab. Berenike spürte, wie Ruth sie am Fußgelenk packte und von der Hauswand wegzog. Dann wurde sie durch die Luft gewirbelt. Ihr wurde schwarz vor Augen.

Als sie wieder zu sich kam, hing sie kopfüber über dem Giebel eines der Häuser zwischen Altstadt und Neustadt. Runter, dachte sie. Sie musste runter und in die normale Zeit zurückkehren. Diese Wahnsinnige hatte nur transformiert ihre Macht. Weg hier. Sie streckte den Arm aus. Etwas knackte in ihrer Schulter, ein Schmerz schoss durch ihren Arm, sie schrie auf.

Etwas Schweres stürzte auf sie. Berenike wurde nach unten gedrückt, bis ihr Körper die Firstziegel des Dachs berührte.

„Zeig, was du kannst, Berenike." Ruth saß auf ihr und schlug auf die schmerzende Schulter. „Flieg schon."

Berenike stöhnte und streckte den anderen Arm aus. Die Kraft zerrte sie einige Zentimeter über das Dach. Die Ziegel zerrissen ihre Bluse und schabten auf ihrer Haut.

Ruth stieß sich ab und rief aus der Höhe. „Du bist keine Gegnerin. Schwach. Du bist schwach. Gib es auf."

Berenike zog den Arm in die Höhe, wurde vom Dach gehoben und kippte über den Giebel nach unten. Im Fünfundvierziggradwinkel raste sie auf die Fahrbahn zu. Weg hier, dachte sie. Bloß weg hier. Auf den Boden, in die normale Zeit. Ihr rechter Arm baumelte nutzlos unter ihr. Jede Bewegung fühlte sich an wie ein Messer, das durch ihre Schulter getrieben wurde.

Ruth lachte irgendwo hinter und über ihr. „Hast du schon genug? Warum kommst du erst zu mir, wenn du dann doch zu feige bist?"

Berenike schlug auf dem Asphalt auf und schloss die Augen. Der Schmerz in Arm und Schulter überfüllte ihr Bewusstsein. Kein Gedanke an Entspannung war möglich. Sie atmete aus, sprach Arme und Beine einzeln an. Ruhe, dachte sie. Ich bin die Ruhe.

Ruths Lachen kam näher. Schnell.

Im letzten Augenblick warf sich Berenike herum. Ruth landete krachend mit den Absätzen zuerst auf den Steinplatten des Gehwegs. Berenike streckte den Arm aus und wurde über den Boden gezogen. Sie stieß gegen einen Hund, schlängelte sich durch die Beine der Passanten und kam zur Straßenecke. Ein

Bus war beim Einbiegen in die Theaterstraße in der Zeit eingefroren. Berenike rutschte unter dem Bus entlang, hob den Arm, wurde an der Seite der Karosserie emporgezogen und hielt sich an einer Kante unter dem Busfenster fest. Sie verharrte keuchend. Sie presste die Zähne aufeinander und steckte mit der gesunden Hand die unbrauchbare Rechte in den Hosenbund. „Noch einmal versuchen", flüsterte sie und schloss die Augen.

Ruth brüllte. „Wo bist du? Warum versteckst du dich? Du kannst deinem Schicksal nicht entkommen." Die Stimme kam näher. „Ich kenne es. Ich habe es gesehen. Komm raus und stell dich deinem Geschick."

Berenike begann zu zittern.

„Ah, gut." Ruths Stimme kam vom Dach des Busses. Eine Hand griff Berenikes Haare und zerrte. Berenike wurde emporgeschleudert, wirbelte durch die Luft und prallte fünfzig Meter weiter auf das Pflaster.

„Nein, oh Himmel, nein", zischte Berenike. Sie glaubte, sich die Wirbelsäule gebrochen zu haben. Ihre Beine, ihr Rücken, ihr Hals waren ein einziges brennendes Meer von Schmerz. Berenike lag auf dem Rücken und streckte den Kopf. Wo war Ruth? Einen Meter von ihr stand das bockende Kind und hing schräg an der Hand der erstarrten Mutter. Berenike gab auf. Sie wusste, dass Ruth gewonnen hatte.

Der massige Brocken in ihrem Bauch zögerte, wackelte unruhig, dann löste er sich auf. Berenike war in der normalen Zeit.

„Ich will …", kreischte das Kind, dann verstummte es. Das Mädchen fiel auf ihr Hinterteil. Die Mutter hatte Berenike entdeckt und ihre Tochter losgelassen.

„Ruhig bleiben. Meine Güte, ruhig bleiben", murmelte Berenike und ließ Kopf, Arme und Beine auf den Gehsteig sinken.

„Mama, was hat die Frau?"

Die Mutter antwortete nicht. Ihr Gesicht erschien über Berenike. In einer Hand hielt sie ein Mobiltelefon. „Was ist mit Ihnen? Sie bluten ja. Sie brauchen einen Arzt." Sie tippte ein paar Ziffern in die Tastatur des Telefons. „Ich rufe den Notarztwagen." Berenike blieb liegen, schloss die Augen und lächelte.

***

Hertha trat das Gaspedal durch und sah auf die Uhr. Halb fünf. Vor vier Minuten hatte Berenike sie aus dem Krankenhaus angerufen. Sie biss sich auf die Lippe. Wie dumm war sie gewesen, Berenikes Andeutungen nicht zu beachten! Sie hatte Schwierigkeiten mit der Transformation gehabt. Und ich hab sie in die Arme dieser Wahnsinnigen laufen lassen, dachte Hertha. Sie schlug mit dem Handballen auf das Lenkrad. Der Wagen hinter hier hupte, als sie ohne zu blinken abbremste. Sie riss das Steuer herum und quälte den Volvo im falschen Gang den Berg zum Achdorfer Klinikum hinauf. Sie kurvte in einem Zug von der Straße auf einen freien Parkplatz. Die Tür war schon offen, als sie den Fuß von der Kupplung nahm und der Motor mit den letzten Umdrehungen den Wagen ein paar Zentimeter bocken ließ. Sie warf die Tür zu und rannte über den Platz zum Eingang des Betongebäudes.

„Berenike Wedes. Unfallchirurgie, nehme ich an. Wo finde ich sie?“ Hertha trommelte mit den Fingerkuppen einen Rhythmus auf den Tresen des Pförtners.

Dem Mann hinter der Glasscheibe schien die Faltkante seiner Bildzeitung wichtiger zu sein als Berenike Wedes. Hertha malte sich aus, wie sie transformiert in sein Kabuff eindrang und ihm die Zeitung in den Mund stopfte. Sie ließ es sein, weil sie zu ungeduldig war. Der Mann zupfte ein letztes Mal am Falz seiner Lektüre und schob sich und seinen Bierbauch mit dem Bürostuhl vor einen Bildschirm. Hertha trommelte schneller. Der Mann arbeitete langsamer.

„Zimmer zweihundertdreiunddreißig. Station zwei“, sagte der Pförtner und sog schmatzend Luft durch die Zähne. Hertha verzichtete auf Dank und Gruß und rannte los.

Nach Atem ringend stand sie vor der Tür und klopfte. Keine Antwort. Gedanken an eine Operation, an die Intensivstation überfielen sie. Sie hob die Hand, wollte ein weiteres Mal klopfen, da hörte sie Berenikes Stimme: „Herein.“

Hertha drückte die Tür auf und stürzte hinein. Berenike saß halb aufgerichtet in einem Patientenbett zwischen frisch gebügelten, weißen Laken. Ihr rechter Arm lag abgewinkelt auf ihrem Brustkorb. Oberkörper und Arm waren durch ein System von Schlingen verbunden.

„Berenike. Was hat sie dir getan? Wie geht es dir?“

Berenike strahlte. „Hallo Hertha.“ Sie nickte zu ihrem Arm. „Ausgerenkte Schulter. Wird schon wieder.“ Das Lächeln wich nicht aus ihrem Gesicht. „Stell dir vor, der Arzt hat seinen Fuß in meine Achsel gestemmt und am Arm gezogen und plötzlich – war er wieder drin.“

„Aber du bist doch völlig verschrammt. Was ist mit deinem Kinn? Deine Lippe! Ganz geschwollen … Erzähl doch.“

Berenike grinste sie an.

„Sag mal, was gibt es denn da zu lachen? Die Ruth bringt dich fast um und dann sitzt du hier im Bett und grinst mir was vor, dass man glauben möchte, du bist bekifft.“

„Ach Hertha.“ Tränen der Rührung standen in Berenikes Augen. Sie seufzte. Für kurze Zeit verschwand ihr Lächeln und gab einer nachdenklichen Miene Platz. „Die Schwester hat gesagt, das liegt am Piritramid, das sie mir gegeben haben. Ein Schmerzmittel.“ Sie grinste wieder. „Weißt du, Hertha, ich hatte nie jemanden, der sich um mich gekümmert hat, wenn ich krank war. Und jetzt lieg ich im Krankenhaus und sofort tauchst du auf. Das ist … das ist …“ Berenike schniefte und schien gleichzeitig zu lachen und zu weinen.

„Na wunderbar“, blaffte Hertha. „Jetzt sag mal, was passiert ist. Hast du Gunter gesehen? Was hat Ruth gesagt?“

Berenike verzog das Gesicht. „Ruth war mächtig sauer. Ich hab Gunter und sie in der Altstadt gefunden. War transformiert.“ Das Lächeln brach sich wieder Bahn. „Bin über den beiden rumgeschwebt und habe sie beobachtet. Gunter hat ihr irgendwas vorgelesen. Von seinem Block. Dass du das Praseodym besorgt hast, dass ich transformiert bin, dass wir einen Plan gegen Ruth haben. Stand auf dem Block.“

„Na, Klasse. Erzählt der Armleuchter alles brühwarm der Ruth. Der kann was erleben. Und wie hat Ruth dich bemerkt? Warum hat sie dich so zugerichtet?“

Berenike atmete tief aus. „Hertha, schön, dass du da bist. Weißt du, das bedeutet mir wirklich viel.“

„Ja, ist ja gut. Die Psychosoße machen wir später, wenn Ruth eingesperrt ist.“

„Eingesperrt? Ich glaube, die lässt sich nicht einsperren. Außerdem hat sie ja Gunter. Der wird bezeugen, dass sie das gar nicht gewesen sein kann. Ist ja alles in der Transformation passiert." Berenike riss die Augen auf, die ihr zufallen wollten. „Die Frau, die den Notarzt gerufen hat ..." Sie gähnte. „Die hat mich gesund stehen sehen und in der nächsten Sekunde liege ich zermatscht auf dem Kreuz." Berenike schloss die Augen. Ihr Lächeln wurde schwächer, ihr Kopf kippte zur Seite.

Gunter störte. Hertha kratzte sich am Kinn. Was auch immer Ruth und er vorhatten, es sollte schwieriger werden, wenn Ruth Gunter nicht mehr hatte ... „Aber wie?"

Berenike hob den Kopf und schaffte mit Mühe, die Augen offen zu halten. „Wie was?"

„Schlaf weiter, Berenike. Ich schaff jetzt erst mal Gunter aus dem Weg."

„Ach ja." Ihr Kopf fiel wieder auf die Seite. Nach einer Sekunde schreckte sie hoch. „Gunter? Du willst ihn doch nicht umbringen? Hertha, so was darfst du nicht tun." Sie gähnte.

Hertha winkte ab. „Ruth ist nicht zimperlich. Sie wird jede Schwäche ausnutzen, die wir zeigen." Sie trat an Berenikes Bett und strich ihr über den Kopf. „Es tut mir leid, Berenike. Ich hab dich dahin geschickt und dann bringt die dich halb um."

Berenike lächelte und schloss die Augen. „Schon gut."

Hertha stand noch ein paar Minuten neben Berenikes Bett und hielt ihre Hand. Tiefe Atemzüge zeigten Hertha, dass sie schlief. Das Lächeln war nicht ganz aus ihrem Gesicht verschwunden. Ganz allein, dachte sie. „Ich werde dir eine gute Freundin sein", flüsterte Hertha, als sie ihre Hand losmachte und aus dem Zimmer schlich.

Sobald Hertha durch die Glastür auf den Vorplatz des Krankenhauses trat, transformierte sie sich. Sie streckte den Arm, dass die Gelenke schmerzten, die Landschaft unter ihr raste vorbei, verschmolz zu einem bunten Flackern. Bis nach Furth brauchte sie nur einige Sekunden. Wenige Meter vor Gunters Balkon nahm sie den Arm an die Seite des Körpers, drehte die Beine nach vorne und knallte gegen die Glasscheibe.

Da ist das Schwein, dachte Hertha. Gunter war erstarrt, während er die Balkontür geschlossen hatte. Sie schob die Tür auf, Gunter wurde aufrecht stehend in den Raum geschoben. Hertha drängte sich durch die Türöffnung, zog Gunter am Arm zur Seite und öffnete die Tür ganz.

Eine Weile stand sie in seinem Wohnzimmer und überlegte, wohin sie ihn bringen sollte. Es wollte kein Einfall kommen. Weit, dachte sie. Hauptsache weit weg. Sie würde unterwegs Energie brauchen. In Gunters Küche fand sie eine große Flasche Olivenöl und ein Kilo Mehl. Sie steckte beides in eine Einkaufstüte und schwebte damit zurück ins Wohnzimmer. Sie packte Gunter am Fußgelenk und schob ihn schräg in der Luft stehend vor sich her. Es war leichter, als Hertha angenommen hatte. Als sie ihn zu Ursels Wohnung durch die Luft getragen hatte, schien er ihr um ein Vielfaches schwerer gewesen zu sein. Ihre Kräfte schienen beständig zuzunehmen. „Wo soll das enden?“, murmelte sie und wich einer Amsel aus.

Durch Gunters Körper ging ein Ruck, er wurde zu Seite gedreht, beinahe hätte Hertha ihren Halt an seinem Fuß verloren. Er war gegen eine Schwalbe und einen Schwarm Mücken gestoßen. Hertha stieg höher, wo weniger Tiere flogen.

Er musste aus Landshut, aus Ruths Nähe verschwinden. Aber wohin? Hertha verwarf den Gedanken, nach Italien, Frankreich oder noch weiter zu fliegen. Sie hätte Probleme mit der weiten Strecke gehabt. Eine unbewohnte Insel, dachte sie und lachte. Sie sah Gunter auf einem tellergroßen Eiland unter einer Palme sitzen und sich langweilen. Ein Insekt stieß gegen Gunters Schulter, der Aufprall ließ ihn nach unten kippen, Hertha zog ihn am Fuß hinter sich her, beschleunigte und stieg weiter nach oben.

„Natürlich“, rief sie. Fast hätte sie Gunter losgelassen. „Es gibt eine unbewohnte Insel.“ Sie drehte ihren Kurs nach rechts und folgte der Autobahn unter ihr. Gunter baumelte an ihrer Linken. Die Rechte mit der hängenden Tüte trieb sie vorwärts. „Die Krautinsel.“ Letzten Herbst war sie mit Elmar zu einem Seminar auf die Fraueninsel gefahren. Sie hatte sich zwei Tage gelangweilt, während die Anwälte sich gegenseitig beweihräuchert hatten. Sie glaubte, mindestens hundert Mal um das winzige Stück Erde im Chiemsee herumgelaufen zu sein. Nachdem sie jedes Buch im Klosterbuchladen angesehen hatte, war sie nur noch spazieren gegangen. Immer rundherum. Immer wieder vorbei an der Krautinsel, die hundert Meter abseits lag. Ein älterer Tourist hatte ihr erklärt, dass sie nur als Weideland benutzt wurde. Kein sicheres Versteck, aber alles in allem würde Gunter der Weg zurück nach Landshut vielleicht einen Tag kosten. Womöglich genug Zeit für Hertha. Sie streckte den Arm aus, beschleunigte und sah den Freisinger Dom unter sich auftauchen und verschwinden. Eine Weile sah sie Gunter zu, der, erstarrt beim Türöffnen, an ihrer Faust hing und bisweilen so baumelte und sich drehte, dass sie meinte, sein Knöchel würde sich aus ihrem Griff winden.

Über München kam der Hunger. Obwohl es ihr nicht schwer fiel, Gunter zu tragen, spürte sie, wie es an ihrer Kraft zehrte. Was würde geschehen, wenn sie nichts aß? Würde sie verhungern? Ihre Kräfte verlieren? Sie nahm sich vor, Berenike zu fragen. In fünf Jahren Theorie der Damen musste sie ja irgendetwas Nützliches gelernt haben.

Hertha flog in wenigen Metern Abstand am Münchner Olympiaturm vorbei, hielt sich nicht mit der Altstadt auf und überquerte nach einigen Sekunden den lang gestreckten Bau des Klinikums Großhadern im Südwesten. Das Land lag unter ihr ausgebreitet wie eine Landkarte. Sie suchte Straßen, die sie kannte, die Ortschaften, durch die sie so oft gefahren war, und fand nach einigen Minuten hinter einer Hügelkette den Chiemsee.

Die drei Inseln waren leicht zu unterscheiden. Die Fraueninsel mit dem Kloster darauf war viel kleiner als die Herreninsel. Hertha hielt auf den kleinen Turm der Klosterkirche zu. Die Turmuhr zeigte halb fünf. Sie drehte ab und sank auf die Krautinsel. Es gab nur einige Holzhütten. Vielleicht für Hirten oder zum Unterstellen von Werkzeug, dachte sie.

Gunter streifte den Grasboden mit dem Kopf, sie ließ ihn los. Er blieb schräg in der Luft hängen, die Beine nebeneinander, den rechten Arm ausgestreckt mit flacher Hand, die vor wenigen Minuten noch gegen den Rahmen seiner Balkontür gedrückt hatten. Die Linke schien noch immer den Türknauf zu halten.

Hertha drehte sich einmal rundherum. Die flachen Hügel boten Deckung, das Seeufer war im Dunst verborgen. Wie lange würde es dauern, bis er Hilfe herbeigerufen hatte? Zunächst würde er Ärger bekommen. Das Betreten dieser Insel war für alle außer den Landwirten, die hier Felder hatten, verboten. So hatte es ihr der freundliche Mann damals erklärt.

Sie ließ die Arme sinken, stellte sich auf den kargen Grasboden und entspannte sich.

Gunter krachte auf den Boden. Der Wind rauschte, die Vögel zwitscherten, von irgendwo hörte man den Motor eines Sportflugzeuges.

„Also, was plant ihr zwei?“, sagte Hertha und stemmte die Fäuste in die Hüften.

Gunter blieb liegen. Sein halb offener Mund und die aufgerissenen Lider gaben ihm einen Ausdruck von Schwachsinn.

„Was sollte das? Warum bist du zu Ruth und hast ihr brühwarm erzählt, was wir vorhaben?“ Hertha trat einen Schritt auf ihn zu.

Gunter rappelte sich auf, stolperte, fing sich und rannte los.

Es dauerte nur Sekunden, dann stand Hertha transformiert direkt vor dem erstarrten Gunter und entspannte sich wieder. Er hatte den Kopf über die Schulter nach hinten gedreht, wo sie eben noch gewesen war, und stieß aus vollem Lauf gegen Hertha. Sie fing den Stoß ab, drehte sich weg und ließ den strauchelnden Mann zur Seite kippen. Er stieß einen entsetzten Schrei aus, sprang auf und rannte in die entgegengesetzte Richtung.

Mit Hilfe der Transformation stand Hertha in seinem Weg, bevor er es wahrnehmen konnte. Sie schwang die Tüte mit Öl und Mehl, entspannte sich und traf Gunter mit dem Beutel in der Magengrube. Prustend klappte er zusammen.

Nach drei Wiederholungen hatte Gunter genug. Keuchend blieb er nach dem letzten Zusammenstoß auf den Knien kauern und riss mit beiden Händen das Gras büschelweise aus.

„Du hast doch auch Praseodym genascht, Gunter.“ Sie wedelte mit der Rechten über dem Kopf. „Warum fliegst du nicht einfach weg?“

Seine Augen wurden noch größer. „Woher weißt du?“, stammelte er.

„War es lecker?“ Hertha holte die Papiertüte mit dem Mehl heraus und las das Etikett. „Dinkelvollkorn. Was ganz Feines. Danke auch.“ Sie ging in die Hocke, stellte das Mehl ab, öffnete die Tüte und goss einen Schwall Olivenöl hinein.

„Das ist meines“, protestierte Gunter und deutete auf die Flasche. „Extra vergine. Das habe ich in der Toskana direkt vom Bauern gekauft. Weißt du, was so eine Flasche kostet?“

Hertha schüttete die Mischung aus Mehl und Öl in die Plastiktüte, gab den Rest des Öls dazu und knetete einen Teig. „Das war kein …“ Sie schluckte den Rest des Satzes hinunter. Sollte er doch weiter glauben, er habe Praseodym eingenommen. „Warum fliegst du nicht weg?“

Gunter biss sich auf die Unterlippe, aber blieb stumm. Er sah ihr zu, wie sie einen Klumpen Teig in den Mund steckte.

„Also, was hattet ihr vor?“

„Was hast du vor?“, griff Gunter an. „Willst du mich beiseite schaffen?“ Er hob das Kinn und deutete mit dem Zeigefinger einen Schnitt durch die Kehle an. Er sah sich um. „Hier, wo es keiner sieht? Dann bitte, ich bin ja wehrlos.“

Hertha kaute. Es schmeckte schlechter, als sie vermutet hatte, aber das warme Gefühl, das sich von ihrem Magen im ganzen Körper verbreitete, ließ sie ihr Mahl dennoch genießen. „Quatsch“, brachte sie zwischen Ölteigklumpen hervor. „Hör mit dem Scheiß auf, du Waschlappen. Und jetzt sag mir, was Ruth vorhat. Was ihr vorhabt. Sonst werde ich ungemütlich.“

„Ruth weiß nichts von unseren Plänen, sie …“

„Unsere Pläne“, höhnte Hertha. „Welches ‚uns‘ meinst du denn jetzt?“

„Ich wollte doch nur erfahren, was sie vorhat. Ich wollte dir berichten, was sie als Nächstes macht.“ Er sah zu ihr auf wie ein junger Hund.

Sie wedelte sich mit der teigbeschmierten Hand vor dem Gesicht. „Sag mal, hältst du mich für total bescheuert? Ich flieg dich doch nicht durch halb Bayern und lass mir so eine beschissene Lüge aufbinden. Sag schon.“

„Ruth weiß wenigstens, was sie will“, sprudelte Gunter los. „Ihr … ihr wisst doch gar nicht … Ihr könnt euch nicht einigen, redet nur und redet und nichts passiert. Ruth Mersbach entscheidet und handelt."

„Na prima. Sie handelt. Weißt du auch, was sie handeln will?" Hertha schüttelte den Kopf. Meine Güte, was für ein Arschloch, dachte sie. Sie sah auf die Uhr. Fünf Minuten nach halb fünf. Sie wollte noch heute Ruth treffen. Es musste entschieden werden.

„Sie hat ein fertiges Konzept für ein erfolgreiches Buch. Ein Bestseller. Und ich darf der Autor sein. Sie hat eine Vision. Eine Vision von einer besseren Welt und ..."

Noch blöder, als er aussieht, dachte Hertha. „Ruth zufolge ist eine bessere Welt eine, in der nur einer etwas zu sagen hat. Gunter der Guru. Gunter-Guru, Gugu." Sie lachte. „Du Deppenhaufen. Was hast du vor? Was wird Ruth dir befehlen? Massenselbstmord anzuordnen?"

„Unsinn", rief er und sprang auf. „Das ist doch alles Unsinn. Es ist ein Buch. Nur ein Buch. Wie soll die Welt davon zugrunde gehen?"

„Die Philosophie in diesem Buch wird eine Ersatzreligion, du ihr Guru. Ruth wird das für ihr Ziel ausnützen." Hertha stopfte sich eine Handvoll Teig in den Mund.

„Ruths Ziel?" Gunter wedelte mit einer Hand vor seinem Gesicht.

Gunter war keine Hilfe. „Ruth will die Welt untergehen lassen", sagte sie durch Teig hindurch.

Gunter lachte höhnisch und begann eine Tirade über Freiheit der Literatur, Menschenrechte und Freiheitsberaubung. Sie achtete nicht auf ihn und aß, während sie überlegte, wie ein Treffen zwischen Ruth und ihr aussehen würde. Sie wollte sich nicht wie Berenike überrumpeln lassen.

Sie musste zurück. Schnell. Sie aß noch ein paar Bissen, lächelte Gunter zwischendrin ein paarmal an, um ihn zu beruhigen, dann wischte sie sich die teigigen Hände ab. „Bis dann", sagte sie und transformierte sich.

Das Öl und das Mehl hatten ein warmes, sicheres Gefühl im Bauch hinterlassen. Sie war stark. Jetzt war der Zeitpunkt, sich Ruth zu stellen. Sie streckte den Arm aus, legte alle Kraft hinein und hob von der Krautinsel ab. Sie flog dennoch langsamer als sonst. Hertha biss die Zähne zusammen und legte sich flach in die Luft. Sie zitterte vor Anstrengung, jede Faser ihrer Muskeln war angespannt – sie wurde langsamer. Was war das? Die Kraft reichte nicht. Sie wurde ausgesaugt. Hertha spürte sich leer und hohl werden. Die Fraueninsel tauchte unter ihr auf. Hertha kam nur wenige Meter pro Sekunde vorwärts. Noch einmal streckte sie sich mit einem Ruck. Es war kaum noch Kraft in ihr. Sie nahm alle Stärke zusammen, spannte sich noch einmal an. Sie war eine liegende Linie in der Luft ... Sie schlich. Der Anlegesteg der Fraueninsel kam ruckend näher. Mit dieser Geschwindigkeit würde sie Tage brauchen, um nach Landshut zu kommen.

Im nächsten Moment fühlte sie, dass sie nicht einmal über die Fraueninsel hinaus kommen würde. „Was um Himmels willen ist hier los?“, presste sie zwischen den Zähnen hervor.

Hertha flog tiefer. Nicht weil sie es wollte; sondern obwohl sie mit aller Macht vorwärts strebte, und trotz aller Kraft, die sie in den gestreckten Arm legte. Sie nahm den linken Arm nach vorne. Panik ergriff sie. Es fiel ihr schwer, ihren Arm zu heben. Sie ließ den Kopf zwischen die Schultern fallen und genoss für einen Moment die Erleichterung, die es ihr brachte. Sie schlich in drei Metern Höhe über den hölzernen Bootsanlegesteg. Im nächsten Moment waren es nur noch zwei Meter. Ihr Kopf hing immer weiter herab, sie konnte die Arme nicht mehr ausstrecken, ihre Beine hingen von ihr herunter. Sie hing in der Luft wie ein umgedrehtes U. Schon streiften ihre Zehenspitzen die Bohlen des Steges. Die Hände setzten auf, sie glitt noch ein paar Meter auf dem Steg, schlitterte über den Kies am Fahrradunterstand auf der Linken vorbei. Es ist vorbei, dachte sie. Das war es. Die Macht wirkt nicht mehr.

Aber es war mehr als das. In ihr hatte sich eine Leere verbreitet, die sie noch nie erlebt hatte. Sie empfand ein Vakuum, ein nagendes, saugendes Gefühl in den Eingeweiden, das sich wie ein Krebsgeschwür vom Rumpf in den Kopf, in die Extremitäten ausbreitete.

Schwer atmend, Arme und Beine auf dem Kies ausgestreckt,

blieb sie liegen und schloss die Augen. Sie fühlte, wie sie in die normale Zeit zurückglitt. Sie blieb liegen. Die Schwerkraft presste ihren Körper mit ungeahnter Gewalt auf den Boden. Sie konnte sich nicht rühren. Hertha war zu schwach, die Augen zu öffnen. Das Atmen war eine Anstrengung, jeder Atemzug wollte neu überlegt, geplant, angestoßen und mit riesiger Anstrengung ausgeführt werden. Sie starb. Hertha wusste, dass sie starb.

Nahrung. Nur für diesen Gedanken war Platz in Herthas Bewusstsein neben der Gewissheit zu sterben. Nur Nahrung konnte sie retten. Fünf, zehn Meter vor ihr war eine Gaststätte. Hertha hatte sie im Anflug gesehen. Jetzt brachte sie es nicht fertig, den Kopf zu heben. Ihr Gesicht tauchte in den Kies. Ihre Atemstöße bliesen Staub auf, den sie im nächsten Moment wieder einatmete. Es war unmöglich, den Kopf zu drehen. Dort vorne, wenige Meter von ihr entfernt, bereiteten sie Herthas Rettung zu. Schnitzel, Braten, Kuchen, Sahne, Eis und Pfannkuchen. Nur ein paar Bissen, dachte sie und der Gedanke erschöpfte sie noch mehr. Sie glitt in einen Dämmerzustand, der ihr die Gnade des Vergessens vor dem Sterben gewährte.

„Willst du mal lecken?“, sagte eine piepsige Stimme.

Hertha ließ den Kopf nach rechts fallen, drehte das Gesicht nach links. Einige Sekunden lang erholte sie sich von der Anstrengung, dann öffnete sie die Augen. Vor ihr stand ein vier- oder fünfjähriges Kind mit einem Monstrum von Waffeleis in der Hand. Das Mädchen hielt ihr das Eis vor das Gesicht.

„Was ist denn mit dir? Warum liegst du da? Bist du müde?“ Das Kind leckte an dem Eis und hielt es wieder Hertha hin. „Das ist Schokolade. Schokolade ist mein Lieblingseis.“

Hertha ruckte mit dem Kopf in der Hoffnung, dass das Kind die Bewegung als ein Nicken deuten würde. Das Kind verstand. In Zeitlupe bewegte sich das Eis auf Hertha zu und füllte ihr Gesichtsfeld aus. Der Geruch der Schokolade füllte ihre Nase, ihr Bewusstsein. Hertha öffnete den Mund. Bitte, dachte sie. Bitte. Ich will nicht sterben. Mädchen, komm näher, wollte sie rufen. Bitte, noch ein paar Zentimeter. Näher.

Dann berührte das Eis ihre Lippen. Herthas Kopf zuckte mit der letzten Anstrengung, derer sie fähig war, nach vorne. Ihre

Lippen umschlossen den Konus. Dann kam das wunderbarste Gefühl, das sie je erlebt hatte. Sie fand die Kraft, zuzubeißen. Der größte Teil des Eises verschwand in Herthas Mund. Sie kaute, sie schluckte, achtete nicht auf die Schmerzen, die ihr die gefrorene Masse an den Zähnen machte. Kraft durchströmte sie. Wärme. Feuer. Sie fühlte sich erstarken.

Das Kind hatte sich erhoben, starrte auf sein Eis. Tränen füllten seine Augen. Dann öffnete es den Mund, schloss die Augen und begann lautlos zu weinen. Schluchzer schüttelten das ganze Kind. Schließlich bahnte sich ein Klagelaut seinen Weg, stieg an, und das Mädchen schrie ihr Leid in die Welt.

Hertha sprang auf. Die Leere, das Verlangen, die Todesangst waren mit jedem Tropfen geschmolzenen Eises vergangen und lagen schon in einer fast vergessenen Vergangenheit. Einen Augenblick sah Hertha auf die Kleine herunter, die den Rest ihrer Eiswaffel mit erhobener Hand vor sich hielt wie das Fanal ihres Unglücks. Dann rannte Hertha los. Mehr. Sie brauchte mehr Nahrung. Mit ein paar Sätzen war sie im Gasthaus. Geradeaus ging es in die Gaststube, rechts war eine Tür, auf der zwei Schilder *Küche* und *Nur für Persona*l verkündeten. Hertha stürmte in den überheizten Raum voller Dampfschwaden, Ölgeruch und weiß gekleideter Männer und Frauen, die in einem Wirrwarr von Töpfen und Pfannen rührten. Kommandos flogen durch die Luft und wurden bestätigt. Zischen von Schneebesen, Brutzeln von Fett und das Rauschen von Abzugshauben erfüllte die Küche. Niemand nahm Notiz vor ihr. Herthas Blick fiel auf einen schwarzen Bräter auf der Arbeitsplatte vor ihr. Ein Dutzend große panierte Schnitzel lagen darauf und warteten auf die Verteilung auf ebenso viele Teller, die mit Kartoffelsalat, Tomate und Zitronenkeil bereitgestellt waren. Rechts an der Wand stand eine Gefriertruhe mit dem Aufdruck einer Eismarke. Hertha schob den gläsernen Deckel zur Seite, nahm ein Eis, das in Form und Farbe dem des Kindes entsprach, und griff sich dann den Bräter mit dem Fleisch. Fünf Sekunden nach ihrem Eintritt war sie wieder auf dem Gang. Die Tür war noch nicht zugefallen, da hörte sie das Rufen eines der Köche nach den Schnitzeln.

Auf dem Gang klemmte sie sich eines der Schnitzel zwischen

die Zähne, transformierte sich und schwebte mit Eis und Topf zu dem Kind, das unbeweglich stand, wo Hertha es verlassen hatte. Sie zog dem Mädchen den abgebissenen Konus aus der Hand, schob ihn sich neben dem Schnitzel in den Mund und steckte ihr das verpackte Eis in die Hand.

Was war geschehen? Warum hatte sie nicht mehr fliegen können? Warum schien jetzt alles wieder normal zu sein? Sie biss von dem Fleisch ab, balancierte den Topf in der Linken und streckte die rechte Hand in die Höhe, um loszufliegen.

Erst bewegte sie sich einige Meter nach oben, dann spürte sie ein Rauschen um sich, wurde gebremst. Sie wehrte sich, streckte den Arm aus, wurde noch langsamer und gab schließlich auf. Sie schwebte in zehn Metern Höhe über dem Bootsanlegesteg und drehte sich einmal um sich selbst. Was war die Erklärung? Hatte Ruth etwas damit zu tun? Sollte Hertha hier festgehalten werden? Verbannt auf die Fraueninsel? Hertha dachte an den Koch, der sie wiedererkennen würde. Sie würde nicht fliegend, sondern wohl eher auf einem Boot der Wasserschutzpolizei die Insel verlassen. Sie biss vom Fleisch ab, kaute und erwog, zur Krautinsel zu fliegen. Ob sie die hundert Meter überwinden konnte? Herthas Blick fiel auf die Reihe der Klostergebäude. Die Uhr zeigte Viertel nach vier.

Sie brauchte einige Augenblicke, bis sie verstand, was sie stutzen ließ.

Ihre Armbanduhr zeigte die gleiche Zeit. Aber als sie Gunter abgesetzt hatte, war es zehn Minuten später gewesen. Später! Sie schüttelte den Kopf, hielt sich die Armbanduhr direkt vor die Augen. Es musste eine Stunde vergangen sein. Viertel nach fünf. – Nein. Sie sah es genau: Die Spitze des Stundenzeigers deutete auf die Stelle knapp unterhalb der Vier auf dem Zifferblatt.

Ihre Hände waren mit dem Halten des Fleisches beschäftigt, nur der kleine Finger stand zur Verfügung. Sie deutete mit ihm auf die Turmuhr. Sie wurde regelrecht nach vorne gerissen. Der Topf mit dem Fleisch kippte um, blieb an ihrem Brustkorb hängen und wurde mitgezogen. Einen Augenblick später stieß sie gegen den Turm. Was war hier los? Sie schob sich von der verputzten Wand weg. Was geschah? Vorhin noch hatte sie sich angestrengt, ihren Arm mit aller Kraft strecken müssen und sich trotzdem nur bewegt wie eine Schnecke – und jetzt genügte ein Wink mit dem kleinen Finger?

Auch die Turmuhr bewies ihr, dass sie sich nicht geirrt hatte. Viertel nach vier. Der Gedanke, der sich unter allem anderen eingenistet hatte und sich nicht vertreiben ließ, arbeitete sich nach oben. Konnte es möglich sein?

Hertha stopfte die Reste des ersten Schnitzels in den Mund und aß ein zweites, ein drittes. Mit einem Wink ihres Fingers raste sie einige Dutzend Meter über den See hinaus. Sie behielt die Turmuhr im Auge und streckte den Arm mit Kraft aus. Wieder vernahm sie das Rauschen, ein Vibrieren, Brummen. Sie kam nur wenige Meter vom Fleck. Aber die Zeiger der Turmuhr ruckten, bewegten sich – rückwärts. Vierzehn Minuten nach vier. Sie ließ die Streckung nach, aß zwei weitere Schnitzel und wiederholte das Experiment. Zwölf Minuten nach vier. „Unglaublich! Die Zeit läuft rückwärts. Phantastisch.“ Was würde noch alles kommen? Das Unbeweglichkeitsdogma, die Zeit. Wo sollte das enden? War Gunter jetzt auf der Krautinsel oder nicht? Würde sie sich selbst auf dem Hinflug begegnen?

Sie beschloss, der Sache auf den Grund zu gehen und ließ sich von einem Wink ihres Zeigefingers nach oben und hinten reißen. In einem langgezogenen Looping stieg sie erst hundert Meter in die Höhe, um am Ende kopfüber auf die Krautinsel zuzuschweben. Sie ließ sich im Schneidersitz auf den Boden sinken und balancierte den Bräter mit dem Fleisch auf dem Schoß. Halb fünf, erinnerte sie sich, war sie mit Gunter hier gelandet. Sie ließ sich in die Zeit zurückgleiten, wartete, aß und blieb sitzen.

Etwas zog an ihr. Sie drehte sich um, niemand war bei ihr. Das Ziehen wurde stärker. Etwas zerrte an ihrem Körper. Nicht an einer bestimmten Stelle, der ganze Körper wurde gleichzeitig nach vorne gezogen. Langsam bewegte sie sich, sie wurde im Schneidersitz über das trockene, derbe Gras und den sandigen Boden gezogen. „Was?“, entfuhr es ihr, aber das Tempo, mit dem sie über die Erde gezerrt wurde, verschlug ihr die Sprache.

Der Bräter fiel zur Seite, sie wurde vom Boden gehoben. Etwas richtete sie auf, drehte ihre Beine in den Hüften, richtete ihren Oberkörper gegen ihren Widerstand auf. „Schei...", begann sie. Der Ruf ging in einen Schmerzensschrei über. Ein Rauschen füllte plötzlich die Luft, aus dem Augenwinkel konnte sie etwas Dunkles erkennen, dass von oben auf sie zuraste. Sie versuchte, den Arm schützend zu erheben, es gelang ihr nicht. Eine unsichtbare Macht hielt ihren Körper gefangen, sie war unfähig zu einer eigenen Bewegung, wurde aber langsam um die eigene Achse gedreht, mit dem Rücken zu dem Schatten, der sich ihr näherte. Sie wollte schreien, es war zu spät.

Ein ungeheurer Schlag traf sie, sie fühlte sich, als wäre ihr ganzer Leib von einem Moment zum anderen auf die doppelte Größe angeschwollen, hielt sich eine Millisekunde um dann mit einem schrecklichen Gefühl der Implosion zurückzuschnellen und seine normale Form anzunehmen.

Hertha öffnete die Augen.

Es war, als ob sie aus ihren Augen jemanden anderen etwas tun sah. Sie ließ die Arme sinken, wunderte sich, dass sie das tat. Sie stellte sich auf den kargen Grasboden und entspannte sich. War sie denn transformiert gewesen? Sie konnte nicht anders handeln.

Gunter krachte vor ihr auf den Boden. Wo kam der her? Sie schauderte. Die Zeit!, dachte sie. Die Zeit war angehalten. Jetzt begann sie von Neuem. Der Wind rauschte, die Vögel zwitscherten, von irgendwo hörte man den Motor eines Sportflugzeuges.

„Also, was plant ihr zwei?", sagte Hertha und stemmte die Fäuste in die Hüften. Oh Himmel, dachte sie. Ich will das nicht sagen. Warum? Welche Macht zwingt mich? Nein.

Gunter blieb liegen. Sein halb offener Mund und die aufgerissenen Lider gaben ihm einen Ausdruck von Schwachsinn.

„Was sollte das? Warum bist du zu Ruth und hast ihr brühwarm erzählt, was wir vorhaben?" Hertha trat einen Schritt auf ihn zu. Sie konnte es nicht ändern. Was würde passieren?

Plötzlich traf es sie wie ein Schlag. Alles geschah erneut, der Flug gegen die Zeit, beinahe verhungern, wieder auf die Krautinsel und wieder und wieder. „Nein!", brüllte sie.

Gunter hob den Kopf, sah sie an und rappelte sich auf. Er stolperte, fing sich und rannte los.

Hertha begriff. Sie konnte etwas ändern. Sie hatte ein Wort gerufen, dass sie vorher nicht gesagt hatte. Sie konnte etwas ändern. Ihre Panik wich.

Es dauerte nur Sekunden, dann stand Hertha transformiert direkt vor dem erstarrten Gunter, und entspannte sich wieder. Hertha ließ sich treiben, genoss das Spiel. Ihre Angst vor sich selbst und den Geschehnissen war verschwunden.

Nach einigen Minuten der Wiederholung der Ereignisse, die Hertha jetzt amüsierten, flog sie wie das letzte Mal von der Krautinsel. Das sichere und warme Gefühl, dass Öl und Mehl ihr gaben, war dasselbe. Sie streckte diesmal ihren Finger nur leicht aus und kam rasend vorwärts.

Sie nahm eine Bewegung seitlich war, drehte den Kopf und sah den Bräter, den sie auf der Krautinsel gelassen hatte, mit ungeheurer Geschwindigkeit auf sich zufliegen. Bevor sie sich ducken konnte, hatte der schwere, eiserne Topf sie erreicht. Wieder dieses eigenartige Rauschen, das Gefühl größer zu werden, es schien der Raum an sich um sie herum zu vibrieren. Plötzlich hielt sie die beiden Griffe in der Hand, ohne dass sie wusste, wie es geschehen war. Der rasende Bräter hätte sie verletzen müssen, aber nichts war geschehen. Sie hatte keinen Schmerz gespürt. Von einer Sekunde zur anderen hielt sie das Ding in der Hand.

Sie beschloss, nicht darüber nachzudenken und flog über das südliche Ufer des Chiemsees und die Autobahn, bevor sie nach Nordwesten abbog.

Minuten später schwebte Hertha auf dem Rücken liegend Richtung München. Den Bräter mit den Schnitzeln hatte sie auf dem Bauch abgestellt. Die Hände waren hinter dem Kopf verschränkt, die Beine übereinander geschlagen. Für den Antrieb reichte ein abgespreizter kleiner Finger der rechten Hand. Mit der Linken angelte sie ab und an ein Stück Fleisch aus dem Topf. Sie aß, bis ihr der Bauch schmerzte, wartete wenige Minuten, bis sie wieder Hunger verspürte, und aß weiter. Mit einem Blick rechts oder links stellte sie fest, ob sie dem richtigen Kurs folgte, und korrigierte bei Bedarf.

Diese neue Kraft war einzigartig. Sie war von Anfang an stärker gewesen, als Ursel erwartet hatte. Aber das ... Hertha fielen immer neue Möglichkeiten ein, diese Macht zu gebrauchen. Konnte Hertha die rückwärts laufende Zeit gegen Ruth einsetzen? Sie musste einen Weg finden, Ruth in eine Zeitfalle laufen zu lassen. Sie schob sich das letzte Schnitzel in den Mund, als sie den Freisinger Domberg überquerte.

Hertha dachte über ihre Verbündeten nach. Berenike war im Krankenhaus, Ursel schien der Tradition der Damen so hinterherzutrauern, dass sie kaum in der Lage war, gegen Ruth zu kämpfen. Sie würde wohl noch eine Weile brauchen, um sich mit der neuen Lage abzufinden. Wie würden sich die anderen Mitglieder des Rats stellen? Hertha beunruhigte der Gedanke, dass sich ein paar Verrückte auf Ruths Seite stellen könnten. Wie viele konnten es sein? Alle?

Hertha beschloss, bis auf weiteres niemandem von ihrer neuen Macht über die Zeit zu erzählen. Sie sah nach unten und bemerkte, dass sie der Autobahn zweiundneunzig folgte. Die Burg und der Martinsturm waren am Horizont auszumachen. Hertha drehte sich um und ließ den Bräter über der Isar in der Luft zurück. Er würde hineinfallen, wenn die Zeit weiterlief. Sie raste auf den Martinsturm zu. Wo ist Ruth, dachte Hertha. Im gleichen Moment spürte sie ihre Anwesenheit. Je weiter sie flog, umso deutlicher wurde Ruths Präsenz. Es war ein dunkles, kühles Gefühl; Hertha wollte umdrehen, fliehen, Wärme suchen. Sie zwang sich weiter. Wollte Ruth, dass Hertha sie spürte? In ihrer Wohnung hatte Ruth Hertha diese eigenartigen Bilder übermittelt. Was konnte sie über die Entfernung tun? War dies eine Falle? Hertha befahl sich, weiterzufliegen. Die Begegnung war unausweichlich.

Hertha flog immer langsamer. Sie wechselte ihre Richtung immer wieder um ein paar Grad. Wurde Ruths Gegenwart deutlicher, behielt sie den neuen Kurs, wurde das Gefühl schwächer, suchte sie weiter. Rote Ziegeldächer glitten unter ihr vorbei. Hertha schlich. Gassen, erstarrte Menschen. In der Theaterstraße stand ein Bus, ein Fahrradfahrer wich ihm aus und war in abenteuerlicher Schräglage gefangen. Hertha bewegte sich Meter für

Meter vorwärts. Sie bog in die Ländgasse ein, Ruth war kaum noch spürbar. Sie flog zurück. Am Bus vorbei, die Theaterstraße hinauf zur Altstadt. Das Gefühl wurde stärker. Beinahe unerträglich. Hertha befahl sich Ruhe. Vertraue deinen Kräften, dachte sie. Vertrauen.

Ruth war in der normalen Zeit, dennoch ging eine Macht von ihr aus, die Hertha spürte. Hertha flog von hinten an sie heran. Sie erkannte Ruths massige Gestalt, die Frisur der grauen Haare. Die alte Dame trug einen karierten Rock, eine helle Bluse, keine Handtasche. Hertha umkreiste sie einmal. Ruth lächelte, sah irgendwo in die Ferne vor sich. Die Gefühle der Kälte, Dunkelheit und Bedrohung gingen wie Schwaden von Ruth aus, wie Dunst aus einem Moor emporstieg.

Hertha zog einen weiten Kreis um Ruth und wartete. Sie flog eine Spirale, die sie immer höher trug und immer weiter weg von Ruth. Herthas Grauen nahm mit der Entfernung ab. Keinen Augenblick ließ sie den Blick von der alten Dame. Ruth konnte Hertha anscheinend nicht spüren. Auch für sie schien die Zeit stillzustehen, aber Hertha war sich nicht sicher über Ruths Fähigkeiten. Sie schien allen Damen überlegen, über weit größere Kräfte zu verfügen, von denen Hertha nichts ahnte.

Hertha wollte vorbereitet sein. Hertha kreiste. Minutenlang geschah nichts. Sie ging tiefer, spürte Ruth deutlicher und stieg wieder. Ruth rührte sich nicht.

Schließlich sank Hertha hinab und stellte sich zehn Meter hinter Ruth auf das Kopfsteinpflaster der Altstadt. Sie schloss die Augen, ließ die Hände und Arme hängen, atmete aus. Das Gemisch der Stimmen setzte ein, Motorengeräusch aus der Ferne, ein Glockenschlag des Turms von St. Martin.

Hertha wich einem Paar aus, das händchenhaltend ihren Weg kreuzte. Für einen Augenblick verlor sie Ruth aus den Augen.

Hertha blieb stehen. Einige Meter vor ihr stand Ruth, winkte Hertha zu und lächelte. Nichts von dem Gefühl der Bedrohung war noch zu spüren. Hertha machte einen Schritt, blieb stehen. Ruth winkte sie heran. Sie sagte etwas, das Hertha nicht verstand, winkte wieder.

Hertha ging näher heran. Sie war auf alles gefasst. Drei, vier

Meter vor der alten Dame blieb sie stehen.

„Hertha, komm. Was ist? Willst du nicht mit mir reden? Gehen wir eine Runde durch die Altstadt." Ruth holte mit beiden Armen zu einer Geste aus. „Schaufensterbummel. Möchtest du?"

Was wollte sie? War das eine Falle? Ein Friedensangebot? „Was hast du mit Berenike gemacht?"

Ruths Lächeln verschwand nur einen Augenblick. „Ich kann es nicht leiden, wenn ich ausspioniert werde. Das habe ich deutlich gemacht. Wenn ich Berenike etwas hätte tun wollen, so hättest du sie nicht mehr besuchen müssen."

Hertha fragte sich, ob Berenike *sie* noch besuchen kommen musste. „Und ich? Ich will wissen, was du vorhast. Ist das kein Spionieren?" Ruth kam einen Schritt näher. Hertha trat zurück.

Ruth hob beide Hände. „Frieden. Man kann sich ja gar nicht unterhalten auf diese Entfernung. Pax. Für den Augenblick."

Hertha blieb stehen und ließ Ruth herankommen. Ruth nahm die Arme herab. Mit jedem Schritt, den sie näher kam, wurde ihr Gesicht ernster. „Du hast …" Ruth zögerte, hob den Kopf, sog die Luft ein. „Du hast neue Kräfte. Stark. Du bist ungewöhnlich stark." Mit dem letzten Wort verschwand die Nachdenklichkeit aus ihrem Gesicht und ihr Lächeln war wieder da.

Hertha spürte nicht nur Ruths Nähe, Bilder ihres Bewusstseins überlagerten die der Realität. Zerstörung, Verwüstung, Kälte und Einsamkeit. Hertha riss die Augen auf. Waren das Visionen, die Ruth ihr eingab? Sie wollte sich nicht täuschen lassen.

Ruth stand jetzt direkt vor ihr und lächelte sie an. „Was willst du tun, Mädchen? Mich daran hindern? Versuch es und stirb." Die Freundlichkeit in Ruths Gesicht war ungebrochen. „Gehen wir jetzt auf unseren Schaufensterbummel?"

Ruth würde nicht zögern zu kämpfen, dachte Hertha. Bei Berenike hat sie es ja auch nicht getan. Also fürchtet sie meine neuen Kräfte. Sie versteht mich nicht. Sie weiß nicht genau, was ich kann. „Ich werde dich daran hindern, Ruth", rief Hertha und transformierte sich.

Ruth transformierte sich sofort mit ihr. „Du lächerliches, kleines … Du wirst doch nicht den gleichen Fehler noch einmal machen?"

Hertha schwebte einige Dutzend Meter rückwärts, breitete die Arme aus und erwartete Ruths Angriff.

Ruth machte kehrt, flog steil nach unten auf die Straße, landete und ging zurück in die normale Zeit, ohne Hertha zu beachten.

Hertha war sich sicher: Ruth fürchtete die Kräfte. Sie flog eine Runde um Ruth, die neben zwei Männern stand. Einer mit einem dicken Schnauzer hatte eine dunkle Lederjacke an, der andere trug eine ausgewaschene Jeansjacke und seine dünnen blonden Haare hingen in fettigen Strähnen über die Augen. Hertha wartete eine Minute, dann stellte sie sich neben Ruth und ging in die normale Zeit.

„Wissen Sie, Herr Kommissar, diese Frau – Hertha Heldrich heißt sie. Sie belästigt mich schon seit Tagen." Ruth ließ die Schultern hängen, machte ein weinerliches Gesicht und wirkte zwanzig Jahre älter als noch vor Sekunden. „Ich weiß gar nicht, was ich tun soll. Ich kenne sie gar nicht, aber die läuft mir nach, ist sogar in meine Wohnung eingedrungen." Ruths Miene zeigte Angst. „Können Sie mir nicht helfen?"

Der Blonde zog wortlos seine Geldbörse heraus, klappte sie auf und zeigte Hertha einen Dienstausweis der Kriminalpolizei.

„Heldrich, aha. Frau Heldrich, zeigen Sie mir doch mal Ihren Ausweis", verlangte der Schnurrbartträger.

Hertha klopfte auf ihre Hosentaschen und fand nur den Schlüsselbund. Ihre Tasche mit den Papieren lag auf dem Beifahrersitz des Volvos in Achdorf. Ihr Magen tanzte, als sie sich erinnerte, dass sie den Wagen nicht versperrt hatte. „Hab ich nicht dabei." Ihr Blick flackerte dorthin, wo Ruth eben noch gestanden hatte. „Sie ist weg", stammelte sie und zeigte auf die Stelle. Die beiden Männer drehten sich um sich selbst und sahen sich um. Ruth war nicht zu entdecken.

Geschickt gemacht, dachte Hertha und wusste im nächsten Moment, was sie tun würde. Sie spannte Arme und Beine an, presste die Zähne aufeinander und ließ die beiden Polizisten unter sich. Aus fünfzig Metern Höhe blickte sie sich um. Ruth war natürlich nicht zu sehen. Hertha spürte nichts von Ruths Anwesenheit. Es blieb nur eine Möglichkeit.

Sie lächelte. Damit konnte Ruth nicht rechnen.

Hertha raste schräg nach unten, kurvte zwischen zwei Pfeilern unter die Bögen, griff sich, ohne ihr Tempo zu drosseln, eine Plastiktüte roher Würste aus dem Vorrat des Imbissstands und raste weiter. „Entschuldigung", rief sie in die Stille und streckte sich in der Luft aus, wie sie es noch nie getan hatte.

Sie bewegte sich immer langsamer vorwärts. Die Dächer hatte sie in der ersten halben Sekunde weit unter sich gelassen, für die nächsten hundert Meter brauchte sie eine halbe Minute. Dann flog sie nur einen Meter in der Sekunde. Schließlich stand sie fast in der Luft. Sie biss die Zähne zusammen, reckte den Arm nach vorne. Sie zitterte am ganzen Körper. Es rauschte, es brummte, ihr Körper wurde geschüttelt, dann wurde es plötzlich ruhiger. Sie reckte die Füße, nahm den Kopf zwischen die Schultern und spannte jeden Muskel im Körper an, der sie länger machen konnte. Der Hunger begann sie zu quälen. Noch hatte sie Kraft. Wie lange konnte sie durchhalten?

Sie sah nach unten. Tief unter ihr begannen die Menschen sich zu bewegen. Rückwärts. Ein Vogel schob sich zitternd verkehrt herum in Herthas Gesichtsfeld. Der Minutenzeiger des Martinsturms ruckte und hob sich von der Viertelstunde in Richtung der Zwei. Schwäche begann sich tief in ihren Eingeweiden auszubreiten. Essen. Sie musste essen.

Hertha verharrte zitternd und ausgestreckt viele Meter über den Dächern der Häuser. Nicht mehr lang. Gleich würde sie aufhören müssen. Es war unerträglich. Hunger bohrte sich durch die Eingeweide. Plötzlich raste etwas auf sie zu. Ruth! Sie kam aus der Richtung der Burg Trausnitz. Hertha wollte sich eben auf einen Aufprall vorbereiten, da bog das Etwas ab und schoss nach unten zur Fahrbahn. Sie flog rückwärts und landete auf dem Pflaster neben zwei Männern, die Hertha als die beiden Polizisten erkannte. Sie kniff die Augen zusammen und erwartete den Zusammenprall der Herthas aus verschiedenen Zeiten. Wieder wurde sie wie willenlos von der unsichtbaren Kraft an die Stelle gezogen, wo sie eben noch gestanden hatte. Sie ließ es geschehen, es war weniger schmerzhaft als das letzte Mal. Das Rauschen ertönte, sie fühlte sich schwellen, etwas vibrierte in ihr und um sie, dann öffnete sie die Augen. Gegen einen fast unüberwindbaren Widerstand zwang sie sich, in der Transformation zu bleiben, nicht in die normale Zeit zu gleiten. Aus der durchsichtigen Tüte, die sie dem Wurstverkäufer abgenommen hatte, zerrte sie eine Kette mit drei Paar Würsten heraus. Sie stopfte sich die rohe Fleischmasse in den Mund, schluckte, sobald es möglich war, und ignorierte den ekelhaften Geschmack.

Ruth wiederholte ihren Flug zur Burg vorwärts. Hertha folgte ihr. Sie war noch fünfzig Meter entfernt, da hatte Ruth sie bemerkt. „Das ist unmöglich“, brüllte Ruth. „Wie hast du das gemacht?“ Es war kein Rest ihrer Freundlichkeit von vorhin zu spüren. Hertha antwortete nicht, schob sich ein weiteres Paar Würste in den Mund und folgte Ruth, die in einen rechtwinkeligen Steigflug ausbrach. Hertha flog hinterher. Ruth schlug Haken, schwebte in unmöglichen Winkeln durch Gassen und Lücken zwischen Giebeln. Immer wieder musste Ruth um Vögel und Insekten herumfliegen, stieß gegen übersehene Exemplare, wurde gebremst, musste erneut beschleunigen. Hertha folgte und schloss immer weiter auf. Sie schob Insekten beiseite, schubste Vögel aus dem Weg und konnte ihr Tempo beibehalten.

Ruth wurde langsamer. Hertha streckte noch einmal den Arm aus, schob sich mit der anderen Hand die letzten beiden Würste in den Mund. Ruth kroch nur noch im Vergleich zu Herthas rasendem Flug. Noch ein Augenblick und Hertha war bei ihr. Sie ließ die leere Plastiktüte fallen, sprang Ruth von hinten an und zog ihr beide Arme auf den Rücken.

Ruth schien zu schwach, um sich zu wehren. „Wie hast du das gemacht? Keine Tradition. Ekelhaft, isst in der Transformation. Widerlich.“ Ruth spuckte aus. Ihr Speichel blieb direkt vor dem Mund in der Luft hängen.

Solange sie in der Luft ist, kann sie nicht in die normale Zeit zurückkehren, dachte Hertha. Sie ist schwach, ich muss meinen Vorteil nutzen. Hertha packte Ruth an den Armen und zog sie höher. „Was hast du vor?“ Hertha blieb zweihundert Meter über den Dächern Landshuts in der Luft stehen. Ruth hing wehrlos in ihren Händen. „Was wird geschehen? Sag? Ich lass dich nicht runter. Von mir aus verhungerst du hier oben.“

Ruth keuchte. „Du wirst es nicht verhindern. Es ist Zeit."
„Zeit? Zeit für was?"
„Zeit für den Untergang." Ruth zerrte schwach, konnte aber an Herthas Griff um ihre Arme auf dem Rücken nichts ändern. „In den letzten hundert Jahren ist die Welt genau siebenundzwanzig Mal fast zerstört worden." Ruth zischte ihre Worte durch zusammengebissene Kiefer. „Wir haben sie gerettet. *Ich* habe sie gerettet. Siebenundzwanzig Möglichkeiten, sich zu besinnen. Nichts. Nichts ist geschehen. Sie sind es nicht wert."
„Du forderst Respekt vor der Tradition, Ruth."
Ruth wandte ihren Kopf ab.
Hertha zerrte an Ruths Armen, bis sie wieder zu ihr sah. „Respekt vor der Tradition der Damen. Aber du hast keinen Respekt, Ruth. Hundert Jahre. Was sind schon hundert Jahre? Es gibt seit Hunderttausenden Jahren Menschen. Du hast nicht das Recht. Du nimmst dich zu wichtig."
„Ich muss essen." Ruth flüsterte nur noch. „Gib mir zu essen. Ich sterbe."
„Das wäre die beste Lösung." Hertha wusste nicht, was sie tun sollte.
Ruth keuchte und bäumte sich auf. „Auch wenn du mich aufhältst, werden die Männer mein Werk vollenden." Sie lachte freudlos. „Sie werden es tun. Sie werden die Welt zerstören. Du kannst nichts ändern. Gibt es auf, Hertha. Du bist es, die sich zu wichtig nimmt. Du kannst nichts ausrichten."
Hertha antwortete nicht. Sie fragte sich, ob sie es fertig bringen würde, Ruth hier oben sterben zu lassen. Sie würde als Dame sterben oder in die normale Zeit zurückkehren müssen, auch wenn sie zweihundert Meter über Landshut hing. Sie würde sich zu Tode stürzen. Plötzlich bekam Ruths Logik eine schreckliche Anziehungskraft für Hertha. Wenn sie Ruth getötet hatte, würde der Untergang der Welt unvermeidlich folgen?
Hertha glitt mit Ruth auf die Fahrbahn, dann ließ sie die alte Frau los. Ruth knickte ein, fiel auf die Knie. Ihr Kopf hing kraftlos herab.
Hertha fühlte sich nicht in der Lage und nicht in der Stimmung, transformiert nach Hause zu fliegen. Hunger quälte sie.

Sie sah noch einmal auf die kniende Ruth, drehte sich um, schwebte einige Dutzend Meter der Straße entlang. Sie ließ die Füße übers Pflaster schleifen, bewegte die Beine, als ob sie ginge, und ließ sich zurück in die normale Zeit gleiten. Sie malte sich aus, was sie zu Hause essen würde.

Sie senkte den Kopf, steckte die Fäuste in die Taschen ihrer Hose und machte sich auf den Weg zum Wirtsanger. Sie hatte die erste Gelegenheit, Ruth unschädlich zu machen, vergehen lassen. Die Alte würde sich nicht noch einmal überrumpeln lassen. Ruth würde sich zu schützen wissen. Hertha stieß mit der Schulter gegen ein Straßenschild, fluchte und ballte die Fäuste in den Taschen. Ruth töten? Sie hätte es nicht fertig gebracht. War das die Überlegenheit des Bösen? Musste Hertha die Moral fahren lassen, wenn sie die Menschheit retten wollte? Ihr Magen knurrte.

Ohne recht zu merken, wie sie den Weg zurückgelegt hatte, stand sie mit einem Mal vor ihrem Haus. Sie sah hoch, nahm die Hände aus den Taschen und kramte ihren Schlüssel heraus. Sie sah ein zweites Mal auf. Elmars Wagen stand vor der Garage. Ist es dem Herrn zu langweilig im Büro geworden, dachte sie und nahm sich vor, ihn zappeln zu lassen. Sie wollte eben den Schlüssel im Schloss umdrehen, als ein Geräusch sie zögern ließ. Stimmen. Da waren Stimmen. Sie schüttelte den Kopf. Es mussten Leute beim Nachbarn im Garten sein.

„Ruth", rief jemand.

Zufall, dachte Hertha. Zufall, oder mein Unterbewusstsein spielt mir einen Streich. Hunger nagte in ihren Eingeweiden. Sie drückte die Tür auf, ließ sie offen und ging in die Küche. Ein Zweikilolaib Bauernbrot mit herrlicher Kruste lag auf dem Schneidebrett neben dem Fernseher. Sie nahm es in beide Hände und wollte eben hineinbeißen … Sie hörte durch die offene Eingangstür jemanden Ursels Namen rufen. Hertha rannte durch den Flur, sprang die Stufen in den Vorgarten hinunter und rannte um die Hausecke. Auf halber Höhe blieb sie neben dem japanischen Bach stehen. Das Brot glitt ihr aus den Händen und sprang und rollte die Steinstufen hinunter vor Ruths Füße.

„Wie ich mir gedacht habe", höhnte Ruth. Sie hatte den linken

Arm um Elmar gelegt, der vor ihr stand. Sie überragte ihn um einen halben Kopf. In der Rechten hielt sie die Klinge eines aufgeklappten Schweizer Taschenmessers gegen seinen Hals. Wo die Spitze einen Millimeter durch die Haut drang, hatte sich ein Blutfleck gebildet, ein Rinnsal endete an seinem Kragen.

Ursel stand auf der Holzplattform vor dem Haus und starrte Ruth an. „Ursel, gib mir das Brot", herrschte Ruth sie an.

Hertha trat einen Schritt vor und bückte sich danach.

Elmar schrie auf.

„Rühr dich nicht vom Fleck oder ich spieß ihn auf", zischte Ruth. „Ursel, tu, was ich gesagt habe."

Hertha richtete sich auf. „Er hat nichts damit zu tun. Was willst du von Elmar?" Hertha sah, wie er zitterte. Schweiß stand in Tropfen auf seiner Stirn und lief ihm in die Augen. Er blinzelte.

Ursel nahm das Brot mit einer Hand. Die andere hielt sie hoch, wie zum Zeichen, dass sie unbewaffnet sei. Ruth packte den Laib, schickte Ursel mit einem Nicken zurück an ihren Platz und riss mit den Zähnen große Fetzen aus dem Brot. „Ursel, gib ihr eine Oblate", sagte Ruth durch Brotkrümel hindurch. Sie schob ihr Bein durch Elmars Beine und stellte ihren rechten Fuß auf einen von Elmar. „Rühr dich einen Millimeter und ich stech dich ab", sagte sie dicht neben seinem Ohr. Elmar zitterte. Sie ließ die Umklammerung ihrer Linken los, griff in die Tasche ihres Rocks, holte ein braunes Steingutdöschen hervor und warf es auf das Gras zwischen sich und der Holzplattform.

Ursel rührte sich nicht.

Ruth ließ Elmar mit einer Bewegung des Messers in ihrer Rechten aufschreien. Ursel sprang auf die Dose zu, bückte sich und ließ den Blick nicht von Ruth. „Mach schon", fauchte Ruth. Den Blick auf Ruth geheftet, ging Ursel auf Hertha zu.

Hertha streckte die Hand aus, aber ließ sie auf Ruths Befehl wieder sinken. Ursel öffnete den Deckel, auf den die drei Helme des Landshuter Stadtwappens modelliert waren. Hertha erkannte das Döschen, das auf dem Tischchen in Ruths Wohnung gestanden hatte. „Sterbe ich, wenn ich es nehme?" Hertha sah auf eine schwarze Oblate, auf die ebenfalls drei Helme geprägt waren, in Ursels Hand.

„Du stirbst nicht“, sagte Ruth. „Ursel, steck es ihr in den Mund. Tief in den Rachen. Halt ihr den Mund zu, sobald es drin ist. Ich lasse den Mann frei, sobald du geschluckt hast, Hertha Heldrich.“

Hertha öffnete den Mund und nickte Ursel zu. Die schwarze Oblate kam näher. Zwanzig, zehn Zentimeter von ihrem Mund. Hertha wusste nicht, ob sie es fertig bringen würde. Sie fühlte nur Hunger. Selbst ihre Angst vor der schwarzen Scheibe in Ursels Hand wurde von ihrer Gier nach Essen überlagert. Sie glaubte, kurz vor dem Hungertod zu stehen.

Ruth warf den Kopf zurück, riss den Mund auf und lachte. Das war der Moment. Hertha verkrampfte die Arme und Beine, biss die Zähne zusammen und transformierte sich. Ursel, Elmar – alle waren erstarrt. Sie schwebte nicht. Sie war zu schwach. Ihre Kraft reichte kaum, sich auf den Beinen zu halten. Sie griff nach der Oblate, wollte sie an sich nehmen. Die Oblate ließ sich nicht bewegen. Hertha musste sich an Ursels Arm festhalten, um nicht in die Knie zu gehen. Mit den Fingern beider Hände fasste sie die Oblate, zerrte, ließ sich daran hängen. Endlich glitt das schwarze Gebäck aus Ursels Fingern. Hertha kippte nach hinten, ihr Fall wurde von der Oblate in ihren Händen gebremst. Wie eine Feder glitt sie auf den Boden. Sie stemmte die Absätze in das Gras, schob sich in Richtung Ruth. Alle Muskeln brannten, in ihrem Bauch breitete sich eine schreckliche Leere aus.

Eine scheinbare Ewigkeit später hatte sie die zwei Meter zu Ruth zurückgelegt. Keuchend blieb sie auf dem Rücken liegen, die Oblate in beiden Händen vor der Brust haltend. Fünfzig Zentimeter über ihr sah Hertha den Laib Brot in Ruths Hand. Der Anblick der Nahrung gab Hertha Mut. Sie streckte die Rechte aus, krallte sich mit den Fingern in den Brotlaib und zerrte mit aller Kraft, die ihr verblieben war.

Nach einer Weile stummen Kampfes konnte sie sich ein faustgroßes Stück Brot in den Mund stopfen. Sie kam zu Atem, der Hunger zog sich auf eine tiefere Ebene des Bewusstseins zurück. Hertha zog sich auf die Beine.

Ruths offener Mund klaffte vor ihr wie ein rotschwarzer Abgrund. Die Oblate ließ sich jetzt leichter bewegen. Hertha schob sie so tief hinein, wie es ihr möglich war. Sie lehnte sich gegen Elmars Schulter, wartete, bis sie zu Atem kam und nahm noch ein paar Bissen Brot. Nachdem sie gegessen hatte, fühlte sie sich stark genug, Ruth das Messer aus der Hand zu winden, die Klinge einzuklappen und das Messer zurück in ihre Faust zu schieben. Immer noch hungrig kehrte sie zurück an ihren Platz vor Ursel und ging in die normale Zeit zurück. Ruths Lachen erklang wieder. Es fiel Hertha nicht schwer, mit einem Stöhnen zusammenzubrechen. Sie fasste sich an den Hals und tat, als ob sie schluckte.

„Es wird die Transformation rückgängig machen." Ruth hustete, schloss den Mund, schloss die Augen und schluckte mit einem Kopfschütteln etwas herunter. Hertha beobachtete sie aus den Augenwinkeln. Ruth räusperte sich. „Sie wird das Praseodym von sich geben und die Ordnung wird wieder hergestellt sein."

Ursel stand neben der liegenden Hertha und schloss den Deckel des Döschens. „Die Ordnung", murmelte sie und sah abwechselnd Ruth und Hertha an. „Es ist das Ende deiner Macht", sagte Ursel und atmete tief ein.

Ruth lachte. „Das Ende ihrer Macht, ja", sagte sie und von einem Moment zum anderen war das Lachen verschwunden. Sie ließ das Messer von Elmars Hals sinken, griff sich an die Kehle, öffnete den Mund. Ein tiefes Gurgeln kam aus der Tiefe ihres Schlundes. Sie brach zusammen.

Elmar sprang zurück. „Meine Güte", rief er und fasste sich an den Hals. Er ging rückwärts, bis er über Herthas Füße stolperte und neben ihr zu liegen kam. Hertha stand auf und sah Ruth an. Die alte Dame krümmte sich auf dem Boden, wurde von Krämpfen hin- und hergeworfen. Einmal richtete sie die aufgerissenen Augen auf Hertha, streckte eine Hand aus und ließ sie kraftlos wieder fallen.

Nach einigen Sekunden schien Ruth sich zu beruhigen. Wirkte das Mittel auch bei einer Dame, die schon hundert Jahre transformiert war? Hertha trat einen Schritt zurück. Ruth schaffte es, sich auf die Knie zu stellen, beugte sich vor, stützte sich mit den Händen auf das Gras und würgte. Sie keuchte, hustete, brüllte vor Schmerz. Dann brach ein Schwall grünen Schleims aus ihr hervor. Sie erbrach und erbrach nicht enden wollende Mengen grüner Flüssigkeit.

Ursel hielt die Dose vor sich auf der flachen Hand. „Was ist …?" Mehr brachte sie nicht heraus.

Hertha griff nach der Dose, aber Ursel hatte ihre Hand schon weggezogen. „Sie hat es genommen."

Ruth kippte zur Seite. Ursel streckte den Arm aus. „Ruth, sie – sie verfällt. Himmel. Seht. Ruth verwest. Meine Güte."

Elmar keuchte und murmelte Unverständliches.

Ruths Haut war grau und trocken, die Haare fielen ihr in Büscheln aus. Die Kleidung zersetzte sich in Fasern. Die Haut der Hände war zu Staub zerfallen. Sehnen und Bänder hielten die nackten Knochen zusammen. In weniger als einer Minute lag das bloße Skelett vor den Frauen und Elmar. Niemand sagte ein Wort. Elmar atmete laut wie ein Wal.

Eine Autotür wurde zugeschlagen. Hertha achtete nicht darauf. Ihr Blick war von dem Schauspiel gefesselt. Vor einer Sekunde hatte Ruths Skelett vollständig vor ihnen gelegen, jetzt brach der Brustkorb ein. Eine Rippe zerfiel zu Staub. Der Schädel zerbrach in vier Stücke. Ursel wandte sich mit einem Ausruf des Entsetzens ab.

Hertha hörte, wie ihre Türklingel betätigt wurde. Weder Elmar noch Hertha bewegten sich.

„Frau Heldrich?", rief jemand. „Hertha Heldrich? Hallo." Schritte kamen den Weg am Bach hinunter.

Dreißig Sekunden später stand der schnurrbärtige Polizist mit der schwarzen Lederjacke im Garten und sah sich um. Hinter dem Schnauzbart tauchte der Blonde mit der ausgebleichten Jeansjacke auf und streckte ihnen allen seinen Dienstausweis entgegen. Elmar stand mit offenem Mund herum. Ab und zu schloss sich sein Kiefer, er schluckte, dann schien er etwas sagen zu wollen, aber es fiel nur wieder sein Kiefer herunter. Seine Rechte gestikulierte bisweilen, als ob er spräche.

Der Schnauzbärtige trat auf Hertha zu. „Frau Heldrich, schön, dass wir uns wiedertreffen." Ein schreckliches Knirschen hinter Hertha erweckte die Aufmerksamkeit des Polizisten. Er reckte den Kopf an Hertha vorbei und ging um sie herum.

Hertha zog den Kopf ein, kniff die Augen zu und wartete.

„Wir wollten ja schon wissen, warum Sie uns so einfach auf und davon sind."

Hertha hörte, wie er auf einen Knochen trat, der mit einem dünnen Rascheln barst. Das war's, dachte Herta. Sie haben es gefunden. Ein Skelett. Im Garten. Wird jemand Ruth vermissen? Ich war zuletzt mit ihr zusammen. Die Bullen werden eins und eins zusammenzählen. Sie wollte alles sagen. Beichten. Sich erleichtern. Sie drehte sich mit einem Ruck um, öffnete den Mund um zu sprechen und – sagte nichts. Ruths Knochen waren zu Staub zerfallen. Ein grauer Schleier hatte sich über das Gras gelegt, wo Ruth gelegen hatte.

Der Polizist blieb vor dem Fleck grünen Schleims stehen, der sich im Gras undeutlich abzeichnete. Er ging in die Hocke, nahm etwas Kleines, Längliches in die Hand, was erschreckend nach einem Fingerknochen aussah, und zog damit ein paar Schleimfäden zwischen den Grashalmen empor. Das Etwas in seinen Händen zerfiel in winzige Stückchen.

Er richtete sich auf und klopfte sich die Hände ab. „Thomasek, mein Name. Hauptkommissar Thomasek." Er deutete in die Richtung seines Kollegen. „Kriminalkommissar Ruhland." Ein Lächeln glitt über sein Gesicht. „Hätten Sie nicht gedacht, dass wir Sie so schnell finden, was?"

Hertha schnaufte. Am liebsten wäre sie in Ohnmacht gefallen. Ihr Kreislauf tat ihr den Gefallen nicht. „Nein. Ja. Ach was", stammelte sie. „Worum geht es denn?"

Thomasek kam näher. Sein Schnurrbart war riesig und zitterte beim Sprechen. „Diese alte Dame, die Sie belästigt haben."

Hertha vollbrachte ein kurzes Lachen. „Die Spinnerte? Die kennt doch jeder mittlerweile. Die ist mir durch die ganze Altstadt nachgelaufen und hat mich angezetert. Ich habe nicht reagiert." Hertha senkte die Stimme. „Ich kenn sie ja." Sie winkte ab. „Na, das hat sie eben wütend gemacht und dann ist sie zu Ihnen. Das war der beste Moment, sie loszuwerden. Entschuldigen Sie. Da bin ich eben weg, weil ich die Nase voll hatte von ihrem Geplapper."

Thomasek warf seinem Kollegen einen Blick zu. „Sie sagten, Sie kennen sie, Frau Heldrich. Wie heißt sie? Ich würde gerne ihre Version der Geschichte hören. Wo ist diese Frau? Warum ist sie auch verschwunden?"

„Verschwunden", murmelte Elmar. „In Staub aufgelöst." Er starrte auf die Stelle, wo eben noch Ruth gelegen hatte.

Herthas Magen rebellierte.

„Wie bitte?", sagte Ruhland.

„Staub", sagte Elmar, anscheinend ohne den Blick vom Gras nehmen zu können.

„Ja", lachte Hertha künstlich. „Das heißt nein. Ich kenne sie. Ja. Aber nicht so mit Namen. Das ist eben eine der Verrückten, die man immer wieder in der Stadt trifft. Sie wissen schon."

„Weiß ich nicht", sagte Thomasek scharf. „Die ist mir noch nicht aufgefallen." Er zog eine Visitenkarte aus der Hemdtasche und reichte sie Hertha. „Wir sprechen uns noch. Auf Wiedersehen."

Die Polizisten verschwanden um die Hausecke. Hertha taumelte zur Holzplattform, ließ sich fallen und setzte sich hin. Sie zog die Beine an, umschlang sie mit beiden Armen und klemmte den Kopf zwischen die Knie. „Scheiße, scheiße, scheiße", murmelte sie.

Elmars Hand zuckte in Richtung der Überreste Ruths. „Was war das?", sagte er.

Hertha wippte vor und zurück. Sie hatte Ruth umgebracht. Sie hatte gedacht, die Oblate würde Ruth nur entmachten. Aber doch nicht töten.

Elmar nahm die Hand von der Wunde am Hals, betrachtete das Blut auf seinen Fingern und sah dann Hertha an. „Okay, Hertha. Erklärung, bitte. Sag mir am besten nur das, was dich nicht belastet. Das kriegen wir schon hin."

Hertha sah ihn an, dachte nach und schwieg.

7. Kapitel

Hertha zog ihren Blazer glatt und sah sich im Kaminzimmer der Burg um. Die letzten Mädchen einer Schulklasse verschwanden kichernd in den nächsten Raum. Hertha öffnete die Tür in der Wandverkleidung und trat in den stockdunklen Gang. Sie zog sie hinter sich wieder zu und wartete, bis sich ihre Augen an die Dunkelheit angepasst hatten, dann wandte sie sich nach links. Sie erinnerte sich, dass es nach zehn oder zwanzig Schritten eine Abzweigung nach rechts gab. Danach konnte es nicht mehr weit sein.

Nach ein paar Schritten war auch das letzte Licht, das durch die Türritze drang, verschwunden. Sie tastete sich an der rohen Bretterwand entlang, bis sich ein Holzsplitter in die Fingerkuppe bohrte. Die Abzweigung. Sie drehte sich vorsichtig hinein. Sie zählte zehn Schritte. Ein Schlag gegen den Kopf ließ sie in den Knien einknicken – sie hatte sich am Ofenrohr gestoßen, das quer über den Gang verlief. Sie hielt sich mit beiden Händen den Schädel und wartete, bis der Schmerz nachließ.

Ursel hatte den Termin der Ratssitzung herausgefunden. Hertha hatte sie gebeten mitzukommen, aber Ursel hatte immer neue Ausreden erfunden und schließlich mit einem Nein, das keinen Widerspruch duldete, die Diskussion abgebrochen.

Wussten die Damen bereits, was mit Ruth geschehen war? Was würden sie mit Hertha tun? Sie hatte sich vorgenommen, den Damen die Wahrheit zu sagen. Und sie wollte die Konsequenzen tragen.

Langsam richtete sie sich auf. Durch einen Schlitz in der Wand des Ganges drang Licht. Der Versammlungsraum. Sie unterdrückte den Impuls umzukehren, drückte die Tür auf und trat ein.

Alle Stühle bis auf den höchsten waren besetzt. Hertha schloss die Tür und ging zu der Stelle, an der sie das letzte Mal vor dem Rat der Damen gestanden hatte. Das Zischen der Gaslampe auf dem Tisch und das Rascheln einer Zeitung waren die einzigen Geräusche, die Hertha wahrnahm.

Freya blätterte ihre Zeitung um. „So, so, die zu Unrecht Transformierte ist da. Hat dich Ruth also leben lassen."

Neben Freya hatte eine Frau ihre Füße auf die Tischkante gestützt, blickte Hertha an und wippte mit ihrem Stuhl vor und zurück. Eine Laufmasche verlief von ihrem großen Zeh bis zum Unterschenkel. Die kleine Hagere, die sich letztes Mal unablässig die Nägel gefeilt hatte, tupfte etwas aus einem Tiegel auf ihre Handrücken und verrieb die Masse, wobei sie sich auf die Bewegungen ihrer Hände zu konzentrieren schien.

„Dir hat niemand das Wort erteilt, Freya", raunzte die Dame, die rechts neben Ruths Stuhl ihren Platz hatte.

Freya sprang auf. Ihr Gesicht war hochrot. „Die Ratssitzung hat auch noch nicht angefangen, ich brauche das Wort nicht erteilt zu bekommen, Gertraud." Ihre Stimme zitterte, sie hatte die Fäuste geballt und beugte sich vor beim Sprechen. „Die ehrwürdige Prosedetin ist nicht da, falls du es nicht gemerkt hast."

Gertraud antwortete nicht.

Einige Frauen flüsterten miteinander. Hertha hörte Satzfetzen heraus. „Wo ist sie?", „Sie hat recht.", „Was tun wir ohne sie?"

Freya setzte sich und riss ihre Zeitung an sich. Hertha hoffte, dass sie nicht diese Dame zur neuen Chefin wählen würden. „Prosedetin", murmelte sie. Ob eine Prosedetin überhaupt gewählt wurde? Hertha räusperte sich. Niemand achtete auf sie. Hertha hustete. Freya warf eine Zeitungsseite um und funkelte Gertraud an, die zu schlafen schien.

„Ruth wird nicht kommen", sagte Hertha schließlich in das Gemurmel. Keine der Damen reagierte. „Ruth ist …"

Freyas Stimme unterbrach sie. „Aber sie lässt du reden, ja?" Sie starrte an ihrer Zeitung vorbei Gertraud an und fuchtelte mit den Fingern in Herthas Richtung. Die Dame, die rechts neben Freya saß, schlug nach der Hand wie nach einer Fliege.

„Es sind doch deine eigenen Regeln", sagte Gertraud ohne hörbare Regung.

„Sie ist nicht mal Mitglied des Rates", kreischte Freya, „ja, nicht mal eine richtige Dame, und sie lässt du reden. Gertraud!"

„Ruth ist tot", rief Hertha in ihr Gebrüll hinein und bereitete sich auf einen Sturm vor.

„Dann gibt es heute keine Ratssitzung", sagte die Frau, die sich die Hände eincremte.

Freya faltete ihre Zeitung mit ein paar Handkantenschlägen in Transportgröße. „Das ist lästig. Jetzt müssen wir die Sitzordnung ändern."

Hertha blieb der Mund offen.

„Nicht, wenn die da Prosedetin wird." Gertraud hatte den Kopf gehoben und hatte Hertha zugenickt.

„Das stimmt", sagte Freya und klemmte sich die Zeitung unter den Arm.

„Setz dich da hin." Die Hagere schraubte den Salbentiegel zu und deutete erst auf Hertha, dann auf den verwaisten Stuhl.

Was ist das für ein Spiel?, dachte Hertha. Sie hob die Hände und trat bis an die Bretterwand zurück. „Unsinn, was redet ihr? Habt ihr nicht gehört? Ruth ist tot." *Wie* – sie mussten fragen, *wie* sie gestorben war. Damen starben schließlich nicht einfach so. Sie mussten schreien, schimpfen, Hertha beschuldigen. Was war los mit diesem spinnerten Haufen alter Weiber?

„Hast du nicht gehört? Setz dich hin und eröffne die Sitzung. Du bist jetzt die ehrwürdige Prosedetin", sagte Gertraud und schob sich höher auf ihrem Stuhl.

„Hört auf. Das ist nicht witzig. Ich kann nicht Prosedetin sein. Ich bin doch nicht mal Mitglied des Rates. Was ist mit Ruth? Wisst ihr, was mit Ruth ist?"

„Tot. Das hast du doch gesagt." Die Hagere betrachtete ihre glänzenden Hände, die sie im Licht der Gaslampe drehte.

„Na, jetzt bist du Mitglied. Und setz dich endlich hin", sagte Freya scharf.

Hertha machte unwillkürlich zwei Schritte in Richtung des freien Stuhls, dann blieb sie stehen. „Es ist doch sicher gegen die Regeln. Ihr könnt doch kein Nicht-Mitglied zur Prosedetin machen."

„Es gibt keine Regeln", brummte Getraud.

„Doch, natürlich", triumphierte Hertha. Sie zeigte auf Freya. „Eine Regel ist, die Sitzung muss eröffnet werden! Das Wort muss durch die Prosedetin erteilt werden. Alles was ihr gesagt habt, ist also nicht gültig, es …"

„Unsinn", unterbrach Gertraud. „Freya macht sich ihre Regeln immer selbst. Bildet sie sich ein, verstehst du?“ Sie ließ den Zeigefinger neben ihrer Schläfe kreisen. „Will dauernd, das wir Gesetze beschließen und so.“

Freya sprang auf. „Es wird auch Zeit, dass wir endlich mal Gesetze haben, jeder macht hier was er will, nichts ist geregelt, mir hängt das alles zum Hals raus, ich will endlich wissen, woran ich bin, und jetzt setz deinen Hintern endlich auf diesen Stuhl da, wenn wir dir sagen, du bist Prosedetin, dann bist du Prosedetin, so viel Regel gibt es, verdammt noch mal.“

Hertha stellte sich hinter Ruths Stuhl. „Will denn keiner wissen, wie sie gestorben ist?“ Sie legte die Hände auf die geschnitzten Pfosten der Lehne.

Freya fächelte sich mit ihrer Zeitung Luft zu. Die Hagere schien mit ihren Händen zufrieden zu sein, legte sie flach auf den Tisch und beobachtete Hertha. Gertraud schob Ruths Stuhl zur Seite und bedeutete Hertha, dass sie sich setzen sollte.

Die sind verrückt, völlig verrückt, dachte Hertha. Sie müssen doch wissen, dass es nur ein gewaltsamer Tod gewesen sein kann. Sie sah in die Runde. Eine cholerische Zeitungsleserin, eine Handfetischistin, eine mit Schlafkrankheit. Und eine, die ständig mit dem Stuhl wippte, sah Hertha an, als wollte die Neue hypnotisieren. Wenn Hertha sich jetzt setzte, so war sie Teil dieses Zirkels von Übergeschnappten. Jede Einzelne dieses Kabinetts hatte die Macht, Gutes oder Schlechtes zu tun. Allzu viel Gutes traute Hertha ihnen nicht zu. Sollte sie die Kontrolle übernehmen und die Mächte lenken? Oder sollte sie den Haufen führerlos treiben lassen und alleine versuchen, die Aufgabe der Damen zu erfüllen? Die Bewahrung der Welt vor dem Untergang …

Hertha ging um den Stuhl herum, setzte sich und legte die Unterarme auf den Tisch. „Wo fangen wir an?“

***

Am Abend saß Hertha mit Elmar in ihrem Esszimmer und hob das bauchige Rotweinglas, das er ihr zu einem Achtel gefüllt hatte. Elmar hielt ihr den Teller mit dem Hirschbraten hin. Ursel gab ihr von der anderen Seite den Topf mit Rotkraut. Hertha stellte das Glas ab und legte die Hände in den Schoß. „Elmar“, sie nickte ihm zu. „Ursel." Sie räusperte sich. Wie sollte sie anfangen? Sie glaubte selbst nicht, was geschehen war. „Ich habe dich eingeladen … Ich wollte euch erzählen, was heute … Verflucht, ich mach's kurz: Ich bin die neue Prosedetin."

Elmar prustete Rotwein über das Tischtuch. „Pro… – was?" Seine Worte gingen in einem Hustenanfall unter.

Ursel stellte das Rotkraut ab. Hertha beugte sich zu Elmar und klopfte ihm ein paarmal auf den Rücken, während sie Ursel ansah. Die schien unbeeindruckt zu sein.

„Was …", Hertha zögerte. „Was meinst du dazu?"

Ursel wischte sich mit der Serviette über den Mund, faltete sie umständlich zusammen und kramte dann in ihrer Tasche. „Ich hab das selbst gebacken. Vielleicht … ich dachte mir … zur Feier des Tages." Sie zog ein Bündel aus ihrer Tasche und legte es auf den Tisch. In einem weißen Leinentuch lagen vier Semmeln.

„Sieht toll aus. Für uns?" Hertha streckte die Hände aus und ließ sich eine Semmel geben. „Herrlich. Noch warm. Hast du selbst gebacken? Das ist lieb. Ich danke dir."

Ursel nickte knapp. Sie gab Elmar eine und biss in ihre Semmel.

Ein Ritual der Damen?, dachte Hertha. Sie scheint ja nicht gerade begeistert von meiner Neuigkeit.

Elmar nahm einen Schluck Wasser. „Was zur Hölle ist eine Prosedetin?"

„Du hast es gewusst?" Hertha stützte das Kinn in die Handfläche und sah Ursel an.

Ursel hob die Schultern. „Spricht sich rum. Die Damen, du weißt schon. Manche sind ziemlich gesprächig."

„Wenn mir mal bitte jemand erklären würde, von was ihr sprecht?" Elmar hatte die Hände vor der Brust verschränkt.

„Ehrwürdige Prosedetin. Chefin. Sie ist quasi die Vorsitzende der Damen."

„Ich verstehe keinen Ton." Elmar war blass. „Das ist ein bisschen viel für einen Tag."

Ursel knüllte die Serviette zusammen. „Ein bisschen viel. Ja, Hertha. Es ist nicht recht." Sie betrachtete ihrer Hände Arbeit. Dann deutete sie auf Hertha. „Iss. Wenn sie warm sind, sind sie am besten."

Hertha nahm das Gebäck in beide Hände. Der Geruch von Hefe und feuchtem Teig stieg ihr in die Nase.

„Es ist nicht recht, Hertha. Es ist gegen die Tradition. Du weißt nicht, wie deine Kräfte sich entwickeln. Ich glaube, es ist gefährlich für dich." Ursel breitete die Serviette auf der Tischdecke aus. „Vielleicht gefährlich für andere."

„Tradition? Welche Tradition? Ruth ist die zweite Prosedetin, die die Damen je hatten. Viel Tradition kann sich da ja wohl nicht entwickelt haben." Hertha drehte die Semmel in den Händen.

Ursel folgte ihren Bewegungen mit Blicken.

„Du hättest den Rat hören sollen." Hertha beugte sich vor. „Es war ihnen völlig egal. Das ist ein Haufen verlotterter alter Weiber. Die bringen nichts zustande. Die sind es, die gefährlich werden können. Die." Sie streckte die Hand aus und zeigte auf Ursel.

„Siehst du, Hertha? Deine Kräfte machen dich überheblich. Du hast dich über Ruth erhoben, du …"

Elmar winkte. „Nein, nein, nein. Das war Notwehr. Im rechtlichen Sinne Notwehr. Dass diese Folgen eintreten würden, war auch für den Fachmann nicht zu erkennen. Es erfüllt nicht den Tatbestand …"

Hertha hielt ihn am Arm. „Ja, Elmar, ist gut. Niemand will mir hier den Prozess machen."

„Du hast dich über sie erhoben." Ursel sprach ruhig und ernst. „Über deine Prosedetin. Du erhebst dich über den Rat. Und du erhebst dich über Traditionen und Regeln. Macht braucht Beschränkung. Sonst wird sie missbraucht. Ruth hätte nicht sterben müssen."

„*Ruth hätte nicht sterben müssen*", höhnte Hertha. „Wer wäre denn sonst gestorben, wenn nicht sie? Tausende, Millionen? Sechs Milliarden? Du weißt, was sie vorhatte."

„Das weiß ich nicht. Nur ein paar Andeutungen von dir, mehr war es nicht."

Hertha schüttelte den Kopf und betrachtete die Semmel, die sie beständig in der Hand drehte. „Es ist geschehen. Wir können es nicht rückgängig machen." Sie sah Ursel an. „Ruth tut mir leid. Wenn ich gewusst hätte, was mit ihr passiert ... Ich hätte ihr nie die Oblate gegeben."

Ursel schnaubte.

„Bevor ich nach Hause gekommen bin, haben Ruth und ich gekämpft. Transformiert gekämpft." Hertha überlegte eine Sekunde, ob sie die rückwärts laufende Zeit erwähnen sollte. Dies war wohl der schlechteste Moment dafür. Ursel warf ihr die ungewöhnlichen Kräfte vor wie einen Charakterfehler. „Ich hatte Ruth in die Enge getrieben." Hertha ließ die Semmel ständig von der einen zur anderen Hand rollen. „Wir sind hunderte Meter über Landshut geflogen und ich hatte sie in meiner Gewalt. Sie konnte nicht mehr. Musste essen. Wenn ich gewollt hätte, hätte sie dort oben in die normale Zeit zurückgehen müssen. Oder sie wäre verhungert. Ich hätte sie töten können. Aber ich wollte es nicht." Hertha klopfte mit den Knöcheln den Rhythmus der letzten Worte auf die Tischplatte. „Ich habe sie laufen lassen."

„Du erhebst dich über Leben und Tod." Ursel saß aufgerichtet wie eine Statue.

Hertha warf sich in ihrem Stuhl zurück. „Ich töte sie – ich erhebe mich. Ich lasse sie leben – ich erhebe mich." Sie winkte ab und lachte freudlos. „Ich kann es dir nicht recht machen. Ist gut. Schon verstanden. Lass uns essen. Von was anderem reden." Sie biss die Hälfte der Semmel auf einmal ab und kaute. Das Gebäck hatte einen leicht süßlich bitteren Geschmack.

Ursel beobachtete jede ihrer Bewegungen.

„Jedenfalls nett, dass du gekommen bist, Ursel." Sie biss noch einmal in die Semmel. „Ich habe im Rat schon angedeutet, dass Berenike und du Mitglieder werden solltet. Wird ja auch Zeit." Sie wandte sich an Elmar. „Und du hältst dich an dein Versprech..." Weiter kam sie nicht. Ihre Eingeweide schienen aus ihr heraus zu wollen. Es war, als würde in ihr ein Riesenballon gefüllt. Dann kamen die Schmerzen. Wie von alleine streckte sich ihr Körper, ihr Stuhl kippte um, sie spürte den Schlag am Kopf nicht, als sie auf dem Parkett aufprallte. Ihr Körper brannte. Sie schrie, sie wand sich. Hertha wusste, dass sie starb. Das Augenlicht versagte zuerst. Sie riss die Augen auf, blinzelte. Sie sah nur verschwommene Gestalten über ihr. Alles war in ein grünes Dämmerlicht getaucht. Sie wand sich, stöhnte. Eine neue Welle der Schmerzen überrannte sie. Jemand sagte etwas. Eine Stimme brüllte ihren Namen. Sie erkannte nichts, sie war in einer anderen Welt. Schließlich kam die Dunkelheit und der letzte Rest Bewusstsein schwand.

***

„Hertha?" Ihr Kopf wurde hin und her geschüttelt. Irgendetwas schlug an ihre Wangen. Sie stöhnte. „Hertha, hörst du mich?"

„Nein", sagte sie und versuchte vergeblich, die Augen zu öffnen. Etwas Klebriges hatte sich zwischen den Lidern abgesetzt. Ihr Mund brannte vor Galle. „Gib … trinken … gib mir was", keuchte sie und schob mit der Zunge Speichel über die Lippen. Hätte sie die Flüssigkeit in ihrem Mund geschluckt, hätte sie sofort erbrochen. Jemand zerrte an ihren Armen. Ein Augenlid gab dem Zug der Muskeln nach und schnappte auf. Das Brennen auf der Bindehaut befahl ihr, das Auge zu schließen. Sie blinzelte. Alles war grün.

„Hertha. Mach die Augen auf, Hertha." Jemand schüttelte sie an den Schultern.

Hertha spuckte aus und hörte sich selbst wie eine Fremde einen Laut des Ekels hervorbringen. „Leicht gesagt. Augen auf. Pappt alles." Sie wollte die Hand an die Stirn legen, verfehlte aber ihren Kopf. „Scheiße, hab ich ein Schädelweh. Was war denn? Mann, das schmeckt ja widerlich." Sie fand ihre Stirn, tastete nach dem Auge und zog sich das andere Lid auf. „Alles grün." Die Hand, die wohl zu der Stimme gehörte, die sie angesprochen hatte, tätschelte ständig ihre Wangen. „Aufhören zu schlagen", fauchte sie und war erstaunt über die Lautstärke – das Reden, das Atmen, das bloße Leben fiel ihr schwer.

„Himmel, ich hab gedacht, du stirbst."

„Bin ich nicht tot?" Irgendwoher kannte sie den Mann vor ihr. Nach einer Weile des Nachdenkens kam sie auf den Namen. „Elmar", murmelte sie.

„Endlich. Komm, ich bring dich zur Couch. Kommst du hoch?"

Hertha wurde an den Armen hochgezogen, blieb sitzen und atmete schwer. Sie rieb sich die Augen. Auf den Fingerspitzen waren grüne Salzkristalle. Elmar war nur noch hellgrün. Neben ihr lag der umgefallene Stuhl. Erinnerungsfetzen arbeiteten sich durch ihr Kopfweh. Da war ein Essen gewesen. Ursel. Sie drehte den Kopf. Rechts neben ihr schimmerte eine Lache grüner Flüssigkeit. „War ich das?"

Elmar nickte. „Mach dir nichts draus, das kriegen wir schon wieder weg. Komm hoch, ich bring dich zum Sofa."

„Hab ich gesagt, dass mich das stört?", zischte sie. „Ich will nur wissen, ob das von mir ist."

Elmar brummte eine Zustimmung. Hertha schlug sich die flache Hand auf die Stirn. Sie zuckte unter dem Schmerz im Schädel zusammen, dann rappelte sie sich auf. Brodelnde Laute aus ihrer Kehle untermalten ihr Atmen. „Mist. Die hat mir eine Oblate gegeben. Ursel hatte das Döschen mit den Oblaten. In der Semmel war eine Oblate." Sie sprang zum Tisch, strauchelte, hielt sich am Tischtuch fest und warf zwei Rotweingläser um.

„Hertha", rief Elmar.

„Lass mich", sagte sie und riss den Rest ihrer Semmel in zwei Teile. Sie roch daran, besah sich den Teig. Kleine, schwarze Stückchen durchsetzten das Gebäck. Sie warf die Stücke von sich. Ein Teil landete im Rotkraut, eines rollte über den Rotweinfleck, der eben von der Tischdecke aufgesogen wurde. „Hat sie was gesagt?" Sie nahm eine andere Semmel, riss sie auf. Keine Stückchen darin. Noch eine Semmel. Auch dort keine Spur einer Oblate.

„Wer?"

„Ursel, verdammt. Hat sie noch was gesagt?" Hertha schwankte, erwischte die Tischkante und bewahrte sich mit einem Ausfallschritt vor einem Sturz. Sie blinzelte ein paarmal. Die grüne Färbung war fast verschwunden.

„Weiß nicht. Ja." Elmar machte mit beiden Armen Gesten der Hilflosigkeit. „Es täte ihr leid oder so was. Dann ist sie gegangen. Ich hab nicht drauf geachtet. Ich hab gedacht, du stirbst."

„Und lässt sie einfach gehen? Na toll."

„Hör mal, ich musste mich doch um dich kümmern."

„Ist ja schon gut." Sie zog an einer Lehne. Der Stuhl kippte erst, dann rumpelte er über den Boden zu ihr. „Ich hab auch gedacht, ich sterbe.“ Sie setzte sich und stöhnte. „Vielleicht bin ich es ja auch ein bisschen.“

Elmar ließ sich auf das helle Ledersofa fallen. „Mann, als du das ganze grüne Zeug gekotzt hast …“

Hertha brachte ihn mit einer Geste zum Schweigen.

„Ich hab wirklich gedacht, du zerfällst wie diese Ruth im Garten.“ Elmar wischte sich über das Gesicht.

Hertha verkrampfte die Fäuste, streckte die Beine, hielt die Luft an. Nichts. Keine Transformation. „Was machen wir jetzt?“ Sie hielt sich mit beiden Händen an der Tischplatte fest, um den Schwindel zu beherrschen.

„Mach dir keine Sorgen. Es gibt keine Leiche, es gibt kein Motiv, das Ursel oder Berenike einem Richter von dieser Welt erklären könnten, und es vermisst sie wohl keiner. Nach dem was du vom Rat erzählst hast … Wir machen gar nichts.“

Hertha winkte ab. „Nicht Ruth. Meine Kräfte. Sie sind weg.“

„Ich hab kein Problem damit, ich …“, warf Elmar ein.

„Aber ich“, sagte sie. „Ich habe ein Problem. Dieser Rat ist zu allem fähig. Ursel anscheinend auch.“ Hertha schob sich breitbeinig hoch, wartete, bis sich das Drehen gelegt hatte und hielt sich an der Tischkante fest. „Elmar, das muss unter uns bleiben.“ Er wollte antworten, sie unterbrach ihn mit einem Winken. „Was ich dir jetzt zeige und sage, darf nie jemand erfahren. Nie.“ Sie schob sich am Tisch entlang in Richtung Küche.

Elmar stützte die Stirn auf die flache Hand. „Nicht noch mehr. Hertha, es reicht mir wirklich, was ich an Geheimnissen habe. Bitte, verschon mich.“

Die kühle Luft der Küche half Hertha. Sie atmete tief durch, unterdrückte Schwindel und Übelkeit und streckte sich nach dem obersten Fach im Küchenschrank. Hinter überalterten Backmischungen und einem Kilopaket Spiralnudeln angelte sie die beiden Tüten aus dem Oswald'schen Chemikalienhandel hervor. Praseodymoxalat und Praseodymcarbonat.

„Schau mal, Elmar. Ich muss dir was zeigen“, rief sie ins Esszimmer. Sie stand vor dem Küchenschrank. Der Schwindel war vergangen, sie konnte wieder klar sehen. In jeder Hand hielt sie einen Plastikbeutel mit grünem Pulver. Beides Verbindungen des neunundfünfzigsten Elements. Welches der beiden Pulver war das Richtige? Berenike hatte von Hertha eine Mischung beider bekommen und ihre Macht glich einem stotternden Rasenmähermotor im Vergleich zum Zwölfzylinder, der Hertha vor zehn Minuten abgewürgt worden war. Ohne diese Macht wollte Hertha nicht mehr leben. Die Aussicht, die Zeit anzuhalten, über die Schwerkraft zu gebieten, war zu verlockend.

„Was ist das für Zeug?“, sagte Elmar. Er trug drei leere Rotweingläser in den Händen. „Schade um den Wein. Weißt du, wie lange ich den aufgehoben hatte?“

„Das ist Praseodym.“ Hertha wog die beiden Tüten in den Händen. Sie öffnete beide, sah das Pulver aus der Nähe an, prüfte die Konsistenz zwischen den Fingern und roch daran. „Kaum ein Unterschied zwischen den beiden.“ Sie drehte sich zu Elmar, der die Gläser auswusch. „Was meinst du?“

„Was für Zeug ist das? Praso… was?“ Er stand mit dem Rücken zu Hertha und stellte eines der Gläser ins Abtropfsieb.

„Praseodym. Es macht mich zur D.A.M.E.“

Er ließ das Glas fallen. Splitter sprangen über die Edelstahlspüle und fielen zu Boden. Elmar fuhr herum. „Das?“ Er zeigte auf die Tüten. „Das ist dieses Zeug? Himmel. Wirf es weg. Spül es ins Klo. Bloß raus damit.“ Elmar ging zwei Schritte auf sie zu und streckte die Hand nach einer Tüte aus. „Gib’s mir. Ich mach es. Weg damit. Damit muss Schluss sein.“

Hertha umklammerte die Tüten, hielt die Hände hinter dem Rücken und lehnte sich an den Küchenschrank. „Wegspülen? Bist du verrückt? Warum wegspülen? Ich will wissen, welches von beiden ich nehmen soll.“

Elmar war rot im Gesicht, die Halsvenen pulsierten. „Was muss denn noch alles passieren? Heute Nachmittag ist diese Alte da im Garten zu Staub zerfallen, nachdem sie eimerweise grünen Schleim von sich gegeben hat. Heute Abend passiert dir das Gleiche …“

„Nicht zu Staub zerfallen.“

Elmar tippte sich an die Schläfe. „Von den Fressanfällen rede ich gar nicht. Fast neuntausend Euro verschwinden vom Konto für einen Flug nach Boston, am nächsten Tag kommt eine Überweisung und gleicht das wieder aus. Hertha ist mal eben für einen Tag in Amerika. Du verschwindest, tauchst aus dem Nichts wieder auf. Du hältst eigenartige Versammlungen auf unserem Dachboden ab." Er holte Luft, hob die Hände und ließ sie auf die Oberschenkel fallen. „Und dann willst du alles noch mal durchmachen?"

„Welches soll ich nehmen?" Hertha hob die Tüten vor ihr Gesicht, schüttelte und ließ das Pulver rascheln.

„Die Polizei war bei uns im Garten." Elmar schien beinahe zu platzen. „Zehn Sekunden früher und sie hätten Ruths Skelett gesehen. Was hätten wir denen sagen sollen?" Er äffte einen Autoverkäufer nach. „Das ist normal, das passiert, wenn man hundertfünfzig Jahre alt ist und Prasodings genommen hat …"

„Praseodym", sagte Hertha.

Elmar winkte ab. Er wurde noch lauter und spuckte beim Sprechen. „Hundertfünfzig Jahre alt ist und Prasodings genommen hat und dann so 'ne schwarze Oblate schluckt."

„Das wäre immerhin die Wahrheit", sagte Hertha und betrachtete die grünen Kristalle in den Beuteln. Die Oxalatverbindung schien ihr etwas heller zu sein. Sie hob die Tüte mit dem Carbonat höher. „Das hier ist dunkler. Ich glaube, ich nehme das hier." Sie ließ das Pulver in den Tüten rascheln. „Und wenn es das Falsche ist? Was meinst du?"

Elmar stampfte auf. „Was ich meine?" Er brüllte. „Schmeiß es weg, verdammt. Es muss Schluss sein. Ich kann nicht mehr. Ich will mein Leben zurück. Hertha, ich bin Anwalt. Bei mir im Garten geht die Polizei nicht ein und aus. Bei mir im Garten zerfallen keine alten Frauen zu Staub."

Hertha öffnete den Beutel mit dem dunkleren Pulver. „Dein Leben zurück? Wer hat sich denn fast umbringen lassen?" Sie tippte sich vor das Brustbein. „Ich habe Ruth aufgehalten. Es ist auch deine beschissene Welt, die Ruth zerstören wollte." Sie schob die Kuppe ihres Zeigefingers in den Mund und befeuchtete ihn. „Ich hatte Leben. Ich hatte das Praseodym in mir."

„Welt zerstören, wenn ich das schon höre." Elmar griff nach dem offenen Plastikbeutel.

Hertha drehte sich halb um und hielt die Tüte außer Elmars Reichweite. Sie steckte den feuchten Finger in das Praseodymcarbonat. Elmar erwischte die Tüte und zog. Hertha ließ sie nicht los. „Gib das her", keuchte Elmar dicht neben ihrem Ohr. „Du darfst nicht … ich lass dich nicht … Nein."

Herthas Zunge brannte, ein süßlicher Geschmack machte sich auf ihrer Zunge breit. Sie würgte. Es war anders. Anders als beim letzten Mal. „Scheiße", röchelte sie und versuchte auszuspucken, was sich in ihrem Rachen breit machte. „Es ist das Falsche." Elmar stand neben ihr und rührte sich nicht. Oder doch? Seine Hand zuckte, er zerrte an der Plastiktüte. Jetzt verharrte er wieder. In Herthas Bauch schienen sich die Eingeweide zu einem Felsklotz zusammengeballt zu haben. Im Sekundentakt schien er leichter und schwerer zu werden. Hertha wollte sich erbrechen. „Elmar?" Sein Gesicht zuckte im Rhythmus des Felsklotzes in Herthas Magengegend. „Elmar, hörst du mich?" Sein Kopf bewegte sich einen Millimeter in Herthas Richtung, dann erstarrte er erneut. „Mist, Mist, Mist", fauchte sie. „Das falsche Zeug genommen. Scheiße, was mach ich?" Sie sah an sich herunter. Ihre Füße berührten den Boden nicht. Zentimeter für Zentimeter schwebte sie nach oben. Jedes Mal, wenn der Felsklotz im Bauch leichter wurde, sackte sie ein Stück ab.

Der Beutel, den sie festgehalten hatte, war erstarrt. Er hing im Raum, als ob er in der Luft festgenietet wäre. Sie griff mit beiden Händen danach, zog daran. Er rührte sich keinen Millimeter. „Das Unbeweglichkeitsdogma", sagte Hertha. Sie war die Erste seit jeher, die das Dogma gebrochen hatte. Und jetzt sollte es wieder für sie gelten? „Das falsche Praseodym. Ich habe das falsche genommen." Sie deutete mit dem Arm auf den Boden. Zuckend folgte ihr Körper und setzte nach einigen Sekunden auf den Terrakottafliesen auf. „Viel zu langsam", murmelte sie.

Ruckweise hatte Elmar seinen Kopf zu Hertha gewandt. Sein Mund war geöffnet, die Lider weit geöffnet, die Augenbrauen nach oben gezogen.

„So kann ich nichts mit der Transformation anfangen", sagte sie und schloss die Augen. Sie ließ die Arme hängen, senkte den Kopf und atmete lange aus.

„Was war das? Hertha, du meine Güte. Was ist mit dir?" Elmar starrte sie an. „Du warst weg, dann wieder da. Du hast ... du hast geflackert wie ein ... wie ein Geist." Er fasste sie an den Oberarmen. „Bist du da?"

„Natürlich bin ich da." Sie sah das Pulver noch einmal an und warf den Beutel an die Wand gegenüber. Er prallte gegen die Fliesen, fiel herunter, verfing sich am Wasserhahn und streute seinen Inhalt ins Becken. „Es war das falsche Zeug."

„Du hast es genommen." Elmar wischte sich übers Gesicht. „Es musste ja schief gehen. Wenn du nur ein Mal auf mich hören würdest." Er lehnte sich an den Küchenschrank, legte die Hände auf sein Gesicht und ließ sich hinuntergleiten. „Hertha, das geht nicht. Ich ertrage es nicht. Ich kann so nicht weitermachen."

„Reg dich ab." Hertha öffnete den anderen Beutel und feuchtete den Finger an. „Es war das falsche, sag ich dir." Sie steckte den Finger in das Pulver. „Aber das hier muss dann wohl funktionieren."

„Nur ein kleiner Rest Vernunft", jammerte Elmar. „Wenn da nur ein winziges bisschen Vernunft wäre." Er wiegte den Kopf hin und her. „Hertha muss die Welt retten. Hertha rettet uns alle." Er ließ die Hände sinken. „Vor was denn, verflucht? Vor diesem Waschlappen, der bescheuerte Bücher schreibt? Vor einer fetten alten Oma, die in meinem Garten grünen Wackelpudding kotzt und dann zu Staub zerfällt?" Er schob sich am Schrank nach oben. „Hertha, du machst dich lächerlich. Und du machst mich lächerlich." Er stand jetzt vor ihr und versuchte, den Beutel zu greifen. „Bitte. Lass uns einfach alles vergessen und weitermachen wie bisher."

Hertha stopfte den Beutel in die Tasche ihrer Jeans und hielt den Zeigefinger hoch. Die Praseodymkristalle glitzerten im Licht.

„Das kannst du mir nicht antun."

„Stimmt. Das kann ich mir nicht antun." Sie ging zum Waschbecken und wusch sich die Hände. Sie schüttelte den Beutel mit dem falschen Pulver und spülte die Reste weg. Das Praseodymcarbonat schäumte und verschwand mit dem Seifenschaum im Abfluss. „Keine Ahnung, was passiert, wenn ich zwei Mal eine Dosis einnehme. Ist mir zu gefährlich. Ich muss das andere erst loswerden." Sie trocknete die Hände am Geschirrtuch.

„Hörst du überhaupt, was ich sage?"

„Aber du kannst es nehmen." Hertha warf das Tuch in die Spüle und zog die Tüte aus der Tasche. „Jetzt wissen wir ja, welches das Richtige ist. Elmar, es hält das Altern auf." Sie ging einen Schritt auf ihn zu. „Wenn wir beide transformiert sind, bleiben wir zusammen. Wir bleiben, wie wir sind. Jahrhunderte. Elmar, du musst es tun. Wir können etwas erreichen. Zusammen die Welt verbessern."

Elmar hob die Hände. „Bist du verrückt?" Er trat einen Schritt zurück und stieß gegen den Küchenschrank. „Ich nehm doch dieses Zeug nicht."

Hertha feuchtete ihren Zeigefinger an. „Es ist das Richtige. Es muss das Richtige sein." Sie steckte den Finger in das Pulver. Die Fingerspitze kribbelte. Von Herthas Finger strömte Wärme durch ihren Arm, ihren Körper. Sie stöhnte. „Elmar, das ist es. Das ist das Praseodym. Du wirst die Zeit besiegen, die Schwerkraft." Sie machte eine ausholende Armbewegung. „Wir beide, Elmar, wir können die Ewigkeit überdauern. Wir können die Welt verändern."

„Woher willst du das wissen?" Elmar glitt seitlich am Schrank entlang und streckte die Arme aus, um Hertha auf Abstand zu halten. „Das eine war es nicht, warum muss es also diese Tüte sein? Woher hast du die? Beide können falsch sein. Hertha." Er stolperte zurück und fiel, als Hertha mit der grün glänzenden Fingerspitze auf ihn zusprang.

„Vertrau mir." Hertha beugte sich zu Elmar, der in der Tür zum Flur saß. Sie streckte die Hand nach ihm aus. Elmar schob sich auf Händen und Füßen nach hinten, rutschte aus, fiel flach auf den Rücken, drehte sich, rappelte sich auf und flüchtete ins Wohnzimmer. Sie rannte ihm nach. „Elmar, du musst."

Elmar lief zum Tisch, blieb sprungbereit an der Stirnseite stehen und hielt sich gebeugt mit beiden Händen an der Tischplatte fest. „Komm nicht weiter. Bleib stehen. Ich nehm das Zeug nicht."

„Elmar, hör mir zu." Hertha stand auf der anderen Seite des Tisches. Jede Bewegung Elmars zur einen oder anderen Seite beantwortete sie mit einem Satz in die gleiche Richtung. „Es schadet dir nicht. Es gibt dir Kräfte. Du wirst Macht haben über die Zeit. Die Schwerkraft bedeutet nichts mehr für dich." Sie lachte. „Du kannst ... Elmar, du kannst fliegen." Sie beschrieb mit dem Arm einen Kreis über ihrem Kopf. „Es wird wunderbar. Elmar ..." Sie machte einen Ausfallschritt nach links, Elmar hüpfte in die andere Richtung, Hertha warf sich nach rechts.

„Ich will aber, dass die Schwerkraft etwas für mich bedeutet." Elmar sprang auf der Stelle, stampfte mit beiden Füßen auf. „Ich liebe es, schwer zu sein, und ich will keine Macht über die Zeit. Hörst du? Ich will nicht."

Hertha rannte nach links, stieß gegen einen Stuhl, der auf dem Parkett polterte. Elmar wich aus, riss am Tischtuch, Gläser stürzten um, Geschirr klirrte, ein Kerzenleuchter kippte in die Schüssel mit dem Rotkraut. Sie streckte den Finger mit dem Praseodym aus. Elmar stolperte über eine Teppichkante, Hertha holte zwei Schritte auf. „Bleib. Es ist gut", keuchte sie.

Elmar sprang in die Küche, wollte die Tür zuwerfen. Hertha bekam einen Fuß zwischen Tür und Rahmen. Er stemmte sich von innen dagegen. Sie zwängte ihren Arm durch den Schlitz, suchte seinen Kopf, wollte den Finger in seinen Mund schieben. „Hör auf, Hertha", brüllte Elmar. Ein Schlag auf ihre Hand ließ Hertha aufschreien. Er hatte einen Pfannenwender als Waffe benutzt. Sie zog den Arm zurück. Der Handrücken pochte und begann rot zu werden.

Mit dem richtigen Praseodym könnte ich mich transformieren, dachte sie. Mit diesem Gestotter wird das nichts. Seinen Mund bekomme ich wegen des Unbeweglichkeitsdogmas auch nicht auf. Sie rieb sich die Stirn. Wenn er nur verstehen würde, welches Glück er sich entgehen ließ. „Ist gut, Elmar. Pause. Waffenstillstand, okay? Lass uns drüber reden." Sie zog den Fuß aus der Tür, sie knallte zu.

„Ich rede nicht drüber. Ich nehme dieses Zeug nicht. Das ist nicht verhandelbar", kam es durch die Tür.

Hertha wischte sich die Reste des grünen Pulvers vom Finger. „Überleg doch mal. Wir können zusammen überall hin. Die Zeit anhalten. Fliegen. Elmar, das ist kein Witz. Fliegen."

„Vergiss es", rief er. „Ich liebe die Zeit. Sie soll genau so bleiben, wie sie ist. Hörst du? Lass die Finger von meiner Zeit."

„Nicht altern. Ursel ist hundertfünfzig Jahre alt. Stell dir das vor. Wir können zusammen etwas bewegen. Die Welt verändern. Formen. Zum Guten ändern. Elmar, denk nach. Du musst das tun." Der Schlüssel wurde im Schloss umgedreht, vom Gang kam das Geräusch der anderen Tür, die Elmar zuschlug und verschloss.

Hertha ging zum Esstisch, hob einen Stuhl vom Boden auf und ließ sich darauf fallen. Sie stützte die Ellenbogen auf die Knie und das Kinn auf die Hände. Sie musste das falsche Praseodym loswerden, bevor sie das richtige nahm. Ursel hatte ihr vorhin heimlich die schwarze Oblate gegeben, durch die sie ihre Macht verloren hatte. Sie konnte Ursel nicht nach einer weiteren fragen. „Berenike", sagte sie und klatschte in die Hände.

„Was?", rief Elmar durch die Küchentür.

Berenike hatte ein Gemisch falschen und richtigen Praseodyms eingenommen und auch sie hatte das Stottern der Transformation erlebt. Hertha musste nur Berenike dazu bringen, eine Oblate einzunehmen, damit sie danach das richtige Praseodym bekommen konnte. Und Hertha würde dabei sein, wenn Berenike ihre Oblate bekam, und sich ihren Teil abzweigen. „So geht es", sagte sie und sprang auf.

„Hertha?", rief Elmar. „Hertha? Hörst du jetzt endlich auf?"

Hertha lief in den Flur, suchte Schuhe und griff nach ihrer Lederhandtasche. „Bin in einer Stunde zurück", rief sie, dann fiel die Haustür hinter ihr ins Schloss.

Der Motor des Volvo heulte auf, der Rückwärtsgang rastete mit einem Knirschen ein. Hertha setzte zurück, der Wagen schaukelte, als sie das Lenkrad losließ und gleich danach auf die Bremse trat. Der Wagen kam einen halben Meter vor einem schwarzen S-Klasse-Mercedes zum Stehen. Nur einen halben Augenblick dachte sie über diese Tatsache nach, dann trat sie das Gaspedal durch und raste den Wirtsanger hinunter.

Fünf Minuten und zwei überfahrene rote Ampeln später rollte der Wagen auf dem Parkplatz des Achdorfer Krankenhauses aus. Sie warf die Tür zu und rannte los. Als sie durch die Glastür ins Foyer stürzte, fiel ihr ein, dass sie den Volvo nicht versperrt hatte. Sie rannte trotzdem weiter, stieß die Tür zum Treppenhaus auf und rannte die Treppen in den zweiten Stock hinauf. Hertha hatte die Türklinke von Berenikes Zimmer schon in der Hand, noch bevor sie mit der klopfenden Linken das Türblatt verfehlte, und sah sich einer Gruppe weiß gekleideter Männer und Frauen gegenüber, die um Berenikes Bett herumstanden. „Oh. Entschuldigung. Ich muss ... Es ist dringend. Könnten Sie uns vielleicht allein lassen?“ Hertha keuchte.

Der Älteste der Weißkittel trat einen Schritt vor und sah Hertha von oben bis unten an. Hertha folgte seinem Blick und fand wie er einen Rotweinfleck auf ihrer Bluse und grüne Flecken des Praseodyms auf ihrer Hose. „Entschuldigen Sie uns“, brummte er und deutete aus dem Zimmer hinaus. „Das hier ist ein Krankenhaus. Die Besuchszeit ist vorbei.“

„Ja, ich ... ich warte besser draußen“, stotterte Hertha und ging zwei Schritte rückwärts. „Bis gleich, Berenike. Ich komme gleich zu dir“, rief sie und hüpfte auf Zehenspitzen, ohne durch die Meute der Ärzte und Schwestern etwas erkennen zu können. Der Grauhaarige warf ihr die Tür vor der Nase zu.

Hertha lehnte sich gegen den Handlauf, der beide Seiten des Stationsgangs säumte. Die Kälte des Edelstahls drang durch die Bluse und ließ sie schaudern. Sie beugte sich vornüber, stützte die Hände auf die Knie und versuchte zu Atem zu kommen.

Die Tür wurde geöffnet und leise geschlossen. Quietschen von Gummisohlen kam näher. „Gehen Sie“, fauchte eine Frauenstimme. Hertha richtete sich auf und wischte sich den Schweiß von der Stirn. Eine Krankenschwester in Nonnentracht stand vor ihr. Die Alte war kleiner als Hertha, dennoch blickte sie von oben herab. „Was fällt Ihnen ein, die Visite zu stören! Wissen Sie, wie viel Uhr es ist? Die Besuchszeit ist lange vorbei. Professor Lackermeier hat Ihnen doch gesagt ...“

„Ich muss zu Frau Wedes. Ich warte. Ich brauche nur fünf Minuten.“ Hertha hielt sich mit beiden Händen am Handlauf fest.

„Sie werden nicht warten.“ Die Schwester fasste Hertha an der Schulter und schob sie in Richtung Ausgang. „Es ist keine Besuchszeit. Frau Wedes wird morgen entlassen. Dann können Sie sie besuchen.“

„Aber ich muss dringend …"

„Frau Wedes ist Patientin. Sie braucht dringend Ruhe. Wenn Sie nicht gehen, hole ich die Polizei." Die Alte zog, Hertha ließ sich nicht von der Stelle bewegen.

„Aber wenn Sie morgen entlassen wird, geht es ihr doch schon wieder gut. Da kann ich sie doch …"

Die Schwester ließ Hertha los, verschränkte die Arme und postierte sich vor der Tür des Krankenzimmers. „Sie werden dieses Zimmer nicht betreten. Bis morgen."

Hertha sah ihr eine Weile ins Gesicht. Die weiße Nonnentracht wollte nicht zu ihrer Miene passen. Es schien, als ob die Klosterfrau genau das meinte, was sie gesagt hatte. Hertha drehte sich um und ging den Flur hinunter.

Zwischen den Reihen der Autos auf dem Klinikparkplatz stand ein schwarzer Mercedes mit fast schwarzen Scheiben.

Ein Volkswagen war zu dicht neben die Fahrertür von Herthas Wagen gestellt worden. Sie zwängte sich durch den Spalt, den die Tür des Volvos freigegeben hatte. Ihr Blick fiel auf den dunklen Mercedes. Es schien ihr, als ob jemand darin säße. So dunkel getönte Fenster sind doch verboten, dachte sie, schüttelte den Kopf und ließ sich auf den Ledersitz fallen.

Für den Rückweg brauchte sie eine Viertelstunde. Sie ließ den Wagen auf dem Garagenvorplatz ausrollen und zog die Handbremse an. Sie zog den Zündschlüssel ab, öffnete die Autotür und stellte die Füße auf die Steinplatten. Hertha blieb sitzen. Die Kante des Sportsitzes drückte in die Kniekehlen. Wie lange würde Gunter auf der Krautinsel im Chiemsee festsitzen? Sie musste herausfinden, was Ruth ihm vor ihrem Tod hatte diktieren können. Auf keinen Fall durfte sein Buch erscheinen.

Die Beine begannen zu kribbeln. Sie drückte sich hoch, trat auf der Stelle und drehte sich um sich selbst, um die Durchblutung anzuregen. Als sie zur Straße blickte, sah sie den schwarzen Mercedes wieder. Sie versperrte ihr Auto, drehte sich um und ging einen Schritt. Dann blieb sie stehen und wandte sich um.

Der Mercedes stand zehn Meter von der Stelle entfernt, wo sie ihn beim Ausparken beinahe gerammt hatte. „Die dunklen

Scheiben", murmelte sie. Das musste der gleiche Wagen sein wie auf dem Krankenhausparkplatz. Diese Leute folgten ihr.

Sie überlegte kurz, dann spannte sie Arme und Beine an, hielt die Luft an und verkrampfte jeden Muskel, über den sie in der Eile Kontrolle erlangen konnte. Die Transformation kam sofort.

Und sie ging sofort. Hertha fiel zwanzig Zentimeter, berührte den Boden, schrie auf und war im gleichen Augenblick wieder von der Schwerkraft befreit. „Scheiße", keuchte sie, verkrampfte sich wieder und deutete mit dem Arm über und hinter sich. Die Kraft riss sie nach hinten, setzte nach einem Atemzug aus, kam wieder und verschwand in der nächsten Sekunde wieder für einen Augenblick.

Hertha näherte sich in einer unfreiwilligen Zickzackbahn dem Mercedes. Die Abendsonne verfing sich in den unergründlichen Tiefen der Lackschichten. Sie sah sich in der Oberfläche des Dachs gespiegelt. Ihre Gesichtszüge waren verzerrt, die Augen aufgerissen. Sie hielt sich zwei Meter über dem Auto, um nicht ständig auf das Blech zu fallen, wenn die Kraft stotterte. Wer verfolgte sie? Warum? War es wegen Ruths Tod? Deutsche Polizisten fuhren nicht in Hunderttausend-Euro-Karossen durch Landshut. Und niemand konnte vermuten, dass Ruth gestorben war.

Die D.A.M.E.N., schoss es ihr durch den Kopf. Die Damen konnten es wissen. Hertha ließ sich kopfüber vor der Windschutzscheibe in der Luft hängend tiefer gleiten. Auf den Vordersitzen saßen Männer. Trotz der getönten Scheibe konnte sie beide deutlich sehen. Einer sprach in ein aufgeklapptes Mobiltelefon, ein anderer schrieb mit der Linken in eine Kladde, aus der ein Fächer bekritzelter Blätter heraushing. Beide waren in der normalen Zeit gefangen, schienen dort eingefroren zu sein. Hertha ließ sich näher gleiten und schwebte, immer noch kopfüber, einen halben Meter vor der Frontscheibe. Der Beifahrer hatte dunkelblondes Haar. Der Fahrer war massig und schien zu groß für den Sitz. Beide trugen dunkle Anzüge, Hemden und schmale Krawatten. Nichts im Wageninneren deutete auf ihre Identität. Polizei? Russenmafia? Konnten es Kunden von Elmar sein? Kollegen? Hertha streckte die Hand nach der Scheibe aus.

Sie fiel den halben Meter zu schnell, um mit den Händen ihren Kopf zu schützen. Sie knallte mit dem Schädel auf die Motorhaube, knickte im Hals ein und staunte, dass sie keinen Schmerz fühlte.

Der Schmerz kam. Nur die Macht ließ auf sich warten. Herthas Körper schlug ausgestreckt auf die Kühlerhaube, der Wagen tauchte in die Federung und warf Hertha einige Zentimeter nach oben. Sie blieb stöhnend liegen.

Die Türen wurden aufgerissen, einer der Männer rief etwas. Hertha verkrampfte die Muskeln. Die nächste Sekunde war die längste, die Hertha jemals erlebt hatte. Sie nahm die Silhouetten der beiden Männer rechts und links des Wagens wahr. Sie presste die Kiefer aufeinander, kniff die Augen zu und suchte nach Muskeln im Körper, die sie noch zusätzlich anspannen konnte.

Endlich spürte sie die Schwerkraft schwinden. Der Schmerz blieb ihr erhalten. Sie drehte sich um die Längsachse, suchte im Geist alle Glieder einzeln nach Schmerzen ab und befand, dass ihre Wirbelsäule in Dutzende Einzelteile zersprungen sein musste. So langsam sie es vermochte, beugte sie den Rumpf in verschiedene Richtungen und überzeugte sich, dass sie sich bewegen konnte.

Sie öffnete die Augen und erschrak. Sie sah in die Gläser einer Sonnenbrille. Das erstarrte Gesicht des Beifahrers war keine zwanzig Zentimeter von ihr entfernt. In der Linken hielt er sein Notizbuch, die Rechte hatte er unter das Jackett geschoben. Was wollte er herausholen? Ein Telefon? Eine großkalibrige Waffe? Handschellen?

Der Mann trug sein dunkelblondes Haar seitlich gescheitelt und war mit einer Tolle frisiert, die Hertha an Präsident Kennedy erinnerte. Sie zog an seiner Sonnenbrille. „Unbeweglich“, sagte sie und zog sich seitlich hinab zum Notizbuch. An einer herausstehenden Seite stieß sie sich das Handgelenk. Alles war erstarrt. Was schrieb er?, fragte sich Hertha.

Einen Meter über dem Boden schwebend brachte sie sich in den richtigen Winkel, um die Notizen zu entziffern. „Steno“, sagte sie. „Mist.“ Sie sah ihrem in die Länge gezogenen Spiegelbild im Kotflügel zu, während sie nach oben schwebte.

Der Fahrer hielt das Mobiltelefon ein paar Handbreit von seinem Gesicht entfernt. Sein Mund war offen, die Lider halb geschlossen. Hertha brachte sich mit ein paar Handbewegungen auf seine Seite des Mercedes und schwebte einmal um ihn herum. Ihr Blick fiel auf die Kühlerhaube. Ihr Sturz hatte eine meterlange Beule hinterlassen. Sie fragte sich, was das bei einem solchen Flaggschiff kosten würde.

Der Fahrer hatte die linke Hand erhoben. Auch er schien in sein Jackett greifen zu wollen. Hertha schwebte heran und versuchte durch den Stoff zu tasten. Es war unmöglich. Alles war unbeweglich. Bevor Ursel ihr die Oblate unter das Essen gemischt hatte, waren Herthas Kräfte ständig größer geworden, erst hatte sie kleinere Dinge bewegen können, später hatte sie Menschen durch die Luft getragen. Wo hätte das noch hingeführt? Hertha war entschlossen, es zu erfahren. Sobald sie das falsche Praseodym losgeworden war, würde sie das Richtige einnehmen.

Das Mobiltelefon in der Hand des Fahrers zeigte eine Nummer an. Er hatte nicht aufgelegt. „Das ist es, Junge“, sagte Hertha und hielt sich an seinen Schultern fest, während sie las. „Null acht neun drei fünf acht vier …“ Sie bemerkte, dass sie den Mann berührte, und riss die Hände hoch. Die Berührung hatte keine Zukunftssicht ausgelöst. „Scheißzeug“, murmelte sie. So viel Angst ihr die Zukunftssicht immer gemacht hatte, so nützlich war sie gewesen. „Ich brauche endlich das richtige Praseodym.“

Als sie sich sicher war, die Telefonnummer auswendig zu können, drückte sie sich von dem erstarrten Mann weg und flog mit ein paar Handbewegungen zu ihrer Haustür.

Über dem Fußabtreter brachte sie sich in eine aufrechte Position, drückte die Fußsohlen auf den Boden, senkte den Kopf und entspannte sich. Das Zwitschern der Vögel zeigte Hertha, dass sie wieder in einer Zeit mit ihrer Umwelt war.

Sie beeilte sich, die Haustür aufzusperren, und sah erst über die Schulter zu den beiden Anzugträgern hinüber, als sie über die Türschwelle in den Flur gegangen war. Beide starrten den demolierten Benz an.

„Elmar", rief Hertha und schlug die Tür hinter sich zu. „Elmar, kannst du mal kommen?"

„Darauf fall ich nicht herein", kam es aus dem ersten Stock. „Du schläfst heute im Wohnzimmer." Eine Tür wurde zugeworfen. Hertha hörte, wie Elmar den Schlüssel zweimal umdrehte.

Sie ging ein paar Schritte die Treppe hinauf. „Ich lass dich in Ruhe, Elmar. Ich verspreche es. Komm mal. Da draußen stehen zwei Typen. Du musst sie dir ansehen. Ich will wissen, ob du die kennst."

„Denk dir was Besseres aus", rief er. Die Zimmertür dämpfte seine Stimme.

„Idiot!" Hertha sprang die Stufen hinunter und rannte in die Küche. Sie riss an einem Zettel, der unter einem Kühlschrankmagneten in Form einer Plastikpraline hing, und zog einen Stift aus einem Becher auf dem Kühlschrank. Der Magnet knallte auf die Fliesen, die Praline zerbrach und gab ein Stück schwarzes Metall frei, das unter einen Schrank rollte. Hertha war mit zwei Schritten beim Küchenfenster, stellte sich auf Zehenspitzen und spähte auf die Straße. Der Mercedes war weg. „Null acht neun drei fünf acht vier …", sagte sie, während sie die Zahlen notierte. „Werden wir schon rauskriegen, was das für Kerle sind."

„Was für Kerle?" Elmar stand in der Küchentür.

„Da draußen." Hertha kritzelte die letzten Zahlen auf das Papier. „Ein schwarzes Mafiaauto. Zwei Men in Black. Sind mir gefolgt. Die haben eine Münchener Nummer gewählt." Sie drehte sich zu ihm um und ging einen Schritt auf Elmar zu.

Elmar wich zurück und streckte beide Arme aus. „Drei Meter Abstand, ja?"

„Hör schon auf. Wenn du nicht willst – selber schuld." Sie würde ihn zu seinem Glück zwingen. Irgendwann würde er nicht aufpassen. Im Schlaf. Oder sie würde es unter sein Essen mischen. „Ich zwing dich nicht."

Er ließ die Arme sinken. „Was waren das für Kerle?"

„Das will ich von dir wissen." Hertha nahm das Funktelefon und begann die Nummer einzutippen. „Die sind mir zum Krankenhaus nachgefahren und vorher haben die vor dem Haus gewartet."

„Nicht! Bist du verrückt?“ Er riss ihr den Hörer aus der Hand und drückte immer wieder auf den roten Knopf. „Deine Nummer wird doch angezeigt. Es gibt andere Wege, herauszufinden, was das für eine Nummer ist.“ Er warf den Apparat auf die Küchenplatte. „Jetzt mal langsam. Die sind dir gefolgt, sagst du?“

„Die standen hier, als ich losgefahren bin. Zu Berenike. Ich … na ja … wollte sie besuchen. Die ist im Krankenhaus.“ Sie winkte ab. „Nicht fragen. Später. Auf dem Krankenhausparkplatz waren die dann wieder. Und jetzt standen sie schon da, als ich gekommen bin. Die sind mir gefolgt.“

Elmar sah aus dem Küchenfenster. „Niemand da.“

„Weiß ich auch. Jetzt sind sie weg.“

„Kennzeichen?“

„Ich … Ich hatte genug zu tun, mir die Telefonnummer aufzuschreiben. Ich konnte doch nicht auch noch …“

Elmar tippte sich an die Stirn. „Und wenn die die Telefonseelsorge angerufen haben? Denk doch nach. Das Kennzeichen hätte ja wohl mehr gebracht.“

Hertha winkte ab. „Also, kannst du dir denken, wer die …?“

Elmar brachte sie mit einer Handbewegung zum Schweigen. „Kein Wort. Wenn dich einer was fragt, sagst du nichts. Entweder ich verteidige dich selbst, oder ich besorge dir einen Kollegen aus einer anderen Kanzlei. Einen guten. Keine Sorge. Sag nichts, wenn er oder ich nicht dabei sind. Nichts. Hörst du? Gar nichts. Nicht muh und nicht mäh. Nichts.“

„Du meinst, das waren Polizisten?“

„Nein, die waren von den Zeugen Jehovas, haben sich aber nicht getraut zu klingeln.“ Er schlug sich an die Stirn. „Mann, denk doch mal nach. Ursel war dabei. Jemand wird sie vermissen.“

„Ursel?“

„Ruth, verdammt.“ Er schlug mit der flachen Hand auf die Arbeitsplatte. „Irgendjemand wird sie vermissen. Und es gibt einen Zeugen.“

„Aber du hast doch gesagt, dass uns nichts passieren kann. Die Geschichte glaubt kein Richter der Welt, hast du gesagt.“

„Und die beiden Spaßvögel da draußen?“ Er deutet über seine

Schulter aus dem Fenster. „Waren die jetzt da oder hast du sie dir ausgedacht?“

„Natürlich waren …“

„Reale Polizisten, reale Ermittlungen, realer Staatsanwalt. Kein Wort, hörst du? Wenn ich nicht da bin, ruf mich an. Kein Wort, bis ich komme oder der Kollege, den ich dir schicke.“

Herthas Magen knurrte. Sie schielte nach der Flasche Olivenöl, die hinter Elmar auf einem Holzbrett stand. Elmar folgte ihrem Blick, drehte den Kopf und verdrehte die Augen. „Geht das schon wieder los“, stöhnte er. Hertha streckte sich nach der Flasche aus. Elmar wich aus und beobachtete ihre Bewegungen. „Sag mal“, seine Augen verengten sich, „woher weißt du eigentlich die Nummer, die die angerufen haben? Warst du …“

„Ja, ich bin zu ihnen hin.“ Hertha schraubte den Deckel der braunen Glasflasche ab, zog am Ring des Plastikverschlusses und riss ihn ab. Sie hob die Flasche zum Mund, zögerte und sagte: „Die haben mich nicht bemerkt.“

Elmar atmete auf. „Hoffentlich. Das wäre das Letzte, dass du die misstrauisch machst mit deinen Kunststückchen.“

Hertha trank das Olivenöl. Nach einem halben Liter verbreitete sich eine wunderbare Wärme in ihrem Leib. Mit dem richtigen Praseodym hatte sie stets viel mehr gebraucht, um nach der Transformation diesen schrecklichen Hunger loszuwerden. Ein Tropfen lief an ihrem Kinn herab. Sie setzte die Flasche ab. Elmar verzog den Mund.

„Das sind keine Kunststückchen“, sagte sie und nahm noch einen Schluck. „Willst du nicht doch das Praseodym nehmen?“

Elmars Augen weiteten sich. „Wenn du das noch mal versuchst, ziehe ich ins Büro.“

Sie schraubte den Deckel auf die Flasche. „Ist ja gut. Keine Sorge.“ Sie wischte sich das Öl vom Kinn. „Morgen will ich Berenike besuchen. Was mach ich, wenn die beiden wieder da sind? Darf ich überhaupt aus dem Haus?“

Elmar lehnte sich wieder zurück. „Die werden nicht da sein. Du bist ihnen auf der Straße begegnet, auf dem Parkplatz. Du glaubst doch nicht, dass die das nicht bemerkt haben. Keine Sorge, die tauchen nicht mehr auf.“

„Meinst du?"

„Die sind wir erst mal los. Die haben sich absichtlich gezeigt. Unruhe stiften. Eigentlich ist das ein gutes Zeichen. Es heißt, dass die nichts in der Hand haben. Die zeigen sich, machen uns nervös. Die hoffen, wir machen irgendwas Unüberlegtes. Etwas, aus dem sie Schlüsse ziehen können."

„Alles gut, meinst du?"

„Solange wir die Nerven behalten ..." Elmar hob die Schultern.

„Dann gehe ich morgen zu Berenike. Alles wie geplant."

„Genau. Nichts ändern. Alles wie immer."

***

Hertha hatte den ganzen Abend lang immer wieder am Küchenfenster gestanden und nach dem schwarzen Mercedes gespäht. Er war nicht mehr aufgetaucht.

Sie stand im Pyjama in der Küche und füllte die Kaffeemaschine. Heute Morgen war ihr erster Blick der aus dem Fenster zur Straße gewesen, wo auch heute früh kein Wagen mit getönten Scheiben stand. Von Polizisten überwacht werden, dachte sie und fühlte sich wie eine Kriminelle. Bin ich das?, dachte sie. Bin ich kriminell? Sie hatte Ruth die schwarze Oblate in den Mund geschoben. Ruth war gestorben. War das Totschlag? Gar Mord? Konnte man jemanden ermorden, der seit mindestens fünfzig Jahren tot zu sein hatte? Sie fand keine Antwort und verscheuchte die Fragen.

Sie genoss den Duft des Kaffeepulvers, klappte den Deckel des Wasserbehälters zu und drückte auf den Einschaltknopf. Sie würde mit ihrem Besuch warten, bis Berenike nach Hause käme. Hertha wusste, sie hatte sich in den letzten Tagen vor einem guten Dutzend ahnungsloser Landshuter wie eine Geisteskranke benommen. Die Ärzte und Schwestern der Klinik sollten das zweite Dutzend nicht voll machen. Sie nahm ein paar gefrorene Semmeln aus dem Tiefkühlfach, legte sie in die Mikrowelle und tippte das gewohnte Programm in die Tastatur des Gerätes, während sie sich auf Zehenspitzen stellte, um gleichzeitig durch das Küchenfenster die Straße nach dem Mercedes abzusuchen. Elmar hatte recht behalten. Sie verzerrte die Mundwinkel zu einem Kunstlächeln, bis sie lachen musste. Sie hüpfte ein paarmal auf Zehenspitzen über die kalten Fliesen.

Heute konnte es so weit sein. Sie würde Berenike überzeugen, sich eine schwarze Oblate geben zu lassen, damit sie das echte Praseodym erhalten konnte. Natürlich würde Berenike einwilligen. Es sprach nichts dagegen. Hertha würde sich eine Oblate abzweigen und später das richtige Praseodym einnehmen. Diesmal ohne Ursels und Berenikes Wissen. Ursels Regelversessenheit hatte sie dazu gebracht, Hertha gestern die Macht zu entreißen. „Eigentlich hat sie mich ständig nur behindert", sagte Hertha.

„Wer hat dich behindert?"

Hertha hob den Kopf. „Guten Morgen." Die Mikrowelle pfiff. Die Semmeln waren aufgetaut. Kaffeeduft erfüllte die Küche. Elmar stand im weißen T-Shirt unrasiert und barfuß in der Küche und kratzte sich den Kopf. „Du hast recht gehabt, Elmar. Die scheinen weg zu sein."

„Natürlich habe ich recht", brummte er und zog den Kühlschrank auf, während er sich mit der anderen Hand den Rücken kratzte.

„Ekelpaket", sagte sie, während sie ihn von hinten umarmte. Sie hätte ihm gerne vorgeschwärmt, wie sie heute noch das richtige Praseodym nehmen würde. Was sie mit der Kraft alles tun würde. Wie schnell, wie weit, wie hoch sie heute noch fliegen würde. Er würde ihre Freude nicht teilen.

Mit dem richtigen Praseodym würde ihre Macht wachsen. Wie sie es das letzte Mal getan hatte, als Ursel ihr das grüne Zeug gegeben hatte. Einen Augenblick plagte sie die Versuchung, das richtige Praseodym einzunehmen, ohne vorher mit der schwarzen Oblate das falsche losgeworden zu sein. Sie schüttelte den Kopf. Ihre Stirn rieb sich an Elmars T-Shirt. Die Gefahr war zu groß. Berenike hatte eine Mischung genommen. Bei ihr war die Macht eine Katastrophe. Sie war nicht zu beneiden, die Ärmste.

„Hm?", brummte Elmar, machte sich los und stellte Butter und Marmelade auf die Arbeitsplatte. „Heute wird's spät im Büro. Wir haben da so einen Bauunternehmer. Hat Ärger mit der Behörde."

„Was baut er denn? Einen Puff für Landshut?"

Elmar holte die Semmeln aus der Mikrowelle, nahm ein Messer aus der Schublade und stieß es in das Gebäck. „Da hätte niemand was dagegen.“ Er hob das Messer mit der Semmel und fuchtelte damit vor Herthas Gesicht. „Solange die Frau Oberregierungsrat“, er verbeugte sich, „küss die Hand gnä' Frau, und Frau Abteilungsdirektor“, er winkte mit dem Messer, „Gruß an den Gatten, meine Liebe, nichts davon wissen.“

„Was denn?“

„Ein Zwischenlager für Ohu.“ Er teilte die Semmel in Hälften und schmierte Butter darauf.

„Ein strahlendes Bauwerk für alle Zukunft, sozusagen.“ Hertha goss sich einen Becher Kaffee ein und hielt ihn in beiden Händen. Sie sog den Duft ein und schloss die Augen.

„Ob er mit dem Werbespruch glücklich wird?“ Elmar biss in die Semmel.

„Die Fassade wird in der Nacht angestrahlt. Von außen mit Lampen, von innen mit Plutonium.“

„Vielleicht besser, ihr beide trefft euch nicht“, sagte er durch Semmel und Butter. Krümel landeten auf dem Boden. „Der ist so einer von der empfindlichen Sorte.“

„Ein Sensibelchen baut ein Atommülldepot – wer's glaubt.“ Hertha nippte am Kaffee.

Elmar holte einen Becher aus dem Schrank. Er goss sich Kaffee ein und rührte Milch und zu viel Zucker hinein. Er beobachtete den Löffel, während er länger als nötig umrührte. „Was habe ich zu erwarten?“

„Jetzt bin ich begriffsstutzig.“ Hertha umfasste die Kaffeetasse mit beiden Händen und wärmte ihre Handflächen. „Erwarten? Was erwarten?“

Er ließ den Löffel los, der von allein noch eine halbe Runde im Becher drehte, und sah Hertha an. „Was wirst du tun? Jetzt, wo du wieder dieses Zeug genommen hast.“

Hertha verstand. Sie widerstand dem Drang, ihm ihren Plan zu erklären. „Ich werde es wieder loswerden.“

Er ließ den Unterkiefer herabsinken. „Loswerden.“

„Ja. Loswerden. Ich versuche, noch so eine Oblate zu bekommen. Ursel hat sie.“

Er trank einen Schluck Kaffee und verbrannte sich die Zunge. „Und was danach?“, lispelte er.

„Dann bin ich immer noch Hertha Heldrich.“ Sie reckte sich, um aus dem Fenster zu schauen, und suchte die Straße ab. „Kein Mercedes. Wie du gesagt hast.“

„Du lenkst ab“, sagte er und schob den letzten Bissen der Semmel in den Mund.

„Was machen wir, wenn die doch wiederkommen?“

„Das weißt du sehr genau.“ Er leckte die Marmelade vom Messer und stieß es in die zweite Semmel. „Also, wirst du das andere Pulver nehmen? Wo hast du es versteckt?“ Er nickte zum Küchenschrank hinauf, wo Hertha gestern die Tüten hervorgeholt hatte. „Wäre geschickt. Da würde ich es nicht vermuten, oder? Aber du könntest dir denken, dass ich so denken würde. Also doch nicht da oben.“

Hertha ging zum Fenster, lehnte sich über die Arbeitsplatte und versuchte, so viel von der Straße wie möglich zu sehen. „Hör schon auf mit dem Unsinn.“ Wann wurden Patienten aus dem Krankenhaus entlassen? Vormittags? Berenike würde sicher bald nach Hause kommen.

„Wenn ich es finde, spüle ich es ins Klo.“

Hertha hörte, wie Elmar beim letzten Wort das Messer auf den Teller fallen ließ. „Ich kann es wieder besorgen“, sagte sie, ohne sich zu ihm umzudrehen. „Bemüh dich nicht. Außerdem hättest du es dann mit einer Legion Kanalratten zu tun, die erst die Zeit anhalten und dann einen ziemlichen Hunger bekommen.“ Sie drehte sich um und lehnte sich an die Arbeitsplatte. „Was ist denn so schlimm an der Transformation? Lass mich doch einfach.“

„Erstens wolltest du mir gestern mit Gewalt eine Dosis von dem Zeug verpassen, und zweitens benimmst du dich wie eine Verrückte, und drittens sind deine Fressanfälle widerlich.“

Sie verschränkte die Arme. „Ist auch nicht gerade ästhetisch, was du da machst.“ Sie zeigte mit einem Finger auf die Semmel. Marmelade tropfte auf seine Hand.

Elmar leckte die roten Kleckse von seiner Handfläche, zog die Messerklinge zwischen den Lippen hindurch und schob den Rest der Semmelhälfte in den Mund. „Vielleicht schaffen wir es ja, die Sache im Garten unter dem Deckel zu halten." Er faltete die Hände und gab vor zu flehen. „Aber bitte, lass es aufhören, ja? Keine Zusammenkünfte, keine Fressorgien vor anderen, keine seltsamen Auftritte und bitte ..." Jetzt flehte er tatsächlich. „Bitte sorg dafür, dass meine Kollegen, meine Mandanten nichts merken, okay?"

Hertha hob die Schultern. „Ich war doch immer die Brave. Lächeln, nett sein. Abendkleid. Stehempfänge. Und lächeln. Blicke fetter Lustmolche ertragen. Wieder lächeln. Stadtrat, Bürgermeister, Mandant. Und immer lächeln dazu."

Elmar wusch sich die Hände. „Es ist mir wichtig. Und es nützt auch dir."

Was ist wichtig?, dachte Hertha. Sie unterdrückte das plötzliche Bedürfnis, Elmar anzuschreien und ihn zu fragen, ob es wichtiger sei, die Welt zu retten oder Geld aus halbseidenen Mandanten herauszupressen. Sie drehte sich um, sah aus dem Fenster und kontrollierte ihren Atem.

Elmar ging nach oben und machte sich für den Bürotag fertig. Hertha blieb am Fenster stehen und blickte auf die Straße, ohne darauf zu achten, was draußen geschah. Bilder und Gedanken der letzten Tage wiederholten sich. Sie versuchte, Ordnung in ihrem Kopf zu schaffen, aber es gelang ihr nicht. Schließlich gab sie es auf und beruhigte sich damit, eine Liste der wichtigsten Dinge zusammenzustellen. Erstens musste sie das falsche Praseodym loswerden und das richtige einnehmen. Zweitens hatte Gunter mindestens einen Teil von Ruths Manuskript. Hertha musste den Text an sich bringen und erfahren, wie gefährlich er war. Hertha betrachtete ihre rechte Hand und zwei ausgestreckte Finger und wartete auf einen weiteren Einfall für ihre Liste. Nichts wollte kommen.

Elmar streckte den Kopf in die Küche. „Ich gehe dann. Bis heute Abend." Er verschwand, bevor Hertha antworten konnte. Die Tür klappte zu.

Hertha ließ die Hand sinken, schenkte sich noch eine Tasse Kaffee ein, setzte sich auf die Küchenarbeitsplatte und versuchte, sich mit einem Plan für ein ausgiebiges Frühstück abzulenken.

***

Eine Stunde später hatte sie ihren Plan in die Tat umgesetzt, saß am Esstisch und balancierte ihren Stuhl auf zwei Beinen. Semmeln mit Schokolade, süßer, heißer Kaffee und zwei hart gekochte Eier hatten Wärme und Zufriedenheit hinterlassen. Hertha war sich sicher, dass sie Berenike überzeugen konnte.

Sie stand auf, nahm Butter und Milch mit in die Küche und spähte aus dem Fenster. Kein Wagen. Sie wollte duschen, sich leger kleiden und sehen, ob Berenike schon zu Hause war. Das könnte sie als Krankenbesuch tarnen. Vielleicht würde sie für ihre Nachbarin einkaufen gehen.

Ein Wagen fuhr langsam vor ihrem Haus vorbei. Herthas Magen produzierte einen Schwall Säure. Ein Mercedes. Sie keuchte und rieb sich die Stirn. Die Angst war wieder gekommen. „Angst vor einem Taxi." Sie schüttelte den Kopf. „Jetzt nicht durchdrehen." Das Taxi hielt vor Berenikes Haus. Der Fahrer stieg aus, öffnete erst eine hintere Tür und dann den Kofferraum. Er holte einen schwarzen Koffer in der Größe von Kabinengepäck heraus und half Berenike aussteigen.

Hertha rannte zur Haustür, riss sie auf und stürzte auf die Straße. „Berenike. Hallo. Bis du endlich aus dem Krankenhaus raus! Wie geht es dir?" Hertha nahm dem Fahrer den Koffer aus der Hand und griff Berenike unter den Arm. „Lassen Sie, ich helfe ihr." Sie zog Berenike zu ihrer Haustür. „Ist alles klar bei dir? Wie geht es deiner Schulter?" Der Fahrer ließ Berenikes Arm nicht los. „Ich mach das schon", fauchte Hertha den Fahrer an. Zuckersüß sprach sie weiter. „Wo ist dein Schlüssel? Ich sperr dir auf. Willst du vielleicht erst mal zu mir kommen? Ich mach dir einen Tee. Kekse? Hast du schon gefrühstückt?" Sie wedelte mit der Hand in Richtung des Mannes. „Gehen Sie schon", zischte sie.

„Könnt ihr beide mich endlich loslassen?" Berenike schüttelte Herthas Griff ab und schob den Fahrer beiseite. „Ich hab genug von der Tüttelei. Ständig hat da jemand an mir rumgefummelt in diesem Krankenhaus. Ich will jetzt endlich meine Ruhe." Berenike schlug Herthas Hand erneut zur Seite. „Himmel … Lass mich doch erst mal nach Hause kommen!" Sie riss den Koffer an sich. „Ich bin nicht zu sprechen." Sie stampfte davon, drehte sich noch zweimal um, bis sie ihre Haustür aufgeschlossen und hinter sich zugeworfen hatte.

„Ich hab Ihnen doch gesagt, Sie sollen Sie lassen. Jetzt haben wir den Salat." Hertha funkelte den Taxifahrer an.

„Was wollen Sie denn von mir? Wer sind Sie überhaupt?" Er winkte ab und zuckte mit den Schultern. „Ist mir doch egal. Sie hat bezahlt. Das reicht mir."

„Und was mach ich jetzt?" Hertha stampfte mit dem Fuß auf.

Der Mann wedelte mit der Hand vor seinen Augen, zeigte Hertha den Vogel und wuchtete sich hinter sein Lenkrad.

Das Taxi brauste davon, Hertha vergalt dem Mann seine Geste, lief zu Berenikes Haustür und klingelte. Ohne Erfolg. Hertha klopfte und rief: „Berenike? Kann ich dir helfen? Dir was einkaufen?" Sie klopfte stärker. „Ich könnte dir Essen kochen. Berenike? Brauchst du irgendetwas? Ich …"

Ein Fenster über Hertha wurde geöffnet. „Ja, ich brauche was. Meine Ruhe. Könntest du endlich verschwinden?"

„Berenike, bitte." Hertha stolperte zwei Schritte rückwärts. „Ich würde so gerne …"

„Ich würde so gerne allein sein." Berenike sah Hertha an. Ihre Stimme wurde versöhnlicher. „Komm heute Abend wieder, ja?"

„Aber …" Das Fenster wurde geschlossen. Hertha fuhr sich durchs Haar. Sie blieb eine Weile stehen, starrte an der Hausfassade empor und hoffte, dass Berenike das Fenster wieder öffnen würde.

Endlich drehte sie sich um und ging zurück, während sie immer wieder über die Schulter sah. Heute Abend, dachte sie. Wie sollte sie das aushalten? Es musste gehandelt werden. Gunter würde sicher zurückgekommen sein. Sie musste endlich das richtige Praseodym einnehmen.

***

Dreimal war Hertha ohne Erfolg zu ihrer Nachbarin gegangen. Jetzt war sie entschlossen, sich nicht mehr von Berenikes Schwelle zu rühren, bis sie mit ihr gesprochen hatte. Sie holte tief Luft, sah auf die Uhr, entschied, dass siebzehn Uhr abendlich genug sei und klingelte.

Nach wenigen Sekunden wurde die Tür geöffnet. „Also?" Berenike lehnte sich an den Türrahmen. Ihr Arm lag in einer Schlinge, die sie um den Hals trug. „Was ist so dringend?"

„Wie geht es dir? Ist alles in Ordnung mit deinem Arm? Kann ich was für dich tun?"

„Du terrorisierst mich doch nicht den ganzen Tag, um mich das zu fragen. Was willst du wirklich?"

„Lass mich doch erst mal reinkommen. Ist doch unbequem hier. Ich könnte dir ein Abendessen machen. Mit deinem Arm hast du sicher Schwierigkeiten."

„Ich komm zurecht. Und ich finde es wunderbar bequem hier."

„Berenike." Hertha flehte. Sie trat einen Schritt vor.

Berenike wich nicht zurück. „Sag mir, was du willst und ich lass dich rein."

Hertha sah auf den Boden. „Deine Transformation. Ich meine, du hast doch diese Aussetzer gehabt."

„Aussetzer?" Berenike schob den gesunden Arm zu dem verletzten in die Schlinge.

„Die Mischung. Das Praseodym", stotterte Hertha.

„Ursel hat dir diese Oblate in die Semmel gebacken", unterbrach Berenike. „Sie hat's mir erzählt. Und sie hat recht gehabt. Du solltest Prosedetin werden. Aber du bist nicht ausgebildet. Das wäre das Ende der Damen gewesen. Du wolltest nicht hören. Du bist nicht ausgewählt worden, das ist doch das Problem. Deine Transformation war ein Unfall."

„Berenike ..."

Berenike schloss die Augen und nickte zu jedem ihrer Worte. „Es ist doch nicht umsonst, dass der Rat jahrelang wartet, bevor eine Neue ausgewählt wird. Jahre der Prüfung. Sorgfältige Auswahl. All das ist bei dir nicht passiert. Es ging nicht anders."

„Berenike, hör doch mal – ich weiß, was der Grund für deine stockenden Flüge ist." Hertha trat noch näher, war kaum noch einen halben Meter von Berenike entfernt. „Es ist das falsche Praseodym. Berenike, du musst das falsche Praseodym loswerden. Du musst auch eine Oblate nehmen, damit du das richtige nehmen kannst." Hertha drängte sich in den Hausflur. „Berenike, ich habe ..." Hertha unterbrach sich.

„Was hast du?" Berenike war zur Seite getreten und schob mit dem Fuß die Tür hinter Hertha zu.

„Wenn du ausgewählt bist …" Hertha ließ Berenike Zeit, die Schmeichelei zu verdauen. „Dann hast du ein Recht auf das beste Praseodym. Das richtige Praseodym. Du musst die volle Macht haben. Nicht nur so einen Abklatsch."

„Was nennst du einen Abklatsch?" Berenike wurde wütend. „Was soll das? Ich soll eine schwarze Oblate nehmen. Und dann? Dann bin ich die Macht los. Du bist eifersüchtig, das ist es, Hertha." Berenike schüttelte den Kopf. „Dass du so primitiv bist. Die ach so starke Hertha. Kann schneller fliegen als jede andere Dame. Das Unbeweglichkeitsdogma willst du gebrochen haben." Sie brüllte ein Lachen heraus. „Ich sag dir was: Das hast du dir ausgedacht! Das ist es! Nichts ist besonders an dir. Warum sollte es auch." Sie tippte sich mit dem Zeigefinger vor die Brust. „Ich bin es." Sie spuckte beim Sprechen. „Ich bin die, die der Rat ausgewählt hat. Und ich werde den Teufel tun, mich von dir meiner Macht berauben zu lassen."

„Nein, Berenike, das ist es nicht. Es geht mir nicht um mich, ich will dir doch nur helfen."

Berenike riss die Tür auf, die Klinke stieß gegen die Wand, ein Stück Putz fiel auf den Holzboden. „Mir helfen. Du machst dich lächerlich. Lass mich, Hertha. Geh einfach. Ich verstehe ja, dass dir das schwer fällt."

„Nein. Es geht doch nicht um mich."

Berenike schob Hertha zur Tür. „Vielleicht würde ich ja auch so reagieren. Aber du musst akzeptieren, dass der Rat dich nicht ausgewählt hat." Hertha stolperte über die Schwelle, Berenike schloss die Tür zur Hälfte. „Sei doch froh. Du hättest Schaden angerichtet. Du konntest deine Macht nicht kontrollieren." Die Tür war bis auf einen Spalt geschlossen.

Hertha hob beschwichtigend die Hände. „Gut. Ja. Ich lass dich in Ruhe. Ich will dir nicht die Macht nehmen. Lass uns nur …"

Das Schloss schnappte zu.

Hertha stand noch einige Minuten vor der Tür. Sie murmelte Erwiderungen, neue Anfänge des Gesprächs, gute Argumente.

Zu spät. Sie streckte die Hand nach der Klingel aus, ließ sie aber kurz davor sinken. Sie machte eine unbestimmte Geste. „Aber sie muss doch …" Sie drehte sich um, winkte ab.

Hertha ließ den Kopf sinken und ging langsam zurück. Was konnte sie tun? Ursel hatte die Oblaten. Hertha blieb vor ihrer Garageneinfahrt stehen. „Also zu Ursel. Natürlich. Klar. Sie will mich ohne Praseodym haben. Ich muss ihr nur sagen, dass ich es wieder genommen habe." Hertha lachte. Es war so einfach. Warum war sie nicht gleich darauf gekommen? Der direkte Weg. „Immer noch das Beste." Hertha schloss die Haustür auf und ließ sie offen. Sie wollte den Autoschlüssel holen und in zehn Minuten würde sie bei Ursel sein. In einer halben Stunde wäre sie endlich das falsche Praseodym los.

Hertha riss ihre Tasche an sich, die auf dem Tischchen im Flur lag, drehte sich um und wollte aus dem Haus laufen. Sie erstarrte.

„Hallo, Hertha." Gunters massiger Körper füllte die Türöffnung aus. „Darf ich reinkommen?"

Hertha ließ die Tasche fallen. „Wo … Was willst du?"

Gunter kam herein. „Nun, ich dachte, es interessiert dich, was ich so zu sagen habe."

Hertha hob die Tasche auf und umklammerte sie wie eine Waffe. „Geh. Ich hab dich nicht eingeladen. Das ist Hausfriedensbruch." Sie hielt ihre Tasche vor der Brust.

Er lachte. Sein Bauch wippte unter einem verschwitzten weißen Hemd. Er trug ein Tweedjackett und eine graue Hose mit Grasflecken an den Knien. „Hausfriedensbruch. Das ist ja nett." Er trat einen Schritt vor und stand direkt vor Hertha, die nicht die Absicht hatte, auszuweichen. Er roch nach Schweiß. „Wie bist du denn in meine Wohnung gekommen?" Sein Bauch berührte ihre Tasche. „Hast mich mitgenommen. Hast dich so mächtig gefühlt." Er hob beide Hände in der Geste einer Fontäne über den Kopf. „Die große Hertha. Sie darf alles, sie kann alles. Die mächtige Dame. Nicht wahr?"

Hertha erinnerte sich, wie er auf der Krautinsel im Chiemsee geweint und gefleht hatte. Sie war ein paar Zentimeter größer als er, wenn auch zwanzig Kilo leichter. Sie richtete sich auf und nahm die Schultern zurück. „Die mächtige Dame, ja. Was soll das? Soll ich dich wieder zurückbringen auf die Insel? Hat es dir so gut gefallen? Verschwinde, Gunter. Ich komme zu dir, wenn ich etwas von dir will. Komm nicht wieder."

Gunter prustete. „Das ist ja großartig." Der ganze Körper vibrierte. Er schüttelte sich vor Lachen. „Weißt du, wo ich gerade war?" Eine Träne lief über seine Wange. „Ich war bei Ursel. Na, soll ich weiterreden?"

Bei Ursel!, dachte Hertha. Bluffte er? Was wusste er? Hatten sich die beiden geeinigt? War er ein Komplize von Ursel und Berenike? Hertha unterdrückte ein Kopfschütteln. Das war unmöglich. Ursel würde nie mit diesem Kerl … „Was gibt es denn zu berichten?" Hertha setzte ein Lächeln auf. „Dass du vor der Tür gestanden hast und sie dich nicht reingelassen hat? Ursel redet doch überhaupt nicht mit dir."

„Oh, sie hat geredet. Sie hat geredet wie ein Wasserfall. Sie …"

„Das ist nicht wahr. Was hast du mit ihr gemacht?"

„Gemacht? Ich? Ich doch nicht. Ich war freundlich. Ein wenig Charme. Sogar Ursel ist da empfänglich."

Diesmal war Herthas Lächeln echt. „Charme? Du?" Sie betrachtete ihn von oben bis unten.

„Ich weiß, was gestern Abend passiert ist. Es ist vorbei mit der Macht der Hertha." Er trat einen Schritt vor, schob Hertha weiter zurück. „Wo ist sie denn, die überlegene Hertha? Die Große, die Starke?"

„Verschwinde", fauchte Hertha. „Geh – ich hole die Polizei."

„Ach. Die Polizei." Gunter legte beide Hände an die Wangen und riss die Augen auf. „Da bin ich aber erschrocken. Du machst mir aber Angst." Er winkte ab. „Lass den Unsinn. Ich hätte ja wohl viel mehr über dich zu erzählen, als du über mich. Ich stehe hier bloß im Flur. Meinst du, die werfen mich dafür in den Kerker?" Er trat einen Schritt vor. „Aber was ist mit Ruth? Meinst du nicht, die Polizei könnte sich dafür interessieren?"

Hertha stellte sich breitbeinig in den Flur. Sie war entschlossen, ihn nicht weiterkommen zu lassen. „Es interessiert mich nicht, was du zu sagen hast." Egal, was er zu sagen hatte, er konnte nichts beweisen.

„Wirklich?“ Er lächelte. „Ruth hat das Buch fertig diktiert. Und ich habe einen Verlag an der Hand.“

„Du darfst das nicht tun. Gunter. Versteh doch.“ Hertha packte seinen Arm und schüttelte ihn. „Lass dich von deiner Eitelkeit nicht verführen. Es darf nicht veröffentlicht werden. Das Buch ist gefährlich.“

„Das hast du mit deinem wunderbaren Blick in die Zukunft festgestellt?“ Gunter lachte. „Glaubst du wirklich daran?“

„Ich weiß es.“ Hertha ließ ihre Tasche fallen, fasste Gunter an beiden Schultern und sah ihn an. Sie beherrschte sich mit Mühe und sagte mit einem Zittern in der Stimme: „Gunter, bitte, glaub mir das. Tu das nicht. Ich bitte dich.“

„Es ist mein Beruf, Hertha.“ Er machte sich los. „Ich bin Schriftsteller.“ Der Spott war aus seiner Stimme verschwunden. „Ich habe ein wunderbares Manuskript bekommen. Es ist ein Geschenk des …“ Er zögerte. „Ich bin es Ruth doch schuldig. Es ist praktisch ihr Vermächtnis.“

„Richtig“, rief Hertha. „Ihr Vermächtnis. Sie wollte die Welt auf einen Guru ausrichten, der Macht über alle Menschen hat. Sie hätte dich benutzt. Sie wollte die Welt untergehen lassen.“ Sie schüttelte Gunter. Das Buch war fertig, Ruths Werk vollendet. Hertha kämpfte gegen Tränen.

Gunter schob ihre Hand weg, drehte sich um und trat über die Schwelle hinaus. „Sie ist tot. Sie kann mich schlechterdings nicht benutzen. Ich bin Autor. Und sogar ich bilde mir nicht ein, ein Buch könnte die Welt verändern. Weltuntergang – lächerlich.“

Hertha erwischte ihn am Arm. „Gunter, warte. Lass uns das in Ruhe besprechen.“

Gunter ließ sich nicht aufhalten. „Neid ist es.“ Er sprach abwechselnd über die rechte und linke Schulter, während er den Plattenweg zum Gehsteig hinunterlief. „Du willst das Buch veröffentlichen. Du willst Ruth und mir den Erfolg nicht gönnen.“ Er tippte sich an die Schläfe. „So einfach ist das.“

Hertha blieb stehen. Neid, dachte sie, das habe ich heute schon mal gehört. „Gunter, bitte.“ Sie spielte mit dem Gedanken, sich zu transformieren. Aber was konnte sie schon ausrichten mit dem Stottern in ihrer Macht? Sie drehte sich um und ging langsam ins Haus. Sie wusste um die Möglichkeiten des Praseodyms und konnte nichts davon nutzen. Es wäre besser, ich hätte nie etwas vom Praseodym erfahren, dachte sie. Sie ließ die Tür hinter sich zufallen. „Verdammt noch mal“, zischte sie. „Ursel ist an all dem schuld. Jetzt soll sie sehen, wie sie das wieder in Ordnung bringt.“

Hertha hob ihre Tasche auf, suchte den Autoschlüssel darin, fand ihn nicht und ließ die Tasche fallen. Sie suchte in der Küche, warf eine Flasche Sprudel um und starrte auf das Wasser, das über die Marmorarbeitsplatte und auf die Terrakottafliesen lief. Dann warf sie ein Geschirrtuch auf die Lache und lief ins Wohnzimmer. Sie stieß gegen ein Tischchen, ein Buch fiel zu Boden.

Nachdem sie alle Zimmer ohne Erfolg durchsucht hatte, bemerkte Hertha den Autoschlüssel in der Tasche ihrer Jeans. Sie lief in den Flur, griff ihre Handtasche und verließ das Haus.

Zehn Minuten später parkte sie den Wagen in der Neustadt neben dem Kriegerdenkmal. Sie lief zu Ursels Haustür, klingelte, rannte zurück zum Wagen, versperrte die Tür und lief wieder zum Haus. Die Tür ließ sich öffnen. Sie nahm zwei Stufen der Holztreppe auf einmal, erreichte Ursels Wohnung und hielt den Finger auf dem Klingelknopf. Die Klingel krächzte. Etwas bewegte sich drinnen. Hertha atmete schnell. „Ursel“, rief sie. „Ich bin’s, Hertha. Ursel?“

Ursel öffnete die Tür. Sie sah Hertha an, schwieg und trat beiseite, um sie einzulassen.

„Gunter war bei mir.“ Hertha schob die Tür hinter sich zu. „Ursel, er sagt, er hat das Buch fertig. Du musst mir helfen. Er will es veröffentlichen. Er hat schon einen Verlag, sagt er.“

Ursel ging wortlos in die Küche. Hertha ging im Wohnzimmer auf und ab.

Ursel klapperte mit Geschirr. „Trinkst du einen Tee?“

Hertha ließ sich auf das rote Sofa fallen. „Danke. Hilfst du mir, Ursel? Gunter meint das ernst. Er glaubt, es ist Ruths Vermächtnis und dass er es tun muss.“

Neben dem Kanapee stand ein kleiner Beistelltisch. Ein schwarzes Döschen aus Bakelit stand darauf. Der Deckel war mit einem Relief des Landshuter Helmwappens geschmückt. Die schwarzen Oblaten, dachte Hertha. Ruths Dose, in der sie die schwarzen Oblaten aufbewahrte. Hertha nahm sie in die Hand und versuchte sie zu öffnen. Sie sah sich um. Ursel war in der Küche beschäftigt, sie konnte nicht beobachten, was Hertha tat. Der Deckel saß fest, Hertha versuchte zu schrauben, zu hebeln, nichts gelang.

„Hübsch, nicht wahr?“ Ursel kam herein, stellte ein Tablett mit kugeliger Porzellankanne und zwei Tassen auf das Tischchen und zog sich einen Stuhl heran. „Es gehörte Ruth. Ein Erinnerungsstück für mich.“

Hertha ließ das Döschen sinken. Ursel goss Tee in beide Tassen und bot Zucker und Milch an.

„Du hättest ihm nichts sagen sollen.“ Hertha stellte das Döschen auf den Tisch und behielt es im Auge, während sie sprach. „Ich hatte Gunter eingeschüchtert. Vielleicht hätte ich ihn hindern können, das Buch zu veröffentlichen. Jetzt fühlt er sich überlegen.“

„Ich musste verhindern, dass du Prosedetin des Rats wirst.“ Ursel nahm einen Schluck Tee.

Es kostete Hertha Mühe, sitzen zu bleiben. Sie achtete auf ihre Bewegungen und zwang sich zu leisen Worten. „Ich mach dir keinen Vorwurf. Aber jetzt müssen wir versuchen, Gunter das Manuskript abzunehmen.“

Ursel stellte die Tasse ab, beugte sich vor und nahm das Döschen an sich. Hertha folgte jeder ihrer Bewegungen mit Blicken.

„Was hast du mit dem Praseodym getan?“

„Welches Praseodym?“ Hertha beobachtete Ursels Hände, die die Oblatendose hin und her drehten.

Ursel lächelte.

Hertha nahm ihre Tasse und trank einen Schluck, ohne die Hände aus den Augen zu lassen. Ursel würde sich nicht so einfach abspeisen lassen. „Ich habe es weggeschüttet. Die Wirkung bei Berenike hat mich nicht wirklich überzeugt.“ Sie versuchte ein Lächeln.

Ursel stellte die Dose ab und schien Hertha genau zu beobachten. „Deine Transformation war ein Irrtum.“ Ursel legte die Fingerspitzen aneinander. „Es war mein Fehler, es tut mir leid.

Es muss schrecklich sein, die Macht zu spüren und sie dann zu verlieren."

Hertha atmete tief durch und wischte sich mit beiden Händen über das Gesicht. „Es geht doch um mehr. Wir müssen etwas tun. Du kannst dich transformieren, du kannst etwas tun. Wir müssen – du musst ihn aufhalten."

„Natürlich hast du es nicht weggeschüttet. Ich hätte es nicht getan." Ursel lächelte. „Natürlich hätte ich das gar nicht vermocht. Ich wäre wie Ruth ..."

„Ursel, bitte. Das Zeug ist weg. Ich habe es weggeschmissen, bevor du mir diese Oblate gegeben hast." Sie wies mit einer Kopfbewegung in Richtung des schwarzen Döschens und widerstand der Versuchung, es an sich zu reißen. „Aber du – du kannst ihn aufhalten."

Ursel stand auf und wandte sich ab, ging durch den Raum, ohne zu sprechen. Hertha nahm das Döschen und versteckte es in den Händen.

„Ich glaube nicht, dass von dem Buch noch Gefahr ausgeht."

Hertha wollte widersprechen, Ursel gebot mit einer Geste Ruhe.

„Ruth ist tot. Vielleicht ist es gut so. Sie war der Anstrengung müde." Ursel zuckte mit den Schultern. „Womöglich wollte sie sogar genau das erreichen."

Hertha stand auf. Die Federn des Kanapees knarrten und das Polster entließ staubige Luft. Sie verschränkte die Hände hinter dem Rücken und verbarg die Bakelitdose. Ursel würde keine Hilfe sein. Aber Hertha hatte die Oblaten, in wenigen Minuten konnte sie das richtige Praseodym nehmen. Sie konnte Gunter alleine aufhalten.

„Selbst wenn sie dem Buch eine – ungute Wirkung zugedacht hätte." Ursel hob den Zeigefinger. „Ohne ihr Zutun, nur Gunter alleine? Ich glaube nicht, dass er etwas anrichten kann. Gunter ist einfältig. Aber böse? Nein."

Hertha erinnerte sich an ihre Zukunftssicht. Sie war sich sicher. Das Buch war Ruths Werk, Ruths Mittel, die Welt untergehen zu lassen, wie sie es angekündigt hatte. Hertha ging rückwärts in Richtung der Wohnungstür. Die Hand mit dem

Döschen schob sie in die hintere Tasche ihrer Jeans. „Wie du willst, Ursel. Ich kann dich ja nicht zwingen."

Ursel beobachtete anscheinend Herthas Bewegungen. Hertha stieß mit der Schulter gegen den Türrahmen. Der Flur war dunkel. Der Holzboden ließ ihre Schritte klappern.

„Dein Tee", sagte Ursel, die im Wohnzimmer stehen geblieben war.

„Keinen Durst." Hertha fühlte die Türklinke der Wohnungstür im Rücken, suchte mit der Hand danach und öffnete. „Bis bald. Wir sehen uns." Sie zog die Tür hinter sich zu und rannte die Treppen hinunter. Sie horchte nach Geräuschen oben im Treppenhaus, aber ihre Schritte übertönten alles. Hertha lief raus auf den Gehsteig, zitterte den Autoschlüssel ins Schloss der Beifahrertür, die ihr am nächsten war, ließ sich in den Sitz fallen und drückte den Türknopf. Die Zentralverriegelung surrte und sie fühlte sich in Sicherheit.

Hätte Ursel den Diebstahl bemerkt, hätte sie sich transformiert, Hertha eingeholt und ihr die Oblaten abgenommen. Herthas Hände zitterten, der Deckel des Döschens musste sich verklemmt haben. „Scheiße." Sie schlug gegen das Armaturenbrett. Sie hebelte mit beiden Daumen, brach sich einen Fingernagel ab, klemmte den Deckel zwischen die Zähne und zog. Der Deckel saß fest.

„Schrauben", rief jemand von draußen. Ursel lächelte durch die Scheibe. Sie drehte ihre Hand in der Luft. Mach auf, signalisierte sie.

Hertha versuchte den Deckel zu verdrehen. Nichts rührte sich. Aus dem Augenwinkel nahm sie Ursel wahr, die mit beiden Händen so tat, als ob sie die Dose in der Hand hielt. Rechts herum, zeigte sie. Im Uhrzeigersinn, dachte Hertha. Das blöde Gewinde ist andersherum. Mit einem leisen Knacken gab der Deckel nach. Er fiel Hertha aus der Hand.

In der Dose war – nichts. Sie kratzte mit dem Fingernagel auf dem Boden der Dose. Nichts. Kein Krümel. „Oh Himmel." Hertha schloss die Augen. Ein Schwindel überkam sie. Gab es keine Oblate mehr?

Sie öffnete die Autotür. Die Zentralverriegelung surrte und gab die Schlösser frei. Ursel trat zurück. Sie faltete die Hände vor der Brust und sah aus wie ein Großmütterchen, deren übelstes Problem lockere Dritte sein konnten.

„Wo hast du die Oblaten?“ Hertha warf die Autotür zu.

Ursel legte den Kopf schräg. „Du hast also wieder Praseodym genommen. Und das Resultat gefällt dir nicht. Ist es wie bei Berenike?“

Sie kann es nur geraten haben, dachte Hertha. Sie kann es nicht wissen. Sie besah sich noch einmal die Bakelitdose ohne Deckel und gab sie Ursel. „Dumm von mir. Ich wollte Berenike eine geben. Nenn es Eifersucht, wenn du willst. Wenn ich mich nicht transformieren kann, soll sie es auch nicht tun.“

Ursel nahm das Döschen in beide Hände. „Berenike? Oder vielleicht wolltest du doch mir die Macht entreißen?“

„Nein.“ Hertha wehrte mit ausgestreckten Händen ab. „Nein. Es ist unsinnig. Ich seh es ja ein. Ich bin neidisch auf sie, das ist es.“ Ursel und Gunter glaubten an Neid. Es musste wie eine plausible Erklärung klingen.

„Und warum nicht neidisch auf mich?“ Ursel sah Hertha in die Augen, ohne zu blinzeln.

„Du?“ Hertha lachte auf. „Aber ich kann dir doch keine Oblate geben. Ich weiß doch, was Ruth passiert ist. Ich würde nie …“

„Nie?“

Hertha ging um den Wagen herum und ließ Ursel dabei nicht aus den Augen. Die Alte blieb auf dem Gehsteig, folgte Hertha nur mit den Augen und rührte sich nicht. Hertha ließ sich auf den Fahrersitz fallen und winkte Ursel zu, während sie Gas gab.

‚Schwarze Oblate‘ war das Einzige, was sie über das Gegenmittel wusste. Mit dieser Information konnte sie schlecht in Oswalds Chemikalienhandel einkaufen gehen. Sie klopfte einen Rhythmus auf das Lenkrad. Sie würde zurück zu Ursel gehen müssen. Herausfinden, wo die Oblaten waren, was Ursel darüber wusste – aber nicht heute. Ursel musste wieder Vertrauen gewinnen. Hertha würde sie einladen. Zum Kaffee. Unverbindlich. „Ja.“ Sie schlug mit der flachen Hand auf das Lenkrad. Hertha musste Ursel überzeugen, dass sie wieder die alte Hertha Heldrich war. Froh, wieder normal zu sein. Glücklich, ihr altes Leben weiterzuführen. Eine Nacht wollte sie abwarten. Nicht länger.

Sie bog in den Wirtsanger und ließ den Wagen ausrollen. Kein schwarzer Mercedes in Sicht. Hertha atmete lange aus.

Beim Aussteigen fiel ihr Blick auf den Bakelitdeckel mit dem Helmwappen. Sie bückte sich und hob ihn auf.

***

Hertha machte es sich mit einer Tasse Jasmintee und einem Stück Honigkuchen im Wohnzimmer bequem. Vor einer Woche hatte sie sich Joseph Conrads *Lord Jim* gekauft, war aber bisher nicht dazu gekommen hineinzusehen. Das Titelbild zeigte die Zeichnung eines in Weiß gekleideten Seemannes und ein Schiff. Es musste die *Jeddah* sein, soviel wusste sie von der Geschichte noch aus dem Deutschunterricht. Sie las den Text auf der Rückseite des Umschlages. Am Ende angelangt, bemerkte sie, dass sie nichts davon aufgenommen hatte. Sie ließ das Buch sinken, nahm einen Schluck Tee und genoss die Konsistenz des Kuchens beim Kauen.

Nachdem sie zu Hause angekommen war, hatte sie es nicht mehr ausgehalten und sich transformiert – ein schreckliches Gestotter. Die Macht entwickelte sich nicht, wie sie es in den Tagen zuvor, mit Ruths Praseodym, getan hatte. Jederzeit konnte die Kraft aussetzen, Hertha konnte nicht wagen zu fliegen, wollte sie nicht riskieren abzustürzen. „Nutzlos“, murmelte sie. Der Wunsch zu schweben, die Welt zu bewachen, das Manuskript an sich zu bringen, verursachte ihr fast körperliche Schmerzen.

Sie nahm das Buch, ließ die fünfhundert Seiten am Daumen vorbeischnellen und seufzte. Wie viel hatte sich geändert, seitdem sie diesen Roman gekauft hatte! Sie konnte nicht mehr zurück.

Hertha nahm sich den Klappentext noch einmal vor, überflog jeden Satz zweimal und diesmal verstand sie, was sie las. Sie schlug das Buch auf. Es begann mit einer Vorbemerkung des Autors. Nach den ersten Sätzen sah sie einen Gentleman-Seebären in tropischer Uniform vor sich, der mit einer brennenden Pfeife in der Hand und schräg gehaltenem Kopf sehr kluge Sätze von sich gab. Hertha lehnte sich zurück und vertiefte sich in das erste Kapitel.

Die Türglocke riss sie nach ein paar Seiten aus ihrer Konzentration. Sie überlegte, ob sie das Klingeln ignorieren sollte. Sie sah auf die Uhr. Halb sieben. Es konnte Ursel sein. Oder Berenike. Sie legte das Buch auf die aufgeschlagenen Seiten und ging zur Tür. Vielleicht wollte Ursel den Deckel holen. Oder sie kam, um mit Hertha einen Plan gegen das Manuskript zu besprechen. Natürlich! Sie musste einsehen, dass gehandelt werden musste. Vielleicht hatte sie Berenike gleich mitgebracht. Hertha öffnete.

Vor der Tür standen Thomasek und Ruhland. Die beiden Polizisten, die gestern in Herthas Garten beinahe Ruths zu Staub zerfallende Leiche gesehen hätten.

Der Schnurrbärtige mit schwarzer Lederjacke steckte seinen Ausweis wieder weg, bevor Hertha ihn richtig wahrgenommen hatte. „Thomasek. Wir kennen uns ja." Er bewegte seinen massigen Körper über die Türschwelle. „Wir dürfen?", stellte er in Frageform fest. Sein Saddam-Schnurrbart zitterte.

„Ruhland", sagte der Zweite. Blonde, strähnige Haare fielen über den Kragen seiner ausgebleichten Jeansjacke. „Kriminalkommissar." Er deutete mit dem Daumen auf seinen Kollegen. „Hauptkommissar Thomasek." Der Ältere grunzte dazu.

Hertha stand der Mund offen. Sie sah abwechselnd auf die Straße hinaus und durch den Flur in ihr Wohnzimmer, wo die Polizisten sich umsahen. Vor der Garagenauffahrt parkte ein blauer Audi A4. Kein Mercedes.

Sie ließ die Tür zufallen und folgte Thomasek und Ruhland.

Hertha stopfte die Fäuste in die Jeanstaschen. Nichts sagen, hatte Elmar ihr eingeschärft. Hieß das stumm sein oder nichts zur Sache aussagen? Würde sie sich verdächtig machen, wenn sie Elmar anrief, bevor sie auch nur ein Wort sagte? Abwarten, beschloss sie.

Thomasek ließ sich auf das helle Ledersofa fallen. „Sie erlauben?" Der Jüngere blieb stehen und Hertha schien es, als suche er jeden Winkel des Raumes nach Beweisen für ein Verbrechen ab.

Herthas Blick fiel auf den Deckel des Bakelitdöschens neben der Teetasse. Ihr Magen produzierte einen Strom Säure. Der Deckel lag direkt vor Thomasek auf dem lackierten Buchenholz des Wohnzimmertisches. Die Dose hatte Ruth gehört. Konnten die Polizisten etwas darüber wissen? Hertha kniff die Augen einen Moment lang zu. Die Polizei hatte nichts in der Hand. Natürlich, Elmar hatte recht. Den Verdächtigen nervös machen, zu Fehlern verleiten. Druck machen, bis ein Fehler den Täter verriet. Im Geist fragte sie ihre Gesichtsmuskeln ab. Entspannung, befahl sie sich. Nichts konnten sie beweisen. „Also?" Hertha setzte sich. Sie vermied es, das Deckelchen anzusehen.

Ruhland stand vor einem Bücherregal und zog einen Band heraus. Die Buddenbrooks. Die Ränder des Buches waren mit Herthas Notizen bedeckt. Ausrufe- und Fragezeichen, Gedanken und Assoziationen. Sie öffnete den Mund, wollte sich gegen diesen Einbruch in ihr Innerstes verwahren. Sie besann sich. Es war wohl nicht klug, Aggressivität zu zeigen. Abwarten. Lass sie kommen, dachte sie.

„Also?"

Thomasek beugte sich vor, griff mit einer Pratze nach dem Dosendeckel, lehnte sich zurück und spielte damit.

Hertha zwang sich, nicht seine Hände anzusehen. „Warum sind Sie da?" Sie ärgerte sich über die Nervosität in der Stimme. Sie sah Ruhland durch das Buch blättern und die Notizen begaffen. „Mir wäre es lieber, wenn Sie das nicht lesen würden. Das ist privat." Fehler, rief sie innerlich. Falsch. Ruhig bleiben. Jetzt wollte sie Elmar anrufen. Aber es war nicht mehr klug. Sie hatte Unruhe gezeigt. Jetzt den Anwalt anzurufen, war ein Geständnis, auch wenn es der Ehemann war.

„Ach?", sagte Ruhland und blätterte langsam weiter, bis Hertha glaubte, es nicht mehr ertragen zu können. Kurz bevor sie geplatzt wäre, schob er das Buch zurück, legte die Hände hinter dem Rücken zusammen und ging am Bücherregal entlang.

„Schon eigenartig", sagte Thomasek.

„Was?" Herthas Kopf fuhr herum. „Was ist eigenartig?"

„Das Erste, was die Leute uns fragen, wenn wir sie besuchen kommen, ist, was wir wollen. Sie haben nicht gefragt."

„Natürlich habe ich gefragt." Herthas Blick jagte zwischen den beiden Männern hin und her.

„So?"

„Ja. Ich habe ‚also' gesagt. Gemeint ist damit ‚Also, was?' Was Sie wollen. Also, was wollen Sie?"

„Was glauben Sie denn, was wir wollen?" Thomasek ließ den Deckel immer wieder ein paar Zentimeter in die Luft fliegen und fing ihn auf.

Hertha sah auf die Uhr. Halb sieben. Elmar konnte jeden Augenblick heimkommen. Oder hatte er gesagt, dass es heute später würde? Sie konnte sich nicht erinnern.

„Sie wissen, was wir wollen. Darum haben Sie nicht gefragt." Thomasek schloss die Hand um den Deckel.

„Was denn nun?" Hertha hörte die Wut in ihrer Stimme und sie war ihr lieber als Angst.

Ruhland ging zum kürzeren Arm des Ecksofas. Einen Meter neben Hertha. „Kuchen. Hätte nichts gegen Kuchen", sagte er und ließ sich fallen.

Die Polster bliesen staubige Luft aus. Hertha ekelte vor dem Geruch von Ruhlands Rasierwasser. Sie beschloss, seine Unverschämtheit zu überhören.

„Mittlerweile wissen wir, wie sie heißt", sagte Thomasek und warf den Deckel auf den Tisch.

„Wer?" Sie konnten nur Ruth meinen.

Ruhland beugte sich vor, stützte die Ellenbogen auf die Knie und schien den Geruch des Honigkuchens erschnüffeln zu wollen. Thomasek ließ den Deckel rollen. Er beschrieb eine Spirale und stieß gegen den Rand des Kuchentellers.

„Ruth Mersbach." Thomasek lehnte sich zurück und legte einen fetten Arm auf die Lehne. Er kratzte mit den Fingernägeln über eine Polsternaht. „Die Frau, mit der sie gestern in der Altstadt im Clinch lagen."

Hertha war wütend auf sich. Es war eine Lappalie gewesen, die sie sichtbar mit Ruth in Verbindung brachte. Kein Grund, nervös zu sein. Jedenfalls nicht für eine Unschuldige. Sie machte sich verdächtig. Sie atmete tief durch. „Clinch. Unsinn. Sie hat mich belästigt, die Alte." Plötzlich fiel ihr ein, dass sie überrascht zu sein hatte, dass sich die Polizei überhaupt um so etwas kümmerte. „Aber was haben Sie denn damit zu tun?"

„Sagen Sie es mir." Thomasek kratzte beständig über das Leder.

„Was soll der Unsinn? Ich habe keine Ahnung, was Sie wollen.

Und diese Frau, diese Mesbach …" Sie war stolz auf diesen Fehler.

„Mersbach, Ruth Mersbach."

„Diese Mersbach habe ich gestern zum ersten Mal gesehen." Herthas Wut war echt. „Die spinnt." Hertha richtete sich im Sessel auf. „Sie ist auf mich losgegangen wie eine Verrückte. Sie können doch nicht jeden verdächtigen, den eine Verrückte auf der Straße anmacht."

„Wie kommen Sie darauf, dass wir Sie verdächtigen?" Thomasek kratzte über das Leder.

„Verdacht auf was?" Ruhland sah beifallheischend zu seinem Kollegen, der nur Hertha ansah.

„Was weiß ich. Sie sind doch gekommen. Also, wenn Sie nicht wissen, was Sie wollen, dann kommen Sie eben wieder, wenn Sie es wissen." Hertha gefiel ihr Mut. Sie stand auf.

Thomasek blieb sitzen und kratzte mit den Fingernägeln über das Leder.

„Hören Sie endlich auf, mein Sofa zu kratzen. Sie machen es noch kaputt." Hertha steckte die Hände in die Taschen. Sie vermied den Blick auf den Deckel, starrte Thomasek an.

Thomasek streckte die Finger aus. „Ruth Mersbach wird vermisst. Seit gestern."

„Und was habe ich damit zu tun?" Hertha ließ sich auf den Sessel fallen. Wenn Elmar doch nur kommen würde!

„Sie haben als Letzte mit ihr zu tun gehabt", sagte Ruhland und zog einen Notizblock aus einer Innentasche seiner Jeansjacke. „Einundzwanzigster Juni." Er sah auf. „Also gestern. Achtzehn Uhr vierzig." Triumph lag in seinem Blick.

„Na und? Sie wissen mehr über die Frau als ich. Ich habe sie gestern das erste Mal getroffen und ich hoffe, es wird das einzige Mal bleiben."

„Gestern haben Sie gesagt, Sie kennen Sie. Eine stadtbekannte Verrückte. Wir würden gerne verstehen, warum sie Sie angesprochen hat." Thomasek beugte sich vor und legte die Hände aneinander.

Touché, dachte Hertha. „Das würde ich auch gerne." Hertha verschränkte die Arme.

„Sie ist über Nacht nicht nach Hause gekommen."
„Hat sie jemand als vermisst gemeldet?"
Thomasek zuckte nur mit den Schultern.
„Die kann doch sonst wo sein. Was weiß ich, vielleicht ist sie verreist." Hertha winkte ab. Ihre Nervosität verlor sich in Ärger.
„Verreist? Machen Sie sich nicht lächerlich, Frau Heldrich. Nichts in der Wohnung deutet auf eine Reise hin. Thomasek lehnte sich wieder zurück. „Es scheint, dass nichts fehlt in der Wohnung. Wäsche, Koffer – alles da. Eine eigenartige Wohnung übrigens."
„Eigenartig?" Das war untertrieben. In Ruths Wohnung sah es eher nach dem neunzehnten als nach dem einundzwanzigsten Jahrhundert aus.
„Kein Kühlschrank, ein Holzofenherd." Thomasek hob die Hand und ließ sie auf das Sofakissen fallen. „Wie aus einem Museum."
Ruhland drehte den Teller mit dem Honigkuchen und betrachtete die Krümel. „Die Frau ist verschwunden, in der Wohnung sieht es nicht nach verreister Oma aus, und Sie hatten Streit mit ihr. Nun, in solchen Fällen ermitteln wir auch, bevor die Dame auf unserem Schreibtisch landet."
„Auf Ihrem Schreibtisch?"
„Kapitaldelikte, Sachgebiet Mord und Gewaltverbrechen." Thomasek schien Herthas Reaktion zu taxieren.
„Meine Güte." Hertha legte die Hände vor den Mund. Sie musste ihr Entsetzen nicht spielen „Meinen Sie …"
„Mal sehen", sagte Thomasek und stemmte sich mit einem Ächzen vom Sofa hoch.
„Hätte wirklich gerne mal Ihren Kuchen gekostet."
Hertha ignorierte Ruhlands Bemerkung. Mord und Gewaltverbrechen, echote es in ihrem Kopf. Sie stand auf. Sie deutete mit einer fahrigen Bewegung zur Tür.
„Schön haben Sie es hier." Thomasek ging voraus. Er öffnete die Tür. „Kostet sicher eine Stange. Ein Haus auf dem Hofberg."
„Mein Mann ist Anwalt", sagte Hertha und hoffte, damit zwei Zwecken zu dienen.

Sie beobachtete, wie die Polizisten in den Audi stiegen. Thomasek sah über das Wagendach zu ihr herüber. Diese beiden glichen den Anzugträgern im Mercedes wie ein Produkt der Klopsbraterei des Bürgermeisters einem Chateaubriand. Was waren das gestern für Typen im Benz gewesen? Die Polizei leistete sich keine S-Klasse-Daimler.

8. Kapitel

Hertha wollte die Tür schließen, als sie Elmars Wagen den Wirtsanger herunterfahren sah. „Zu spät“, sagte sie. Sie hätte ihn für das Gespräch mit den Polizisten gebraucht. Der Wagen bog in die Garageneinfahrt. Hertha wollte hinauslaufen, aber sie blieb nach dem ersten Schritt stehen. Es saßen zwei Männer in dem Auto. Brachte Elmar einen Kollegen mit nach Hause? Einen Stadtrat oder sonst ein hohes Tier Landshuts? Bälle, Parties, Empfänge – repräsentieren und Beziehungen aufbauen, sie hatte jahrelang mit Elmar für seine Position in der Kanzlei gearbeitet. Sie würde etwas vom Italiener ordern müssen. Und wo würde sie einen anständigen Wein herbekommen? Sie sah an sich herunter. Für einen Überraschungsbesuch war sie passabel angezogen.

Der Wagen hielt an, beide Männer sprachen miteinander, beachteten Hertha nicht, die in der Tür stehen geblieben war. Sie überlegte, ob sie ungesehen in den Laden gehen konnte, noch bevor die beiden im Haus waren. Sie verwarf den Gedanken. Elmar hätte wenigstens anrufen können.

Der Mann auf dem Beifahrersitz trug einen dunklen Anzug und ein Hemd mit Krawatte. Er strich sich mit einer Hand über das Haar mit amerikanischer Scheitelfrisur. Hertha fiel auf, dass er Manschettenknöpfe trug. Der Mann schaute in Herthas Richtung.

Ein dunkles Gefühl tauchte in einer tiefen Schicht des Bewusstseins auf und ließ sie erstarren. Es war ein Anklang an die Visionen, die sie mit dem echten Praseodym gehabt hatte. Nur eine Sekunde lang glaubte sie, die Zukunftssicht wäre wieder da. War das eine Erinnerung? Die Gedanken, die Bilder hatten denen geglichen, die Ruth und Gunters Buch in ihr heraufbeschworen hatten. Es musste ein Echo sein.

Der Mann hatte sie bemerkt, lächelte sie an und nickte ihr zu. Die Wagentüren sprangen auf. Die Männer stiegen aus.

„Guten Abend. Frau Heldrich, nehme ich an?“ Der Mann streckte die Hand aus.

Goldene Manschettenknöpfe in Form eines feinen Knotens, bemerkte sie, bevor er ihre Hand ergriff. Er verneigte sich und deutete tatsächlich einen Handkuss an. Die Berührung, dachte sie, Himmel, diese Berührung. Ein Gefühl der Vernichtung strömte durch ihre Hand in ihr Bewusstsein. Sie schloss die Augen, zwang sich, die Hand nicht wegzuziehen. So unerwartet, wie es gekommen war, so plötzlich verschwand der Strom schwarzer Energie. Konnte sie sich auf die Visionen verlassen, die ihr das falsche Praseodym eingab?

„Fenist. Peter Fenist. Es tut mir leid, dass ich Ihre Gastfreundschaft so ungehörig und unangemeldet strapaziere.“

Elmar warf die Autotür zu und bediente die Zentralverriegelung. „Abend, Hertha. Tut mir leid. Konnte nicht vorher anrufen. Herr Fenist und ich haben eine wichtige Sache zu besprechen. Wir bleiben nicht lange. Es müssen ein paar …“ Unter den linken Arm hielt er eine schwarze Ledermappe geklemmt. Seinen Aktenkoffer schien er in der Kanzlei gelassen zu haben. Hertha hatte diese schwarze Mappe noch nie gesehen.

„Sie sind ein Kollege aus der Kanzlei?“ Hertha wusste, dass er das nicht war.

„Ein Mandant.“ Fenist zog die Hand zurück. Sein Lächeln kräuselte sich für einen Moment.

Mandant, dachte Hertha. Elmar hatte noch nie einen Mandanten nach Hause gebracht, sie hatte noch nie einen kennen gelernt. War er der Bauunternehmer, der ein Zwischenlager bauen wollte? Sie trat zur Seite und zeigte in den Flur. „Ich kann Ihnen nicht viel anbieten, aber für einen Nachmittagstee ist es vielleicht noch nicht zu spät." Der Honigkuchen sieht nach nichts aus, dachte sie, aber er schmeckt einmalig.

„Lass, Hertha. Wir müssen etwas durchgehen. Eine halbe Stunde, dann sind wir wieder weg. Ich bringe Herrn Fenist in die Kanzlei und muss noch eine Stunde oder zwei arbeiten. Ich komm spät heute."

Elmar kam mit einem Mandanten aus der Kanzlei für eine halbe Stunde Arbeit hier her? Um danach wieder zurückzufahren? Das machte keinen Sinn. Sie verkniff sich den Kommentar und lächelte, während sie Fenist vorgehen ließ. Als Elmar an ihr vorbeiging, zog sie an seinem Ärmel. Sie musste mit ihm sprechen.

Elmar reagierte nur mit einem Seitenblick unter zusammengezogenen Augenbrauen. Er überholte Fenist im Gang und ging die Treppe hinauf. Fenist folgte. Die Tür zum Arbeitszimmer wurde zugezogen.

Diese Tür machte er nie zu. In den ersten Stock war noch nie ein Gast gebeten worden. Was war da los? Hertha blieb im Flur stehen. Sie lehnte sich an die Wand. Die Kühle der Mauer drang durch ihre Bluse. Hatte sie inzwischen Verfolgungswahn oder stimmte hier etwas nicht? Das seltsame Gefühl, als Fenist ihre Hand berührt hatte, Elmars ungewöhnliches Benehmen ... Was ging hier vor?

Hertha setzte in der Küche Teewasser auf und schnitt den Rest des Kuchens so, dass es nach mehr aussah. Zwei japanische Teeschälchen, Kandiszucker, Sahne. Sie fand sogar eine Zitrone in einer Ecke des Gemüsefachs im Kühlschrank und schnitt sie in Achtel. Sie wollte in Elmars Zimmer gehen und Fenist noch einmal berühren. Wenn das Gefühl der Bedrohung nicht wiederkam, würde sie an eine Erinnerung, an einen Widerhall ihrer Gedanken glauben, mit dem er selbst nichts zu tun, den er nur zufällig ausgelöst hatte.

Während das Wasser heiß wurde, ging sie die halbe Treppe hinauf und lauschte. Ab und zu drang ein gedämpftes Wort durch die Tür, sonst war nichts zu hören. Was hatte Elmar vor seinen Kollegen in der Kanzlei zu verbergen? Es war die Bestimmung der Büros in der Kanzlei, Geheimnisse zu bewahren. Warum also mussten sie für eine halbstündige Besprechung hierher kommen? Konnte es illegal sein, was die beiden taten?

Hertha ging zurück in die Küche. Elmar wusste schon, was er tat. Er würde kein unnötiges Risiko eingehen. Vielleicht zahlte dieser Fenist unverschämt gut. Er sah aus, als ob er es sich leisten konnte. Sie stellte den Kocher ab und goss brodelndes Wasser in die Kanne mit Kirschblütenmuster. So einer hatte sicher einen dicken Wagen, warum kamen sie in Elmars kleinem Volvo? Mercedes, schoss es ihr durch den Kopf. Fenist fuhr sicher einen S-Klasse-Mercedes. Sie verdrängte den Gedanken.

Hertha fand noch ein paar Minitäfelchen Schokolade und legte zwei neben den Kuchen. Sie balancierte das Tablett die Treppe hinauf und atmete zweimal durch, bevor sie klopfte und gleich darauf die Klinke hinabdrückte.

„Tee gefällig? Kuchen ist auch noch da“, sagte Hertha, während sie die Tür aufmachte. Elmar und Fenist saßen nebeneinander hinter Elmars Schreibtisch. Elmar drehte einen Stapel Papier auf die beschriebene Seite. Wieder etwas Neues. Elmar wusste genau, dass er sich auf Herthas Verschwiegenheit in diesen Dingen verlassen konnte. Was konnte so gefährlich oder geheim oder verboten sein, dass Elmar es vor ihr verbarg?

Fenist lehnte sich zurück. Seine Augenbrauen waren zusammengezogen, die Lippen zu blassen Streifen zerdrückt. Er betrachtete kurz die Papiere auf dem Tisch und legte dann die Hand auf den dünnen Stapel. Hertha beugte sich tiefer hinab, als es nötig war, und stellte den Tee so ab, dass ihr Arm Fenists Schulter berührte. Sie drückte sich an ihn, während sie das Tablett in die beste Position schob und drehte.

Da war das Gefühl wieder. Für eine Sekunde schien alles Glück aus Hertha abgesaugt zu werden. Die Härchen auf ihren Unterarmen stellten sich auf. Dunkelheit, Kälte, Tod. Sie richtete sich mit einem Ruck auf. Kein Echo, dachte sie. Das hier war Wirklichkeit. Aber konnte sie dem falschen Praseodym trauen?

„Danke, Hertha.“ Elmar sah Hertha an und schien sie damit hinauszuschicken.

„Das ist sehr nett, Frau Heldrich. Ist das japanischer Tee? Und Zitrone und Kandis. Wir werden ganz zu Unrecht verwöhnt. Wo wir uns so unhöflich hier verschanzen. Unverzeihlich." Er seufzte.

Hertha nahm ihm seine geübten Komplimente nicht ab. Sein Gesicht konnte die Anspannung nicht verbergen und den Wunsch, weiterzuarbeiten. „Ryokucha. Mit der Teezeremonie kann ich leider nicht dienen." Sie lächelte auf die gleiche Weise wie Fenist.

„Vorzüglich", sagte Fenist und sah sie wie Elmar weiter an, ohne sich zu rühren. Beider Hände ruhten auf den Papieren.

Hertha schloss die Tür hinter sich und ging langsam hinunter. Was genau hatte sie da gefühlt? War Fenist ein Verbrecher? Hatte die dunkle Vorahnung etwas mit Elmar zu tun? Mit der Besprechung hier im ersten Stock?

Das Telefon riss Hertha aus ihren Gedanken. Sie lief ins Wohnzimmer, nahm den drahtlosen Hörer im Vorbeigehen und ließ sich in den Sessel fallen. Auf dem Tisch harrten abgekühlter Tee und Honigkuchen.

Hertha drückte die grüne Taste. „Heldrich hier, hallo?" Im nächsten Augenblick hielt sie den Hörer zehn Zentimeter vom Ohr entfernt und kniff die Augen zusammen.

„Hallo? Hallo! Hertha?", brüllte Ursel. „Hörst du mich, Hertha? Ich bin hier." Ursel schrie, als gäbe es keine Elektronik, die ihre Stimme übertrug.

Hertha hielt das Hörermikrophon vor den Mund und den Lautsprecher möglichst weit entfernt. Sie beschloss, Nachsicht zu üben. Wer wusste schon, wie sie selbst in hundert Jahren mit moderner Technik umgehen würde. „Ja, ich bin's. Ich höre dich gut." Hertha flüsterte fast.

„Hertha, wir müssen uns treffen. Wir müssen … Hörst du mich noch?" Das Zerrbild ihrer Altfrauenstimme quäkte aus dem Hörer. Elmar und Fenist mussten es hören können.

„Treffen. Ja, ich höre dich ganz wunderbar. Ursel, könntest du leiser reden?" Hertha unterdrückte ein Lachen. Ursel hatte zu Hause kein Telefon; sie stand wohl an einem öffentlichen Apparat und die halbe Stadt musste ihr zuhören.

„Bald. Gleich. Kommst du jetzt sofort?"

„Klar. Wohin?" Warum kam Ursel nicht einfach vorbei? Sie wohnte eine Viertelstunde zu Fuß entfernt. Mit der Transformation hätte sie nur null Sekunden und eine fette Mahlzeit zu investieren.

„Das Kaffeehaus. Wo das Kino früher war. Neben dem Buchgeschäft."

Hertha malte sich Vorübergehende aus, die von Ursels Gebrüll überrascht wurden. „Ich komme jetzt." Sie legte auf, um Ursels Stimme zu schonen. Hertha nahm sich vor, Ursel zu raten, vom Telefonieren in Zukunft die Finger zu lassen. Was konnte sie wollen? Jedenfalls war es eine Chance, noch einmal auf die schwarzen Oblaten zu sprechen zu kommen.

Sie betrachtete das Telefon und dachte an den Zettel auf dem Fensterbrett der Küche, auf dem sie die Telefonnummer des Mercedestypen notiert hatte. Sie hatte sie noch nicht ausprobiert.

Hertha wollte Ursel nicht warten lassen. Sie ließ Tee und Kuchen stehen, entschied sich dagegen, Elmar Bescheid zu sagen, und zog ihre Schuhe an. Sie würde Elmars Wagen nehmen müssen. Er versperrte die Ausfahrt aus der Garage. Er konnte Fenist später mit ihrem Wagen zurückbringen.

Fünf Minuten später ließ Hertha das Auto auf den Parkplatz am Dreifaltigkeitsplatz ausrollen. Sie fand nicht sofort eine Parklücke und blieb mit laufendem Motor stehen. Sie sah ihren Fingern zu, die auf dem Lenkradpol einen Rhythmus trommelten. Ohne dass sie es verhindern konnte, fiel ihr Blick auf den Sitz neben ihr. Fenist hatte hier gesessen. Sie legte ihre Hand auf die Sitzfläche.

Nur ein normaler Autositz, dachte sie und zog die Hand mit einem Ruck zurück. Wie albern. Warum sollte das – abfärben?

Eine alte Frau fuhr in Zeitlupe aus einer Parklücke. Sie drehte das Steuerrad in Fünf-Grad-Rucken und griff jedes Mal um. Hertha blies die Backen auf.

Was konnte für Ursel so dringend sein, dass sie ein Telefon benutzte?

Die Alte hatte es endlich aus der Lücke geschafft und mühte sich, den Vorwärtsgang zu finden. Sie sah zu Hertha hinüber und lächelte in ihrer Not.

„Mach schon, Oma", sagte Hertha, während die Finger beider Hände auf dem Lenkrad ihr Stakkato vollführten. „Mit über fünfundneunzig sollte man das Fahren aufgeben.“ Sie lächelte, als ob sie ‚bitte noch ein wenig langsamer‘ gesagt hatte.

Sie fegte im Zentimeterabstand an der Stoßstange der Alten vorbei, sobald die sich in Bewegung gesetzt hatte, und bremste scharf, als sie in der Lücke stand. Der Wagen tauchte in die Federung, die vordere Stoßstange kratzte auf dem Bordstein. Hertha sprang heraus, bediente beim Weglaufen die Zentralverriegelung und rannte zwischen zwei Autos über den Platz, auf dem Vorderfuß, um auf dem Kopfsteinpflaster nicht mit den Absätzen umzuknicken.

Schwer atmend bog sie in den offenen Vorraum der Kaffeebar.

Ursel sprang von ihrem Platz und lief ihr entgegen. Ihr grauer Dutt wippte. „Hertha, gut, dass du kommst. Was willst du? Tee? Ich hab dir schon ein Hörnchen bestellt.“ Sie zog Hertha an der Bluse zu einem Tisch neben dem Tresen. Vor der Bar stand ein Büchertisch mit auf edel getrimmter Ramschware. Esoterische Musik hallte unter den Bögen der Barockdecke. Mit Leder bespannte Rollen waren längs der Wände angeschraubt. Man stand an den Tischen und lehnte sich gegen die Rollen.

„Sag schon, was ist so dringend?“ Hertha schob den Teller mit zwei Croissants in die Mitte. Eines der Hörnchen war kleiner und dunkler als das andere. Der Teig sah fester aus.

Ursel schob ihn zurück. „Iss schon mal.“ Sie winkte an die Theke. „Einen Tee, bitte.“

„Bünting Grünpack? Kukicha? Sencha? Lung Ching?“, kam es zurück.

Ursel sah mit großen Augen erst die Bedienung, dann Hertha an.

„Einen Cappuccino, bitte.“ Hertha lehnte sich an die Lederrolle in ihrem Rücken. „Na, was ist los?“

Ursel stellte ihre lindgrüne Lederhandtasche auf den Tisch und schob sie um Millimeter zurecht, bis sie nach einiger Bedenkzeit antwortete. „Ich habe mit Berenike telefoniert.“

„Und die hat dir erzählt, ich hätte sie wegen ihrer Macht belästigt.“ Hertha nahm das kleinere der beiden Hörnchen und besah es sich von allen Seiten. Ursel schien Herthas Bewegungen zu verfolgen.

Endlich begriff Hertha. Es war ein selbstgebackenes Hörnchen. Ursel hatte eine Oblate hineingebacken. Plötzlich fühlte sie Mitleid mit Ursel. Diese liebe, uralte Frau fand sich nicht mehr zurecht in dieser Welt. Dieser Versuch mit der Oblate war entsetzlich plump, aber er kam ihr gelegen. Sie biss hinein.

Der Cappuccino wurde vorbereitet. Es war nichts zu spüren oder zu sehen von der Oblate. Sollte sie sich getäuscht haben? „Was hat denn Berenike erzählt?“, sagte Hertha, während sie auf dem Teig kaute. „Gut“, fügte sie hinzu und wies mit einem Kopfnicken auf das Hörnchen.

Ursel schien zu erschrecken. „Berenike. Ach. Sie meinte, es stimmt etwas nicht mit dir. Du hättest dich eigenartig benommen.“ Der Kaffee wurde am Tresen bereitgestellt und sie unterbrach sich, um ihn zu holen. „Ich wollte nur sehen, wie es dir geht.“ Sie stellte die Tasse vor Hertha auf den Tisch. „Mich um dich kümmern, dir etwas Gutes tun.“

Hertha biss in das Hörnchen und hielt in der Bewegung inne. Da war sie. Sie spürte die Oblate. Einen Moment lang wollte sie den Bissen ausspucken. Sie erinnerte sich, was beim letzten Mal passiert war. Erbrechen, Ohnmacht, alles war grün von Praseodym gewesen. Hier vor allen Leuten. Egal, dachte sie. Das Ziel war es wert. Sie öffnete den Mund, schob das Hörnchen hinein –

In diesem Augenblick sah sie den Mann im schwarzen Anzug. Kein Zweifel, es war einer der beiden Mercedesfahrer. Er ging am Tisch vorbei und sah durch seine Sonnenbrille offenbar ausschließlich die Getränkekarte an der Wand hinter dem Tresen an. Konnte Ursel mit denen zusammenarbeiten?

Ursel starrte sie mit offenem Mund an. Der Bissen lag in Herthas Mund. Der Geschmack der Oblate breitete sich auf ihrer Zunge aus. Bitter, herb, ein wenig scharf. Hertha hatte Angst.

Endlich überwand sie sich, schloss den Mund und kaute. Ursel wischte sich mit der Hand über die Stirn. Aus dem Augenwinkel sah Hertha den Sonnenbrillenträger mit einer Papptasse hinausgehen. Er blickte an Hertha vorbei.

Jeden Augenblick musste es kommen. Vor zwei Tagen war es über sie gekommen wie eine Flutwelle. Hertha schluckte das Gemisch aus Teig und Oblate hinunter. Sie zog die Mundwinkel herab. Widerlich. „Zufrieden, Ursel?“ Hertha hielt sich am Tisch fest und suchte nach Ecken und Kanten, an denen sie sich verletzen konnte, wenn sie gleich das Bewusstsein verlieren würde.

„Es darf nicht sein, Hertha.“ Ursel schob ein paar Zuckerkrümel auf der Holztischplatte zusammen. „Es ist so viele Jahre so gut gewesen. Du darfst das einfach nicht zerstören.“

Hertha ging vorsichtshalber in die Knie. Jeden Moment würden ihr die Beine unter dem Körper wegknicken. Sie wollte nicht zu tief fallen. „Es war dumm von mir, das Praseodym aus dem Chemieladen zu nehmen. Es wirkt nicht.“ Ursel muss mir glauben, dachte Hertha, dass es aus ist mit SuperHertha, vorbei mit dem Praseodym.

„Natürlich hat es nicht richtig gewirkt.“ Ursel schien jede Bewegung Herthas zu verfolgen. „Ich weiß nicht, was Ruth mit dem Praseodym gemacht hat, welche Mischung es ist. Man kann nicht einfach ...“

„Aber Berenike hat das Praseodym von mir.“ Hertha fragte sich, wie lange sie sich noch auf den Beinen halten konnte. Sie beugte ihre Knie noch weiter.

„Sie war auserwählt. Sie muss transformiert bleiben. Die Macht wird sich entwickeln bei ihr. Das war die letzte Oblate. Ruth hat das Geheimnis um das richtige Praseodym und um die schwarzen Oblaten mit ins Grab genommen.“ Ursel wischte den Zucker vom Tisch.

„Die letzte Oblate?“ Hertha richtete sich auf. Es war kein Schwindel zu spüren. Sie sah keinen grünen Schleier vor den Augen. Nicht die Spur von Übelkeit. „Es wirkt nicht.“

„Was?“

Hertha ging um den Tisch herum und ein paar Schritte in Richtung Ausgang. „Der Typ, der da eben eingekauft hat. Schwarzer Anzug, Sonnenbrille. Kennst du den?“ Dumme Frage, schalt sich Hertha. Ursel würde es nicht zugeben, wenn sie ihn kannte.

„Was meinst du, es wirkt nicht?“

Hertha drehte sich zu ihr um und breitete die Arme aus. Sie schlug dabei einem Mann den Pappbecher aus der Hand. Ein anderer wich ihren Armen aus und starrte sie im Vorbeigehen kopfschüttelnd an. „Na, schau doch. Es wirkt nicht."

„Passen Sie doch auf!" Der Mann und schüttelte Kaffeespritzer von seinen Lackschuhen. Hertha beachtete ihn nicht.

Ursel zog ihre Tasche vom Tisch und hielt sie mit beiden Händen hoch vor die Brust. „Es war die letzte Oblate." Ihre Gesichtsfarbe passte jetzt gut zu ihren Haaren. „Hast du noch … Ich meine, bist du noch? Kannst du dich trans…?"

„Es ist schrecklich. Nicht zu gebrauchen. Wie ein stotternder Rasenmäher." Sie winkte ab. „Vergiss es. Keine Gefahr von mir." Hertha ließ den Kopf sinken, drehte sich um und ging durch die offene Glastür auf den Gehweg der Altstadt. Draußen drängten sich schnatternde Einkäufer unter der Sommersonne.

„Sagen Sie mal …!" Der Mann mit dem Kaffe auf den Schuhen war mit erhobenen Armen stehen geblieben.

„Hertha", rief Ursel ihr nach.

„Die Rechnung!" Von irgendwo rief eine Angestellte der Kaffeebar nach Ursel.

Hertha achtete nicht darauf. Nach wenigen Metern sah sie den Mercedes von weitem in der Sonne glitzern. Zwischen Fußgängerzone und Dreifaltigkeitsplatz stand er im Halteverbot. Sie konnte nicht sehen, wer darin saß. Waren es Polizisten? Was würden die tun, wenn sie an dem Wagen vorbeiging? Sie kehrte um. Sie würde einen Umweg machen, im weiten Bogen bis zur Grieserwiese und zurück laufen.

Plötzlich stand Ursel vor ihr. „Hertha, was heißt, es hat nicht gewirkt? Hast du die Macht? Kannst du dich transformieren? Sag." Sie hatte Hertha an beiden Oberarmen gepackt, sah zu ihr auf und schüttelte sie mit jedem Wort.

Eine Frau in der Uniform des Kaffeeladens kam winkend hinter Ursel angelaufen.

„Ich …" Hertha unterbrach sich. Sie sah Ursel liegen. Blass, die Augen geschlossen. Wie … tot. „Ursel!" Sie machte sich von ihr los, und die Vision verschwand sofort. „Meine Güte …".

„Und wer zahlt jetzt die Rechnung?", sagte die uniformierte Angestellte atemlos.

Ursel war in Gefahr. Es konnte kein natürlicher Tod sein, den

Hertha vorausgesehen hatte. „Ursel, komm mit zu mir. Wir haben so viel zu reden. Mein Auto steht um die Ecke."

Ursel wich ihr aus und stieß gegen einen Passanten, der sie im Vorbeigehen beschimpfte. Sie schüttelte den Kopf und starrte Hertha an. „Was hast du gesehen?"

„Hey. Was ist mit dem Kaffee? Das Croissant? Neun achtzig krieg ich."

„Bleib bei mir, Ursel. Ich kann dich … Wenn wir zusammen sind, kann nichts geschehen. Du kannst bei mir wohnen. Ein paar Tage. Okay?"

Ursel richtete sich auf, ließ die Arme sinken und ballte die Fäuste.

„Nicht", rief Hertha.

Ursel war nicht mehr zu sehen. Hertha wusste, dass sie sich transformiert hatte. Sie konnte überall sein. Auch wenn der Zukunftssicht des falschen Praseodyms nicht zu trauen war, Hertha musste Ursel finden und sie beschützen.

„Aber …" Die Bedienung starrte auf die Stelle, wo Ursel eben noch gestanden hatte.

Plötzlich kamen Hertha die Typen im Mercedes nicht mehr bedrohlich vor. Sie drehte sich um und rannte los. Als sie an dem geparkten Mercedes vorbeilief, streckte sie die Hand aus und ließ sie auf das Dach knallen. Sie drehte sich im Weiterlaufen um, um das Nummerschild zu lesen. Beinahe wäre sie gestolpert. „0 84 1". Was war das für eine seltsame Nummer? Aus dem Augenwinkel nahm sie wahr, dass eine Wagentür geöffnet wurde. Sie rannte weiter zu ihrem eigenen Auto.

***

Eine Stunde später fuhr Hertha den Wirtsanger hoch. Die Tachometernadel zitterte unterhalb der Zwanzig. Ursel war nicht zu finden gewesen. Nicht zu Hause, nicht bei Berenike. Sogar in Oswalds Chemikalienladen hatte Hertha gesucht. Oswald hatte ihr die Tür vor der Nase zugeworfen und den Schlüssel umgedreht. Sie war langsam durch die Ländgasse gefahren, wo Ruths Wohnung lag, hatte aber nicht angehalten. Es war zwar möglich, dass Ursel dort Oblaten oder Praseodym suchte, aber Hertha wollte um keinen Preis von Thomasek oder Ruhland in der Nähe von Ruths Wohnung erwischt werden.

Elmar hatte die Garage offen gelassen. Hertha fuhr hinein, drehte den Zündschlüssel um und blieb sitzen. Ursel war in Gefahr, sie musste beschützt werden. Hertha hatte nicht gesehen, was geschehen würde, aber ihre Vision von Ursels totem Gesicht war eindeutig gewesen. Sie schlug mit der flachen Hand auf das Lenkrad. „Ich hätte nicht losplappern sollen, verdammt." Sie hatte wohl eine Miene aufgesetzt, als sei es bereits um Ursel geschehen gewesen.

Die Wagentür ließ sich in der Garage nur einen Spalt breit öffnen. Hertha quälte sich heraus. Und wenn Ursel weiß, was los ist?, dachte sie. Womöglich hatte Ursel genau verstanden und sich in Sicherheit gebracht. Hertha blieb stehen, kniff die Augenlider zusammen und rieb sich über das Gesicht, bis die Haut zu brennen begann. Es blieb ihr nicht anderes übrig, als anzunehmen, dass Ursel auf sich selbst am besten aufpasste.

***

Sie ließ den Kopf fallen, wälzte sich mit einem Stöhnen auf die Seite und sah, dass der Wecker in ein paar Minuten klingeln würde. Sie schaffte es, sich auf den Bettrand zu hieven. Ihr Rücken schmerzte, der Kopf pochte. Sie fühlte sich, als wäre sie erst vor Minuten einem Gelage entkommen. Schon war sie wieder bei den Gedanken des Abends. Was war mit Ursel? Welche Geheimnisse hatten Fenist und Elmar? Hertha drückte sich empor und schlurfte ins Bad. Über der Stange hing ein feuchtes Handtuch. Elmar hatte anscheinend geduscht. Sie streckte den Kopf aus der Tür und rief. „Elmar?" Dann lauter: „Elmar." Es kam keine Antwort. So früh ging er nie ins Büro.

Nach dem Duschen und mit der zweiten Tasse Espresso ohne Zucker in der hohlen Hand saß sie auf der Arbeitsplatte in der Küche. Die rechte Schulter und ihre Stirn hatte sie gegen den Edelstahl des Kühlschranks gelehnt. Die Kälte des Metalls linderte die Kopfschmerzen. Woher, verdammt, habe ich dieses Schädelweh?, dachte sie. Ihr Blick fiel auf die Uhr. Halb neun. Und noch nichts Vernünftiges getan. Sie nahm den letzten

Schluck Kaffee. Der Espresso war lauwarm. Konnte es ein Kater sein? Ein Kater nach einer Oblate? Sie ließ die Tasse in die Spüle neben sich fallen, sprang von der Arbeitsplatte und spannte alle Muskeln an, derer sie sich mächtig fühlte.

Da war es wieder. Sie verlor den Kontakt zum Boden, das einzige Geräusch war das Rauschen des Blutes in ihren Ohren. Eine Sekunde später knallten ihre Fersen auf die Terrakottafliesen, das Surren des Kühlschranks war wieder da und Vogelzwitschern drang durch die angestellten Fenster. Im gleichen Augenblick federte sie wie ein Gummiball zurück, alles war wieder still. Sie hatte noch keinen klaren Gedanken gefasst, da hatte sich das Spiel schon wiederholt. Ihre Beine wurden nach vorne geschleudert, sie lag in der Luft.

„Scheiße", konnte sie eben noch hervorpressen, als die Vögel wieder hörbar wurden. Dann fiel sie flach auf den Rücken. Sie blieb liegen. „Drecksbockmist", schrie sie und hieb mit der Faust auf den Boden. Keine Oblaten mehr, laut Ursel.

Die Türglocke sprang an. Hertha rappelte sich auf, lief zur Tür. Das musste Ursel sein. Sie kam wahrscheinlich, um sich zu entschuldigen, zu erklären. Vielleicht wollte sie ihr Angebot annehmen und einige Tage hier im Haus wohnen. „Ursel", rief Hertha, als sie die Tür aufriss.

„Ursel? Ursel Gumprecht?" Kriminalhauptkommissar Thomasek hatte die Hände in den Hosentaschen vergraben und blickte Hertha unter zusammengezogenen Augenbrauen an. „Warum haben Sie sie erwartet?"

„Wir dürfen?" Ruhland hatte seinen Dienstausweis in der Hand.

„Sie sind ja schon drin." Hertha wies mit der ausgestreckten Linken ins Wohnzimmer. In ihrem Magen schien sich ein Liter Säure zu sammeln. Kamen die Polizisten, weil Ursel etwas zugestoßen war?

Ruhland ging hinein, Thomasek blieb vor Hertha stehen, so dass sie die Tür nicht schließen konnte. „Also?", sagte er. Hertha konnte die geplatzten Äderchen in der Haut seiner Nase zählen.

Lügen würden sie nicht weit bringen. „Gestern wollte ich sie zu mir einladen. Ich hatte Angst um sie."

„Es haben noch andere Leute Angst um Ursel Gumprecht."

Thomasek zog einen Notizblock aus der Innentasche seiner Jacke und schlug ihn auf. Sein Schnauzbart zitterte, während er las. „Georg, lass der Frau doch mal ihre Privatsphäre“, rief er, ohne aufzusehen, zu Ruhland hinüber, der sich in Herthas Wohnzimmer am Bücherregal zu schaffen gemacht hatte.

„Was meinen Sie, Angst um sie?“ Hertha schob sich an der Tür nach links, um Thomaseks Nähe zu entgehen.

„Das müssen Sie mir schon sagen.“ Thomasek klappte den Block zu und blickte auf.

„Wollen Sie nicht erst mal reinkommen?“ Hertha sah auf der Straße die Alte vom übernächsten Haus mit ihrem Pudel vorbeigehen. Sie schien sich die Augen aus den Höhlen sehen zu wollen.

Ruhland kam angeschlurft. „Muss mich doch umschauen“, maulte er.

„Musst du nicht.“ Thomasek wandte sich an Hertha. „Sagen Sie mir, was ich wissen will, und wir sind in zwei Minuten weg.“

Hertha hob die Schultern. „Ich sage Ihnen, was ich weiß. Gestern habe ich sie getroffen.“

„Ja?“ Thomasek hob die Augenbrauen.

„Und ich habe ein seltsames Gefühl gehabt …“

„Ach.“ Ruhland schnalzte.

„Ja. Stellen Sie sich vor.“

„Nur die Ruhe. Also, ein seltsames Gefühl?“ Thomasek schlug seinen Block auf.

„Ich wollte sie mit zu mir nehmen. Ich dachte, zu zweit sind wir sicher.“

„Sie haben vermutet, ihr könnte etwas zustoßen?“ Thomasek notierte etwas.

Endlich konnte sie ihre Frage stellen. „Ja, ist ihr denn etwas zugestoßen?“

„Wir dachten, Sie könnten uns das sagen“, sagte Ruhland und sah Hertha von oben bis unten an. Hertha verschränkte die Arme.

„Nicht doch, Georg. Verschreck unsere Frau Heldrich nicht“, sagte Thomasek mit ein wenig Pathos in der Stimme.

„Was soll das heißen? Verdächtigen Sie mich?“ Hertha lachte. „Gestern Ruth Mersbach, heute Ursel? Aber, um Himmels wil-

len, sagen Sie doch endlich. Ist Ursel etwas zugestoßen?"
„Sie wird vermisst." Thomasek klappte den Notizblock zu.
„Von wem?" Hertha schob die Hände in die Taschen.
„Von Ihnen, zum Beispiel", sagte Thomasek und trat vor die Haustür.
„Und von wem noch?"
Thomasek ging den Weg zum Gehsteig hinunter und sagte ohne sich umzudrehen: „Frau Heldrich, bitte. Sie wissen, dass ich Ihnen das nicht sagen kann."
„Auf Wiedersehen." Ruhland drängte sich an Hertha vorbei.
„Übrigens ist Gumprechts Wohnung durchwühlt worden." Thomasek stand mit dem Rücken zu Hertha vor seinem Audi und zog einen Zettel aus der Tasche seiner Lederjacke. „Ich habe hier einen Auszug aus dem Melderegister. Achtzehnter Dritter achtzehnhundertvierundsechzig." Er drehte sich um. „Es ist ihr Eintrag. Kein Zweifel. Der Kollege vom Meldeamt wusste auch nicht weiter. Er konnte den Fehler nicht erklären. Schließlich kann sie nicht hundertvierzig sein." Er faltete das Papier zusammen. „Kennen Sie ihr Geburtsjahr?"
Ruhland ging um den Wagen herum und schloss ihn auf.
Hertha schüttelte den Kopf. „Sie muss um die siebzig sein."
Thomasek öffnete die Beifahrertür, zögerte, dann drehte er sich zu Hertha um. „Nach vierundzwanzig Stunden nimmt die Chance drastisch ab, sie lebend zu finden. Statistisch." Er wartete eine Sekunde. „Sie können uns wirklich nichts sagen?"
Hertha schüttelte den Kopf.
„Hören Sie, wir machen das hier, weil wir Erfahrung mit so was haben. Weil wir etwas kommen sehen. Wir ermitteln nicht offiziell." Er hob die Hand. „Noch nicht. Wenn Sie uns jetzt helfen, dann stehen Sie gut da, wenn wirklich ein Ermittlungsverfahren anfängt. Sie müssen am besten wissen, ob Sie unser Wohlwollen brauchen können." Er wartete kurz. „Können Sie?"
Hertha antwortete nicht.
Thomasek sah sie an und ließ sich dann in den Sitz fallen und schloss die Tür. Der Fensterheber surrte und er legte den Ellenbogen in die Öffnung. „Wissen Sie, was mir aufgefallen ist? Gumprecht hat keinen Kühlschrank. Sie hat einen Holzherd. Das

ist doch seltsam. Wir haben zwei verschwundene alte Damen. Sie haben auf seltsame Weise mit beiden zu tun und beide ähneln sich in ihrer Merkwürdigkeit.“ Er seufzte. „Wir müssen uns mal den Melderegistereintrag von Mersbach ansehen, was meinen Sie?“ Er sah Hertha an. Dann ließ er die Scheibe hochfahren. Ruhland gab Gas, der Audi verschwand aus Herthas Gesichtsfeld.

Schöne Scheiße, dachte Hertha. Ich muss Ursel finden. Ich habe ihr Angst gemacht und jetzt versteckt sie sich. „Oder ist ihr wirklich etwas passiert?“, fragte sie leise.

9. Kapitel

Der dunkle Mercedes rollte aus der Richtung heran, in die der Audi gerade verschwunden war. Hertha hörte keinen Motor, nur das Knirschen der Reifenprofile auf dem Straßenstaub. „Null, vierundachtzig, eins“, las sie sich vor. „Das sind sie.“ Sie schwenkte die Arme und sprang genau vor den Wagen. Die Stoßstange streifte ihre Schienbeine. Der Mercedes wurde vom Bremsen herabgedrückt, federte zurück, schlug gegen ihre Unterschenkel.

„Mir reicht es“, brüllte sie, lief um die Kühlerhaube zur Beifahrertür und wollte sie aufreißen.

Der Mann im Wagen kam ihr zuvor. Die Tür schwang auf und traf Hertha vor der Brust. Ihr blieb die Luft weg, sie taumelte zurück. Der Mann hatte seine Sonnenbrille auf die Stirn geschoben. Mit drei Schritten war er bei ihr, packte sie am Arm und zerrte sie mit sich. Sie konnte sich nicht wehren, war damit beschäftigt, zu Atem zu kommen. Von innen wurde die hintere Tür aufgestoßen und ein Paar Arme streckte sich ihr entgegen. Schwarze Handschuhe, dachte sie, dann war sie schon im Wagen. Jemand stülpte ihr ein Tuch über den Kopf.

„Hilfe“, brüllte sie und schlug um sich. Sie schien keinen Schaden anzurichten. Jemand hielt ihre Oberschenkel. Der Kerl, der sie hineingestoßen hatte, schob an ihren Schultern. Die Tür wurde zugeschlagen. Sie suchte Halt, fand eine Kopfstütze, stemmte sich mit aller Kraft beider Beine gegen etwas Weiches auf der anderen Seite der Sitzbank. In diesem Moment verstummten die Stimmen der Männer, das Geräusch des Wagens, das gedämpfte Pfeifen der Vögel. Hertha hatte sich transformiert.

Der Griff des Mannes um ihre Beine schien unbeweglich für die Ewigkeit. „Nein", rief sie. Sie bäumte sich auf, wandte alle Kräfte an. Nichts bewegte sich. Sie versuchte, die Kapuze abzustreifen, aber es gelang nicht. Sie war unter ihrem Gesicht mit einem Band oder einem Gummi festgezogen. Sie trat, sie schlug, sie wand sich. Nichts änderte ihre Lage. Eingesperrt in einem Auto, vier Meter von ihrem Haus, Lichtjahre entfernt.

Nach Minuten gab sie es auf. Sie lag keuchend halb auf der Sitzbank, halb im Fußraum. Der Wagen federte, eine Tür wurde zugeschlagen, der Angreifer musste eingestiegen sein. Der Motor rauschte laut, die Beschleunigung ließ Hertha noch tiefer in den Fußraum rutschen.

„Keep her down", sagte einer von vorne. Der Mann neben Hertha reagierte, indem er sich auf sie setzte.

„Ihr Verbrecher", kreischte sie. „Ich … verklage euch." Sie bekam kaum Luft. „Ich mach euch fertig. Ich weiß, wer ihr seid. Ich erkenne euch. Keine Chance habt ihr. Keine."

Niemand reagierte. Sie schrie weiter. Der Mann legte seine Hände auf den Stoff und suchte anscheinend ihren Mund.

„Keine Luft", schrie sie und versuchte zu beißen.

„Shut up now", zischte der Mann auf ihr.

„Talk German", befahl einer der Vordermänner.

„Halt den Mund." Der Mann sprach mit amerikanischem Akzent.

„Luft." Hertha schüttelte den Kopf, versuchte zu beißen, wand sich, bäumte sich auf.

Der Druck der Hände auf ihrem Gesicht ließ nach. „Sei ruhig, dann bekommst du Luft."

Bis drei zählen, dachte sie. Ruhe. Ruhig werden. Bis drei zählen. Du hast Verstand. Denk nach.

Sie kam nicht bis drei, aber sie gebrauchte ihren Verstand. Amerikaner, ein Diplomatenkennzeichen. Sie kamen wegen Bush. Keine Polizei würde diesen Wagen aufhalten. Sie konnten sie hinbringen, wo immer sie wollten.

Das Foto, dachte sie. Als sie Präsident Bush gehindert hatte, den Knopf zu drücken, war sie für eine Sekunde in der Normalzeit gewesen. Die Presse musste Dutzende Bilder von ihr haben. Es hatte diese Burschen wohl kaum eine Stunde gekostet, sie alle zu besitzen. Der Abgleich mit den Fotos, die bei der Einreise gemacht worden waren, konnte nur Minuten dauern. Und jetzt waren sie gekommen, um sie zur Rede zu stellen. Würden die sie nach Amerika bringen? Was hatten sie vor? Sie zwang sich, nicht um sich zu schlagen, nicht zu beißen, ruhig zu atmen. „Okay“, sagte sie.

„Du bist ruhig?“ Der Akzent des Mannes auf der Rücksitzbank war sehr stark.

Hertha nickte. „Ganz ruhig.“ Sie sagte das zu sich selbst. Der Druck der Knie des Mannes wurde leichter. Er nahm die Hand von Herthas Gesicht. Für eine Sekunde zog der Mann am Rand der Mütze oder Kapuze um ihren Hals. Die Kühle der eindringenden Luft war eine Wohltat. „Was wollt ihr von mir?“ Sie schob die Arme unter den Körper. Niemand sagte etwas. Der Mann ließ den Gummizug um ihren Hals los, das Band schnellte zurück. „Autsch!“, rief sie. „Du Arschloch.“ Niemand antwortete.

Sie schob sich hoch. Jetzt saß sie hinter dem Vordersitz. Ihres Augenlichts durch das Tuch aus weißem Stoff beraubt, konzentrierte sie sich auf Gerüche und den Tastsinn. Einer der Männer trug ein Aftershave. Sie kannte den Duft, konnte ihn aber nicht benennen. Er vermischte sich mit dem Geruch von Leder. Das musste die Innenausstattung des Wagens sein. Sie fühlte mit den Händen. Leder. Sie wiederholte für sich: Leder, drei Männer; einer in dunklem Anzug mit Sonnenbrille; sie sprachen amerikanisches Englisch; der Mercedes mit der Diplomatennummer, null, vierundachtzig, eins. Nie mehr würde sie diese Zahlen vergessen.

Die Gedankenfetzen wirbelten durch ihren Kopf wie Motten

um eine Glühlampe flogen. Konnte sie zur Polizei gehen? Die hatten sie im Visier wegen Ruths Verschwinden. Was war mit Ursel? Würden diese Typen Hertha etwas antun? Sie fuhren einen Diplomatenwagen, waren wahrscheinlich Beamte. Würden sie sich an Gesetze halten? Dies war eine Entführung. Ungesetzlich. Ein Verhör, dachte sie. Nur ein Verhör, dann käme sie frei. Aber warum dann diese Entführung? Warum jetzt und nicht schon früher? „Was wollt ihr?" Sie hatte keine Antwort erwartet und bekam auch keine.

Nach einigen Minuten gab sie es auf, sich den Weg merken zu wollen. Ihr war übel, sie konnte nichts sehen, hatte Angst und mittlerweile kam ihr jedes Abbiegen wie eine Links- und Rechtskurve gleichzeitig vor. „Scheiße", sagte sie und fand, es sei das angemessene Wort in dieser Lage.

„Right, damn fucking bullshit."

Hertha hatte kein Bedürfnis, zu fragen, was der Beifahrer damit sagen wollte.

Nach einer Ewigkeit hielt der Wagen. Hertha hob den Kopf mit einem Ruck. Wütend stellte sie fest, dass sie bis jetzt keinen Plan für eine Flucht hatte. Nur, dass sie fliehen musste, war ihr klar.

Ob sie an einer Ampel gehalten hatten oder in einer Tiefgarage, Hertha wusste es nicht. Sie tastete nach dem Türgriff hinter sich. Im gleichen Augenblick riss sie am Hebel, stemmte sich mit aller Kraft ihrer Beine gegen den Sitz.

Der Mann fasste ihr Fußgelenk. „What the fuck?", keuchte er, als Hertha ihren Absatz in sein Bein rammte.

Nicht still halten, dachte sie. Bewegung, er darf mich nicht zu fassen bekommen. Sie griff nach hinten, die Tür war außer Reichweite. War die Öffnung groß genug, um transformiert hindurchzukommen? Sie trampelte gegen alles, was ihren Füßen Widerstand bot. Der Wagen schien sich vorn zu senken, sie fuhren jetzt eine Rampe hinab. Es musste eine Tiefgarage sein. Aus einem geschlossenen Raum würde sie nicht mehr entkommen. Jetzt, schoss es ihr durch den Kopf. Sie musste es wagen. Mit einem Schrei der Angst und der Anstrengung verkrampfte sie sich.

„Hold her“, brüllte einer von vorne.

Dann wurde alles still. Das Auto verharrte, die Polster schienen aus Stein zu sein. Hertha spürte, wie ihr Gewicht verschwand. Sie stieß sich den Fuß an etwas, aber sie konnte sich bewegen. Der Mann hatte sie nicht zu fassen bekommen. Sie hob die Hand etwas, die Macht trug sie an die Decke des Wagens. Sie stieß sich den Kopf, schrammte an etwas vorbei, das der Typ auf dem Rücksitz sein musste. Sie stieß sich mit dem Absatz von ihm ab. „Arschloch“, sagte sie und stieß sich im gleichen Augenblick den Kopf am Türrahmen.

Für einen Moment kam die Schwerkraft wieder, sie fiel, Geräusche brandeten auf, dann war alles wieder still.

Sie streckte die Hand aus und tastete nach dem Türspalt. Schmal. Sehr schmal. Sie suchte Halt für die Füße, fand ihn im Brustkorb des Mannes und schob ihren Kopf ins Freie. Es wurde hell durch den Stoff vor ihrem Gesicht. Sie spürte die Wärme der Sonne. Eingeklemmt in der Autotür konnte sie ihren Kopf nicht mit den Händen erreichen, sich nicht von der Kapuze befreien. Noch nicht in der Garage, dachte sie und wand sich. Die Schultern hingen fest. Sie trat gegen den Mann, stieß sich ab und klemmte sich immer fester zwischen Tür und Rahmen. „Leider spürst du es nicht“, sagte sie und trat mit jedem Wort dem Entführer in die Rippen.

„Scheiße.“ Sie verkeilte eine Fußspitze in einen Spalt im Polster, stellte den anderen Fuß auf den Sitz, atmete aus und entspannte sich. Sie schloss die Augen, senkte die Arme und ließ sich fallen. Die Zeit begann erneut zu vergehen. Die Schwerkraft zog sie nach unten, die Tür gab nach, Hertha stürzte aus dem Wagen. Sie zog den Kopf ein, streckte die Arme aus, erwartete den Aufprall. Hinter ihr rief einer der Männer etwas. Ihre Füße wurden vom Rahmen des Autos zur Seite gerissen.

Ihr Kopf, ihre Arme, ihr Rücken knallten auf Stein, sie rollte seitlich ab, die Beine stießen gegen etwas Hartes. Hertha schrie.

Sie sprang blind auf, stieß mit dem Kopf gegen eine Kante, knickte ein, stöhnte. Sie riss sich die Kapuze vom Kopf. Sie stand auf der Abfahrt zu einer Tiefgarage. Der Mercedes wurde angehalten, die Türen sprangen auf.

Hertha ließ die Haube fallen und rannte hinauf. Sie stolperte, stürzte, schlug mit dem Gesicht auf den Beton.

„Get her, damn it", zischte einer der Männer. Jemand packte ihren Fuß.

Hertha brüllte. „Hilfe! Entführung! Hilfe!" Sie schlug aus, der Griff löste sich. Hertha lag auf dem Rücken und trat zu, erwischte einen der Männer im Gesicht. Seine Sonnenbrille flog davon, Blut spritze aus seiner Nase. „Drecksack", rief sie und zog die Beine an, um auszuholen.

Noch zwei Anzugträger tauchten hinter ihm auf. Hertha spannte die Muskeln an. Bloß weg hier, dachte sie.

***

Hertha flog hoch über dem Münchener Olympiagelände. Immer wieder setzte die Macht aus, ließ sie absacken und trieb ihr den Angstschweiß auf die Stirn. Mehr als einige Meter war sie bisher nicht abgestürzt und Angst ließ sich besser aushalten als Schmerz – zuerst war sie tiefer geflogen und auf Haus- und Autodächer oder Straßen gestürzt, bis sie den Mut gefunden hatte, aufzusteigen.

Wenn diese Amerikaner, die ein Auto mit Diplomatenkennzeichen fuhren, ein Recht hätten, Hertha zu verhören, hätten sie keine Entführung veranstalten müssen. Es musste mit dem Präsidenten zu tun haben. Hertha würde sich in Acht nehmen müssen.

Unter ihr glitt die Fußballarena vorbei. Sieht aus wie ein Klo für ein Monster-Michelinmännchen, dachte sie. Sie rollte auf den Rücken, während sie durch die Luft glitt. Der Atem stockte ihr, als sie einige Meter fiel. Sie schloss die Augen, verkrampfte sich und war nach einigen Sekunden wieder auf Kurs.

„So geht's nicht weiter", rief sie, drehte sich auf den Bauch und streckte beide Arme aus. Sie raste am Parkhaus derArena vorbei, bog schräg nach rechts und flog geradeaus, bis die A92 in Sicht kam. „Die kommen wieder." Sie lag in der Luft und streckte sich. Die Macht antwortete mit Beschleunigung, die immer wieder von einem kurzen Sturz unterbrochen wurde. „Es muss endlich was passieren." Sie wich einem Vogel aus. „Ich nehme es." Es blieb ihr keine Wahl. Gunter musste unter Kontrolle gebracht, Ursel gefunden, den Amis ein Schnippchen geschlagen werden. Und was war mit Fenist?

Die Oblaten waren verbraucht. Das Praseodym war ihre letzte Chance. Was immer es mit ihr anrichtete, Hertha wollte das Praseodym nehmen.

Sie raste hoch über der Autobahn und versuchte die ständigen Aussetzer der Kraft zu missachten. Hertha flog ein paar Dutzend Meter unter einem Flugzeug, am Horizont sah sie den Flughafen im Erdinger Moos. Sie lächelte bei dem Gedanken, dass sie alle paar Sekunden für andere sichtbar wurde, sobald die Macht stockte. Ob es wohl einer der Menschen wahrhaben wollte? Vielleicht würde sie morgen in der Zeitung über sich lesen können. Unbekanntes Flugobjekt über der Autobahn. Hertha bog nach links ab. Sie wollte nicht an einem Unfall durch einen verwirrten Autofahrer schuld sein.

Der Flughafen zog rechts neben der Autobahn vorbei, Moosburg mit seinen Kirchtürmen kam in Sicht. Kastulus und Johannes standen seit Jahrhunderten. Hertha nahm Kraft aus dem Arm, ließ sich sinken und betrachtete die Silhouette des Münsters. Kirche bedeutete Hertha nicht viel. Was hätte der Klerus gegen Gunter aufzubieten? Hertha zielte zwischen die Türme, die vor ihren Augen wuchsen. Hertha hatte Angst vor Gunter und seinem Buch. Es lag an ihr, dieses Projekt zu verhindern, niemand sonst wusste davon oder glaubte daran. Sie hob den Arm, um wieder zu steigen.

Plötzlich stürzte sie; die Kraft ließ sie im Stich, sie stürzte, stürzte tiefer. Die Dächer schossen auf sie zu. Hertha spannte die Muskeln an – nichts geschah, sie raste auf die Türme, auf den Boden zu. Immer schneller, schneller. Sie schloss die Augen. „Nein." Sie taumelte in der Luft, legte die Arme um den Kopf. Das war's, dachte sie und im gleichen Moment prallte sie mit dem Rücken auf etwas auf. Tot, antworteten ihre Gedanken. Das kann ich nicht …

Sie brachte den Gedanken nicht zu Ende, verharrte in Embryohaltung, suchte nach Schmerzen – und fand keine. Sie öffnete die Augen. Um sie herum Äste. Sie hörte nichts. Die Stille der Transformation. Hertha sah sich um. Sie war in einer Baumkrone gelandet. Ihr wurde übel. „Du dumme Kuh." Wie hatte sie das Risiko eingehen können, so tief zu fliegen? Drei Meter unter ihr verharrte ein Rentnerehepaar im Spaziergang. Aus einem Auto wurde eine Zigarettenkippe geschnippt, die zehn Zentimeter vor der Hand des Fahrers in der Luft hing.

Sie warf den Arm nach oben, wurde emporgerissen, fiel gleich darauf einen halben Meter hinunter und streckte voller Trotz den anderen Arm. „Ich nehme es", rief sie. „Ich nehme es."

Sie flog steil nach oben, bis die Menschen Punkte, die Straßen Striche wurden. Sie suchte die Landshuter Burg am Horizont und ließ sich von einer lässig zeigenden Hand in die Richtung ziehen. „Sobald ich zu Hause bin", murmelte sie.

***

Hertha fror. Sie hatte sich nicht von ihrem Kurs abbringen lassen. Wolkenfetzen hatten sie durchnässt, an Vögeln war sie entlanggeschrammt, einem Hubschrauber des ADAC hätte sie auf die Kanzel spucken können, so nahe war sie gekommen. Die Macht bockte wie ein altersschwacher Traktor.

Endlich war sie über dem Hofberg. Sie streckte den Arm nach unten aus, wurde herumgerissen und raste auf den Boden zu. Sie erkannte den Wirtsanger an den geschwungenen Reihen der Häuser zu beiden Seiten. Herthas Haus wuchs in ihren Augen, Hertha nahm die Kraft aus den Streckmuskeln des Arms, sofort flog sie langsamer. Hundert Meter. Achtzig. Sie fiel ein paar Meter, dann wirkte die Macht wieder. Sie hatte die Arme an die Seite gelegt, schwebte auf der Stelle, bis sie ein Aussetzer ein Stück absacken ließ.

Hertha spürte ihr Herz schlagen. Sie verharrte aufrecht schwebend in der doppelten Höhe ihres Dachfirstes über dem Gehweg. Das Blut pulste im Hals. Wenn sie jetzt stürzte, würde sie sich das Genick brechen. Seit Sekunden hatte es keine Störung des Flugs gegeben. Würde es beim nächsten Mal länger dauern? Zu lange? Hertha winkelte die Knie ein paar Grad an. Konnte man einen Sturz aus zwanzig Metern abfangen?

Sie streckte den Zeigefinger aus, zeigte auf den Boden. Ein

Zittern ging durch ihren Körper, sie bewegte sich. Zentimeter für Zentimeter nach unten. Sie nahm den Mittelfinger hinzu, der Dachfirst kam näher. Sie streckte die Hand ein wenig nach vorne, schwebte bald über dem Dach. Wenn sie stürzte, wären es nur acht Meter. Sechs. Fünf. Herthas Ungeduld wuchs. Sie wollte das Praseodym nehmen. Jetzt. Drei Meter bis zum Dachfirst. Sie drehte sich mit einem Zucken des Zeigefingers, glitt zurück über den Gehweg und sank. Der Giebel schob sich vor ihren Augen nach oben. Sechs Meter bis zum Boden. Sie atmete auf.

Es schien, als hätte auch die Kraft in ihr aufgeatmet. Ihr Magen strebte nach oben, Hertha riss die Arme hoch, Äste der Birke vor dem Haus schlugen ihr ins Gesicht.

Dann war es vorbei. Hertha lag auf dem Rücken im Busch vor dem Küchenfenster. Sie riss den Mund auf, versuchte zu atmen. Zweimal, dreimal, dann löste sich der Krampf ihres Zwerchfells. Gierig sog sie die Luft in sich auf. Ihr rechtes Bein schmerzte. Sie versuchte, es zu bewegen – es gehorchte. Mit einem Stöhnen schob Hertha sich empor, saß zwischen den Pflanzenstängeln.

„Frau Heldrich?“

Herthas Kopf ruckte in die Richtung, aus der die Stimme kam.

„Frau Heldrich? Was – was tun Sie denn da?“ Der Pudel an der Leine in ihrer Hand bellte Hertha an und zerrte in ihre Richtung. Die Alte vom übernächsten Haus stand mit ihrem Köter keine zwei Meter von Hertha entfernt auf dem Gehsteig. Der Hund kläffte.

„Bin gestürzt“, stotterte Hertha und versuchte aufzustehen. Ein Schmerz fuhr in den rechten Knöchel, als sie Gewicht darauf verlagerte. Hoffentlich nicht gebrochen, dachte sie und glaubte nicht daran.

„Aber – aber Sie waren doch …“ Der Mund der Alten blieb offen, während sie nach rechts, links und hinter sich blickte. „Wo sind Sie denn plötzlich …?“

Zu Herthas Entsetzen legte sie den Kopf in den Nacken und schien den Himmel zu untersuchen. Herthas Blick huschte an der Fassade empor. Alle Fenster waren geschlossen, sie konnte nicht behaupten, aus dem Fenster gestürzt zu sein.

In Herthas Schuhen sammelte sich Erde, als sie durch das Beet auf den Plattenweg trat. Ihr Knöchel quälte sie. „Wollte das Wespennest wegmachen." Sie suchte in den Hosentaschen nach dem Schlüssel. Die Alte starrte Hertha an. Der Hund bellte und warf sich in die Leine. „Von außen. Das Fenster muss ja zu sein, sonst fliegen die in die Küche." Hertha deutete auf das Küchenfenster. „Wespen." Sie versuchte ein Lächeln. „Blöde Viecher, was?" Dabei sah sie den Pudel an, der sie jetzt anknurrte.

Der Oberkörper der Alten pendelte im Rhythmus des Hundes, der sich in die Leine warf.

„Auf Wiedersehen dann, Frau ..." Hertha fiel der Name nicht ein. Sie winkte, drehte sich um und hinkte zur Haustür. Sie ließ die lehmigen Schuhe, Hund und Alte draußen und warf die Tür hinter sich zu.

Im Flur lehnte sie den Rücken an die Wand und schloss die Augen. Der rechte Knöchel pochte, der Schmerz wurde ständig stärker. Heißhunger überfiel sie.

Hertha hüpfte auf dem linken Bein durch den Flur in die Küche, während sie sich mit ausgestreckten Armen rechts und links abstützte.

Auf den Zehenspitzen eines Fußes stehend öffnete sie den Küchenhochschrank und suchte nach dem Beutel mit Praseodym. Nach einem kurzen Moment der Panik fand sie die Tüte im hintersten Winkel des Fachs. Sie lehnte die Schulter an den Schrank, stellte sich auf beide Beine und hielt den Beutel mit beiden Händen vor das Gesicht. Die grün glänzenden Kristalle bewegten sich unter den tastenden Fingern. Ihr größter Schatz. Ihr Magen knurrte, aber sie achtete nicht darauf.

Herthas Zeigefinger zitterte, als sie die Spitze mit der Zunge befeuchtete. Wie viel würde sie nehmen müssen? Sie öffnete die Tüte, steckte den Finger in das Pulver. Die Fingerspitze kribbelte. Aus ihrem Finger strömte Wärme durch den Arm und ihren Körper. Sie öffnete den Mund und schloss die Augen. Dann spürte sie das Pulver auf der Zunge. Sofort zerfiel es wie Zucker. Ein bitterer Geschmack ließ sie würgen. Sie presste die Kiefer aufeinander und schluckte. Ihre Eingeweide schienen sich zusammenzuballen, sie spürte sich leicht werden, ein Schwindel ließ sie die Arme ausbreiten und die Augen öffnen. Sie sah die Decke der Küche. Sie lag waagerecht schwebend in der Luft. Stille umgab sie. Die Erinnerung an den Sturz heute Morgen an dieser Stelle erschreckte sie, Hertha drehte sich auf den Rücken und deutete mit einem Finger auf den Boden. Sofort zog sie die Kraft hinunter.

Sie wartete auf einen Aussetzer. Nichts geschah.

Nach fünf Minuten wagte sie einen Rundflug durch die Küche. „Himmel. Es hat geklappt", entfuhr es ihr. „Sie ist wieder da." Sie ballte die Faust, streckte den Arm aus und schrie: „Die Macht ist wieder da." Im gleichen Moment knallte sie gegen die Zimmerdecke, prallte ab, wurde zu Boden geschleudert, prallte auch dort ab und hing schließlich schwer atmend mit dem Rücken am Küchenschrank und krallte sich in der Türritze und einem Schubladengriff fest. „Hoppla. Muss mich erst dran gewöhnen."

Sie ließ sich mit einem Zucken des Zeigefingers zum Kühlschrank gegenüber treiben. Der leere Magen meldete sich wieder. Gib deinem Hunger nach, hatte Ursel Hertha gewarnt, nachdem sie das erste Mal Praseodym bekommen hatte. Es ist gefährlich, nicht zu essen, hatte sie gesagt.

Hertha erreichte den Kühlschrank und zog am Griff. Die Tür schien wie zugeschweißt. „Das Unbeweglichkeitsdogma." Die angehaltene Zeit sorgte dafür, auch das kleinste Ding völlig unbeweglich zu machen. Hertha war die erste D.A.M.E. seit jeher, die das Dogma gebrochen hatte. Aber das war vor der schwarzen Oblate gewesen.

Die Transformation beenden, dachte sie. Sie schwebte zu Boden, setzte sich, schloss die Augen und atmete aus. Sie blieb leicht, die Stille umgab sie. Hertha erinnerte sich an die Formel des Volkshochschulkurses autogenes Training. „Ich bin ganz ruhig. Mein rechter Arm ist schwer." Ihre Stimme zitterte. „Scheiße, ich bin nicht ruhig. Und der beschissene Arm ist leicht wie eine Feder." Sie betrachtete ihren Arm, der auf Schulterhöhe neben ihr schwebte, ohne dass sie die Muskeln anspannte.

Sie schob die Hände unter die Pobacken, schloss die Lider wieder, holte tief Luft und ließ sie durch entspannte Lippen heraus. Ich bin ganz ruhig, dachte sie. Noch ein Atemzug. Ich bin ganz ruhig. Flacheres Atmen. Ich bin ganz ruhig, die rechte Hand ist schwer. Auch die Hand schien sich an die Volkshochschule zu erinnern, das Blut sammelte sich darin. Die Hand war eine Spur schwerer als die Linke. Ganz ruhig. Schwer. Stirn kühl.

Es blieb still. Das einzige Geräusch war das Knurren ihres Magens. Sie verbot sich, die Augen zu öffnen. Ganz ruhig. Arme schwer.

Po und Hände berührten den Boden nicht mehr. Sie öffnete die Lider. Sie hing kopfüber zehn Zentimeter unter der Decke. „Mist."

Sie schwebte zum Kühlschrank, schob die Linke hinter den Griff, suchte festen Halt und streckte die Rechte gegen die Wand auf der anderen Seite des Raumes aus. Die Macht zog an ihr, wollte sie fortreißen. Ein Ellenbogen gab ein Knacken von sich, ein Schmerzensschrei entkam ihr, dann ließ sie den Griff los und wurde gegen die Wand geschleudert.

Essen. Der Gedanke beherrschte sie. Sie wollte Fleisch. Fett. Butter. Schokolade. Vor allem wollte sie viel. Ihr Blick raste durch die Küche. Eine Flasche Olivenöl stand auf einem Holzbrett neben der Edelstahlspüle. Ein Zucken der Hand brachte sie in einem Satz zur Flasche. Sie wollte sie nehmen und öffnen, aber sie war unbeweglich. Sie legte beide Hände um den Hals der Flasche, zog, zerrte. Nichts geschah. „Scheiße." Sie schlug mit der flachen Hand auf die Arbeitsplatte.

„Es muss doch hier was zu essen geben." Hertha hörte die Angst in ihrer Stimme wie die einer Fremden. Ein Weidenkorb mit Obst war das Einzige, was nicht in einem Schrank verstaut war. Zwei Bananen, ein Apfel, zwei Birnen. Keine der Früchte gab ihrem Rütteln nach. Sie steckte den Kopf in den Korb, versuchte in eine Birne zu beißen. Die Schale schien aus Beton zu sein. Hertha schwitzte. „Verflucht", sagte sie, während sie sich mit beiden Händen auf den Bauch drückte, um den Hunger zu überlisten. Es half nichts. Der Hunger breitete sich aus, fühlte sich wie ein Vakuum des Körpers an. Todesangst blitzte auf. Die Klappe des Küchenschranks stand noch offen, die Tüte mit dem Praseodym hing in der Luft davor. Hertha flog hin, steckte die Hand in das Fach, stieß sich an Kanten versteinerter Plastiktüten, die sie irgendwann dort hineingestopft hatte. Sie drehte sich um die eigene Achse. Die Tür zum Wohnzimmer war geschlossen. Die zum Flur stand offen, aber alle Ausgänge waren zu. „Gefangen. Verhungert in einer Küche." Hertha rang sich ein Grinsen ab. Es hatte Tage gedauert, bis sie das erste Mal Dinge in der Transformation bewegen konnte. Wie lange konnte sie so aushalten? Warum konnte sie nicht zurück in die Zeit? Was würde passieren, wenn sie nicht aß?

Der Hunger wurde schmerzhaft. Hertha stürzte mit einem Wutschrei auf den Kühlschrank zu, packte den Griff, stemmte sich mit den beiden Beinen gegen den Schrank daneben und zog. Nichts rührte sich. Sie ließ los, flog zur Flasche mit dem Olivenöl, packte sie und riss an ihr. Ebenso gut hätte sie versuchen können, eine tausendjährige Eiche auszureißen.

Ihr Blick fiel auf den Zettel, auf den sie sich die Telefonnummer notiert hatte, die einer der Amis angerufen hatte. „Null acht neun drei fünf acht vier." Sie las sie vor, während sie sich an der Flasche festhielt und langsam hinabsank. Sie schüttelte den Kopf. „Hätte ich früher dran denken sollen." Hertha trat gegen die Ölflasche, während sie sich an zwei Schubladengriffen festhielt. „Verflucht."

***

Nach einer halben Stunde lag Hertha rücklings auf den Terrakottafliesen. Irgendwann hatte sie aufgegeben. Die Kraft hatte nicht mehr ausgereicht, um zu schweben. Dann war das Sitzen zu viel geworden. Jetzt fiel ihr das Atmen schwer. Sie öffnete die Augenlider zur Hälfte; nach einer Sekunde fielen sie ihr wieder zu. Der Hunger war verschwunden, es blieb das Gefühl zu sterben. Noch immer war es still um sie. Der Beutel mit dem Praseodym hing unschuldig in der Luft, wo Hertha ihn aus den Händen gelassen hatte. So sollte sie also sterben. Sie erinnerte sich an das Kind, von dem sie auf der Fraueninsel mit einem Eis gerettet worden war. Hier würde es keines geben. Ein Lächeln huschte über eine Hälfte ihres Gesichts.

Wenn sie flach und schnell atmete, war es keine übermäßige Anstrengung.

Würde sie im Tod aus der Transformation gehen? Wenn nicht,

was würde geschehen? Würde sie einfach verschwunden bleiben? Was würde aus ihrer Seele werden? Aus Religion hatte Hertha sich nie etwas gemacht. Aber eine Seele glaubte sie doch zu haben. Sie war sich nur nicht im Klaren, was damit nach ihrem Tod geschah.

Das Atmen wurde schwerer. Plötzlich hörte sie den Kühlschrank, sie wurde auf den Boden gepresst. Die Plastiktüte mit dem Praseodym klatschte auf den Boden, grün glitzernder Staub wurde aufgewirbelt. Das Lächeln huschte wieder über ihr Gesicht. Es war zu spät. Sie konnte kaum ihr Zwerchfell bewegen. So einfach ist es zu sterben, dachte Hertha. Einfach aufhören zu leben. Sie hatte keine Angst. Einige Minuten gab sie sich, länger würde sie die Anstrengung des Luftholens nicht ertragen. Sie würde einfach aufhören. Sie hatte Atemnot, aber es machte ihr keine Angst. Sie schloss die Augen und gönnte sich eine Pause vom Atmen. Dunkelheit. Vielleicht würde es einfach nur dunkel sein.

Irgendwo in der Ferne waren Geräusche. Schlüssel, dachte Hertha. Dann ließ sie sich in die Schwärze ihres Geistes fallen.

„Hertha. Was ist? Was hast du? Sag was. Hertha."

„Elmar", nuschelte Hertha. Die Zunge fiel ihr in den Rachen. Sie röchelte.

Er schüttelte sie. Hertha konnte sich nicht wehren. Ihr Kopf knallte auf die Fliesen. „Öl", hauchte sie.

„Öl? Was? Hertha, was ist? Was ist mit Öl?"

Sie konnte nicht mehr sprechen. Einmal flackerte für einen Moment Elmars Bild in Herthas Augen, dann versagten die Augenlider den Dienst.

Elmar ließ sie los. Herthas Schultern fielen zurück. Sie atmete einmal.

„Das Praseodym." Seine Stimme kam von weitem. „Du hast es genommen."

Hertha brauchte Sekunden, um den Sinn von Elmars Worten zu verstehen. Für eine Antwort fehlte die Kraft.

„Öl", sagte er aus einer anderen Welt herüber.

Hertha bemühte sich um noch einen Atemzug.

Dann wurde etwas gegen ihre Lippen gepresst. Etwas Weiches, Warmes rann über ihre Wangen. Sie sah nur die ewige Nacht.

„Trink", sagte jemand.

Die Worte echoten in ihrem Kopf. Sie verstand nicht. Trink. Trink. Trink. Die Wärme, das strömende Gefühl an ihren Wangen war angenehm. War das ihre Seele?

Dann wurde das Ding an ihren Lippen zwischen ihre Kiefer gehebelt. Die Wärme, das Weiche floss in ihren Rachen. Hertha wollte atmen, konnte nicht – sie schluckte. Die Wärme floss in ihren Bauch. Mehr Wärme wurde in den Mund gefüllt. Sie schluckte. Der nächste Schluck hatte Kraft. Hitze breitete sich in ihrem Inneren aus. Die Leere wurde gefüllt. Das Gefühl zu sterben verschwand. Aus der Tiefe ihres Körpers kam ein Geräusch. Hertha fühlte Kraft. Sie öffnete die Augen. Elmars Gesicht über ihr. Sie konnte wieder atmen, sie wollte die Hand heben und spürte ein Zucken. Jetzt schloss sie die Lippen um die Flasche, die Elmar ihr an die Lippen hielt. Öl, dachte sie. Es ist Öl. Wie ein Automat sprang ihre Rechte empor und umfasste die Flasche. Die linke Hand folgte. Hertha trank. Gierig trank sie das Öl, keuchte nach Luft, trank weiter.

Die Flasche war leer, Hertha ließ sie fallen, das Glas klapperte über die Fliesen. Elmar sah sie mit aufgerissenen Lidern an. Hertha wälzte sich auf die Seite, stemmte sich auf alle viere und kroch auf den Kühlschrank zu. Sie hörte ein Grunzen und schloss, dass sie die Quelle dieses Lautes gewesen war. Sie hatte ihr Ziel erreicht und zog sich an den Türgriffen empor. Oh, wie sie das saugende Geräusch genoss, als die Edelstahltür aufschwang!

Schokolade, Milch, Salami, Schinken und ein fast volles Glas Erdnussbutter verschlang Hertha, bevor sie auf Elmar reagierte, der ständig fragte, was geschehen sei.

„Verhungert. Bin verhungert", sagte sie durch ein Stück Emmentaler in der linken Backe und einen Bissen Leberwurst mit Darm in der rechten.

„So sieht es aus. Aber warum denn? Warum hast du denn schon wieder Praseodym genommen?" Elmar zog an ihrer Schulter, Hertha machte sich los und schob den Rest Käse in den Mund.

„Nicht schon wieder genommen – das richtige Praseodym habe

ich genommen." Sie spuckte einige Krümel Käse beim Sprechen.

„Ach, das richtige. Gehört das dazu, dass man verhungert, oder was?"

Hertha drehte sich um und sah ihn an. Er hatte recht, ihr Experiment war wohl gründlich in die Hose gegangen. Sie wandte sich wieder dem Kühlschrank zu.

Nachdem sie eine Tube Mayonnaise ausgelutscht hatte, blieb nur noch ein gewöhnlicher Hunger zurück. Sie ließ den Kühlschrank zufallen und öffnete den Brotkasten. Sie fand, was sie suchte und setzte sich auf die Arbeitsplatte. Durch die Krümel eines Kantens Bauernbrot sagte sie: „Hast mir das Leben gerettet. Wie bist du drauf gekommen, dass ich Kalorien brauchte?"

Elmar ließ den Mund offen stehen und spreizte die Arme ab. Er ließ die Hände auf die Oberschenkel fallen. „Das ist alles, was du sagst? *Hast mir das Leben gerettet*. Noch nicht mal danke?" Er verschränkte die Arme.

Hertha biss noch ein Stück Brot ab. „Danke."

„Du hast doch immer gefressen wie blöde, nachdem du diese – diesen Wahnsinn aufgeführt hast."

„Gefressen?" Sie schüttelte den Kopf. „Wortwahl, Herr Heldrich." Sie grinste und biss ein Stück Brot ab. „Zum Glück bist du gekommen."

„Ich hatte was vergessen. Warst du wirklich …? Ich meine, wenn ich nicht gekommen wäre, wärst du dann – verhungert?"

„Ich nehme es an." Der Hunger hatte ihr Denken beherrscht, jetzt kamen die Erinnerungen an den Tag zurück. Sie sprang von der Arbeitsplatte. „Du glaubst nicht, was vorhin passiert ist." Sie drehte sich um, spähte durch das Küchenfenster auf die Straße, konnte aber nichts von den Amis sehen. „Dieser schwarze Mercedes …"

„Polizisten", sagte Elmar.

„Vergiss es. Die haben eine Diplomatennummer. Null, vierundachtzig, eins. Die haben Englisch gesprochen. Amerikanisch vielmehr."

„Du solltest nicht mit denen reden. Wir haben doch besprochen …"

„Ich habe kaum ein Wort gesagt. Aber die haben mich in ihr

Auto gepackt und sind nach München gefahren. Habe eben noch abhauen können. Bin dann zurückgeflogen." Hertha kaute auf dem Rest des Brotes.

„Entführt?" Er legte das Kinn in die Handfläche und ging einige Schritte durch die Küche. Er blickte auf. „Die haben dich tatsächlich entführt?"

Hertha nickte und folgte mit den Blicken Elmar, wie er durch die Küche ging. Er murmelte Unverständliches. Ab und zu gestikulierte er mit winzigen Bewegungen. Schließlich blieb er vor Hertha stehen. Ohne den Blick von ihm zu nehmen, suchte sie nach Brot im Kasten.

„Hertha, hör zu. Da können wir nichts machen. Ist ja nicht sicher, dass die Diplomaten sind, bloß, weil die so ein Auto fahren. Aber wir können davon ausgehen." Er schüttelte den Kopf. „Die Story kauft uns keiner ab." Elmar zögerte und deutete auf die Stelle, wo Hertha eben noch auf dem Boden gelegen hatte. „Du bist sicher, dass du das nicht phantasiert hast?"

„Wenn ich dir sage, dass ich entführt worden bin, bin ich entführt worden. Was glaubst du denn? Dass ich verrückt bin oder was?"

„Ist ja gut. War nicht so gemeint. Jedenfalls können wir nichts machen. Gegen Diplomaten kommt man nicht an. Schon gar nicht gegen amerikanische." Er zog die Augenbrauen zusammen. „Warum amerikanische Diplomaten? Das Flugticket ... Du warst letzte Woche in Boston." Er packte sie an beiden Schultern. „Was hast du da angestellt? Verdammt, Hertha, was ist da drüben passiert?"

Hertha klemmte sich eine Semmel von gestern zwischen die Zähne und schob mit beiden Armen seine Hände von ihren Schultern. „Ist nicht so einfach zu erzählen." Sie biss in die Semmel, Stücke der Kruste fielen auf ihre Hose. Sie kaute. „Ich war sicher, dass Bush die Welt in die Luft jagen würde."

Elmar schnaubte.

„Willst du die Geschichte hören oder nicht? Ich kann nur erzählen, was war." Sie bekam keine Antwort. „Aber es war ja auch richtig auf eine Weise."

„Auf eine Weise."

„Ich habe gesehen, wie er einen roten Knopf drückt."
„Gesehen?"
„Ja, verdammt. Das Praseodym. Man kann in die Zukunft sehen. Ein Stück jedenfalls."
Elmar rieb sich die Stirn. „Das wird mir alles ein bisschen viel, Hertha."
„Hör einfach zu. Glauben kannst du es später. Also, ich habe im Fernsehen Schröder gesehen und konnte voraussagen, was er tut. Und Bushs Worte habe ich gesprochen, bevor er sie gesagt hatte." Sie hob die Hände. „Jedenfalls habe ich ihn einen roten Knopf drücken sehen und habe Angst bekommen. Atomraketen und so was."
Elmar hielt sich die Fingerspitzen beider Hände gegen die Schläfen und beugte sich leicht vor. Sein Gesicht war rot angelaufen. „Du siehst Bush einen roten Knopf drücken, glaubst, er will die Welt in die Luft jagen, fliegst da rüber und lässt dich vom Secret Service erwischen und jetzt stehen die vor unserer Haustür. Hertha, ich glaub's einfach nicht."
„Aber der rote Knopf hat gestimmt." Hertha steckte den Rest der Semmel in den Mund. „Es war eben nur ein harmloser roter Knopf."
„Ein harmloser roter Knopf." Elmars Gesicht behielt die rote Farbe. „Du gibst zigtausend Euro für Flugtickets aus, hetzt uns den amerikanischen Geheimdienst auf den Hals und jetzt sitzt du da und isst Semmeln?"
„Was soll ich denn tun, verdammt?"
„Na …" Elmar wandte sich ab. „Was weiß ich. Den ganzen Scheiß hättest du uns sparen können." Er hieb mit der flachen Hand gegen den Kühlschrank.
„Sehr hilfreich." Sie ließ sich von der Arbeitsplatte gleiten, ging in den Flur und zog die Schuhe an.
„Du kannst doch jetzt nicht rausgehen. Hertha, die Typen kommen doch wieder." Elmar kam in den Flur und griff Hertha am Arm. „Mensch, wenn das wirklich die waren, für die ich die halte, dann … Bleib im Haus, Hertha."
Hertha streifte den Henkel ihrer Tasche über die Schulter. „Diese Typen sind nicht halb so gefährlich wie Ruths Buch. Ich

muss Gunter das Manuskript abnehmen."

Elmar ließ nicht los. „Manuskript? Gunter? Buch? Hertha, was soll der Unsinn? Was redest du?"

Hertha schob seine Hand weg. „Ruth hat ein Buch geschrieben. Sie …" Sie winkte ab. „Hat keinen Sinn. Ich muss es einfach tun."

***

Hertha ließ den Volvo auf dem Dorfplatz in Furth ausrollen. Zum hundertsten Mal sah sie in den Rückspiegel. Der schwarze Mercedes war nicht zu sehen. Sie stieg aus. Die Sonne spiegelte sich in den Solarzellen auf der Edelstahlskulptur und blendete sie. Wasser lief über das Metall in ein flaches Becken aus Pflastersteinen. Sie warf die Autotür zu und ging über den Platz. Eine flache Rinne leitete das überlaufende Wasser aus dem Brunnen quer über den Platz zu einem Ablauf. Hertha sah über ihre Schulter. Kein Mercedes. Sie stieg über die Wasserrinne.

Links neben einem italienischen Restaurant lag der Eingang. Sie suchte auf den Namensschildern. Gunter Forchheimer. Sie klingelte, wartete, nichts geschah. Was würde sie ihm sagen, wenn er öffnete? Und, noch schlimmer, was würde sie tun, wenn er nicht da wäre?

Die Tür wurde von innen geöffnet. Zwei Kinder sprangen heraus, schrien und begannen sich über den Platz zu jagen.

Hertha stellte den Fuß in die Tür und sah sich um. Ein Kind rannte um den Brunnen, das andere sprang mit beiden Füßen in die Wasserrinne und kreischte.

Sie trat in die Kühle des Treppenhauses. Die Tür fiel hinter ihr zu. Hinter einer Tür keifte eine Frau. Ein Säugling schrie. Im zweiten Stock blieb sie vor Forchheimers Tür stehen. Sie klingelte, klopfte, klingelte wieder. Niemand öffnete.

„Und jetzt?", flüsterte sie und sah zwischen den Geländern nach unten und oben. Sie war alleine im Treppenhaus. Nur das Baby weinte. Sie fasste den Türknauf, zögerte, dann rüttelte sie. Natürlich verschlossen. Sie öffnete die Handtasche und wühlte. Ein Taschenmesser, Portemonnaie, Taschentücher. „Mist." Sie ließ die Arme sinken. Dann erinnerte sie sich.

Sie zog die goldene Visa aus dem Geldbeutel und schob sie in den Türschlitz zwischen Rahmen und Türblatt. Im Fernsehen hatte es funktioniert. „Irgendwie hatten die einen anderen Winkel“, sagte sie und hebelte an der Karte. Es knackte, sie hatte drei Viertel der Karte in der Hand. „Verdammt.“ Zwischen Tür und Rahmen ragte eine Ecke goldenes Plastik heraus. „Scheiße, Scheiße, Scheiße.“ Hertha riss sich den Nagel des Zeigefingers ein bei dem Versuch, die andere Hälfte der Kreditkarte zu bergen. Mit dem Zeigefinger im Mund suchte sie nach ihrem Taschenmesser.

In den Tiefen der Tasche fand sie es schließlich, klappte die Klinge aus und hebelte im Türschlitz, während sie an der Karte zog. „Fehlte noch, dass der meine Kreditkarte in seiner Tür findet. So ein Bockmist.“ Sie warf einen Blick über die Schulter und beugte sich wieder herunter. Der Lack der Tür splitterte, Holzspäne fielen herab, die Karte bewegte sich keinen Millimeter. Hertha hebelte mit der Klinge, versuchte die Ecke der Karte zu fassen. Sie stampfte mit dem Fuß auf. „Das darf doch nicht …“

Die Tür wurde geöffnet, die Karte fiel herab. Das Messer rutschte ab, blieb im Türrahmen stecken.

„Hertha …“

„Oh. Gunter. Hallo.“ Hertha bückte sich, um die Karte aufzuheben. Gunter war schneller.

Sie starrten einander an. Hertha griff nach dem Rest der Kreditkarte in Gunters Hand. „Das ist meine.“

Er lächelte. „Verstehe.“ Er trat zur Seite und zeigte in die Wohnung. Ein saurer Geruch schlug Hertha entgegen. „Du bist hinter dem Manuskript her.“ Das Lächeln wurde breiter. Er hob das Stück Plastik vor seine Augen. „Und da wolltest du einbrechen. Mit der Karte. Wie im Film. Goldig.“

„Gib mir das Manuskript. Sie würde es heute nicht mehr schreiben. Du musst ihren Willen anerkennen.“ Hertha zog das Taschenmesser aus dem Türrahmen.

„Und du weißt das alles so genau.“ Er stand wie ein Lakai vor seiner Tür und lächelte sie mit seitwärts gebeugtem Kopf von unten an. „Komm rein. Wir können über alles reden.“ Er nickte zum Türrahmen. „Für die Reparatur kommst du natürlich auf.“ Er wedelte mit der Karte. „Golden. Kannst es dir ja leisten.“

„Gib her." Hertha machte einen Ausfallschritt, ließ ihre Hand in Richtung der Kreditkarte schnellen – und griff ins Leere. Gunter drehte sich, stieß ihr in den Rücken, sie stolperte hinein.

Er warf die Tür zu. „So." Er stellte sich davor und verschränkte die Arme.

Hertha hob die Rechte mit der immer noch aufgeklappten Klinge des Taschenmessers. „Gib mir das Manuskript. Und die Karte. Los."

Gunter lachte. Er warf ihr das Stück Plastik entgegen und kam auf sie zu. Sie konnte es nicht auffangen. Hertha streckte den Arm aus, um Gunther abzuwehren, und hob die Rechte mit dem Messer. „Hau ab. Lass mich."

Er war an ihr vorbeigegangen. „Tee oder Kaffee?"

Hertha stand mit ausgestreckten Armen, den Rücken an die Wand des Flurs gepresst und sah ihm nach. Ohne den Blick von ihm zu nehmen, ging sie in die Knie, tastete nach dem Stück ihrer Kreditkarte. Sie fand es und schob sich an der Wand nach oben. Hertha ging rückwärts zur Tür. Die Rechte mit dem Messer hielt sie in Augenhöhe vor sich.

Er trat zurück in den Flur, sah sie an und grinste. „Also, wenn du mit mir über das Buch verhandeln willst, dann würde ich sagen, machen wir das bei einer Tasse Tee. Es liegt auf dem Wohnzimmertisch." Er deutete quer über den Flur zu einer anderen offenen Tür. „Noch warm vom Drucker. Und steck das Messer endlich weg. Du machst noch was kaputt."

Er ging in die Küche zurück. Hertha hörte das Geklapper von Besteck und das Zischen eines Wasserhahns.

Hertha ließ das Messer sinken und ging ins Wohnzimmer. Ein vier Meter langer Buchenholztisch stand in der Mitte des Raumes, zu dessen beiden Seiten deckenhohe Regale voll mit Büchern standen. Sie kannte das Zimmer, seit sie hier transformiert eingedrungen war.

Richtung Balkon war das Kopfende des Tischs mit Papieren, Thermoskanne, dem tragbaren Computer und Büchern bedeckt. Am anderen Ende lag einsam ein fünf Zentimeter dicker Stapel bedruckten Papiers.

Hertha erkannte das Titelblatt. Es hatte schon damals neben

dem Rechner gelegen. Es trug Forchheimers Namen und Adresse. Darunter war der Titel des Buchs gedruckt: *Eine Neue Welt*. Hertha streckte die Hand aus. Ein zitternder Zeigefinger berührte das Papier.

Das Wohnzimmer verschwand, Dunkelheit breitete sich um sie aus. Kreischen ließ sie zusammenzucken, Angst überkam sie. Sie fror. Das Nichts umgab sie. Endlos breitete es sich aus. Hertha stürzte verloren im endlosen Raum. Das Schreien kam aus ihr selbst. Es gab keine Hoffnung, keine Liebe, keine Rettung. Sie war verurteilt zu Einsamkeit und Angst, die ohne Ende andauern würden.

„Hertha?“

Aus der Ferne drang ein Rest Wärme zu ihr. Die Schwärze veränderte sich zu grauer Dämmerung.

„Hertha, was ist mit dir?“ Herthas Körper wurde von einer unsichtbaren Kraft geschüttelt.

„Was ist denn los?“ Hertha erkannte Gunters Stimme, er schüttelte sie.

„Gunter?“ Die Dunkelheit verschwand. Konturen tauchten aus einem Nebel auf.

„Setz dich erst mal.“ Stuhlbeine klapperten über den Holzboden.

Hertha erkannte, wo sie war. Sie presste die Augenlider aufeinander, zwinkerte, vertrieb Schlieren und Tränen. Gunters Hände schoben sie zu dem Stuhl, die Sitzfläche stieß gegen ihre Kniekehlen, sie fiel auf den Stuhl.

„Was war denn das gerade? Ein epileptischer Anfall?“ Gunter hantierte mit Teekanne, Tassen und Löffeln auf dem Tablett, das neben dem Manuskript lag. Er sah Hertha an, sein Lächeln erstarb.

„Gunter, du weißt, was Praseodym vermag?“ Hertha hob die Hände, bemerkte das Messer in der Rechten und warf es auf den Tisch.

Er goss Tee ein. Dampf stieg auf. „Zitrone?“ Er drückte ein Viertel über der Tasse aus. Er stellte die Teetasse neben Hertha auf den Tisch, zog sich einen Holzstuhl heran und setzte sich rittlings. „Na klar.“ Er lächelte. „Das kann ’ne Menge. Es bringt

Leute dazu, ihre Kreditkarten und Taschenmesser in Türschlitze zu stecken. Es bringt Menschen dazu, Manuskripte anzufassen und dann hysterisch zu werden. Prima Zeug, oh ja."

„Gunter." Hertha wischte sich über die Augen und beugte sich vor. „Praseodym lässt dich in die Zukunft sehen."

„Natürlich", sagte Gunter.

„Wenn ich jemanden berühre, sehe ich – spüre ich oft, was passieren wird. Ich ..."

Gunter zuckte mit den Achseln. „Hör auf, lass es sein. Das ist nur ein Buch." Er reichte hinter sich und nahm das Manuskript. „Hier, nimm's mit. Lies es mal. Du wirst schon sehen. Ist harmlos." Er hielt ihr den Stapel Papier entgegen.

Sie zuckte zurück.

„Was soll da schon sein? Ruth wollte mir die Rechte überlassen. Ich hab aufgeschrieben, was sie mir diktiert hat." Gunter ließ den Papierstapel auf die Tischplatte neben Herthas Tasse fallen. „Mann, ich lebe davon. Ich bin Autor. Ich hab da ein esoterisches Buch geschenkt bekommen. Nach allem, was ich über den Markt weiß, wird das ein Knüller. Der Verlag sieht's genauso. Die Chance kann ich mir doch nicht entgehen lassen."

„Der Verlag?"

„Ja, der Verlag. Die machen das in Rekordzeit. Im Herbst liegt es in den Buchläden."

Hertha sprang auf und riss den Stapel Papier an sich. Sie fühlte, wie die dunkle Vision sie überkommen wollte, wehrte sich, blieb in der Realität. „Du darfst nicht. Welcher Verlag? Gunter, bitte, glaub mir das doch."

Er schob sich vom Stuhl hoch und deutete auf das Manuskript. „Lies. Dann sprechen wir wieder, okay?" Er deutete mit einem Arm aus der Zimmertür.

Hertha hielt den Stapel vor sich und machte einen Bogen um Gunter. Wie würde sie verhindern können, dass das Buch erschien? Sie musste Gunters sämtliche Kopien, Tonbänder und Dateien an sich bringen. Der Verlag musste auch besucht werden. Wie sollte sie das alleine schaffen? Sie würde Berenike um Hilfe bitten. Sie war die Einzige, die helfen konnte und würde. Hertha ging rückwärts in den Flur, ohne Gunter aus den Augen zu lassen.

„Buh", stieß Gunter hervor und breitete die Arme aus.
Hertha reagierte nicht.
„Hör auf mit dem Unsinn, Hertha." Er zeigte auf den Stoß in Herthas Händen. „Das Buch ist in Ordnung. Was soll ein Buch schon anrichten?"
Sie stieß mit dem Rücken gegen die Wohnungstür, suchte blind nach dem Türgriff, während sie das Manuskript in ihrer anderen Hand in Abstand von ihrem Körper hielt.
Im Treppenhaus stehend zog sie die Tür hinter sich zu und rannte hinunter.

10. Kapitel

Sie stieß die Tür zum Dorfplatz auf, stürzte ins Freie, wurde von der Sonne geblendet, stolperte und lief, das Manuskript mit ausgestreckten Armen vor sich haltend, zu ihrem Auto. Ein Kind fuhr direkt vor ihr mit dem Fahrrad vorbei, strauchelte, fing sich und fuhr weiter.
Herthas Blick fiel auf den schwarzen Mercedes auf der anderen Straßenseite. Die Diplomaten, dachte sie. Hertha rannte.
Die hinteren Türen der schwarzen Limousine wurden geöffnet. Zwei Anzugträger stiegen aus.
Sie sprang über den flachen Graben, durch den Brunnenwasser floss. Noch zehn Meter bis zu ihrem Auto.
Die Männer gingen rechts und links ihres Autos über die Straße, bildeten eine Zange.
Das Messer, dachte sie. Sie hatte es in Gunters Wohnung vergessen.
Sie rannte, tastete nach dem Funkschlüssel des Volvo in der Hosentasche und drückte die Taste. Die Blinker des Wagens leuchteten zweimal auf. Drei Meter bis zum Auto. Die Anzugträger hatten ihren Wagen schon erreicht.
Sie riss die Tür mit der Rechten auf, schwang den Packen Pa-

pier in der Linken, bereit zuzuschlagen. „Ich schreie", keuchte sie. „Haut ab. Verschwindet."

Der größere der beiden streckte den Arm nach ihr aus. Hertha ließ sich auf den Fahrersitz fallen und stieß sich den Hinterkopf am Türrahmen. Sie hieb mit dem Manuskript nach der Hand des Mannes, dann trat sie von innen gegen ihre Wagentür. Die Tür schlug dem kleineren Mann gegen die Beine. Er stolperte zurück und fluchte. Hertha schlug mit dem Papierstapel nach dem Arm des Mannes, der sie fassen wollte. Der Mann packte das Manuskript mit beiden Händen, riss es an sich und taumelte mit dem eigenen Schwung nach hinten. Hertha riss beide Beine hoch und trat gegen seine Kniescheiben. Der Mann wurde nach hinten geschleudert. Hertha zog die Beine herein, schlug die Tür zu und bediente die Zentralverriegelung.

Während die Motoren der Schlösser noch surrten, zitterte Hertha die Spitze des Wagenschlüssels ins Zündschloss. Sie drehte ihn um, der Wagen bockte einen Meter nach vorne. „Scheiße Scheiße Scheiße." Sie trat die Kupplung, drehte den Schlüssel und hieb mit der Linken gegen das Lenkrad. „Komm schon." Der Kleinere klopfte gegen das Fenster, schrie etwas. Der Größere stand vor ihrem Auto, lehnte sich mit ausgebreiteten Armen schräg gegen die Motorhaube. Der Motor sprang an. Hertha ließ die Kupplung kommen. Der Mann brüllte, sprang nach hinten und schlug mit der flachen Hand auf das Blech. „Hau ab, du Arsch", rief Hertha und gab Gas. Der Mann sprang auf das Auto, rollte bis gegen die Windschutzscheibe. Hertha trat auf die Bremse und drehte das Steuer nach rechts. Der Mann rollte nach links von der Kühlerhaube. Sie trat das Gaspedal durch, tippte nach zwanzig Metern die Bremse an und bog dann auf die Hauptstraße in die Lücke zwischen zwei Lastwagen. Die Hupe des Wagens hinter ihr dröhnte, der Fahrer blendete im Viertelsekundentakt auf.

Hertha gab Gas, überholte den vorderen Laster und schaffte es eben noch einzuscheren, bevor sie mit einem vollbremsenden Golf auf der anderen Fahrbahn zusammengestoßen wäre. Sie ließ den Motor aufheulen und raste aus Furth hinaus. Sie sah in den Rückspiegel. Kein Mercedes zu sehen. Ihr Blick fiel auf die

Tachonadel. Hundertzwanzig. Es ging eine kurze Strecke abwärts, mit Geschwindigkeitsbegrenzung auf siebzig Stundenkilometer. Hertha raste mit siebzig auch schräg durch ein Viertel des Kreisverkehrs und auf die B299.

Vor dem Ortsschild von Altdorf bremste sie scharf und zog nach rechts in die Haltebucht vor einer Informationstafel. Sie schlug mit beiden Fäusten auf das Lenkrad ein. Die Hupe wurde ausgelöst. „Das Manuskript. Ich bin doch so was von bescheuert." Sie sah in den Rückspiegel. Der Mercedes war nicht zu sehen. Zurückfahren hatte keinen Sinn. Die Diplomaten hatten das Manuskript. Was würden sie damit anfangen? Vielleicht hatten sie es einfach weggeworfen. Der Gedanke kam ihr zu einfach vor, um wahr zu sein.

***

Hertha saß auf der Kante des Holzstuhls ohne Polsterung. Kriminalhauptkommissar Thomasek hatte sie eben gefragt, warum sie ausgerechnet Gunter Forchheimer beschuldigte. „Beschuldigen?" Hertha räusperte sich. „Ich beschuldige ihn doch nicht."

Ruhland hatte hinter Thomaseks Stuhl gestanden, trat jetzt zur Seite und beugte sich vor. „Ursel Gumprecht ist verschwunden, wir verhören Sie dazu und kurz darauf schneien Sie herein und erzählen uns ungefragt, Forchheimer hätte wohl auch was mit ihr zu tun gehabt. Was sollen wir wohl denken, gute Frau?"

Thomasek hatte die Füße unter den Schreibtisch gestreckt, die Hände über dem Bauch gefaltet und die Lippen geschürzt. „Also?", brummte er.

Ruhland nahm von einer Aluminiumablage über dem Waschbecken ein Wasserglas und vom Haken ein blau kariertes Geschirrtuch. Er polierte das Glas scheinbar hingebungsvoll, dann stellte er es vor Hertha auf Thomaseks Schreibtisch. Hertha überlegte, was sie sagen sollte. Es war ein Fehler gewesen, herzukommen. Sie hätte Elmar fragen müssen. Aber es blieb so verdammt wenig Zeit. Gunter musste irgendwie außer Gefecht gesetzt werden, damit sie sich um das Manuskript kümmern konnte.

Der Verschluss einer Sprudelflasche knirschte, Kohlensäure entwich. Ruhland schenkte Herthas Glas halb voll.

„Danke“, sagte sie. Sie nahm das Glas und trank. Das gab ihr Zeit nachzudenken.

Sie stellte das Glas ab. „Wissen Sie, dieser Forchheimer, er hat sich mit Ursel Gumprecht gestritten.“

„Zum Streiten gehört das Kennen.“ Thomasek drehte die Daumen umeinander und betrachtete sie dabei. „Sie kennen die Gumprecht, der Forchheimer kennt die Gumprecht. Was haben Sie mit Forchheimer zu tun?“

„Nichts. Ich meine, ich kenne ihn, aber sonst nichts weiter.“

Ruhland trat einen Schritt näher an den Schreibtisch. „Und können Sie sich vorstellen, warum Forchheimer uns vor einer Stunde angerufen hat?“

Hertha nahm noch einen Schluck und schüttelte den Kopf mit vollem Mund.

„Eine ganz wüste Geschichte mit Kreditkarte und Taschenmesser und so weiter. Eine Geschichte, die ich sicher nicht geglaubt hätte.“ Thomasek hob die Schultern. „Unter normalen Umständen.“

„Aber jetzt, da Sie hergekommen sind …“ Ruhland streifte einen knisternden, übergroßen Plastikhandschuh über und nahm Herthas Glas vom Tisch.

„Da denken wir schon nach.“ Thomasek lächelte Hertha an.

„Was tun Sie da?“ Hertha folgte mit den Blicken Ruhlands Bewegungen. Er ließ das leere Glas in eine Plastiktüte fallen und verschloss sie. Hertha sprang auf. „Sie dürfen meine Fingerabdrücke nicht einfach so nehmen. Sie …“

„Wer nimmt denn Fingerabdrücke?“ Thomasek hob die Augenbrauen.

„Das hat keine Beweiskraft. Sie können gar nichts beweisen.“ Hertha deutete auf das Glas.

„Frau Heldrich.“ Thomasek klang besorgt. „Frau Heldrich, Sie reden sich ja um Kopf und Kragen. Wollen Sie nicht Ihren Mann anrufen? Als Anwalt, meine ich.“

„Ich will jetzt gehen. Darf ich gehen?“ Sie ging rückwärts und schob dabei den Stuhl zur Seite, der über den Bohlenboden schrammte.

„Natürlich.“ Thomasek hielt die Hände weiter auf dem Bauch

verschränkt. „Sagen Sie, Frau Heldrich … wenn wir die Fingerabdrücke in der Wohnung der Gumprecht vergleichen würden …“

„Rein hypothetisch“, unterbrach ihn Ruhland.

„Rein hypothetisch vergleichen würden mit denen auf dem Glas. Was würden wir finden?“

„Ich war in Ursels Wohnung. Natürlich würden Sie meine Fingerabdrücke finden.“

Thomasek sah ihr in die Augen und schwieg.

„Ruth Mersbach, Ursel Gumprecht“, sagte Ruhland. „Zwei verschwundene alte Damen. Und ein nicht verschwundener junger Mann, der Ihnen eine etwas eigenartige Methode, Besuche zu machen, vorwirft.“ Er schüttelte den Kopf. „Gar nicht gut.“

Hertha schloss die Tür hinter sich und rannte die Treppen hinunter. Wie war sie auf den idiotischen Gedanken gekommen, Verdacht auf Gunter zu lenken? Und was war mit Ursel los? Hatte ihr tatsächlich jemand etwas angetan? Hertha lief mit ausgestreckten Armen gegen die hölzerne Ausgangstür und stürzte auf die Straße. Die Sonne brannte auf die Landshuter Neustadt. Sie blieb stehen, lehnte sich mit dem Rücken gegen das Gemäuer des Kommissariats, hob den Kopf und schloss die Augen. Rot schien das Licht durch die Lider, es war heiß.

Sie riss die Augen auf und warf Blicke die Straße hinauf und hinab. Kein Mercedes in Sicht. Hertha stieß sich von der Wand ab und rannte über das Kopfsteinpflaster zu ihrem Auto.

Erst als sie in der Enge zwischen den beiden Wagen stand, bemerkte sie den Mercedes. Keine fünfzig Zentimeter trennten sie von einem der Anzugträger. Hertha stockte der Atem. Ohne ein Geräusch ging sie einen Schritt zurück. Die Fenster der Limousine waren herabgelassen. Auf dem Schoß des Mannes lag ein Stapel Papiere. Er hatte eine der Seiten in der Hand und schien darin vertieft. Hertha wagte nicht zu atmen und trat noch einen Schritt zurück.

Sie zuckte zusammen, als die Männer laut wurden. Der auf dem Beifahrersitz mit den Papieren auf dem Schoß hatte ein Blatt ausgelesen und es neben sich geworfen. Die anderen beiden stritten um das Blatt. Englische Schimpfworte drangen aus dem Wagen.

Hertha ging noch zwei Schritte rückwärts. Die Männer hatten sie nicht bemerkt. Der Streit legte sich. Der im Fond saß über das Blatt gebeugt und las. Seine Sonnenbrille war in die schwarzen Haare geschoben, er hatte das Jackett neben sich auf die Sitzbank gelegt.

Hertha wollte sich umdrehen und weglaufen, aber ein Gedanke hielt sie zurück. Was die Diplomaten lasen, musste Gunters Manuskript sein. Sie trat einen Schritt auf den Mercedes zu, sah hinein. Im Fußraum lagen Blätter verstreut. Auf einem erkannte sie das Titelblatt mit Gunters Namen und dem Titel *Eine Neue Welt*.

Ohne nachzudenken, ging sie näher heran, griff durch das offene Fenster der Beifahrertür und griff nach dem Stapel Papiere auf dem Schoß des Mannes.

„Hands off", fauchte er, stieß ihren Arm weg und las weiter. Die beiden anderen warfen ihr einen Blick zu und vertieften sich wieder in ihre Lektüre.

Hertha war bereit wegzulaufen, sie hatte erwartet, dass die Männer sie fassen wollten. Nichts geschah. Sie lasen.

So schnell sie konnte, griff sie zu und erwischte den Stapel.

Der Mann auf dem Vordersitz packte die Papiere, seine Finger rutschten ab. Hertha presste den Stapel an sich und rannte los.

Auf dem Bürgersteig drehte sie kurz den Kopf. Der Mann stand hinter der Autotür zwischen dem Mercedes und ihrem Volvo und zielte mit einer Pistole auf sie. „Freeze", brüllte er und befahl ihr mit einer Geste der anderen Hand, zurückzukommen.

Hertha blieb stehen.

Der Mann hob die Pistole, Hertha sah direkt in die Mündung. Sie war zu keiner Bewegung fähig, starrte nur auf den Lauf der Waffe.

Der Mann kam zwei Schritte auf sie zu, seine Bewegungen verrieten Aufregung. Die Mündung der Pistole deutete jetzt auf den Gehweg vor Hertha. „Geben Sie her." Er sprach mit amerikanischem Akzent.

Hertha legte die Arme um den Papierstapel. „Ich muss es vernichten, es ist gefährlich."

„Los. Her damit. Was meinen Sie, wie gefährlich die hier ist." Der Pistolenlauf zuckte wieder nach oben und richtete sich auf Herthas Stirn aus.

Hertha rührte sich nicht. Der Mann legte den Sicherungshebel seiner Waffe um. Sofort streckte Hertha ihm mit beiden Armen das Manuskript entgegen, bückte sich und legte es auf die Steinplatten des Gehwegs.

Warum steigen die anderen nicht aus?, dachte Hertha und ging rückwärts. Der Mann behielt sie im Auge und die Waffe auf ihren Kopf gerichtet, während er auf das Manuskript zuging.

Hertha sah an dem Polizei-Altbau empor. Sie wagte nicht, um Hilfe zu rufen, und ging weiter rückwärts.

Der Mann hatte das Manuskript erreicht und steckte die Waffe in eine lederne Pistolentasche unter seiner Achsel. Seine Sonnenbrille fiel auf den Boden, er achtete nicht darauf. Er griff sich die Papiere, drehte sich um und vertiefte sich in die oberste Seite, während er zum Wagen zurückging.

Hertha blieb stehen. Ihr Wagen stand immer noch neben dem Mercedes. Die Brille, die auf dem Boden liegengeblieben war, spiegelte das Sonnenlicht.

Heute Morgen hatten diese Typen sie in ihr Auto gezerrt, wollten sie entführen und wer weiß was mit ihr anstellen. Vor zwei Stunden hatten sie alles daran gesetzt, sie am Wegfahren zu hindern. Und jetzt? Die drei Männer saßen in ihrem Wagen und lasen Gunters Manuskript, als sei es ihr einziger Lebenszweck. Wieder warf der Mann auf dem Beifahrersitz ein Blatt zur Seite. Die beiden anderen stritten sich. Diesmal gewann der Fahrer. Alle drei hatten die Sakkos abgelegt, alle drei trugen Pistolentaschen unter den Armen. Der Fahrer lockerte sich den Schlips, während er las. Dabei hielt er immer wieder in der Bewegung inne, schüttelte den Kopf, lachte oder nickte.

Schritt für Schritt bewegte sie sich rückwärts. Sie wagte sich nicht zu ihrem Auto. Hertha stieß gegen den Pfosten eines Straßenschildes, warf einen letzten Blick auf den schwarzen Mercedes und rannte dann in die Kirchgasse. Erst als sie den Martinsdom erreicht hatte, wagte sie langsamer zu laufen. Jede Sekunde drehte sie sich um. Niemand folgte ihr. Vor dem Seiteneingang der Kirche bückte sie sich, stützte sich auf die gebeugten Knie und versuchte zu Atem zu kommen. Für einen Moment wollte sie hineingehen, sich geborgen fühlen, eine Kerze anzünden. Sie warf einen Blick über die Schulter, schüttelte den Kopf und rannte weiter.

Sie würde nach Hause laufen. Das Auto konnte sie später holen. Ich brauche Elmars Hilfe, dachte sie, während sie über den Dreifaltigkeitsplatz ging. Sie würde nicht mehr ohne Anwalt mit der Polizei sprechen. Hertha presste für einen Moment die Handflächen an die Schläfen. Die Polizei hatte sie im Visier wegen zwei verschwundener Frauen und jetzt womöglich wegen versuchten Einbruchs bei Gunter. Sie stemmte die Fäuste in die Hosentaschen. Während sie in die Alte Bergstraße einbog, sah sie sich um. Es war kein Verfolger auszumachen. Noch vor dem Burghauser Tor bog sie nach links ab und machte den Umweg über die Fürstentreppe, wo ihr kein Auto folgen konnte. Nach ein paar Stufen drehte sie sich um und vergewisserte sich, dass ihr niemand folgte.

***

Hertha hatte versucht, sich mit Radio, Fernsehen und Zeitschriften abzulenken. Sie war immer wieder in die Küche gelaufen, um nachzusehen, ob der Mercedes auftauchte. Auch jetzt stand sie auf Zehenspitzen vor dem Küchenfenster, spähte hinaus und sah niemanden. Sie drehte sich um und legte die Stirn in die Hände.

Elmar nahm Anrufe an sein Handy nicht an. Seine Sekretärin wiederholte am Telefon, dass er im Mandantengespräch sei.

Herthas Armbanduhr zeigte halb acht Uhr abends. Seit einer Stunde hob auch die Sekretärin nicht mehr ab.

Hertha ging zum Kühlschrank, öffnete und ließ die kühle Luft über die nackten Füße fließen. Sie fand nichts, was ihren Appetit weckte, und stieß die Edelstahltür zu.

Im Wohnzimmer warf sie sich auf das Ledersofa, nahm einen Roman von Ray Bradbury zur Hand und ließ ihn nach einer Minute sinken. Sie sah zur Holzdecke, verfolgte die Maserung, entdeckte eine Fliege.

Der Hausschlüssel wurde im Schloss umgedreht, die Tür schwang auf. „Hallo, ich bin's."

Hertha sprang auf. „Elmar." Sie hatte ihn erreicht, bevor er seine Aktentasche abstellen und die Tür schließen konnte. „Hör zu, du musst mir helfen. Ich …"

Elmar ließ die Tasche fallen und stieß die Tür mit dem Fuß hinter sich zu. „Moment." Er hob die Hände. „Was heißt, ich muss? Du lässt dir nicht helfen." Hertha holte Luft, um zu sprechen, er wehrte ab. „Nein. Hör mir zu. Du willst meinen Rat gar nicht. Die Sache mit dem Manuskript, diese Typen im Mercedes. Du machst ohnehin, was du willst. Ich kann dir nicht helfen, weil du es nicht zulässt."

Sie schluckte ihre Wut herunter. „Das Manuskript … Diese Diplomaten haben das Manuskript!"

„Diplomaten? Die Typen im Mercedes?"

„Die wollten mich schon wieder einsacken. In Furth. Ich habe Gunter besucht. Da haben die …"

Elmar unterbrach sie. „Siehst du? Du willst nicht, dass ich dir helfe."

Sie schüttelte den Kopf. Er drängte sich an ihr vorbei und ging in die Küche. Hertha folgte ihm. „Interessiert dich gar nicht, was die von mir wollten?"

Elmar zog die Kühlschranktür auf. „Wenn du auf mich hören würdest, würdest du im Haus bleiben und dich von denen fernhalten." Er drehte sich um und schwenkte ein Stück in Plastik verschweißten Schinken. „Aber du musst ja Gunter das Manuskript abjagen. Und was hast du erreicht? Das Manuskript hast du unter die Leute gebracht. Super." Er zuckte die Achseln. „Nicht, dass ich glaube, das Manuskript könnte viel anrichten."

Hertha klopfte die Fäuste gegen ihre Schläfen und schüttelte den Kopf. „Elmar, du weißt nicht, wovon du redest. Hör mir doch endlich mal zu. Dir soll ich doch auch immer zuhören. Und du?" Sie wandte sich mit einer wegwerfenden Handbewegung ab und atmete durch, ehe sie sich wieder zu ihm umdrehte. „Von vorne. Also, ich brauche deine Hilfe als Anwalt."

Elmar hörte auf, die Plastikverpackung des Schinkens mit einem stumpfen Messer zu bearbeiten, und sah auf.

„Diese Polizisten glauben, ich habe was mit dem Verschwinden von Ursel und Ruth zu tun. Und jetzt hat Gunter ihnen auch noch so was erzählt. Die haben mich im Visier. Wäre mir recht, wenn ich dich dabei habe, wenn ich was aussage."

Elmar riss ein Blatt Küchenkrepp ab und wischte über sich die Hände. „Gunter? Was hat er erzählt?"

Hertha hob die Schultern.

„Schluss mit dem Scheiß, Hertha." Die Worte kamen wie aus einem Pistolenlauf. „Was hat er erzählt? Entweder, oder. Jetzt bin ich Anwalt und du erzählst mir die ganze Story oder nichts mehr davon. Entscheide."

„Er könnte erzählt haben, dass ich versucht habe ... Ich wollte in die Wohnung, das Manuskript holen. Ich hab geklingelt, er hat nicht aufgemacht."

„Du bist eingebrochen." Es schien ihn nicht zu berühren.

„Ich wollte. Wie in den Filmen. Mit der Kreditkarte." Sie bewegte die Hände, als wiederholte sie ihre Bemühungen an Gunters Wohnungstür.

Er nickte. „Gut."

„Dann ist die abgebrochen und ich habe versucht, die Karte rauszubekommen. Mit dem Taschenmesser." Sie wischte sich mit beiden Händen übers Gesicht. „Wieso ist das gut?"

„Weil es so bescheuert ist."

„Hör mal!" Hertha nahm die Schultern zurück.

Ein Zucken seiner Rechten ließ sie verstummen. „Wir werden argumentieren, dass das gar nicht funktionieren konnte. Also hast du gar nicht versucht, einzubrechen." Er rieb sich die Unterlippe. „Ursel ist verschwunden, sagst du? Was weißt du darüber? War das wie bei Ruth?"

„Ich habe keine Ahnung."

„Wirklich?"

„Verdammt, Elmar! Wenn ich dir sage, ich weiß es nicht, dann weiß ich es nicht."

Er hob die Augenbrauen. „Manche Kollegen sagen, manchmal ist es besser, ein Anwalt weiß ein Detail weniger als der Mandant. Ich habe das nie geglaubt."

„Willst du sagen, ich hab Ursel umgebracht?"

„Schließlich hat es eine einfache Methode gegeben, das spurlos zu tun." Er deutete ein Lächeln an. „Wie wir beide wissen."

„Du glaubst wirklich, ich könnte Ursel umgebracht haben?"

„Immerhin hast du Ruth um die Ecke gebracht." Er drehte sich zum Schinken um.

„Aber du weißt doch ganz genau ..."

„Ich muss es gar nicht so genau wissen."

Hertha packte ihn von hinten an den Schultern. „Aber du kannst mich doch nicht verteidigen, wenn du nicht glaubst, dass ich es nicht getan habe." Sie spürte etwas aus Elmar heraus in ihre Hände und weiter in ihren Körper fließen. Als hätte sie sich verbrannt, riss sie ihre Hände zurück. Sie wollte nichts spüren. Nicht von Elmar.

Elmar hatte sich eine fingerdicke Scheibe Schinken abgeschnitten und biss ein Stück ab. „Missverständnis", sagte er durch den Schinken. „Klar kann ich dich verteidigen. – Was hast du?"

Hertha starrte erst ihn, dann ihre erhobenen Hände an. „Dieses Scheißzeug – ich weiß nicht mehr, was ich glauben soll." Sie wischte mit den Händen über ihre Bluse und ging rückwärts aus der Küche. „Ich geh duschen", sagte sie, während sie mit den Händen immer wieder über den Stoff strich.

***

Hertha stellte den Wasserstrahl aus und ließ sich abtropfen. Sie malte die Buchstaben D.A.M.E.N. in den Dunst auf der Scheibe der Duschkabine. Zwei Tropfen zogen ihre Spur. Sie wischte über die Buchstaben, stieg aus der Kabine und trocknete sich ab. Alleine schaffe ich das nicht, dachte sie. Elmar konnte höchstens als Anwalt helfen, vielleicht nicht einmal das.

Sie warf sich einen Bademantel über und ging ins Schlafzimmer. Berenike würde helfen. Hertha warf den Frotteemantel aufs Bett und zog Bluse und Jeans über. „Berenike kennt wenigstens die Hälfte der Geschichte." Sie strich sich die nassen Strähnen aus der Stirn und lief nach unten.

„Ich geh mal kurz rüber zur Nachbarin", rief sie über die Schulter, während sie im Flur in die Schuhe stieg. Elmar brummte irgendetwas mit vollem Mund.

Kurz danach stand sie vor der Haustür des Wirtsanger dreiundzwanzig. Die Abendsonne wärmte ihren Rücken. Als sie die Hand nach der Klingel ausstreckte, wurde die Tür aufgerissen und Berenike stand mit dem Rücken zu Hertha auf der Fußmatte und zog die Tür hinter sich zu. Sie stellte einen Pilotenkoffer neben sich.

„Berenike", sagte Hertha.

Berenike fuhr mit einem Schrei herum, stieß den Aktenkoffer mit dem Fuß zur Seite. „Meine Güte. Hertha." Sie strich sich durchs Haar. Der Schlüsselbund in ihrer Hand verfing sich darin und zog eine Strähne aus dem Dutt. Sie verzog das Gesicht. „Was ist denn?" Sie befreite den Schlüssel und wollte die Tür verriegeln.

„Ich brauche Hilfe. Deine Hilfe."

Berenike schaute über die Schulter. „Du? Meine Hilfe?" Sie lachte. „Hertha Heldrich braucht meine Hilfe." Sie ließ den Bund am Schlüsselloch hängen. „Bisher schien es immer, dass du froh bist, wenn ich nicht dabei bin."

„Lass uns reingehen, ja?" Hertha fuhr mit beiden Händen über ihre Haare und drückte ein paar Tropfen heraus, die unter den Kragen und den Rücken hinabliefen.

„Ich muss zu einem Kunden. Niedermeyer. Der Zahnarzt am Dreifaltigkeitsplatz. Große Sache. Der Bursche will das volle Beratungsprogramm." Berenike hob die Schultern. „Das braucht er gar nicht, aber er zahlt gut."

„Es ist wichtig." Hertha trat einen Schritt auf Berenike zu. „Eine Viertelstunde. Nur eine Viertelstunde. Gehen wir rein. Bitte."

Berenike schaute auf die Uhr. „Unmöglich. In zehn Minuten ist der Termin. Weißt du, was der pro Stunde für mich bezahlt?" Sie drehte den Schlüssel zwei Mal im Schloss, zog ihn ab und hob ihren Koffer auf. „Ich gehe runter zum Zahnarzt. Was du sagen willst, kannst du mir währenddessen sagen. Komm mit." Sie schob sich an Hertha vorbei und ging den Weg zur Straße hinunter.

Hertha lief ihr nach. „Hilfst du mir?"

Berenike sah auf die Uhr, bog auf den Gehweg zwischen den Grundstücken ab und beschleunigte ihre Schritte.

„Berenike, wirklich, ich brauche dich."
Berenike zögerte, Hertha prallte gegen ihren Rücken.
„Hast du Ursel etwas getan?" Berenike ging weiter, ohne sich umzusehen.
Hertha blieb stehen. „Sag mal, spinnst du?"
„Ursel hat mir erzählt, dass sie dir das Praseodym wieder wegnehmen will. Sie hatte noch eine Oblate."
Hertha hatte aufgeholt und ging neben ihr. Berenike hatte das Kinn nach vorne gereckt, sah nur geradeaus und ging mit ausholenden Schritten den Weg entlang. „Und?", fragte Hertha. „Was willst du damit sagen? Weil sie mir die Oblate unterschmuggeln wollte, habe ich sie umgebracht? Blödsinn."
Berenike blieb stehen. „Die Polizisten haben erzählt, Ursels Wohnung ist durchwühlt worden."
„Und das soll ich auch gewesen sein?" Hertha wedelte sich mit der Hand vor dem Gesicht. „Du hast sie ja wohl nicht mehr alle."
Berenike ging weiter. „Ursel ist verschwunden, die Wohnung durchwühlt. Was soll man denken? Vielleicht hast du ihr die Oblate gegeben? Du warst doch ganz versessen auf die Macht. Ich könnt's ja verstehen. Ursel schluckt die Oblate ... Wir beide wissen, wie einfach die Leiche verschwindet ..."
Hertha packte Berenike am Arm und zog sie zu sich. „Schluss jetzt. Ich habe sie nicht umgebracht, kapier das. Okay?"
Berenike machte sich los. „Hast du die Macht?" Ihre Rechte beschrieb einen Kreis über ihrem Kopf. „Hat sie dir die Oblate gegeben oder nicht?"
Hertha warf einen Blick den Gehweg hinauf und hinunter. Dann nickte sie. „Im Kaffeehaus in der Altstadt. In ein Hörnchen gebacken." Hertha steckte die Hände in die Hosentaschen. „Ich hab's gemerkt. War auch nicht schwer. Aber ich hab sie gegessen. Ich wollte das falsche Praseodym loswerden. Ich hab erst das falsche genommen. Das ist das Letzte, sage ich dir."
„Das falsche? Praseodym aus der Plastiktüte?" Berenike räusperte sich. „So wie ich?".
„Du hast ein Gemisch bekommen."
Berenike stellte den Koffer ab. „Was heißt falsch? Gemisch. Wie ... Ich meine, wie hat es gewirkt?"

„Es stottert. Ständig setzt die Kraft aus. Bin dauernd abgestürzt. Also, ich hab mich nicht getraut, das andere zu nehmen. Erst wollte ich das schlechte loswerden. Da kam Ursel gerade recht."

Berenike legte die flache Hand auf die Stirn und schloss die Augen. „Du hast zwei verschiedene Sorten Praseodym?"

„Hab ich das nicht gesagt?"

„Langsam." Berenike öffnete die Augen und nahm Herthas Hände. „Langsam. Welches Praseodym hast du mir gegeben? Welches hast du genommen? Eins nach dem anderen."

„Bei dem Oswald, bei dem Chemiefritzen, da gab es zwei Verbindungen. Praseodymoxalat und Praseodymcarbonat. Du wolltest unbedingt transformiert werden und ich wusste nicht, welches." Hertha hob die Schultern.

Berenikes Griff wurde fester. „Weiter."

„Ich hab's gemischt."

„Gemischt?"

Hertha sah ihre Füße an. „Gemischt. Halbe halbe."

„Und mir gegeben, ohne es zu sagen?"

„Ja. Verdammt, es war eilig." Hertha machte ihre Hände los. „Du hattest es eilig. Aber du sagst, mit deiner Macht ist alles in Ordnung. Hast du gesagt."

Berenike wischte sich mit beiden Händen über das Gesicht. Eine Spur Lippenstift verlief vom Mundwinkel in Richtung Wange. „Scheiße."

„Scheiße ist, dass man es nicht mehr loskriegt. Die Oblaten sind alle."

„Was machen wir jetzt?", sagte Berenike.

„Was heißt wir? Du hast kein Problem mit der Macht und du willst mir nicht helfen."

„Nichts ist in Ordnung mit meiner Macht." Berenikes Augen waren feucht. „Ja, ich stürze dauernd ab. Ich – ich habe fünf Jahre gelernt. Fünf Jahre alles geheim gehalten und dann irrt sich Ursel und …" Sie schüttelte den Kopf und kämpfte mit den Tränen.

Hertha trat heran und wischte eine Träne von Berenikes Wange. „Ich hab das Oxalat auch noch genommen." Berenike sah sie aus großen Augen an. „Ich hab die Diplomaten auf dem Hals, Gunter hat einen Verlag für das Manuskript – und ich hatte nur das falsche Praseodym im Leib. Ich musste was tun."

„Diplomaten?"

Hertha suchte nach dem passenden Beginn. Dann winkte sie ab. „Erzähl ich dir später. Ist 'ne lange Geschichte."

„Ich muss zu dem Niedermeyer." Berenike sah auf die Uhr. „Erzähl's mir auf dem Weg."

Zehn Minuten später standen die Frauen auf dem Gehweg vor der Zahnarztpraxis am Dreifaltigkeitsplatz. „Weißt du", sagte Berenike, während sie sich das Kinn rieb, „das ist die bescheuertste Geschichte, die ich je gehört habe."

„Ich hab mir schon gedacht, dass du mir auch nicht helfen willst." Hertha schob die Hände in die Hosentaschen und drehte sich um.

„Natürlich helfe ich dir." Berenike stellte den Pilotenkoffer ab. „Bescheuerte Geschichten bin ich mittlerweile gewöhnt."

Hertha streckte die Hände nach ihr aus. „Danke." Erst jetzt, wo Berenike auf ihrer Seite zu stehen schien, wurde Hertha bewusst, wie sehr sie einen Menschen brauchte, der ihr Wissen und ihre Sorgen teilte.

„Wir haben ein Problem, von dem du noch nichts weißt." Berenike sah auf die Uhr. „Sowieso schon zu spät. Muss der Doktor eben noch fünf Minuten warten." Sie holte Luft, hielt den Atem an, dann sagte sie: „Der Rat hat sich aufgelöst." Hertha öffnete den Mund, Berenike winkte ab. „Gestern sollte Sitzung sein. Es ist nur Freya gekommen. Und die wohl nur, damit sie sich aufregen konnte."

„Aufgelöst? Aber warum?"

„Panik, würde ich sagen. Ruth und Ursel verschwunden – die meisten glauben wohl an ein übles Omen."

„Und wollen sich schützen", sagte Hertha. „Aber wer übernimmt …"

„Die Aufgaben des Rats?" Berenike seufzte und nahm den Koffer auf. „Das müssen wir wohl übernehmen, meine Liebe."

„Natürlich." Hertha fälschte ein Lachen. „Ich kann mich nicht transformieren, weil ich nicht mehr zurück kann, und du nicht, weil du nie weißt, wann dich die Kraft im Stich lässt. Na toll. Schöne Truppe."

„Nicht sehr hilfreich." Berenike drehte sich um und drückte auf den Klingelknopf neben Niedermeyers Praxisschild. „Irgendwas müssen wir tun." Der Türöffner summte. „Oder willst du den Gunters dieser Welt das Feld räumen?"

Hertha sah ihr nach, Berenike verschwand ins Treppenhaus.

Der Martinsturm hinter Hertha meldete die halbe Stunde. Halb sieben. Sie machte sich auf den Weg zum Kommissariat, ihr Auto zu holen.

Als sie von der Spiegelgasse in die Neustadt einbog, kam ein dunkler Mercedes die Straße entlanggefahren. Hertha sprang zur Seite, ihr Magen produzierte einen Schwall Säure. Der Wagen rauschte vorbei. Sie erkannte eine Landshuter Autonummer. Hertha rieb sich die Augen. Nicht durchdrehen, befahl sie sich.

Sie dachte daran, zum Schlossgarten zu fahren, den Kindern beim Spielen zuzusehen oder die Tiere zu beobachten. Sie verwarf den Gedanken. Sie hätte die Ruhe nicht gefunden. Vor einer Woche hatte Ursel ihr das Praseodym in den Mund gesteckt und ihr Leben umgekrempelt. Seither hatte es keine Ruhe mehr gegeben. Sie konnte nicht wieder zurück. Sie ballte die Fäuste. Wenn ich mich doch transformieren könnte, dachte sie.

Sie fuhr nach Hause und sah Elmars Wagen von weitem vor der Garage stehen. Diese Woche hatte sie weiter voneinander entfernt als zehn Jahre Ehe es vermocht hatten. Er sah, aber er verstand nicht. Er lebte weiter wie bisher. Hertha versuchte es aus seiner Sicht zu betrachten. Wahrscheinlich konnte er nicht anders. Vor einer Woche hatte auch sie nur an die Karriere, an Geld und Erfolg geglaubt. Dass er sie nicht für verrückt erklärte und einsperren ließ, war wohl mehr, als sie erwarten durfte.

Sie ging den Plattenweg zur Haustür und schloss sie auf. „Bin wieder da", rief sie.

Elmar streckte den Kopf aus der Küche. „Wie war's bei der Nachbarin?" Er kaute.

Sie dachte eine Sekunde nach, ob sie ihm erzählen sollte, was Berenike berichtet hatte. „Nur Tratsch." Sie warf die Tür zu.

Elmar streckte die Hand aus. „Das kannst du mir nicht erzählen."

Im demselben Augenblick, in dem er sie berührte, erkannte Hertha, was Elmar und Fenist im Arbeitszimmer besprochen hatten. Es lief wie ein Film vor ihren Augen ab. So klar waren die Visionen noch nie gewesen. Die Macht wird stärker, dachte sie. Wie beim letzten Mal. „Unterschlagung", murmelte sie. „Fenist hat Geld unterschlagen. Viel Geld. Du wirst ihn da rausboxen."

Er zog seine Hand zurück und rieb mit der Linken darüber. „Was war das?"

„Ursel hat es immer Zukunftssicht genannt." Hertha reckte sich nach Elmars Hand. Er schob beide Hände in die Gesäßtaschen seiner Hose. Sie hob die Schultern. „Vielleicht ist es so etwas wie Gedankenlesen."

„Ziemlich gruselig." Er sah Hertha an und legte die Hände auf den Rücken.

„Du weißt, dass er Geld unterschlagen hat und verteidigst ihn?"

„Natürlich."

„Was heißt, du wirst ihn rausboxen?"

„Das habe ich nicht gesagt."

„Aber gedacht."

„Das ist unfair." Elmar hob die Augenbrauen und seufzte. „Ja, rausboxen. Stimmt. Aber warum nicht? Jeder hat die gleichen Chancen."

„Und du findest es okay, wenn er davonkommt, obwohl du weißt, dass er es getan hat?"

„Schuld und Unschuld sind nicht so schwarz und weiß, wie du glaubst, Hertha."

„Hat er es getan?"

„Ja."

„Also?" Sie hatte eine Seite ihres Mannes entdeckt, die ihr neu und unheimlich war. Andererseits hatte sie selbst ihm weit mehr Neues und mehr Unheimliches zugemutet. Elmar begann eine Erklärung, aber Hertha unterbrach ihn mit einer Handbewegung. „Schon gut, Elmar." Sie hatte größere Verbrechen für möglich gehalten, als die beiden die Unterlagen vor ihr verborgen hatten.

Sie lächelte, ging einen Schritt auf ihn zu und streckte die Arme aus, um ihn zu umarmen. Er wich nach hinten aus. „Entschuldige. Es geht nicht." Elmar drehte sich zur Seite. „Diese Visionen ... Zukunftssicht oder was auch immer. Das ist nichts für mich."

„Sei nicht so empfindlich." Hertha trat einen Schritt näher, Elmar wich in die Küche aus. Er stand mit beiden Händen neben dem Kopf und hochgezogenen Schultern in der Mitte des Raumes und sah auf den Boden. Hertha wandte sich um und ging die Treppe hinauf und ins Schlafzimmer.

Sie ließ sich aufs Bett fallen, verschränkte die Hände hinter dem Kopf und blickte an die Decke. Sie hatte keine Kontrolle über die Visionen, sie waren stets wie ein Überfall gekommen. Das Praseodym war in ihr, wirkte und dennoch konnte sie die Macht nicht einsetzen. Sie war wie das Licht unter dem Scheffel. Wenigstens war Berenike bereit, ihr zu helfen. Die Aufgaben des Rats würden Berenike und sie auch übernehmen müssen. Aber wie konnten sie herausfinden, was zu tun war? Sie drehte sich auf die Seite und zog die Knie hoch. Wie leicht war das Leben vor einer Woche noch gewesen!

11. Kapitel

Elmar war zur Arbeit gegangen, nachdem sie die übliche Morgenunterhaltung geführt, Espresso getrunken und im Stehen gefrühstückt hatten. Hertha lehnte an der Küchenarbeitsplatte, rührte mit dem Löffel durch Schaum- und Zuckerreste in der Kaffeetasse und dachte über ihren Plan für den Tag nach. Sie wollte herausfinden, welchen Verlag Gunter gefunden hatte und ihm von den Diplomaten erzählen. Vielleicht war er aus eigenen Gründen dagegen, dass sie das Buch lasen, und würde ihr helfen, den

Kerlen das Manuskript abzunehmen. Sie würde Berenike bitten, ihre Ausbilderin Gertraud Fuchs zur Mitarbeit zu gewinnen.

Die Türglocke ließ Hertha auffahren. Sie stellte die Tasse ab, der Löffel klapperte. Ein Blick aus dem Fenster zeigte ihr Thomaseks und Ruhlands blauen A4, der vor dem Haus parkte. „Was wollen die beiden denn schon wieder?“, seufzte sie und ging zur Tür, wobei sie vergeblich versuchte, die Hausschuhe sicher an die Füße zu bekommen, und sie schließlich irgendwo stehen ließ. Sie nahm sich vor, nichts von Bedeutung zu sagen. „Keine Aussage mehr ohne Elmar.“

Sie öffnete einen Spalt, Ruhland drängte sich durch die Tür, stand plötzlich hinter ihr und fasste sie am Arm. „Was ist denn?“, war alles, was Hertha sagen konnte.

„Sie sind verhaftet“, blaffte er und zog Handschellen aus der Tasche.

„Das wird nicht nötig sein“, sagte Thomasek, während er seinen Schnurrbart zwirbelte. „Nicht wahr, Frau Heldrich?“

Ruhland zerrte an Herthas Arm.

„Was wollen Sie denn? Lassen Sie mich los. Warum verhaftet? Weswegen?“

Thomasek blieb auf der Fußmatte stehen, zog einen Zettel aus der Hemdtasche und entfaltete ihn. „Soll ich vorlesen?“ Er faltete das Blatt wieder zusammen. „Der Staatsanwalt meint wie wir, dass es für einen schweren Verdacht ausreicht, was wir an Indizien haben. Frau Ursel Gumprecht hat sich seit zwei Tagen nicht in ihrer Wohnung blicken lassen.“

„Lassen Sie mich endlich los“, fauchte sie Ruhland an, der nicht reagierte. „Wenn ich in Urlaub fahre und jemand raubt meine Wohnung aus, verhaften Sie dann auch meine Nachbarin nach zwei Tagen?“ Sie schüttelte ihren Arm. „Ich laufe Ihnen nicht weg, verflucht.“ Ruhland hielt ihren Oberarm umklammert. Er schob die Handschellen in eine Tasche seiner verwaschenen Jeansjacke.

„Vielleicht würden wir das.“ Thomasek nickte Ruhland zu. „Wenn die Fingerabdrücke Ihrer Nachbarin überall in der Wohnung wären.“ Ruhland schob sie aus dem Haus.

„So warten Sie doch. Ich will Schuhe anziehen, den Hausschlüssel mitnehmen, etwas zum Anziehen einpacken. Sie können mich doch nicht einfach so mitnehmen."

„Können wir", sagte Ruhland und schob weiter.

Thomasek trat zur Seite und ließ Hertha und seinen Kollegen den Plattenweg zur Straße hinuntergehen. Steinchen stachen in Herthas Fußsohlen, sie glaubte, auf eine Schnecke getreten zu sein. Ruhland zerrte an ihrem Arm. Das Gras zwischen den Platten war feucht vom Tau.

„Wenn Sie nicht Ruhe geben, mache ich Ihnen doch noch die Handschellen dran, Frau Heldrich." Ruhland öffnete die hintere Tür des Audi und schob sie hinein.

„Schuhe, bitte", rief Hertha zu Thomasek, der in den Flur verschwand. Sie stieß Ruhland mit dem Ellenbogen in die Seite.

Ruhland schloss die eine Hälfte der Handschellen um Herthas rechtes Handgelenk, die andere um das Gestänge der Kopfstütze. „Keine Mätzchen, ja?" Er warf die Tür zu und setzte sich auf den Vordersitz, wobei er die Füße auf dem Gehsteig ließ.

„Die Fingerabdrücke lässt ein Gericht gar nicht zu." Hertha beobachtete Thomasek, der aus dem Haus trat, die Tür zuzog und zweimal abschloss. Von seiner Linken baumelte ein Paar Turnschuhe. „Ursel hat mich eingeladen. Ich war bei ihr zum Tee. Warum sollen meine Fingerabdrücke nicht da …" Sie hatte durch die Windschutzscheibe geblickt. Fünfzig Meter weiter stand der schwarze Mercedes. Ein Scheinwerferglas war zerbrochen. Die Männer hatten die Arme in die Fensteröffnungen gelegt und die Ärmel aufgekrempelt. Aus dem hinteren Fenster flog eben eine zerknickte Getränkedose auf die Straße.

Thomasek ging um den Wagen und stieg ein. Er hob die Schuhe und den Schlüssel. „Ihr Schlüssel. – Sind die gut genug?" Er warf die Schuhe in den Beifahrerfußraum und schob den Schlüsselbund in die Jackentasche.

„Sehen Sie die da?" Hertha fuchtelte mit der freien Hand zwischen den Sitzen in Richtung der Diplomaten. Ihre Stimme überschlug sich. „Die verfolgen mich, die haben mich entführt. Kümmern Sie sich um die, ich habe nichts getan." Ihr Herz raste. Schweißtropfen liefen über die Stirn in den Augenwinkel. Sie wischte sich über das Gesicht.

Thomasek ließ den Motor an und legte den Gang ein. Der Wagen rollte im Schritttempo den Wirtsanger entlang.

„Entführt? Schwache Verteidigung, Frau Heldrich." Thomasek gab Gas. Der Wagen war gleichauf mit dem Mercedes. Hertha lehnte sich nach links, soweit die Handschellen es zuließen. Aus dem Mercedes wurde etwas geworfen, Hertha zuckte zurück, eine Bierdose knallte gegen die Scheibe, Schaum lief am Glas herab. Die Bremsen des Audi quietschten, Hertha wurde zwischen die Vordersitze geschleudert. Sie schrie.

„Was, zum Teufel", keuchte Thomasek, zog die Handbremse und sprang aus dem Wagen.

Ruhland löste den Gurt, stieß die Tür auf und wollte aussteigen. Er drehte sich zu Hertha um. „Keine Zicken."

Hertha sah Thomasek an der Fahrertür des Mercedes lehnen und sich hinabbeugen. Türen und Fenster des Audi waren geschlossen, Hertha konnte nicht verstehen, was gesagt wurde. Sie rüttelte ohne Erfolg am Knopf des Fensterhebers.

Ruhland schien seinen Dienstausweis zu zeigen. Plötzlich sprang er zurück, hielt sich die Wange. Der Fahrer hielt ein rotes Heftchen in der Hand und wedelte damit vor Thomaseks Gesicht. Ruhland war um den Wagen herumgelaufen. Er schob die Hand unter seine Jacke, anscheinend griff er nach seiner Waffe. Thomasek legte die Rechte auf den Arm seines Kollegen und trat einen Schritt zurück.

Hertha brüllte. „Hey. Die sind bewaffnet. Thomasek, hören Sie?"

Thomasek schob Ruhland zur Seite und ging rückwärts zum Audi. Eine Hupe ertönte, hinter dem Audi war ein roter Golf stehen geblieben. Der Kommissar schaute hin und winkte ab.

Die beiden Polizisten stiegen ein. Thomasek löste die Bremse und legte den Gang ein. „Was ist denn los?", sagte Hertha. „Warum lassen Sie sich das gefallen? Um die müssen Sie sich kümmern, nicht um mich." Sie hieb mit der freien Faust auf die Lehne des Fahrersitzes. „Verdammt. Was ist denn los?"

Thomasek ließ den Audi anrollen, ohne den Mercedes aus den Augen zu lassen. Eine leere Bierdose flog aus dem hinteren Fenster. Der Wagen hinter dem Audi hupte ohne Pause. Thomasek bremste scharf, riss die Tür auf und stampfte nach hinten. Hertha beobachtete ihn durch die Heckscheibe. Er blieb neben einem roten Golf stehen und schlug mit den Handflächen auf das Wagendach. Der jugendliche Fahrer versuchte die Tür zu öffnen, Thomasek schob sie zu. Er knallte seinen Dienstausweis gegen die Scheibe und brüllte den Jungen an. „Hände weg von dieser Hupe, oder Sie bekommen Ärger."

Ein Papierflieger stieß gegen Thomaseks Kopf. Die Männer im Mercedes grölten. Der Kommissar fuhr herum. Sein Gesicht war feuerrot. Seine Haut glänzte vom Schweiß.

Der Mann im Golf drückte auf den Schließknopf der Fahrertür.

Thomasek blieb mit geballten Fäusten vor dem Mercedes stehen. Plötzlich streckte einer der Männer seinen Kopf aus dem hinteren Fenster. Die Krawatte hing aufgebunden um den Hals, der weiße Kragen war hochgestellt, die Knöpfe bis auf die haarige Brust geöffnet. Neben dem Kopf erschien sein Arm, er hielt Thomasek den ausgestreckten Mittelfinger hin. Der Kommissar wandte sich ab und kam langsam zurück zum Audi. Er ließ sich auf den Fahrersitz fallen, zog die Tür zu und legte die Hände auf das Steuerrad. Ein Schweißtropfen lief über die Schläfe.

Hertha zeigte mit der Linken zum Mercedes hinter sich. „Kümmern Sie sich um die da, ich …"

„Ruhe, verdammt." Thomasek hieb mit der Hand aufs Lenkrad. Der Audi fuhr an. Hertha sah nach hinten. Der Amerikaner lehnte sich aus dem Fenster, hob die Hand mit dem Mittelfinger und schlug sich mit der anderen Faust in die Ellenbeuge. Der Junge im Golf hielt das Lenkrad umklammert und starrte Hertha an.

„Die haben mich bedroht. Der eine hat mich mit einer Pistole bedroht. Herr Thomasek." Hertha rüttelte an den Handschellen. „Um die da müssen Sie sich kümmern."

„Jetzt ist Schluss, Frau Heldrich." Thomaseks Stimme zitterte. „Ich hab die Nase voll von ihrem Gekeife. Keinen Ton mehr, oder ich vergesse mich."

„Aber …" Hertha ließ sich von Thomaseks Knurren überzeugen und schwieg.

Thomasek ließ den Wagen im Leerlauf die Alte Bergstraße hinabrollen. Als sie auf den Dreifaltigkeitsplatz bogen, sagte Ruhland: „Was waren das für Typen in dem Mercedes?“ Er warf einen Blick auf Hertha und sprach leiser. „Warum hast du nicht …“

„Diplomaten“, fauchte Thomasek. Ruhland nickte und blickte geradeaus. Thomasek bog in die Spiegelgasse ab.

„Was hat die Heldrich mit Diplomaten zu schaffen?“, sagte Ruhland und Hertha machte sich auf der Rücksitzbank klein.

„Keine Ahnung, frag sie doch.“

Ruhland fragte nicht.

***

Ein Uniformierter mit grauem Vollbart und überhängendem Bauch ging Hertha und Ruhland durch den rostrot gekachelten Flur voraus. Er trug Herthas Turnschuhe in der einen und einen Schlüsselbund in der anderen Hand. Seine Sohlen quietschten, Ruhlands Absätze klapperten, Herthas nackte Füße patschten auf dem eiskalten Boden. Hinter einer der Metalltüren schrie jemand Obszönitäten. Der Polizist hielt an, schob einen riesigen Schlüssel in das Schlüsselloch einer Tür und drehte zweimal um. Er warf die Schuhe in den Raum. Ruhland hielt Hertha am Arm. Er hatte ihr die Handschellen abgenommen.

Hertha starrte in den gefliesten Raum. Eine Pritsche, eine nackte Edelstahltoilette und ein halbrunder Klapptisch aus Metall mit einem Stuhl davor. Es gab kein Fenster in der Zelle. Hertha versuchte ihren Arm zu befreien. Sie trat einen Schritt zurück. „Nein.“

„Doch“, sagte Ruhland und schob sie weiter.

Hertha stemmte sich gegen Ruhland.

„Machen Sie keinen Unsinn“, sagte der Uniformträger. Er sprach wie ein Märchenonkel im Fernsehen. „Machen Sie es nicht noch schlimmer. Sie kommen da schon wieder raus. Keiner bleibt hier lang.“

„Verrotten lassen die dich hier. Verrotten. Arschlöcher. Ich will raus. Wichser. Affen.“ Der Mann in der Nachbarzelle trat gegen die Tür. Er lallte, seine Stimme überschlug sich.

„Schlaf deinen Rausch aus, Otto, dann lassen wir dich ja gehen." Der Uniformierte ließ sich nicht aus der Ruhe bringen. „Jetzt gehen's rein, Frau." Er streckte die Hand nach Hertha aus.

Sie stemmte die Fersen gegen die Fliesenfugen. Transfomieren, schoss es ihr durch den Kopf. Nein, kann nicht. Verhungern. „Lasst mich", brüllte sie.

„Lasst mich, lasst mich", äffte sie der Betrunkene nach.

Der Uniformträger zog an ihrem linken, Ruhland am rechten Arm. Herthas Fersen rutschten über die Schwelle. „Was wollen Sie? Ich sage ja alles, ich will nicht, nein, bitte, nein."

Hertha wurde gestoßen, stolperte und fiel gegen die Bettkante. Die Tür schlug zu. Sie rollte auf den Boden, hielt sich die Stirn und stöhnte.

„Fick sie", brüllte der Besoffene.

Keiner antwortete. Der Schlüssel wurde umgedreht, das Quietschen und Klappern der Sohlen entfernte sich.

Hertha sprang auf, hechtete zur Tür und schlug mit den Fäusten dagegen. „Hallo! Raus … Lassen Sie mich raus! Ich will meinen Anwalt sprechen." Sie trat gegen die Tür, ein Fußnagel brach ab. „Scheiße."

„Fick sie, fick sie, fick sie", kreischte der Mann in der nächsten Zelle.

„Halt's Maul", schrie sie die Wand an. Der Mann brüllte während der nächsten Minuten Schweinereien und unterbrach sich nur, um zu johlen und zu lachen.

Hertha ließ sich auf die Pritsche fallen.

***

Eine, zwei oder drei Stunden später ging Hertha fünf Schritte von der Stirnwand zur Tür, stand davor, betrachtete die genietete Metallplatte und drehte sich um. Dann ging sie fünf Schritte von der Tür zu Stirnwand, blieb stehen, betrachtete die weiße Farbe auf der geziegelten Mauer und drehte sich erneut um. Der Mann in der anderen Zelle hatte zu schnarchen begonnen. Fünf Schritte hin. Die Wand. Fünf Schritte zurück. Die Tür. Fünf Schritte. Wand. Fünf Schritte. Tür. Die Wand. Die Tür. Fünf Schritte. Fünf Schritte. Endlos.

***

Draußen rührte sich etwas. Sie sprang in drei Schritten zur Tür und lauschte. Quietschen. Der Dicke kam. Er war dreimal in den letzten Stunden gekommen, hatte jemanden gebracht, jemanden geholt. Sie hämmerte gegen die Tür. „Hallo." Sie lauschte auf Antwort. Nur der betrunkene Nachbar fluchte und hieß sie ihren Mund halten. „Ich will telefonieren. Hören Sie? Ich habe ein Recht auf meinen Anwalt. Ich will ihn anrufen. He? Antworten Sie. Hallo? Hören Sie?"

Der Schlüssel wurde ins Schloss gesteckt. Hertha stemmte sich mit beiden Händen gegen die Tür.

Der Spion verdunkelte sich. „Gehen Sie an die hintere Wand, Frau Heldrich." Der Dicke sprach langsam.

„Ich will telefonieren." Sie bewegte sich nicht.

„Die Tür bleibt zu, wenn Sie da stehen bleiben." Er seufzte. „Mensch, Mädchen, ich versteh das ja, aber jetzt stell dich nicht so an. Die lassen dich bald wieder ziehen."

Hertha richtete sich auf und ließ die Hände sinken. „Darf ich telefonieren?"

„Ich verlier jetzt gleich die Geduld. An die Wand da hinten." Hertha ging zurück. Der Spion wurde hell. Das Schloss wurde entriegelt, die Tür schwang auf. „Haben wir Sie weich gekocht, was?" Der Uniformierte stellte sich seitlich und schob die Tür mit dem Rücken auf, so weit es die Mauer erlaubte. Er streckte die Rechte in Richtung Gang. „Na los. Sie wollen doch raus."

Hertha machte einen Schritt. „Ich darf gehen?"

„Zum Verhör." Der Dicke wedelte mit der Hand. „Na los, die warten. Ihr Anwalt ist da."

„Elmar?" Hertha ging durch die Tür.

„Bis bald, Süße. War schön mit dir. War ich gut?" Der Mann in der Nachbarzelle schien am Spion zu hängen. Hertha zeigte ihm den Mittelfinger.

„Halt den Mund, Otto", brummte der Polizist. „Suffkopp."

Drei Stockwerke höher entließ sie der Mann in den Raum, in dem sie schon gestern Thomasek gegenübergesessen hatte. Der Kommissar saß an der gleichen Stelle und Ruhland stand hinter ihm. Auf dem Stuhl, auf dem Hertha gestern gesessen hatte, drehte sich Elmar zu ihr um. Er sprang auf. „Nichts sagen", zischte er bei einem Kuss auf die Wange. „Lass mich reden", flüsterte er ihr ins andere Ohr. Er drehte sich um, stellte sich neben den Stuhl und bot Hertha den Platz an.

Auch Thomasek deutete auf den Stuhl. Er streckte die Füße unter seinen Schreibtisch und verschränkte dann die Arme vor der Brust. „Also, Frau Heldrich? Haben Sie uns etwas zu sagen?"

„Ich protestiere energisch gegen die Inhaftierung. Sie hatten keinerlei Grund, meine Mandantin festzunehmen."

Thomasek hob die Hand. „Wir haben allerlei Grund dafür, Ihre Mandantin", er sprach das Wort silbenweise aus, „in Gewahrsam zu nehmen."

„Ich …" Hertha verstummte, als Elmar ihr die Hand auf die Schulter legte und sie hinabdrückte.

„Als da wären?" Elmar zog Notizblock und Bleistift aus der Innentasche seines Jacketts.

„Kein Grund, Ihnen das mitzuteilen, Herr Heldrich. Ihre Frau kann gehen." Thomasek löste seine Rechte aus der Umarmung seines Leibs und deutete auf die Tür. „Bitte." Er senkte den Arm, holte Herthas Schlüsselbund aus einer Schublade und warf ihn auf den Schreibtisch.

„Aber die hatten einen Haftbefehl", sagte Hertha.

„Wer? Wir?" Thomasek tippte sich an die Brust. „Nein."

„Aber Sie haben es gesagt."

„Da haben Sie was falsch verstanden." Thomasek zog einen Zettel aus der Hemdtasche, entfaltete ihn und sagte: „Mal sehen, was es nächste Woche in der Kantine gibt."

„Der Staatsanwalt …"

„Der isst auch in der Kantine, ja." Thomasek zog die Augenbrauen empor.

Elmar nahm die Schlüssel und legte Hertha die Hand auf die Schulter. „Also haben Sie nichts." Er nickte Hertha zu, sie stand auf. „Das wird Sie nicht gut aussehen lassen in dem Prozess."

„Warten wir es ab, ob es einen gibt." Thomasek winkte ab.

Elmar legte den Arm um Herthas Schulter und schob sie zur Tür. „Verlassen Sie sich drauf, Ihre Entgleisung bringt Sie vor Gericht."

Thomasek lächelte.

Der dicke Uniformierte stand auf dem Gang und sah Hertha an. „Ich sag nicht auf Wiedersehen."

Elmar schob sie weiter. „Einfach nichts sagen. Sehr gut. Der Mann hat nichts, gar nichts." Er drückte den Knopf für den Aufzug, wartete, dann zog er Hertha weiter zum Treppenhaus. Ihre Schritte hallten. Es roch nach Bohnerwachs. Der Pförtner grüßte, als Elmar ihm durch die Scheibe winkte.

Sie gingen über das Kopfsteinpflaster zu den Parkplätzen auf der anderen Seite der Straße. Hertha stützte sich mit beiden Händen an Elmars Volvo und ließ den Kopf zwischen den Armen hängen. „Scheiße. Das brauch ich nicht noch einmal."

Die Zentralverriegelung surrte, Elmar öffnete die Fahrertür. „Kommt nicht noch einmal. Keine Sorge. Nichts hat er. Er kann nichts vorweisen."

Hertha stieg ein. „Aber warum haben die mich verhaftet? Er hat meine Fingerabdrücke, ich hab versucht, in Gunters Wohnung zu kommen."

Elmar lachte auf. „Sind doch alles Kinkerlitzchen. Die haben dich nicht verhaftet. In Gewahrsam genommen. Soll ich dir sagen, was die wollten?" Hertha sah ihn an. „Die Instrumente zeigen."

„Wie?"

Elmar ließ den Motor an. „Eben weil die nichts haben. Die wollten dir Angst machen. Haben gehofft, du fängst das Plappern an." Er schnallte sich an und sah zu ihr. „Hast du?"

„Die haben mich nichts gefragt."

„Sehr gut." Er legte den Gang ein, sah sich um und setzte zurück.

„Die Diplomaten, Elmar. Die haben vor dem Haus gewartet."

Elmar bremste und wechselte in den ersten Gang.

„Die waren völlig anders. Anders angezogen. Die haben gepöbelt, gesoffen. Der eine hat Thomasek mit irgendetwas ins Gesicht geschlagen."

„Hat er sich das gefallen lassen?" Elmar grinste und ließ den Volvo im zweiten Gang die Neustadt hinunterrollen.

„Ja." Hertha legte den Gurt an. „Puterrot ist er geworden, aber er hat nichts gegen sie unternommen."

„Sind wohl wirklich Diplomaten.“

„Schön, dass du es endlich einsiehst.“

Er zuckte die Schultern. Am Ende der Neustadt bogen sie rechts ab, fuhren an Sparkasse und Einkaufszentrum vorbei und in den Hofbergtunnel.

Zu Hause im Wirtsanger hielt Elmar an. Er stellte den Motor ab, drehte sich halb zu Hertha um und legte seine Hand auf die ihre. Sie wollte die Hand wegziehen, dann entschied sie sich dagegen. „Keinen Unsinn machen, ja?“ Er spielte mit dem Autoschlüssel. „Hertha, ich weiß, du glaubst, du musst die Welt retten, aber …“

„Aber was?“ Hertha verschränkte die Arme.

Er seufzte. „Aber kannst du nicht auch mal an uns denken?“

Sie legte die Handflächen an die Schläfen und schüttelte den Kopf. „Hallo. Hertha an Elmar, bitte kommen. Hören Sie mich?“ Sie hielt ihm die Hände mit gespreizten Fingern entgegen. „Das ist kein Hausfrauenspleen.“ Hertha äffte ihn nach. „Ich glaube, ich muss die Welt retten. – Ja, verdammt, ich muss es tun, weil niemand sonst es tut. Was willst du denn noch? Kannst du es immer noch nicht glauben? Zukunftssicht, Transformation. Ist das alles nichts?“ Sie schlug mit der flachen Hand aufs Armaturenbrett.

„Gut, du kannst in die Zukunft sehen. Gut, du kannst durch die Gegend jetten wie Superman. Dafür bringt dich aber keiner in den Knast. Kapierst du?“ Der Schlüssel fiel ihm aus der Hand und rutschte zwischen die Sitze. „Lass die Finger von anderen Wohnungen und lass vor allem die Finger von diesen verrückten Diplomaten.“

„Okay. Verstanden.“ Hertha zog am Türgriff. „Du willst es nicht kapieren. Aber ich muss es tun, Elmar. Akzeptier es wenigstens, wenn du es nicht verstehen willst.“

Er suchte nach dem Wagenschlüssel. „Ich will doch nur das Beste für uns beide. Hertha, das geht in die Hose, wenn du so weitermachst, hörst du? Ich meine, ich finde dich sterbend auf dem Küchenboden, zehn Minuten später ist nichts mehr davon da. Ich pauke dich bei der Polizei raus.“ Seine Stimme bekam einen Anflug von Weinerlichkeit. „Hertha, das ist zu viel für mich.“

Hertha war ausgestiegen und warf die Tür zu.

„Hertha, bitte. Hör mir doch zu."

Sie schloss die Haustür auf und winkte, ohne sich umzudrehen.

„Hertha."

Seine Stimme war nicht näher gekommen. Sie blieb auf der Schwelle stehen, sah in den Flur und wartete auf ein Zeichen, dass Elmar sich aus dem Auto bemühte. Schließlich ließ sie die Tür zufallen, lehnte sich von innen dagegen und schloss die Augen. Nach einer Weile hörte sie, wie der Motor angelassen wurde. Das Geräusch des Wagens entfernte sich. Sie blieb im Dunklen stehen und überlegte, wie es weitergehen sollte. Sie musste Gunter Ruths Diktatbänder abgenehmen. Vielleicht war noch etwas zu retten. Für die Veränderung der Diplomaten gab es keine vernünftigere Erklärung als die Lektüre des Manuskripts. Verbreiten würden sie es wohl nicht. Hertha hatte gesehen, wie sie Papierflieger daraus bauten und wie sie die Blätter im Wagen verteilten. Wenigstens ein Lichtblick, dachte sie. Sie ballte die Fäuste und schlug an die Tür. „Los! Warum nicht sofort anfangen?"

Sie ging hinaus, ließ die Tür zufallen und blieb neben ihrem Auto stehen. „Versuchen kann ich es." Sie lief zu Berenikes Haus und klingelte. Nach einigen Sekunden drehte sie sich um und rannte zurück. Es hatte keinen Sinn, Berenike Wedes war ständig unterwegs.

„Hertha? Was ist?"

Hertha fuhr herum. Berenike stand in dunkelblauer Hose und weißer Bluse in der Tür. Sie hatte eine Brille auf die Stirn geschoben, in den Händen hielt sie Papiere und einen Bleistift.

Hertha lief zu ihr. „Es muss endlich was geschehen. Gunter hat die Bänder, die Diplomaten haben das Manuskript. Es geht alles schief. Komm. Wir müssen etwas tun. Jetzt."

„Warte mal, ich …" Berenike wehrte sich gegen Herthas Ziehen. „Lass mich. Meine Bluse."

Hertha ließ los. „Scheiß auf deine Bluse. Komm. Los. Kannst du Gertraud irgendwie erreichen?" Sie griff Berenike am Handgelenk und zog erneut. „Komm endlich."

Berenike machte sich los. „Ist ja gut. Ich komme schon. Darf ich vielleicht meine Schuhe anziehen und den Schlüssel mitnehmen?" Berenike verschwand hinter der Tür und kam mit Schuhen, aber ohne Brille und Papiere wieder heraus. „Was ist denn so eilig?“

Hertha lief zum Wagen. Während sie den Schlüssel ins Türschloss schob, sagte sie: „Gunter die Tonbänder abjagen. Das Buch darf nicht erscheinen.“

„Dazu müssen wir ausgerechnet jetzt los? Besprechen wir doch erst mal, wie wir es anpacken.“

Hertha ließ den Wagen an und zog die Tür zu. „Was gibt es zu besprechen? Wir fahren hin und holen uns die Bänder.“

Berenike ließ sich auf den Beifahrersitz fallen. „Meine liebe Frau Heldrich, das nennt man Diebstahl, und Einbruch. Der wird uns ja wohl kaum die Bänder geben, wenn wir artig bitten, oder?“

„Erzähl mir nichts von Verbrechen, ich hab den Morgen in einer Polizeizelle zugebracht.“ Sie setzte zurück auf den Wirtsanger.

„Du hast was?“

„Ich habe versucht, in Gunters Wohnung zu kommen. Wollte die Bänder holen.“

„Und die Polizei hat dich erwischt und verhaftet?“

Hertha bog in die Weinzierlstraße ein und fuhr links den Berg hinab zum Burghauser Tor. „Nein. Gunter hat mich erwischt. Aber die Polizei meint, ich hätte Ursel was angetan.“

„Hast du?“

Hertha hieb auf das Steuerrad, fuhr über einen Bordstein und zurück auf die Fahrbahn. Berenike hielt sich am Armaturenbrett fest. „Mein Mann hat mich auch schon gefragt, ob ich Ursel erlegt habe. Ja, spinnt ihr denn alle?“ Hertha tippte sich an die Schläfe und verlor für einen Moment den Griff am Lenkrad, als sie um das Burghauser Tor fuhr.

Berenike kreischte.

Hertha drehte am Steuerrad und fuhr auf die Alte Bergstraße. „Die haben meine Fingerabdrücke bei Ursel gefunden“, sagte sie, nachdem sie ruhiger geworden war.

„Na und? Meine sind sicher auch da.“

Hertha bog am Ende der Straße nach links. „Erzähl das der Polizei, vielleicht darfst du ja auch mal einen Tag ihre Gastfreundschaft genießen.“

„Nein danke. – Wie denkst du dir das? Wie sollen wir in Gunters Wohnung kommen?“

„Uns fällt schon was ein.“ Hertha bog nach rechts auf die Wittstraße.

***

Zehn Minuten später erreichten sie Furth. Hertha raste am Ortsschild vorbei und bremste erst, als sie am Rathaus vorüberfuhr. Berenike wurde in den Gurt geworfen und beschwerte sich. Die Reifen des Volvo quietschten auf dem Kopfsteinpflaster, als sie am Schreibwarenladen vorbei auf den Dorfplatz fuhren.

„Jetzt reicht es aber.“ Berenike war erneut in den Gurt geschleudert worden. „Was soll denn das? Kannst du nicht …“

Der Mercedes stand auf dem Platz. Ein Vorderrad staute das Brunnenwasser in der Rinne. Das Getriebe des Volvo knirschte, als Hertha den Rückwärtsgang mit Gewalt einlegte. „Da! Die Diplomaten“, keuchte sie und setzte zurück.

„Was?“ Berenike beugte sich vor. Sie zeigte auf zwei Männer, die ohne Jacketts und Krawatten auf dem Platz Fußball spielten. Zwei Knirpse standen neben dem Wagen und deuteten auf den Ball. Die Männer trugen lederne Pistolenholster unter den Armen. Die Waffe fehlte beim Größeren der beiden. „Die da? Das sind deine Diplomaten?“

Hertha hielt an, ließ aber den Rückwärtsgang eingelegt.

Der dritte Mann saß auf dem Vordersitz und hatte die Beine durch das offene Fenster gelegt. Seine Waffe hing im Gurt zwischen Autotür und Rahmen. Er wippte mit den Füßen zu Musik, die aus dem Auto dröhnte. Ein Schuh fiel herunter und rollte in die Wasserrinne, er beachtete es nicht. Plötzlich warf er eine Bierflasche aus dem Auto; sie zerbrach auf dem Pflaster. Die Seite des Mercedes war vom vorderen Kotflügel bis zum Kofferraum zerschrammt.

Ein Junge lief auf einen der Diplomaten zu, sagte etwas und deutete auf den Ball. Die beiden Männer lachten, der Stämmigere holte aus und trat gegen den Ball, so dass er über Herthas Wagen und auf den Friedhof gegenüber flog. Der Ball prallte gegen ein Grabkreuz. Der andere Mann ging zum Wagen, setzte sich auf die Rückbank und öffnete mit beiden Daumen den Bügelverschluss einer Flasche Bier. Die Jungen rannten vor Herthas Auto über die Straße zum Friedhofstor.

Hertha erkannte den Größeren der Männer. Er war derjenige, der sie an dieser Stelle aus dem Auto hatte ziehen wollen. Sie hatte ihn getreten, den anderen beinahe überfahren. Sie hob den Fuß auf der Kupplung ein wenig an.

„Meinst du wirklich, die sind gefährlich?"

Hertha ließ die Kupplung schleifen, der Wagen schlich rückwärts, während Hertha den Mann ansah. Plötzlich hob der Kerl die Hand, lachte und zeigte auf sie. Hertha verstand nicht, was er seinen Kumpanen zurief. Beide sahen kurz zu Hertha und Berenike herüber und verloren das Interesse wieder. Sie hob den Fuß auf der Kupplung noch eine Spur. Der Mann drehte sich lachend um und trat gegen einen Kieselstein, der den Mann auf der Rücksitzbank am Bein traf. Der revanchierte sich, indem er seine Bierflasche nach dem Stämmigen warf. Die Flasche zerschellte einen Meter vor dem anderen auf dem Pflaster. Bier spritzte gegen seine Hosen. Der Stämmige trat gegen einen weiteren Stein, das Geschoss prallte auf eine Radkappe des Mercedes. Er winkte ab, steckte die Hände in die Taschen und ging am Mercedes vorbei in Richtung der Bäckerei. Der Mann im Wagen öffnete eine neue Flasche.

Hertha trat die Kupplung durch und schob den Ganghebel in den Leerlauf. „Ist nicht mehr viel los mit denen, was?"

Berenike starrte auf die Szene und schüttelte den Kopf. „Die Frage ist, was mit denen los ist."

„Das Manuskript." Hertha stellte den Motor ab und zog die Handbremse an.

Berenike zeigte auf den Mann, der in die Bäckerei verschwand. „Diese Affen sollen Diplomaten sein?"

Hertha nickte zu der Stelle vor ihnen, wo ihr Wagen gestanden hatte und sie den Kerlen fast in die Hände gefallen war. „Vorgestern haben die sich noch ganz anders benommen. War nicht zu spaßen mit denen. Da haben die auch das Manuskript erwischt. Ich hab es von Gunter bekommen."

„Freiwillig?", unterbrach Berenike.

„Ja, aber ich hab es ihnen nicht freiwillig gegeben. Ich musste mich irgendwie wehren, hab getreten und um mich geschlagen. Na ja, eben mit dem Manuskript in der Hand." Sie nickte zur Bäckerei. „Fettbacke da hat es mir aus der Hand gerissen."

„Und das wird aus einem, wenn man das Manuskript liest?" Berenike schüttelte den Kopf. „Käse. Das kann kein Buch."

„Hätte ich auch gesagt." Hertha kratzte sich am Kopf. „Ruth hatte immerhin hundert Jahre Zeit, darüber nachzudenken, was sie schreibt. – Vielleicht kann ich es denen wieder abnehmen." Hertha stieg aus, warf die Autotür zu und behielt die beiden Männer im Mercedes im Auge, während sie auf den Wagen zuging.

Berenike war ebenfalls ausgestiegen. Sie blieb einige Schritte zurück. „Hertha, pass auf", zischte sie.

Hertha war noch ein paar Meter von dem Wagen entfernt. Hardrock quoll aus den Autolautsprechern. Der Mann auf dem Vordersitz hatte aufgehört, mit dem Fuß zu wippen. Der auf dem Rücksitz trank den letzten Schluck Bier und ließ die Flasche fallen. Sie prallte vom Wagenbogen ab und blieb scheppernd auf dem Pflaster liegen. Der Mann hielt sich den Bauch, öffnete den Mund und rülpste. Hertha blieb stehen. Der Biertrinker blickte sie an. Er lächelte, hob kurz die Hand und ließ sich rücklings auf die Bank fallen. Hertha trat an den Wagen heran, beugte sich hinab und sah durch die offenen Fenster hinein. Der Mann auf dem Vordersitz schlief. Sein Mund stand offen, Speichel rann über seine Wange. Bartstoppeln sprossen. Der Reißverschluss seiner Hose stand offen, ein Hemdzipfel ragte heraus.

„Was ist denn mit denen los?" Berenike flüsterte von hinten in Herthas Ohr.

„Besoffen. Was weiß ich. Auf Droge?" Auf der Rücksitzbank stand ein fast leerer Kasten Bier. Auf dem Beifahrersitz lag das Titelblatt von Gunters Manuskript. Anscheinend hatte jemand darauf gesessen. Sonst waren keine Papiere zu sehen.

Die Beifahrertür wurde aufgerissen. Hertha sprang einen Schritt zurück und stieß gegen Berenike. Der Dicke setzte sich auf das Titelblatt. Auf seinem Schoß breitete er drei Bäckereitüten aus, riss sie seitlich auf und begann, Apfeltaschen und Nussschnecken in sich hineinzustopfen. Er sah Hertha an. Seine Backen spannten, Puderzucker sammelte sich im Dreitagebart. Er versuchte ein Lächeln und wandte sich wieder seiner Mahlzeit zu.

Hertha entfernte sich rückwärts schleichend gebückt vom Mercedes. „Was wollen die hier?", flüsterte sie.

„Kann nur was mit Gunter zu tun haben." Berenike sprach in normaler Lautstärke.

Hertha richtete sich auf. „Gehen wir mal zu ihm rein?"

Berenike ging vor. Sie drückte die Tür zum Treppenhaus auf. Im Haus war es kühl, der Hardrock drang gedämpft herein.

„Was wollen die von Gunter?", fragte Hertha.

„Vielleicht das Gleiche, was wir wollen." Berenike war vor Forchheimers Wohnung im zweiten Stock angekommen, blieb stehen und starrte in Richtung Tür.

Hertha war einen Absatz zurückgeblieben. „Was hast du? Was ist denn?" Sie sprang die letzten Stufen hinauf und sah, was Berenike gesehen hatte. „Au Backe."

„Au Backe." Berenike lachte. „Das habe ich ja zwanzig Jahre nicht mehr gehört. Au Backe. Klasse."

„Mir ist nicht zum Lachen", murmelte Hertha. Die Tür stand halb offen. Hertha ging über die Schwelle. Das Schloss war aus dem Holz gebrochen und hing an einer verbogenen Schraube am Türblatt, der Metallbeschlag des Rahmens lag zwei Meter weiter im Flur. Im Rahmen klaffte ein zwanzig Zentimeter langes Loch. Das zugehörige Holz lag verteilt auf dem Parkett des Flurs. „Da hat einer ziemliche Wut gehabt, meine ich." Hertha schob ein paar Holzsplitter mit der Fußspitze zur Seite.

Berenike war im Treppenhaus geblieben. „Hertha, spinnst du? Komm da raus", flehte sie. „Du verwischst Spuren. Oder noch schlimmer, du hinterlässt welche. Hertha, komm jetzt raus." Berenike stampfte mit dem Fuß auf.

Hertha ging ins Wohnzimmer. Sie war vor dem Einbruch hier drin gewesen, das wusste auch Thomasek. Sie konnte also Spuren hinterlassen, soviel sie wollte.

Sämtliche Bücher waren aus den Regalen gerissen. Stühle lagen umgekippt. Auf dem Tisch lag der Rest eines Papierstapels, dessen größter Teil auf dem Parkett verteilt war. „Ich sag dir was, Berenike, das waren die Diplomaten."

„Komm jetzt da raus“, zischte Berenike vom Treppenhaus aus.

„Hör dich nicht.“ Die Diplomaten suchten womöglich auch die Tonbänder. Sie haben gründlich nachgesehen, dachte Hertha. Es hatte keinen Sinn, hier lange zu suchen.

„Hertha, da kommt jemand.“ Berenike kam auf Zehenspitzen ins Wohnzimmer getrippelt. „Da kommen drei die Treppe rauf.“ Ihre Stimme war kaum zu hören.

Herthas Herz begann zu klopfen. „Die kommen sicher nicht rein“, flüsterte sie.

Berenike ging rückwärts in Richtung Fenster. Sie stolperte über ein Buch. „Schei…“ Sie hielt sich die Hand vor den Mund und ging gebückt weiter. „Ich will hier raus, Hertha. Der eine hatte Uniform an. Die kommen rein, die kommen rein. Warum habe ich nur …“

„Mund halten.“ Hertha stieg über Bücher und Papiere. Sie schob Berenike zur Seite, die gebückt und mit beiden Händen vor dem Mund dastand und zitterte. Der Balkon, dachte sie. Vielleicht gibt es eine Feuerleiter.

„Ruhland, rufen Sie die Spurensicherung an.“ Es war Thomaseks Stimme. Er pfiff. „Mann, da hat aber einer einen zünftigen Tritt.“

Thomaseks Stimme aus dem Treppenhaus ließ Hertha den Schweiß auf die Stirn treten. Auch Elmar würde nichts mehr für sie tun können, wenn Thomasek sie hier auf frischer Tat erwischte. So leise sie konnte, drehte sie am Griff der Balkontür und zog sie auf. Ihre Hoffnung verflog. Es gab keine Feuerleiter. Sie zog Berenike am Ärmel. „Komm“, wisperte sie. „Vielleicht kommen wir da irgendwie runter.“

„Und ruf eine Hundertschaft der Bereitschaft oder mach, was du willst …“ Thomasek steigerte seine Lautstärke von Wort zu Wort. „… aber diese verrückten Amis will ich da nicht mehr sehen, wenn ich aus diesem Haus komme, verdammt!“

Beim letzten gebrüllten Wort hatte sich Berenike aufgerichtet, die Lider weit aufgerissen, Hertha ins Gesicht gesehen und war verschwunden. Herthas Hand, die eben noch ihren Ärmel gehalten hatte, griff ins Leere. „Berenike?“ Transformiert, schoss es ihr durch den Kopf. Wahrscheinlich war sie in diesem Moment schon zurück im Wirtsanger. Hertha gönnte es ihr.

Aus dem Flur kamen Schritte. In zwei Sekunden würden die Polizisten sie sehen. Es war vorbei. Sie wich zurück. Wer hält Gunter auf, wenn ich im Gefängnis bin? Der Gedanke beherrschte sie. Sie musste weg. Sie stieß an das Stahlgeländer und warf einen Blick über die Schulter. Fünf oder sechs Meter. Unten Pflastersteine. Sie trat rückwärts in die Sprossen des Geländers. Ein Tropfen Schweiß lief in den Augenwinkel und brannte. Sie hob die Hand, um ihn wegzuwischen, hielt in der Bewegung inne, begann mit einem, dann mit beiden Armen zu rudern. Sie stürzte. Der Balkon über ihr raste durch ihr Blickfeld, der Himmel, eine Wolke, die Sonne blendete sie. Die Sekundenbruchteile vergingen wie Minuten. Sterbe ich?, dachte sie. Dann sah sie Autos auf dem Parkplatz, sie stürzte kopfüber. Es gab nichts, was sie aufhalten konnte. Sie schloss die Augen. Vorbei, dachte sie. Vorbei. Vorbei. Vorbei.

Sie öffnete die Augen. Sie sah die Dächer der Autos, die bewegungslos auf der Straße verharrten. Der Himmel, eine Wolke, die Sonne waren zu ihren Füßen. Hertha schloss die Augen, öffnete sie wieder. Immer noch alles verkehrt herum. Sie streckte den Kopf. Einen Meter unter ihr waren Pflastersteine. „Das darf nicht wahr sein." Sie stöhnte, dann streckte sie ihre Hand für einen Moment aus. Sofort riss die Macht sie herum. Hertha stand aufrecht in der Luft und hob die Hand, wurde nach oben zum Balkon getragen. Sie schwebte durch die Balkontür. Ein ausgestrecktes Bein war in der Türöffnung zum Gang sichtbar. Sie flog weiter, bog in den Flur und sah Thomasek erstarrt über Holzsplitter treten. Ein Uniformträger und Ruhland warteten im Treppenhaus. Eine Sekunde später, und Thomasek hätte sie gesehen.

Hertha drehte um und glitt durch Wohnzimmer und Balkontür ins Freie. Es gab nichts zu freuen. Sie konnte nicht hoffen, wieder so viel Glück zu haben wie beim letzten Mal. Mit leicht gebeugtem Arm flog sie vom Balkon schräg nach oben. Wo war ein guter Platz zum Verhungern? Sie verzog ihre Mundwinkel zu einem Grinsen. Vielleicht sollte sie einfach in der Luft bleiben, bis sie abstürzte? Immer höher fliegen, bis sie erstickte? In den Weltraum vorstoßen? Der Gedanke war anziehend. Ein würdiger Tod für eine Dame. All die Angst, die Gefahr hätten ein Ende. Hertha war müde.

Sie riss den Arm nach oben und strengte jeden Muskel ihres Körpers an. Sie glaubte, in die Länge gezogen zu werden, startete wie eine Gewehrkugel, raste himmelwärts. Weiter, dachte sie. Hinauf. Hinauf, bis es kein Zurück gibt. Der Raum um sie schien zu vibrieren, sie presste die Lider aufeinander, konzentrierte sich darauf, alle Energie in ihre Muskeln zu pumpen.

Ein harter Stoß gegen die ausgestreckte Faust. Ihr Arm knickte ein, sie wurde zur Seite geschleudert, verlangsamte und hielt schließlich. Einige Dutzend Meter neben ihr hing eine Schwalbe seltsam schräg in der Luft. Hertha war gegen das Tier gestoßen. „Habe ich das …“ Sie zuckte mit dem kleinen Finger und hing nach einigen Augenblicken neben dem Vogel in der Luft. Sie streckte einen zitternden Finger aus. Die Federn des linken Flügels ragten wie zerzaust in allen Richtungen heraus. „Das muss ich gewesen sein“, murmelte sie. Ihre Finger berührten den Flaum einer Feder. Sofort zog sie die Hand zurück. „Weich“, sagte sie. „Weich. Ich kann es bewegen.“ Sie strich über den Flügel und schob eine Feder zur Seite. „Ich kann es bewegen.“ Sie riss die Arme nach oben, flog jubelnd einen Looping von Hunderten Metern Durchmesser und hielt wieder bei der Schwalbe. Sie legte die Hand unter den Flügel, drehte den Vogel. Sie bemerkte, dass sie den Mund offen stehen hatte. „Es geht wieder.“ Sie schüttelte den Kopf. „Und ich werde stärker. Unglaublich.“

Sie warf beide Fäuste von sich, genoss die Beschleunigung und hielt auf die Silhouette der Burg Trausnitz und des Martinsturms zu. Es gab Hoffnung. Wenn sie das Unbeweglichkeitsdogma erneut überwunden hatte, konnte sie auch hoffen, aus der Transformation zurückkehren zu können. Sie flog eine Pirouette und schrie ihr Glück hinaus. Mehr als Hoffnung, dachte sie. Eine Chance. Sie konnte Gunter besiegen, die Diplomaten. Sie konnte Thomasek ein Schnippchen schlagen. Mit einem Ruck breitete sie die Arme aus, taumelte in gestreckten Überschlägen und rasenden Wirbeln durch die Luft, jauchzte über die Achterbahnfahrt ihres Magens und streckte sich in einen Geradeausflug. „Unbesiegbar“, brüllte sie und ging mit einer Bewegung der Hand in den Sinkflug zum Hofberg.

Über ihrer Garage legte Hertha die Hände an die Hosennähte und sank durch ein Zucken ihres kleinen Fingers die restlichen Meter. Sie schwebte einige Zentimeter über dem Weg zur Haustür und sah zu Berenikes Haus hinüber. Ihr Auto fehlte. Hertha schlug sich mit der flachen Hand an die Stirn. Sie hatte den Volvo in Furth gelassen. Thomasek musste es bemerkt haben. Sie hob den Arm in Richtung Osten, flog ein paar Meter, ließ den Arm wieder sinken. Den Wagen jetzt wegzufahren, würde nichts ändern. Sie blieb über dem Dach ihres Hauses in der Luft hängen und blickte nach unten. „Berenike“, sagte sie und streckte die Hand aus. Eine Sekunde später prallte sie mit ausgestreckten Armen gegen die Haustür der Nachbarin. Sie drückte auf den Klingelknopf. Wie in Fett gelagert ließ er sich eindrücken, sie hörte keine Glocke, der Knopf sprang nicht wieder heraus. Noch transformiert, dachte sie. Ob es funktionieren wird? Sie stellte sich aufrecht in die Luft, deutete mit beiden Zeigefingern auf den Boden, so dass ihre Fußsohlen die Platten berührten, und schloss die Augen. Sie entspannte die Hände, die Arme, ließ den Kopf sinken und atmete aus. Nichts geschah. Sie legte den Kopf in den Nacken, füllte die Lungen und ließ die Luft zwischen den geöffneten Lippen entweichen, während sie das Kinn auf die Brust fallen ließ.

Der Klingelknopf schnappte zurück. Für einen Moment wurde sie schwer, der Brocken im Leib wollte sich auflösen, verdichtete sich wieder, sie schwebte erneut. Sie ließ den Kopf hängen, ihre Lippen waren schwer, die Zunge wollte aus dem Mund fallen, die Hände hingen herab. Schwer, dachte sie, schwer.

Die Glocke in Berenikes Haus schrillte einen Sekundenbruchteil und verhallte. Hertha stand fest auf dem Boden. Berenike öffnete die Tür und starrte sie an. Hertha hüpfte auf und ab. „Es geht wieder, es geht wieder! Ich kann mich transformieren und zurückkommen! Das Unbeweglichkeitsdogma gilt nicht mehr!“ Sie hob die Arme und ballte die Fäuste. „Wahnsinn!“

Berenike war blass. Sie hielt eine Flasche Sonnenblumenöl in der Hand. „Ich war mir sicher, die Polizei steht vor der Tür.“ Sie sah an Hertha vorbei auf die Straße und trank einen Schluck

Öl. „Haben die dich gesehen?" Hertha schüttelte den Kopf. „Du, Hertha." Berenike sah auf Herthas Füße, während sie sprach. „Es ist einfach passiert. Ich wollte nicht abhauen. Ich bin so erschrocken. Plötzlich war ich transformiert."

Hertha winkte ab. „Vergiss es."

Berenike trat zur Seite, während sie in großen Zügen Öl trank. Sie öffnete die Tür weiter, sah die Straße hinauf und deutete in den Flur.

„Wir müssen den Rat wiederbeleben", sagte Hertha und trat in die Kühle des Flurs. „Wir fangen mit Gertraud an. Du kennst sie. Wie können wir Kontakt aufnehmen?"

Berenike setzte die Flasche ab, wischte sich über den Mund, sah noch einmal hinaus und ließ dann das Schloss zuschnappen. Sie drehte den Schlüssel zweimal um. „Sie ist immer zu mir gekommen. Im Telefonbuch habe ich sie nicht gefunden."

„Wir müssen unsere Aussagen abstimmen."

Berenike fuhr herum. „Aussagen?"

„Mein Auto steht in Furth am Dorfplatz. Thomasek ist nicht blind. Bevor wir Gertraud suchen, müssen wir das regeln."

„Mist."

„Au Backe, sozusagen."

Ein Lächeln huschte über Berenikes Gesicht. „Was sollen wir denn sagen?" Sie ging an Hertha vorbei ins Wohnzimmer und ließ sich auf einen Holzstuhl fallen. Sie setzte die Flasche an, legte den Kopf in den Nacken und trank in großen Zügen. Endlich war die Flasche leer, sie beugte sich vor, stützte die Stirn auf die Handflächen. „Hätte nicht gedacht, dass mich das so mitnimmt."

„Wir müssen erklären, wieso mein Auto am Dorfplatz steht."

„Reicht es nicht, wenn du es erklärst? Mein Auto steht da nicht. Ich war die ganze Zeit zu Hause." Berenike rieb die Handflächen aneinander.

„Die Diplomaten haben uns beide gesehen, wenn sie nicht zu besoffen waren. Die Kinder auch. Und die Balkone waren bevölkert. Vergiss es, Berenike. Da brauchen wir eine bessere Idee."

Berenike legte die Stirn wieder in die Hände.

„Halten wir es mit der Wahrheit", sagte Hertha.

Berenike sah auf.

„Mit der Wahrheit, die Thomasek vertragen kann. Wir sind also aus dem Auto ausgestiegen und ins Haus gegangen. Das wird zu anderen Aussagen passen. Wir haben die aufgebrochene Tür gesehen und sind wieder weg. Wollten die Polizei holen oder was auch immer. Wir hatten keine Handys dabei, kapiert?"

Berenike schüttelte den Kopf. „Das bekommt er raus, wenn er sich anstrengt. Die Telefongesellschaft hat die Daten. Die wissen, wo wir mit den Dingern waren. Auf fünfzig Meter genau."

„Gut, dann hatten wir eben die Telefone dabei. Aber wir wollten trotzdem raus aus der Wohnung, um die Polizei zu holen, das klingt doch sinnvoll." Hertha trat einen Schritt vor und fasste Berenike an der Schulter. „Wir brauchen eine gemeinsame Aussage, versteh doch. Wenn wir die haben, fliegen wir zurück und kommen auf den Platz gelaufen, als wenn wir nur eben um die Ecke waren. Aus Angst vor den Diplomaten, verstanden? Das Ganze ist doch nur fünf Minuten her. Alles völlig plausibel."

Berenike nickte und stemmte sich vom Stuhl. „Es hilft nichts."

„Sobald uns Thomasek gehen lässt, suchen wir Gertraud." Hertha legte die Hand auf die Magengegend. „Jetzt kommt der Hunger. Kann ich mir ein Pfund Butter von dir auf den Weg mitnehmen?"

***

Einige Kilometer Flug später schwebten Hertha und Berenike über Furth. Hertha ließ das Alupapier der Butter in der Luft hängend zurück, wischte sich mit dem Handrücken über den Mund und zeigte auf den Mercedes. „Die hängen besoffen rum." Drei Paar Beine in schwarzen Hosen ragten durch offene Türen oder Fenster. „Schau mal, da ist Thomasek." Der Kommissar trat eben durch die Haustür auf den Platz. Sie sah sich nach Berenike um. „Berenike?" Sie stöhnte. „Nicht schon wieder." Berenike hing unbeweglich in der Luft. Ihre Macht hatte fünf Mal während des Fluges ausgesetzt. Immer nur einen Bruchteil einer Sekunde, aber Hertha musste jedes Mal in die Zeit zurückkehren und auf Berenike warten. Hertha deutete mit einem Finger auf das Ziegeldach des nächsten Hauses, setzte sich auf den Kamin und entspannte sich. Der Brocken im Bauch verschwand, Vögel begannen zu zwitschern und Berenike begann zu fallen. Hertha sah ihr zu. Die Hälfte der Strecke war sie gestürzt. Wann würde die Macht wieder einsetzen? Berenike passierte die Höhe des Daches. Berenikes Augenlider waren weit aufgerissen. Hertha verkrampfte sich.

„Eben noch rechtzeitig“, keuchte Hertha, nachdem sie transformiert war. Sie deutete schräg nach unten. Berenike hing zwei Meter über dem Boden. Sie hatte Arme und Beine von sich gestreckt. In der nächsten Sekunde wäre sie auf das Pflaster geprallt. Hertha flog unter sie und sah über die Schulter; Thomasek war fünf Meter von ihnen entfernt. Sie fasste Berenikes Beine und zog. Hertha jubelte, als sich Berenike wie ein Windmühlenflügel zu drehen begann. „Es ist wahr, ich kann es wieder!“ Sie legte Berenike die Hände auf die Schultern. Schließlich stand ihre Nachbarin breitbeinig, mit aufgerissenem Mund und abgespreizten Armen, auf dem Pflaster. Hertha stellte sich neben sie, legte ihre Hände ineinander, schloss die Augen und senkte den Kopf.

„Hilfe“, kreischte Berenike. „Hilfe.“ Die zweite Silbe kam leise.

Berenike schwankte, Hertha griff den linken Arm, hakte sich unter und tätschelte ihre Hand. „Ist ja alles gut“, flüsterte sie. „Nicht schreien, nicht schreien. Reiß dich zusammen.“

„Aber was …?“

„Alles gut, alles gut“, zischte Hertha.

Thomasek sah sie mit offenem Mund an. Nach scheinbar unendlicher Zeit schloss er ihn, dann sagte er: „Sie sind zur falschen Zeit am falschen Ort.“

„Da gebe ich Ihnen gerne recht, Herr Hauptkommissar.“

„Erklären Sie.“ Thomasek sah Berenike an, während er näher kam.

Hertha spürte Berenikes Hand zittern. „Was ist denn? Was hast du denn?“, sagte sie und rang sich ein Lächeln ab. „Gerne, Herr Thomasek. Schauen Sie, wir wollten Herrn Forchheimer besuchen und …“

„Und er war nicht da, und da sind Sie wieder gegangen und ganz plötzlich steht die Polizei hier rum und Sie verstehen gar nicht, was das alles soll.“

„Nicht ganz. Wir sind also da rein.“ Sie nickte zur Haustür und streichelte dabei Berenikes Hand. „Und haben gesehen, dass da eingebrochen wurde.“

„Ach."

„Ja, ach. Natürlich sind wir wieder raus aus dem Haus. Wir wollten die Polizei anrufen. Aber das hat wohl schon einer vor uns getan."

„Das ist wohl so. Sie können gehen." Er versuchte sie mit einer Handbewegung zu verscheuchen, als sei sie eine Mücke.

„Gehen?"

„Gehen Sie, ja, gehen Sie. Hauen Sie ab." Thomasek verzog den Mund, als habe er Sodbrennen. „Wir haben Sie doch herfahren sehen, Frau Heldrich." Er hielt sich den Magen und schluckte. „Da hatte längst jemand den Einbruch gemeldet." Er wandte sich halb um, dann drehte er den Kopf zurück. „Halten Sie mich eigentlich für blöde, Frau Heldrich?"

„Ich verweigere die Aussage."

Thomasek ging weiter. Dann hielt er inne und deutete auf den Mercedes. „Eins noch", sagte er, ohne Hertha anzusehen. „Was haben die eigentlich immer da zu suchen, wo Sie sind? Die machen mir Magenschmerzen."

Hertha zog Berenike mit sich fort. „Mir auch, Herr Thomasek. Aber ich glaube, die sind nicht hinter mir her, sondern hinter Forchheimer."

Thomasek grunzte und stapfte in Richtung der Bäckerei. „Wir sprechen uns noch."

Hertha zog Berenike hinter sich her zu ihrem Volvo. Die Diplomaten schliefen im Mercedes. Einer ließ einen Wind fahren.

Hertha öffnete mit dem Funkschlüssel, zog die Beifahrertür auf und schob Berenike in den Wagen. Als sie im Auto saß und die Tür zuzog, sagte sie: „Also, wie finden wir Gertraud?"

Berenike schüttelte den Kopf. „Gestorben", hauchte sie, „beinahe gestorben." Ihr Gesicht hatte die Farbe von Käse.

„Ja bitte, gern geschehen", sagte Hertha schnell. „Und was ist mit Gertraud?"

„Wie hast du …?" Berenike drehte den Kopf wie in Zeitlupe zu Hertha.

„Du warst in der Normalzeit, bist gestürzt. Ich habe mich transformiert, dich umgedreht und auf den Boden gestellt."

„Einfach", sie schluckte, „auf den Boden gestellt."

„Ja. Einfach."
„Das Unbeweglichkeitsdogma?"
„Gilt nicht mehr."
Berenike sah Hertha in die Augen. „Ich will es auch."
„Was?"
„Das Praseodym, das du genommen hast."
„Von mir aus. Gute Idee. Ist auch fast ein bisschen lästig gewesen, deine Stotterei."
„Danke."
„Gertraud?" Hertha ließ den Wagen an.
Berenike seufzte. „Beinahe gestorben."

***

Hertha saß auf der Arbeitsplatte ihrer Küche und hielt die Tüte mit dem Praseodymoxalat hoch. „Bist du sicher, Berenike?"
Sie nickte.
„Und wenn du nicht mehr zurück kannst? Wenn Elmar mich nicht …"
„Dann wärst du verhungert. Hast du schon dreimal erzählt. Gib her. So geht das nicht weiter, diese Stotterei der Macht, verflucht." Sie deutete auf Hertha. „Du hast mir das Gemisch gegeben, und deswegen stürze ich dauernd ab. Du brauchst keine Dankbarkeit zu erwarten für die Rettung vorhin, gib her."
Hertha hielt ihr die Tüte hin. „Bitte."
Berenike nahm sie ihr aus der Hand.
„Ich hätte dich auch abstürzen lassen können", sagte Hertha und verschränkte die Arme vor der Brust.
Berenike öffnete die Tüte und feuchtete einen Finger an. „Wie viel muss ich nehmen?"
Hertha zuckte die Achseln. Zicke, dachte sie.
Berenike ließ die Hände sinken. „Abstürzen lassen, was? Vergiss es. Die Dame Hertha lässt doch niemanden abstürzen. Dann kann ja niemand mehr danke sagen. Das ist es, nicht?"
„Ich habe eine Fingerspitze voll genommen. Aber vielleicht war es ein bisschen viel."
Berenike steckte den Zeigefinger in den Mund und schob ihn dann in die Tüte. „Es bleibt mir nichts anderes übrig, oder?" Sie

hob die Hand. Die Kuppe des Zeigefingers glänzte grün. „Ist gleich keiner mehr da zum Dankesagen." Sie kam auf Hertha zu, streckte die Hand mit dem Beutel aus und langte damit an Hertha vorbei zum Küchenfenster. „Ich mach es lieber auf. Vielleicht habe ich ja Lust auf eine Runde." Sie sah Hertha an und schob den Finger in den Mund.

Berenike verzog die Lippen, kniff die Lider zusammen und beugte sich vor. Ein urtümlicher Laut drang aus ihr, dann war sie verschwunden. Die Tüte mit dem Praseodymoxalat fiel zu Boden; etwas Pulver staubte auf die Terrakottafliesen. Hertha grinste bei dem Gedanken, wie Berenike Kunststücke über Landshut vollführte.

„Wahnsinn. Das ist irre." Berenike schien aus dem Nichts in einem halben Meter Höhe in Herthas Küche aufgetaucht zu sein und sprang zu Boden. Sie atmete schwer. „Unglaublich. Die Geschwindigkeit! Noch nie erlebt." Ihr Gesicht war gerötet, die Lider weit geöffnet. „Ich brauche was zu essen. Unglaublich." Sie drückte Hertha zur Seite und nahm eine Flasche Olivenöl vom Brett unter dem Fenster. Sie drehte den Verschluss, der Deckel fiel zu Boden, sie trank gierig. Nach einem halben Liter bewegte sie den Kopf hin und her, während sie trank, dann setzte sie die Flasche ab. „Wahnsinn", sagte sie, atmete tief ein und trank den Rest des Öls. Hertha lachte.

Nach einer Viertelstunde hatte Berenike Herthas Vorräte geleert und lehnte gegen einen Küchenschrank. Sie öffnete den Mund und rülpste. „Himmel, ist das widerlich." Sie wischte sich über den Mund und verschmierte glänzende Spuren über das Kinn. „Das habe ich gebraucht."

Hertha sprang von der Arbeitsplatte und klopfte ihr auf den Oberarm. „Wo warst du?"

„Weit." Berenike hob die Arme. „Weit oben! Unglaublich! Noch nie gesehen …"

Herthas Lachen wurde von der Türglocke unterbrochen. Sie spähte durchs Fenster. Sie sah weder einen Audi noch einen Mercedes auf dem Wirtsanger. „Leise", flüsterte sie. Sie verkrampfte die Arme, das genügte, um sie zu transformieren. Berenike blieb lächelnd und errötet erstarrt in der Küche. Hertha schwebte hinaus in den Vorgarten. Eine grauhaarige Frau in kariertem Rock und grauer Strickjacke stand erstarrt vor der Tür und hielt die Fingerspitze Millimeter über dem Klingelknopf. „Gertraud“, sagte Hertha, ließ sich auf den Weg hinter die Frau sinken, schloss die Augen und atmete aus. Der Brocken im Leib löste sich.

„Gertraud, wir wollten die ganze Zeit zu dir.“

Die Alte fuhr herum. „Und warum seid ihr nicht gekommen?“

„Wir wussten nicht, wohin.“

„Spiegelgasse siebzehn.“ Gertraud schüttelte den Kopf. „Ihr habt ja mehr Lärm gemacht, als man mit Wachs in den Ohren überhören konnte.“

„Lärm?“

„Die Macht, die Transformation. Einige Damen bekommen mit der Zeit ein Gespür dafür. Berenike muss durch den Himmel gefegt sein wie ein Komet.“ Gertraud lächelte. „Hab sie doch gut ausgebildet, nicht wahr?“

Die Tür wurde aufgerissen. „Gertraud“, rief Berenike und streckte die Arme aus. „Das war wunderbar.“ Sie fiel der alten Frau um den Hals, dann hielt sie Gertrauds Schultern fest und lehnte sich zurück. „Du hast es gemerkt?“ Sie schüttelte Gertraud. „Hast du es gespürt?“ Berenike schloss die Augen. „Die Macht ist stark. Ich bin stark, mächtig.“

Gertraud machte sich los. „Ihr Jungen seid so eitel.“ Sie schob ihre Schülerin zur Seite und ging ins Haus. „Es kann nicht gut gehen“, drang Gertrauds Stimme aus der Küche. „So verliebt in eure Stärke, in eure Macht. Ihr seht nicht, wohin euch das bringt, wohin *uns* das bringt.“

Hertha folgte Berenike, die in die Küche ging. Gertraud stand vor dem Kühlschrank, suchte in den Fächern, schob Behälter auf den Gittern hin und her und warf schließlich die Stahltür zu. „Gibt es hier nichts zu essen?“ Sie hob die Flasche Olivenöl hoch, ließ einen letzten Tropfen auf die Zunge fallen und knallte es auf das Brett. „Brot? Wurst? Käse? Irgendetwas?“

Hertha zog einen übrig gebliebenen Christstollen aus einer Ecke eines Vorratsschranks und hielt ihn Gertraud hin.

Die Alte riss die Vakuumverpackung auf, roch daran und verzog das Gesicht. „Ein halbes Jahr alt, mindestens.“ Sie biss in den Laib und schmatzte. „Hab ich natürlich gemerkt, wenn mein Schützling durch die Welt rast.“ Sie biss erneut zu. „Hab dich schon richtig ausgebildet.“

„Den Absturz vorher hast du nicht bemerkt?“ Hertha verschränkte die Arme. Berenike sah zu ihr und winkte ab.

„Mh?“ Gertraud hatte die Hälfte des Stollens verschlungen und schien weiter hungrig wie ein Wolf.

„Der Rat darf nicht aufgeben.“ Berenike betrachtete Gertraud. „Gerade jetzt. Wir brauchen dich.“ Sie brach sich gegen Gertrauds Protest eine Ecke des Stollens ab und aß.

Gertraud schob eine Hand voll Gebäck in den Mund und schüttelte den Kopf. Nach einer Weile kam zwischen Krümeln hervor: „Wie die aufgeschreckten Hühner. Ruth ist verschwunden. Ursel wird Nachfolgerin und verschwindet auch. Einige meinen, sie sind tot.“ Sie schluckte hinunter. „Mit dem Rat ist nichts mehr anzufangen. Haben zu viel Angst.“

„Aber wir können doch nicht einfach so aufgeben.“

„Was ist denn so dringend?“ Um Gertraud herum war der Küchenboden von Teigbröseln bedeckt. Sie fügte einige hinzu, indem sie die Hände aneinander abwischte. „Probleme?“ Sie öffnete einen Schrank und wühlte in Herthas Vorräten.

„Ich hätte noch Polenta.“ Hertha zog eine Plastikdose aus dem Regal über Gertraud und hielt sie ihr hin. „Ein bisschen trocken, aber nahrhaft.“

Gertraud nahm die Dose, zog den Deckel ab und ließ ihn fallen.

„Würdest du bitte aufhören, meine Küche zu versauen?“ Hertha bückte sich nach dem Deckel. „Und oh ja, wir haben Probleme. Nicht nur wir, übrigens.“ Sie warf das Plastikteil in die Spüle.

„Hertha glaubt, dass ein Buch die Welt untergehen lassen wird“, sagte Berenike.

„Ich glaube nicht, ich weiß es.“ Hertha sah Gertraud zu, die Wasser in die Polenta laufen ließ und mit einer Hand Teigklumpen formte und in den Mund steckte. Berenike tat es ihr nach.

„Und woher weißt du?“, sagte Gertraud mit vollem Mund.

„Ich habe es gesehen.“ Sie verkniff sich den Hinweis auf Ruth. „Gunter Forchheimer ist der Autor. Ich kenne ihn. Ich hab ihn berührt und die Vision gehabt. Das Buch wird die Liebe der Welt und der Menschen vernichten. Es wird nur noch ihn geben. Alle, die das Buch lesen, werden nur ihn anerkennen. Ein Guru, ein Meister. Er wird alles von ihnen verlangen können. Er ist nicht stark genug, der Versuchung zu widerstehen, er wird die Macht missbrauchen." Sie strich sich über das Gesicht. „Wenn wir zusammenarbeiten, können wir es verhindern. Vielleicht. Es ist spät, Gertraud, wir müssen etwas tun. Bitte."

„Zukunftssicht", sagte Gertraud, nickte und hörte auf zu essen. Berenike nahm ihr die Dose aus der Hand und schaufelte Polenta mit den Fingern, während Gertraud weitersprach. „Ja, Ursel hat es erzählt. Stimmt es also wirklich. Wann hattest du die erste gewidmete Transformation?" Gertraud kam mit ausgestrecktem Arm auf Hertha zu.

„Das Praseodym? Das erste Mal … also …" Gertraud nahm Herthas rechte Hand zwischen ihre Hände. Sie senkte den Kopf. Ein Ruck ging durch die Alte. Hertha wollte die Hand wegziehen, Gertraud hielt sie fest. „Was tust du? Gertraud. Lass mich." Herthas und Gertrauds Arme schwangen auf und ab, ohne dass Hertha es verhindern konnte. Es fühlte sich an, als sauge etwas an ihrem Bewusstsein. „Bitte … nicht … Gertraud." Eine schwarze Wand schien sich vor Hertha herabzusenken, es kostete sie übermenschliche Kraft, ihre Knie durchzudrücken. Sie zitterte.

***

„Hertha?" Jemand schüttelte ihre Schulter. „Hertha, mach die Augen auf."

Hertha sah Berenike nur verschwommen. Ihre dunklen Haare hingen auf Herthas Gesicht herab. Sie kniff die Lider zusammen. „Was. Was ist?" Ist das meine Stimme?, dachte Hertha. Sie wollte sich aufsetzen, fand keinen Halt für ihre Hände, rutschte ab und schlug mit dem Rücken auf die Fliesen. Ihr Kopf schmerzte.

„Hält ja nichts aus, so etwas will eine Dame sein?", hörte sie Gertrauds Stimme.

„Hilf mir lieber", sagte Berenike.

Herthas Hände wurden gepackt, sie wurde emporgezogen.

Übelkeit kündigte sich an. „Sitzen lassen“, sagte Hertha, versuchte die Augen zu öffnen und schüttelte den Kopf. „Lasst mich erst mal sitzen.“ Ihre Hände fielen herab, klatschten auf die Terrakottafliesen. Hertha atmete gegen den Brechreiz an. „Was war denn das?“

„Die Gefahr ...“ Gertraud zögerte. „Ich weiß nicht.“

„War das die Zukunftssicht?“ Berenike hatte Herthas Hand wieder ergriffen und zog daran.

„Ich habe nichts von einem Buch gesehen“, sagte Gertraud. „Aber da war eine Gefahr.“

Hertha stand mit Berenikes Hilfe und mühte sich, die Knie unter Kontrolle zu halten. „Welche Gefahr?“

„Du, Hertha“, sagte Gertraud.

Hertha hob den Kopf, vertrieb die letzten Schlieren mit einem Blinzeln und sah die alte Frau an. „Ich?“

„Es ist immer nur eine mögliche Zukunft, das darf man nicht vergessen.“

Herthas suchende Linke fand den Türgriff des Kühlschranks. Mit jeder Sekunde stand sie sicherer. „Und welche Möglichkeit hast du gesehen?“ Als Gertraud zögerte, fragte sie: „Hat es etwas mit dem Buch zu tun?“

Die Alte bewegte den Kopf sachte von Seite zu Seite. „Ich habe so etwas noch nie erlebt. Das war nicht dein privates Schicksal. Es ist etwas Größeres, eine Katastrophe. Riesig.“

Berenike stand zwischen Hertha und Gertraud und sah die beiden abwechselnd an.

„Ganz groß“, sagte Hertha. „Das ist eine riesige Hilfe.“ Sie hob die Arme in einem großen Ring. „Sonst noch Spezifika auf Lager?“

„Hertha, wie redest du mit ihr?“, fauchte Berenike.

„Was hilft uns deine Zukunftssicht, Gertraud, wenn du weder weißt, was, noch wer, noch wie.“ Hertha sah Berenike an. „Sie weiß ja nicht einmal, ob überhaupt.“

„Du bist gewarnt, Hertha“, sagte Gertraud. Sie richtete sich auf, ballte die Fäuste und verschwand.

„Deine Schuld“, rief Berenike und drehte sich einmal um sich selbst. „Du hast sie beleidigt.“

Hertha hielt sich weiter am Kühlschrank fest. Mit der Rechten rieb sie ihre Stirn. „Unsinn. Sie wollte sich wichtig machen. Wahrscheinlich wäre sie sowieso keine große Hilfe gewesen."

„Keine große Hilfe?" Berenike beugte sich vor und tippte sich an die Schläfe. „Bist du bescheuert? Die Frau weiß wenigstens, was Zukunftssicht ist. Sie kann damit umgehen. Sie rennt nicht bei der ersten dunklen Vision durch die Gegend und bricht in Wohnungen ein und stellt Unsinn an. Sieh es doch mal, wie es ist."

Hertha winkte ab.

Bin ich die Gefahr?, dachte sie. Was konnte sie tun? Was durfte sie tun? Sollte sie aufhören, Gunter nachzujagen? Wie konnte sie erkennen, was richtig war?

12. Kapitel

Am nächsten Morgen fuhr Hertha einkaufen und füllte ihren Kühlschrank mit Mayonnaise, Butter, Wurst und Käse. Drei Flaschen Öl standen auf dem Holzbrett unter dem Fenster. Sie drehte die letzte Plastiktüte um und ließ Packungen mit Schinken, fertig gebratenen Frikadellen und panierten Putenschnitzeln auf die Arbeitsplatte poltern. Sie wollte vorbereitet sein. Auf Berenikes Hilfe wollte sie verzichten. Sie war fast wie die Alten, dachte vor allem an Tradition und Respekt. Es war Zeit zu handeln. „Gertrauds Vision ist wertlos", murmelte sie, während sie eine Flasche Öl, einen Schinken und Schnitzel in einen Rucksack packte. „Wenn ich nichts tue, ist es gefährlich. Das kann sie gesehen haben." Sie schob einen Zwanzigeuroschein in die Außentasche, schloss den Reißverschluss des Rucksacks und schwang ihn über die Schulter. Sie öffnete das Küchenfenster.

„Los geht's." Sie hörte sich selbst sprechen. Wenn das so weitergeht, lande ich noch in der Psychiatrie, dachte sie und biss sich auf die Lippen.

Sie verkrampfte sich und einen Augenblick später schwebte sie über dem Schilfbottich im Vorgarten. Sie zog den Fensterflügel zu; es schien, als sei er unter Wasser und eine Strömung wehrte sich gegen die Bewegung. Im Steigflug stieß sie mit dem Kopf gegen ein Insekt. Weiter oben genoss sie eine Runde über die Burg, ließ sich einen Moment trudeln, dann streckte sie beide Arme und raste nach Westen. Wenig später flog sie eine Runde über den Further Dorfplatz und stürzte dann senkrecht auf Gunters Balkon zu.

Sie nahm die Hände an die Seite, hielt ohne Bremsweg an und schwebte kopfüber einen Meter von der offenen Balkontür entfernt. Ein Zucken des Zeigefingers brachte sie hinein. Gunter stand erstarrt vor dem Wohnzimmertisch und griff nach einem kleinen Gegenstand, der neben seinem tragbaren Rechner lag. In der Rechten hielt er einen gepolsterten Briefumschlag. Hertha schwebte heran. Gunter trug trotz der Sonne sein Tweedjackett und eine graue Hose.

„Die Oblatendose", entfuhr es ihr.

Seine Hand verharrte einen Zentimeter von Ursels Dose entfernt. Der Deckel dieser Dose lag auf Herthas Wohnzimmertisch.

„Also war er bei ihr." Sie deutete einen Kinnhaken gegen Gunter an. „Womöglich hast du sie umgebracht, du Arsch." Sie zog den Umschlag aus seiner Hand. „Wart nur, Thomasek kriegt dich schon noch. Ich geh nicht in den Knast für dich, verlass dich drauf."

Sie ließ den Umschlag vor Gunter in der Luft schweben, öffnete ihn und steckte die Hand rein. Tonbandkassetten. Eine nach der anderen zog sie heraus. Sechs Kassetten ruhten vor Gunters Brust in der Luft. Sie waren mit Kugelschreiber beschriftet und durchnummeriert. ‚R.M.' konnten Ruths Initialen sein. „Gerade noch rechtzeitig", sagte Hertha, nahm die sechs Kassetten und schwebte aus der Balkontür.

Sie raste einige Dutzend Meter steil nach oben, drehte eine

Pirouette und fand, was sie suchte. Hertha flog nach Süden zu einem Wald, der sich einige Kilometer nach Osten und Süden erstreckte. Hundert Meter hinter dem Waldrand sank sie und blieb über dem Wipfel einer Tanne stehen. Sie zog einen Meter Tonband aus jeder Kassette und verknotete die Plastikstreifen mit der Spitze des Baumstamms. Sie nahm die Kassetten in die Rechte, deutete mit der linken Hand sachte nach hinten und flog zurück, bis die Bänder erschöpft waren, sich spannten und schließlich abrissen.

Sekunden später tauchte Hertha durch die Balkontür, stopfte die leeren Kassetten zurück in den Umschlag und schob ihn zurück in Gunters Hand. Sie flog hinaus, legte sich an den Rand des Ziegeldachs und stellte den Rucksack neben sich.

Nachdem sie in der normalen Zeit angekommen war, zog sie eine Tube Mayonnaise heraus, schraubte den Deckel ab und steckte die Öffnung in den Mund. Während sie an der Mayonnaise sog, schaute sie hinab und wartete auf Gunter. Fünf Minuten und eine Flasche Olivenöl später erschien er mit dem Briefumschlag in der Hand. Er ging zu einem weißen Fiat Bravo, der vor der Friedhofsmauer stand, und stieg ein. „Na, mal sehen", sagte Hertha und verschloss ihren Rucksack.

Sie ließ ihm ein paar Minuten Vorsprung, dann transformierte sie sich und flog ihm nach. Bei Rannertshofen überholte sie ihn, machte eine Runde um das erstarrte Auto und flog bis zum Buswartehäuschen am Kreisverkehr zur B299. Sie versteckte sich im Schatten der Holzhütte, ließ die Zeit weiterlaufen und vertrieb sich die Zeit mit einem Putenschnitzel.

Minuten später fuhr er vorbei. Hertha trat in die Sonne und sah dem weißen Wagen nach. „Richtung Landshut. Hoffentlich kriegen dich die Diplomaten." Bin gespannt, was die von ihm wollen, dachte sie. Sie ging ein paar Minuten auf dem Feldweg neben der Landstraße, bevor sie weiterflog.

In Sekunden war sie bis Altdorf geschwebt, ohne den Fiat wieder zu sehen. Sie machte kehrt und fand Gunter auf der Autobahnauffahrt auf die A92. „Willst du die Tonbänder in München verstecken, Gunter?", murmelte sie und streckte den Arm aus. Sie kurvte im Slalom durch die Schlange der stillstehenden Autos und hielt an der nächsten Ausfahrt an. Hertha versteckte sich hinter dem Mast einer Mautbrücke und entspannte sich. Der Lärm des Verkehrs brandete heran. Sie biss in einen Schinken.

Gunter nahm die Ausfahrt. Er fuhr zehn Meter von ihr entfernt vorbei, ohne sie zu bemerken. „Also nicht München", sagte Hertha und beobachtete den Fiat. Gunter setzte den linken Blinker. „Doch nach Landshut." Sie ließ ihn fahren und fand ihn auf der Landstraße, als er das Industriegebiet passierte, in dem auch die Glaspyramide stand, die Elmars Partner letztes Jahr für die Kanzlei gebaut hatten. Die Baugenehmigung hatte einen kleinen Zeitungsskandal verursacht, den Elmar als „die beste Werbung überhaupt" bezeichnet hatte. Hertha stieg ein paar hundert Meter, legte sich mit abgespreizten Armen und Beinen wie ein X in die Luft und entspannte sich. Im nächsten Augenblick stürzte sie. Der Wind riss an ihrer Kleidung, zog ihre Wangen nach hinten und rauschte in den Ohren. Hertha brüllte vor Vergnügen. Fünfzig Meter über dem Boden beendete sie den Ritt.

Gunters Fiat war auf die Abbiegespur gezogen. „Hat er Hunger?" Hertha warf einen Blick auf die gelben Buchstaben hoch oben auf einem Mast neben der Klopsbraterei des Bürgermeisters. „Ob er so was isst?" Hertha setzte sich auf das Buchstabenemblem des Schnellimbisses, schloss die Augen und atmete aus. Jemand hupte, Kinder schrien auf dem Spielplatz des Restaurants. Gunter fuhr vorbei. „Wo willst du denn hin?" Hertha sah dem weißen Wagen nach. Ihr Blick fiel auf ein Mädchen, das am Ärmel ihrer Mutter zog, die in einen enormen Hamburger biss. Das Mädchen zeigte auf Hertha, ihr Mund stand offen. Hertha winkte, dann stand sie auf und ließ sich von den Buchstaben herunterfallen, das Kind schloss die Augen. Hertha transformierte sich. „Das war nicht fair. Das arme Ding", sagte Hertha und landete neben der Kleinen. Sie entspannte sich, dann legte sie die Hand auf den Arm des Mädchens und sagte: „Nur geträumt." Sie ging in die Knie. „Träumen ist gut." Sie streichelte der Kleinen die Wange und nickte der Mutter zu. Die hatte ihre Zähne in Berge von Fleisch, Sauce und Brötchenteig vergraben und starrte Hertha an, die aufstand und davonging. Sie sprang über den niedrigen Zaun, der Spielplatz und Parkplatz trennte und transformierte sich, bevor sie auf der anderen Seite landete.

Sie fand Gunter auf dem Parkplatz vor der Glaspyramide. Er stand neben seinem Wagen und versperrte die Tür. Hertha kauerte sich hinter einen Porsche neben dem Eingang und ließ die Zeit weiter laufen. Büsche, die den Parkplatz abgrenzten, verstellten den Empfangsdamen den Blick auf Hertha. Sie lauschte auf Gunters Schritte. Wenige Meter entfernt ging er vorbei. Sie sah seinen Schatten. Was hatte er hier zu suchen? Hatte das etwas mit Elmar zu tun?

Hertha hob den Kopf, sah Gunter durch die Glastür treten und verkrampfte die Muskeln. Sie schwebte über Gunter durch den Eingang und sah sich nach Deckung um. Hinter den Empfangsdamen stand eine geschwungene Tafel mit dem Namen der beiden Kanzleigründer: Osietzki und Friedrichs.

Hertha ließ sich von oben hinter die Tafel in eine Nische gleiten und entspannte sich. Sie hörte Gunter reden: „Forchheimer ist mein Name. Ich habe einen Termin mit Doktor Heldrich." Herthas Magen produzierte Säure im Überschuss. Das Blut rauschte in ihren Ohren und übertönte die geübte Antwort der Assistentin. Als Hertha sich gefasst hatte, legte die Frau eben den Telefonhörer auf und erklärte Gunter den Weg in Elmars Büro. Hertha hatte den Wunsch, diese Tafel von hinten zu zertreten, durch die Empfangshalle zu toben, alles kurz und klein zu schlagen und Gunter hinauszuwerfen. Was hatte dieser Idiot bei Elmar zu suchen? Warum empfing ihn Elmar und sagte ihr nichts davon? Kannte er den Namen nicht? War es ein Irrtum?

Hertha transformierte sich, schwebte durch die Eingangshalle und beschimpfte Gunter, während sie zum Treppenhaus flog. Sie zog die Tür auf, flog in den dritten Stock und in Elmars Büro. Elmar saß mit dem Rücken zur schrägen, außen verspiegelten Glaswand über Papiere gebeugt. Auf dem Schreibtisch vor ihm stand ein Foto von Hertha. Sie legte den Rahmen auf die Bildseite, flog zwei Runden um Elmar herum und dachte darüber nach, was sie ihm alles an den Kopf werfen wollte. Schließlich unterdrückte sie ihre Wut, zog die Tür des Wandschranks auf und stellte sich zwischen Kleiderbügel und ein Anzugsakko.

Gunter kam eine Minute, nachdem sie sich entspannt hatte.

„Herr Forchheimer, nur herein. Setzen Sie sich, bitte." In diesem Moment hasste Hertha Elmars Stimme. So begrüßte man jemanden, den man kannte.

„Ich grüße Sie. Schön, dass Sie Zeit hatten."

„Selbstverständlich. Haben Sie den Entwurf dabei?"

Elmars Stimme troff vor Freundlichkeit. Vor ein paar Tagen noch hatte er Forchheimer als ekelhaften Schwamm bezeichnet – und jetzt?

„Ja, das hat der Verlag geschickt", sagte Gunter. Er schien mit Papieren zu hantieren.

„Gut, den prüfe ich. Und Sie wollen hauptsächlich die laufenden Tantiemen erhöhen, zulasten einer nicht rückzahlbaren Vorauszahlung. Da habe ich Sie richtig verstanden?"

„Ja, und die Nebenrechte will ich vollständig behalten. Das passt mir gar nicht, was die da vorschlagen."

„Natürlich. Ich arbeite einen Gegenentwurf aus."

Hertha kontrollierte ihren Atem. Wie konnte er das tun?

„Ich habe noch eine Bitte", sagte Gunter. „Mir wäre es sehr recht, wenn Sie diese Kassetten aufbewahren könnten. Das sind die Diktate, die dem Manuskript zugrunde liegen. Geht das?"

„Ungewöhnlich; das machen wir sonst nicht. Ich kann sie aufbewahren, aber nicht in einem Tresor, wenn Ihnen so etwas vorgeschwebt hat."

Sie tauschten noch einige Höflichkeiten aus. Hertha stand bebend im Schrank. Wie konnten die beiden so reden, ohne Hertha zu erwähnen?

Endlich war Gunter gegangen. Hertha hielt es noch einige Sekunden im Schrank aus. Dann transformierte sie sich, schob die Schranktür auf und schwebte zu dem Stuhl, auf dem eben noch Gunter gesessen hatte. Elmar saß auf seinem Ledersessel, hatte die Beine übereinander geschlagen und sich zurückgelehnt. Er hielt ein Heft Blätter in der Hand, auf dessen erster Seite *Verlagsvertrag* gedruckt war.

Hertha gab sich mit dem kleinen Finger einen Impuls, lag quer im Raum über den Schreibtisch und las: „Rainbow Verlag in München, Nussbaumstraße." Sie schnellte zurück zum Stuhl und drückte sich mit einer Geste der Hände in die Polster, dann entspannte sie sich. Verkehrslärm drang durch die Scheiben. Elmar hustete. Hertha schwieg.

Elmar blätterte um. Dann schrie er auf, legte die Rechte vor den Mund und sagte durch die Finger: „Hertha, um Himmels willen, wo kommst du denn her?" Er streckte die Hand nach dem Umschlag mit den Kassetten aus.

„Die kannst du in den Müll werfen." Sie deutete auf den Umschlag, dann stützte sie das Kinn in die Hand und befahl sich Ruhe. „Sag mir, was das soll."

Elmar ließ den Umschlag in der Schublade verschwinden und legte den Vertrag auf die bedruckte Seite. „Was was soll?"

Hertha hieb auf die Stuhllehne. „Jetzt reicht's, Elmar! Ich will wissen, was du mit Gunter zu schaffen hast." Hertha wedelte mit einer Hand vor den Augen. „Bin ich bescheuert oder bist du bescheuert? Das war Gunter, du verhandelst den Vertrag für das Buch! Das Buch! Ruths Buch. Kapierst du es nicht, oder was?"

Elmar faltete die Hände und stützte die Unterarme auf die schwarz lackierte Schreibtischplatte. „Für zwei Stunden Arbeit können wir uns ein halbes Prozent des Autorenhonorars sichern. Dieser Forchheimer ist naiv wie ein Kind. Ein halbes Prozent ... auf Dauer! Für zwei Stunden Arbeit." Er schüttelte den Kopf und lachte. „Das Risiko ist minimal und wenn das Buch was wird, verdienen wir eine Menge. Das kapier ich, liebe Hertha."

Hertha sprang auf. „Dieses Buch ist gefährlich. Wie oft muss ich dir das erklären? Gefährlich, verdammt! Ruth wollte die Welt vernichten und das ist ihr Erbe." Sie stützte sich mit ausgebreiteten Armen auf die Schreibtischplatte und sah Elmar ins Gesicht.

Er lehnte sich zurück. „Ein Buch. Gefährlich. Mach dich nicht lächerlich. *Ruth wollte die Welt vernichten* – hör dir doch mal selbst zu."

Hertha blieb der Mund offen. „Aber du hast sie erlebt. Du kennst Ruth. Das Praseodym, du weißt alles darüber. Glaub mir, Elmar. Bitte."

Er legte eine Hand neben ihre auf den Tisch. „Natürlich glaube ich dir, Hertha. Ich glaube, dass du es ehrlich meinst. Aber du täuschst dich. Es ist nur ein Buch. Ruth ist tot. Dieser Forchheimer taugt nicht zum Messias. Sein Buch findet ein paar tausend Leser, die nächsten Monat um ein neues goldenes Kalb tanzen. Und dabei verdienen wir ein wenig mit. Was ist schon dabei?"

Hertha richtete sich auf und legte die Handflächen an die Schläfen. „Nein, verflucht, nein! Ich habe es gesehen! Zukunftssicht, verstehst du?" Sie legte die Hände aneinander. „Ich kann Dinge sehen – nenn es die Zukunft. Manchmal, wenn ich jemanden anfasse, kann ich in die Zukunft sehen. Ich sehe, was passieren wird, was derjenige anrichtet. Ich habe es bei Gunter gesehen, verstehst du?"

Elmar umfasste die Armlehnen seines Sessels und sah Hertha an.

Hertha wandte sich ab und lief zur Tür. Sie legte die Hand auf die Klinke und schloss die Augen. „Dieses Geschäft ist dir wichtiger als das, was ich dir sage?"

„Hertha, Zukunftssicht … Ich bitte dich." Seine Stimme konnte den Hohn nicht verbergen.

Sie riss die Tür auf und stürmte hinaus und die Treppe hinunter. Im Erdgeschoss stieß sie die Glastür des Treppenhauses auf, die Scheiben klirrten. Die Empfangsdamen starrten sie an. Hertha achtete nicht auf sie und stampfte zum Ausgang.

In diesem Moment wurde die Tür geöffnet und stieß gegen Herthas Arm. Sie taumelte, hielt sich den Arm und wollte weiter.

„Frau Heldrich, verzeihen Sie bitte. Es tut mir furchtbar leid." Der Bauunternehmer Peter Fenist stand in der Tür, stellte eine Aktentasche auf den Boden und streckte die Hände nach ihr aus. „Wie konnte ich nur so schrecklich ungeschickt sein. Sie müssen mir versprechen, dass ich das wieder gutmachen kann." Er nahm ihre Hand zwischen seine.

„Ich …" Hertha konnte nicht weiterreden. Die Empfangshalle verschwand. Sie wurde durchflutet von einem Strom von Bildern, Gefühlen, Ahnungen. „Nein", hörte sich Hertha rufen. Sie sah Fenist mitten in einer Halle stehen. Es schienen Hunderte Meter lange Wände zu sein. Fenist streckte die Hände aus und drehte sich um sich selbst. „Das Zwischenlager“, sagte Hertha. Stahlkolosse füllten aus dem Nichts die Halle, Fenist schwebte darüber und lachte. „Das darf nicht …“ Hertha legte ihre Hand auf die von Fenist und packte zu. Fenist wollte sich befreien, ein stummer Kampf begann. „Die Fundamente … nicht stark genug“, sagte Hertha und verstand nicht, woher die Worte kamen. Sie spürte, wie Fenist an ihren Fingern zerrte. Sie ließ nicht los. „Die Fundamente sind nicht stark genug. Sie bauen eine Zeitbombe.“

Fenist riss sich los und wich zurück bis zur Tür, die sich hinter ihm geschlossen hatte. Er hatte die Augen aufgerissen und der Mund stand offen. Er rieb die Hände aneinander. Er rieb und kratzte seine Haut, schob seine Finger die weißen Hemdmanschetten empor, zerrte, um sich Platz zu schaffen. Ein goldener Manschettenknopf löste sich und fiel zu Boden. Fenist rieb sich die Haut der Hand und des Unterarms. Er schüttelte den Kopf.

Hertha stand ohne Bewegung und hielt die Hände so ausgestreckt, wie Fenist sie losgelassen hatte. „Was tun Sie?“, flüsterte sie.

Fenist kratzte den Handrücken und die Haut des Unterarms. Rote Striemen entstanden. Hertha ging einen Schritt auf ihn zu. Fenist wich zurück. Ein Budapester Schuh trat auf den Manschettenknopf.

„Warum tun Sie das?“, sagte Hertha leise und folgte ihm mit ausgebreiteten Armen.

„Herr Fenist“, rief einer der Empfangsdamen und kam über die Fliesen getrippelt. „Petra, ruf Doktor Heldrich an.“ Eine Hand griff Hertha am Unterarm und schob sie zur Tür. „Gehen Sie, Frau Heldrich, um Himmels willen, gehen Sie.“ Die Frau öffnete die Tür und schob Hertha hinaus.

Hertha stand vor der Eingangstür und sah durch die verspiegelten Scheiben die Umrisse der Personen, die dort hin und her gingen. „Fenist“, murmelte sie.

„Hilfe“, rief ein Mann. Hertha fuhr herum. Gunter stand vor seinem Auto, die Tür des Fiat stand offen. Vor Gunter kniete einer der Diplomaten. Er trug Unterhemd und schwarze Anzughose. Ein zweiter hing an Gunters Rücken und umarmte ihn, klammerte seine Beine um Gunters Hüften und küsste ihn auf die Wange. Der dritte Mann lag bäuchlings auf dem Fahrersitz des Fiat und durchsuchte Fächer und Ablagen. Dem Mann fehlte ein Schuh.

Herthas Blick fiel auf den Mercedes, der von hinten gegen die Stoßstange des Bravo gefahren war. Gunter hatte wohl ausparken wollen, als der Mercedes ihn aufgehalten hatte. Die Türen der Limousine standen offen. Die Frontscheibe war zertrümmert. Das Polster der Rücksitzbank quoll durch einen Schnitt im Lederbezug. Der Innenraum war angefüllt mit Verpackungen der Klopsbraterei, leeren Dosen und Flaschen. Eine Pistole im Holster hing über einer Kopfstütze. Hertha trat näher an den Mercedes.

„Hertha, hilf mir!", rief Gunter. Er war zu Boden gefallen und der Mann, der an ihm gehangen hatte, kniete jetzt über ihm und fuhr Gunter mit beiden Händen durch das Haar. Aus dem Fiat wurden Parkscheibe, Eiskratzer und Straßenkarten geworfen.

Hertha stand neben der Fahrertür und beugte sich hinab, als das Klingeln eines Mobiltelefons sie zurückschrecken ließ. Sie sah hinüber zu den Männern, die sich auf dem Asphalt wälzten. Das Telefon lag auf dem Armaturenbrett zwischen Glasbrocken. Hertha griff danach, drückte auf den grünen Knopf und legte es ans Ohr. Mit der tiefsten Stimme, derer sie mächtig war, brummte sie etwas Unartikuliertes ins Mikrophon.

„What the fuck are you doing, Barrington?", brüllte eine Männerstimme. „Get the target to Munich today." Eine Pause. „Barrington?"

Hertha legte auf und warf das Telefon auf den Autositz. Vor dem Ganghebel lag ein rotes Heftchen. Hertha schlug es auf. „Joseph Delaney Barrington", las sie. „United States Embassy in Munich." Sie schlug den Pass zu. „Ein Diplomatenpass", sagte sie und drehte ihn in der Hand. Eine Sekunde spielte sie mit dem Gedanken, ihn einzustecken, dann warf sie ihn in den Wagen zurück.

Gunter hatte sich befreien können, kam aber nur einen Schritt weit, bis einer der Männer ihn mit einem Sprung erreicht und an den Beinen gepackt hatte. Er schrie.

Hertha setzte sich auf den Rücksitz der Limousine, ließ die Beine auf dem Asphalt und zog sich den Rucksack von den Schultern. Sie grub ein Schnitzel und einen Schinken aus und aß, während sie den Agenten zusah, wie sie Gunters Auto entleerten und ihn selbst mit Liebkosungen überhäuften.

Nach zehn Minuten hatte sie genug von dem Schauspiel, warf die Fleischverpackungen in den Fußraum des Wagens und schulterte den Rucksack. Gunter war versorgt, sie würde dem Rainbow Verlag einen Besuch abstatten und versuchen, das Erscheinen von Ruths Buch zu verhindern. Sie stand auf und machte sich bereit für die Transformation. Gunter lag rücklings auf der Kühlerhaube des Fiat und wurde von einem der Diplomaten geküsst. Ein anderer zog ihm einen Schuh aus und trug die Trophäe auf beiden Händen in Richtung Mercedes. Hertha sah zur Eingangstür der Glaspyramide. Sie würde sich auch um Fenists Bauvorhaben kümmern müssen. „Eins nach dem anderen", sagte sie, verkrampfte ihre Muskeln und raste in Richtung Hofberg.

***

Eine Stunde später saß Hertha mit gefülltem Bauch im Wohnzimmer und hatte die Füße auf den Tisch gelegt. „Die Welt retten macht hungrig", sagte sie, rülpste und nippte an einer Flasche Bier. Sie hatte sich vorgenommen, zuerst Fenist zu besuchen. „Kleine Dinge", murmelte Hertha. Gertraud hatte erklärt, wie der Rat die Männer von ihren Fehlern abgehalten hatte. Kleinigkeiten wurden verändert. Ein Wagen sprang nicht an, ein Taxi kam nicht wie verabredet. Termine platzten und Pläne lösten sich auf. Hertha überlegte, wie sie herausfinden konnte, was genau sie tun musste. Sie nahm noch einen Schluck aus der Flasche. Das Telefon riss sie aus ihren Gedanken.

Bevor sie ihren Namen ausgesprochen hatte, schrie Elmar sie an: „Du bist wahnsinnig, Hertha. Völlig übergeschnappt. Weißt du, was du mit Fenist angerichtet hast? Friedrichs selbst hat ihm die Rechnung für das Mandat erlassen. Unser bester Kunde, seine Firma, jedes Jahr Aufträge …" Elmar rang nach Luft. „Das kann mich meinen Job kosten. Hertha, ich flehe dich an, hör auf damit, hör auf. Hertha? Hörst du mich, Hertha?"

„Du lässt mich ja nichts sagen."

„Sag nichts. Sag gar nichts. Bleib zu Hause, schließ dich ein. Bitte, Hertha." Seine Stimme glitt ins Weinerliche ab. „Das ist verrückt. Alles verrückt."

Hertha griff nach der Flasche, nahm noch einen Schluck Bier und lehnte sich zurück. „Kann mir schon vorstellen, dass der Fenist nicht begeistert war."

„Nicht begeistert? Hertha, du hast ihm den ganzen Arm blutig gekratzt. Wie hast du …"

Hertha unterbrach ihn. „Quatsch, das war er selbst." Sie beugte sich vor. „Weißt du, was ihn aufgeregt hat? Ich habe seine Sauerei mit dem Zwischenlager erkannt, das ist es. Die Zukunftssicht."

„Hör auf", schrie Elmar. „Hör auf mit diesem Mist. Ich kann es nicht mehr hören."

„Dann musst du eben auflegen, aber ich werde es trotzdem sagen. Er will bei den Fundamenten sparen, Elmar. Das stört niemanden. Zumindest zwanzig Jahre nicht. Aber wenn der Grundwasserspiegel sich nur ein paar Prozent ändert, wird das Ding rissig. Abrechnen wird er aber die ganze, teure Sache. Drei Millionen Reingewinn, schätzt er."

„Hertha, du …" Elmar schluckte. „Woher … Das ist doch alles erfunden."

„Nein, mein Bester, ist es nicht. Das waren die Gedanken deines sauberen Mandanten."

„Ich weiß davon nichts, ich will davon nichts wissen."

Hertha knallte die Flasche auf den Tisch. „Ja, genau das ist das Problem. Niemand will etwas davon wissen. Alle schauen weg und verdienen gut dabei. Was zahlt er denn, der Fenist?" Bierschaum quoll aus dem Flaschenhals und lief auf die Tischplatte.

„Hertha, halt dich raus, das verstehst du nicht."

Hertha lachte ihn aus. „Oh ja, prima. Hast du noch bessere Argumente? Nein? Dann denk dir welche aus, denn ich halt mich nicht raus und ich verstehe sehr gut. Ich verstehe Fenist und ich verstehe dich und Osietzki und Friedrichs. Sehr genau."

„Hertha, ich bitte dich."

„Es geht um mehr als um Geld und die Kanzlei. Es geht um Moral und Anstand und – ja, verdammt, es geht um die Welt, so wie wir sie haben wollen."

„Bitte." Elmars Stimme war kaum zu hören. „Tue es mir zuliebe".

„Ich tue es uns zuliebe, Elmar." Dann legte sie auf.

Hertha ging in die Küche, kramte die Gelben Seiten vom vorletzten Jahr aus einer Schublade und suchte nach Bauunternehmen in Landshut. Fenist hatte eine viertelseitige Anzeige. „Nicht zu übersehen", sagte sie und riss die Seite schräg heraus. „In Ergolding." Sie stopfte die Seite in ihre Hosentasche und öffnete das Küchenfenster. Hertha startete mit ausgestrecktem Arm schräg durch die Zweige und Blätter der Birke im Vorgarten. Sie legte sich in eine Rechtskurve, sah noch einmal zurück und ließ den Arm sinken. Sofort blieb sie in der Luft stehen. Mit einer Bewegung der Hand drehte sie sich. Vor dem Haus standen ein grün-weißer Polizeiwagen und Thomaseks blauer Audi. Hertha flog näher. Ein Uniformierter war auf dem Plattenweg neben dem japanischen Bach an der Seite des Hauses erstarrt. Thomasek hielt ein Papier in der Hand und hatte die Hand zum Klingelknopf erhoben. Ruhland stand hinter ihm, zeigte auf den zweiten Uniformträger und schien ihm etwas zuzurufen. Hertha sank. Sie kurvte zweimal um Ruhland und Thomasek, dann ließ sie sich kopfüber herab und zog das Papier aus der Hand des Kommissars.

„Haftbefehl", las Hertha und fand ihren Namen in gesperrter Schreibmaschinenschrift über einigen Paragraphen Kleingedrucktem. „Scheiße." Sie schwebte zu ihrem Fenster, zog es von außen zu und zerknüllte das Papier. Dann flog sie zum Audi, stopfte den Haftbefehl in den Auspuff und streckte beide Arme in die Luft. Sie raste fünfhundert Meter in die Höhe, kippte seitlich und streckte sich, so dass sie in fünf Sekunden die Stadt hinter sich gelassen hatte und die Häuser Ergoldings unter sich sah.

Sie nahm Geschwindigkeit aus ihrem Flug und suchte den Zettel aus dem Telefonbuch. Bevor sie den Straßennamen gelesen hatte, fiel ihr das meterhohe, grüne Schild mit Fenists Namen schräg unter ihr auf. Sie ließ den Zettel in der Luft verharren und flog hinunter.

Das Schild prangte auf einem vierstöckigen Bau mit Glas- und Stahlfront und einer viktorianischen Auffahrt davor. Sie wurde rechts von einem Zaun begrenzt; jenseits waren ein Kinderspielplatz und ein Sportgelände. Hinter dem Gebäude erstreckte sich ein Areal mit Baggern, Lastwagen und Bauwagen. Einige Haufen Sand und Kies verschiedener Größe waren zwischen den Baumaschinen verstreut. Hertha hielt auf den Haupteingang zu. Direkt davor parkte ein schwarzer Audi A8. Hertha schwebte im Schritttempo darüber hinweg und ließ die Hand über die Kühlerhaube gleiten. Sie war heiß.

Die Tür des Gebäudes ließ sich leicht öffnen. In der Halle war eine Dame mit übertriebenem Make-up und blauem Kostümchen beim Abheben des Telefonhörers erstarrt. Hertha schwebte zum Treppenhaus. Einer wie Fenist sitzt oben, dachte sie.

Vom Treppenhaus kam sie in einen Saal mit dunklem Teppichboden, auf dem die ausgerichteten Spuren des Staubsaugers zu sehen waren. Eine Sekretärin saß hinter einem Glastisch auf Edelstahlfüßen. Die grauhaarige Frau goss sich Kaffee aus einer Thermoskanne ein. Der braune Strahl der Flüssigkeit und Dampfschwaden waren wie eingefroren.

Hertha ließ sich zu einer Doppeltür mit Edelholzverkleidung treiben und drückte die Klinke, sie schien sich durch Pudding zu bewegen. Hertha schlüpfte in den Raum und schob die Tür zu. Fenist saß vor einer Glasfront am Schreibtisch und unterschrieb Blätter in einer Unterschriftenmappe. Der Raum war fast so groß wie die Vorhalle, der Boden mit Eichenparkett bedeckt. An einer Wand hing auf der dunklen Vertäfelung ein Ölbild und wurde von einer Leuchte angestrahlt. Die andere Wand zeigte Luftbilder von Gebäuden in verschiedenen Stadien der Errichtung.

Hertha blieb über dem Schreibtisch in der Luft liegen und betrachtete Fenist. Sein rechter Handrücken zeigte verkrustete Kratzspuren. Er unterschrieb die Beförderung eines Personalsachbearbeiters. Neben dem Telefon lagen ein Autoschlüssel mit vier verschlungenen Ringen und eine Brieftasche. „Na, mal sehen", sagte Hertha und nahm den Schlüssel. Sie blickte sich um, öffnete eine Tür in der Ecke des Raums und fand eine Toilette. Der Schlüssel blieb dreißig Zentimeter über dem Wasser in der Luft hängen, wo sie ihn losgelassen hatte. Sie drückte den Spülknopf. Das Wasser würde freigegeben, der Schlüssel würde versinken, sobald die Zeit wieder verstrich.

Sie schwebte zurück, berührte Fenist und spürte nichts. „Vielleicht nur in der Zeit?", sagte sie und stellte sich hinter ihn. Sie ließ den Kopf auf die Brust sinken, hielt die Fingerspitzen sachte auf den Rücken des Mannes und atmete aus.

Der Füllfederhalter kratzte, das Telefon klingelte, Fenist beugte sich vor. Hertha verlor den Kontakt. Sie schob den Arm vor, wollte den blauen Stoff des Hemds berühren, da warf sich Fenist in den Stuhl zurück, ihre Fingernägel stachen ihn.

Er sprang auf, wirbelte herum und riss die Lider auf. Hertha packte seine Hand, drückte zu und zuckte zurück. Die Kälte und Angst wollten sich in sie hineinfressen. Sie verkrampfte sich und flog zur Toilette. Sie knipste das Licht an und zog die Tür hinter sich zu. Es blieb dunkel. Hertha lehnte sich gegen die Wand und entspannte sich.

Die Glühbirne flammte auf. Draußen schrie Fenist. „Frau Neundörfer, kommen Sie." Die Toilettenspülung lief. Hertha fuhr herum, wollte das Wasser aufhalten. „Scheiße." Sekunden danach hörte Hertha, wie die Bürotür geöffnet wurde. „Ja?", sagte eine Frauenstimme.

Eine Weile kam keine Antwort. Dann: „Nichts. Entschuldigen Sie, ich habe mich getäuscht." Die Tür wurde geschlossen.

Schritte kamen näher. Hertha bereitete sich vor. Die Tür wurde aufgerissen, Fenist starrte sie an. „Nicht aufgeben", sagte sie, lachte und transformierte sich. Fenist stand erstarrt in der Tür. Er sah zu der Stelle, an der Hertha ihm erschienen war. Sie flog über Fenist hinweg, legte sich waagerecht in die Luft, stemmte sich mit beiden Händen gegen seine Hüfte und schob. Er kippte ein paar Grad nach hinten, seine Absätze rumpelten über die Schwelle. Sie schloss die Tür hinter ihm. Erschöpft lehnte sie sich von außen gegen die Toilettentür. „Irgendwas muss es doch noch geben." Sie raffte sich auf, stellte sich seitlich neben die Tür und kam zurück in die Zeit. Ihr Magen knurrte. Nichts zu essen mitgebracht, dachte sie. Hertha presste sich an die Wand, die Tür schwang auf und gab ihr Deckung. Fenists Schritte waren langsam und vorsichtig.

Sie transformierte sich, machte einen Satz zu Fenists Schreibtisch und griff sich die Börse. Ihr Magen quälte sie, sie glaubte, nicht mehr lange durchhalten zu können. Sie machte kehrt, flog an Fenist vorbei und zog die Tür auf. Ihre Kraft schwand, nur mit Mühe brachte sie einen Spalt zustande, durch den sie hindurch konnte.

Im Treppenhaus ging sie zurück in die Zeit. Sie schob den Geldbeutel in die Hosentasche und hielt die Hände auf den Magen gedrückt, um den Hunger leichter ertragen zu können. Plötzlich blieb sie stehen. Gertrauds Vision. Der Gedanke traf sie wie ein Blitz. Gertraud hatte schreckliche Dinge für Hertha vorausgesagt. War es das? Was hatte sie mit Fenist getan? Wie konnte sie sicher sein, dass sie Gutes tat? Hertha stolperte die Stufen hinunter. Im zweiten Stock musste sie anhalten und Luft holen. Sie brauchte Energie. Essen. Jetzt. Sie ging weiter. Die Stufen schienen ihr tiefer, die Treppen länger. Sie glitt aus, fiel auf den Rücken und rutschte bis zum Treppenabsatz. Ihr blieb die Luft weg, der Rücken brannte vor Schmerz. Sie blieb liegen, ihr fehlte die Kraft. Was würde geschehen? Sie konnte nicht weiterdenken.

Minuten später kehrte ihr Wille zurück. Raus hier, dachte sie. Raus. Schwer atmend zog sie sich am Geländer in die Höhe und hinkte weiter. Jeder Schritt kostete Überwindung. Die Tür zum Erdgeschoss schob sie mit ihrem Körpergewicht auf. Die Überschminkte am Empfang glotzte sie an.

Hertha stolperte zu ihr hin. „Kaffee?"

„Was?" Sie schloss den Mund. „Kaffee? Natürlich." Die Frau ließ den Blick nicht von Hertha und stellte eine Thermoskanne und eine Tasse auf den Tresen.

„Zucker. Milch", stöhnte Hertha und bekam das Verlangte. Sie drehte den Deckel von dem Fläschchen mit der Sahne und trank sie in zwei Schlucken aus. Etwas Kraft kam zurück. Sie schob eine Hand voll Zuckerwürfel in den Mund und kaute. „Danke“, sagte sie und ein halber Würfel fiel auf den Marmorboden. Es würde nicht lange vorhalten.

„Bitte.“

Hertha ließ die Glastür hinter sich zufallen und blinzelte in die Sonne. Den blauen Audi sah sie erst, als sie vom Knirschen der Reifen auf dem Pflaster aufmerksam wurde. Sie rannte in die andere Richtung davon, der Motor des Audi heulte auf. Hertha sah sich nicht um. Fenists Wagen musste Thomasek und Ruhland den Weg versperren. Zehn Meter bis zum Zaun. Sie rannte. Fünf Meter.

„Heldrich, bleiben Sie stehen.“ Es war Thomaseks Stimme. „Es hat doch keinen Zweck. Heldrich!“

Hertha warf sich über den Zaun hinweg ins Gebüsch. Sie rollte sich ab. Sie war in einer Sandkiste gelandet. Hertha stand auf und rannte drei Schritte, dann blieb sie stehen. Vor ihr saß ein Obdachloser auf einer Holzbank. Daneben stand ein Fahrrad, vorn und hinten mit Plastiktüten bepackt. Der Mann hatte die Beine von sich gestreckt. Dazwischen stand eine Flasche klarer Schnaps. Hertha sprang auf den Alten zu. Sie riss die Flasche an sich, wischte den Hals ab und trank in großen Schlucken. In ihrem Magen wurde es warm. Kraft durchströmte sie. „Das tut gut“, sagte sie und keuchte. Sie kniff die Augen zu und schüttelte sich. „Mann, hoffentlich werde ich nicht blind.“ Sie hob die Flasche hoch. „Was ist das denn?“

„Gin“, sagte der Alte. Seine Augen leuchteten. „Komm, setz dich nieder und trink mit mir.“ Er langte mit der Linken nach der Flasche.

Hertha trank, zog dabei die Geldbörse heraus und sah im Scheinfach nach. Sie gab dem Mann zwei Hunderteuroscheine in die ausgestreckte Hand. „Ich war nie da. Mich gibt es gar nicht. Einverstanden?“

Die Augen des Mannes wurden riesig, dann zu Schlitzen. Er sah sich um, schob das Geld durch den Ausschnitt unter sein Hemd und sagte: „Nie. Bin seit Stunden hier allein.“

Hertha ließ nur einen Finger breit Schnaps in der Flasche und stellte sie an ihren Platz zurück. „Machen Sie bitte mal die Augen zu?“

Der Mann klopfte auf die Stelle, wo die Scheine steckten. „Aber immer doch.“

Hertha schob die Börse in die Tasche, verkrampfte Arme und Beine und flog davon. Von oben sah sie Thomasek und Ruhland mit dem Audi auf den Spielplatz fahren.

Der Alkohol hatte ihr Kraft gegeben. Ich bin stark, dachte sie. Ein schönes Spiel spielte sie mit den Polizisten. Sie flog tiefer, knallte gegen einen Vogel und lachte. Sie wackelte mit den Händen, genoss die Kurven und fand heraus, wie man in fortgesetzten Purzelbäumen vorwärts fliegen konnte. Sie schoss auf das Fünfzigmeterbecken des Ergoldinger Freibades zu, ließ die Fußspitzen über der erstarrten Wasseroberfläche hüpfen und patschte Schwimmern auf den Kopf. Dann zog sie beide Arme nach oben, ließ sich nach oben tragen, bis der Martinsturm einem Streichholz glich, und entspannte sich.

Sofort stürzte sie. „Ist das geil“, schrie sie gegen den Wind an, lachte und legte die Arme an die Hosennähte. Sie schoss schräg nach unten. Bewegungen der Handflächen ließen sie kurven. Die Burg Trausnitz wuchs wie eine Kaugummiblase. Hertha nahm die Hände vor den Kopf, ballte die Fäuste und streckte den Rücken durch. Das Rauschen verschwand, Hertha flog weiter. Sie flog eine Kurve um die Burg, ließ sich zehn Meter über dem Abhang des Hofbergs hinuntergleiten und stürzte in die Straßenschlucht der Neustadt. Sie winkte dem Polizeipräsidium auf der rechten Seite zu und bog links in die Spiegelgasse. „Wollen doch mal sehen, was Gertraud dazu sagt.“ Schluckauf unterbrach Herthas Worte. Wohl ein bisschen viel Schnaps, dachte sie, als sie vor der Hausnummer siebzehn zu Boden ging. Sie fand die Initialen GF auf einem Klingelschild und legte den Finger darauf, während sie die Augen schloss, ausatmete und in die Zeit zurückkehrte. Hertha stützte sich mit dem Daumen am Klingelknopf ab. Sie fasste den Türknauf, um sich vor einem Sturz zu bewahren.

Der Türöffner summte, die Tür gab nach und Hertha polterte in den Hausflur. Es war dunkel, es roch nach Putzwasser und gekochtem Kohl. Das Geräusch ihrer Absätze auf den Steinfliesen verhallte, irgendwo oben wurde eine Tür geöffnet. „Hallo?“ Keine Antwort. „Gertraud?“ Hertha hielt sich am geschnitzten Geländerknauf fest und schwankte wie eine Weide im Wind. Sie brachte einen Fuß auf die erste Stufe und lauschte dem dumpfen Ton, den er auf dem Holz hervorrief. Hertha atmete ein, hielt die Luft an und nahm die Schultern zurück. „Reiß dich zusammen.“ Sie schob die Füße auf die Stufen und zog und stemmte sich in den ersten Stock. Es stand keine Tür offen. „Gertraud?“, flüsterte Hertha – keine Antwort.

Im zweiten Stock legte sie eine Pause ein. „Scheißschnaps“, murmelte Hertha, während sie gegen das Geländer gelehnt, mit den Händen auf die Knie gestützt, zu Atem kam.

„Vielleicht hat Freya doch recht gehabt.“

Hertha sah auf.

Gertraud stand in einer der Wohnungstür ein paar Meter weiter rechts. Sie schüttelte den Kopf. „Es ist besser, keinen Rat zu haben, als solche Mitglieder.“ Gertraud drehte sich um und verschwand in der Wohnung. Hertha folgte ihr, stolperte über die Schwelle und fand sich in einem Flur ohne Möbel. Der polierte Bohlenboden war unbedeckt. „Ich kann nichts dafür“, sagte Hertha und verwünschte ihr Lallen.

„Natürlich“, höhnte Gertraud. Ihre Stimme kam aus einem Raum am Ende des Gangs, zusammen mit dem Klappern von Geschirr und Besteck.

„Fenist will am Fundament pfuschen, ich musste was tun, hab den Schlüssel im Klo versenkt, hat nicht … Ich weiß nicht, was ich tun soll. Gertraud, hilf mir.“ Hertha tastete sich an der Wand entlang zu dem Zimmer am Ende des Gangs. Sie stemmte sich in die Türöffnung, um nicht zu schwanken.

Gertraud warf ein Holzscheit in die Feuerung eines enormen Ofens und schob einen Emailtopf mit schwarzen Stellen am Rand ins Zentrum einer Kochstelle. „Was soll man erwarten? Ohne Ausbildung, ohne einen Funken Respekt und ohne Verstand.“ Gertraud gab einige Löffel Kaffeepulver in eine Porzellankanne.

„Das Zwischenlager ist eine Gefahr. Das Fundament. Brüchig. Ich muss verhindern …“

„Von zwölf bis Mittag denken, Hertha. Nicht zu glauben. Was hast du denn getrunken?"

„Ich musste, ging nicht anders. Die waren mir auf den Fersen." Hertha sah zu Boden und schüttelte den Kopf. Ihr wurde schwindelig. „Gin, glaube ich." Sie riss die Lider auf und starrte Gertraud an. „Aber wie weiß ich, was ich tun muss? Die Kleinigkeit, die Fenist daran hindert? Wie?"

„Wer war dir auf den Fersen?"

„Polizei. Die glauben, ich hab …" Hertha biss sich auf die Lippen.

Gertraud rang die Hände über dem Kopf. „Alles, alles macht sie falsch. Meine Güte." Sie schob den Topf zurecht und sah hinein. „Der Rausch geht vorbei. Du verbrennst den Alkohol so schnell wie das Fett. Butter ist übrigens gut. Hast du das schon herausgefunden?"

Hertha nickte. „Hilfst du mir?"

Gertraud zuckte die Achseln. „Die Polizei kann ich dir nicht vom Hals schaffen. Und um welches Fundament geht es?"

Hertha erklärte. Nach einer Viertelstunde, zwei Tassen starken Kaffees und einem Pfund Butter ersetzten Kopfschmerzen den Rausch.

„Fünf Jahre habe ich Berenike Wedes ausgebildet und dann verwechselt Ursel, diese dumme Person, die Häuser." Gertraud nippte mit abgespreiztem kleinem Finger am Kaffee. „Wenn ich mir vorstelle, *die* als Prosedetin …" Sie schüttelte den Kopf. „Da ist es schon besser, sie bleibt verschwunden. Weißt du etwas darüber?"

Hertha zögerte. „Die Polizei glaubt, ich hätte sie umgebracht." Gertraud verschluckte sich. „Aber das ist Unsinn", rief Hertha, „warum sollte ich? Ich weiß nicht, wo sie ist." Sie stellte die Tasse ab. „Gunter hat das Döschen. Ruths Döschen. Ursel hatte es nach Ruths Verschwinden und jetzt hat er es. Ich glaube, er war es. Er hat sie … er hat was mit ihrem Verschwinden zu tun."

„Bis Ruth wieder auftaucht, wird es keinen Rat geben. Die Damen vertrauen ihr, haben ihr seit Jahrzehnten vertraut. Ursel kann meinetwegen bleiben, wo der Pfeffer wächst."

Hertha schwieg.

„Du willst also diesen Fenist daran hindern, das Fundament schlecht zu bauen.“ Gertraud wehrte mit einer Handbewegung Herthas Antwort ab. „Und du kannst die Gefahr spüren, wenn du ihn berührst.“ Wieder hob sie die Hand gegen Hertha. „Es gibt nichts weiter zu wissen. Du musst es versuchen. Das mit dem Autoschlüssel war nett. Aber gefährlich. Was, wenn das alles noch schlimmer gemacht hätte? Du musst diese Dinge rückgängig machen.“

„Es gibt nichts weiter zu wissen?“ Hertha sprang auf. „Einfach wild drauflos versuchen und hoffen?“

„‚Wild drauflos' hast *du* gesagt.“

Hertha ging um den Tisch. „Hilf mir. Komm mit. Du weißt, was man tun kann.“

Gertraud hob beide Hände. „Es ist deine Sache, du kannst Fenists Zukunft spüren. Wenn ich mich einmische, wird es nicht besser.“

Hertha beugte sich vor und legte beide Hände auf die Tischplatte. „Es muss dich doch interessieren, ob dieses Zwischenlager undicht wird, es ist doch auch deine Welt, die von Profitgier zerstört wird. Komm mit.“

„Oh, es interessiert mich.“ Gertraud hob die Augenbrauen. „Du machst das schon.“

„Aber …“

Gertraud wedelte mit beiden Händen. „Geh schon, bevor es zu spät ist. Und nimm diesmal etwas zu essen mit.“

***

Von Gertraud ausgerüstet mit einer Plastiktüte voller Wurst und Butter flog Hertha zurück nach Ergolding. Sie kümmerte sich diesmal nicht um das Schwimmbad und hielt auf die grünen Leuchtbuchstaben mit Fenists Namen zu. Im Anflug sah sie auf einer Bank des Spielplatzes den Landstreicher zwischen Bäckereitüten, Milchflaschen und einer rot-weiß-grünen Pizzaschachtel sitzen.

Sie bremste mit einer Handbewegung in drei Meter Höhe. Fenist war in der Tür erstarrt, sein rechtes Bein im Stechschritt erhoben, die Linke ausgestreckt, um die Tür weiter aufzustoßen. In der Rechten hielt er einen Autoschlüssel. „Das war ja klar“, murmelte Hertha. Hertha ließ sich kopfüber herabhängen und umfasste die Hand. Sofort spürte sie die Kälte und Dunkelheit. Wie durch Magnetismus fühlte sie sich an den Mann gefesselt, sie sah das Sonnenlicht durch einen grauen Schleier. Immer dunkler. Immer dunkler.

In Zeitlupe kippte sie nach hinten, ihre Füße berührten den Asphalt, ihre Hände klebten an Fenist. Öffnen, befahl sie ihren Händen, auf! Schwarz füllte ihre Welt. Kälte. Angst. Sie spürte ihren Griff locker werden.

Sie lag auf dem Rücken und keuchte, während sich die Sonne ihren Weg in Herthas Augen bahnte. Hinter und über ihr verharrte immer noch Fenist im Militärschritt. Hertha setzte sich und kam zu Atem. In drei Metern Höhe schwebte Gertrauds Verpflegungstüte. Hertha ließ sich von einem Zucken des Zeigefingers hinauftreiben und packte ein Paket Butter aus. Als sie hineinbeißen wollte, sah sie Elmars Volvo. Er stand an der fernen Ecke des Gebäudes. Hertha raste hin. Der Wagen war leer und verschlossen.

Zurück zu Fenist. Sie wollte sich an ihm vorbei in die Empfangshalle drängen, da sah sie draußen Elmar in Fenists Audi sitzen. Ein Zucken der Hand, und schon schlug sie gegen die Scheibe der Beifahrertür. Die Butter verschmierte das Glas. „Elmar!“, rief sie. Er hatte den Kopf zur Mittelkonsole gewandt, seine Hand verharrte auf einem Knopf des Navigationssystems. „Mist“, sagte Hertha, sah sich auf der Zufahrt um und wählte den Volvo als Versteck.

Sie glitt neben dem Auto hinunter, kauerte auf dem sonnenheißen Asphalt und entspannte sich. Sie hörte die Eingangstür des Gebäudes zuschlagen. Hertha biss in die Butter und kaute. Fenist ging zu seinem Wagen, sie hörte ihn die Tür öffnen und wieder schließen, der Motor sprang an. Das Geräusch kam näher, der Audi tauchte in Herthas Blickfeld auf, sie sah Elmar und Fenist hinter getönten Autoscheiben reden.

Sie wusste, die Gefahr war größer geworden – nie war die Vision, die von Fenist ausging, stärker gewesen. Hertha ließ den beiden einen Vorsprung, bevor sie sich transformierte und sie in

Sekunden einholte. Auf dem Dach des erstarrten Audi stehend sah sie um sich. Was konnte, was durfte sie tun? Wo fuhren sie hin?

Hertha schwebte zur aufgegebenen Tankstelle eines Großmarkts und verbarg sich hinter dem ehemaligen Kassenhäuschen. An dieser Kreuzung würden sie rechts abbiegen, wenn sie zum Kernkraftwerk wollten. Hertha ließ die Zeit weiterlaufen. Der Audi fuhr geradeaus.

Auf dem Dach eines Schnellrestaurants liegend erwartete sie den Wagen. Fenist hatte das Schiebedach geöffnet und hielt die Hand in den Fahrtwind. Hertha verkrampfte sich und ließ sich hinübertragen. Mit einer raschen Bewegung streifte sie Fenists Hand und ließ sich von der anderen Hand sofort nach hinten reißen. Die Berührung genügte, um sie für einige Sekunden in tiefste Angst zu stürzen. Es wurde schlimmer. Jetzt muss es sein, dachte Hertha, ich darf nicht mehr warten.

Die beiden mussten zu spät kommen, egal, wohin sie fuhren. Hertha raste im Zickzack die Straße entlang, suchte eine Möglichkeit, Fenist aufzuhalten. Sie stemmte sich gegen einen parkenden Wagen, konnte ihn keinen Millimeter bewegen. „Es muss doch etwas geben“, keuchte sie und suchte weiter.

Nach Minuten flog sie zurück. Fenist streckte ihr seine Hand wie zum Hohn durch das offene Schiebedach entgegen. Ein Unfall muss geschehen, fuhr es Hertha durch den Kopf. Sie musste einen Unfall provozieren. Aber wie? Der Audi war in voller Fahrt neben einer Tierhandlung verharrt. Der Parkplatz des Ladens war von einer Mauer umgeben, Gegenverkehr und Fußgänger waren nicht in Sicht. „Es muss sein.“

Sie legte sich auf das Dach des Audi, ließ den Oberkörper durch das Schiebedach in den Innenraum hängen und umfasste das Lenkrad. Sie sah nach rechts zum Beifahrersitz, Elmar war angeschnallt. Fenists Linke lag locker auf dem unteren Pol des Lenkrads, es sollte leicht sein, es ihm zu entreißen.

Ihr Gesicht war nur Zentimeter von seinem entfernt. „Drecksack“, murmelte sie und entspannte sich. Fenists Augen wurden riesig, sein Mund stand offen. Hertha drehte das Steuer mit einem kräftigen Ruck nach links und verkrampfte sich wieder.

Sie schwebte aus dem Wagen. Fenists ausgestreckte Hand war zur Faust geballt und bis in den Innenraum gezogen. Die Räder waren eingeschlagen, die rechten Räder tauchten in die Radkästen, der Wagen musste gleich gegen die Mauer prallen.

Ein Wink der Hand brachte Hertha auf den Parkplatz der Tierhandlung. Sie setzte sich auf eine Kühlerhaube, legte die Hände und die Verpflegungstüte in den Schoß und senkte den Kopf.

Das Erste, was sie vernahm, war ein Knirschen, dann ein Krachen, Glas splitterte, irgendwo schrie jemand. Bremsen quietschten.

Es folgte Stille. Hertha zwang sich, langsam über den Parkplatz zu gehen. Sie verbot sich den Gedanken an Elmar. Ein Mann mit grüner Schürze rannte aus dem Laden und überholte sie. In der Einfahrt blieb sie stehen, lehnte sich gegen die Mauer und betrachtete die Szene. Elmar zerrte am Sicherheitsgurt und konnte sich nicht befreien. Er schien gesund, Hertha atmete auf. Fenist hatte seinen Kopf gegen die Lehne gepresst. Er hielt beide Hände erhoben und bewegte sich nicht. Sein Gesicht war kalkweiß, die Augen riesengroß. Die Reste der Airbags bedeckten das Armaturenbrett. Der Mann mit der Schürze erreichte den Audi und riss die Tür auf. Er herrschte Fenist an, aus dem Wagen zu steigen. Gleichzeitig tippte er auf seinem Mobiltelefon. Eine Autohupe ertönte. Menschen sammelten sich um den Unfallort.

Hertha mischte sich unter die Menge. Eine Frau neben ihr sagte: „Einfach rübergefahren, der Verrückte. Ist sicher besoffen. Lebt er noch?“ Der Mann an ihrer Seite schmatzte an seinem Kaugummi und sagte, er glaube, der Fahrer habe überlebt. Er klang enttäuscht.

Elmar hatte seinen Gurt gelöst, stand neben dem Wagen und legte die Hände aufs Autodach. Dem Mann mit der Schürze war es gelungen, Fenist zum Aussteigen zu bewegen. Die Gaffer wollten ihm ihre Empörung ins Gesicht rufen. Er ließ sich wie eine Puppe von ihnen hin- und herdrehen. Hertha drängte sich durch die Menschen, reagierte nicht auf Beleidigungen. Sie streckte den Arm aus. Noch ein Meter, bis sie Fenist erreicht hatte. Elmar sah auf. Ihr Blick traf den seinen. Er fixierte sie. Sie hielt ihm stand und drängte weiter.

„Was soll das? Ich war zuerst da. Hinten anstellen", sagte eine Fette in Leggins zu ihr.

Hertha schob sie zur Seite. Fenist hatte ihr den Rücken zugewandt. Die Dicke stieß Hertha in die Seite, sie rief: „Nein." Fenist drehte sich um, sah Hertha mit leerem Blick an.

Sie sprang auf ihn zu. In diesem Moment erkannte er sie, schrie auf und stolperte zurück. Die offene Tür des Audi hielt ihn auf, Hertha packte seine Hand. Er wand sich, rief: „Nicht!" und schlug ihr mit der freien Faust gegen die Schulter. Hertha biss die Zähne zusammen und schloss die Augen. Sie fühlte keine Angst. Fenist wollte sich befreien, sie wurde geschüttelt, die Fette kreischte ihr ins Ohr, Hertha hielt die Hand von Fenist umklammert. Keine Kälte, keine Gefahr. Sie öffnete die Augen, lächelte und ließ los. Fenist schob den Mann mit der Schürze zur Seite, suchte Schutz hinter seiner Wagentür und rief: „Sie war es, sie ist schuld." Er zeigte über die Tür hinweg auf Hertha. „Polizei. Holt die Polizei. Sie ist es, sie wird gesucht."

Hertha blickte durch das Flimmern der heißen Luft über dem Autodach zu Elmar. Er nickte und formte stumm das Wort „verstehe". Sie lächelte ihn an.

Die Menge verstummte kurz, dann brüllte die Dicke: „Besoffen ist er und will die Schuld auf die da schieben." Sie stieß Hertha eine feiste Hand in die Rippen. „Ich hab's doch genau gesehen. Ich stand da drüben auf dem Gehweg. Einfach rübergefahren ist er. Die Frau war nirgends zu sehen."

Die Leute murrten. Eine schubste Fenist und sagte: „Besoffen, was?" Die Menschen riefen Beleidigungen, einige lachten.

Ein Martinshorn ertönte von weitem. Hertha ging hinter der breiten Deckung der Leggins in die Knie, hielt die Luft an und verkrampfte sich. Das Rufen und die Sirene verstummten. Hertha wickelte die Griffe der Vorratstüte um ein Handgelenk, hob beide Arme und stieg fünfhundert Meter in zwei Sekunden. Sie fand die Autobahn im Westen, kippte zur Seite und hielt schräg darauf zu. „Rainbow Verlag in der Nussbaumstraße", rief sie und spannte sich, bis die Felder und Straßen unter ihr zu einem farbigen Flackern wurden.

Als das Michelinmännchen-Klo in Sicht kam, nahm sie einen

Arm an die Seite, bog ab und hielt sich links vom Olympiaturm. Das Sendlinger Tor war leicht zu finden. Sie kurvte über dem Park vor der Ziemssenstraße und wich einem starren Schwarm Tauben aus, der von rennenden Kindern aufgescheucht worden war. Am Hubschrauberlandeplatz der Chirurgischen Klinik ließ sie sich auf den Asphalt der Nussbaumstraße herab. Sie stellte sich neben einen Zeitungskasten und kehrte in die Zeit zurück. Ihr Magen knurrte. Während sie ging, nahm sie das letzte Stück Butter aus der Tüte und biss hinter vorgehaltener Hand hinein. Die Wärme im Leib ließ sie lächeln.

Die Hausnummer dreiunddreißig war ein Jugendstilgebäude mit einer Glasskulptur neben dem Treppenaufgang. Eine Arztpraxis, die Afrikastiftung eines Schauspielers und der Rainbow Verlag teilten sich die drei Etagen.

Die Tür war nicht verschlossen. Hertha stieg die Steinstufen empor. Das Glasdach des Treppenhauses wurde von einem Tiffany-Ornament gebildet. Grüne und rote Lichtreflexe spielten auf Lampenschirmen an jedem Treppenabsatz. Die Tür zum Verlag war zur Hälfte von einem Regenbogen geschmückt, der sich über die Buchstaben RBV schwang. Hertha ging hinein.

Eine Frau mit drapierter Unordnung in der Kurzhaarfrisur beugte sich von vorne über einen Empfangstresen, der an der Vorderseite den Regenbogen trug. Sie trug ein weinrotes Leinen-Hängerkleid und Birkenstocksandalen. Sie lächelte Hertha an und nahm einen Stapel A4-Umschläge vom Tisch hinter dem Tresen. „Bitte? Kann ich Ihnen helfen?“ Die Doppeltür zum nächsten Raum stand offen. Ein halbes Dutzend Frauen und Männer saßen an Schreibtischen, tippten, lasen oder telefonierten.

„Ja, ich interessiere mich für ein Buch.“ Hertha blickte nach oben. In drei Metern Höhe umrankten Stuckgirlanden ein ovales Deckengemälde.

Die Kurzhaarige lachte. „Wir haben mehrere.“

Hertha sah sie an und räusperte sich. „Natürlich. Verzeihen Sie. Ich habe von einem Buch eines Gunter Forchheimer gehört. Soll in Ihrem Verlag erscheinen. Soll ganz außergewöhnlich sein.“

Die Frau musterte die Beschriftung des obersten Umschlags und warf ihn in einen Waschkorb an der Seite des Tresens. „Forchheimer? Ja, ganz außergewöhnlich", sagte sie und warf einen weißen Umschlag in den Korb. Einen regenbogenfarbenen drehte sie in der Hand, schüttelte den Kopf und ließ ihn ebenfalls fallen. Sie wandte sich ab. „Ende August. In jeder Buchhandlung."

Hertha folgte ihr. „Warten Sie, ich kann Ihnen eine ganze Menge erzählen über das Buch. Sie werden staunen." Hertha blieb mit der Frau in der Tür zum Büroraum stehen.

Die Frau legte den Kopf schräg. „Wie war noch mal Ihr Name?"

„Heldrich, Hertha Heldrich." Sie streckte der Frau die Hand entgegen.

„Inga Kohler." Sie legte Hertha den Stapel Briefe auf die ausgestreckte Hand. „Halten Sie das mal?" Sie ging durch die Reihe der Schreibtische auf die gegenüberliegende Seite des Raums. Unter dem deckenhohen Bogenfenster stand ein Ungetüm von Schreibtisch, auf dem sich ungeöffnete Post, Prospektmappen mit Ausdrucken und Bücher stapelten. Inga Kohler stellte eine leere Kaffeetasse auf die Computertastatur, deutete auf einige Blätter mit Kaffeeringen darauf und ging um das Monstrum aus lackiertem Edelholz herum. „Legen Sie's da drauf, danke."

Hertha tat, wie ihr geheißen.

Inga Kohler ließ sich auf den Gesundheits-Knie-Stuhl sinken und seufzte. „Also, worum geht es?"

„*Eine Neue Welt*, so heißt es doch?"

Kohler nickte, tippte einen Buchstaben der Tastatur an und nahm die Tasse. Sie suchte nach einer freien Fläche dafür, dann stellte sie sie auf den Boden. „Eine neue Welt, das wünschen wir uns doch alle, nicht?" Sie stöhnte, als sie sich aufrichtete.

„Haben Sie es gelesen?"

Kohler sah auf den Bildschirm und bewegte die Computermaus auf einem verschweißten Wälzer. Nachdem sie etwas angeklickt hatte, sah sie Hertha an und wippte einige Male auf dem Stuhl. „Natürlich habe ich." Sie wandte sich dem Rechner zu, zischte einen Fluch und sah auf die Uhr. „Das war gestern, verdammt." Sie wedelte mit der Rechten in Richtung Hertha. „Sagen Sie schon, was Sie wollen. Haben Sie ein Manuskript anzubieten?“ Sie deutete auf den Stapel, den Hertha abgelegt hatte. „Legen Sie es da drauf, wir melden uns innerhalb dreier Monate. Auf Wiedersehen.“ Sie hackte einige Worte in die Tastatur, klickte zweimal mit der Maus und fuhr sich durch die Haare. „Noch was?“

„Sie haben es gelesen? Haben Sie denn nichts …“ Hertha schob die Hände in die Hosentaschen. Die Verpflegungstüte baumelte am Handgelenk. „Nichts bemerkt?“

Kohler seufzte und stützte beide Hände auf die Schreibtischkante. „Hören Sie, ich würde ja gerne jedes Manuskript lesen, das hier reinkommt. Aber …“ Sie hob die Arme und ließ sie fallen. „Ich habe meine Lektoren.“ Sie deutete mit der Rechten über die Menschen hinter ihren Schreibtischen. „Ich verlasse mich. Ich muss das Geschäft am Laufen halten.“

„Sie haben es also doch nicht gelesen?“

Kohler nahm einen Umschlag vom Stapel der Post. „Sagen Sie, Sie sind nicht zufällig Lektorin?“

Hertha schüttelte den Kopf. „Ich glaube, das Buch sollte nicht erscheinen, Frau Kohler.“

„Germanistin? Haben Sie schon mal in einem Verlag gearbeitet?“

Hertha stützte sich auf die Schreibtischkante, die Tüte schlug gegen die Holzfront. „Wirklich, Frau Kohler, da stimmt was nicht mit dem Buch.“

„Lesen Sie gerne? Frau … Wie war noch mal der Name?“ Sie drehte den Umschlag in der Hand.

„Es ist gefährlich, verdammt.“ Hertha hieb mit der Faust auf den Tisch.

Kohler hob die Schultern. „Sie könnten es doch mal versuchen. Wissen Sie, ich suche dringend eine Lektorin. Sie könnten doch einfach ein Volontariat bei uns machen. Bleiben Sie gleich da.“ Kohler zeigte in die Ecke des Zimmers. „Ihr Schreibtisch wäre da hinten. Gleitzeit, freier Kaffee, unverschämt schlechte Bezahlung und hinter dem Haus ein reservierter Parkplatz. Aber wir haben einen guten Ruf.“ Sie las die Adresse auf dem Brief.

„Ich suche keinen Job“, rief Hertha. „Ich will dieses Buch verhindern.“ Plötzlich war das Tastaturgeklapper und Telefongemurmel verstummt, Kohler war beim Wippen auf ihrem Stuhl erstarrt, Hertha spürte, wie ihre Füße den Boden verließen. „Scheiße", murmelte sie, deutete mit den Fingern zu Boden und schloss die Augen. Das Gerede ertönte, Kohler wippte nach vorne.

Kohler sah Hertha kurz an, zog die Augenbrauen zusammen und kratzte sich am Kopf. „Da ist schon was an dem Buch. Zumindest löst es starke Gefühle aus." Sie warf den Umschlag in einen Wäschekorb wie den am Empfang. „Die Lektorin, die es bearbeitet hat, war ziemlich begeistert."

Hertha richtete sich auf. „Begeistert?"

„Sie hat eigentlich von nichts mehr als von diesem Buch geredet. Hat gekündigt. Einfach so. Nachmittags um eins. Um halb zwei war sie weg. Nicht mal ihren Schreibtisch hat sie aufgeräumt." Kohler zeigte wieder in die Ecke. „Liegt alles noch so da, wie sie es hinterlassen hat."

Hertha ging einen Schritt in die angegebene Richtung. „Alles? Kann ich mal sehen?"

Kohler sprang auf. „Doch interessiert? Das schaffen Sie schon. Mögen Sie Bücher? Ja, natürlich, der unverbildete Geschmack der Leserin. Das Ohr am Puls des Kunden oder so. Sie lesen doch, Frau …?" Sie überholte Hertha. „Kinder, die neue Kollegin", rief Kohler und erreichte den verwaisten Schreibtisch. Sie warf einen Stapel ungeöffneter Briefe auf den Boden, schob Papiere zusammen und sammelte Stifte in eine Tasse mit Kaffeerest darin.

Als Hertha an den Tisch kam, versuchte Kohler gerade, einen Blätterstapel zusammenzuklopfen. Sie legte das Manuskript auf den letzten freien Platz. Die Seiten waren geknickt, fleckig, die Titelseite zeigte ein verschlungenes Muster von Kaffeeringen. Hertha las: „Eine Neue Welt."

„Ja, richtig. Das ist das Manuskript." Kohler streckte Hertha die Hand hin. „Na, was ist? Schlagen Sie ein?"

„Ist das die einzige Kopie?" Hertha hob die Rechte ein wenig.

„Der einzige Ausdruck? Denke schon." Kohler streckte die Hand weiter nach ihr aus. „Ist natürlich alles digitalisiert." Sie senkte die Stimme. „Im Vertrauen, ist schon beim Satz. Der Vertrag ist noch nicht unterschrieben, aber das nehmen wir, egal, was kommt." Kohler legte den Zeigefinger über die Lippen. „Bloß nichts dem Autor sagen, verstanden?"

Hertha fasste Kohlers Hand. „Ich kann's ja mal versuchen."

Kohler ließ Herthas Hand sofort wieder los und deutete auf den Stuhl. „An die Arbeit", sagte sie, nahm Gunters Manuskript an sich und schob einige große, an den Verlag adressierte Umschläge von einem Stapel in die Mitte. „Lesen Sie, seien Sie kritisch. Das meiste ist Mist, suchen Sie das Juwel. Finden Sie das Juwel, dafür sind wir da." Sie deutete auf den Rechner. „Fertige Ablehnungsbriefe finden sie im Dokumente-Ordner. Fünf am Tag müssen Sie schaffen. Am Anfang. Gundel schafft zwanzig." Sie nickte in die andere Ecke des Raums. „Spitzenkraft."

Gundel sah auf und winkte Hertha zu. „Willkommen im Reich des Bösen." Drei oder vier der Angestellten lachten, einige winkten Hertha zu.

„Los geht's. Alles, was Sie gut finden, landet auf meinem Schreibtisch, der Rest im Korb."

Hertha setzte sich und nahm einen Umschlag.

„Morgen bringen Sie die Lohnsteuerkarte mit. Und schreiben Sie Kontonummer, Adresse und den ganzen Kram auf. Kriegt die Sekretärin." Kohler lief zu ihrem Schreibtisch und klopfte im Vorbeigehen zwei Lektoren auf die Schulter. Sie hob die Linke, streckte drei Finger aus und sagte ohne sich umzudrehen: „Drei Monate Probezeit. Bis dahin Kündigungsfrist dreißig Minuten." Sie lachte.

Gundel sah zu Hertha und sagte: „Der Chef des Reichs des Bösen ist ...?"

„Das habe ich gehört", sagte Kohler und warf zwei schwere Briefe in den Korb.

Das Manuskript war beim Satz, das Buch steckte in ungezählten Rechnern. Was konnte noch getan werden? Den Text ändern?, dachte Hertha und schüttelte den Kopf. Welchen Text? Es gab Kopien, Sicherungen, das Manuskript war in der Welt, es gab kein Zurück. Herthas Augen brannten, sie verbarg das Gesicht in beiden Händen und versuchte, sich zu konzentrieren. Es musste noch eine Möglichkeit geben. – Gunter. Sie blickte auf.

„Na los, an die Arbeit", rief Kohler von ihrem Schreibtisch aus, winkte Hertha zu und begann in Unterlagen zu kramen.

Sie musste Gunter ändern. Gunter durfte den Vertrag nicht unterschreiben. „Ja", rief Hertha, hieb mit beiden Händen auf die Schreibtischunterlage und sprang auf.

Kohler winkte ab, ohne aufzusehen. „Die ersten schauen immer toll aus. Man täuscht sich. Legen Sie es weg und schauen morgen noch mal drauf. Das ernüchtert."

Hertha nahm ihre Tüte, rannte zum Fenster und riss es auf. Sie achtete nicht darauf, was die Kohler rief. Sie transformierte sich, streckte beide Arme aus und wurde in Sekunden Hunderte Meter in die Höhe katapultiert. Sie orientierte sich, streckte sich und war im nächsten Augenblick über Erding, Freising und Moosburg hinweggerast. Sie nahm einen Arm an die Seite, bog mit einem Rucken der Rechten nach links und sah das Maristenkloster in Furth auftauchen. Sie sank in direkter Linie zu Gunters Balkon hinunter. Die Tür war angelehnt, Hertha lag in der Luft, schob und war im Wohnzimmer. Die Bücher und Papiere lagen in Stapeln am Kopfende des Tischs. Gunter war nicht zu sehen. Auch der Rest der Wohnung war verwaist.

Hertha flog durch den Balkon nach draußen und stieg. Zuletzt hatte Gunter mit Barrington und dessen amerikanischen Diplomaten-Kumpanen vor Elmars Kanzlei gerungen. Hertha grinste. Fast tat er ihr leid.

Als sie die Hand hob, um zur Kanzlei zu fliegen, sah sie den Mercedes.

Er stand in Richtung der Wiese gegenüber dem Rathaus und versperrte die Einfahrt zum Dorfplatz. Die Beulen und der Dreck auf dem Lack waren auch aus Herthas Vogelperspektive zu erkennen. Die beiden linken Türen standen offen.

Hertha ließ sich hinabsinken. Barrington war während des Aussteigens erstarrt. Er war barfuß. Fünf Meter vom Auto entfernt verharrte Gunter rennend. Offenbar war er aus dem Mercedes geflohen. Sein Jackett fehlte, ein Ärmel seines Hemds war an der Schulter abgerissen. Hertha drehte einen Meter über ihm eine Runde. Sein Mund war geöffnet, die Augen panisch. Barrington schien zu schreien. „An der Zeit, die loszuwerden", sagte

Hertha und nahm Barrington am Gürtel. Mit einiger Anstrengung ließ er sich bewegen. Hertha drehte ihn in der Luft und schob ihn Kopf voran in den Fond des Mercedes. Die Tür ließ sich schließen.

Hertha schwebte zum Fahrersitz. Auf dem hellen Leder klebte der flachgedrückte Rest eines Hamburgers. Auf der Beifahrerseite hatte ein Kollege Barringtons die Füße auf dem Armaturenbrett, er hielt den Hals einer Flasche Jack Daniels am Mund. Sie zog ihm gegen einen zähen Widerstand einen Lackschuh aus, löste das Schuhband und ließ es vor dem Gesicht des Whiskeytrinkers schweben. Dann sank sie kopfüber zu den Pedalen des Wagens. Mit beiden Händen ließ sich das Gaspedal durchdrücken. Den Schuh klemmte sie zwischen Lenksäule und Gaspedal.

Erst nachdem Hertha sich mit dem Fuß gegen den Wahlhebel der Automatik gestemmt hatte, konnte sie ihn auf Vorwärts stellen. Sie nahm dem Mann die Whiskeyflasche aus der Hand, schob sie mit der Öffnung nach unten durch den Kragen unter sein Unterhemd und fesselte seine Hände mit dem Schuhband. Mit dem zweiten Schuhband knüpfte sie einen Knoten um Beine und Armfessel des Mannes.

Hertha sah nach hinten. Barrington lag noch in rennender Haltung quer im Wagen, wie sie ihn hineingestopft hatte. Beine und Arme klemmten an Vordersitz, Bank und Autohimmel.

Hertha griff sich ein Mobiltelefon, das in einem leeren Colabecher im Fußraum des Beifahrers steckte, und schwebte nach draußen. Die Fahrertür schnappte zu.

„Sollte genügen", sagte sie und flog zur Ecke der Hauptstraße. Kein Verkehr in Sicht. Sie setzte sich auf eine Mülltonne des Schreibwarenladens, legte die Hände in den Schoß und entspannte sich. Der Motor des Mercedes heulte auf.

„Hilfe", brüllte Gunter weiter hinten. Reifen quietschten, das Heck des schweren Wagens schlängelte rechts und links, während Gunter sich in Bewegung setzte. Der Mann auf dem Beifahrersitz zerrte an seiner Fessel. Barringtons Extremitäten glichen wilden Tentakeln. Bis zur Mitte der Hauptstraße hatte die Limousine Geschwindigkeit aufgenommen. Sie walzte ein Verkehrsschild flach und flog über den Straßengraben auf den Feldweg einen Meter tiefer. Die Räder sirrten leer, Staub und Kies wurden emporgeschleudert, sobald sie aufsetzten. Das Auto wurde nach vorne katapultiert und rumpelte über die gemähte Wiese. Bald verbarg eine Staubwolke den Wagen. Die Fahrt würde am Kieswerk auf der anderen Seite ihr Ende finden. Hertha sprang von der Tonne und lief zu Gunter.

„Hast du es endlich kapiert?“, rief sie.

Gunter stand an die Edelstahlskulptur des Brunnens gelehnt und versuchte zu Atem zu kommen. Das Wasser lief über seinen Arm. „Was? Mann, wer sind die? Warum sind die weg? Meine Güte.“ Er rieb sich die Stirn. „Was soll das alles?“

Hertha tippte sich an die Schläfe. „Das versuche ich dir dauernd zu erklären. Das Buch, um Himmels willen, Gunter. Kapierst du es nicht? Das Buch ist das Problem.“ Sie wandte sich um und deutete mit dem Telefon der Diplomaten zur Wiese. „Die haben dein Buch gelesen, verstanden? Dein Buch macht die Menschen verrückt. Plemplem, meschugge, verstehst du? Schau sie dir doch an.“

„Unsinn! Die sind verrückt. Wie kommst du darauf, dass mein Buch das …?“ Er zeigte auf die Staubwolke in der Ferne.

„Sie haben es gelesen.“ Hertha beugte sich vor, hielt beide Hände neben den Schläfen. „Das Manuskript, du hast es mir gegeben, als ich in deine Wohnung – als ich dich besucht habe. Die haben es mir abgenommen und gelesen. Seitdem sind sie ausgerastet, spinnen. Haben die denn gar nichts gesagt? Dich gefragt?“

„Gefragt?“ Er lachte ohne Freude. „Der eine hat mich dauernd geküsst.“ Er rieb sich mit beiden Händen über den Mund und zog die Mundwinkel hinab. „Hat ständig seine Zunge in meinen Mund geschoben.“ Er schüttelte sich. „Ständig anfassen, rumfingern … – nicht einen Ton haben sie gesagt.“ Er zeigte auf den Boden vor sich. „Und der Große, Dicke, der wollte dauernd vor mir knien und hat mich an den Füßen gehalten.“

„Blindheit, Dummheit. Wie viele Bretter sind das vor deinem Kopf? Kreuz und quer vernagelt, dreifach, vierfach? Mach die Augen auf, Gunter.“ Sie hieb sich die flache Hand auf die Stirn. „Denken. Nur einfach denken.“ Hertha zeigte mit beiden Händen links von sich. „Vor dem Buch – normal. Nach dem Buch“,

sie deutet nach rechts, „spinnen. Schwierig? Nicht die Bohne."
Gunter blickte dem Mercedes hinterher. „Ach was." Er winkte ab und ging in Richtung seiner Wohnung.
Hertha folgte ihm.
„Selbst wenn diese Idioten durch das Buch ausgerastet sein sollten", er hob den Zeigefinger, „heißt das noch lange nicht, dass andere auch ein Problem damit haben. Und schon gar nicht, dass das Buch gefährlich ist."
„Sag mal, spinnst du? Bist du noch bei Trost? Wie kann man so ignorant sein?" Hertha legte die Hand auf seine Schulter, um ihn anzuhalten. Im gleichen Moment durchströmte sie die Angst und Kälte. Ihre Hand zuckte zurück, sie stolperte ein paar Schritte nach hinten und atmete schwer.
Gunter blieb stehen. „Natürlich, die Zukunftssicht." Er tippte sich an die Schläfe. „Bist keine gute Schauspielerin. Mach doch die Show jemand anderem, ja?" Er wandte sich ab und ging ins Treppenhaus.
Hertha brauchte einige Sekunden, um sich zu fangen, dann rannte sie hinterher. „Nicht … Du darfst nicht, Gunter!" Ihre Stimme hallte. Oben schlug die Tür zu. Sie nahm zwei Stufen auf einmal.
Am Türrahmen war ein Eisenbeschlag angeschraubt worden, die Tür schien neu zu sein. Sie klingelte und klopfte gleichzeitig mit dem Mobiltelefon gegen die Tür. „Gunter, lass uns drüber reden. Wie vernünftige Menschen."
„Ich bin vernünftig, an mir liegt es nicht", kam es durch die Tür. „Wehe, dieser Tür passiert was. Thomasek hat sich sehr für dich interessiert. Ich kann ihm noch mehr erzählen."
Sie unterdrückte eine Antwort, atmete zweimal tief durch und sagte: „Gunter, ich will es ja nur besprechen. Ganz ruhig. Mach bitte die Tür auf."
„No fucking way."
Hertha trat gegen die Tür. „Tür auf, verdammt", brüllte sie, dann legte sie die Handflächen auf das Holz und ließ den Kopf zwischen den Armen hängen. „Es war alles sehr viel, Gunter." Sie zwang sich, langsam zu sprechen. „Schau, wir haben doch das gleiche Ziel."

„Ach ja? Die Tantiemen für das Buch? Daher weht der Wind, du willst mir den Lohn für meine Arbeit wegnehmen. Aber nicht mit mir, meine Liebe, nicht mit mir."

„Nein, nein." Sie schüttelte den Kopf. „Anders. Gunter, schau, die kommen doch zurück. Wir müssen das doch irgendwie in den Griff bekommen." Keine Antwort. „Gunter?" Aus der Wohnung drangen Geräusche, als ob etwas Schweres über den Boden geschoben würde. Hertha hämmerte mit dem Telefon gegen die Tür. „Gunter." Hertha zuckte zurück. Ein Schlag ließ die Tür vibrieren.

„Versuch es gar nicht erst", rief Gunter. Seine Stimme war jetzt stärker gedämpft. Drinnen wurden Dinge über den Boden gezogen, wieder knallte etwas gegen die Tür.

„Irgendwann musst du ja doch herauskommen." Hertha wartete vergebens auf eine Antwort. Schließlich setzte sie sich auf den Treppenabsatz und spielte mit dem Telefon. Sie suchte in der Liste der zuletzt angenommenen Anrufe. Nummern mit Münchener Vorwahl. Sie wählte den ersten Eintrag und drückte die grüne Taste. Nach dem ersten Klingelton wurde abgehoben.

„Hello?", rief eine Männerstimme.

„Holen Sie Ihre Kollegen ab. Barrington und die anderen beiden. Die sind eine Schande für Ihren Berufsstand. Saufen und küssen wildfremde Männer auf der Straße. French kissing, verstehen Sie?" Hertha grinste. „Übrigens, was sind Sie von Beruf?"

„Wer sind Sie?", sagte der Mann mit amerikanischem Akzent.

„Das Target."

Es blieb stumm am anderen Ende.

„Sie müssten mal den Benz sehen, den können Sie höchstens noch nach Polen verkaufen."

„Wo sind Sie?"

Hertha lachte auf. „Am anderen Ende der Leitung."

„Wir würden gerne mit Ihnen reden."

Hertha zuckte die Achseln. „Keine Lust, lieber nicht. Aber schauen Sie, ich habe sicher hundert Fotos von Barrington und seinen Kumpeln gemacht. Von seinem Diplomatenpass, vom

Auto, wie sie halb nackt Männer küssen wollen, Whiskey saufen, das ganze Programm."

„Was wollen Sie?"

„Das nenne ich effiziente Verhandlungen. Ich will in Ruhe gelassen werden. That's all."

„Wo ist Barrington?"

„Einen Kilometer südlich von Furth gibt es eine Kiesgrube, da würde ich es mal versuchen. Aber lange halten die es sicher nicht dort aus."

„Mit wem redest du?", rief Gunter durch die Tür.

„Also?", sagte Hertha.

„Was war in Boston?" Der Mann schien abgelenkt.

„Wird sich nicht wiederholen." Hertha wusste, dass die Position des Telefons geortet werden konnte. In einer Stunde würde es in Furth von Anzugträgern wimmeln.

„Das genügt mir nicht."

Hertha winkte ab. „Mehr bekommen Sie nicht."

In Gunters Wohnung ertönte die Klingel. „Nein", rief Gunter.

„Sie sollten nicht wieder in die Vereinigten Staaten einreisen."

„Und das war's?" Hertha zog die Brauen zusammen.

„Wir werden sehen", sagte der Mann.

Die Tür zum Treppenhaus wurde geöffnet. „Gunter?", rief eine Frau.

Hertha sprang auf. „Ursel?" Sie rannte die erste Treppe und sprang die zweite hinunter. „Ursel, wo kommst du denn her?" Sie packte Ursel an den Schultern, fast hätte Hertha sie umgerissen. Sie schüttelte die alte Dame und umarmte sie. „Ursel, Wahnsinn, wir dachten, du bist tot. Um Himmels willen, was war denn?"

Aus dem Telefon in Herthas Hand quäkte die Miniaturstimme des Amerikaners. Hertha drückte den Knopf und ließ es fallen. Sie hielt Ursel auf Armlänge von sich, Tränen füllten ihre Augen. „Mensch, Ursel, ich hab gedacht, ich seh dich nicht wieder."

Die Alte machte sich frei. „Tot? Unsinn. Damen sterben nicht so einfach." Sie ging ein paar Stufen nach oben, Hertha hielt sie am Arm und folgte. „Ich muss mit diesem Spitzbuben ein ernstes Wort reden."

„Wo warst du denn?"

„Deine Vision hat mir Angst gemacht, ich war ein wenig reisen. Man wird doch mal einen Ausflug machen dürfen. Jetzt rede ich mit Gunter."

„Der wird dich nicht reinlassen, Ursel."

„Werden wir ja sehen. Er war in meiner Wohnung, eine Unverschämtheit." Ursels Stimme zitterte, sie zog sich gegen Herthas Widerstand die Treppe empor. „Alles durchwühlt. Mein Kleiderschrank, meine Wäsche. Der kann was erleben." Die Frauen hatten seine Tür erreicht, Ursel hielt den Klingelknopf gedrückt. „Gunter Forchheimer", keifte sie. „Mach diese Tür auf. Sofort."

„Ich war es nicht", kam es durch die Tür.

Ursel ließ die Klingel los. „Das erste Mal." Sie wandte sich zu Hertha um. Ihre Augen glänzten. „Das erste Mal hatte ich eine Vision." Sie drehte sich zur Tür und hieb mit der Faust dagegen. „Und dann sehe ich diesen Wüstling, wie er meine Wäsche durchwühlt. Pfui, schäm dich."

„Was hast du gesucht?", rief Hertha. Es kam keine Antwort.

„Antworte, wenn man dich etwas fragt", rief Ursel und trat zaghaft gegen die Tür.

„Praseodym", kam es leise durch die Tür.

„Niemals", sagte Ursel.

„Lass das lieber", sagte Hertha. „Ist nicht nur Spaß dabei."

„Feigling", rief Ursel. „Komm raus da."

„Das Buch ist beim Verlag, Ursel", sagte Hertha. „Die Lektorin hat es gelesen und ist völlig ausgetickt. Die Diplomaten haben es gelesen und haben sich benommen wie die Zwölfjährigen. Es ist gefährlich. Gunter will es nicht einsehen."

„Diplomaten?"

„Unser Ausflug nach Boston hat anscheinend Interesse geweckt." Das Mobiltelefon zwei Stockwerke unter ihnen klingelte. „Da hörst du es."

„Was können wir tun?" Ursel hielt ihre Handtasche mit beiden Händen vor der Brust.

„Die machen mir nicht so viel Sorgen wie er." Hertha deutete mit dem Daumen über die Schulter zur Tür. „Komm." Hertha nahm Ursel bei der Hand und lief die Treppe hinunter. Das Telefon kreiselte summend auf dem Fliesenboden. Hertha trat mit dem Absatz drauf, es verstummte.

Von oben drang Gunters Stimme: „Hertha? Ursel?“

Draußen auf dem Platz legte Hertha der Alten die Hände auf die Schultern und sagte: „Bei drei transformieren, ich will zu Gunters Balkon. Eins, zwei …“ Hertha hielt die Luft an, verkrampfte Hände, Arme und Beine. Das Platschen des Brunnens verschwand, ein schreiendes Kind verstummte. Herthas Füße verloren den Kontakt zum Boden. „Komm“, rief sie Ursel zu und schoss über das Dach des Hauses.

Die Balkontür war verschlossen. Ursel landete neben Hertha. „Und jetzt?“

„Zurück in die Zeit, vielleicht ist er ja vernünftig.“

Hertha senkte den Kopf, schloss die Augen und atmete aus. Sie klopfte gegen die Scheibe. Ursel tauchte neben ihr auf. „Gunter“, rief Hertha. „Gunter, wir wollen nur reden. Mach auf. Los.“ Sie legte die Hände neben das Gesicht an die Scheibe und sah hinein. In der Wohnzimmertür erschien Gunters blasses Gesicht und verschwand sofort wieder. „Gunter“, rief sie und klopfte.

„Gunter Forchheimer“, rief Ursel und schlug die Tasche an das Fenster. „Ich schwöre, ich schlage diese Scheibe ein.“ Sie hieb die Handtasche immer heftiger gegen das Glas. „Mach – jetzt – auf.“ Sie begleitete jedes Wort mit einem scheppernden Schlag gegen die Balkontür. Gunters Kopf erschien wieder. „Jetzt“, kreischte Ursel und stampfte mit dem Fuß auf. Sie hob die Tasche und holte aus.

Gunter trat ins Wohnzimmer und hob und senkte die ausgestreckten Hände in einer beschwichtigenden Geste. Er kam bis zur Balkontür.

„Mach diese Tür auf“, schrie Ursel und ließ die Handtasche gegen das Glas donnern.

Gunter öffnete.

Ursel stürmte hinein. „Du unverschämter, niederträchtiger, gemeiner …“ Sie schlug ihm die Handtasche bei jedem Wort um die Schultern. „Liederlicher, ekelhafter …“ Sie holte Luft und suchte nach Worten. „Wüstling.“ Sie traf ihn oben auf den Kopf.

Gunter bückte sich und wich zurück. Hertha packte seine Hand und erwartete die Dunkelheit und die Angst. Nichts geschah. Ein Strom schien zwischen ihrer und Gunters Hand zu fließen. Er richtete sich auf, Ursels Tasche traf ihn an der Wange, sein Kopf wurde wie von einem Boxhieb getroffen zur Seite geschleudert.

Gunters Hand vibrierte, Hertha legte die zweite Hand auf seine. Ihre Arme zitterten. Sie sah nur Gunter, Ursel, die Wohnung, keine Kälte, keine Angst.

Endlich riss sie sich los, hob die Hände über die Schultern und sprang einen Schritt zurück. „Es ist vorbei."

Ursel ließ ihre Tasche gegen Gunters Schulter prallen, dann senkte sie den Schlagarm. „Was ist vorbei?"

„Die Gefahr. Das Buch. Ich weiß nicht. Ich spüre nichts mehr, keine Vision."

Ursel trat Gunter gegen das Schienbein. „Dieses Ungeheuer ist gefährlich, da brauche ich keine Zukunftssicht."

Gunter schrie auf, bückte sich und hielt sein Bein. Ursels Tasche schwang im Halbkreis von hinten, knapp über den Boden, folgte der Kreisbahn nach oben und traf ihn im Gesicht. Er strauchelte und schlug der Länge nach aufs Parkett.

„So", sagte Ursel. „Das sollte genügen."

„Aber was ist passiert?", sagte Hertha.

Gunter setzte sich auf und hielt eine Hand auf das Gesicht gepresst. „Das kann ich dir sagen. Die hat mir das Nasenbein gebrochen."

„Unsinn", fauchte Ursel. Sie wandte sich an Hertha. „Du meinst, was die Zukunft geändert hat?"

Hertha nickte.

Ursel hob die Schultern. „Hat es was mit mir zu tun?"

Hertha deutete auf Gunter. „Er ist eingebrochen. Die Polizei wollte mir das in die Schuhe schieben."

Ursels Mund blieb offen. „Dir?" Sie hob die Tasche und trat einen Schritt vor. Gunter schob sich sitzend bis zur Wand. „Da hört sich doch alles …"

Hertha hielt sie am Arm. „Lass, ist doch egal." Sie zog Ursel zur Balkontür. „Gehen wir, hier ist sicher in der nächsten Stunde einiger Aufruhr."

„Aufruhr?“ Gunter schob sich mit einer Hand an der Wand empor. Die Rechte presste er auf die Nase.

„Deine Fans, mein Lieber“, sagte Hertha und ging hinaus in die Sonne. Ursel folgte ihr.

Gunter kam zur Tür, knallte sie zu und verriegelte. Er sprang zurück, riss die Stühle zur Seite und zerrte den Tisch bis zur Fensterfront. Hertha winkte ihm durch die Scheibe zu. Er warf den Tisch auf die Seite und schob ihn mit der Platte gegen die Scheiben. Der tragbare Computer, Papiere und eine Thermoskanne klemmten zwischen Tisch und Balkontür.

Hertha nickte zu Gunter. „Ich glaube, das Buch hat jetzt keine zerstörerische Kraft mehr.“ Sie strich sich über das Kinn. „Aber warum? Hoffentlich kann ich mich auf meine Zukunftssicht verlassen.“

„Dieser zügellose“, Ursel atmete durch, „Kerl.“

Sie transformierten sich auf Verabredung und flogen in Richtung Landshut.

***

Hertha und Ursel saßen im Wohnzimmer im Wirtsanger bei Tee und altbackenen Supermarktplätzchen. „Du hast den Audi gegen die Mauer gesteuert? Meine Güte, was kostet so ein Wagen denn?“ Ursel legte die Hand vor den Mund.

„War mir egal in dem Moment. Aber offensichtlich hat es gewirkt, die Visionen waren weg danach. Irgendwas hatten die beiden vor. Ich hab etwas verhindert, keine Ahnung, was es war.“ Hertha ließ sich ins Sofa fallen. „War alles ein bisschen viel. Die Polizei ist hinter mir her, die Welt soll ich retten. Teufel auch, das ist ’ne Menge.“

Ursel summte Zustimmung. „Mehr, als ich in zehn Jahren erlebt habe.“ Sie nippte am Tee. „Ich bin schuld an dem Dilemma. Hätte ich die Häuser nicht verwechselt …“

Hertha winkte ab. „Ich will nicht mehr zurück.“

„Es tut mir leid, dass ich dir die Oblaten gegeben habe. Ich habe geglaubt, ich muss meinen Fehler wieder gutmachen, aber vielleicht war der gar nicht so verkehrt.“

Hertha wurde vom Geräusch des Schlüssels im Haustürschloss

von ihrer Antwort abgehalten. Elmar trat ins Wohnzimmer, zögerte, als er Ursel sah, dann ließ er sich auf das Sofa fallen, streckte die Füße unter den Tisch und ließ den Kopf hinten über die Lehne hängen. Er atmete lange aus.

Hertha sah zu Ursel, dann zu Elmar. „Tut mir leid wegen des Unfalls. Willst du hören, warum?"

Elmar ließ die Augen geschlossen und stöhnte. Nach einer Weile sagte er: „Fenist hat der Polizei nichts gesagt. Aber er hat mich angeschaut, als ob er mich auffressen wollte." Er fuhr sich mit beiden Händen über das Gesicht. „Warst du das im Wagen?"

Hertha bejahte.

„Der Mann glaubt nicht an Geister, aber er hat dich gesehen. In der Kanzlei, in seinem Büro, im Wagen, nach dem Unfall."

„Wo wolltet ihr hin?"

„Landratsamt. Einspruch gegen den Bescheid erheben. Das hätten wir durchgeboxt, kein Problem. Jetzt ist die Frist verstrichen. Das Genehmigungsverfahren wird noch mal aufgerollt."

„Es hat funktioniert", sagte Hertha. „Ich hab keine Katastrophe mehr gesehen, als ich ihn angefasst habe."

Elmar setzte sich auf und stützte die Unterarme auf die Knie. „Apropos Katastrophe. Fenist hat die Kanzlei vor die Wahl gestellt. Er oder ich." Er fuhr sich durch die Haare. „Wollte nur eben ein frisches Hemd anziehen. In einer halben Stunde ist eine Sitzung der Partner."

„Er oder du? Was soll das denn? Seit wann bestimmen die Mandanten über die Partner?"

„Rechne zusammen, was Fenist uns im Jahr bezahlt und was ich der Kanzlei im Jahr bringe. Einfache Subtraktion, dann hast du ein Vorzeichen vor einer Zahl." Er hob den Daumen, dann senkte er ihn. „Einen neuen Partner kann man jederzeit einstellen. Ich habe schlechte Karten, meine ich."

Hertha antwortete nicht. Elmar hob die Hand zum wortlosen Gruß, dann ging er nach oben.

Hertha stellte ihre Tasse auf den Tisch, Tee schwappte über den Rand. „Das lasse ich nicht zu." Sie stand auf und ging um den Tisch. „Ich muss ihm helfen."

„Wird er das wollen?" Ursel biss in einen Keks.
Hertha zögerte. „Ich frage ihn nicht."
Ursel richtete sich auf. „Du missbrauchst die Macht."
Hertha ging im Zimmer auf und ab und rieb sich die Schläfen mit beiden Händen. „Habt ihr die Männer gefragt, wenn ihr eingegriffen habt?"
Ursel winkte ab. „Geht es hier um die Menschheit oder um einen Einzelnen?"
Hertha ließ sich in den Sessel fallen. „Aber ich kann doch nicht einfach zusehen, wenn ..."
„Willst du ihm helfen – oder dir selbst?"
Hertha blickte auf und sah Ursel an. Sie sagte nichts.
Nach einigen Minuten hörten sie Elmar die Treppe herunterkommen. Er sagte aus dem Flur heraus: „Bis später. Dauert nicht lange, denke ich."
Als er die Haustür hinter sich zugezogen hatte, sprang Hertha auf. „Ich muss hin."
„Du darfst die Macht nicht missbrauchen, Hertha. Nicht für persönliche Ziele."
Sie lief zur Balkontür. „Mach ich nicht. Ich will es nur wissen. Ich hab ihn da hineingeritten, jetzt will ich wenigstens bei ihm sein, wenn er den Ärger hat."
Hertha winkte, lief auf den Balkon und transformierte sich, während sie einen Hechtsprung über das Balkongeländer machte. Sie kurvte um das Haus, sah Elmar erstarrt vor seinem Volvo stehen. Hertha streckte den Arm aus und wurde in die Höhe gerissen.

***

Sie ließ sich auf den Spielplatz des Fastfoodrestaurants gegenüber der Glaspyramide sinken. Auf einem Stuhl entspannte sie sich.
Eine Kinderstimme hinter ihr sagte: „Wo kommst du denn her?" Hertha drehte den Kopf. Ein Mädchen in rotem Kleidchen mit weißen Punkten stand hinter ihr und machte große Augen. Es schluckte. „Bist du eine Fee?"
Hertha legte den Kopf schräg und lächelte. „Ja. Aber du kriegst nur einen Wunsch."

„Ich will noch ein Eis. Meine Mama sagt, ich darf nicht mehr."

Hertha verkrampfte die Hände, flog um das Klettergerüst und durch eine offene Glastür in das Restaurant. Auf einem Tablett neben der Kasse fand sie ein Schokoladeneis, nahm es und kehrte zum Stuhl zurück. Sie ließ sich nieder, schloss die Augen und atmete aus. Das Zwitschern zweier Spatzen, die sich um Brötchenkrümel stritten, ertönte. Sie reichte dem Mädchen das Eis und legte den Zeigefinger über die Lippen. „Nichts verraten."

„Kommst du wieder? Zu Weihnachten?"

Hertha schüttelte den Kopf. Das Kind hüpfte zum Klettergerüst.

Nach zehn Minuten fuhr Elmar vorbei. Hertha stand auf, stieg über den niedrigen Zaun und winkte dem Mädchen im roten Kleid zum Abschied. Die Kleine verzog den Schokoladenmund zu einem Lächeln.

Hertha ging im Schutz einer Reihe parkender Autos um den Platz vor der Pyramide herum. Elmar verschwand hinter der Glastür. Sie transformierte sich, erreichte die Tür und zwängte sich durch den Spalt. Elmar war beim Öffnen der Tür zum Treppenhaus erstarrt. Hertha schwebte zwischen den Treppen nach oben.

Der Konferenzraum war ein quadratischer Raum unter der Pyramidenspitze. Vor der westlichen Fensterfront verbarg eine geschwungene Tafel wie die im Foyer das Schnellrestaurant vor den Blicken der Sitzungsteilnehmer. Die Tafel trug die Namen der Gründer: Osietzki und Friedrichs. Um den runden Tisch saßen vier Männer in dunklen Anzügen. Vor einem lagen einige Papiere auf der dunkel spiegelnden Oberfläche des Tischs. Hertha flog hinter die Tafel, lehnte sich gegen ein Fenster und senkte den Kopf. Sobald sie die Augen schloss und ausatmete, ertönten die Stimmen der Männer.

„Fenist ist außer sich, Heldrichs Frau hat ihm hier unten im Foyer die Hand zerkratzt." Die Männer sprachen durcheinander. Der Sprecher zischte um Ruhe. „Und in seinem Büro soll sie aufgetaucht sein, und irgendwas soll sie mit dem Unfall zu tun haben."

„Unsinn, Hoffmann", brummte einer. „Friedrichs, was denken Sie?"

„Ich habe keine Ahnung, was das alles soll, Herr Osietzki. Wir kennen Hertha Heldrich, ich denke, keiner von uns glaubt, sie spinnt."

Hoffmann fiel ein: „Aber darum geht es nicht. Fenist fühlt sich bedroht. Er hat den größten Account hier. Wenn er geht, sind das einunddreißig Prozent von unserem Umsatz."

Friedrichs Stimme sagte: „Was verdient uns Heldrich?"

„Fünfzehn Prozent", sagte Hoffmann.

Die Männer schwiegen einige Sekunden, dann sagte Friedrichs: „Wir warten, was er uns zu sagen hat."

„Wenn Fenist geht, werden andere gehen", sagte Hoffmann. „Das können wir uns nicht leisten." Hertha hörte ihn mit der flachen Hand auf den Tisch schlagen.

„Lassen Sie das, Hoffmann", sagte Osietzki scharf. „Wir machen, was Herr Friedrichs vorgeschlagen hat. Wo bleibt er?"

Hertha hörte Schritte und dann Elmars Stimme. „Grüß Gott, die Herren."

„Setzen Sie sich", sagte Osietzki. Ein Stuhl wurde geschoben. Elmar räusperte sich, und Osietzki fragte: „Ist Ihnen was passiert?"

„Nein", sagte Elmar.

„Und Fenist?"

„Nein."

„Sehr gut", sagte Osietzki. „Also, erzählen Sie mal. Was ist das mit Ihrer Frau und Fenist?"

„Nun." Elmar räusperte sich noch einmal. „Die beiden scheinen sich nicht zu mögen."

„Hören Sie doch auf", rief Hoffmann. „Sie verfolgt ihn ja regelrecht. Das ist Psychoterror. Fenist wird sich das nicht länger gefallen lassen."

„Was ist da dran, Herr Heldrich?", fragte Friedrichs.

„Es wird nicht mehr vorkommen. Die Sache ist erledigt." Elmar sprach mit fester Stimme.

„Die Sache ist keineswegs erledigt", sagte Hoffmann. Niemand antwortete. Es hörte sich an, als öffnete er eine Aktentasche und legte eine Mappe auf den Tisch. „Fenist sagt, die Polizei sucht Ihre Frau, Heldrich."

Die Männer raunten.

„Fenist hat uns ultimativ erklärt, er werde nicht mit einer Kanzlei zusammenarbeiten, die Verbindungen zu Kriminellen hat."

„Das ist doch lächerlich", rief einer. Einer schlug etwas auf den Tisch, ein Stuhl wurde gerückt.

„Da ist nichts dran." Elmar blieb ruhig.

„Ach ja?" Hoffmann klopfte bei jedem Wort auf den Tisch. „Erzählen Sie uns keine Märchen, Heldrich. Ich habe mich erkundigt. Da gibt es einen Einbruch. Zwei Frauen sind verschwunden. Ihre Frau wurde verhört. War sie in Polizeigewahrsam? Ja oder nein?"

Elmar zögerte. „Das klärt sich auf. Da ist nichts dran."

„Ja oder nein?"

„Ja."

Die Männer redeten durcheinander, bis Osietzki rief: „Ruhe, meine Herren. Das können wir jetzt nicht klären." Er wartete, bis sich alle beruhigt hatten.

„Heldrich", sagte Osietzki. „Hertha hat ein schwerwiegendes Problem."

„Sie ist eines", unterbrach Hoffmann.

„Fenist ist unser bester Kunde", fuhr Osietzki. „Wir müssen auf ihn eingehen, es hilft nichts."

„Ich habe ihn betreut, er vertraut mir. Ich werde mich entschuldigen. Es wird nicht mehr vorkommen, ich verbürge mich."

„Er vertraut Ihnen eben nicht mehr, er verlangt Ihren Rauswurf", sagte Hoffmann.

„Heldrich, trennen Sie sich von Ihrer Frau", sagte Osietzki. „Fenist wird sich vielleicht beruhigen lassen. Sie nehmen einen anderen Mandanten, Sie bleiben Partner."

Ein Stuhl wurde umgeworfen. „Sind Sie verrückt geworden?" Elmars Stimme zitterte. „Sie können doch nicht allen Ernstes verlangen …"

„Dann müssen Sie gehen, Heldrich." Osietzki blieb ruhig.

„Ich trenne mich nicht von meiner Frau."

„Das ist Ihre Entscheidung, Sie kennen die Alternative."

„Sie meinen das ernst?" Elmar redete laut und fest. Es kam keine Antwort.

Hertha verkrampfte Arme und Beine. Sofort verlor sie den

Kontakt zum Boden. Eine Bewegung des Fingers brachte sie zum Tisch. Elmar stand vor seinem umgeworfenen Stuhl. Er hatte sich vorgebeugt, beide Fäuste auf den Tisch gelegt und fixierte einen schlanken Weißhaarigen ihm gegenüber. Der Mann hatte die Hände vor sich auf dem Tisch gefaltet und sah Elmar unter hochgezogenen Brauen an. Neben Elmar saß ein mittelalter Mann mit amerikanischer Scheitelfrisur. Er hatte die Arme vor der Brust verschränkt. In einer Hand steckte ein Bleistift. Vor ihm lag eine Jurismappe.

Hertha zog den Stift aus seiner Hand, schrieb „Danke. ILD." auf die Ecke eines Schriftstücks in der Mappe und riss sie ab. Den Stift schob sie unter den Kragen des Mannes und stopfte Elmar den Zettel in die rechte Faust. Sie drückte ihm einen Kuss auf die Wange, schwebte zurück in ihr Versteck und kehrte in die Zeit zurück.

„Das meine ich ernst", hörte sie Osietzki sagen. „Hoffmann, was haben Sie denn?"

Hoffmans Stimme überschlug sich. „Der Bleistift ..."

„Mann, nehmen Sie sich zusammen, Hoffmann", sagte Osietzki.

„Ich habe gute Arbeit geleistet", sagte Elmar. „Jahrelang. Ich bin nicht umsonst Partner geworden. Das war Ihre Entscheidung, Herr Osietzki."

„Richtig." Osietzki sprach freundlich. „Ich werfe Sie ja auch nicht hinaus. Sie arbeiten gut."

„Nur?"

„Es darf nicht sein, dass die Frau eines Partners Probleme mit der Polizei hat. Und schon gar nicht, dass unsere Kunden davon erfahren. Wir leben von unserem Ruf. Nichts anderes hält uns am Laufen. Das ist unser Kapital. Sie haben sich an unserem Kapital vergangen."

„Die Sache ist so gut wie aufgeklärt und Hertha wird Fenist in Ruhe lassen. Mein Wort darauf."

„Der Makel bleibt, Herr Heldrich. Wir müssen Fenist etwas bieten. Er verlangt Ihren Kopf. Er bekommt den Ihrer Frau."

„Nein", sagte Elmar.

„Dann gehen Sie."

„Dann gehe ich."
„Auf Wiedersehen, Herr Heldrich", sagte Osietzki ohne Regung in der Stimme. „Gehen Sie nicht in mehr Ihr Büro. Wir schicken Ihnen Ihre Sachen."
Schritte entfernten sich.
„Heldrich."
Er blieb stehen. „Ja?"
„Sie haben es in der Hand. Rufen Sie mich bis heute Abend an und sagen Sie mir, dass Sie auf mein Angebot eingehen, dann geht alles weiter wie bisher."
„Auf dieses Angebot werde ich nicht eingehen", sagte Elmar. Seine Schritte entfernten sich. Die Tür zum Treppenhaus schlug zu.
Hertha öffnete das Fenster hinter sich, transformierte sich und flog über die Spitze der Pyramide hinweg und an der Glasfront entlang schräg zum Parkplatz hinunter. Auf der Beifahrerseite von Elmars Volvo kehrte sie in die Zeit zurück. Nach kurzer Zeit erschien Elmar. Er blieb neben der Fahrertür stehen, legte die Hände auf das Wagendach und sah Hertha an. In der Hand hielt er ihren Zettel. „Du weißt es?", sagte er.
Hertha nickte. „Das schaffen wir schon. Es gibt andere Jobs."
Elmar nickte und sah zur Pyramide hinüber. „Der hier war schon ziemlich gut." Er ließ die flache Hand aufs Autodach fallen. „Hoffmann wird Partner. Der war schon lange scharf auf den Job. Wenn's ihn glücklich macht ..."
„Ich kann auch arbeiten gehen."
Er nickte.
„Als Vorlage für ein Comicheft. Die Abenteuer der Super-Hertha." Sie lachte.
Er schüttelte den Kopf. „Scheiße. Ich hab diesen Job gewollt. So gewollt."
„Es tut mir leid." Hertha reichte über das Autodach und berührte Elmars Fingerspitzen.
„Mir sollte es leid tun." Er zog die Hände zurück. „Ich hab nichts mehr anderes gesehen. Vielleicht ist es besser so. Keine Ahnung." Er atmete tief durch. „Lass uns was essen gehen", sagte er und drückte den Knopf der Zentralverriegelung.

Elmar ließ den Wagen an. Hertha sah den blauen Audi zuerst. Thomasek ließ den Wagen vor dem Volvo ausrollen und versperrte die Ausfahrt.

Hertha zog am Türgriff. „Ich verschwinde wohl besser."

Elmar hielt sie am Arm. „Lass. Du kannst nicht ewig weglaufen. Wir klären das irgendwie."

Hertha zögerte. Dann seufzte sie und stieg aus. „Okay." Sie streckte die Arme aus und überkreuzte die Handgelenke. „Sie haben gewonnen, Thomasek."

Der Hauptkommissar ging um die Kühlerhaube des Audi herum, lehnte sich dagegen und verschränkte die Arme. Er grüßte Elmar mit einem Nicken. „Wenn es nur so einfach wäre, Frau Heldrich." Ruhland war ausgestiegen und blieb neben seinem Chef stehen.

Hertha ließ die Arme senken. „Sie verhaften mich nicht?"

Thomasek winkte ab. „Ursel Gumprecht ist wieder aufgetaucht."

„Und Ruth Mersbach?"

„Frau Gumprecht hat ausgesagt, sie gestern gesehen zu haben. Es gibt keine verschwundenen Frauen mehr. Ich brauche Ihre Zeugenaussage, das ist alles."

„In welcher Sache?", sagte Elmar und trat einen Schritt vor. „Nur in meinem Beisein."

„Von mir aus", sagte Thomasek. „Der Einbruch bei Frau Gumprecht. Sie haben einen Gegenstand aus dem Besitz der Frau Gumprecht bei Herrn Forchheimer gesehen, Frau Heldrich?"

Hertha steckte die Hände in die hinteren Hosentaschen. Sie lächelte. „Oh ja, das habe ich. Ein Bakelitdöschen." Sie unterdrückte den Zusatz ‚ohne Deckel'.

„Können Sie eindeutig sagen, dass es aus Gumprechts Wohnung kommt? Ich meine, ist es besonders, kann man es von anderen unterscheiden?"

„Sehr besonders. Ich habe noch kein anderes der Art gesehen."

„Kommen Sie doch morgen Vormittag ins Kommissariat, dann nehmen wir die Aussage auf."

„Wir werden kommen", sagte Elmar.

Thomasek hob grüßend die Hand und ging zum Audi zurück.

Hertha und Elmar saßen im Wagen und beobachteten, wie

Thomasek den Wagen über den Parkplatz lenkte. „Diese Sache mit dem Buch“, sagte Hertha. „Das scheint kein Problem mehr zu sein, aber ich würde gerne sichergehen. Hast du nicht Lust, in Furth Mittag zu essen? Da gibt es einen guten Italiener.“

Elmar drehte den Zündschlüssel. „Warum nicht?“

***

Elmar parkte den Wagen auf dem Platz hinter dem Dorfzentrum. Hertha stieg aus und sah zu Gunters Balkon hinauf. Er hatte leere Bücherregale vor den umgedrehten Tisch am Fenster geschoben. Hertha zeigte nach oben. „Dein Mandant verkriecht sich in seiner Wohnung. Hat Angst vor ein paar ausgerasteten Diplomaten.“

„Er ist nicht mehr mein Mandant“, sagte Elmar und folgte mit dem Blick ihrem ausgestreckten Arm.

„Tut mir leid. Alles wegen mir.“ Hertha hakte sich unter.

„Ich hab’s zu wichtig genommen. Ich muss mich entschuldigen. Vor ein paar Tagen noch hätte ich Osietzkis Angebot vielleicht nicht abgelehnt.“

Hertha schwieg.

„Das ist das eigentliche Problem. Ich hab dazugelernt in den letzten Tagen.“ Er schüttelte den Kopf. „Ist das alles wirklich wahr?“

Hertha hob die Schultern. Sie gingen durch den Torbogen zum Dorfplatz. „Als du mich nach dem Unfall mit Fenist so angesehen hast, da habe ich gewusst, dass du es verstehst. Ich musste das alles tun.“

„Gunter Forchheimer war übrigens noch vor meinem Rauswurf nicht mehr mein Mandant.“

„Was?“ Hertha zog an Elmars Arm, damit er stehen blieb.

„Ich hab den Verlag angerufen und gesagt, ihr Autor wird wegen diverser Verbrechen gesucht, und sie sollten die Finger davon lassen.“

Hertha lachte. „Kannst du auch in die Zukunft sehen?“

„Die Verlegerin, diese Inga Kohler, schien ziemlich entsetzt. Hatte Angst, ob sie sich irgendwie strafbar machen könnte. Hab sie natürlich in ihrer Angst bestärkt.“

Nach dem Durchgang bogen sie nach links zum Italiener ab. Hertha hatte etwas bemerkt, blieb stehen und ging einen Schritt zurück. Der Mercedes der Diplomaten stand mit offenen Türen schräg auf der Straße. Er war gegen eine Sitzbank gefahren worden, die vordere Stoßstange hatte sich im steinernen Fundament verhakt. Der Wagen war mit Schlammspritzern und Staub bedeckt. Von einer der Seitenscheiben war nur noch ein zersplitterter Rest übrig. Die Männer waren nicht zu sehen.

„Die schon wieder." Hertha schaute zur Haustür. „Die haben Gunter in der Mangel. Das hat er nun doch nicht verdient."

„Hertha, halt dich raus", sagte Elmar.

Sie schob die Tür zum Treppenhaus auf. Hinter sich hörte sie Reifen quietschen. Hertha drehte sich um. Ein funkelnder Mercedes hatte hinter dem Wrack angehalten. Vier Anzugträger mit Sonnenbrillen sprangen heraus. Zwei gingen um den anderen Mercedes herum, sahen in den Innenraum. Die beiden anderen kümmerten sich nicht um ihre Kollegen. Sie stellten sich auf die obersten Stufen der Treppe zur Bäckerei und schienen den Platz zu beobachten. Einer zog ein Mobiltelefon aus der Tasche, der andere hatte die Rechte unter dem Jackett verborgen.

„Here come the men in black", sang Hertha, ließ die Tür los und ging mit Elmar weiter. Vor dem Restaurant blieben sie stehen und beobachteten den Dorfplatz.

Aus dem Treppenhaus drangen Schreie. Die Männer auf der Treppe drehten sich danach um. Beide hatten die Hände unter den Jacken.

„Lasst mich, nein, haut ab, ich will nicht!" Es war Gunters Stimme. Die Tür wurde aufgerissen. Barrington erschien. Er war barfuß, im rechten Hosenbein klaffte ein Riss bis zum Knie. Sein weißes Unterhemd war völlig verdreckt. Er stemmte sich gegen den Türrahmen und zog an einem bockenden Bein. Gunter brüllte. Ein zweiter Mann fiel rückwärts aus der Tür und hielt sich den Magen. Dann sprang er wieder auf und versuchte Gunters zweites strampelndes Bein zu packen. Gunter schrie.

Die vier Anzugträger näherten sich. Die beiden von der Treppe blieben auf zehn Meter Abstand. Einer telefonierte und hielt den Apparat mit der Linken, die Rechte blieb wie bei dem anderen unter dem Jackett. Die zwei, die das Auto untersucht hatten, liefen zu Barrington und seinem Kollegen.

Sekunden später lagen Barrington und sein Partner mit Plastikriemen an Händen und Füßen verschnürt auf dem Bauch. Inzwischen wurde Gunter von dem dritten Diplomaten an den Armen gehalten und immer wieder in das Treppenhaus gezogen. Gunter trat nach dem Mann, spuckte ihn an und schrie Obszönitäten. Nach weiteren fünf Sekunden hatten die beiden Anzugträger Gunter befreit, ohne ein Wort zu verlieren.

Barrington robbte auf dem Bauch zu Gunter und versuchte seine Socken abzulecken. Gunter sprang rückwärts weg. „Du Arschloch, lass deine ekelhafte Zunge bei dir, du Widerling." Er hatte die Mundwinkel herabgezogen. Er trat auf den Strumpf und zog den Fuß heraus.

Der Mann mit dem Telefon kam näher. Er klappte das Gerät zusammen, streckte die Hand nach Gunter aus und fasste ihn unter den Arm. Gunter schrie, sprang zurück und schlug nach ihm. „Nicht anfassen. Nicht anfassen, verdammt."

Der Mann hob beide Hände und trat einen Schritt zurück. „Bitte rufen Sie uns an. Wir würden Ihren Schaden gerne ersetzen", sagte er mit amerikanischem Akzent. Er reichte ihm eine Visitenkarte. Gunter beugte sich vor, schien die Entfernung zu taxieren und riss die Karte an sich. Er las sie nicht und ging rückwärts zur Hauswand.

Die anderen drei Männer packten je einen von Barrington und seinen Kumpanen an den Handfesseln und zerrten sie auf die Füße. Sie hielten die Arme so hoch, dass Barrington vornübergebeugt und vor Schmerz wimmernd zum Mercedes lief.

Hertha lief an der Hausmauer entlang zu Gunter. Sie nahm ihm die Karte aus der Hand. Erst jetzt bemerkte er sie. Er stieß einen Entsetzensschrei aus und wich zur Seite. Die Knöpfe seines Hemds waren abgerissen, es stand bis zum Hosenbund offen. Eine Socke fehlte, die Taschen seiner Hose waren nach außen gekehrt. „Ich …" Eine Träne lief durch Bartstoppeln. Er schüttelte den Kopf. „Ich kann nicht mehr." Seine Lippen zuckten.

Hertha las die Karte. Sie war weiß und ohne Emblem. In der Mitte stand: ‚Rodney F. Rettle'. Darunter eine Münchener Telefonnummer. Sie hielt Gunter die Karte hin, aber er starrte nur Hertha an. Endlich schob sie ihm die Karte in die Hemdtasche.

„Stimmt sicher nicht, der Name." Sie sah zum Mercedes hinüber. „Ein tolles Buch hast du da geschrieben, Gunter."

Gunter starrte ihr in die Augen.

„Willst du es nicht doch einsehen?"

Er regte sich nicht.

***

Zwei Stunden später stiegen Hertha und Elmar im Wirtsanger aus dem Volvo. Elmar legte den Arm um ihre Schulter und zog sie an sich. Er zeigte auf das Haus. „Zum Glück ist es bezahlt." Er schloss die Tür auf und ließ sie vorgehen.

Sie streifte die Schuhe von den Füßen. „Willst du nicht in meine Branche einsteigen?" Sie zuckte die Achseln und grinste ihn an. „Solange du keinen anderen Job hast, meine ich."

„Was meinst du?"

„Warte." Sie ging in die Küche, streckte sich zum obersten Fach des Schranks und zog die Tüte mit dem Praseodymoxalat heraus. Sie hob sie hoch und schüttelte das Pulver. „Hübsch, nicht?"

Elmar schürzte die Lippen. „‚Bis der Tod uns scheidet' bekommt eine ganz neue Bedeutung."

„Wie wär's?"

Elmar steckte den Finger in den Mund. „Probieren kann ich es ja mal."

Hertha öffnete den Beutel.

Er griff hinein. Während er seine grün glänzende Fingerspitze in den Mund schob, transformierte sich Hertha, flog zur Balkontür und öffnete.

Elmar purzelte durch die Luft.

„Zeig mit den Händen auf den Boden", rief sie ihm zu.

Elmar schlitterte zwei Meter über das Parkett und blieb sitzen. „Wow." Er lachte. „Kann ich wirklich fliegen?"

„So ähnlich." Hertha schwebte auf den Balkon. „Komm." Er hüpfte wie ein Astronaut über die Mondoberfläche. „Gib mir deine Hand", sagte Hertha. „Bei drei streckst du die Linke einfach nach oben. Eins, zwei, drei."

Elmar und Hertha wurden von der Macht nach oben gerissen. In Hunderten Metern Höhe kreisten sie über Landshut, ließen die Kreise größer und größer und schneller und schneller werden.

ENDE

Martin Kleen
Anästhesie
Kriminalroman
ISBN 3-934927-51-3
208Seiten; 9,90 Euro

Ermordet werden, wenn man am wehrlosesten ist – das Szenario, das Martin Kleen in seinem Debütroman ausbreitet, gehört zu den unheimlichsten, die man sich vorstellen kann. Die Narkoseärztin Charlotte scheint das Unglück anzuziehen, und „Unglück" bedeutet in ihrem Beruf und für ihre Patienten den Tod. Die Häufung von Todesfällen im Operationssaal ist alarmierend. Obwohl man Charlotte keine Behandlungsfehler nachweisen kann, verweigern ihr einige Ärzte die Zusammenarbeit. Schließlich steht die Ärztin kurz vor der Entlassung – kein Krankenhaus kann sich eine „Todesfee" im OP leisten. Wenn sie ihren Job verliert, wird kein Krankenhaus der Welt Charlotte je wieder einstellen. Und wenn sie nicht herausfindet, was los ist, werden noch mehr Menschen sterben.

Einschläfernd sind hier nur die Narkosen... !!
... ein wahrer Pageturner
... stilistisch wie dramaturgisch sehr gelungener Roman ... *amazon.de*

Dieser Krimi ist atemberaubend (...) Als Mitbringsel ins Krankenhaus (...) nicht unbedingt geeignet ... Aber allen anderen, die literarische Hochspannung schätzen, die gepaart ist mit unglaublichem Insiderwissen, denen sei dieser Krimi ans Herz gelegt. Ängstliche Naturen können sich ja vor der Lektüre einen Defibrillator neben den Sessellegen und sich ab und an den Blutdruck messen! *Lesart 4/04*

„Anästhesie" gehört definitiv zum spannendsten, was uns da die langen Abende auf dem Sofa verkürzen will. Erfreulich ist, dass mit diesem Mediziner-Thriller ein neuer Stern am Autorenhimmel aufgegangen ist ... *amazon.de*

Martin Kleen
Zehn Stunden
Kriminalroman
ISBN 3-934927-64-5
176 Seiten; 9,90 Euro

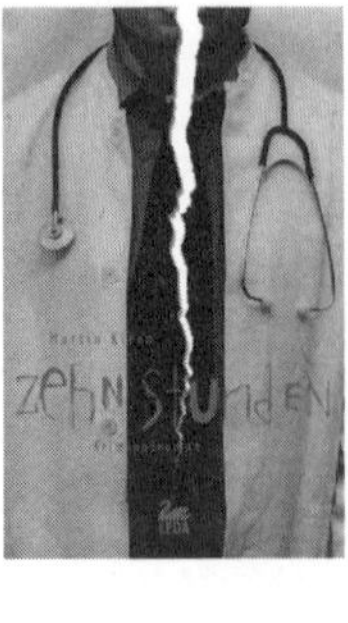

Ein Unbekannter erpresst Dr. Reinhard Gehr. Der Narkosearzt soll im OP einen Patienten töten, andernfalls stirbt seine Tochter. Verzweifelt versucht Gehr, seine Tochter zu retten, ohne selbst zum Mörder zu werden.